国家出版基金项目
NATIONAL PUBLICATION FOUNDATION

国家社会科学基金重大项目

战后世界进程与外国文学进程研究

王守仁　等　著

3

全球化视域下的当代外国文学研究

主编

何成洲

译林出版社

图书在版编目（CIP）数据

战后世界进程与外国文学进程研究．第三卷，全球化视域下的当代外国文学研究／王守仁等著；何成洲主编．—南京：译林出版社，2019.6

ISBN 978-7-5447-7613-4

I.①战… II.①王… ②何… III.①外国文学－文学研究 IV.①I106

中国版本图书馆 CIP 数据核字（2019）第 007231 号

战后世界进程与外国文学进程研究　第三卷　全球化视域下的当代外国文学研究
王守仁等／著　何成洲／主编

责任编辑　吕雅坤
装帧设计　韦　枫
校　　对　蒋　燕
责任印制　颜　亮

出版发行　译林出版社
地　　址　南京市湖南路 1 号 A 楼
邮　　箱　yilin@yilin.com
网　　址　www.yilin.com
市场热线　025-86633278
排　　版　南京展望文化发展有限公司
印　　刷　南京爱德印刷有限公司
开　　本　718 毫米 ×1000 毫米　1/16
印　　张　43.25
插　　页　2
版　　次　2019 年 6 月第 1 版　2019 年 6 月第 1 次印刷
书　　号　ISBN 978-7-5447-7613-4
定　　价　162.00 元

CONTENTS

目录

总　序

文学创作是对现实社会生活的反映与再现，也是对现实政治文化的反应，因此，对塑造一个国家的时代精神、树立其核心价值观、构建民族身份认同、传承民族文化传统，都具有重要作用。外国文学研究既是对异域文化的了解，更可以让本土文化得到借鉴，获得补充，使其得到更好的发展和弘扬。本书是国家社会科学基金重大项目“战后世界进程与外国文学进程研究”的成果，该项目坚持“以我为主、为我所用”，立足中国国情，旨在从国家发展战略需要出发去审视和研究战后外国文学，以促进对当代外国社会文化更深的理解，同时提升我国外国文学研究总体水平，深化中外文化交流，为促进社会主义文化建设做出贡献。

在20世纪即将结束之际，中国社会科学院名誉学部委员、时任社科院外国文学研究所所长的吴元迈研究员主持国家社会科学基金“九五”规划重大项目“20世纪外国文学史”，“描绘20世纪世界文学地图”[1]，呈现百年来外国文学发展全貌及其文学格局。五

1 吴元迈主编：《20世纪外国文学史》（第一卷），南京：译林出版社，2004年，第1页。

卷本《20世纪外国文学史》于2004年出版，获首届中国出版政府奖。“战后世界进程与外国文学进程研究”在一定意义上是“20世纪外国文学史”课题研究的延续，但在项目的目标规划、总体设计、内容安排、工作思路等方面都表现出明显不同的特点。“20世纪外国文学史”是“涵盖20世纪亚非国家和欧美国家文学即东方和西方文学的全景文学史”[1]，“战后世界进程与外国文学进程研究”则承担着新的使命和任务，即本书不是追求完整系统、面面俱到的国别文学史，而是聚焦某些重要方面，深入研究关乎全局的重要流派、思潮和现象，揭示第二次世界大战后世界历史进程和文学进程相互之间复杂多样的互动关系。

一

20世纪是人类历史上经济社会进步最为显著、科学技术发展最为迅速、生活条件变化最为巨大的世纪。作为20世纪最为重大的事件，第二次世界大战深刻影响了随后七十多年的历史进程：二战使美国得以建立以其为主导的世界政治、经济和军事新秩序；二战后中国等一批欧亚国家走上了社会主义道路；二战加速了殖民主义体系的崩溃，殖民地国家纷纷独立；二战改变了资本主义以征服和掠夺的方式获得发展的旧模式，催生了以平等和互助求发展的新的和平发展模式，为各国的经济发展提供了机遇；二战后世界格局基本稳定，为科技革命提供了条件，也促进了世界文化艺术的繁荣发展。

---

1 吴元迈主编：《20世纪外国文学史》（第一卷），第18页。

第二次世界大战结束之后，以美国为首的西方资本主义国家和以苏联为首的社会主义阵营迅速进入冷战状态。50年代初国际舞台出现了美苏两大阵营的对峙和斗争，美国与苏联展开大规模军备竞赛，两个超级大国的争霸导致国际冲突不断。60年代冷战达到巅峰，美国出兵越南，激起国内反战民众的愤怒，引发了美国历史上有史以来最大规模的学生抗议活动。1968年法国爆发左翼学生运动，彰显变革的要求，影响波及大部分西方国家。进入70年代后，社会思潮影响下的社会运动逐渐转到关注性别、族裔和多元文化等方面的问题。与此同时，保守主义在美国重新崛起。1973年10月第四次中东战争爆发；石油输出国组织宣布石油禁运，石油危机标志着以石油能源为武器的阿拉伯国家在政治、经济和文化上开始成为被关注的对象。80年代苏联和东欧各国的社会矛盾激化，导致90年代初苏联解体、柏林墙倒塌及东欧社会主义国家的剧变，冷战宣告结束。1993年《马斯特里赫特条约》正式生效，欧盟诞生后不断向东欧扩展，欧洲一体化进程向纵深推进。在世界范围内，冷战的结束并不意味着和平时代的到来，美国仍在不断干涉别国内政，成为世界不安宁的根源，90年代爆发了海湾战争和科索沃战争。“9·11”恐怖袭击事件后，美国相继发动伊拉克战争和阿富汗战争。2008年美国爆发的次贷危机迅速引发全球的金融危机和经济衰退。在世界各国的共同努力下，全球经济缓慢地开始复苏。

战后是人类历史上前所未有的高速发展时期。西方社会从20世纪50年代后期开始由工业社会向后工业社会转变。根据丹尼尔·贝尔的理论，如果工业化社会是基于机械技术，资本和劳动是其主要结构特征，后工业化社会则是基于智能技术，信息和知识成为其主要结构特征。高新技术特别是信息技术的发展和互联网的普及应用使得整个世界的经济空前紧密地联系在一起，资本、信息、技术、劳动力、资源在全球范围内流动，各国经济呈现相互依赖、相互竞争的态势，全球化成为时代特征。科技进步极大地提高了生产力，也促进了社会经济结构和社会生活结构发生变化，互联网几乎覆盖了地球每个角落，各国相互依存、相互依赖、相互联系更加紧密，地球俨然变成了“地球村”，人类的生活发生了重大改变。与此同时，经济全球化加剧了全球气候变暖、局部生态环境恶化，人员流动的便利自由在欧洲也带来难民问题和恐怖主义的扩散，使欧洲一体化进程受阻，全球化受到来自部分国家本土的抵制，甚至出现逆全球化趋势。

马克思、恩格斯指出：“人们的观念、观点和概念，一句话，人们的意识，随着人们的生活条件、人们的社会关系、人们的社会存在的改变而改变。”[1]一定时代的文学是在一定时代的社会生活和经济基础上形成和发展的。战后世界进程既为20世纪下半叶文学提供了丰富的创作题材，也给作家们提供了新的表现主题。文学作为人类掌握世界的方式之一，是对客观现实的能动性反映，而历史进程则是文学审美的基础，是推动文学进程的一个决定性因素。战后外国文学的发展经历了复杂的演变过程。在这个过程中，文学本体以外的各种力量对文学进程发生着影响，文学内部遵循着自身规律，呈现出各种文学思潮和流派此起彼伏、交融交

1 马克思、恩格斯：《共产党宣言》，中共中央马克思恩格斯列宁斯大林著作编译局译，北京：人民出版社，2009年，第47页。

织、相互推动的态势。另一方面，文学作为“事件”，是历史的参与者，又积极干预生活，促使社会发生变革和进步。战后外国文学具有与以往历史时期外国文学不同的艺术特征和时代风貌，要揭示战后外国文学的基本走向和特点，需要我们回到历史现场，回到历史具体情境，了解文学在当时是怎么产生的，它有一些什么样的条件，即把文学放在产生它的历史文化语境中加以考察和辨析。

本书坚持历史唯物主义，坚持马克思主义的立场、观点和方法，通过勾勒战后世界历史进程，分析战后政治、经济背景及重要社会文化思潮对文学创作的影响，在历史研究的基础上，解读具有重大影响的外国文学流派和作家作品，进而梳理和描述文学的产生、流通、变化与社会存在之间的复杂关系。在具体操作层面，本书采取两种内容呈现方式：一是按照文学思潮、文学流派发生发展脉络，揭示其社会、历史和思想文化的深刻背景，分析外国文学的特点；二是按照社会历史发展阶段和标志性事件的时间节点，阐述战后外国文学在不同时期的发展。两种方式既相互独立，又前后呼应，并有部分重合。“战后世界进程与外国文学进程研究”超越国别文学边界，把战后外国文学作为一个整体，将其划分为战后现实主义文学、后现代主义文学、全球化视域下的当代外国文学、新世纪外国文学发展趋势四个领域，整个项目按以上研究重点划分，分为四个子课题，点面结合，深入探讨当代外国文学的发展趋势及特点，阐述其演变的普遍规律和特殊规律，分析代表性作家的思想探索和艺术探索以及文艺思潮的嬗变，从而综合立体地展示战后外国文学演变的历程。

二

本书旨在从历史和审美的角度展示战后外国文学发展轨迹和变化趋势，以史带论，以论带史，一方面揭示社会历史进程对文学进程的影响，注重政治、文化、社会生活以及国际关系的风云变幻与文学创作的互动，另一方面聚焦重要文学思潮、文学流派，对重点作家作品典型个案加以深入研究，在充分论证的基础上提出论点，描述和分析战后世界历史进程与外国文学进程的复杂关系。

现实主义文学关注现实世界，以反映社会生活、追求真实为主要特征，因此，战后现实主义文学成为审视战后外国文学进程最好的切入点。在世界范围内，20世纪文学存在着现实主义和现代主义两大主流。从西方文学流派变迁来看，现代主义在20世纪二三十年代兴起，一度占据“20世纪文学的半壁江山”[1]。第二次世界大战结束后，伴随着世界历史的曲折进程和现实生活的巨变，现实主义文学的内容和形式也发生深刻变化。现实主义作家大都聚焦于人与环境，描写社会复杂关系，呈现生活的多彩画卷，广阔而深刻、真实而生动地反映时代变迁、社会风俗、人情、国民性，揭示人的精神世界，具有现实穿透力和人物刻画的深度。对二战战争惨况的记忆和反思、西方富足社会中产阶级的日常生活和精神世界、苏联社会主义革命和建设的实践、反殖民主义斗争和去殖民化进程对亚非拉国家的影响、少数族裔的历史生活、多

1 吴元迈主编：《20世纪外国文学史》（第一卷），第6页。

元文化时代的身份认同等，都成为现实主义文学的表现题材和内容。战后现实主义秉承以反映和再现现实生活为文学创作目的和宗旨的传统，同时自觉意识到文学作品的虚构本质和文本的建构性，面对后现代思潮，探索语言与真实世界之间的互动，对创作手法进行实验。在新的历史条件下，对现实的认知也发生了变化，如拉美魔幻现实主义将美洲土著传说、欧美现代派创作技巧和对拉美社会现实的指涉熔于一炉，展现了“神奇现实”。战后现实主义文学呈现出多种形态，“复数”的现实主义种类繁多，交相辉映。现实主义文学在与战后世界历史进程互动中不断发展、充实、深化，焕发出勃勃生机。

战后西方国家很快从战争造成的破坏中恢复过来，开始进入后工业化社会或信息社会时代。后现代主义作为一种文化思潮，在后工业化社会应运而生。詹明信曾从历史的进程考察后现代主义的兴起，将其视为晚近资本主义的产物，认为20世纪50年代末60年代初发生了一种断裂（break），后现代主义成为文化主导（cultural dominant）。[1]后现代主义的精神是解构中心、同一、总体和绝对，追求多元、差异和不确定性，其语言观切断了语言与现实的指涉关系，突显文本的建构性。后现代主义作家的创作受到后现代主义思潮的影响，后现代主义文学是这种思潮的一种表现和见证。体现后现代主义精神的文学在作品的内容、社会功用、读者作用、文本与现实世界的关系等方面都颠覆了传统的观念和实践。麦克黑尔认为：后现代主义是对现代主义的“继承”和

1 Fredric Jameson, “Postmodernism, Or the Cultural Logic of Late Capitalism,” *New Left Review* I/146 (July-August 1984): 53–54.

“反拨”，前者是“本体论”（ontological）主导，后者是“认识论”（epistemological）主导。[1]后现代主义文学运用多种实验手法，解构现代主义的真实观和主体性。在欧美国家，后现代主义文学始于50年代末，六七十年代迎来后现代主义文学的鼎盛时期。后现代主义文学的写作风格表现出两种趋向：一种从现代主义文学那里继承了碎片化、非线性叙述、拼贴等手法，但具有更趋极端和激进的先锋实验性；另一种则摒弃现代主义文学艰深的文学探索，表现出与大众文化合流的一面。在60年代，人们抱怨文学已经“枯竭”，掀起形式实验高潮。进入80年代，许多作家借用、混用通俗文类以及改写经典作品，力图打破精英文学与通俗文学的界限，注重创作通俗易懂、能为绝大多数人所接受的作品。后现代主义文学在各个国家的发展进程并不同步，并且因社会历史文化背景的差异而带上特有的民族性印记，即使像美国、英国、加拿大、澳大利亚等同属英语国家，其后现代主义文学也呈现出各不相同的面貌，而俄罗斯后现代主义文学受深厚的传统文化滋养，在解构苏联主流意识形态的话语时，表现出独特的政治意识和反思精神。

全球化是战后世界历史进程中一股极为重要的推动力量。全球化进程的肇始可以追溯到马克思、恩格斯所说的因资本主义扩张所导致的“世界市场”[2]的形成，但是全球化时代在20世纪末才正式宣告到来。20世纪80年代以来，随着以互联网为代表的现代信息技术的发展和应用，生产要素的跨国界流动加速，全球意

---

1 Brian McHale, *Postmodernist Fiction* (London: Routledge, 2001), 5, 10.

2 马克思、恩格斯：《共产党宣言》，第28页。

识崛起，全球化进程明显加快，特别是“冷战”结束后，美苏两大阵营及其两个平行市场的分野不复存在，世界真正进入了以全球化为时代特征的历史新时期。全球化“引入了世界相互依赖的新形式”[1]，各国相互依存的程度空前加深。在全球化时代，恐怖主义、民族/种族冲突、生态环境危机、贫富分化、走私等全球性问题超越了传统主权国家力所能及的范围，世界各国的利益和命运更加紧密地联系在一起，形成了你中有我、我中有你的人类命运共同体。全球化作为当代社会文化语境、作为历史过程，对文学的生产、流通和接受产生直接或间接的影响，并且渗透到文学文本中，如全球化语境下身份认同危机、跨国流动中移民群体所遭受的歧视和文化失根、全球化与本土文化的冲突和调适等，都成为文学创作的重要题材。这些作品折射出全球化对人类的精神世界造成的种种后果，全球化的文学叙事因而是从个人体验的角度来实现一种全球化的世界的美学想象，其丰富的层面和多样的视角始终围绕着全球化进程对感知自我和世界方式的重新塑造而展开。同时，全球化不仅改变了传统的生产和生活方式，也促使人们对世界的认知及文化消费模式发生变化，一些普遍出现的问题和现象成为不同民族文学共同关注和反思的对象，其中包括：生态与环境危机、女权运动与女性生存状况、少数族裔的文化认同和政治意识、多元文化主义背景下的文化身份建构等。全球化与文学交织在一起，形成文学的全球化和全球化的文学性。

进入21世纪，世界历史进程继续对文学进程产生重大影响，

1 安东尼·吉登斯：《现代性的后果》，田禾译，南京：译林出版社，2011年，第152页。

而文学也以种种新的形式反映变化了的世界。后现代主义文学的流变及其持续影响是当代文学的一个新发展。发生在美国的“9·11”事件对西方国家造成强烈冲击，也让陶醉于后现代思维的作家从语言实验和文本狂欢中醒悟过来。虽然后现代主义随着世贸中心大楼的倒塌而退潮，但其印迹到处可见，如英美后现代现实主义文学、加拿大多媒体化的后现代主义文学、欧洲大陆国家及澳大利业的“自我虚构”文学等，而俄罗斯、法国、澳大利亚、拉丁美洲（阿根廷、智利、墨西哥）、土耳其等地的后现代主义文学状态则表明后现代主义文学的兴衰是由历史进程决定的。当代作家将后现代常用的杂糅、碎片、拼贴、跨体裁等叙事策略融入创作中，形成具有时代特色的叙事格调。书写与重构历史的文学创作趋势不断增强，作家们在历史的时空隧道中穿梭，对历史进行想象与再现，历史题材小说在选材、风格、主题上日益走向多元与个性化。21世纪社会呈现与20世纪不同的风貌，政治、经济、科技、文化等领域新的发展，诸如国际政治重大事件、城市化进程的加速、互联网的迅速普及，催生了“9·11”文学、都市文学和网络文学等。全球化的时代发展新特征在当代文学创作中得到反映，同时，不少作家加入了反思科技文明的行列，他们描写生态环境灾难、核污染、水危机、基因技术、人工智能滥用、动物的生存困境，其作品具有生态预警性和启发性，推动了基于科技文明反思的生态文学的新形态“人类世文学”的繁荣。新世纪世界文坛的基本格局是一方面继承传统，在对20世纪文学传统的传承与发展中展现新的现实和人类新的自我，另一方面显示了若干创新特点，表现出较为鲜明的时代特色与开阔的文化视野，艺术表现空间进一步拓展。

三

南京大学陈骏院士在一篇探讨科技创新发展的文章中说：改革开放以后，我国高校的科学研究大多是在追赶国际同行的基础上跟踪热点，研究别人提出的问题。这种“追踪研究在资源缺乏条件下对实现我国最初的科研跨越具有积极意义，但难以做出真正原创意义上的重大科学贡献”，他提出高校要“向以问题驱动的原创研究转型，积极研究全局性、基础性重大理论问题，积极解决制约我国经济社会发展的根本性、战略性科技问题”。[1]陈骏院士的文章虽然是在谈自然科学研究，对人文社会科学研究也有启迪。我们国家外国文学研究大部分工作是在做“跟踪研究”，在现阶段这无疑有其必要性，是有价值的，但同时也应思考如何“向以问题驱动的原创研究转型”。“战后世界进程与外国文学进程研究”的一个特点是注重问题意识，围绕现实主义、后现代主义、全球化、21世纪外国文学发展趋势等重大理论问题，展开深入研究。以问题驱动，本书对现实主义进行理论建构，分析现实主义“现实/虚构”的内在悖论，通过详尽讨论社会主义现实主义、魔幻现实主义、主体现实主义、结构现实主义、道德现实主义、自觉现实主义、新现实主义、地域现实主义、后现代现实主义等，揭示战后现实主义的丰富内涵，获得了对现实主义新的理解和认识。同样，对何为后现代主义、后现代主义文学的时期划分、后

1 陈骏：《科研转型升级刻不容缓》，《人民日报》2015年10月18日 <http: //scitech.people.com.cn/n/2015/1018/c1007-27710514.html>。

现代主义文学的政治性和审美特征、各国后现代主义的发展进程等问题，本书做出中肯的判断，一一给出了答复。以问题驱动的专题探究，得以对外国文学研究中的基础性问题做出系统描述、分析和概括，总结出规律性认识。

“战后世界进程与外国文学进程研究”涉及世界五大洲数十个国家的文学，需要发挥集体智慧，协同攻关。课题组成员在充分占有资料的基础上，基于自己的研究，做出自己的判断，不是人云亦云，如第三卷分析全球化的文化维度、全球化进程与文学、全球化与世界文学的关系等，从理论概念原点出发，探讨全球化时代外国文学所内蕴的地域特征和跨国界文化交融，发现全球化不只是推动同一性，而且也催生差异性和多样性，是制造和扩散文化身份最重要的力量。基于这样的认识，我们考察文学如何反映全球化的历史进程，以及全球化如何影响文学的创作、流通和接受，进行独立思考，提出自己的见解，得以实现在理论建构和文本解读方面的突破。对于像社会主义现实主义这样复杂的文学历史现象，我们从中国国情出发，坚守自己的立场，充分肯定苏联社会主义现实主义的历史贡献，同时也不回避其存在的问题，实事求是地分析产生这些问题的原因，得出了与国外学者不同的评价，而这些客观中肯的评价是重视历史语境、坚持方向性原则的结果。本书内容阐述全面，知识结构系统完整，拓展了相关研究的深度和广度。

本书各章节撰稿人基本上均为掌握该国语言文字又从事该国文学研究的学者老师，保证了课题研究的质量，同时充分发挥第一手资料充实准确的优势，研究成果内容丰富。如第一卷详细论述包括朝鲜主体现实主义在内各种形态的现实主义文学；对“9·11”文学，不仅仅局限于美国，还关注英国、爱尔兰、法国、挪威、澳大利亚、土耳其等国家的“9·11”题材文学书写。而关于后现代主义的讨论，也有意识地跳出“美国中心主义”的研究范式，把视角延展到英国、法国、德国、意大利、俄罗斯、澳大利亚、加拿大、西班牙、拉丁美洲各国以及日本和韩国，呈现世界后现代主义文学发展的真实全貌。本书按战后现实主义、后现代主义、全球化视域下的当代外国文学、新世纪外国文学发展趋势四个领域开展研究，但这并不意味着作家作品只属于一个领域，而是可以多层次、多维度观察分析。如现实主义文学卷视厄普代克为战后美国最伟大的现实主义小说家，从现实主义的角度解读他的“兔子四部曲”，他的《恐怖分子》则在“‘9·11’文学的主题意蕴及其文化建构”章节中进行专门讨论。同样是扎迪·史密斯，“后现代主义文学的流变与影响”一章聚焦她的后现代现实主义，“全球化的时代发展与文学创作”一章则从全球化视域观照她的文学创作，关注移民文化身份建构等主题。研究视点的不同揭示了作家作品的丰富性和复杂性，也超越了传统文学史写作模式单一视角的局限。

作为扎根于中国大地的外国文学工作者，我们以历史考察为经，以文学研究为纬，在仔细研读原著的基础上进行观察、探究，在分析归纳的同时，拉开批评距离，突出中国学者研究的主体性，力求对战后世界历史进程中的外国文学发展态势形成自己的理解、认识和结论。通过研究战后外国文学进程，可以更好地把握外国文学发展内涵，加深对外国文学发展史的认识，推进学术观点和研究方法的创新，为建立具有中国特色、中国风格、中国气派的外国文学研究体系发现可资借鉴的经验和启发。基于此，本书研究所具有的学术价值是不言而喻的。

四

"战后世界进程与外国文学进程研究"作为国家社会科学基金重大项目于2011年10月25日正式批准立项，课题组按照项目设计方案开展研究工作，经过六年多时间的不懈努力，顺利完成了既定目标任务。在这过程中，我们得到了来自方方面面的支持与帮助，对此课题组每位成员心存感激。

中国社会科学院名誉学部委员吴元迈研究员十分关心重大项目研究，在多个场合询问项目进展情况，并专程前来南京大学，针对项目的展开与实施提出指导意见。在研讨中他指出：对两个"进程"的理解与把握是重中之重，不要让文学进程成为世界历史进程的图解式说明、机械性反映，文学进程要体现出丰富性、多样性、复杂性特点。他根据自己的观察和研究，提出"多形态、多类型"现实主义的观点。这些真知灼见对我们开展项目研究起到把关作用，在宏观和微观两个层面都具有指导意义。

"战后世界进程与外国文学进程研究"获得批准立项后不久，课题组根据全国哲学社会科学规划办要求，召开了项目开题论证会，邀请中国人民大学文学院耿幼壮教授、武汉大学外国语言文学学院罗国祥教授参加。两位专家就项目研究进行学术指导，提出的意见和建议既有涉及宏观的设计思路和框架结构，如项目研究的重心要将进程凸显出来，各卷是从不同角度看整体，要加强项目的体系性和各子课题之间的逻辑关系，也有针对各卷的具体内容，如对后现代主义文学，建议增加后现代主义政治的讨论等。专家们还结合自己的治学经验，就如何组织项目实施等提出了富有建设性和针对性的建议。

参加“战后世界进程与外国文学进程研究”的老师主要来自南京大学、上海交通大学、苏州大学、南京师范大学、首都师范大学、中国人民大学、浙江师范大学、苏州科技大学、淮海工学院、北京语言文化大学、上海外国语大学、南京航空航天大学、南京邮电大学、河北大学、广东外语外贸大学、江苏师范大学、南京工业大学、中国人民解放军国防科技大学等全国十多所高校。课题组成员均在各自的研究领域术业有专攻，大家在民主自由的学术氛围里，团结协作，交流切磋，相互启发，形成一个学术共同体。课题组建立起良好的工作机制，共发工作简报十六期，召开各类学术研讨会和工作会十三次，特别是在无锡、扬州和高淳先后召开专题学术研讨会，就项目研究的重大问题进行广泛而深入的探讨，并将会议论文结集，出版了《战后历史进程中的现实主义、后现代主义文学》和《全球性 · 多样性 · 新趋势：当代外国文学研究》。论文集内容既有理论层面对文学的思考，也有具体的文本解读，同时作为国家社会科学基金重大项目的阶段性成果，记载了课题组开展项目研究的工作和收获。

“战后世界进程与外国文学进程研究”是一个集体项目，课题组成员在百忙中抽出时间专门为开展项目研究去读书、思考、写作。作为项目主持人，我谨借此机会向项目所有的参与者致以诚挚的谢意，特别是感谢各个子课题负责人张新木教授、叶琳教授、胡全生教授、印芝虹教授、何成洲教授、杨金才教授的重要贡献，没有大家的辛勤投入和智慧付出，是无法完成这样一项无论在广度还是深度上都有很高要求的研究项目的。南京大学校方、外国语学院和英语系领导十分重视项目的研究工作，为项目实施提供了有力保障。译林出版社顾爱彬社长、外国文学出版中心姚燚副主任对于项目成果的出版给予了大力支持，在此一并致谢。

王守仁

2018年12月于南京大学

绪　论

20世纪80年代以来，随着世界范围内全球化进程的加快，经济与文化交流日趋频繁，各国文学的关系更为密切。与此同时，全球化带来若干问题，不仅受到本土化的抵制，甚至引发“反全球化”的浪潮，全球化与文化的关系错综复杂。文学在全球流通过程中产生本土化的流变，一些普适性的命题被批判性接受和反思。这种世界文学的新形态，改变了跨文化交流的路径和方式，既反映世界历史进程，同时也对世界历史进程产生深远的影响。

全球化语境下的文学研究需要理解和解释一些比较宏观一点的问题，比如：全球化概念的复杂性和矛盾性对于文化政治和文学创作产生什么样的影响？文化全球化与经济全球化之间存在什么样的关系？文化产品，包括文学作品，在生产和流通过程中对全球资本和市场起到什么样的作用？西方的理论概念，比如：生态、性别、族裔、流散、后殖民等如何传播并本土化，是强化了还是削弱了文化上的西方中心主义？我们如何在跨文化语境下批评反思诸如主体性、他者性、世界主义等一系列问题？当代文学呈现了什么样的全球化主题？文学研究的跨国民族主义转向与传统的民族文学研究范式是什么关系？我们不可能一下子回答所有这些问题，但是我们可以从视角、立场和方法等不同角度来思考全球化与文学和文学研究之间的关系。首先，有必要梳理一下全球化的概念以及全球化与文化的关系。

一、全球化的文化纬度

如何理解全球化？这方面争议颇大，有一种观点认为：全球化首先是指20世纪70年代初以来的社会和经济变化；其次，它指针对全球化话题而不断涌现的跨学科知识体系；再次，它是指有关的话语、叙事和图像。[1]虽然全球联系和全球视野早就在人类历史上出现，"全球化"这个术语在20世纪50年代开始使用，直至80年代后开始流行。约翰·汤姆林森说："可以确信的是，全球化虽然是个使人恼火的术语，却抓住了一个有着重大意义的过程，可以毫不夸张地说，它界定了我们时代的文化状况。"[2]

当代世界的全球化具有一些显著的特点，需要加以理解。首先，全球化是一种不可逆转的大趋势。推动全球化、全球意识和全球联系的历史进程是一些结构性的力量，比如：数字技术、市场化等。虽然去全球化或者抵制全球化很困难，但是我们可以选择全球化的类型，进而影响全球化的形态，比如：以市场主导还是以官方为主导，以欧洲为中心还是多元文化的全球化，等

---

1 Liam Connell and Nicky Marsh, *Literature and Globalization: A Reader* (London: Routledge, 2011), xiv–xvi.

2 John Tomlinson, "Globalization and Cultural Analysis," David Held and Anthony McGrew, eds. *Globalization Theory: Approaches and Controversies* (Oxford: Polity, 2007), 148–149.

等。其次，全球化不只是推动同一性，而且也催生差异性和多样性。全球化在不同地区、不同社会的发展程度不一样，对不同社会中不同人群影响程度不一样。全球化没有终止文化的多样化。当文化相遇时，产生了众多新的文化形式，比如世界音乐、混合烹饪。再次，全球化不排斥本土化、区域化，它们是可以相互促进的。纯粹的本土化也是有问题的。最后，就学术而言全球化是跨学科的，具有多面性。全球化不属于哪一个领域，而是多元重合，在不同学科的内部产生关联。与全球化相关的每一个概念都要综合不同领域的知识，比如生态、环境、流散、混杂等。

全球化是一种多维度的进程，同时产生于经济、政治、环境、文化以及技术制度化等各个领域。但是人们通常认为全球资本主义市场机制是全球连接的重要因素和必要条件，这样的后果是忽视了每一种维度之相对重要性。就文化来说，人们倾向于强调全球化对文化的影响，认为全球市场的发展，比如消费品的分配，具有决定性的作用。有鉴于此，文化全球化被理解为“美国化”或“西化”，文化的相对独立性以及它内在的复杂性被轻视了。福山（Francis Fukuyama）在《历史的终结及最后之人》（1992）中提出的西方民主的普世性是一个例子。他认为西方式自由民主的全球融合正在进行，未来可能出现政治、社会、文化的全球同一化，而这实际上可能成为历史的终结。二十多年过去了，福山的预言似乎并没有成为现实。

对于全球化进程中经济和文化的关系，保罗·杰（Paul Jay）的观点值得我们关注。首先，他认为经济和文化的纬度同样重要。“尽管我一直强调我们要区别文化和经济条件及其进程——一方面是符号、再现和想象，另一方面是物质和经济关系现实——但斯蒂格利茨最后指出，如果我们不认可全球化的经济及文化纬度的同时性，那么就无法理解或者控制全球化。”[1]与此同时，他也强调经济和文化的全球化有时相互关联、密不可分。

> 我们必须意识到经济和文化领域之间的互动关系，意识到文化是伴随商品交换而进行交换的。人文学科中全球化研究的核心观点之一就是文化形式（文学叙事、电影、电视、舞台表演等）是商品，从而颠覆了文学属于纯美学范畴且超越商品、经济，甚至历史世界的旧观念。我们已无法明确区分纯物质的、发生在商品经济中的交换和纯象征性的、发生在文化经济中的交换。的确，两种形式的交换总是互相重叠（它们变得越来越难以区分），这应该成为全球化综合研究的重要组成部分。[2]

经济和文化的相互渗透和相互影响是当代全球化的一个特征，也是我们在人文社科领域认识和分析文化全球化的一个重要条件。

全球化时代一个重要的文化现象是身份认同的变化。“文化身份”主要包括：性别、阶级、宗教、种族和民族以及国籍。一般认为，全球化消解了文化认同，可是全球化也许是制造和扩散文化身份最重要的力量。“身份远非是被全球化蹂躏的那朵脆弱的花儿，相反被看作是可以与资本主义全球化的向心力相抗衡的本土

---

1 Paul Jay, “Beyond discipline?: Globalization and the future of English,” *PMLA* 116 (2001): 9.

2 同上。

文化不断上升的活力。”[1]一个典型的例子是流散的问题。全球化时代移民数量不断增长，他们的身份认同却更加多元。由于电子媒体的快速发展，流散群体与母国之间的交流频繁且深入，他们与母国的联系比以前的移民更加紧密。“遍及欧美的多元文化主义争论风波证明，国家无法阻止其少数人口与更为广泛的宗教或种族之间的联系。这些以及其他例子表明，认为独立的公共领域必然是民族的，这种时代应该结束了。流散的公共领域本身就是多样的，它们是后国家秩序的大熔炉。”[2]

全球化与世界主义有着复杂的关系：全球化对于普世主义有积极的推动作用，但是全球化不一定带来普世的价值，而且可能因为推广某一种具有霸权地位文化的价值观，比如美国的价值观，从而引起冲突和抵抗。西亚和中东地区的动荡与此有莫大的关系。“挥之不去的民族主义、文化、宗教的冲突，在全球化时代将始终是一个核心问题。”[3]世界主义需要有批判性，一方面消除偏见和自我中心主义，另一方面要重视处于边缘地位的文化和声音。

长期以来，文化全球化的概念本身就是一个有争议的命题。文化全球化被认为具有三个层次：与物品在全球扩散同步，观念也在全球传播；来自不同区域和文化中的人在交往当中形成新的规范和知识；以全球作为认识参照的新的思维方式。在这些基础

1 John Tomlinson, “Globalization and Cultural Analysis,” David Held and Anthony McGrew, eds. *Globalization Theory: Approaches and Controversies* (Oxford: Polity, 2007), 161.

2 同上，22。

3 刘康：《全球化/民族化》，天津：天津人民出版社，2002年，第3页。

上形成一种世界文化，影响和作用于任何地区和民族的文化。[1]学术界对于文化全球化有几种不同的解读：一是马克思主义的立场，反对西方霸权。二是社会学的视角，讨论全球政策和治理的挑战和机遇。三是文化研究的视角，认为一方面不同文化碰撞、交流会带来相似性；另一方面，不同文化在与世界其他文化的交流和互动中形成自己"独特"的文化，在全球的相互依存中形成文化多样性。"文化全球化包含多重流动的意思。由于这些流动有不同的速度，在具体的社区当中以一些独特的'混杂'或者'融合'的方式交汇，它们因而产生全球文学差异的新形式。在'全球人文'的多样化当中，文化失去了自己的疆界，在不同程度上卷入流动的旋涡和全球联系的网络。"[2]正是在这种联系和互动当中，不同民族的文化建构自己的特色。杨义在《现代中国学术方法通论》中系统梳理和总结了在中西文化碰撞和交流当中中国学术是如何形成自己的传统的。"对于现代中国学术而言，世界视野敞开的是天，文化还原落实的是地。天地交泰乃是超越文化霸权和狭隘民族主义的文化态度，由此可以引申出现代化中国学术在应对全球化中的基本立场和方法。"[3]

全球化在文化等不同领域的探讨对于文学研究都是十分有意义的。但是，究竟如何思考和辨析全球化与文学的关系？在这一方面，从20世纪90年代以来有过持续的探讨，对于当下的研究有

---

1 Frank J. Lechner, "Cultural Globalization," Roland Robertson and Jan Aart Scholte, eds. *Encyclopedia of Globalization* (NewYork: Routledge, 2006), 258.

2 同上，261。

3 杨义：《"格局观"的全球化与"建设论"的人文学》，严平编《全球化与文学》，济南：山东教育出版社，2007年，第8页。

一定的借鉴意义。

二、全球化进程与文学

在英语世界，关注全球化与文学关系的相关研究也是20世纪90年代之后的事情。摩西斯（Michael Valdez Moses）在《小说与文化全球化》中讨论欧洲和第三世界的小说创作如何反映了欧洲的现代性历史进程以及现代性的全球扩张在非洲和拉美产生的影响。[1]但是该书对于全球化的界定是非常宽泛的，没有针对20世纪80年代以来的全球化历史进程。

关于文学与全球化进程之间的关系，当代一种比较普遍的看法是认为它们之间是相互关联和相互影响的。其中最主要的观点是：文学不仅反映全球化的历史进程，而且深化对于全球化的认识和知识建构。同时，全球化影响文学的创作、流通和接受。此外，文学研究本身也受到全球化进程的影响。全球化正在改变文学的学科边界、知识结构和理论方法。

2001年，美国《南大西洋季刊》出版特刊《小说的全球化/全球化的小说》，这是严格意义上关于全球化与文学关系比较早的论述之一。“（本特刊）试图理解……文学与全球化的现象之间错综复杂的本质关系……不仅仅要思考例如全球化主题如何在小说中得到反映这样的问题，而且要思考文学在无数全球化的‘小说’话语的叙述建构中的作用。”[2]伊思瑞尔（Nico Israel）在《全

---

1 参见Michael Valdez Moses, *The Novel and the Globalization of Culture* (Oxford: Oxford University Press, 1995)。

2 Susie O' Brien and Imre Szeman, “Introduction: The Globalization of Fiction/The Fiction of Globalization,” *The South Atlantic Quarterly* Vol. 100, No. 3 (2001): 604.

球化与当代文学》(2004) 一文中也认为“当代文学中全球化的主题无处不在，这一点也不奇怪”。[1]文章举了《撒旦诗篇》的例子，指出该作品在出版后在全世界引起的轩然大波表明了文学在内容、传播和接受等不同方面与全球化紧密相关。安尼斯莱 (James Annesley) 的著作《全球化的小说》(2006) 肯定了小说对于认识和理解全球化的积极意义。“本书的目的不是通过阅读这些小说来证明全球化的存在，或者认为它们对全球化真实物质状况的细节做出了如实表达，而是利用分析各种文本来提炼认知全球化话语的方法。”[2]文学始终是社会生活的忠实记录者和阐释者，阅读当代文学能加深我们对于全球化时代社会变迁的理解和把握。

古普塔 (Suman Gupta) 著的《全球化与文学》(2009) 是迄今为止对全球化与文学的关系做出了最系统研究的一部著作。该书对于全球化语境下的文学研究有如下比较全面的界定：

> 一、某种实践……关于小说如何反映全球化主题。二、有时，文学文本及对它们的阐释被用来支持或阐述政治和社会理论家们在全球化方面的观念立场。三、试图在文学研究和全球化研究的术语与表述（如文本、文化、身份）之间找到能相互贯通的可能性。四、很多学术研究努力使全球化观点适应已发展完备并被人熟知的文学研究领域。尤其是，后殖民和后现代文学及文艺理论已经证明，文学学者在寻求拥护和介入全球化的讨论中能够

---

1 Nico Israel, “Globalization and Contemporary Literature,” *Literature Compass* Vol. 1, No.1 (2004): 4.

2 James Annesley, *Fictions of Globalization* (London: Continuum, 2006), 6.

> 取得丰硕的成果和空间。五、人们已经投入值得关注的努力，从而将全球化理解为一个表明文学研究自身体制或学科追求的过程。六、也即最后一点，一些学术目光也投向了文学的产业化，即学术研究之外的文学的生产、流通和消费；或者更宽泛一点，世界上书籍的买卖。[1]

由此看来，关于全球化与文学的讨论不仅仅是后者再现前者，也不是前者影响和决定后者，而是两者交织在一起，形成文学的全球化和全球化的文学性。

前面提到文学的产业化，这是一个颇具争议的话题。古普塔认为"显而易见，全球化影响了文学的'生意'——商业化的'生产'……与此同时，因特网（网上书店，比如亚马逊网）也为人们获取文学作品提供方便，世界边远地区的购买者也能得到各种各样的作品……拿英美的大学来看，在过去的15年中，文学方向的学生所阅读的当代书籍来自更加广阔的地域范围，尽管那些书大体上还是有一小群受过西方教育、用英文写作的作者所发表的"。[2]确实，全球化给文学的阅读和研究带来便利。但是，全球化对于传统的文学阅读产生冲击，比如电子图书的流行。米勒（J. Hillis Miller）对于这种变化有一种悲观的态度，他认为网络空间里文学作品产生一些问题，比如作品与历史语境的分离。至于网络上将文学作品与形形色色围绕这些作品的视觉和听觉素材并置在一起，米勒觉得这样做会误导读者，而且由于作品与图书文

1 Suman Gupta, *Globalization and Literature* (Cambridge: Polity Press, 2009), 65.

2 同上，3—4。

化的割裂可能会导致“文学的终结”。[1]

商业化对于文学，尤其是对于纯文学的负面影响已经为我们敲响警钟。英国作家莱辛曾谈过她的一些经历。在她成名后，很多出版社找她，希望能出版她的作品。为了试探出版界是否唯“名”是从，抑或唯利是图，莱辛将自己的新作品用一个伪造的名字投稿，结果屡被出版商拒绝。在全球化时代，出版行业跨国公司奉行利益驱动原理，这意味着所有出版业的发展——包括文学出版——相应地导致了某些纯文学的萎缩，如创新实验文学。希夫林（Andre Schiffrin）在《出版业》一书中说：

> 新观点和新作家被接受需要时间。对于一个作家而言，可能要等上若干年才能拥有相当数量的读者，从而让出版商觉得出版他的书是有利可图的。甚至从长远来看，市场也不能给一个观点所具有的价值做出合适的评价。显而易见，曾有成千上万本伟大的书从没有取得商业利润。因此，这种新的办法——决定只是出版那些能马上带来经济回报的书——会轻易导致巨大数量的重要著作消失。[2]

如何着手研究全球化与文学的关系是令人困惑的，康奈尔（Liam Connell）和马什（Nicky Marsh）在他们主编的《文学与全球化读本》（2011）一书的导言中提出他们的建议："首先，从一系列试图理解全球化的学科中选择理论书籍；其次，了解一些试图

1 转引自 Suman Gupta, *Globalization and Literature* (Cambridge: Polity Press, 2009), 76。

2 Andre Schiffrin, *The Business of Books* (London: Verso, 2001), 104.

运用这些视角从事文学批评的研究成果；再次，阅读一系列应用这些视角作为批评实践的文学文本。”[1]这个建议的要点仍然是要将理论探索和文本批评结合起来，相互启发，深化我们对于全球化与文学关系的理解和把握。其中，近年来一个引起广泛关注的议题是世界文学以及它与全球化的联系。

三、全球化与世界文学

全球化的一个特点是传统的地域和文化上的疆界被打破，解域就是“文化与地理领域和社会地域之间的那种‘自然’关系的丧失”。[2]在全球化语境下，文化体验不再那么依赖于场所，因为场所逐渐为“距离”所渗透，即为全球化关联结构之融合所渗透。全球化与文化的生产和传播的方式紧密相连，全球化时代文化“符号能够在任何地点、任何时间被生产，对其生产和再生产几乎没有什么资源限制”。[3]全球化时代的世界文学具有了全新的特点，世界文学不仅在内容和形式上，而且在生产与传播方式上更加趋同。然而，世界文学的丰富性并没有消减。世界文学仍然是文化普遍性与特殊性的结合，这一点没有改变。[4]相对于狭义文化全球化的单一向度，有中国学者提出“复数的世界文学”，指的是不同民族和不同文化对于世界文学的解读可以是不同的。[5]

---

1 Liam Connell and Nicky Marsh, *Literature and Globalization: A Reader* (London: Routledge, 2011), x.

2 转引自John Tomlinson, “Globalization and Cultural Analysis,” David Held and Anthony McGrew, eds. *Globalization Theory: Approaches and Controversies* (Oxford: Polity, 2007), 153。

3 Paul Jay, *Global Matters: The Transnational Turn in Literary Studies* (Ithaca: Cornell University Press, 2010), 9.

4 张旭东：《全球化时代的文化认同——西方普遍主义话语的历史批判》，北京：北京大学出版社，2006年，第3—7页。

5 高建平：《全球化与中国艺术》，济南：山东教育出版社，2011年，第26页。

马勒蒂（Franco Moretti）在《世界文学猜想》一文中提出世界文学是“一体的但又是不平等的”（one and unequal），也就是说世界文学是一个体系，但是不同文学之间的影响和互动是“不对称的”。[1]他同时指出，研究世界文学需要有不同的视角和方法。“我认为是我们重新回到世界文学这一古老追求上的时候了：毕竟，当前我们周围的文学毫无疑问的是个全球体系。实际上，问题不是我们应该做什么，而是怎么做。它对于研究世界文学意味着什么呢？我们怎么做呢？”[2]通过对文学进行历史的考察，他发现一个规律性的东西，那就是普遍的文学形式（通常是欧洲）与地方经验和现实的复杂结合。他说：“世界文学确实是个体系，但是个变动的体系……如果说1750年以后小说在世界各地的兴起是西方欧洲模式与当地现实的妥协，那么，本土现实在各地是不同的，就像西方影响在各地也非常不均衡一样。”[3]马勒蒂的“世界文学猜想”给我们的启发是：全球化时代世界文学的关联性迅速得到加强，但是地方的特色也能够更加显现。

全球化时代，我们如何阅读世界文学，认识世界文学，以及如何从事世界文学的研究引起学术界的高度关注。在这一方面，美国学者大卫·达姆罗什在21世纪初以来出版了自己的著作，分别是《世界文学是什么》《如何阅读世界文学》等。大卫·达姆罗什在《世界文学是什么》一书中提出，世界文学包括“所有超出源文化界限而在其他文化流传的文学作品，无论是以翻译形式还

1 Franco Moretti, “Conjectures on world literature,” *New Left Review* 1 (2000): 55–56.

2 同上，54—55。

3 同上，64。

是源语言形式”。[1]他认为世界文学的经典作品数量众多、难以把握，其研究的重点因而转向对于“流通和阅读方式”的关注。当一部作品在外国文化中传播的时候，不可避免地会导致一些接受上的偏差，但是其他文化中的不同视角也会丰富我们对于文学作品的理解和解释。不同文学的交流是文学保持活力的一个前提。达姆罗什引用歌德的话说：“如果没有其他文学的滋养，任何一种文学都会有枯竭的那一天。”[2]

英语和英语文学在全球化时代的特点有比较大的代表性。保罗·杰在《超越学科？：全球化与英语的未来》（2001）一文中说：“流散英语的扩张极大地加强一种感觉，当代书写是在一个后民族的、全球的潮流中创造的，是在全世界被改编、翻译和再传播的去疆界化的文化产品。”[3]他还认为全球化时代英语文学的内容、边界和形态也会产生变化。他在《全球事务：文学研究的跨国民族主义转向》一书中探讨了英文书写将不可避免具有一种混杂性。“这一过程的确在英语的全球生产中发挥了作用，越来越多地受到南亚及拉丁美洲书写（一种形成于美国和墨西哥边境的拉丁传统）、美国黑人文学以及美国流散社区特有文化传统的影响。我们所谓的‘英语’文化完全是一种混合物，它建基于不同文化传统之间错综复杂的交流之上，从而越来越难以找到一种不受来自英美之外的资源和话语快速融合的控制和影响的主流西方话语。”[4]这

1 David Damrosch, *What Is World Literature* (Princeton: Princeton University Press, 2003), 4.

2 同上，5。

3 Paul Jay, “Beyond discipline?: Globalization and the future of English,” *PMLA* 116 (2001): 44.

4 Paul Jay, *Global Matters: The Transnational Turn in Literary Studies* (Ithaca: Cornell University Press, 2010), 66.

解释了为什么时下人们会用复数的英语（global Englishes）描述英语和英语文学在全球的状况。

全球化对于世界文学的挑战还体现在西方的文学研究理论被普适化这一问题上。文学研究在全球化的过程中被同一化，这与西方批评理论、术语及实践被广泛运用有着紧密的联系。不同地区和文化的文学研究都被西方批评话语所笼罩。英语在文学研究中的统治地位在全球化进程中得到加强。因而在世界文学研究上需要抵制西方中心主义，强调地方的特殊性。“对卡普兰来说，阿德里安娜·里奇和钱德拉·莫汉蒂等批评家所说的‘地方优先’要求我们将地方文化视为抵制全球化的场所，并强调在西方学术消费中，全球化的文学研究通过自身规范化词汇的疏导，使世界文学避免被殖民的危险。”[1]

对于全球化历史进程与文学进程的关系，需要强调以下几点：文学作品反映全球化的场景、进程和问题；文学作品能够生产和修正全球化的话语叙事；文学研究有助于阐释全球化的理论概念，同时全球化的理论和概念也为文本分析提供新的视角；文学的生产和传播过程越来越受到全球化的影响。全球化视野下的文学研究，包括外国文学研究，有必要关注当代社会出现的重要问题和现象，主要包括：生态和环境危机、女性主义和女权运动、少数族裔的文化身份认同、后殖民的历史记忆与民族身份想象。本卷正是围绕以上议题对于全球化历史进程与当代外国文学创作之间的关系展开论述的。

---

1 Paul Jay, *Global Matters: The Transnational Turn in Literary Studies* (Ithaca: Cornell University Press, 2010), 68.

首先，以全球化为特征的生产和消费方式造成了生态灾难，加剧了人与自然之间的疏离。当代文学从不同角度反思全球化进程中的环境危机，呼吁重新构建去人类中心主义的新型伦理观。美国自然书写文学的研究通过重新栖居的视角，分析了当代美国作家斯奈德、贝瑞和霍根如何分别借助归居荒野、憧憬传统的农耕生活与回归印第安部落文化，表达了适应地方环境与增强家园意识的在地文化，以此对抗全球化进程下科技文明与商业经济模式给人类生活带来的负面影响，比如：异化、焦虑和空虚。英语生态文学的动物性研究通过揭示动物的记忆能力与遭受创伤的心理，探讨了以人类道德责任为基础的动物伦理。加拿大生态女性主义文学研究分析了女性与自然之间的平行关系，揭示女性和自然在全球化过程中受到的多重压迫，讨论了妇女在实践生态正义中的作用。俄罗斯生态文学研究从宗教、哲学与文学相结合的视角，反思全球化时代人类生产活动给环境带来的破坏与救赎问题，认为生态文明之路在于信仰的回归，通过道德的自我完善，构建人类命运共同体的意识。北欧生态文学研究从全球在地化的视角入手，讨论北欧文学如何继承和发扬北欧的文化传统，通过对北欧古代山妖神话的挪用，反思全球化对于生态和地方文化的破坏作用。

其次，全球化推动了女性主义理论与文学创作的国际化、普遍化与在地化，同时女性主义的跨国旅行也构成了全球化的一个重要的文化景观和认识纬度。在法国女性主义理论与女权运动不断发展并在全球传播的深刻影响下，法语女性主义文学通过对中国、印度、阿拉伯国家等世界不同国家和地区的女性生存状况的描写和反思，批评家庭和社会生活对女性的歧视与压迫，追寻女性获得自由和独立的不同道路与可能性。英国女性文学将性别与种族、阶级、环境等结合在一起，从跨种族、跨性别与跨文化的视角，构建了一种具有普适性的世界意识和人类情怀。日本女性作家在西方文化，尤其是女性思潮的影响下，以开放和多元的文学理念，运用独特的文体和叙事方式，反映全球化时代日本社会中妇女遭遇的各种问题，以及女性对传统家庭与性别观念的反叛与超越。

再次，全球化语境下少数族裔的身份认同具有多元共存、交织与冲突的复杂性，呈现动态和不断演进的特点。美国华裔文学通过对神话、民间传说、文学经典等中国文化素材的挪用与改写，反映书写族裔文化认同的不同策略以及矛盾性。北美非裔文学，不论是在加拿大还是美国，都关注"黑人性"在文学中的呈现与建构，反思黑人移民的艰难经历与身份困惑。在美国，由于黑人女性主义的发展，非裔美国文学的传统已经逐步得到确立和发展。德语流散文学表现了全球化时代德国或者德语区国家的流散群体处在主流文化与族裔文化之间经历的身份认同危机与超越，而德语流散作家的跨文化书写体现了以开放性、流动性与混杂性为特征的新的文化身份认同。

最后，在全球化进程中，西方殖民的历史被重新审视和彻底清算，后殖民的生存状况和民族认同上发生的问题激发起人们从对殖民历史的重新认识中寻找解决问题的途径。全球化英语小说从政治、经济和意识形态等不同角度出发考察了全球化与后殖民生存状况之间的种种联系，既反思全球化的负面影响，也讨论全球化的积极作用。后殖民主义语境下的澳大利亚文学通过对殖民历史与多民族社会现实的思考，探索全球化时代澳大利亚的本土身份建构。不论白人文学，还是移民文学、土著文学都为澳大利亚多元文化特征的形成做出了各自的贡献。拉美后殖民文学对于拉美国家的殖民历史与民族记忆进行重新书写，以拉美民族自身作为叙事的主体，反思殖民遗产，重构全球化时代拉美人民的民族认同。

全球化进程催生了各色各样的社会、文化与环境问题，其中主要包括生态危机、女性主义、少数族裔的身份认同和后殖民的民族认同，这些问题在当代文学的书写和阅读中被从不同的角度加以想象、反思和建构。文学的创作不只是被动地反映和呈现全球化进程中的问题，而且也构成了思考全球化的一个重要的纬度，同时会发挥着文学的能动性，影响全球化在不同时间和空间中的发展轨迹。

第一章

重新栖居：当代美国自然书写的中间风景理想

重新栖居（reinhabitation）是当代美国自然书写的重要母题。作为生活方式，它指放弃现代社会城市生活，回归荒野、自然与乡村的生活；作为生活理念，它指尊重在地价值、重新认同前辈适应自然的生活。以重新栖居为主题的当代美国自然书写，如斯奈德、贝瑞与霍根的作品可以看作是利奥·马克斯（Leo Marx）的“机器、田园双重动力文学”的延续：[1]它们在人的荒野体验、农耕生活描写中委婉表达对工业社会、商业模式与全球化进程的焦虑与反思；在讴歌家乡文化与在地价值观中批判现代一体化模式与商业价值体系，倡导融入自然，维持、修复当地生态关系的可持续生存模式。这是用“中间风景”寓意可实现的理想的自然书写；[2]是“理想与其对立面不可分离”的复杂田园叙事；[3]是对“带

---

1 利奥·马克斯：《花园里的机器：美国的技术与田园理想》，马海良、雷月梅译，北京：北京大学出版社，2011年，第259页。

2 同上，第207页。

3 同上，第233页。

机器的花园描写”。[1]这种在地书写亦是对全球在地化（glocality）的诠释。

全球在地性寓意在全球化意识或跨国视野下，重新重视在地生活方式与在地价值。海塞的“生态世界主义”（eco-cosmopolitan）、[2]马西（Doreen Massey）的“全球的地方意识”（a global sense of place）与布依尔的“多地观”是三种常被提及的全球在地性的范式。海塞倡导将以家乡感为代表、拘于一方的地方依恋、地方关爱拓展到全球范围。马西提出全球化下的在地是本地与外在世界联系的“历史产物的累积”，这一“开放”而非排外的在地是一种“行进中”的在地，[3]意味在肯定地方生命共同体的同时，允许地方为现在与将来发展采取举措。布依尔的多地观以现象学、社会学的“地方依恋”及对虚拟地方的依附为基础，[4]表现为“以家为中心的同心圆模式”或“群岛模式”（archipelago of locales）。[5]相比这三种全球在地范式，以重新栖居为母题的斯奈德、贝瑞与霍根的自然书写似乎是延续了马克斯中间风景理想的全球在地。

马克斯在《花园里的机器》中提出“中间风景”与“中间风景理想”的概念。[6]中间风景可以溯源到维吉尔《牧歌集》中的阿

1 利奥·马克斯：《花园里的机器：美国的技术与田园理想》，马海良、雷月梅译，北京：北京大学出版社，2011年，第2页。

2 厄休拉·海塞：《处所意识与星球意识》，唐梅花译，《鄱阳湖学刊》2013年第5期，第119页。

3 Doreen Massey,“A Global Sense of Place in Barnes,” T. Barnes, D. Gregory, eds. *Reading Human Geography* (London：Arnold, 1997), 323.

4 劳伦斯·布依尔：《环境批评的未来：环境危机与文学想象》，刘蓓译，北京：北京大学出版社，2010年，第83页。

5 同上，第65页。

6 利奥·马克斯：《花园里的机器：美国的技术与田园理想》，马海良、雷月梅译，北京：北京大学出版社，2011年，第82页。

卡狄亚。这是比邻荒野，又与罗马城接壤的丰盛草场与绿谷。处于中间风景的阿卡狄亚，既有“人工的复杂结构”，又有“自然的简单自发”。[1]它同时享有城市与荒野两个不同世界的精华，却避开城市与荒野可能带来的贫困与焦虑；避免人类文明带来的压抑与自然不确定性带来的折磨。阿卡狄亚代表了“情感型田园理想”。[2]马克斯对中间风景更重要的贡献在于提出阿卡狄亚的现代变体，即他所说的以机器与花园并置为代表的“知性/复杂田园理想”。[3]霍桑笔记中被汽笛骚扰的睡谷、《白鲸》中受到捕鲸船侵扰的大海、马克·吐温笔下木排与船航行的密西西比河是体现了复杂田园理想的中间风景。这些中间风景象征“置于压力之下”的田园理想。[4]一方面，机器与工业文明意象成为“冲击”田园风光的“反作用力”，[5]寓意“权力和复杂性世界侵袭”的田园理想。另一方面将真实世界的机器与田园幻景相并置，不仅“抑制”田园理想的表达，也“质疑、讽刺”绿色牧场平静与和谐的幻想。[6]马克斯带机器的花园体现了工业文明、商业守时的“感知方式”，价值文化与季节、生命循环的田园文化并置，[7]中间风景成为在机器时代保留，甚至实现田园理想的象征风景。只不过按照马克斯的悲观看法，代表中间风景的田园理想无法在“历史”现实中实

---

1 利奥·马克斯：《花园里的机器：美国的技术与田园理想》，马海良、雷月梅译，北京：北京大学出版社，2011年，第15页。

2 同上，第17页。

3 同上，第17、21页。

4 同上，第17页。

5 同上，第16、17页。

6 同上，第17页。

7 同上，第181、185页。

现，它是只能存在于“文学之中”，“置于”梭罗类作家的“知觉”想象中的“象征风景”。[1]与此对应，机器时代作家书写田园理想的目的似乎在于唤起人们在自然中悠然自得、无拘无束的感知与认知，用以抵御工业文明、商业文化对人的奴役；借助人对自然的感知力推动人的想象力、认知力与批判精神，使主导人生活的体制与文化“像陶工手中的黏土一样具有可塑性”。[2]

文学中的田园理想自然不只有带机器的花园一种。生长于不同地域环境、文化语境中的在地作家，选择不同的自然环境栖居，想象了不同的田园理想，给予家园意识不同的解释。斯奈德重返龟岛；贝瑞重返肯塔基的农耕生活；霍根重返北美的印第安文化与生活。斯奈德理解的家园是被称为龟岛的北美大地，他视树、鸟、鱼、兽为家园中的各类居民。贝瑞视土地为家园，期待人们善用土地、承担对土地共同体的责任。霍根关注印第安裔的家园，呼吁维护荒野这一印第安人的庇护所，保护印第安文化的物质依托。

无论归居荒野、农庄，还是归居印第安家园，斯奈德、贝瑞、霍根的自然书写没有漠视现代化全球化进程，没有将自然与文明、人与自然完全对立；而是借归居自然的生活，表达植根不同自然景观的在地文化，憧憬不同生态意蕴的“中间风景理想”，意欲改造现代西方文明。这种全球在地似乎与罗伯逊（Roland Robertson）提出的“全球本土化”（glocalization）目标不同。[3]罗伯逊以全球

---

1 利奥·马克斯：《花园里的机器：美国的技术与田园理想》，马海良、雷月梅译，北京：北京大学出版社，2011年，第194、13页。

2 同上，第192页。

3 罗兰·罗伯逊、扬·阿特·肖尔特、王宁主编：《全球化百科全书》，南京：译林出版社，2011年，第316页。

本土化解释“来自外界的某一想法进入某一语境时不得不适应那一语境”，[1]说明各种观念在世界范围内传播受到“限制”，只能以各种形式“适应”各地不同的环境，因特定的局势而“妥协”。[2]斯奈德、贝瑞、霍根的在地书写，倡导绿色的现代化，呼吁建设适宜不同生物地域环境的文明模式。他们力图汲取野性他者的力量，改变现代化、全球化带来的同质化，表达了不同于“带机器花园”范式的中间风景理想。于斯奈德，这中间风景理想是与野性共生的文明，是天地一隅的心态，是行星意识下适合不同生物区域性的文化与实践。于贝瑞，它是杰斐逊式的农业社会与民主；于霍根，它是保留印第安文化的精髓，维护荒野生灵庇护所的功能。

具有中间风景理想的归居文学以自然体验为源泉，承认荒野与自然的他者自主性，肯定自然体验与农耕生活有利于治愈人的精神、情感创伤，表达了恢复土地共同体生态平衡的意识与责任，憧憬了中间风景的理想。如环境史学家克劳农（William Cronon）所写，“中间地带是我们居住的地方”，“是我们所有人用不同方式创建的家园”。[3]只有通过不断探索“中间地带”（middle ground），我们才能学会设想“对人类和自然界其他生物”都更好的“多样化世界”，[4]这种具有中间风景理想的家园意识描写，体现了与自然环境相宜的风土人情、人文情怀；表现出多样性的在地文化与忠

---

1 罗兰·罗伯逊、扬·阿特·肖尔特、王宁主编：《全球化百科全书》，南京：译林出版社，2011年，第316页。

2 同上，第317页。

3 William Cronon,“The Trouble with Wilderness: Or, Getting Back to the Wrong Nature,” *Environmental History* (1996:1): 21.

4 同上。

诚一地生活的思想。这是斯奈德所说的天地一隅与行星意识下的在地，[1]是多样性在地文化并存的"古老方式的国际主义"。这是以重新栖居为母题的自然文学构建的全球在地新范式。

从文化影响与文化构建看，归居主题的自然文学具有从全球到在地，再从在地到全球的两种不同姿态。一方面，在文学创作和文化生产体系化、同质化、全球化的大潮之下，在地自然文学逆向而行。斯奈德讴歌野性、野域及其文化，倡导野性能承受的文明。他的荒野诗学劝导人们摆脱商品思维模式，学习自然界的生命维持经济，在"自愿简朴"生活中融入自然。[2]贝瑞在书写农耕生活中，提出农耕有益培养人对自然与土地的责任感，有利增强人与人之间的信任，密切人与人之间的关系。霍根以书写印第安文化与生活方式，肯定植根荒野的印第安文化有助于治愈创伤。另一方面，在地文学不只以家园为背景与素材，在地文学创作与成功本身说明乡村农耕生活、荒野体验会有助于新知识的生产，开拓对世界的认识；有益于加强人与人的交流，增进人对自然的了解、对生命的体验。在地书写不仅有斯奈德所说的天地一隅的丰富感、满足感，还体现了在地知识、文化的生成性。它们充分肯定自然体验、乡土生活是文学创作、文化生产的源泉，表明在全球化下文学、文化生产占主导地位之时，"从土地中生长出来"的文学、文化与知识亦有生存的可能，[3]亦会促成全球化下文

1 Gary Snyder, *The Real Work: Interviews and Talks*, 1964–1979 (New York: New Directions Publishing Corporation, 1980), 126.

2 Laurence Buell, *Environmental Imagination: Thoreau, Nature Writing, and the Formation of American Culture* (Cambridge: Harvard University Press, 1995), 145.

3 同上，139—140。

学、文化生产的多样化。

第一节　归居荒野：斯奈德的中间风景理想

斯奈德（Gary Snyder）是声望享誉全球的作家，他的代表作《龟岛》获得1975年普利策诗歌奖，他本人1987年入选美国艺术与文学院院士，1997年获得博林根奖和约翰·海自然书写奖。斯奈德也是离乡后返乡、具有国际视野的在地作家。就创作主题与风格而言，尽管斯奈德早期诗歌有垮掉的一代的诗风，总体上他的诗文仍以自然、荒野书写为主。斯奈德1930年出生于加州旧金山，他在西雅图北部树林环绕的小农场度过童年。他从十三岁起就进入卡斯克兹群山，在横跨加州、内华达州、俄勒冈州三州的山脉里，尝试荒野生活。青年时期的斯奈德为亲近自然山水，做过森林防火瞭望员，也做过伐木工。1956年他前往日本学习禅宗，娶妻成家。1969年他携家人返回美国，居于僻静的西部山区荒野。犹如栖居于德、瑞交界的黑森林的海德格尔，斯奈德因身体与自然的亲密无间而感知敏锐、思想鲜活。荒野中他接近生命本原，感受到自己的初心/本心。向外发现“野域”，向内探索“本心”。[1] 他也从荒野生活中获得思想和写作灵感。斯奈德以与卡斯克兹群山的“联系”作为自我身份认同的核心。[2]他的诗作既有本心流露，也有群山、沙漠、荒野及野生动植物的声音。如毛明所言：

---

1 Gary Snyder, *The Practice of the Wild* (Berkeley: Counterpoint, 1990), 14.

2 Gary Snyder, "Reinhabitation," *A Place in Space: Ethics, Aesthetics, and Watersheds* (Washington, D.C.: Counterpoint, 1995), 184.

斯奈德的诗作“是大自然的天籁之音和人的潜意识之音”。[1]斯奈德在归居生活描写中，表达了荒野是龟岛所有本土居民家园的生态思想，倡导野性能承受的文明，抒发了通灵诗人天地一隅的满足与星球意识。

一、栖居荒野、家园意识与龟岛本土居民

重新栖居是斯奈德独特生活方式孵化的概念。对于斯奈德而言，归居荒野需要入乡随俗，了解和认同荒野文化；需要承认自身身体与头脑中的荒域，降下身段，甘愿与野生动植物为邻为伴；需要改变认知习惯，以感知先于认知，身体体验重于头脑想象与推测；需要学会欣赏荒野中比比皆是的“生存型经济”(subsistence economy)，[2]即野生生命对物质的需求限于维持生存。这种再栖居不是原始文明中人们习以为常、沿袭下来的栖居自然，而是退出工业文明、商业文化之后对于荒野文化、在地价值的重新肯定与认同，是对以城市文明为基础、以能源消耗为特色的现代文明的摒弃，对构筑益于自然环境的生态文明，即斯奈德所说的“原始现代”文明的尝试。如程虹所写，斯奈德的重新安居“指从工业社会及现代文明中脱身，从身心方面都重返土地，重返生活地域的人”。[3]

重新栖居生活的所见所闻、所思所感成为斯奈德诗歌和散文

1 毛明：《野径与禅道：生态美学视域下美国诗人斯奈德的禅学因缘》，北京：中国社会科学出版社，2014年，第13页。

2 Gary Snyder, *The Practice of the Wild* (Berkeley: Counterpoint, 1990), 84.

3 程虹：《野情便山水——从自然文学的角度解读加里·斯奈德》，《中国图书评论》2000年第10期，第68页。

的重要题材。他早期和中期出版的《神话与文本》(*Myths & Texts*, 1960)、《穷乡僻壤》(*The Back Country*, 1967)、《砌石与寒山诗集》(*Riprap and Cold Mountain Poems*, 1969)、《龟岛》(*Turtle Island*, 1974)、《斧柄》(*Axe Handles*, 1983)中有不少取材于栖居生活的诗文。在这些诗文中，斯奈德不仅解释何为真正的栖居，说明移居荒野并非栖居自然的象征；他还提醒居于荒野的人不要将城市生活方式带到荒野中，不要给本土野生动植物带来劫难。在《荒野的呼喊》一诗中，斯奈德以加州荒野土生土长的八十岁老翁为例，说明居于荒野之人会为野生动植物带来劫难，他会叫来政府捕兽队，"用铁腿夹抓郊狼"。诗中，斯奈德不仅揭露了荒野出卖者是造成荒野破坏的罪魁祸首，还将政府灭绝荒野郊狼比作在亚洲的越战，"政府也与荒野出卖者沆瀣一气，对荒野发动战争"。诗人以跋为诗眼，"我想说，郊狼永在你心中。但这并不是真的"，[1]表明人可以销毁大地上的荒野，却不能泯灭人心中的郊狼，消除人心中的荒野。这首诗清晰地表明居于荒野并不等于栖居；衡量栖居者的标准在于其对待荒野与野生动植物的态度。[2]只有安然接受其他生灵，欣赏并融入荒野文化，才称得上栖居于自然。

认识到野域的广泛存在，肯定野性的价值，学习并融入荒野文化，归居荒野者才能真正栖居自然。《神话与文本》中收录的近二十首"伐木"诗，描写了人类移居荒野给自然带来的灾难，突出荒野成为人类家园与其本来是野生动植物家园之间的冲突。"伐

1 高歌、王诺：《生态诗人：加里·斯奈德研究》，上海：学林出版社，2011年，第258—259页。

2 同上，第260页。

木八”描写了人们开荒建房，致使树木被剥皮，幼松被损伤，花粟鼠弃家逃命，甚至连蚂蚁也衔着一颗卵另觅家园。诗歌采用生命中心论的视角，平等地看待幼松、花粟鼠、蚂蚁等不同生命，体恤它们也需要安身立命之所。斯奈德担心城市化进程会快速侵蚀乡村与荒野，野性伴随荒野的萎缩日益势弱，荒野、野生动植物与野性本身需要爱惜与保护。在《龟岛》等诗集中，斯奈德就用不同的意象表达了这一思想。

斯奈德在1969到1974年所写的诗歌被其收入以“龟岛”命名的诗集，以强调大地、野生动植物、印第安人与欧洲定居者同为美洲大陆本土居民的思想，呼吁学习印第安人，“爱护、保护土壤、树木与郊狼”，将它们都当作“龟岛的本土居民”。[1]在《以前在这里发生过什么》这首诗中，斯奈德一一历数美洲大陆三亿年来的自然变迁：三亿年前的“片海”在八千万年前“凸起又折叠”，“使河床露出矿脉，涌出成堆的金子”；三百万年前四散而落的河流“向西奔去”，冲出“道道山谷”，带来“黄松、石兰、黑橡树、山地紫杉”落地生根、成林，吸引郊狼、蓝鸟、灰松鼠、狐狸、浣熊、鹿到此生活；四万年前，人类来到这里，携网、造船、建屋，“少男少女畅饮、舞蹈”；一百二十五年前白人占领者才来这里“追寻古老的沙砾和金子”，也带来了“马匹、苹果园、纸牌游戏、枪击、教堂与监狱”的现代文明。诗歌继提出“这片土地属于谁?”之后，简洁利落地回答“土地属于它自己”，并加上评述“我中无我，物中无我”，借用佛教灭小我而成大我的无我

1 Gary Snyder, “Energy is Eternal Delight，”*Turtle Island* (New York: New Directions Publishing Corporation)，104–105.

思想，表达非人类中心主义的立场。在这之后，诗人引入印第安神话中“游弋”于虚空、“咬着尾巴”的古老的龟岛意象，说明黄松、石兰、黑橡树、郊狼、蓝鸟、浣熊在北美大地的生存历史比人类还长，它们是“龟岛的本土居民”，有权利继续以龟岛为家园。诗歌以“我们会看到/那些懂得/如何栖居的生命/蓝鸟在松树上尖啸”为结尾，寓意只有接受野生动植物为“龟岛的本土居民”者，才懂得栖居，才能欣赏蓝鸟的尖啸。

在诗歌《大地母亲：她的鲸群》中，诗人以革命家的激昂之气呼吁五月的蚂蚁、鲍鱼、水獭、麋鹿“团结”起来；呼吁“树之民耸立”“鸟之民飞翔”“海之民游动”。四条腿、两条腿的人民，共同抛开“机器王国赐予的一切”。树之民、鸟之民、海之民的称呼寓意树、鸟、鱼与人平等；而四条腿之兽与两条腿之人并列，暗示兽与人共权；表达了有别于利奥波德土地伦理的生命伦理思想，即树、鸟、鱼、兽同为龟岛受蹂躏之民，它们应有生存权、空间权，以此抗议机器王国的扩大挤压有机体的生存空间。

在《禅定荒野》(*The Practice of the Wild*，1990）一书中，斯奈德呼吁美国人改变移民心态，培养以美洲大陆为家园的“本土美国人”思想；将印第安神话中的龟岛当作自己与子孙后代的“家园”；[1]重新发现古老文化的价值并运用于我们现在的生活，在学会“敬重”龟岛及其野性，维护其“生物多样性”与“完整性”中得“再生”，[2]与动植物共存于龟岛。

1 Gary Snyder, *The Practice of the Wild* (Berkeley: Counterpoint, 1990), 44.

2 同上，44。

二、野性、生态系文化与星球意识

斯奈德在其后期创作的诗文中坦承流连自然并非志在学习动植物的知识，而在于从荒野语境与野域文化中了解人的社会与文化，[1]寻求优化人类文明的途径与方法。他肯定野性的价值，探讨野域文化特点，尽情表达了野域文化是其心中的中间风景理想。这些思想表现在其后期诗文集《山水无尽头》（*Mountains and Rivers Without End*，1996）、《山顶诗人》（*Poets on the Peaks*，2002）、《山巅之危》（*Danger on Peaks*，2005）、《火焰再燃》（*Back on the Fire*，2007）中。在晚期作品《禅定荒野》、《天地一隅》（*A Place in Space*，1995）中，斯奈德更多地用散文形式重新界定荒野，充分肯定了野性的价值，突出建立野域文化的必要性与迫切性。他归纳总结荒野实践的成果，以引导、建议与期望形式写入《禅定荒野》。该书收录了《自由法则》《地方、区域和公用地》《优良、荒芜和神圣》《青山常运步》《生存和圣餐》等九篇探讨野域、野生物、佛教信仰与世界文明的散文，反映了斯奈德对荒野文化的理解及对野域、野性的肯定，表明建立野性能承受的文明或许是社会无法停止经济发展情境之下人类缓解环境危机的方式。[2]

斯奈德在后期作品中肯定野性、野域的价值，倡导野性能承受的文明。出于担心全球化进程中，在贪婪的“工业文明”、商业文化的侵蚀下，原始部落人口急剧下降，各具特色的在地文化岌岌可危，面临灭绝。斯奈德提出相比污染、人口爆炸、能源危

1 Gary Snyder, *The Practice of the Wild* (Berkeley: Counterpoint, 1990), 113.

2 同上，6。

机之威胁，生态系文化的“多样性与稳定性”的降低才是人类面临的真正问题。[1]在《古老的方式》（*The Old Ways*，1977）的《民族诗学的政治》一文中，斯奈德以亚马逊的印第安人、阿根廷与北美的马布希人为例，表明在地文化濒临灭绝；[2]而拯救濒危的在地文明“必然”与工业国家的经济利益、政治目标“相冲突”。[3]斯奈德提出诗人与诗歌创作要有“打击文化族群屠杀”的使命感。[4]斯奈德身体力行，从1980年开始收集美洲印第安人神话、民俗与歌谣，通过保存印第安“民族诗学”避免这一文化族群的消失。

斯奈德呼吁挽救在地民族文化，与其建设野性能承受的文明的理想抱负有直接联系，也与他将野性视为文明更新的良药密不可分。将野性视为拯救文明的处方并非斯奈德首创，梭罗早有名言：“世界的拯救在于野性。”（In wildness lies the salvation of the World.）斯奈德只不过在全球化语境下更新与发展了梭罗的思想。20世纪80年代全球化进程加速之后，带动了全球经济一体化、欧盟政治一体化、城市化与社会服务体制化、文化生产大众消费化。同质化的社会，带来同质化的生活与文化，挤压了在地文化的空间。犹如荒野受到城市的侵蚀，各种野域也受到体制化文明的侵蚀；而个体与社会、文化与思想要突破体制束缚，需要汲取野性的力量。

1 盖瑞·史耐德：《山即是心：史耐德诗文选》，林耀福、梁秉钧选编，台北：联合文学出版社，1990年，第258页。

2 同上。

3 同上。

4 同上，第254页。

对野性的肯定解读与对野域的拓展是斯奈德荒野思想的重要部分。不同于《牛津英语词典》从否定角度将野性界定为：动物的“狂野”“未驯服”；植物的“未经栽培”；土地的“未经开垦”；社会的“未经开化”；个体“不受拘束”。[1]斯奈德从肯定的角度，重新将野性定义为：自然中“自在、顺从本性生活”的动物；以自然方式繁殖、维持物种延续的植物；土地未经人力影响，动植物种群完整并保持充分内在的交互性。斯奈德充分肯定野性的自在性、创造性与生命力，将野性比作中国哲学中的道与佛教文化中的“达摩”(Dharma)。[2]斯奈德还将野域拓展到人的身体与无意识，提出人体的非自主性反应，如呼吸、心跳，人的梦与无意识都是野域。认识到自身的野域有益于人重新发现“自然自我”(natural self)，以自然一员的身份融入生物区域共同体。因此，谈及野域就是论及整体性。他写道：“野域是野性潜力充分得到表达的地方，具有多样性的生物与非生物以其自身秩序共同发展，当生态系统完全发挥功能，所有成员都起到作用。”[3]斯奈德从野性的角度理解部落原始社会，认为部落族群由内在习俗与约束力维持秩序，有其自身的部落原始文化；残存的部落社会与文化会为我们抵御文明政治、经济主导的社会提供有益思路；为建立野性能承受的文明提供文化范式。[4]正因如此，斯奈德将其理想的野性能承受的文明视为“原始–未来文明”，[5]倡导回到原始文明，回到一

1 Gary Snyder, *The Practice of the Wild* (Berkeley: Counterpoint, 1990), 11.

2 同上，11。

3 同上，12。

4 同上，6。

5 Gary Snyder, *The Real Work: Interviews and Talks, 1964–1979* (New York: New Directions Publishing Corporation, 1980), 126.

方水土养一方人的在地文化；弱化国家、城市等行政区域划分。如程虹评述："斯奈德看到了现代文明的误区，他将保护荒野、培养人们的野性与人类文化的存亡联系在一起。"[1]

看到野域与野性的价值，看到其对更新人类文明的积极作用，斯奈德呼吁建立野性能承受的文明，这也是斯奈德的中间风景的理想。诗人为荒野与野生动植物代言；尊重、认同野域文化；挽救濒危的残存部落文化，以此为基础发展与不同生物共同体相适应的生态系文化；有星球意识与天地一隅的心态；这些成为实现这一理想的重要因素。

斯奈德将为荒野与动植物代言作为其诗人责任。在《诗、社团、高峰》一文中，他写道："社会制度这个小小的人类庇护法，其实不与围绕在它周围的植物、动物、风、雨、河相分离。此时诗人便是非人类自然界的喉舌，他其实是另一个声音的媒介，借他之力使这个声音送入人的世界，并告诉我们外面有一个更大的世界，人类其实是地球的子女。"[2]斯奈德的"伐木"诗第十二首，想象飞禽走兽、树木花草都会说话，委婉表达诗人要成为动植物喉舌的心愿。诗中写道："他好似看到一种景象，在地球孤寂的中心发生：野马跑去看晨星，而四脚人、爬行的人、站着的人、飞行的人，他们会说话。我早应跟他们，一起吃掉鲸鱼舌。"[3]诗人用一句"早应跟他们，一起吃掉鲸鱼舌"引出疑问：是否因为人没

---

1 程虹：《野情便山水——从自然文学的角度解读加里·斯奈德》，《中国图书评论》2000年第10期，第72—73页。

2 盖瑞·史耐德：《山即是心：史耐德诗文选》，林耀福、梁秉钧选编，台北：联合文学出版社，1990年，第234页。

3 同上，第83—85页。

有与其他动植物一起吃掉鲸鱼舌，而无法与它们进行交流呢？继而用“他们一直说我过去是人，乌鸦听从他的声音栖生在海上”收尾，委婉表达了人与动植物交流的愿景。

野域文化是斯奈德憧憬的野性能承受的文明的自然状态。野域文化打破自然与文化、文明与野性、人与动物的二元对立，肯定野性与荒野价值。在野域文化中，人的感知是知识的基础。如斯奈德在“人类植物学”诗中所写，知识不过是人们尝遍所有之后记录下来的文字；“橡木中新生的酸味主干裂开，‘像翻开一本书’”；“尝遍所有的，然后把知识记下”。诗人“尝遍”自然中的一切，预示源于自然体验的知识与文化，也不应与自然隔绝，相反，这文化要如酸奶文化为富有营养之地；这文化要具有可渗透性，“如荒野一样可供居住”。[1]斯奈德高度赞赏了野域文化中的生存经济（subsistence economy）。他提出“荒域文化以生命维持经济的生死法则维系”。[2]不同于人类看重的舒适、整洁、有秩序的物质经济，自然以个体与群体生存的生命维持经济为主导；一个生命的躯体、粪便是另一生命的食物与营养；不同生命息息相关、彼此依存。斯奈德提出满足于温饱的生活，有益于我们“接近世界的本真与其完整性”，形成对其他生命的“同情之心”，[3]有益于真正栖居生活，融入生命维持经济。斯奈德以为栖居如同禅修，是一种生活态度与生活方式。人一旦以生存经济为生活准则，就进入了栖居状态；而发现、认同、融入野域文化是栖居自然的前

1 Gary Snyder, *The Practice of the Wild* (Berkeley: Counterpoint, 1990), 6.

2 同上，7。

3 同上，20。

提，也是栖居者应尽的义务。

斯奈德在游历世界，深入体验了印第安文化、禅宗文化后，以植根于荒野景观的印第安文化为榜样，提出生物区域性文化是融入在地环境的生物系文化，具有生物区域性的物质性与文化性的在地文化。在《禅定荒野》的《褐色语法》（“Tawny Grammar”）篇中，斯奈德提出：“玉米、稻米、驯鹿、田薯标志着地域与文化。作为植物，它们代表某种类型的土壤与降水；而作为食物，它们体现了社会与生产安排。当地的歌舞则是区域的物质性与文化性的另一标志。舞蹈使我们能向彼此、向大地表达人性与非人性；大地也袒露自己。献舞是回馈水果、谷物或猎物的收获。”[1]斯奈德看到生物区域性的文化内涵，这种文化内核正是“生物区域性是地方进入历史的方法”。[2]拥有广博的在地文化阅历的斯奈德提出：相比当代发达国家的工业文化，偏远地带的部落文化，亚洲国家的佛教文化、中国的道家与禅宗蕴涵了丰富的在地文化。这些文化以绘画、歌谣、舞蹈与口头相传的神话故事，记录当地的山川河流、动物植物；保留了当地气候、节气的特点；展现了与当地自然地理环境相宜的风土人情。伴随在地文化还有当地的语言或方言。如程虹所写：“他挖掘印第安文化，潜心研究东方的禅学，无非是希望人类不要成为机器的奴隶，而是要像野生系统中的生物那样保持多样化、多元化，从而使人类世界如同野生自然界一样生机勃勃。”[3]

斯奈德所说的生物系文化也就是具有历史与传统的在地文化。

---

1 Gary Snyder, *The Practice of the Wild* (Berkeley: Counterpoint, 1990), 53–54.

2 同上，44。

3 程虹：《野情便山水——从自然文学的角度解读加里·斯奈德》，《中国图书评论》2000年第10期，第72、73页。

从构建野性能承受的文明的角度看，生态系文化不仅属于过去，而且属于未来；不仅存于荒野，还要发展到城市。因为相比当今与自然隔绝的单一文明，与自然环境相宜的生态系文化是“成熟的体系”，“它有极大的稳定性与自我保护能力”。[1]斯奈德认为拯救、弘扬民族诗学便是建设生态的原始-未来文明[2]这一历史使命赋予民族诗人的社会文化价值。诗人要“能取悦于超自然物”；必须是“好猎人或好战士”；他才会有一天能在睡梦中听到“鹰的歌唱”，[3]听到云与风的歌唱，成为通灵的诗人；在面向荒野、抒发本心的诗歌创作中建构原始-未来文明。这也是所谓“神圣的生态”，即有效汲取原初文化的精华，将“我们与古老的过去中最富有创造力的部分相连”，在“原始-未来”（future-primitive）文明的指引下，生活在“永恒的当下”（the perpetual present）。[4]

斯奈德的行星意识是与原始-未来文明、生态系文化相一致的世界观。他认为行星意识是“古老方式的国际主义”，它承认“一个地球上所有多样性并存的可能性”。[5]他以行星意识对应全球视域，以多样的原始文明对应一体化的现代社会。从星球意识、生物系文化看栖居荒野，重新栖居不仅要与当地野生动植物为友为邻，还要认同、融入荒野文化，接受、保护当地的原始群落及其文化。重新栖居不只是效仿前辈与先人简约的生活方式，而是参

1 盖瑞·史耐德：《山即是心：史耐德诗文选》，林耀福、梁秉钧选编，台北：联合文学出版社，1990年，第260页。

2 同上，第265页。

3 同上。

4 同上。

5 Gary Snyder, *The Real Work: Interviews and Talks, 1964–1979* (New York: New Directions Publishing Corporation)，1980，126.

与挽救、复苏生态系文化，积极学习"非白人的残留原始文化"。斯奈德基于人们将发达国家、发展中国家与落后国家称为第一、第二、第三世界，他将"非白人的残留原始文化"称为"第四世界"，这些比第三世界还落后保守的部落社会与文化，却了解当地植物的特殊用途，知晓如何与海豚交流，"能在一地听到失传的盖娅之歌"。[1]这种重新栖居也是天地一隅的心态；是在意识到行星的有限与生命之间的联系后，主动从工业社会中退出，"将个人熟悉的一方水土与人类共生的天地联系在一起"，[2]在天地之间寻得一方安身、明性、通灵的家园。忠诚一地生活不只是体力与脑力的付出，也是"道德与精神追求的选择"。[3]

第二节　农耕与农耕文化中的栖居：贝瑞农耕小说的中间风景理想

尊重在地价值、倡导返乡栖居也是美国当代作家贝瑞（Wendell Berry）作品中反复出现的主题。贝瑞历经城市生活、工业文明，厌恶商业社会扭曲人的本性，漠视人与自然的关系。他从城市抽身，归居乡野、从事农耕，在栖居肯塔基的波特·威廉县中寻找解决当今环境、能源危机的良方。贝瑞热爱故乡，以其为精神圣地、创作的源泉，视其为感悟自然、了解世界的场

1 Gary Snyder, "Reinhabitation," *A Place in Space: Ethics, Aesthetics, and Watersheds* (Washington, D.C.: Counterpoint, 1995), 186.

2 程虹：《野情便山水——从自然文学的角度解读加里·斯奈德》，《中国图书评论》2000年第10期，第72页。

3 Gary Snyder, "Reinhabitation," *A Place in Space: Ethics, Aesthetics, and Watersheds* (Washington, D.C.: Counterpoint, 1995), 186.

地。他庆幸肯塔基尚未进入文学经典，为其创作提供了“机遇与挑战”。[1]贝瑞以故乡为背景，创作了波特·威廉郡系列小说，即《忠诚》（*Fidelity*）、《老杰克的回忆》（*The Memory of Old Jack*）、《土地上的家园》（*A Place on Earth*）、《回忆》（*Remembering*）、《跟随我看》（*Watch with Me*）、《野鸟》（*The Wild Birds*）、《失去的世界》（*A World Lost*）。在书写农耕生活中，贝瑞肯定农耕生活、乡村文化有益于培养人的美德；有益于培养个体对家庭、社群、土地、自然的责任感；呼吁修复被破坏的土地，重建人与自然的和谐关系。他的作品不仅成为后工业时代杰斐逊农业民主社会理想的续写，也表达了忠诚土地、善用土地的中间风景理想。

生于1934年的贝瑞不仅是小说家、随笔作家，还是诗人、大学教授与农场主。他曾获美国艺术和文学院奖，2010年获得美国国家人文科学奖章，被赞以毕生精力探索人类与土地的密切关系，与安蒙斯（A. R. Ammons）、默温（W. S. Merwin）、斯奈德一起被誉为当代美国诗坛最具代表性的四位生态诗人。[2]贝瑞的诗集有：《农耕手册》（*Farming: A Hand Book*）、《开垦农田》（*Clearing*）、《开垦地》（*The Broken Ground*）、《缔结婚姻的乡土》（*The Country of Marriage*）、《安息日》（*Sabbaths*）、《言谈举止》（*Sayings and Doings*）、《林地合唱团》（*A Timbered Choir*）、《轮》（*The Wheel*）。贝瑞的散文集有：《长腿屋》（*The Long-legged House*）、《古怪人之转变》（*Another Turn of the Crank*）、《生命是奇迹》（*Life is a

---

1 Wendell Berry, *The Long-legged House* (Washington，D.C.:Shoemaker and Hoard, 2004), 140.

2 Leonard M. Scigaj，*Sustainable Poetry: Four American Ecopoets* (Lexington: University Press of Kentucky, 1999), 129–174.

Miracle)、《隐伤》（*The Hidden Wound*）、《好土地的馈赠》（*The Gift of Good Land*）。贝瑞的诗歌多以农耕、农场、农民为描写对象，他称永续农耕为"生态行为"，[1]提出农耕是连接人与土地的"精神纽带"，[2]表明农耕是诗歌创作与文化生产的源泉。他的论著《动荡不安的美国》（*The Unsettling of America*）、《家庭经济学》（*Home Economics*）针对生态危机这一时弊，提出生态危机是"性格危机"、"农业危机"与"文化危机"，[3]呼吁以哺育者思维模式替代商业掠夺、征服的思维模式，建立以土地与人"健康"为目的的个体、家庭、社会生活。[4]

贝瑞有意识地自我定位于在地作家，这或许是其离乡与归居生活中最重要的自我认知与发现。贝瑞初期文学生涯沿着向内自我发现，向外进行尝试、探索的两个不同方向发展。一方面，他遵循内心的召唤，1957年大学毕业后的暑假，偕新婚妻子回到肯塔基故乡，开始创作以农耕生活为素材的小说《土地上的家园》。他明白要将肯塔基写入美国文学经典，他要抛开肯塔基作家有缺陷的地方主义，丢弃其乡村景观描写的"陈词滥调"，[5]需要逐步确立其作家的独特声音与风格。他在阅读安德鲁·马维尔（Andrew Marvell）的诗作时，发现描摹乡村的景致本身既有趣又有价值，还有助于想象力突破"题材与体裁的限制"。[6]他在阅读美国新泽

1 朱新福：《温德尔·贝瑞笔下的农耕、农场和农民》，《外国文学评论》2010年第4期，第221页。

2 同上，第224页。

3 Wendell Berry, *The Unsettling of America: Culture and Agriculture* (San Francisco: Sierra Club Books, 1977), 17, 27, 39.

4 同上，7。

5 Wendell Berry, *The Long-legged House* (Washington, D.C.: Shoemaker and Hoard, 2004), 138, 139.

6 同上，136。

西作家卡洛斯·威廉姆斯（William Carlos Williams）的诗作《爱之旅》时，欣喜地发现当代作家也可效仿梭罗，在描写家乡景观中托物言志。另一方面他也沿循当代美国作家的职业发展之旅。1957年秋季开始，他在加州、纽约大学工作，与都市文人、作家密切接触，在文学圈集聚人气。之后，他携家眷在欧洲游学一年。1963年，贝瑞放弃了纽约大学的教职，同时接受了肯塔基大学的教职，举家搬回故乡波特·威廉县的波特·罗尔（Port Royal）。他立志扎根故乡，沉浸于乡村的农耕文化，成为福克纳、梭罗一样的在地作家。他要用自己的眼光看自己出生与长大的乡村，让头脑在其“被唤醒”的地方形成“关于肯塔基几平方英里的知识”。[1]

贝瑞以其丰富的文学创作表明荒野体验、农耕经验不只是文学创作的素材与源泉，还能决定人的思维模式、文学创作模式，为文化的创造、文明的更新提供新范式。在散文《故乡的山》中，贝瑞坦承身处故乡能“更完整、更清晰地感受到世界”。[2]他回忆自己对土地的关切始于童年的难忘经历。驾驭马车、下田耕种、骑马打猎这些贴近土地的生活塑造其思维的独特之处。从家乡的记忆中，他能“形象体会到抽象原则的价值”。[3]从故乡的土地，他理解到地球福利。从家乡的男男女女与其“面庞、姿势与行动”，他具体感知到忠诚与背叛、关爱与忽略、拖拉与优雅。贝瑞在故乡的山水中孕育了波特·威廉郡系列小说。他在故乡的思

1 Wendell Berry, *The Long-legged House* (Washington, D.C.: Shoemaker and Hoard, 2004), 139–140.

2 同上，175。

3 同上，172—173。

维文化启迪下发现当今美国农业危机、社会危机、文化危机的根源在于掠夺、征服思维模式。他的农耕小说源于土地，成为自然与文化之间的桥梁与文明模式更新换代的标杆。

一、归居农耕：贝瑞的中间风景理想

农耕生活、农耕文化是贝瑞农耕小说的重要内容。在贝瑞的小说中，农耕不只是职业技能、谋生手段，也是自愿选择、栖居自然的生活方式。在农耕中，农人体验到与环境融为一体的喜悦与满足，找到生活意义与生命的依托。在农事活动中，农夫履行了对土地、家庭、社会的责任，体现了以诚为本的信念。他们忠诚于土地与家庭，愿意修复遭洪水淹没的农田、被抛荒的土地；敢于抵御商业资本对耕地的绑架，积极将土地从资本的猎物中赎回。永续农耕蕴涵的农耕文化，体现了生死相连、彼此依存、生生不息的生态理念；表达了合理使用土地与自然资源的思想；肯定了关爱价值及人对自然的托管者义务；成为将“个体和社会、历史和传统联结起来的文化精神”。[1]贝瑞书写的农耕与乡村生活是在历经城市生活、商业文化之后的返乡务农。在这种返乡栖居中，寄予了以培育者的养育思维替代采矿者的掠夺、占有思维；以敬重生命的农耕文化替代重利益、轻生命的商业文化；以责任、忠诚、关爱为美德替代以自我为中心的价值取向。以《土地上的家园》为代表的农耕小说，以在地农耕文化回应、抵御商业文化，说明扎根土地的农耕生活有助于乡民逐渐摆脱二战的阴影，农耕

1 朱新福：《温德尔·贝瑞笔下的农耕、农场和农民》，《外国文学评论》2010年第4期，第224页。

可以成为具有中间风景理想的栖居方式，体现了具有中间风景理想的全球在地模式。

《土地上的家园》以历经二战、洪水洗劫的美国中西部农场与乡村社会艰难复苏为背景，讲述以麦特、汉娜为代表的农夫、农妇不畏艰辛，修复被洪水破坏的家园，在忙碌的农耕生活与朴素的农耕文化中，治愈在战争与洪水中丧失亲人的心理创伤。作品突出农耕是种自然栖居方式，农耕中的谷物生长、牲畜产仔使农夫、农妇重新品尝新生命带来的喜悦，缓解在战争与洪水中失去亲人的痛苦。

对于小说的男主人公麦特而言，务农这种栖居方式具有双重内涵。一方面，麦特并非固守一地的传统农夫，而是离乡接受高等教育后又返乡务农的农庄主。他享受农耕的乐趣与耕种带来的踏实，这是他离开城市、回到农庄生活的重要原因。他坦言：想到土地与能在土地上做的事会让他“充满激情”。[1]他迫不及待地过着自己的日子，“犹如饥饿者吃饭”。[2]另一方面，在遭遇儿子维吉尔在战争中失踪的沉重打击后，麦特在农事活动中重新找到生活的意义与生命的依托。在阴雨连绵的冬季，他半夜与凌晨到畜棚巡视，从活着的牲畜中感受到家园的“活力”；[3]在牛犊、羊羔的出生中感受新生命诞生带来的喜悦。春天，夜晚的蛙声、黄昏中飞过的野鸭给麦特以安慰。想着这些野生生灵能尽情享用池塘中丰盛的水草，他似有饲养员喂食后的“快乐与满足”。[4]熟悉的乡

1 Wendell Berry, *A Place on Earth* (New York: North Point Press, 1995), 177.

2 同上。

3 同上，84。

4 同上，151。

土生活让他暂时摆脱了丧子之痛，重新体验到生活乐趣与生命价值，也感受到栖居的悠然与满足。

农耕生活蕴含着在地价值与乡村互助文化。关爱生命、照看土地家园中的生灵是在地价值的核心。麦特是贝瑞塑造的有爱心、富于责任感的大丈夫，具有在地价值与关爱美德的高贵农民。他义无反顾地承担照看亲戚、乡邻的责任。他雇人照顾堂兄酒鬼罗杰的生活。他带儿媳在果园中修枝，帮助怀孕、孀居的儿媳在了解丈夫耕耘的土地和打理果园中发现自然的再生力量。他请亲戚帮助吉迪恩家重建被洪水冲垮的小桥，组织乡邻帮助孤身一人在家的汉娜犁田、播种。

农人以农为生，也以农为乐。贝瑞在《土地上的家园》中憧憬了以农耕及其文化为基础的中间风景理想。农耕生活培育了富有人情的乡村文化。乡民在彼此帮助中渡过难关，重新燃起生活的希望与热情。返乡的蕙勒、麦特使乡村重具生机与活力。他们辛勤耕耘，服务农庄、乡村，使之既有便利医疗、法律的城市功能，又有恬静和谐的乡村田园风光的中间风景。蕙勒在离乡读完法学院之后，放弃在芝加哥从事律师工作的机会，回乡当上了执业律师。他安排农场的租种、转让；安排孤寡农场主在镇上旅店的托管照顾；为乡亲邻里排忧解难；帮助农夫与佃农赎回、购买被资本绑架的农田。

在继承发展农耕文化、用法律业务帮助乡邻时，麦特、蕙勒也出力解决因土地所有权与耕种权分离造成的农夫无法拥有耕种土地的问题。小说中，罗杰及其父亲格里夫斯代表新兴的大农场主与农业资本家。他们以囤积土地，向租种者收取地租为乐。继承大片田产的罗杰，不事农活，无视良田抛荒。他以酗酒打发时间，最后丧失生活自理能力。麦特通过律师协调，接管罗杰的土地，保障克罗普一家继续从事世代相传的农耕；用土地收益请人照顾生活不能自理的罗杰。通过让精于农事者有良田耕种，有动力合理使用土地，维持土地的长久肥力，麦特、蕙勒保证了农耕文化的延续，某种程度上抵御了土地资本文化对乡村的侵蚀。

保证农耕者有地可耕、享受农趣，维持怡然自得的栖居生活，这是确保农耕文化在全球商业文化大潮中延续的根基。《土地上的家园》中的小农庄主老杰克看到租户攀恩夫妇在自己的农庄有条不紊地从事农事，他体察到共同的种植文化与家园意识。这份宾至如归的熟悉亲切感让老杰克无比宽慰。他不遗余力与律师蕙勒筹划帮助攀恩夫妇买下自己的农庄。他要让自己的农庄留在精于农事的农夫手中；他要确保在自己百年之后，农庄仍有人在耕种、养鸡、驾驭马车、修理农具。在老杰克托付自己的农庄这一情节设计中，贝瑞似乎表明：保证农人拥有耕种之地是保存农耕文化的根基；而农耕文化的传承又有助于抵御弥漫全球的商业文化，成为阻击毁灭性产业化农业的根据地。

在波特·威廉郡系列农耕小说中，贝瑞书写了新一代知识青年返乡务农、服务乡村经济，表达了人归属土地、善用土地的中间风景理想。这种归属不同于商业社会的财产物质拥有，而是将人作为平等一员归于当地的区域生物共同体；以“鸟兽的方式”成为本土居民；在身体与生活融入地方的同时，也自愿遵循自然规律，自愿维护当地本土的生态环境。从某种角度上讲，贝瑞以其独特的归属与本地居民的概念重申了利奥波德的土地伦理思想，即“凡有利于生物共同体的完整、稳定、美丽就是正确的，反之则是错误的”。[1]贝瑞以“寂静”为比喻，提出以“缺席的姿态”出现在自然中，让一地的生命与土地“不受干扰”继续其原本的生活。[2]他倡导“以不在场作为在场的理想模式”，消除人对自然干预的影响，使其恢复原始状态。[3]贝瑞的农耕小说在书写农耕生活文化与乡村社会中肯定农耕文化、在地价值，否定工业文明重机器、轻生命的价值取向。它们称赞以土地为家园、以关爱为核心的土地伦理观；批判唯利是图，不择手段掠夺、占有的商业社会的主导思维。贝瑞的农耕小说在倡导合理使用土地、担负重建乡村社会责任中表达了抵制土地资本、产业农业、采矿者思维的中间风景理想。

二、农耕与农耕文化：对中间风景的记忆与发展

在中间风景的全球在地模式中，回归农耕与乡村生活不只是以逆向的姿态回应全球化带来的文化、思维的同质化，也在合理使用土地、实施可持续性农耕中弘扬照看土地、关爱生命的在地价值，促进以自我为中心、过于看重经济发展的西方主流文化的改变，有利于更新全球化中的西方文化内核。贝瑞的小说《回忆》延续《土地上的家园》这一农耕主题，以麦特的外孙安迪的两次离城返乡突出记忆中的农耕生活、农耕文化代表的中间风景理想

1 奥尔多·利奥波德：《沙乡年鉴》，侯文蕙译，长春：吉林人民出版社，1997年，第384页。

2 Wendell Berry, *The Long-legged House* (Washington, D.C.: Shoemaker and Hoard, 2004), 166.

3 同上。

在个人生活与创伤治愈中的作用。

在《回忆》中，贝瑞以对比自然农耕与产业化农业的方式表达农耕文化代表的中间风景理想。作品中，《科学耕种》记者安迪采访的大农场主比尔·梅克伯格（Bill Meikelberger）与阿米什农场主艾萨克·特洛耶（Issac Troyer）分别代表产业化农业与有机农耕两种不同的农耕理念与农庄经营方式。比尔依靠农业技术、农业机械独自一人耕种两千英亩农场，他负债累累，要用药片缓解其焦虑与胃部溃疡。而阿米什人（Amish）艾萨克只耕种八十英亩土地，不仅轻松承担五个孩子的大家庭生活，还能节余近百分之五十的农场收益。前者只靠一人打理农场，后者却有比邻的阿米什农人相助。前者代表美国政府、农业专家提倡的农业产业化；后者代表的是美国中西部三十万阿米什小农庄主。阿米什人在近百年的历史中保留自己的宗教与生活方式。他们倡导族内通婚，习惯简朴生活；远离技术与商业，排斥消费主导的生活方式。他们坚持自然农耕，维持自给自足的乡村经济与社会。见证不同的农耕理念与农庄运营，安迪意识到有责任身体力行，在从事自然农耕中继承、发展农耕文化。这一觉悟使他离开城市、携家返回故土。贝瑞通过安迪返乡情节设计，倡导用牛马犁田的有机农业替代高能耗的产业农业；在有机农耕基础上形成互依互助的乡村文化；树立以关爱、忠诚和负责为核心的价值观；表达了以自然农耕替代产业农业的中间风景理想。

贝瑞的中间风景理想有着杰斐逊式农业社会理想的影子。在《弗吉尼亚笔记》中，杰斐逊写道："如果上帝特别选定了一个民族，那么在这片土地上劳作的人们就是他的特选子民。上帝特别让他们的胸怀能够储存坚实而真正的美德。”[1]杰斐逊认为自给自足的农民拥有独立意志、理性与美德，能成为民主社会的根基。他提倡发展作坊式的小型家庭农场，倡导崇尚工匠精神。小说中，贝瑞设计了安迪在美国革命史课上与佛罗拉相识，并在探讨杰斐逊农业思想的期末复习中向其表白，巧妙解释了安迪受到的杰斐逊式农业社会理想的影响。在返乡十二年里，安迪与妻子佛罗拉在合力打理农庄中，建立了彼此的信任。两人彼此托付，验证了杰斐逊所说农耕有益于坚实美德的培育。

贝瑞的中间风景理想不同于杰斐逊式农业社会理想之处在于其生态内涵与“亲善使用”（kindly use）土地的思想。贝瑞在安迪的返乡农耕中憧憬了后工业时代杰斐逊式农业民主社会的美景。善用土地的耕种者以土地为家园；在农耕中发展农耕文化；重建人与自然的和谐。如贝瑞所写：农耕文化是扎根土地的农人代代相传的经验的累积；是在选种、种植过程中推己利人的良知；是对“品质与秩序”的痴情；是对有经验的农人的“尊敬与热爱”。[2]贝瑞着力渲染农耕文化，意在以其抵制农业产业文化，抵御以掠夺、占有为特点的采矿者思维。在贝瑞看来，生态危机的根源是“个性危机”（crisis of character）与“农业危机”，[3]而农业危机本质上则是“文化危机”。[4]小说中，贝瑞巧以安迪与《科学耕种》杂志主编的辩论，表明产业农业思想意在带动农业机械、化肥、农业产业的发展；产业农业是导致土壤肥力透支，导致土地共同体

1 托马斯·杰斐逊：《弗吉尼亚笔记》，朱曾汶译，北京：商务印书馆，2014年，第117页。

2 Wendell Berry, *Remembering* (Berkeley: Counterpoint, 2008), 91.

3 同上，17，27。

4 同上，39。

生态失衡的罪魁祸首。

自然农耕是栖居自然的方式，农耕与农耕文化潜移默化培养了人的生态意识。自然农耕的生态行为、农耕文化的生态意识具有警戒标杆的作用，使人看清规模产业的弊病与危害。安迪自小跟着外公麦特在农庄耕种农田、捡蛋、喂养家禽。目睹艾萨克与比尔两种不同的耕种理念与打理农庄的方式，唤起他对儿时农耕生活与文化的温馨记忆，令其质疑自己为《科学耕种》采访、写稿工作的正义性。他意识到《科学耕种》极有可能为自身杂志生存刊登文章与专访，推广化肥、杀虫剂与农业机械的使用，吸引厂商投放广告、给予资助；为此不惜误导、欺骗中小农庄主，夸大产业农业的功效。安迪毅然辞掉记者工作，带着家小回到故乡波特·威廉，买下罗杰后代出售的农庄。他要用自己的农耕生活证明农耕文化可以与时俱进，有助于抵制农业产业文化。

《回忆》一书反复突出农耕与农耕文化记忆的价值。因手卷进收割机导致伤残的安迪自卑自怜，离家出走到旧金山。漫步海边，他忆起儿时捡蛋换钱的趣事；想到艾萨克的阿米什农庄令其返乡务农的过去；回想到与妻子相互信任、和睦度过的十二年农耕生活往事。对农耕生活的记忆让安迪在离家千里之地感受到家的温暖与安定，记起返乡务农、拯救农耕文化的抱负。往事温暖的记忆召唤安迪返乡，也使其从创伤经历中觉醒。他开始重新审视伤残经历，理性接受机器带来的残酷现实，心平气和地接受机械手为身体的一部分。他平静地结束自我流放，返回家园。

贝瑞笔下带机器的农庄与带装置的身体，令人想起利奥·马克斯的带机器的花园。这是美国版本的阿卡狄亚，也是受制于工业文明反作用力的田园理想。不同之处在于贝瑞的中间风景理想倡导农耕者在土地上“投入爱与劳作”，“投入家人般的忠诚”，珍惜因“记忆与传统”而与土地的相连。[1]贝瑞以农耕为栖居的田园理想缓解后工业化社会中自然与社会、机器与自然、机器与生命的冲突，成为具有生态内涵的中间风景。

《回忆》描绘了安迪的第二次返乡。他走进有着参天古树的树林，鸟儿歌唱着自己的快乐与他的快乐；林中欢快的鸟鸣欢迎着日光，也如日光一样画满天空、触摸大地。“光的音乐在空气中，在山中回响、闪耀，将一切纳入其无穷、神秘却又能感受到的和谐之中”；“这是一首歌，是多种不同成员由共同的爱而唱的一首歌。”[2]林中的安迪感受到愉悦之情，重新有了方向感。他好似找到失去的右手，仿佛进入了永生之地。目睹波特·威廉郡及其环绕的农田，他感受到一切显示出“受到长久的关爱”。[3]贝瑞以众灵之歌象征安迪融入土地共同体，成为其中一员。

在安迪的两次返乡中，贝瑞寄托了以农耕为基础的中间风景理想。这是不再依赖工业文明、商业社会的自然农耕；是在农耕生活中栖居；是在农耕中培育人与自然相互依存的生态农耕文化。从文化角度看，贝瑞的中间风景理想具有全球在地范式，即以在地农耕文化替代农业产业文化，以在地文化丰富全球文化。贝瑞基于农耕的中间风景的理想将梭罗的名言“世界的拯救在于野性”改写为“世界的拯救在于有机农耕”。

1 Wendell Berry, *Remembering* (Berkeley: Counterpoint, 2008), 13.

2 同上，101。

3 同上，102。

贝瑞在归居乡村、创作波特·威廉郡系列农耕小说中实现了成为在地作家的文学抱负。他以乡村农耕生活为写作的素材，使在地生活成为源源不断的创作动力与灵感源泉。贝瑞坦言与土地的亲密、信任关系是创作、思想发展的源泉："我与这块土地缔结了婚约"，"在信任的保证之下，这地方开始向我展示其生命中的亲密无间与妩媚。"[1]"只有在熟悉的乡村，头脑才从抽象中解脱、在创造中更新。"[2]贝瑞的农耕小说不仅将波特·威廉郡写入美国文学历史，也将在地文化与农耕中间风景理想载入史册。

第三节　返乡、沟通与照看：霍根的印第安中间风景理想

印第安作家霍根（Linda Hogan）也写重新栖居主题，她多以印第安裔离乡后的返乡与文化回归为小说主要内容。作为美国印第安文艺复兴后期兴起的作家，霍根从1978年出版第一部小说《称自己为家》（*Calling Myself Home*，1978）之后，陆续出版了十多部小说，多部诗集与短篇故事集。她的《灵力》（*Power*，1998）、《北极光》（*Solar Storm*，1995）、《靠鲸生活的人》（*People of the Whale*，2009）具有美国印第安文艺复兴小说的"归家范式"。[3]虽然在美国印第安裔作家中，霍根的知名度不如斯科特·莫马迪、莱斯利·西尔科、杰拉尔德·维兹诺与露易斯·厄德里克，然而她的作品却因其传神的意象、丰富的生态内涵颇受

1 Wendell Berry, *The Long-legged House* (Washington, D.C.: Shoemaker and Hoard, 2004), 166.

2 同上，160。

3 邹惠玲：《当代美国印第安小说的归家范式》，《英美文学研究论丛》（第十一辑），上海：上海外语教学出版社，2009年，第22页。

生态文学批评家的青睐。劳伦斯·布依尔以霍根《北极光》为例阐述关注濒危人群与濒危自然的环境伦理。

霍根在写印第安裔的归居生活中弘扬在地文化，更加突出深谙印第安文化的自然之子在游子返乡中的文化向导作用。《灵力》中的爱玛、《北极光》中的多拉鲁捷、《靠鲸生活的人》中的露丝，都在小说中担当了文化引航人的作用。他们以潜移默化的方式向返乡的游子传递印第安文化的精髓，即在地生存能力与感知自然的能力，顺应自然与自然共存共荣的生活态度，关爱生命、照看自然的责任感。霍根也在书写重新栖居中表达中间风景的理想。霍根的中间风景处于白人文化与印第安传统文化之间，处于工业文明、商业文化与自然渔猎经济之间。在这中间风景之中，最不可缺少的是深谙印第安在地文化的自然之子。

霍根反复以回归故里、在栖居自然中治愈心灵与精神创伤为小说主题，与其个人创伤治愈经历有关。作为白人与奇克索印第安裔的混血，霍根与母亲、弟弟跟随军人父亲在德国生活多年。少女时代的霍根因缺乏关心与理解，十二岁就与美军大兵同居，误将男欢女爱当作生命中缺失的关心与理解。在遭男友遗弃后，她心灰意冷，以酗酒打发日子。她在十五岁回到美国、随印第安裔祖父母在俄克拉荷马州生活后，才接受、认同印第安在地文化，建立了以联系为基础的个体身份，治愈了心灵创伤，找到生活的意义。

霍根从个人跨国经历、跨文化视域反观印第安文化，这种独特的双重视域有一种全球在地的色彩。具体而言，从现代社会的漠然反观以关爱为基础的在地价值；从书本教育的体制化反观荒野知识的具体生动；从工业文明、商业消费反观印第安人简约、亲近自然的生活。她的作品从奇克索印第安文化，到食膘者印第安文化，再到靠鲸生活者的印第安文化，呈现出印第安文化的绚丽多彩，体现了人与自然同宗同源、人与生灵心心相印、个体小我融入自然大我的思想。相比斯奈德的归居荒野、贝瑞的农耕栖居，霍根笔下的印第安裔返乡重在文化返乡，即从现代白人文化重新认同印第安文化；从认识自然变为感知自然；从驾驭自然变为顺应自然；从利用自然到照看自然。霍根在书写返乡栖居中表达了保护濒临消失的印第安在地文化、荒野与寥寥无几的自然之子的中间风景理想，突出自然之子在游子文化返乡中的引导作用。《北极光》在返乡主题中融入创伤治愈主题，提出保护荒野与自然景观是印第安裔完成文化返乡的物质前提；表达了保护荒野与植根于自然景观的印第安文化的中间风景理想。《灵力》以位于白人小镇与印第安祖居地之间的爱玛小屋为中间风景的象征，将双重文化视域与中间风景相联系。表明具有双重文化视域的中间地带，有利于发现美国法律漏洞与印第安部落文化弊病，也是感知世界、敬重生命、照看自然万物的在地文化的根据地。《靠鲸生活的人》以越战为背景，描写了越战老兵托马斯在地、多地与重新在地的复杂经历。[1]在对比商业捕鲸与印第安传统捕鲸中，说明利用自然与顺应自然、驾驭自然与照看自然的本质区别；肯定以生命触感为表现、以关爱价值为基础的在地文化的创伤治愈功效；表达了文化返乡中需要取其精华、去其糟粕的中

1 方红：《在地、多地与再地：霍根〈靠鲸生活的人〉研究》，《上海师范大学学报》2016年第5期，第91页。

间风景理想。

一、濒危的栖居地／文化：荒野与印第安人的创伤与治愈

《北极光》从印第安裔视角，再现了印第安人与荒野遭受重创、劫后重生、寻求庇护的相似命运，表明只有保护自然栖居地，才能长久拥有治愈创伤的自然庇护所；只有保护印第安自然之子，继承荒野文化与感知自然的方式，才能实现内在心景与外在自然之景映照，真正实现栖居荒野，并在栖居自然中治愈创伤、修复被破坏的荒野。

《北极光》以安吉拉的寻根之旅为主线，讲述了安吉拉祖孙三代受辱、受害的经历。外婆洛瑞塔因目睹部落灭绝惨剧遭遇精神创伤、埋下仇恨。她将愤怒与仇恨发泄到女儿汉娜身上，更无视男友们对女儿的欺辱与蹂躏。成年后的汉娜重复其母的悲剧，虐待、砍伤自己的女儿安吉拉。安吉拉辗转于不同收养家庭之间；漂泊无根，缺乏亲情；难以建立友情与爱情。年仅十七岁，她就感到穷途末路，为自救踏上返乡寻根之旅。霍根刻意使安吉拉、洛瑞塔、汉娜的个体创伤与印第安群体创伤相互交织，使印第安部落灭绝的惨剧与自然界生灵被屠戮的暴行紧密相连，说明疤痕是印第安人个体与群体创伤的写照，暗示人类医治心灵创伤离不开医治大地的创伤。

安吉拉的返乡之旅是创伤治愈之旅，也是认同印第安文化栖居自然之旅。安吉拉在亚当肋找到曾祖母多拉鲁捷及姑奶阿格涅丝，在皮毛岛找到抚养母亲与自己的布什。居住在亚当肋与皮毛岛的印第安人，来自食膘、阿契卡等不同部落。他们日出而起、

日落而息；生活清贫却不失温暖；对意外事件如荒野般的包容。他们没有因安吉拉在“愤怒、痛苦”中击碎镜子与镜中自己的脸而放下纸牌游戏。[1]他们理解却不干预，任由平静而镇定的阿格涅丝领她出屋透气。而阿格涅丝也在给安吉拉披上自己的熊皮衣后，相信安吉拉有了不受伤害的护身符。在信任、宽容的气氛中，安吉拉卸下孤独、无人信任的包袱，“感到无以名状的自由”，长期失眠的安吉拉当晚深睡如“新生”。[2]她也在感知却不干预的荒野般的宽容中，缓解了精神、情感创伤。自然节奏的生活，家人陪伴的温暖，加上多拉鲁捷的草药，给安吉拉带来类似荒野的自愈与恢复，她的失眠不治自愈。

安吉拉真正体验到人与自然生灵的沟通是在跟随多拉鲁捷、阿格涅丝、布什从古老水路前往食膘族祖居地加拿大双城之行中。在这不同寻常的旅行中，安吉拉进一步治愈了内心创伤，萌发出同情之心。荒野中的艰苦旅行，迫使安吉拉集中精力应对生存需要。划船、拾柴生火、背负多拉鲁捷走过独木舟无法穿行的地带，带给安吉拉健康的疲惫，也使安吉拉摆脱创伤经历的主宰。她感觉“在学校学数字的那些年”从未存在；[3]领养家庭拒绝接受她的事也从未发生；“她的手被捆绑以免自残的日子”也不存在。[4]日落日出，在近似永恒的时间中，过去不再重要，新生成为可能。在安稳的熟睡中，安吉拉梦见野藤爬行、花瓣绽开；梦见森林、沼泽在夜间呼吸；梦见根茎、枝叶、爬藤缠绕着她。多拉鲁捷鼓励

1 Linda Hogan, *Solar Storms* (New York: Scribner, 1995), 52.

2 同上，54。

3 同上，204。

4 同上。

安吉拉画出梦中的植物，告诉她所梦植物的名字、药效与生长地；告诉她梦是人与自然生灵交流之处。在多拉鲁捷的启发下，安吉拉真切地体会人与自然的相互依存、相互联系。在水天相接的水域中，她以独木舟为“躯体与皮肤”，[1]穿行于绿叶、野稻与灌木之中。周围各种生灵的眼睛，通过树木与青蛙打量着她与祖母们。她也愿将躯体与生命融化在这“神灵光顾”的荒野中。[2]在物我相忘、天人合一的状态中，安吉拉甘心情愿接受外部景观对内心的塑造，热切希望成为彼此联系世界的一部分。日有所思、夜有所想，白天她担忧途中生病的阿格涅丝，晚上就梦见能救阿格涅丝的红根植物，还在梦的启示下在小岛上采集到这救命药草。她成为具有梦启能力、超长直觉，能与自然之灵神交的印第安文化中的“曼妮克”（Maniki）。[3]

创伤治愈的经历让安吉拉珍视荒野与印第安文化，而荒野中与植物神灵神交的经历则使她真切感受到荒野如家园、动植物如家人的亲切。她对荒野难民产生了深深的同情，萌发出庇护荒野的责任。目睹双城——这个食膘族传统聚居地——因水电站建设而河流改道、森林被毁，安吉拉为“大地袒露着疤痕”而痛心，为驯鹿、野鹅成为“荒野难民”而悲伤。[4]她不忍看到印第安人因失去捕猎资源、部落文化依托而遭遇集体的迷茫。她视以酗酒、吸毒、自残发泄内心痛苦的食膘族人为另类荒野难民。安吉拉最为同情的荒野难民是母亲汉娜。汉娜被丈夫猎人厄润怀疑是传说

1 Linda Hogan, *Solar Storms* (New York: Scribner, 1995), 177.

2 同上。

3 同上，235。

4 同上，224。

中破坏世界平衡的冰鬼而惨遭刺杀，她受到的伤害比双城土地“受到的伤害更深”。[1]母亲的死亡使安吉拉成熟。她在怜悯与同情母亲中完成了自我救赎，萌发了庇护家园与救助荒野难民的责任感。霍根以主人公安吉拉的觉悟表达了庇护荒野、自然生灵的中间风景理想。人类只有珍惜荒野、尊重印第安人的在地文化，才能长久将荒野当作心灵的庇护所。

二、爱玛的小屋：《灵力》的中间风景理想

《灵力》描写了印第安少女奥米西托在见证爱玛猎豹、被审、遭流放之后，决定以爱玛小屋为栖居家园，像爱玛一样照看部落长老、庇护生灵、救助荒野难民，成为自然的托管者；突出中间风景地带因其多重文化视域有利于成为感知、理解世界，培养仁爱之心与责任感的理想之处。

奥米西托开始以爱玛林中小屋为离家后的避难所是为了逃避继父的窥视与垂涎。奥米西托信赖爱玛，因为她了解、爱惜、保护林中之物。她只允许人们来自己林子附近砍伐枯死的树木；她要调皮的男孩放过树上的美洲豹。在见证爱玛猎豹、目睹其猎豹进贡上苍之举、明白其猎豹救世的善良愿望，奥米西托似乎看到神话中豹女的再现。之后，她见证爱玛在白人法庭受审、受到部落长老的盘问。她理解爱玛为保护部落长老信仰，不惜违背部落习俗，私自藏匿被杀的美洲豹，为此遭受被驱逐出林中家园的处罚。十六岁的奥米西托似乎在几天之中长大成人。她真切体会到

1 Linda Hogan, *Solar Storms* (New York: Scribner, 1995), 231.

中间地带双重文化视域的价值。她意识到白人法律与部落传统习俗的不同盲点；看到一方借爱玛“洗脱文明的玷污”，另一方以其“洗脱荒野的玷污”；[1]前者欲借爱玛猎豹事件说明将部落领地纳入社会管理的必要性，后者流放爱玛警告传统违背者，维护残存的部落文化。中间地带不仅使她成为具有双重文化视域的智者，也使她有了抵御主流文化、弘扬印第安文化的根据地。

在爱玛被驱逐之后，奥米西托以爱玛的家为其归属。这是她在家、在学校、在泰迦部落长老居住的考丽沼泽都找不到家的归属感之后的选择。在母亲的家，奥米西托发现自己成了“外人”；[2]母亲、姐姐、继父联合起来对付猎豹事件带来的耻辱与媒体的关注；甚至家中的小床都已“容不下”长大的自己。[3]在学校她也没有生存的空间，同学们众口一词认为她是猎杀学校吉祥物美洲豹的同谋者。在考丽沼泽，她不懂泰迦部落的语言，穿戴也与众人不同；更重要的是，考丽沼泽容不下知道却不愿说出真相的奥米西托，她也难以与不明事理、恩将仇报、流放爱玛的部落长老共同生活。回到爱玛的林中小屋，奥米西托才找到家的安宁与归属感。爱玛的小屋成了奥米西托的“庇护所”。[4]她白天沐浴着阳光，夜晚呼吸着湿润花香气息，感到从未有过的宁静与平和；看到从树丛间射入的第一丝晨光，她感觉像大地一样“复苏”。[5]住在爱玛的房子里，她真切感到与爱玛的价值认同；找到自我实现

---

1 Linda Hogan, *Power* (New York: Norton, 1998), 168.

2 同上，94。

3 同上。

4 同上，210。

5 同上，197。

的目标。在荒野被侵蚀、美洲豹与印第安人如“割开的土地”处于“濒临灭亡”的地位，[1]她要成为爱玛的传人，照看被破坏的荒野，照管林中的动物，照看部落的长老，继承濒临失传的猎人文化，成为自然的托管者。

《灵力》中，霍根以奥米西托栖居爱玛小屋委婉地表达了感知世界、尊重关爱不同生命、托管自然的中间风景理想。泰迦印第安女人爱玛的小屋，位于森林边缘，离通向小镇的公路不远，又有林中小径通向泰迦部落长老居住的考丽沼泽。它处于美国现代文明与泰迦部落文化的中间交接地带，也是白人主流文化与印第安族裔文化的交汇之处。由泰迦部落长老抚养成人的爱玛以这林中小屋为家，似乎是受到某种“召唤”。[2]她生活在“古代与现代世界的中间地带”：信仰豹女创世的神话；熟悉部落古老的歌谣与舞蹈；依靠捕猎栖居荒野；过着与白人世界“不相干”的生活。同时，她又不刻意回避现代文明；这个被荒野改变的女人梦想改变冷漠、高度商业化的社会；具有神话中豹女的神力，以杀美洲豹为祭祀，换来受到人类爱惜、照看的新世界。栖居林中小屋，奥米西托熟悉部落文化与白人现代文明；具有理解过去与当下的双重视域。霍根以爱玛小屋与奥米西托归居小屋表达了汲取印第安文化精髓、更新美国现代文明的中间风景理想。爱玛小屋是没有文化预设的开放地带，是不同价值观的汇聚地；也成为新价值观的诞生地；成为弘扬猎人文化、形成托管者责任的实验地。霍根以奥米西托归居爱玛小屋实现对梭罗的名言“世界的拯救在于

1 Linda Hogan, *Power* (New York: Norton, 1998), 69.

2 同上，23。

野性”的重新诠释。

《灵力》的最后一章以“他们到我这里来”为题，讲述居于爱玛小屋的奥米西托在亲人、美洲豹、部落长老的探望中，以言语与行动建立了与周围世界的理解、信任联系，她照看一切的信仰得到认可与尊重。不同于以沉默表达宽容与关爱的爱玛，奥米西托不再是沉默他者的形象，她虽不善言辞，却也试图与来访者交流；她寻找词句，弥补人们与爱玛及那些不为世界所知之事之间的“间隔”，就像用线将两块不搭配的布“缝合”在一起。[1]她宽慰劝她回家的母亲，林中的小屋就是她安全自在的家，母女在彼此理解中分手。部落长老安妮·海德（Annie Hide）与美洲豹也都到林中小屋探望奥米西托，前者陪伴奥米西托睡了安稳的一夜，后者在挠醒熟睡的奥米西托后被这林中之女劝回荒野。

小说结尾，在美洲豹夜访之后，等待姐姐多娜的奥米西托再次看到四位古装女子——小说开始她与爱玛共享的奇妙灵视体验，预示她已具备了灵力，能像爱玛一样守护森林、照管长老。她是跟姐姐回到小镇的家，还是如灵视所见，回到考丽沼泽从泰迦部落长老手中接过象征权力的羽毛扇？这开放的结局或许暗示奥米西托不能长久以林中小屋为家园，她要在小镇生活与部落生活中做出选择；或许暗示居于中间地带的奥米西托，能如爱玛一样，成为往来两个不同世界的沟通使者，避免被理智或部落文化一叶障目，能更好地感知自然，清楚地看到白人社会与泰迦部落文化的视力盲点，更好地托管自然，成为具有灵力“照看一切的人”。

---

1 Linda Hogan, *Power* (New York: Norton, 1998), 198.

三、《靠鲸生活的人》：跨国创伤经历审视重新栖居与文化返乡价值

霍根的《靠鲸生活的人》（又翻译为《鲸民》）也以重新栖居为主题，只不过将其置入跨国经历、越战创伤背景中。小说围绕捕鲸家族维特卡的女儿露丝与女婿托马斯从合到分、又从分到合的故事，谱写了传统在地与越战后返乡栖居彼此交织、群体在地与个体在地并存的“复调性生态叙事”。[1]在这部作品中，霍根不再以具体的中间风景地带，如《灵力》中的爱玛小屋，表达作者中间风景的理想，而是通过对比印第安阿契卡族的传统捕鲸与商业利益驱使下捕鲸习俗的当代复苏，说明使人形成栖居心态的不是捕鲸习俗，而是接受、认同传统印第安的在地价值与关爱精神；以被德怀特射杀的托马斯在章鱼的救助下重新感受到的海之恋、鱼之情，表达感知世界、与不同生灵沟通、照看世界的中间风景理想，以及恢复在地、促进民族振兴的民族责任感。

经历越战、被迫弃女的托马斯在返美后自我迷失、失去家园感，他回到美国却耻于回乡。在获悉阿契卡族要复兴传统捕鲸习俗后，他才有了回乡的冲动，渴望在回归猎鲸中摆脱战争创伤，想象能在回归捕鲸中“归返自我”，[2]重温海之情与鲸之梦。然而，他未曾预料德怀特组织的捕鲸受到商业利益的驱使，充满血腥暴力。参与猎鲸的托马斯不仅没能赎回期盼的家园感、摆脱遗弃爱女的内疚，却因猎鲸、以暴力对待自然生灵的经历加重了越战带来的精神创伤；在捕猎的混乱中他因失去儿子马可而陷入更深的

1 汪树东：《生态意识与中国当代文学》，北京：中国社会科学出版社，2008年。

2 霍根：《靠鲸生活的人》，刁筱华译，台北：书林出版有限公司，2010年，第105页。

自责。他无法面对大海与发妻露丝，只能蜗居在岳父维特卡留下的岩屋里。托马斯参与捕鲸重获家园意识的愿景与其再次失去家人、再遭情感创伤的残酷现实，两相对比预示了恢复猎鲸不能复苏在地家园意识与关爱之情，反倒落入跨国资本驱使的商业活动陷阱中，腐蚀敬重生命的在地价值。

对于跨国经历与全球化消解在地的困境，生态学者持两种不同的观点，以海塞为代表的学者认为在全球资本、世界风险社会、媒体网络塑造的虚拟空间的多重影响下，“原本联系地方的社会和文化实践已然脱离地方”，[1]他们认为以生态世界主义取代在地生态关怀更符合全球化进程。而以席娃为代表的生态学者则倡导拯救“单一饮食文化”“单一媒体文化”“单一交通运输文化”影响下逐渐消失的多元文化与在地情节。[2]霍根描写托马斯在越战中失去在地家园意识一方面突出其赎回在地的艰辛与不易，另一方面也肯定多地体验后重新选择在地情感价值的可能。

关爱是在地的情感根基；关爱生命、庇护生灵成为在地表征。唤醒家园意识、重新得到关爱使托马斯整合异地空间双重生活。发妻露丝秉承阿契卡族呵护生命的传统，在族人遭遇旱灾之时，她将船奉献给祈雨师换来解救万物性命的甘露；在听说托马斯之女千里寻父之时，她将其接回母亲家中同住；在目睹托马斯自闭自责、茶饭不思之时，她送去咖啡、饼干与果汁，陪同琳看望失魂落魄的父亲。家人的关爱帮助托马斯重新找到家的温暖，也

1 厄休拉・海塞：《处所意识与星球意识》，唐梅花译，《鄱阳湖学刊》2013年第5期，第88、89页。

2 Vandana Shiva, “Ecological Balance in an Era of Globalization,” *Global Ethics and Environment* (London: Routledge, 1999), 47–69.

催生其家园感的恢复。琳买给他的金鱼令其看到女儿对父爱的珍惜；目睹琳与露丝出海捕鱼、彼此爱护，他重新感受到宽容与关爱的温暖，重新萌发出关爱他人、关爱生命的在地情感。他帮长老捡柴、劈柴、捕鱼，也在照顾他们的过程中平复了心境，恢复了聆听大海、辨别鲸鱼低沉“隆隆声”的能力，[1]萌生保护鲸的心愿：“我们将成为善良的族类”，[2]照顾鲸是我们的责任。托马斯生命触感、关爱意识的恢复预示其重新认同在地情感、在地价值。霍根描写托马斯家园意识复苏表明：重新认同在地价值才能重获失去的家园归宿感，重新栖居印第安祖居地。

托马斯从容接受自己的历史，认可在黑河与越南不同的生活。恢复在地的托马斯重又感受到海之恋、鱼之情。他学习、传授驾驭独木舟的技艺；率族人海上咏鲸、听鲸。此情此景再续阿契卡族老捕鲸人维特卡唤鲸、颂鲸、猎鲸中的人与鲸之情；使传统在地与融多地的在地相辅相成，表达赎回在地的满足与欣喜之情。泛舟海上，托马斯感到从未有过的完整，他的一切都在“桨里、独木舟里、海水里、歌声里”。[3]在海市蜃楼中，他看到越南妇女“漂浮”在城市街道上，[4]看到被兰花、莲花包围的女儿。自然之情的恢复预示托马斯治愈创伤、形成融多地家园意识的复合在地情结。[5]即使在落海、临终之际，托马斯也闻到河中鲑鱼的气味，听见海洋的歌声，感受到在稻田弯腰工作时的甜美和辛劳。他也在

1 霍根：《靠鲸生活的人》，刁筱华译，台北：书林出版有限公司，2010年，第284页。

2 同上，第285页。

3 同上，第288页。

4 同上，第286页。

5 方红：《在地、多地与再地：霍根〈与鲸生活的人〉研究》，《上海师范大学学报》2016年第5期，第91—96页。

落海、命悬一线时，被出生时就认识的章鱼“包覆”、搭救，[1]被送回白屋附近的海滩，从而获得长老的救助、还魂。托马斯对生命的尊重与海中生灵对他的庇护相得益彰，再现人与自然重归和谐的超凡力量。

在《靠鲸生活的人》中，霍根不仅以托马斯的经历再现了个体家园意识的复苏，还以此为契机设想了阿契卡族男人群体恢复与自然的联系、对生命的敬重。阿契卡族的男人曾为了医疗保险、度假生活跟着德怀特猎鲸、贩卖鲸肉。然而，目睹托马斯恢复在地后的自信、自强，看到托马斯被德怀特射中落海，听说垂死之际的托马斯被章鱼搭救；他们的良心与正义被唤起，集体向警方告发德怀特的杀人罪行。他们被跨国资本腐化的仁爱之心被修复，他们要“去爱”，“用脚接触神圣的土地，接近鲸鱼之母，回归家园”。[2]这种群体恢复在地情结是在追求经济价值之后重新认同部落的关爱价值，在注重人的利益之后重新重视生命价值。在想象阿契卡族男人家园意识、自然人性的群体复苏中，霍根表达了她对印第安民族振兴的独特理解，即只有当部落众人不再屈从商业利益，他们才能重新拥有正义；重新重视传统、尊重鲸鱼，才能赎回在地，成为伟大的鲸民；个体与群体重新认同在地价值与关爱情感，他们才能复苏印第安文化、振兴民族意识。这是霍根在书写重新栖居中表达的中间风景的理想。

斯奈德、贝瑞、霍根在书写重新栖居生活中表达各自不同的中间风景理想：斯奈德希望建立野性能承受的文明；贝瑞憧憬杰

---

1 霍根：《靠鲸生活的人》，刁筱华译，台北：书林出版有限公司，2010年，第291页。

2 同上，第296页。

斐逊式农业社会，繁荣小农庄的有机农业，限制高能耗规模化的农业产业；霍根构想年轻一代印第安裔重续部落自然生活节奏，在重新认同部落传统文化中治愈精神创伤，分辨出部落文化精髓的在地文化、仁爱之心与照看自然的责任，反思以猎美洲豹、鲸鱼为代表的部落习俗，在复兴民族文化中重振印第安部落族群意识。

斯奈德、贝瑞、霍根对在地生活的描写各具特色，憧憬的中间风景理想各有不同。他们书写归居生活，弘扬在地价值，重振在地文化，保护在地文化的传人，保护在地文化的物质根基——荒野。这些作家一方面出于经济、社会、文化一体化影响的焦虑，担心全球化、城市化、商业化影响下在地文化的消失。另一方面，他们在抒发不同的中间风景理想中，提出变革主流文化与价值：在栖居荒野与农耕生活中，缓解工业文明中人与自然失衡的压力，舒缓现代文明中弱势个体与群体的生存焦虑，增强不同人群对其生活环境与其当地文化的归属感。他们的重新栖居方案有益于保护、恢复全球化进程中的家园意识。从梭罗的名言“世界的拯救在于野性”看，斯奈德、贝瑞、霍根在书写中间风景的田园理想中，肯定感知世界、照看世界的在地价值，表明认同在地价值是栖居自然的前提，认识自然、尊重自然的他者性、保护自然是维护自然庇护所功能的条件。他们在创造天地一隅的田园理想中弘扬了在地文化，预示全球文化更新的可能。

第二章
动物伦理与当代英语生态文学

20世纪末，全球资本支配下的人类活动使环境问题和生态危机日趋严重，在人文领域体现为生态文学的迅猛发展。美国、英国、加拿大、澳大利亚、南非等国的很多作家们立足本土，又超越时空界限，反思人与自然的关系。其中，人与动物之间的关系成为生态文学的重要议题。相关作品一方面扎根现实土壤，客观再现了动物行为研究的不断进展，另一方面充满生态理想和想象，超越了不可逾越的物种疆界。作品蕴含的动物伦理成为作家提倡环境理念、生态意识和生态身份建构的能动载体。当代英美生态文学蕴含着丰富的动物伦理思想，而加拿大、南非、澳大利亚等国的生态文学因为环境议题和殖民历史的复杂交织使得其中的动物伦理思想更为丰富和多元，更能体现全球化语境下人类与动物之间的关系，对新时期构建新型的人类-动物伦理关系更具参考价值。本章首先对全球化语境下的动物伦理内涵进行了相关探讨，然后重点选取加拿大、南非和澳大利亚的三部小说为研究对象，即高蒂（Barbara Gowdy）的《白骨》（*The White Bone*，1998），尼科可（Marlene van Niekerk）的长篇小说《典范》（*Triomf*，1994）和温顿（Tim Winton）的《浅滩》（*Shallows*，1984），兼顾作品的全球化语境，以及全球化语境下环境、殖民历史等同动物伦理的互动关系。通过探究人与动物之间的关系，考察这些作品蕴含的复杂的动物伦理思想，旨在深化对人类本性，文化与自然的关系，历史、种族、伦理等问题的复杂纠葛的理解，拓展生态文学的批评空间。

第一节　全球化语境下的动物伦理

全球化语境下的环境问题超越国家、民族、种族、阶级、性别的界限，关乎每个个体、整个人类，乃至所有地球生命的命运。人类不仅需要为自身的行为负责，也需要对地球上的所有物种、所有生命负责。作家通过文学传达出对环境问题的焦虑和担心，对人类的"独特"地位、行为模式进行更深层次的文化反思。当代英语生态文学紧扣时代主题从正反两面呈现"生态"这一主题，考察了全球化语境下人与自然的复杂关系，成为文学创作的重要潮流。

20世纪80年代以来，西方哲学、社会学、历史学、人类学等人文社科领域的学者纷纷将关注的目光转向动物，从本学科的视角思考动物，反思人与动物之间的关系，形成了"动物研究"的热潮，催生了整个人文社科领域的"动物转向"。文学中的动物研究，尤其是其中的动物伦理思想成为研究热点。

动物伦理是一个极为复杂的概念。在《牛津动物伦理手册》

（*The Oxford Handbook of Animal Ethics*，2011）中，比彻姆（Tom L. Beauchamp）认为动物伦理是“出于方便，对哲学以及非哲学各领域出现的各种相关动物著作的简称”。[1]这一界定比较含混。事实上，要理解动物伦理，首先还是从“伦理”自身入手。所谓伦理，就是指在处理人与人、人与社会相互关系时应遵循的道理和准则，伦理是一系列指导行为的观念，是从概念角度上对道德现象的哲学思考。对于亚里士多德、笛卡尔等西方先哲而言，动物不能同人类相提并论，人类可恣意支配动物，在处理与动物的关系时，不必考虑是与非、对与错的问题，也就是如何处理动物不会上升到伦理层面，因此不存在动物伦理的问题。西方先哲有关动物地位的论述得到普遍认同，并在实践中得以应用。长期以来，绝大多数人在处理自身与动物的关系时，不再考虑是与非、对与错的问题。随着社会进步和动物学的发展，人们逐渐将动物作为平等主体看待，将对处理人与人之间关系的道理和准则运用到人与动物之间的关系上，新式动物伦理应运而生。新式动物伦理强调动物解放、动物主体，主张将人类的伦理准则运用于动物。动物权利、动物解放、动物福利、物种主义等术语或概念涉及人类应不应当给予动物适当的道德考虑，动物是否应当拥有与人类相同的生存权、不受侵害权等问题，这些都是动物伦理涉及的内容。从广义上而言，人类基于动物进行伦理思考或由动物所引发的一切伦理问题都可称为动物伦理。另外，现代动物学，尤其是动物行为学研究表明，很多哺乳动物也存在家庭伦理，这为动物伦理

1 Tom L. Beauchamp, “Introduction,” Tom L. Beauchamp and R. G. Frey, eds. *The Oxford Handbook of Animal Ethics*（Oxford: Oxford University Press, 2011）, 4.

讨论增添了新的维度。

尽管人与其他动物之间的伦理关系是个古老话题，但直到20世纪70年代，随着民权运动、女权运动等社会正义运动的发展，现代动物权利运动才逐渐兴起。在过去三十多年间，人们对动物伦理的兴趣和哲学探讨快速发展。1975年辛格（Peter Singer）的代表作《动物解放》（*Animal Liberation*，1975）使人类同动物之间的伦理关系进入公众视野，并引发了严肃的学术探讨，动物伦理的第一次浪潮由此展开。随着动物研究这一新的研究领域的出现，动物伦理越来越靠近主流，在过去十年间，奠基性的理论性工作卓有成效，可以确信地说，现在我们已经进入“动物伦理的第二次浪潮”。[1]动物伦理的核心议题是“动物的伦理地位问题”，[2]也就是动物值不值得我们的伦理考量，有没有伦理权利，有没有伦理地位。

文学中的动物伦理主要通过作品中人与动物之间的关系，对动物的态度，以及所映射出的作者对动物的思考为切入点。论述文学作品中的动物伦理不可避免地考察文学人物与动物之间的关系，在后殖民语境下的动物伦理必然要考察在殖民主义或后殖民主义时期，不同种族对动物的态度，这要求不能以任何一个时期、一个地域、一个种族、一个民族或一种文化中对人与动物主导关系的判断作为动物伦理的圭臬。需要指出的是，必须在人与动物

1 Lori Gruen, “Preface,” *Ethics and Animals: An Introduction* (Cambridge: Cambridge University Press, 2011), xiii.

2 Mylan Engel Jr. and Kathie Jenni, “Examined Lives: Teaching Human-Animal Studies in Philosophy,” Margo DeMello, ed. *Teaching the Animal: Human-Animal Studies across the Discipline* (New York: Lantern Books, 2010), 63.

的动态关系中考察动物伦理思想。在世界进程和社会文明进程中，人与动物之间的关系也会发生变化，人与狗、猫，人与鲸鱼，人与大象等动物之间的关系无不如此。

动物伦理思想具有复杂性，不同时代、不同国家、不同种族、不同民族、不同地域的人可能有相对统一的集体动物伦理思想，这是动物伦理的集体性；而每个个体因个人知识结构、人生体验、社会地位等不同而有各自的动物伦理思想，这是动物伦理的个体性。动物伦理的集体性和个体性是一种互动关系，相互影响，虽然不排除矛盾的可能性，但总体上个体性和集体性朝趋同方向发展。

在全球化语境下，各国经济、政治、文化交往日益密切，国际组织成为世界联结的新形式，在人与动物关系问题上施加影响，赋予了动物伦理的全球化特征。尽管如此，各地域、各国家因历史、政治、文化和现实因素，会保持处理人与动物关系的传统模式，这是动物伦理的地方性。动物伦理的全球性和地方性也是一种互动关系，某一地域的动物伦理思想可能领先或落后于全球的动物伦理思想，但是基本上朝趋同方向发展。文学和全球化处于一种互动关系，“不仅反映全球化的历史进程，而且深化对于全球化的认识和知识建构”。[1]文学中的动物伦理思想探讨既要考虑全球化语境，又要注重地方性特征。

动物伦理不分财富和地位，不受国家、民族、种族、性别、文化的拘囿，没有时间和空间的界限。但是伦理思想也会受到相

1 何成洲：《全球化与文学：视角、立场与方法》，《当代外国文学》2014年第2期，第155页。

应的制约。动物伦理基于的是一种爱、同情和尊敬。但是在等级社会、等级思想的影响下，往往是那些处于社会边缘、受压迫的他者或受害者表现出强大的爱、同情和通感的能力，因为他们更能意识到自由、平等、尊严与尊重的宝贵和真正价值，同时动物也使他们获得一种慰藉，是消除苦闷、情感投射、获取尊严、感受自我价值和意义的重要能动体。

第二节 《白骨》的动物创伤叙事

加拿大小说家高蒂的《白骨》以大象视角展开叙述，主要从姆德、拜德、泰姆的角度讲述象群竭力逃离人类宰杀并寻找“安全地”的曲折经历。自出版以来，《白骨》中的拟人化手法和叙事策略一直是学界讨论的焦点。研究者普遍对高蒂的拟人化书写给予充分肯定，认为她成功地使大象发声、为大象代言。艾丽丝·门罗（Alice Munro）认为小说中“大象的语言、社会结构、智慧和精神世界都和人类的一样真实”。[1]休根（Graham Huggan）和蒂芬（Helen Tiffin）认为高蒂“施展拟人技巧的正面塑造能力，将大象从转喻、隐喻或寓言的牢笼中解放出来”，通过赋予大象语言、可辨识的个性和宗教思想等特征打破了传统的工具性动物形象，颠覆了人与动物的二元对立范式。[2]德国《南德日报》评论说：“在这里，我们不像旅行者那样穿越大象的世界，也没有一笑

1 参见 *The White Bone* (London: Flamingo, 2000) 封底文字。

2 Graham Huggan and Helen Tiffin, *Postcolonial Ecocriticism: Literature, Animals, Environment* (New York: Routledge, 2010), 152–154.

而过，而是‘变成’了大象，并沉浸在它们的世界里。”[1]研究者在肯定高蒂的动物叙事的同时，也不避讳动物视角存在的问题和局限性。德梅罗从大象的语言能力、宗教信仰和故事中真实与虚构的杂糅等方面探讨高蒂动物叙事的不足，认为这些问题“不仅很容易使关于大象的政治探讨难以实现，甚至无法严肃考察大象和其他动物心理的塑造”。[2]休根和蒂芬也对作者独创的大象语言的效用表示疑虑，认为大象观察视角下所使用的词汇可能“导致该故事的幼儿化理解”。[3]总体而言，不管是对作家创作手法的肯定，还是对动物叙事局限性的揭示，基本上还是对故事的表象式研究，缺乏通过文本细读、透过大象复杂的心理刻画和再现，深入细致地探讨大象的主体性呈现，因而对作家创作意图的考察也难免流于表面。那么，高蒂的创作旨趣到底是什么？拟人化的创作手法到底赋予故事什么样的精神特质？或者说该小说的精髓到底是什么？

事实上，故事正式开始之前的独白是打开该小说本质内涵的一把钥匙。遗憾的是，这部分尚未引起研究者的关注：

> 如果他们活得够久，他们便会忘记。但是大部分活得没有那么久，因为在记忆力衰退之前几十年，绝大部分大象便被杀戮。你听到的都是真的：他们大部分永远都不会遗忘……在他们硕大的机体和巨大的骨头里面隐藏着的

1 参见 *The White Bone* (London: Flamingo, 2000) 简介。

2 Margo DeMello, *Speaking for Animals: Animal Autobiographical Writing* (New York: Routledge, 2012), 39.

3 Graham Huggan and Helen Tiffin, *Postcolonial Ecocriticism: Literature, Animals, Environment* (New York: Routledge, 2010), 156.

全是记忆……是什么让他们开始哭泣？就像我们所说的拥有“玻璃心”一样，他们极易感伤，即便是公象也是如此。（生命中的）任何损失或思念都足以令他们心碎。[1]

这部分貌似只是一个引子，其实正是作者匠心独运之处，奠定了整个故事的“感伤”基调，整部小说的题眼——创伤与记忆——也呼之欲出。本文采用创伤视角，借助生物学意义上的“动物创伤”概念，在厘清其内涵的基础上，将其运用到作品中，探讨大象创伤及其表征，揭示人类对大象创伤无法推卸的伦理责任和义务，认为高蒂在动物创伤书写的过程中，探索了创伤书写的新维度，并将动物的主体性书写推向新高度。

一、从人类创伤到动物创伤

当代创伤理论在20世纪90年代由哈佛大学卡鲁斯（Cathy Caruth）提出。她认为创伤是指“突发性或灾难性事件造成令人难以承受的体验，由此导致反应的延迟、无法抑制和反复出现的幻觉以及其他精神侵入现象”。[2]近些年，创伤已经成为国内外文学研究的一大景观，尤其以美国“9·11”恐怖袭击、世界性或局部战争、种族屠杀等为主题的作品成为创伤理论关注的重点；个体创伤和集体创伤、种族创伤和文化创伤等为核心概念，记忆与创伤、创伤与叙事、创伤与复原等关系都成为常见研究话题。但

1 Barbara Gowdy, *The White Bone* (London: Flamingo, 2000), 1.

2 Cathy Caruth, *Unclaimed Experience: Trauma, Narrative, and History* (Baltimore: John Hopkins University Press, 1996), 11.

是，这些研究都止于对人类创伤的关注，或拘囿于人与人之间的创伤范畴，一直将动物排除在关注视野之外。事实上，情感能力和创伤体验并非人类独有。现代动物学家通过实验一再证明，大猩猩、大象等哺乳动物不仅有丰富的情感，而且在社会结构上也同人类相似。历史学家尤瓦尔·赫拉利认为“活生生的生物其实内心情感世界都十分复杂，如果把它们当机器一样对待，不仅会造成它们身体不适，也会让它们承受很大的社会压力和心理挫折”。[1]创伤体验并非人类独有的事实使探讨动物创伤成为可能。

动物创伤主要是指自然灾难、生存竞争或人类宰杀给特定动物造成难以承受的身体和心理伤害，严重影响其原有的生存方式、生活规律和心理平衡，导致动物心理问题和非常规行为的产生。现代文明语境中的动物创伤同人类对动物的暴力和强制性行为密切相关，其中大规模宰杀，强制动物迁徙，侵占动物居住地或破坏动物生存环境等是导致动物创伤的主要灾难性事件。

在动物创伤这一领域做出贡献的包括英国动物保护主义者谢尔德里克（Daphne Sheldrick），美国生态环境保护主义者、野生动物专家摩斯（Cynthia Moss）和美国心理学家、生态学家布兰德肖（Gay A. Bradshaw）等。谢尔德里克以救助孤儿象闻名于世，早在20世纪90年代初，就指出人类行为和动物创伤之间的关系，认为“大规模偷猎使大象的社会结构陷入混乱，对大象社会造成严重的影响，孤儿象陷入创伤之中”。[2]摩斯长期从事野生大象家

---

1 尤瓦尔·赫拉利：《人类简史：从动物到上帝》，林俊宏译，北京：中信出版社，2012年，第335页。

2 Daphne Sheldrick, “Elephant Emotion,” June 1991. The David Sheldrick Wildlife Trust. <http://www.sheldrickwildlifetrust.org/html/elephant_emotion.html>.

庭结构、生活规律和行为研究，较多地关注大象的异常行为和心理创伤之间的关系。布兰德肖对动物创伤研究做出重要贡献。她有意识地将创伤和相关心理学概念用于大象行为研究，不仅首次提出非人类动物也会经历创伤后应激障碍，而且探索和实践实现动物创伤疗愈的途径。布兰德肖、司格尔等发表于《自然》杂志的研究成果《崩溃的大象》（2005）将人类对动物的屠杀同科索沃和卢旺达种族屠杀相提并论，揭示了宰杀行为对大象造成的心理问题、精神伤害和社会创伤，提出遭受创伤的大象常常表现出多种创伤性应激障碍的症状等观点。[1]布兰德肖在博士论文《大象创伤和复原：从人类暴力到解放生态心理学》（*Elephant Trauma and Recovery: From Human Violence to Liberation Ecopsychology*，2005）和专著《崖边大象：大象给人类的启示》（*Elephants on the Edge: What Animals Teach Us about Humanity*，2009）中对动物创伤进行了更为详细的论述，从六方面总结了创伤后应激障碍产生的条件和表征，确立了判断大象是否具有创伤后应激障碍的标准，并揭示了依附理论（attachment theory）和创伤学的密切联系。在布兰德肖看来，"依附和创伤是同一个理论'硬币'的两个面"，二者的结合将"为理解人类经验和心理提供新的概念框架"，[2]这同样适用于对大象经验和心理的认知。"依附"是大象赖以生存的重要方式。一方面，幼象依附于母亲，母象的形影不离和悉心照料能满足幼象身体和心理的双重诉求，是幼象安全、健康成长的保

---

1 G. A. Bradshaw, Allan Schore, Janine Brown, Joyce Poole, and Cynthia J. Moss, "Elephant Breakdown," *Nature* (Macmillan: Nature Publishing Group, 2005), 807.

2 G. A. Bradshaw, *Elephants on the Edge: What Animals Teach Us about Humanity* (New Haven: Yale University Press, 2009), 48.

障。另一方面，象群中的所有成员都依赖于雌性首领，首领不仅决定整个群体每天活动的时间、行动路线、觅食地点、栖息场所等，也担负着在危难之时引导家族寻找水源和食物继而得以生存的重任。因此，母象或雌性首领死亡的突发性事件将导致依赖关系的断裂，象群或幼象可能由此面临严峻的生存挑战，甚至遭受灾难性后果，创伤由此产生。

创伤是《白骨》中的重要主题。为了创作该小说，高蒂不仅潜心研读大量关于大象行为方面的资料，还曾远赴肯尼亚，“花了一年多的时间，像动物学家一样对大象进行科学研究，观察大象的交流方式”，[1]并目睹了大屠杀中幸存大象的非正常行为，她意识到“大象从来不会失忆，因为那些亲历母亲被宰杀的大象，经常是从惊恐的尖叫中醒来”。[2]在田野调查的基础上，一向热爱动物的高蒂对大象的交流能力和智力印象深刻，对它们的悲惨遭遇和受灾难性事件的影响程度之深感到极为震撼，这直接影响她小说的基调和言说方式。正是基于此，创伤和记忆成为《白骨》的精神内核。

二、大象创伤和创伤记忆

人类的残暴杀戮行为是大象个体产生心理创伤的主要根源；记忆是创伤产生持续性影响的重要条件，大象很强的交流能力和记忆力使创伤事件的影响在家族内外持续扩散和发酵，往往造成

---

1 Rachel Halliburton, “Arts: The Elephant Woman,” *Independent.* 1 June 1999. <http://www.independent.co.uk/arts-entertainment/arts-the-elephant-woman-1097594.html>.

2 同上。

集体性创伤。在《白骨》中，高蒂展现了大象创伤的多维形态，既有个体创伤，也有集体创伤，后者又可呈现为社会创伤、文化创伤等。

动物的个体创伤主要是由于人类借助猎枪、汽车、飞机等现代器械，采用突然袭击或引诱的方式展开围捕和宰杀，对幸存的动物造成严重影响，导致其心理防御机制崩溃，时常表现出呆滞、孤独、恐惧或记忆错乱，甚至情绪暴躁和突发性攻击行为。《白骨》中的姆德是典型的个体创伤的受害者，她出生不久就目睹母亲因蛇毒而亡，并被狼分尸，这意味着对母亲依附关系的断裂，使得姆德陷入孤独无助的状态。姆德的创伤不仅源于刚出生就失去母亲的关爱和呵护，而且还在于受到家族的抛弃，这对她是种双重伤害，使她遭受心理创伤。姆德虽然幸运地被S家族拯救并接纳，但仍然不断受到尖叫的排斥，虽然被刚刚失去幼崽的小胆抚养，但她同养母以及新家庭的依附感依然比较弱，内心缺乏安全感，她深刻地意识到自己和其他家庭成员之间“不容否认的距离”，[1]因此她很难走出母亲死亡、自己被抛弃的心理阴影。亲历突发性的灾难使她的创伤愈加严重。姆德所在的S家族在饮水时，受到捕杀者的突然袭击和疯狂扫射，一半以上的成员当场毙命。她不仅目睹首领赛斯被枪杀，眼睁睁看着养母倒毙，自己也差点被击中。姆德陷入极度恐惧和悲痛之中，产生了更为严重的心理创伤。

母亲的死亡和大屠杀这一创伤性事件成为姆德难以释怀的记

1 Barbara Gowdy, *The White Bone* (London: Flamingo, 2000), 93.

忆，这反过来又加重了她的心理创伤，导致严重的创伤后应激障碍。“闪回”现象是创伤后应激障碍的重要表征，即创伤性情境在记忆中反复地、不由自主地涌现，闯入意识中萦绕不去，亦经常出现在梦境中，有时会出现“重演”性发作，再度恍如身临其境，出现错觉、幻觉、意识分离性障碍等。[1]地狱般的场景时常在姆德脑海中浮现，随之产生的是惊慌和恐惧，她内心非常脆弱，记忆也出现了错乱，常常产生幻觉。母亲遭到土狼围攻的景象在姆德“头脑中不断再现”，[2]成为挥之不去的记忆，也是折磨她的梦魇。自从大屠杀发生后，姆德每一次听到飞机的轰鸣声就惊恐不已，一到晚上“就有种恐惧感，感觉每个模糊的形状都是人，天黑后，她在安全地点再也不敢移动半步”。[3]大屠杀的记忆使她内心极为敏感和脆弱，时常听到受伤大象绝望的哀鸣，并感到不寒而栗，但这一切“声源都来自她的记忆”，[4]这是典型的创伤后应激障碍的症状。创伤性事件使大象陷入精神恍惚，甚至对自己的存在都产生了怀疑。相似的体验在D家族首领戴蒙德身上也得到印证。在另一场大屠杀中，D家族失去23位成员，戴蒙德对此悲痛欲绝，整日精神恍惚，无法从过去的伤痛和记忆中恢复。看到同病相怜的姆德，她曾说：“每一刻就是一个记忆……所有的一切都是由万象之母想象的。我们之所以在是因为在她的记忆里。你的生活，你所经历的，都只是她所回忆的、想象的。我们是记

---

1 G. A. Bradshaw, *Elephants on the Edge: What Animals Teach Us about Humanity* (New Haven: Yale University Press, 2009), 82–83.

2 Barbara Gowdy, *The White Bone* (London: Flamingo, 2000), 32.

3 同上，168。

4 同上，94。

忆。我们生活在记忆中。”[1]创伤重创下的戴蒙德失去了自我存在感，或者宁愿自己只是一种记忆；她为自己是首领却无法保护家族成员而感到极为自责，内心的苦闷无法排解，她无法面对残酷的现实，宁愿一切只是虚幻的记忆，这里的“记忆”已经成为她逃避现实、忘记过去的手段。

动物不仅可能遭受个体创伤，也会承受集体创伤。动物集体创伤是指灾难性事件对动物造成群体性、持续性影响。当灾难性事件转化为动物的集体记忆，并对它们的情绪、生活习惯等造成持续性影响时，集体创伤相应而生。个体创伤可能转化为集体创伤，当个体记忆演化成集体记忆，创伤性事件必然造成集体性创伤。

动物的集体性创伤可以表现为一种社会创伤。动物的社会创伤指创伤性事件对动物原有的社会结构和群体行为模式造成严重影响。大象雌性首领在整个家族中发挥核心作用，对生存经验往往有终生记忆，在维护和稳固整个象群的社会结构中扮演重要角色，因此雌象首领一旦被宰杀将对象群造成集体性创伤。布兰德肖认为“资深的雌性大象在象群中发挥支柱性作用，雌象首领的死对于整个象群都异常艰难”。[2]《白骨》中的象群就不得不面对首领被宰杀的困境，这个灾难性事件破坏了大象原有的社会结构，可能导致大象行为的混乱，甚至新的集体创伤。象群首领本应由那些经验丰富，对水源、食物源和必要的迁移

1 Barbara Gowdy, *The White Bone* (London: Flamingo, 2000), 83.

2 G. A. Bradshaw, “Not by Bread Alone: Symbolic Loss, Trauma, and Recovery in Elephant Communities,”*Society & Animals* Vol. 12, No. 2 (2004): 147.

路线了如指掌的成年象担任，但当象群遭受人类的“清洗”式屠杀后，幸存者中的长者被迫担负起首领之责，但又往往因为缺乏经验而无法确立自己的权威地位，很难肩负重任。故事中，名为尖叫的母象和新的象群首领鼻息出现观点分歧，鼻息认为幸存的成员应当聚在原地等待女儿特德·贝德，而尖叫则认为贝德很可能已经遇害，因而最重要的任务是寻找白骨，赶赴安全地。尖叫对首领权威的挑战，间接地表明新任首领不能有效领导本族群。事实上，鼻息的确缺乏主见，也缺乏领导力和权威。鼻息下命令时最常说的话就是“大家自由行动”，[1]这不利于原有社会结构的恢复。按照传统，首领在行进中应当在最前面，其他大象在后面依次跟进，但尖叫却同她齐头并进，这是原有社会秩序难以恢复的表现。

动物的集体创伤还可以表现为一种文化创伤。文化创伤“源于具有亲密关系的集体对大规模断裂和社会危机的共同经验。并非集体的每一个个体都亲历文化创伤，但是集体记忆在时间中沉淀，影响每一个个体”。[2]大象有自己的文化，在成员死亡以后，象群会在首领的带领下对死去的成员进行集体“哀悼”，但当象群被猎杀到仅剩下幼象或很少的成员时，这种哀悼仪式便难以为继，以此为重要内容的大象文化也被摧残殆尽。[3]高蒂对万象之母的信仰和白骨传说的叙述隐含着大象的创伤记忆和集体性创伤。故事中，大象有自己的信仰，他们信奉万象之母，坚信如果活着的时

---

1 Barbara Gowdy, *The White Bone* (London: Flamingo, 2000), 119.

2 Charles Figley, *Encyclopedia of Trauma: An Interdisciplinary Guide* (London: SAGE Publications, Inc., 2012), 577.

3 Charles H. Zeanah, *Handbook of Infant Mental Health* (New York: The Guilford Press, 2009), 111.

候象牙被砍，死后魂魄便不能飞升至天堂，失去天堂中万象之母的护佑，只能像孤魂野鬼一般在没有边际的恒瀚河游荡。[1]这种信仰是一种自我预警和保护机制，表明人类对象牙的贪婪攫取已对大象造成严重的心理和精神创伤，在时间的积淀中转化为一种信仰和集体意识，是大象对久远的人类暴力的记忆。这同小说的独白部分形成呼应："如果他们活得够久，他们便会忘记。但是大部分活得没有那么久，因为在记忆力衰退之前几十年，绝大部分大象便被杀戮。"[2]人类的残忍和大肆屠杀导致大象身体和心理创伤的形成，大象超强的记忆力又储存了创伤，这种创伤记忆决定了创伤对大象种群影响的持续性。

由以上分析可知，大象群体性的生活方式、独特的社会结构、丰富的情感能力和超群的记忆力都使它们像人类一样，在灾难性事件中产生创伤，既可能是个体创伤，也可能是集体创伤，既可能是社会创伤，也可能是文化创伤。

三、创伤疗愈和伦理责任

作为情感性和社会性动物，大象不仅能体验创伤，而且具有一定的自主应对和疗愈创伤的手段和能力，主要表现在"哀悼"亲人的仪式，断裂的依附关系的重建以及通过借助原有的情感纽带进行疗愈。赫尔曼提出"获得安全感，铭记并哀悼，回归正常生活"作为创伤修复的三个重要阶段。[3]这虽不能直接套用于理解

1 Barbara Gowdy, *The White Bone* (London: Flamingo, 2000), 32.

2 同上，1。

3 Judith Herman, *Trauma and Recovery: The Aftermath of Violence—From Domestic Abuse to Political Terror* (New York: Basic Books, 1997), 155.

大象创伤恢复的过程，但至少具有一定的参考价值。

首先，悲伤、哀悼等仪式是大象克服心理创伤的手段之一。法国哲学家德里达曾对人类与动物的疆界进行解构，认为“对亡灵的哀悼或仪式并非人类独有”。[1]美国动物学家查尔斯·辛博特认为：“当大象死亡时，它的家庭成员会进行密集的哀悼或埋葬仪式，甚至围绕尸体守夜达一周之久。”[2]布兰德肖认为“大象具有理解死亡的能力”，[3]“伤心和哀悼仪式是大象文化不可分割的一部分”。[4]高蒂笔下的大象正是如此，当大象家族有成员被射杀后，其他成员总习惯于遵循传统，找机会返回事件发生地，围绕在尸体四周，面部朝外，其中一只后腿抬起，朝向尸体上方，吟唱圣歌，这种纪念亡灵的仪式正是试图缓解死亡带来的难以承受的心理压力。其次，重塑依附关系、重建情感纽带也是克服创伤的重要手段。大象个体创伤产生的重要原因在于依附关系的断裂。因此大象要克服心理创伤，必须重塑它们的依赖感、归属感和安全感，这里的“三感”不仅包含幼崽对母亲、雌性首领的依赖感，对家族群体、生存环境的归属感，还包括在生存地的安全感。安全感的获得意味着“对自己的心理和身体获得重新的支配感，并且有安全居住的环境”。[5]象群在原有的

---

1 转引自Kelly Oliver, “Elephant Eulogy: The Exorbitant Orb of an Elephant,” Lynn Turner, ed. *The Animal Question in Deconstruction* (Edinburgh: Edinburgh University Press, 2013), 97。

2 Charles Siebert, “An Elephant Crack-Up?,” *The New York Times Magazine*. <www.nytimes.com/2006/10/08magazine/08elephant.html>.

3 G. A. Bradshaw, “Not by Bread Alone: Symbolic Loss, Trauma, and Recovery in Elephant Communities,” *Society & Animals* Vol. 12, No. 2(2004): 147.

4 G. A. Bradshaw, *Elephants on the Edge: What Animals Teach Us about Humanity* (New Haven: Yale University Press, 2009), 11.

5 同上，161。

生存地经历了严重的身体和心理创伤，寻找“安全地”的过程也是重建依附感，进行自我疗愈的过程；经历大屠杀后，社会结构的有效重组也是克服创伤的重要途径。姆德返回到屠杀现场寻找幸存的同伴时，意识到自己同其他家庭成员“不容割裂的依附”，[1]她同拜德建立起深厚的友谊，与泰姆产生了美好的爱情，这些情感因素使她逐渐重新获得归属感，这种情感纽带和相互依附感成为支撑他们克服重重困难的强大力量，对于创伤弥补有重要作用。

但是，面对人类的大屠杀行为，他们根本无力招架，甚至没有机会进行自我疗愈，因为屠杀行为“规模之大、范围之广使大象失去了使用疗愈手段的能力”。[2]在象群中一个家族几乎都被射杀的情况下，以家庭为单位、以家族为整体的社会性活动已经不可能进行，自我创伤疗愈成为一个不可能完成的任务。这在动物行为学的研究中得到证实。布兰德肖认为大象创伤很难治愈：“大象个体的死亡会对整个象群中的家庭产生影响，当死亡一而再，再而三地发生，死亡的数量不断增加，整个象群、人口和联系的网络便会崩溃。持续性的心理创伤就会出现，而且大象家庭和文化中传统的疗愈结构也已失效。……因此，创伤不会轻易逝去。它可能持续很多代，通过社会的、文化的和神经生物的方式或途径得以延续。”[3]美国动物学家凯蒂·潘恩也认为：“大象的经验都是

1 G. A. Bradshaw, *Elephants on the Edge: What Animals Teach Us about Humanity* (New Haven: Yale University Press, 2009), 93.

2 G. A.Bradshaw, “Not by Bread Alone: Symbolic Loss, Trauma, and Recovery in Elephant Communities,”*Society & Animals* Vol. 12, No. 2(2004): 143.

3 “Psychologist Says Elephants Suffer Post-Traumatic Stress,” *Boston's NPR News Station* on the web 27 March 2012. <http://hereandnow.wbur.org/2012/03/27/elephants-post-traumatic> .

集体性的，经验的集体性贯穿于它们的一切反应行为中。集体性使大象因失去家庭成员而造成的创伤更为严重。对于拥有长久记忆、长寿的大象而言，这种创伤很难愈合。那些在偷猎或政策性宰杀中幸存的大象或许永远都无法从不断的失亲中恢复。”[1]大象创伤自我疗愈的不可实现性表明人类暴戾行为之极致，同时也凸显了人类不可推卸的责任以及人类介入的必要性。由于视角限制，这是高蒂并未涉及的话题，但是人类对大象的伦理责任的确是作家创作和思考的重要基石。

高蒂的动物创伤叙事和创作源于现实，又以反观现实为旨归，反映了她对人类针对动物暴力行为的考问。高蒂创作的年代，非洲大象的数量急剧减少，“单单在1974至1989年间，肯尼亚85%的大象被宰杀，世界范围内大象有濒临灭绝的危险”。[2]对人类暴力的考问本质上反映了她的伦理之思：人类是大象创伤形成的罪魁祸首，对大象的生存有不可推卸的伦理责任。在《白骨》中，高蒂通过动物创伤叙事提出了人类对大象负有伦理责任这一核心议题，表达了对人类暴力的鞭挞。与人类对大象的残忍形成鲜明对比的是，故事中的大象并没有因为人类的暴戾而仇恨或试图报复人类，因为它们依然记得人与大象和谐共处的时代，表现出它们对人类的伦理意识。高蒂指出“记忆为我们提供了伦理语境。没有记忆，我们也便失去了伦理意识……当下人类文化蕴含的暴力和残忍可以看作是我们精神记忆、文化记忆和地理记忆的匮

1 Katy Payne, “Caring Beasts...,” *The Washington Post* on the web 8 April 2000. <http://www.washingtonpost.com/archive/opinions/2000/04/08/caring-beasts/78419658-1a95-4652-955b-e9491f6a0b95/>.

2 Margo DeMello, *Speaking for Animals: Animal Autobiographical Writing* (New York: Routledge, 2012), 38.

乏……大象比我们更具有伦理意识，究其原因就是因为它们的记忆”。[1]通过对人类魔鬼般残忍行为的描述和对富有情感的大象所遭受的心理创伤的呈现，高蒂承担起自己的伦理责任，试图用自己的文学作品唤起人类的良知，她曾明确表达自己的创作归旨："小说有改变生活的力量……甚至于《汤姆叔叔的小屋》，一本不怎么样的小说，都终结了奴隶制。我希望《白骨》将对读者产生前所未有的触动。"[2]

综上所述，《白骨》是一部关于创伤和记忆的小说，从大象视角言说了人类暴力给大象个体和群体、社会和文化造成的毁灭性影响，高蒂对大象的拟人化书写突破了惯有的叙事模式，独特的叙事视角、娓娓道来的讲述方式，攻破了人类为规避相关责任而构筑起的心理防线。动物创伤基于动物对灾难性事件的认知和记忆，基于动物自身的情感因子和内心活动，是对动物主体性存在的肯定。动物创伤将暴力和创伤研究拓展到动物，是人类伦理思想的拓展，反映了人们在认知上不再时刻拘囿于古板的物种主义，打破人类优先的固化印象，推翻人与动物不可逾越的藩篱，拓展了人类对动物心理和动物精神领域的认知范畴，是对人类中心主义思想和物种主义思想的解构，是人与动物关系研究的重要突破和思维革命。

---

1 Ella Soper-Jones, "When Elephants Weep: Reading *The White Bone* as a Sentimental Animal Story," Janice Fiamengo, ed. *Other Selves: Animals in the Canadian Literary Imagination* (Ottawa: University of Ottawa Press, 2007), 280.

2 John Bemrose, "Elephantine Fantasies," Review of *The White Bone*, by Barbara Gowdy. Maclean's 111. 37 (14 Sept. 1998): 57.

第三节 《典范》中的种族、动物和伦理

南非白人作家尼科可的长篇小说《典范》以种族隔离制度废除前的南非为背景，聚焦于伯纳德家充满暴力、冷漠、乱伦的家庭关系，呈现南非下层白人的生存困境、内心焦虑和命运抉择等问题。小说中的伯纳德一家生活在精神荒原之上，他们对外界充满敌意，不屑于同黑人交流，同周围邻居恶语相向，相互之间也冷暖不知，更荒诞的是充满暴力和罪恶的家庭乱伦。与冷漠的家庭情感、扭曲的家庭关系和错乱的家庭伦理形成鲜明对比的是摩尔同格缇、托比两条狗和谐相处的温馨画面。冰冷的人际关系和温暖的种际关系形成强大反差，产生张力，昭示着动物意象的深层内涵和作者的创作旨趣。利宾（Mark Libin）认为尼科可透过人狗关系，提出了“后种族隔离时代南非人的身份地位问题”。[1]珍妮-玛丽（Jeanne-Marie Jackson）指出：“小说中人与动物关系的描写打断了人类一直以来的优越地位，虽基于地区经验，却表现出典范意义，值得研究。”[2]伍德沃德（Wendy Woodward）认为“《典范》中失衡的伯纳德家庭和狗之间处于完全平等的关系，人依赖于狗，而非相反”。[3]这些针对动物的评论切中肯綮，但又都不足以全面概括小说中人狗关系的复杂内涵。事实上，小说中的人狗关系不仅有浓厚的政治内涵，也有明显的伦理指向。

---

1 Mark Libin, “Dog-Angels in Wolf Time: Locating the Place of the Human in Marlene van Niekerk’s *Triomf*,” *Journal of Postcolonial Writing* Vol. 45, No. 1 (2009): 37–48.

2 Jeanne-Marie Jackson, “Going to the Dogs: Enduring Isolation in Marlene van Niekerk’s *Triomf*,” *Studies in the Novel* Vol. 43, No. 3 (2011): 343.

3 Wendy Woodward, “Social Subjects,” Lance Van Sittert and Sandra Scott Swart, eds. *Canis Africanis: A Dog History of Southern Africa* (Leiden: Koninklijke Brill NV, 2008), 255.

本文以小说中的狗意象为切入点，考察作者笔下不同人物对待动物的不同态度，考察其内在的发生机制，探讨物种歧视和种族歧视的共生关系，以及南非白人的生存困境和摆脱困境的路径，南非白人的出路在于克服种族观念，新南非的未来在于种族和谐；作者通过摩尔和格缇的精神共通、心灵对话，打破了物种之间的界限，表达了种族和解的夙愿。

一、种族身份的破与立

伯纳德家庭是南非种族隔离制度的见证者，也是受害者。老普浦经常将“这世界我们所拥有的就是彼此”挂在嘴边，反复告诫孩子要“彼此照顾”。[1]这是典型的种族主义思维和自闭倾向，投射出特有的家庭伦理，也反映出底层白人的身份焦虑，因为似乎只有彼此才能维持和证明对方的存在，这是南非种族制度酿下的苦果。小说中，老普浦生活的20世纪五六十年代，南非的种族歧视达到顶峰。伯纳德家庭所在的典范镇是在1960年政府下令推倒黑人聚居的索菲亚镇后，直接在其废墟上建设而成的白人聚居区，是南非种族隔离制度的集中体现。在黑人面前，伯纳德一家享有强烈的种族优越感和自傲情绪，形成一种虚妄的自尊。但是在白人社区，他们又生活在社会最底层。老普浦和老摩尔只是普通工人，生活捉襟见肘，无力负担孩子教育，父亲不断灌输的“彼此照顾”思想导致家庭的孤立、成员的自闭和乱伦。研究者认为“当家庭成员同外部环境隔绝时，家庭内部容易出现乱伦……

1 Marlene van Niekerk, *Triomf* (London: Abacus, 2000), 154.

家庭的社会孤立是导致乱伦暴力的重要因素”。[1]在母亲病死、父亲上吊后，普浦和摩尔兄妹俩以夫妻的名义生活，弟弟特莱比也同摩尔发生性关系，因此儿子兰伯特的生物学父亲无法确认。令人惊愕的是，兰伯特也同母亲摩尔时常发生性关系，因此乱伦成为家庭里公开的秘密和生活常态。兄妹乱伦、母子乱伦暂时在封闭的家庭结构中得以维持，但同外界的隔绝使他们成为南非黑白两个阵营中的“孤岛”，种族身份面临着空前危机。

小说中的狗是伯纳德家庭成员有意识地强化自我身份、克服心理焦虑、转嫁精神危机的重要载体，是他们不断进行自我身份暗示、调节枯燥生活的载体。身份使人产生归属感，并从特定立场认识和阐释周围事物。[2]叙事中的特莱比和兰伯特正是如此。他们将狗划分为黑人狗和白人狗两个种类，并表达明确的态度和立场，将黑人狗贬损得一无是处，竭力同白人狗交流。当旧城索菲亚被推倒后，被遗弃的黑人狗在原城区徘徊，有的狗活活饿死，有的则因为“思念主人悲伤而亡”，特莱比和兰伯特认为这些狗因“黑鬼”而死，一文不值，[3]他们的冷漠背后蕴藏着种族身份的对立。身份让人产生独特感，特莱比特别在意狗在血统、种类上的差异，划分优劣品种。在他看来，白人的狗显然比黑人的狗要体面和优越：黑人的狗都是杂交狗，是劣质狗，而白人的哈士奇、马尔济斯犬、比特犬等血统纯正，是优质狗。对他而言，白人的

---

1 Terry Trepper and Mary Jo Barrett, *Systemic Treatment of Incest: A Therapeutic Handbook* (New York: Brunner-Routledge, 2013), 82.

2 Bernd Simon, *Identity in Modern Society: A Social Psychological Perspective* (London: Blackwell Publishing, 2008), 67–68.

3 Marlene van Niekerk, *Triomf* (London: Abacus, 2000), 6.

狗担负着保护白人、“咬黑鬼”[1]的职能，而黑人的狗“唯一的用处就是用来吃”。[2]老格缇是黑人留下来的，当摩尔、普浦和特莱比第一次发现无助的老格缇时，特莱比对摩尔说：“你最好不要管那条黑鬼狗，它唯一的用处就是炖肉。”[3]当摩尔和普浦收养它后，兰伯特和特莱比耿耿于怀。当老格缇下崽后，特莱比坚持要把所有的幼崽全部扔掉，因为“他不想在自己的地盘上住着一窝黑鬼狗的崽”，[4]在普浦的极力阻拦下才留住了小格缇，但特莱比坚持要阉割小格缇，以绝后患。特莱比和兰伯特是种族主义者的典型代表，白人优越的思想和“自尊”作祟，使他们远离黑人，不乐意同黑人有任何交集和关系，狗成为他们同黑人划清界限、强化自我身份的重要手段，格缇的主人曾是黑人，这是他们同黑人的唯一联系，却让他们感到羞耻。同时，特莱比和兰伯特又面临着空前的身份焦虑和危机。微薄的家庭收入、混乱的家庭关系、扭曲的心理又使一家人陷入严重的自闭，难以同周围白人正常交流，同邻居闹得不可开交，他们的归属感越来越弱，白人集体身份面临空前危机，同其他白人的纽带断裂了，语言变得苍白无力。狗成为他们同白人重建联系的重要纽带和桥梁，是他们接触外界、影响外界、感受自我的重要途径。特莱比和兰伯特热衷于通过模仿狗吠激起周围集体狗吠的游戏。他们每次都站在门廊外的草坪上，身体向前微倾，鼻孔朝上，深吸气，然后发出号叫声，随着周边狗的回应，整个街道都喧闹起来，似乎“将整个小镇玩弄于鼓掌

1 Marlene van Niekerk, *Triomf* (London: Abacus, 2000), 5.

2 同上，8。

3 同上。

4 同上，9。

之间”。[1]表面上看，他们在自娱自乐，实际上，他们是试图通过行为产生一种存在感，获得对周围世界施加影响的快感，证明自己的白人集体身份。白人的狗成为他们同整个城市其他白人的唯一的纽带，也是他们试图证明自我白人身份的唯一途径。

同特莱比和兰伯特不同，普浦和摩尔不在乎自己的白人种族身份，更在乎狗是鲜活生命存在的事实，并不纠结狗的主人到底是黑人还是白人，只是按照自己的家庭身份默默地履行起自己的角色和义务。尼科可从一个白人作家的角度出发，通过对伯纳德家庭中的冷漠、暴力和乱伦的描写控诉了南非种族隔离制度对人的异化，家庭暴力的不断发生、同白人世界的隔绝表明将狗种族化，通过狗建构、证明甚至强化自己的种族身份的所有努力毫无意义。

二、跨越边缘的他者

《典范》中，尼科可给读者呈现出一种极端变态的家庭关系，暴力是伯纳德家庭生活的一种常态。摩尔是典型的他者形象，是父权体制和荒诞家庭伦理的受害者。作为姐姐和母亲，她在整个家庭中地位最低、受苦最多，不仅遭受弟弟特莱比和儿子兰伯特的言语暴力，而且不得不忍受他们的身体虐待，无条件满足他们的性需求，这是家庭观念中“满足彼此需要”逻辑的后果。与其说是彼此需要，不如说是别人需要她，她为其他三人而活。她却一直牢记父辈教诲，恪守家庭伦理。即便如此，除了从年老体衰

1 Marlene van Niekerk, *Triomf* (London: Abacus, 2000), 23.

的普浦那里得到一点慰藉外，从弟弟和儿子那里得到任何的善意、宽慰和友善的交流仅仅只是奢想，因此她是整个家庭中受虐最深、精神最压抑、灵魂最孤独的人。

边缘人需要精神慰藉，渴望爱和尊敬，边缘的体验也往往使人更能理解其他边缘人群的处境，并对其表现出爱的能力。受到多重压迫的摩尔正是通过格缇实现了精神的宽慰，填补了空虚的灵魂。摩尔需要理解、爱和尊严，同处边缘地位的被人抛弃的格缇使她似乎看到另一个自己，因而不顾一切地向它释放自己的爱。某种程度上，爱格缇就是爱自己，格缇成为她生命的重要组成部分，是她在暴力和虐待中生活的动力。罗斯玛丽·罗德（Rosemary Rodd）认为："对某些人而言，动物陪伴可能意味着生存抑或是毁灭。"[1]格缇对摩尔就呈现出这种攸关性作用，成为她的生命动力和爱之源泉。

在同格缇相处的过程中，摩尔经历了"生成狗"的过程，是她在心理和精神上向狗无限"接近"的过程，是她接纳、给予的双向过程，也是她和格缇"融为一体"的过程。摩尔将格缇视为同伴知己，格缇成为她的精神伴侣。在摩尔的世界里，人与狗之间是完全平等的关系，人与动物的界限不复存在，她像对待人一样对待自己的狗。她不仅想动物所想，善解"狗"意，而且忧动物所忧，不仅考虑格缇的物质需求，还照顾到其精神需要，不仅注意格缇的身体冷暖，而且关注其心理状况，不仅喜欢同格缇分享她的喜与悲，也乐意分享和分担格缇的苦与乐。

---

1 Rosemary Rodd, *Biology, Ethics and Animals* (Oxford: Clarendon Press 1992), 195.

在弱小的格缇面前，摩尔扮演着母亲的角色。她像照顾自己的孩子一般照顾格缇。每逢秋天，为了应对严冬，她利用极为有限的部分救济金购买毛线，像典型的慈母那样，早早为格缇编织防冻衣。她不仅为格缇着想，而且站在格缇的角度上为它着想。生成动物就在于“个体把自己想象成动物，想象它会怎样看世界，怎样感知，怎样行动”[1]等，摩尔完全从狗的角度进行思考，认为“狗需要狗，人类不能完全满足它们”。[2]为了让它更自由、健康地生活，她不顾弟弟和儿子反对，将托比留下，成为它“很好的伴”。她和格缇实现了一种心理的默契、心灵的沟通，当普浦提醒她家庭四人要目标一致时说，“他们所拥有的就是彼此”，摩尔的反应是“她还有格缇”，[3]显然她已经把它当作家人对待。

摩尔对格缇扮演着母亲的角色，而格缇反过来又成了摩尔的精神母亲，成为她的保护神和天使。事实上，所谓的“彼此”对摩尔而言毫无意义，因为是她一味地付出和满足别人，而自己在其他人身上很少获取，反倒是格缇让她寻觅到安全的靠山、倾诉的对象和心灵的伴侣。在强大的父权思想桎梏下，摩尔对弟弟和儿子无话可谈或者有话不能谈，而面对格缇则可以敞开心扉。不论是面对醉醺醺、寻衅滋事的特莱比，或是疯疯癫癫的兰伯特，又或是电视上的枪击、杀戮等血腥镜头，她都可以说“我要带格缇快点出去”，[4]这成为她逃避麻烦、远离是非的最好借口。摩尔

1 姜礼福：《猫与女性的命运共同体——论欧茨〈白猫〉中的“凝视”》，《当代外国文学》2015年第3期，第22页。

2 Marlene van Niekerk, *Triomf* (London: Abacus, 2000), 9.

3 同上，6。

4 同上，10。

脑子一团糟、内心压抑时，格缇是她最忠实的倾诉对象。当摩尔需要帮忙时，为了避免激怒性格暴躁的弟弟或儿子，她不得不压抑真实的自己，故意在格缇面前试探性地表露心迹，而似乎每一次格缇“大大的眼睛回视着她，都知道她所想的”。[1]对于摩尔而言，格缇的沉默就是一种力量。如果是房子、用具坏了或东西遗失了，或者是什么在摇晃、流淌，造成了她无法单独解决的困难，就可以说：“见鬼，今晚又要听漏雨声了。”或者，“格缇，你知道我们的浴盆塞到哪里去了？”[2]其他家庭成员听了，可能会主动解决问题，也可能会勾起“你到底在说什么鬼东西？”的怒火。这种情形下，摩尔往往借格缇之名，以“我只是在向狗儿讲话”作为回应，而将危机化于无形。[3]因而，格缇成为摩尔的倾听者和保护伞的双重角色。同时，格缇像母亲一样以行动鼓舞着她。不管条件多差、多苦，格缇都不离不弃：“格缇从来没有离开过她，从来没有。所有的其他人和她完事之后，便一走了之。普浦很多次也是这样。但格缇始终在那里。”[4]格缇与摩尔已经完全超出了一般意义的关系，它对她的行为也只有最无私的母亲可以做到。它的忠诚和坚守赋予了摩尔面对困难、忍受痛苦的勇气和力量，他们之间尽管没有直接的言语对话，摩尔却可以感到它母亲般的温暖，感到它“小小的眼睛释放出的满满的爱”。[5]

摩尔也认同了格缇的母亲角色。当格缇被马蜂严重蜇伤，摩

---

1 Marlene van Niekerk, *Triomf* (London: Abacus, 2000), 6.

2 同上，12。

3 同上。

4 同上，243。

5 同上，10。

尔寝食难安。当它症状恶化，不断干咳时，她在它身上更真切地看到了过世的母亲，当年她母亲也是在病重时不断咳嗽。对格缇病情的焦虑使摩尔不堪重负，她在精神恍惚中似乎和格缇合为一体，“当格缇咳嗽时，好像她是在咳嗽的人”。[1]一方面，她希望咳出一点东西，缓解格缇令人窒息的痛苦，但另一方面，她又担心好像格缇要把心都咳出来了。同时，她有意识地开始慢慢咳嗽，希望帮格缇分担一点咳嗽的力度。摩尔在感知格缇的痛苦，她的内心在滴血。她说：“像老母亲在浴室里咳嗽至死，那种痛苦难以忍受。”[2]在这里，格缇对摩尔而言，就是对她尤为重要的活生生的生命个体，是有血有肉、有情感的生命主体，而与此形成鲜明对比的是，特莱比在她看来“没有心”。[3]摩尔像照顾自己的母亲一样照顾格缇，在它生命的最后时刻，她哀求它咽下一点点食物。

格缇的死让摩尔悲痛欲绝，似乎再次看到同样死于浴室的母亲。悲痛之余，她用心为格缇设计、挖掘墓穴，挖完后，甚至自己爬到坑里，用脚踩一踩看是否结实，躺下看是否舒服。人与动物之间的物种疆界一次次被跨越：“格缇是她的狗，她是格缇的人。”[4]很长一段时间，摩尔魂不守舍，她失去了一个“女儿”，也再次失去了“母亲”，是格缇给了她强大的精神支撑，让她在极端的家庭环境中坚持下来，“她为它而活”。[5]因此，对于摩尔而言，

---

1 Marlene van Niekerk, *Triomf* (London: Abacus, 2000), 197.

2 同上，242。

3 同上，209。

4 同上，243。

5 同上，259。

为彼此而活经历了由一开始的她为弟弟、儿子而活逐渐转变为她为格缇而活，这是对父亲家庭伦理、对弟弟种族伦理和传统物种伦理思想的突破和颠覆。需要指出的是，尼科可笔下的摩尔绝非个例，她是整个南非下层白人女性的代表，她的遭遇也具有一定的普遍性。

三、“境”由心生

伯纳德一家生活在自我封闭的世界里，他们不乐意同“龌龊的”黑人接触，也无法同“高傲的”白人交流，他们抗拒即将来临的新南非，虽然他们“彼此需要”，但却不能“自给自足”，无法走进彼此的内心，像作茧自缚的蚕，逐渐走向自我毁灭的边缘。这种“绝境”源于他们尘封的内心。普浦、摩尔和特莱比、兰伯特对动物的态度截然不同，这也反映了他们不同的生活态度。年近耄耋的普浦对种族隔离制度、扭曲的家庭伦理和混乱的家庭生活怀有不满，对遭受虐待的摩尔充满同情，对暴戾、偏执的弟弟和儿子心存芥蒂，但残酷的现实让他感受到的是无奈；摩尔虽然受到生活和家人的多重压迫，但仍然任劳任怨，对生活充满希望，对新南非抱有期冀；特莱比、兰伯特则对人生充满怨恨，对黑人充满鄙视，对其他白人满是敌视，对新南非充满恐惧。小说中，各种“动物情境”恰如其分地诠释了他们的内心世界。

普浦对生活不满、对现实无奈的心境在他的梦境中表现得淋漓尽致。梦中的一切是那么美好：

我们都到了天堂，都变成了狗，带翅膀的狗。我们不

> 走，我们可以飞，也能讲话。我们变成了狗类天使……天堂里所有的一切都相互交谈。鸭子语言、狗语言、人类语言，每一个又都可以明白其他的语言。鸭子也是天使——鸭类天使，他们除了普通的翅膀之外，还有两个彩虹般的翅膀，像蝴蝶的翅膀。我们并不追逐它们，因为它们是我们的朋友。在天堂里，所有一切都非常友好。我们并不孤单。所有的生命都很幸福，我们心情愉悦，呼吸的空气都是甜的。[1]

弗洛伊德认为梦往往是欲望的满足，人们有所期望，不能在现实中实现，故而寄托于梦境。从这个梦可知，普浦对于沟通的渴望、对于友爱的渴望、对于幸福的渴望。在梦境中，他和摩尔都变成了狗类天使，在这里所有的动物都是平等的，没有人与动物的区别，也没有贫穷与暴力。事实上，狗让摩尔成为更好的人，“她想起普浦的梦。她和格缇是彼此的天使”，使她的内心充满了爱意，释放着善意，并坚强地支撑着他人，“如果没有了托比和格缇，他们还要糟糕得多”。[2]普浦的梦反映出他对陷入孤立状态、罹患失语症的家庭的无奈和悲观情绪，对理想生活的向往以及对人与动物关系的伦理之思。

摩尔对动物持一种敬畏态度，她对弟弟和儿子关于黑人狗与白人狗势不两立的陈词滥调不敢苟同，她相信动物都有灵魂，相信因果轮回，狗也不例外，因此，她不让兰伯特破坏索菲亚镇废

---

1 Marlene van Niekerk, *Triomf* (London: Abacus, 2000), 238–239.

2 同上，9。

墟中遗留的狗骨头，因为她坚信那些死去的黑人狗早晚会死而复生。每当连绵不断的狗吠声将她从睡梦中惊醒，她总是满怀期待："等大地裂开，那些狗的骨头重新组合，肉体和皮毛又再次附着，并重新站起来。"[1]普浦死后，摩尔将他的骨灰葬在了格缇旁边，补充了碑文：

> 安眠在这里的是格缇·伯纳德（现在普浦也在这里）
> 托比·伯纳德之母
> 摩尔·伯纳德之爱犬（摩尔所深爱的）
> 皆卒于气短。
> 他们
> 现在在狗的天堂
> 那里的狗是幸运之神。
> 正如普浦梦中所见。[2]

这些碑文表明了摩尔对格缇深深的爱恋和对普浦的思念，完全打破了人与动物的界限，是她心境的最好诠释。

兰伯特冷漠、无情的内心开启了地狱之门，并通过动物得以呈现。他对新南非的临近充满恐惧，对白人种族的命运满是焦虑，因而一直在深挖地洞、存储汽油，一旦局势恶化，便伺机驾车向"北方"国家逃亡。当第一次看到兰伯特在地洞岩壁上的动物绘画时，普浦和摩尔都惊呆了："那些不是动物，而是怪兽和害虫……

1 Marlene van Niekerk, *Triomf* (London: Abacus, 2000), 6.

2 同上，572。

所有的都长满了翅膀，长满了腿，长满了头。蛇、老鼠，还有其他的，看起来都不正常，全是畸形的。”[1]兰伯特笔下的狗也是畸形的。这些畸形动物是兰伯特内心的最好诠释，他不仅对新南非充满敌意，而且完全丧失了爱的能力。在他眼中，周围世界甚至整个约翰内斯堡都处于自我毁灭之中，因为“他所看到的都在燃烧。他所能闻到的尽是鲜血和钢铁。他说约翰内斯堡就像一只巨大的钢铁恐龙，正在吞噬它自己”。[2]

尼科可塑造的特莱比和兰伯特两个怪胎形象令人作呕，他们不仅对他人冷酷无情，而且对家人也冷漠无感，对他们而言，他人就是地狱。但他们扭曲的心灵背后深层次的原因是什么呢？我们从普浦的噩梦中或许能找到答案。

顽固的种族论者兰伯特和特莱比是普浦的梦魇，他老是反复做一个噩梦："他被笼罩在一团白色之中。前面是白的，周围都是白的。除了白色，什么都看不见。这让他感到窒息。当他进入那团白色时，虽然依然能听见，但什么也看不见，怎么也出不来。当他试图冲出来时，却陷入更多的白色之中。”[3]关键是他也说不清楚白色的东西是什么，“是羊毛，云朵，沙子，肥皂泡，牙齿，墙，牛奶”，好像又通通都不是，就是白色。白色预示着死亡，最终当兰伯特发现了他竟然是兄妹乱伦的产物，残忍的暴力导致普浦死亡。其实，白色也是特莱比和兰伯特顽固坚守的颜色，成为他们一家人困境的症结，也是病根，白人的自尊与自闭、“彼此拥

1 Marlene van Niekerk, *Triomf* (London: Abacus, 2000), 294.

2 同上，340。

3 同上，236。

有”的种族和家庭伦理使他们陷入生活的绝境。白色是他们最大的障碍，白色的皮肤使他们纵享种族优越感，但也导致了他们的自我封闭和同其他人的隔阂，以及严重的自我异化。

普浦的死、难以为继的种族伦理和制度、新南非的诞生是否意味着这一家已经陷入绝境？他们的出路到底在哪里呢？他们以及所有穷苦白人的命运又将如何？尼科可对此未做明确交代，但故事结尾释放了足够的讯息。小说最后，摩尔仰望星空，当兰伯特问她在看什么时，她的回答令他意外：“普浦正在猎户座的星带里休息，躺在悬于两颗星星之间的吊床里。”她接着对托比说：“看，格缇正在这两颗星的另一侧休息呢。你看到的是她翘起来的尾巴。”[1]这显示了摩尔对明天的坚定信仰，她对黑人狗老格缇以及黑白混血的托比的深深的爱预示的是白人与黑人的一种沟通和和解，接纳黑人的狗是白人伯纳德家庭走向新南非的第一步。

综上所述，尼科可的小说《典范》是南非由种族隔离制度走向民主化进程的重要历史转折时期，南非白人陷入困境、迷惘和彷徨的生动写照，历史和现实都表明种族隔离制度不仅使黑人受到极大的伤害，也使白人陷入困顿。小说中的人狗关系意蕴丰富，不仅反映了南非白人的自我异化及其根源，而且灼照着白人摈弃偏见、正确前进的方向。尼科可通过对摩尔的塑造，试图说明在种族主义、性别歧视盛行的南非，对爱、尊敬和平等的坚定信念一定会突破种族主义、物种主义和性别歧视的坚冰，迎来一个更和谐、更自由、更平等的南非。

1 Marlene van Niekerk, *Triomf* (London: Abacus, 2000), 576.

第四节 《浅滩》中的全球化与捕鲸、护鲸、观鲸

鲸鱼是全球性动物，可以联结整个地球的海洋自由活动，跨洋迁徙是一种普遍现象。这驱使了捕鲸船的全球航行和捕鲸业的全球化。以资本扩张和殖民主义为本质的捕鲸业又在客观上促进了早期全球化雏形的建构。如果说梅尔维尔（Herman Melville）的捕鲸小说《白鲸》（*Moby Dick*, 1851）"可以看作是反映全球化的小说"，[1]那么澳大利亚作家温顿以鲸鱼为主题的《浅滩》也是一部关于全球化的小说。

温顿的《浅滩》以20世纪70年代末澳大利亚西部捕鲸小镇安吉勒斯为故事背景，讲述了在新的世界和社会发展形式下捕鲸业的去留问题，主要分为捕鲸、观鲸和护鲸三种态度。安吉勒斯小镇是澳大利亚的一个缩影，不同人士对捕鲸的态度和行为体现了在新的社会和文化背景下，人与动物的关系正在发生深刻变化，促成这种变化的因素是多元的，既有鲸鱼本身的因素，也有人类自身的因素，既有小镇居民的声音，也有小镇之外甚至不同国家人士的声音，还有整个西方工业国家发生的变化。但这些变化都体现出澳大利亚、安吉勒斯小镇无法脱离的全球化进程。

捕鲸业的发展同世界进程、人类文明进程紧密相关。安吉勒斯小镇的捕鲸业同殖民历史上的捕鲸活动有千丝万缕的联系，小镇是捕鲸业发展全球化的产物，而关于捕鲸还是护鲸的论争也体

1 James Annesley, *Fictions of Globalization* (London: Continuum, 2006), 89.

现了新时期人与鲸鱼关系的全球性。小镇是小地方，但却展现了人与鲸鱼态度的世界大舞台。捕鲸业反映了西方殖民历史进程中人与鲸鱼之间征服与被征服、利用与被利用之间的关系，是殖民主义活动的重要内容和推手。

下面以作为澳大利亚缩影的安吉勒斯在不同历史时期与全球化的不同形态的联系为切入点，考察在不同背景下，小镇的生存、发展同鲸鱼之间的关系，揭示在工业文明，以及由工业文明向后工业文明的过渡时期人与动物关系的变化，从而厘清动物伦理思想的形成、发展所需要探讨的因素。

一、捕鲸与全球化："正是这些捕鲸工创造了这个国家"

《浅滩》中，酒吧老板哈萨·斯塔茨的"正是这些捕鲸工创造了这个国家"[1]这句话揭示了澳大利亚作为一个国家和捕鲸业之间的关系，也透露出捕鲸业对于安吉勒斯小镇的重要性。事实上，斯塔茨对捕鲸业的见解是对梅尔维尔在《白鲸》中对捕鲸业作用的回应："澳大利亚，另一个半球上的美国，它的文明也是捕鲸者带来的……如今的强盛，真正的母亲就是捕鲸船。"[2]两处见解同时指向捕鲸业对西方"现代文明"的促进作用。根据叙述，正是借着捕鲸船，西方白人为未开化的黑暗地带带来鲸油，带来了光明。捕鲸业的确推动了世界物质文明的进程，这为捕鲸业的存在和不断发展提供了合理借口。

历史上，捕鲸活动同西方殖民扩张和活动密切相关。澳大利

1 蒂姆·温顿：《浅滩》，黄源深译，上海：上海译文出版社，2010年，第40页。

2 同上，第111—112页。

亚及其捕鲸业的形成和发展是西方，尤其是英国推行殖民主义的结果。1770年，英国航海家库克抵达澳大利亚东海岸，宣布这片土地属于英国。起初，英国人只是把澳大利亚作为囚犯流放地。澳大利亚的捕鲸活动始于18世纪末，捕鲸以及鲸产品比如鲸油是澳大利亚早期的主要产业之一。《浅滩》中就有1829年“温南号”船载着流放犯、补兵、总督等靠岸的描述。澳大利亚摆脱罪犯聚集地之名并不断发展和强大的重要原因在于其周围海域数量众多的鲸鱼。不仅英美的捕鲸船经常光顾作为殖民地的澳大利亚周边海域，殖民地自身也借助得天独厚的地理位置大力发展捕鲸业。西澳大利亚州南部城市奥尔巴尼是小说中澳大利亚西南部小镇安吉勒斯的原型，在这里捕鲸业发挥着重要作用。历史上，这里的鲸鱼湾曾是欧美殖民者捕鲸的重要场所，这里最初的发展、最早的产业就是依靠捕鲸业拉动的。一个半世纪以来，小城历尽沧桑，同殖民历史联系最紧密的捕鲸业依然存在。自从安吉勒斯第一批捕鲸船抵达，那里的捕鲸活动已经持续了150多年，虽然捕鲸的形式、武器不断改变，但不变的是人们对鲸鱼的捕杀。安吉勒斯小镇是欧美殖民者的产物，这里起初是英国流放犯人的地方，后来因为鲸鱼的存在而吸引了一些试图改变命运的殖民者。“对须鲸、海豹、海狗等资源的贪婪是欧洲人最早到澳大利亚西部定居的最重要动因。”[1]对于西方国家而言，捕鲸带来巨大利润，形成完整的捕鲸产业。《浅滩》中“男人之家”号捕鲸船是最早到达澳大

1 Robert Harcourt, Helene Marsh, etc, “Marine Mammals, Back from the Brink? Contemporary Conservation Issues,” Adam Stow, Norman Maclean, and Gregory I. Holwell, eds. *Austral Ark: The State of Wildlife in Australia and New Zealand* (Cambridge: Cambridge University Press, 2015), 235.

利亚西海岸开展作业的捕鲸船，纳撒尼尔·库帕的航海日志也证实了这一点。

斯塔茨不仅揭示了澳大利亚对鲸鱼的依赖，也映射了19世纪欧美对鲸鱼经济的依赖。动物经济对澳大利亚经济的重要性不言而喻，小说隐藏的还在于鲸鱼经济与英美之间的联系。澳大利亚是英国的殖民地，鲸鱼湾也是美国捕鲸船经常光顾的地方。19世纪上半叶的鲸鱼经济可谓欧美一个独特的景观。捕鲸经济同英国的殖民扩张、同美国殖民地的扩张以及其后的快速发展密切相关。“从欧洲对北美的殖民化的开始，鲸鱼就在帝国经济中发挥支柱性作用。”[1] 19世纪美国政客丹尼尔·韦伯斯特称捕鲸为“最富有豪气和最令人钦佩的职业……对鲸鱼的追逐对现代社会的崛起发挥了重要的作用”。[2]斯蒂芬·卡托纳和哈尔·怀特海德指出：“捕鲸业带来的产品和资本有效推动了早期的工业革命，继而又几乎改变了整个世界的生态系统。”[3]同时，捕鲸业也推动了欧美资本主义国家的海上扩张和全球化进程。捕鲸业是美国海上扩张的重要举措，美国经济对捕鲸业的依赖反过来又促进了捕鲸业的发展和兴盛。捕鲸业每年给美国带来高达七百多万美元的收益，成为美国经济的领军行业，也是美国资本主义工业的象征。詹姆斯·埃斯里认为《白鲸》的“皮廓德号”是作者精心塑造的隐喻形象，是梅尔维尔通过“捕鲸业找到的全球化急先锋的文学形象”，“象征着美国征服全球，开展全球合作和控制的欲望”，作者笔下的“捕

1 Joe Roman, *Whale* (London: Reaktion Books, 2006), 65.

2 同上。

3 Steven Katona, Hal Whitehead, “Are Cetacea Ecologically Important?” Margaret Barnes, ed. *Oceanography and Marine Biology: An Annual Review* (Aberdeen: Aberdeen University Press, 1988), 481.

鲸活动将美国的西部扩张同美国化、帝国主义和全球化联系起来”，捕鲸的“全球化性质以及楠塔基特岛捕鲸人‘赶超、征服水中世界’的气概”正印证了这一点。[1]

既然捕鲸活动如此重要，人与鲸鱼之间的关系不言自明：鲸鱼是人类社会发展的重要资源，不可或缺，捕鲸业必须维持下去。同斯塔茨持有相似观点的人还不在少数，因为小镇上的很多人都处于捕鲸所带来的利益输送链上，因此，要让鲸鱼镇停止捕鲸无异于掠走这个镇的生存之本，必然面临巨大困难。安吉勒斯的捕鲸业受到当地政府的支持，旅游局还会发布每日捕鲸报告，安吉勒斯被称为捕鲸镇，这所有的一切都说明捕鲸是安吉勒斯的命脉，同当地居民的利益息息相关。

小说中镇上的居民都直接或间接地同捕鲸业密切相关，从某种程度上讲，捕鲸业是安吉勒斯经济和社会发展的命脉。这里林立的酒吧是捕鲸工聚会喝酒的地方，巴黎湾捕鲸公司依赖公司而生存，公司的陆地中心站的员工，游船老板特德·贝尔及其员工，作为码头看守人的克利夫·库帕、迪克和达西都依赖于安吉勒斯捕鲸经济的存在，都是安吉勒斯捕鲸业的利益相关者。他们已经将鲸鱼完全物化，鲸鱼是商品，仅此而已。

现代文明在本质上是暴力的。鲍勃·托里斯指出：“现代工业文明——自身及其相关的——无不是暴力的。……不仅对人，对地球，对非人类物种，而且对所有路上的障碍物都采取暴力。”[2]暴力之下伴随着的是痛苦。小说中纳撒尼尔·库帕的捕鲸日志丝

1 James Annesley, *Fictions of Globalization* (London: Continuum, 2006), 88.

2 Bob Torres, *Making a Killing: The Political Economy of Animal Rights* (Oakland: AK Press, 2007), 68.

毫没有彰显捕鲸工的英雄举止或豪情壮志，描述的都是肉体的痛苦、心理的折磨和精神的危机。捕鲸者都非常残忍，澳大利亚的捕鲸产业源于以压迫和剥削为核心的殖民主义。在“男人之家”捕鲸船上，大部分船员的身份并不光明，纳撒尼尔是欠债者，为了还债不得不从事捕鲸这一高危职业，其他船员的身份虽然未揭露，但从他们对待鲸鱼、对待工友的暴戾态度可窥一斑。在纳撒尼尔看来，他们“好像都是罪犯”，[1]个个都似凶神恶煞：捕鲸炮手利克脸庞像“杂种狗”，第二炮手凯恩在船上打架被打掉了左耳垂，诺厄尔斯失去了手指。在诺厄尔斯因痛苦而辗转反侧时，纳撒尼尔却非常无情，没有丝毫的同情心：“我要他离开或者死掉，在残存的夜晚给我一点安宁和睡眠。”[2]最后，诺厄尔斯在痛苦和工友的冷漠中死去。纳撒尼尔则时刻处在痛苦之中。航海日志将捕鲸船描绘为一个地狱般的空间，而船上的捕鲸工一个个像魔鬼，对待自己的工友都如此冷酷，可以想象他们对待土著居民以及鲸鱼的残忍程度。纳撒尼尔航海日志中的这些亡命之徒使他内心焦虑，充满厌恶和恐惧情绪，最终他逃离了捕鲸船。这也表明资本主义所孵化的捕鲸业充满了杀戮、残忍和邪恶的东西。

由此可知，西方捕鲸业的发展是以利润为根本追求目标的资本主义的必然结果，反过来促进资本主义国家的海外扩张，殖民者跟随鲸鱼到达世界各海岸并大肆推进殖民占领，客观上推动了全球化进程，但是这个过程充满了暴力、血腥和残忍。

---

1 蒂姆·温顿：《浅滩》，黄源深译，上海：上海译文出版社，2010年，第17页。

2 同上，第30页。

二、护鲸与全球化："捕鲸业已经过时"

20世纪70年代以来，经济全球化程度不断提高，国家与国家、民族与民族之间的互动关系和文化交流也日益增强。护鲸已经成为世界范围内的一个共识，并成为一种全球性活动，主要体现在世界各国鲸鱼保护意识的增强和立场的一致性。鲸鱼是一种全球性的动物，护鲸也需要世界各国，尤其是临海国相互协调、密切配合，否则护鲸效果难以实现。成立于1946年的国际捕鲸委员会在70年代作用日益明显。在此时期，澳大利亚政府进行政策调整，对捕鲸的态度也发生了"180度的根本变化"，"稳步推进倾向于护鲸的立场"。[1]《浅滩》中安吉勒斯小镇的捕鲸业成为澳大利亚，乃至全世界商业捕鲸的最后遗留地。闯入安吉勒斯的护鲸者就来自不同的大洲和国家，有欧洲、美洲、大洋洲，马克斯是美国人，乔治斯·弗勒尔是法国人，布兰特是加拿大人，国籍的多样性是温顿的一种刻意安排，旨在体现护鲸人员的国际性，说明护鲸意识已经深入人心，护鲸行动业已成为一种全球性活动。

需要指出的是，这些护鲸者尽管都倡导护鲸，但又都有自己关于人与鲸鱼关系的独特见解，这反映了全球化语境下多元文化中对于鲸鱼的不同理解。不同国家的人各自从自己的立场诠释护鲸的合理性和意义，形成一种互补合力，驳斥了支持屠鲸的传统论调和观点，体现了多层面的动物伦理思想。

澳大利亚人萨利·迈尔斯从现实角度，同时从人道、道德的

---

1 Christine Chinkin and Freya Baetens, *Sovereignty, Statehood and State Responsibility: Essays in Honour of James Crawford* (Cambridge: Cambridge University Press, 2015), 68.

角度挞伐人类对鲸鱼的屠杀，认为："捕鲸业已经过时，也很不人道，还会导致也许是地球上最聪明的生物灭绝，因此这是不道德的！"[1]在现实层面，澳大利亚大部分地区已经停止捕鲸，小说中的安吉勒斯的原型是奥尔巴尼，而奥尔巴尼恰恰是澳大利亚最后停止捕鲸的城镇，捕鲸工业在世界范围内的衰落是人类历史进程中的必然。资本主义以利润作为最根本的追求，大肆捕杀鲸鱼的行为正是源于对利润的追逐。在19世纪作为重要燃料的鲸油带来源源不断的利润，而随着新的照明手段的使用，再加上当鲸鱼数量锐减，有很多鲸鱼种类濒临灭绝，捕鲸成本大幅提升，利润不断减少导致捕鲸业的最终衰落。以鲸鱼作为重要产业的美国、澳大利亚、新西兰等纷纷调整政策。因此，迈尔斯关于捕鲸过时的观点从经济利润的角度来说的确是事实。另外，迈尔斯认为鲸鱼是地球上最聪明的生物，也就是说鲸鱼不仅有感知能力，有丰富情感，而且还有很高的智力，因此不仅要考虑鲸鱼的感知和感受，考虑鲸鱼的福利，还要尊重鲸鱼的智力。迈尔斯甚至称："鲸鱼是我的兄弟！"[2]法国人乔治斯·弗勒尔则以一种敬畏的心态对待鲸鱼，强调鲸鱼的主体性、神秘性，认为人类还不能完全理解鲸鱼，认为："鲸鱼已经成为我的生命。它们是最了不起的活物。它们聪明、智慧、有同情心。鲸鱼身上有很多神秘的东西。……我希望人类有一天能了解它们。"[3]

在反捕鲸队伍中，马克斯是一位鲸鱼专家，曾长期从事针对

1 蒂姆·温顿：《浅滩》，黄源深译，上海：上海译文出版社，2010年，第145页。

2 同上，第37页。

3 同上，第156页。

鲸鱼搁浅行为的研究，同时他也是一位非典型鲸鱼专家，因为他并不赞同将自己局限于鲸鱼行为理论研究，对鲸鱼的了解和研究使他对人与动物之间的关系有更为深入的判断，具有较为复杂的鲸鱼伦理观。他是一位行动主义者，投入护鲸活动中，对他而言，整日沉湎于鲸鱼理论研究对迫切需要保护的濒危鲸鱼毫无益处，他强调的是行动。马克斯对捕杀鲸鱼行为的批评最为彻底："鲸鱼是地球上的居住者——它们需要保护，就这么回事，因为它们指定要在这儿，不需要论证合理性。"[1]正如德国思想家所罗门·麦门曾经这样论述世界存在的本质和意义："如果有人要问，这个世界存在的最根本意义究竟是什么，我们会这样回答他：'存在的目的就是存在，再也没有其他的了。'"[2]马克斯认为存在的即为合理的，鲸鱼存在于地球之上，理应有一席之地，这是对西方传统中以语言、理性、智慧作为道德考虑的基点和标准的反驳。在他的观念中，弱智儿童、水牛和浮游生物不管有没有智慧，都应得到同等对待："一件东西不需要有智慧才能找到存在的理由。弱智儿童、水牛、浮游生物群落，等等。应该说，它属于这里，应该存在。该死的智慧怪论。"[3]因此，在马克斯看来，以智力或理性作为考量因素，并因此否定鲸鱼的做法是荒谬的逻辑。

不仅如此，马克斯对人与鲸鱼之间的关系有更为深刻的认识，他对昆尼说："我要我的孩子长大后看得到鲸鱼。我要体面知道自己的位置。海洋里没有鲸鱼就像荒野里没有树木。不管他们是怎

1 蒂姆·温顿：《浅滩》，黄源深译，上海：上海译文出版社，2010年，第152页。

2 Hans Blumenberg, *The Genesis of the Copernican World* (London: The MIT Press, 1987), 10.

3 蒂姆·温顿：《浅滩》，黄源深译，上海：上海译文出版社，2010年，第152页。

么样的人，是不是赞赏这种做法，我要让他们知道世界实际上是怎么样的。他们得知道好的、坏的、大的、小的东西；他们得了解大半个世界；他们不应当只是半个人。”[1]简单而言，马克斯认为没有鲸鱼的海洋不能算作真正的海洋，不了解鲸鱼的人是不健全的，这表现出他强烈的环境正义、生态正义和物种正义思想。三种正义的思想内涵不尽相同，环境正义“更多地关注人，聚焦于人的健康和福利”，生态正义强调“地球环境的质量和其他物种的权利，非人物种享有不受折磨、虐待和生存环境不受破坏的权利”，物种正义则更“关注动物福利和权利”，[2]但这些都出现在马克斯的话语之中，体现了他的正义观。这里的正义可以从几个层面理解，即分配权利的平等、获得承认和尊严的平等权、参与的平等权以及自由和充分发展的权利。[3]在马克斯看来，从人的角度，不仅当代人，而且后代都有接触、认知鲸鱼的权利，也就是代际间的平等权利。从自然和动物的角度，自然有保持自我系统不受人类破坏的权利，鲸鱼有获得承认和自由生存的权利。因此，他强调当代人对环境、对生态和对动物的责任，承担着为后代留存和谐生态和维持物种多样性的义务。马克斯强调人类对大自然、动物的伦理责任，并认为人类应当充分发挥主观能动性，为了保持自然界的平衡、保护鲸鱼，可以干预自然界，又要知道自己在自然界中所处的位置。换言之，既要置身自然之外，发挥人类的主观能动性，干预自然，又要融入自然之中，摈弃人类中心主义

---

1 蒂姆·温顿：《浅滩》，黄源深译，上海：上海译文出版社，2010年，第151页。

2 Rob White and Diane Heckenberg, *Green Criminology: An Introduction to the Study of Environmental Harm* (New York: Routledge, 2014), 49.

3 同上，50—51。

或物种主义思想。他一直从事鲸鱼搁浅行为研究，研究表明，一旦鲸鱼首领搁浅，跟随它的鲸鱼肯定都会搁浅，因此在危难之时射杀鲸鱼头领，制止它发出痛苦信号，不啻是挽救鲸鱼的好办法。这又表现了他的生态整体主义思想。

《浅滩》中捕鲸的维护者和反对者进行了持续的对峙和激烈的斗争，但是护鲸者受到了小镇居民和当地政府的阻挠，需要指出的是，双方的斗争涉及媒体间的交锋。安吉勒斯政府支持捕鲸，因而当地媒体——电视台、广播电台必然支持，旅游局甚至发布每日捕鲸报告。而正是在外地媒体及记者的干涉下，保护鲸鱼的行动才形成声势，也限制了当地政府和捕鲸公司的行动。一方是当地媒体对捕鲸业和捕鲸公司的支持，另一方是外来媒体对护鲸事件的报道。全球化的一个重要层面是信息的全球化，媒体报道可以在瞬间传遍全球，这对坚守传统形成一种威慑力量。

由以上分析可知，在全球化语境下，保护鲸鱼成为一种社会运动，是一种历史发展潮流，尽管不同背景、不同国家的护鲸者对人与鲸鱼之间的关系的理解不尽相同，但是他们都带着挽救鲸鱼的坚定信念，并同捕鲸者进行了坚决的斗争，然而利益的冲突决定了这种斗争的复杂性和曲折性。

三、观鲸与全球化："我们的未来在于物种之间的交流"

人类和动物的交流尤为重要，在交流中可以更好地了解动物，更好地了解动物促使人类认识到动物生命的可敬与可畏。西方文明的历史不仅是人对人暴力的历史，而且更突出的是人类对动物暴力的历史。毫无疑问，在工业文明语境下，人类肆无忌惮地捕杀动物，导致很多动物物种的灭绝，造成严重的环境问题和生态危机。如果人类不停止对动物的暴力或实现人与动物的和谐共存，动物的命运乃至人类的未来都会受到严重威胁。小说中的乔治斯·弗勒尔认为人的问题仅仅通过人是无法解决的，人的问题要通过动物才能解决。他认为自己的潜水员父亲致力于“沉船研究、海上救助和探索秘密”这些试图“找到关于人的答案”的活动就是浪费生命，因为那都是“沉湎于过去的胡闹”。他认为人类的未来“在于物种之间的交流，在于与环境共存”。[1]在小说中，温顿塑造了人与鲸鱼交流的三种方式，一是新兴的观鲸旅游实现人与鲸鱼之间的交流，二是昆尼和鲸鱼之间的交流，三是迪克和达西与鲸鱼之间的象征性交流。

在安吉勒斯，小镇的捕鲸派和镇内外的护鲸派进行了激烈的斗争，但是正如上文的分析，捕鲸业终究会走向没落。那么，一直以鲸鱼作为经济命脉的安吉勒斯前途在哪里，小镇居民的前途在哪里？温顿虽然没有正面探讨小镇居民的前途和出路，但在小说叙事中却提供了一些暗示。那就是以鲸鱼为中心的生态旅游——观鲸旅游。这成为全球化语境下人与鲸鱼实现亲密接触的新方式。小说中，为了更利于小镇的可持续发展，有人曾向老牧师威廉·佩尔提出改变安吉勒斯巴黎湾捕鲸站现行作业的建议：

> 美国东海岸作了尝试，并且成功地实施了这种做法。在那里，原有的捕鲸船和围捕网改成了鲸鱼观光船，载上

1 蒂姆·温顿：《浅滩》，黄源深译，上海：上海译文出版社，2010年，第48页。

游客和学生，去近距离观看原生态环境中的巨大哺乳动物。露脊鲸和座头鲸已几近灭绝。抹香鲸仍遭捕杀，但如果不去袭扰，任其繁衍并游近陆地，那么这项产业发展的势头会更好。鲸鱼观光也许不像捕鲸业那么有利可图，但在维持用工方面确是切实可行的，因为一旦捕鲸业在安吉勒斯成为累赘，很多海员和工人势必失去工作。[1]

从这个六年前的文件内容看，安吉勒斯面临的形势已经非常严峻，捕鲸业行将走进死胡同，大肆的捕杀鲸鱼已经造成露脊鲸和座头鲸濒临灭绝，抹香鲸也面临着同样的命运。但是，遗憾的是，这项关乎小镇前途和命运的建议并未引起佩尔的重视，并非他不乐意改变，而是他知道安吉勒斯现在被普斯特林牢牢控制，他根本无力改变。然而叙事中，一味追求利润的普斯特林以极强的敏锐力已经嗅到观鲸旅游蕴藏的巨大商机，已经开始准备开发观鲸商业旅游，他和广告经理已经策划将小镇开发成观鲸旅游的重镇，并制作了精美的旅游指南，上面写着“在西澳大利亚安吉勒斯好好看看鲸鱼”。[2]观鲸旅游是在全球化语境下旅游的新模式，一方面，满足了旅游者接近自然以及对海洋中躯体最庞大的动物的好奇；另一方面，为当地的旅游市场和产业带来了丰厚的利润。尽管也受到诟病，但在相当长的一段时间内，观鲸旅游将是人与鲸鱼和谐相处，人与环境和谐共存的重要方式，有利于人类更好地

1 蒂姆·温顿：《浅滩》，黄源深译，上海：上海译文出版社，2010年，第8页。

2 同上，第38页。

了解、欣赏这种庞大的海洋动物。

如果说观鲸旅游仍是以经济利润为目的的，昆尼同鲸鱼的交流则代表了毫无索求的观鲸方式。同她捕杀鲸鱼的祖先完全不一样，昆尼对大自然的热爱、对鲸鱼的依赖似乎已经融入她的血液，她天生具有同鲸鱼进行交流的能力，因此，保护鲸鱼成为她的一种本能性行为。在小的时候，鲸鱼对她而言，担当着类似上帝的角色。她从小就喜欢“同海豚说话”，[1]认为鲸鱼是“上帝指派的信使”，[2]在梦境中，鲸鱼以上帝的声音发出呼唤。她尝试一切方法接近鲸鱼、了解鲸鱼，这种做法也是一种交流方式。昆尼喜欢收集一切同鲸鱼相关的信息并将其放在活页文件夹里，包括报纸、书籍、电视脚本、政府文件的片段，有复印的、复写的和剪贴的。她对先祖留下的捕鲸日志的厌恶源于她对鲸鱼的爱，她对捕鲸行为的厌烦源于对鲸鱼的爱，她同丈夫之间的矛盾也源于他们对鲸鱼不同的理解。爷爷丹尼尔是自然爱好者，排斥现代文明，希望近距离接近鲸鱼、观察鲸鱼，渴望“偶尔游到岸边的鲸鱼深深的阴影”，[3]这对昆尼产生了深刻的影响。昆尼对鲸鱼更加了解，她小时候就经常观察鲸鱼，“以往，每年冬天它们都经过农场，告诉我们这是一年的什么时候，提醒我们去年干了什么。它们沿海往西游，然后绕过海角，沿海岸北上，到了一定季节，后来又返回这里。观察鲸鱼是家里人的一个习惯。……我还是一个孩子的时候就经常观察鲸鱼”。[4]昆尼是人类与鲸鱼远古纽带的体现，她带着

1 蒂姆·温顿：《浅滩》，黄源深译，上海：上海译文出版社，2010年，第7页。

2 同上，第16页。

3 同上，第87页。

4 同上，第149页。

好奇、敬畏观鲸的方式体现出人与鲸鱼之间的平等关系，这是经济全球化语境下，人们观鲸应当持有的态度。

在小说中，迪克和达西两个老人老态龙钟、行为怪异、极为神秘。作者对他们的每次描述都是寥寥数语，交代也语焉不详，但因他们在不同章节中反复出现，可断定温顿的刻画必有深意。在叙述中，我们直接获得的信息是二人整日偎依而坐，在桑德湾码头观察、垂钓海鱼，而斯塔茨依照父亲遗愿赞助二人生活。二人与斯塔茨家族无亲无故，一定对斯塔茨家族做出过重要贡献。斯塔茨的酒馆是捕鲸工聚集的场所，从二人整日钓鱼的习惯可知他们曾经是捕鲸工，如今的他们钓鱼从不携带袋子或水桶，显然，垂钓意不在鱼。温顿透过对这两个看似腐朽的人物形象的刻画表明，尽管年轻的他们曾同鲸鱼搏斗，晚年却通过整日观察海洋鱼类，在鱼把水中的鱼饵叼走的瞬间同鱼实现了一种无声的交流，表达出对以前捕杀鲸鱼的忏悔，实现同海洋动物和解的夙愿。他们用自己的“无为”表达心境，实现心理的宽慰和精神的救赎，象征着旧有人鲸暴力关系的消弭，也孕育着人鲸和谐共存的未来。

综上所述，整个地球由海洋联结在一起，海洋生态对于整个地球生态非常重要，鲸鱼是海洋生态的重要组成部分。历史上，以鲸鱼为首的海洋动物受到人类的大肆捕杀，对整个海洋生态系统和动物生态造成深刻影响。海洋动物具有鲜明的跨国界性，因为海洋动物可能在迁徙过程中，途经很多不同的国家。人与鲸鱼之间的关系在人类文明的历史进程中不断推演，由工业文明和殖民主义背景下的捕鲸到后工业文明时期的护鲸和观鲸，无不同全球化的进程密切相关。护鲸仅仅依靠一个国家的努力是不够的，往往需要多国的紧密合作，全球化的合作为观鲸这种新型的人与鲸鱼的和谐共存提供了重要基础。

第三章
当代加拿大生态女性主义文学

加拿大生态女性主义缘起于20世纪80年代末90年代初，它深受欧美生态女性主义，尤其是美国生态女性主义影响，但又保留了自己独有的地域特色。加拿大位于北美大陆北部，自然环境独特，形成了加拿大文学关注自然的悠久传统。而南部邻居美国在政治、经济和文化方面的施压又使它始终摆脱不了受压迫的境地，所以加拿大文学中常常出现受害者形象：女性受害者、自然受害者、动物受害者等，[1]这些都是构成加拿大生态女性主义文学本地特色与独特魅力的源泉。

本章首先对加拿大生态女性主义的缘起与发展以及国内外加拿大生态女性主义研究进行梳理，接着选取三位加拿大重要作家门罗、范赫克（Aritha van Herk）和阿特伍德（Margaret Atwood）的作品，展现全球化语境下具有加拿大本土特征的生态女性主义思想。门罗的南安大略哥特式短篇小说就性别、权力和自然等话

1 参见Margaret Atwood, *Survival: A Thematic Guide to Canadian Literature* (Toronto: House of Anansi Press Limited, 1972)。

题进行了深入思考，以唤起人们对作为他者的自然、动物和女性的关注。范赫克在描写北方的地理小说里以全新的方式讲述女性的故事，再现了自然空间与女性空间的关系。阿特伍德则在反乌托邦小说中探讨了跨国公司体制对自然、动物以及包括女性在内的底层他者的影响，反思全球化历史进程所带来的负面效应，如环境危机和性危机等。本章所选取的这三位女作家，其作品所体现的本土意识与全球意识非常具有代表性。本土意识指的是一种基于自身地域、历史和文化传统的认知，其核心是民族文化意识。相对于阿特伍德的全球意识，门罗和范赫克的作品更具本土风味。不管是门罗笔下的南安大略省西南部乡村，还是范赫克小说中的北极地区，它们都洋溢着浓郁的本土特色，与此同时，这两个地区在加拿大地缘政治中的战略地位不可小觑，是加拿大实现从本土走向全球的摇篮。

第一节　生态女性主义

1974年，法国女性主义学者奥波尼（Francoise d'Eaubonne）首次提出了生态女性主义（Ecofeminisme）的概念，希望大家关注“女性实现生态革新的潜力”。[1]她认为，这一女性主义的全球新运动“利用‘明确的女性主义’力量与生态危机以及导致生态危机的男性统治体系进行斗争”。[2]20世纪70年代的西方女性意

1 转引自Karen Warren, *Ecofeminist Philosophy: A Western Perspective on What it is and Why it Matters* (New York: Rowman & Littlefield, 2000), 21。

2 Sherilyn MacGregor, *Beyond Mothering Earth* (Vancouver: University of British Columbia Press, 2006), 20.

识在当时的环境运动中缺乏女性分析，因而在许多政治运动中质疑妇女、动物和生态的缺失；同样，她们也注意到女性运动中缺乏对自然的关注。70年代早期开始出现一些理论著作将生态女性主义确定为一种话语。伊内斯特拉·金（Ynestra King）、戴利（Mary Daly）、麦茜特（Carolyn Merchant）在专著或论文中提供了生态女性主义的历史分析，里奇（Adrienne Rich）和格里芬（Susan Griffin）则在更具实验性和艺术性的著作中通过诗歌和小说探讨了这一新兴的理论概念。

然而，关于北美生态女性主义的发端却有多种说法。虽然“70年代”作为北美生态女性主义的源起已普遍为学术界认可，但文化女权主义者和激进的女权运动者起初却把这一时期的环境女性主义讨论称作“自然问题”（nature question）。[1]有些学者认为，马克斯（Elaine Marks）和库蒂夫龙（Isabelle de Courtivron）主编的《新法国女性主义》（*New French Feminisms*，1987）被译成英文后，“生态女性主义”这一术语才真正传到美国。嘉德（Greta Gaard）和墨菲（Patrick D. Murphy）指出，生态女性主义引起学术界注意是在1990年，这是生态女性主义文学概念“爆发”之年。[2]也正是在这段时间，生态女性主义传入加拿大。1988年，加拿大生态理论家戴维斯（Katherine Davies）在《妇女与环境》（*Women and Environments*）上发表了《何为生态女性主义》（“What is Ecofeminism?”）一

1 Catriona Sandilands, *The Good-Natured Feminist: Ecofeminism and the Quest for Democracy* (Minneapolis: University of Minnesota Press, 1999), 6.

2 Greta Gaard and Patrick D. Murphy, eds. *Ecofeminist Literary Criticism: Theory, Interpretation, Pedagogy* (Chicago: University of Illinois Press, 1998), 5.

文，分析了生态女性主义的四原则。[1] 1993年，《加拿大妇女研究》（*Canadian Woman Studies*）春季卷刊发了一组“妇女和环境”方面的论文，生态女性主义逐渐进入加拿大批评界的视野。同一年夏天，加拿大西海岸不列颠哥伦比亚省爆发了一场“和平营地”运动，抗议砍伐位于克雷奥阔特·桑德（Clayoquot Sound）的温带雨林。“和平营地”运动在讲义的欢迎词中写道：“我们将以女性主义原则为基础，达成共识。我们相信性别歧视、种族主义和同性恋憎恶均是压迫的形式，与对自然的压迫联系在一起。我们将共同努力，把营地塑造成一个摆脱了压迫的安全空间。”[2]《温哥华太阳报》（*Vancouver Sun*）刊出大字标题“生态女性主义者在克雷奥阔特·桑德举行‘和平营地’运动”，[3]吸引了学术界的无数目光。在此基础上拍摄的电影《为桑德愤怒》（*Fury for the Sound*）更是凸显了女性在运动中的重要作用。加拿大女性主义学者、约克大学教授莫蒂默-桑迪兰兹（Catriona Mortimer-Sandilands）认为：“克雷奥阔特不仅是一场关于自然的斗争，而且是一场关于性别的斗争。”[4]她接着指出了其重要性：“不仅使生态女性主义关注这场冲突的行动主义要素中性别的复杂性，而且关注围绕着这些抗议的更广泛的社会

1 这四个原则分别是：一、整体性原则，即地球是一个相互作用的生态体系；二、关爱伦理，即所有生命都是互相依存的，人类只是生态体系不可缺少的一部分；三、非阶层式体系的重要性，即生态体系的所有组成部分互为补充，是平等的；四、互动和联系原则，强调过程，即实现目标的过程与目标本身同等重要。参见Katherine Davies. “What is Ecofeminism?” *Women and Environments* Vol. 10, No. 3 (Spring 1988): 5。

2 Niamh Moore, “Eco/Feminism, Non-Violence and the Future of Feminism,” *International Feminist Journal of Politics* Vol. 10, No. 3 (September 2008): 287.

3 S. Bell, “Eco-Feminists Run ‘Peace Camp’ at Clayoquot Sound,” *Vancouver Sun* 19 Aug. 1993: B1.

4 Catriona Mortimer-Sandilands, “Eco/Feminism on the Edge,” *International Feminist Journal of Politics* Vol. 10, No. 3 (2008): 307.

和经济联系，以及这些抗议对社会经济联系所产生的影响。”[1]“和平营地”运动借助生态女性主义原则，利用生态女性主义所提出的性别、阶级、土著和生态的交叉分析方法，与占支配地位的有关女性和自然的理解方式进行了协商。如此一来，生态女性主义无论在理论上还是在行动上都在加拿大站稳了脚跟。

生态女性主义是环境主义运动和女性主义运动相结合的产物。刚开始时二者显示出若即若离的特征。妇女史主要研究妇女在现代环境主义运动中的参与和领导作用。环境史研究的是历史上人与自然的相互关系、科学革命造成的人与自然的分离等。真正把二者从理论上整合在一起的是麦茜特于1990年发表在《美国历史杂志》（*Journal of American History*）上的《性别与环境史》（“Gender and Environmental History”）一文。麦茜特对沃斯特（Donald Worster）的“生态、生产和认知”三层次模式增添了社会性别维度的分析，同时在这个分析框架中加入了再生产的概念。麦茜特认为，在环境史中融入性别视角“为过去人类与自然的相互作用提供了更为平衡、更为完整的画面，同时将理论框架推进了一步”。[2]同属北美大陆的加拿大理论界承袭了美国同行关于生态女性主义的理论。1993年《加拿大妇女研究》春季卷的焦点是理解与环境相关的性别问题。研究者们在抗议环境不公的同时讨论了不同类别的女性主义，提供了处理全球环境问题的新思路。阿姆斯特朗（Luanne Armstrong）

1 Catriona Mortimer-Sandilands, “Eco/Feminism on the Edge,” *International Feminist Journal of Politics* Vol. 10, No. 3 (2008): 309.

2 Carolyn Merchant, “Gender and Environmental History,” *Journal of American History* Vol. 76, No. 4 (March 1990): 1121.

和凯特尔（Bonnie Kettel）等分析了性别、种族和自然之间的交叉，以及对生态女性主义的看法。另一些作者在论文中讨论了世界不同区域特定的环境问题及其对生活在当地的妇女的影响。这期《加拿大妇女研究》将生态女性主义置于全球化语境中，使“全球性”和“地方声音”得到了有机的结合。而克雷奥阔特·桑德事件也表明，环境问题是“性别化了的”，而且，这些性别关系“深深地植根于所谈论地区特殊的社会和生态关系”中，因此，环境政治的参与者必须在行动中将性别考虑在内，可以说，“环境政治源自性别化了的关系，也以各种不同的方式有意无意地促成这些关系”。[1]

生态女性主义根植于女性主义，因此具有女性主义的多支流性特征。普鲁姆德（Val Plumwood）把生态女性主义与女性主义的第三次浪潮相提并论：“……它建立在激进的女权主义、文化女权主义和社会主义女性主义的基础之上。”但是普鲁姆德同时指出，生态女性主义不同于其他女性主义，因为它坚持把“与自然的联系视作核心”。[2]普鲁姆德认为，西方文化随处充斥着“层级二元对立”（hierarchical dualism）的观念，如人/自然、男性/女性、理性/情绪、心/身、文明/野蛮、白人/黑人或非白人等，而在此二元思维当中前者总是支配着（或被视为凌驾于）后者，进而进行占有、剥削及统治。[3]虽然生态女性主义自诞生之日起就有

---

1 Melody Hessing, Rebecca Raglon, and Catriona Sandilands, *This Elusive Land: Women and the Canadian Environment* (Vancouver: UBC Press, 2005), 164.

2 Val Plumwood, *Feminism and the Mastery of Nature* (New York: Routledge, 1993), 39.

3 Joyce Palmer, *50 Key Thinkers on the Environment* (New York: Routledge, 2001), 283–288.

着多种派别和立场之争，[1]但生态女性主义批评家大致达成了以下共识：对女性的父权制压迫和对“非人类”自然的统治之间存在着联系；对规范女性和自然的二元论进行挑战是揭示压迫性的二元主义、揭露文化内部统治惯例的关键。嘉德曾在论文《妇女、水、能源：生态女性主义方法》（“Women，Water，Energy：An Ecofeminist Approach”）中为生态女性主义下过一个相对全面的定义：“生态女性主义并非如名字所暗示的，仅仅是女性主义和环境主义，或是妇女和自然，它探讨环境恶化和社会不公问题，前提条件是我们对待自然以及我们对待彼此的方式互为联系，不可分割。”[2]生态女性主义发展到今天已经包罗万象，涵盖了宗教问题、政治问题、社会问题、生态问题、环境问题和经济问题，演化为对包括阶级歧视、种族歧视、物种歧视、年龄歧视、异性恋主义、帝国主义和人类中心主义在内的所有压迫形式的质疑。根据布依尔（Laurence Buell）的《环境批评的未来：环境危机与文学想象》（*The Future of Environmental Criticism: Environmental Crisis and Literary Imagination*，2005）一书的描写，生态女性主义已经成为促成文学研究进行环境转变的催化剂之一。

在这样的批评和理论研究背景下，各国的生态女性主义文学

1 生态女性主义共有四大类别：一、自由生态女性主义（liberal eco-feminism），其目的是改革环境主义，通过实施新的法律法规在现存的统治结构内改变人与自然的关系；二、文化生态女性主义（cultural eco-feminism），它颂扬女性气质，其观点是女性比男性与自然有着更密切的联系；三、社会生态女性主义（social eco-feminism），其设想的社会由权力分散的社区构成，能够超越资本主义生产和官僚主义国家不可避免的公共和私人二分法；四、社会主义生态女性主义（socialist eco-feminism），它批判了致力于生产和再生产，以及生产和生态之间辩证关系的资本主义父权制。

2 Greta Gaard, “Women, Water, Energy: An Ecofeminist Approach,” *Organization and Environment* Vol. 14, No. 2 (June 2001): 158.

也取得了令人瞩目的成就。就加拿大而言，虽然对“生态女性主义”这一术语的使用较晚，但事实上，生态女性主义文学却早已出现，有着“加拿大文学女王”之称的阿特伍德在1972年出版的小说《浮现》(*Surfacing*) 就是最典型的例子，墨菲称它“或许是当前阶段最早的生态女性主义小说之一”，[1]阿特伍德则被认为是“开创了加拿大生态女性主义”。[2]此外，门罗、劳伦斯（Margaret Laurence)、范赫克、勃兰特（Di Brandt)、布兰德（Dionne Brand)、厄夸特（Jane Urquhart）和汉弗莱斯（Helen Humphreys）等都在作品中体现了生态女性主义思想。近年来，加拿大学术界开始越来越多地关注本国的生态女性主义文学。加拿大不少大学开设了生态批评课程，约克大学还成立了“加拿大文学、环境和文化协会”(ALECC)，生态女性主义文学是其中一个重要的研究领域。加拿大学术界采取兼收并蓄的态度，在吸取国外生态女性主义理论的基础上，以本土视角为出发点，探讨本国的生态女性主义。在这些研究成果中，有一些比较有影响的硕士论文，如托曼（Corinna Thömen）的《加拿大女作家作品中的女性和自然表征》(“Representations of Women and Nature in Canadian Women's Writing”, 2008）和伯曼（Tzeorah Berman）的《为我们的生命而战：生态女性主义和来自克雷奥阔特·桑德的教训》(“Standing for Our Lives：Ecofeminism and Lessons from Clayquot Sound”, 1995)，前者论述了加拿大文学作品中女性与自然的关系，后者从

1 Patrick D. Murphy, *Literature, Nature, and Other: Ecofeminist Critiques* (Albany: State University of New York Press, 1995), 26.

2 I. N. Sukhenko, “Ecocriticism within Post-Colonial Studies: Canadian Vision,” *ФІЛОЛОГІЧНІ НАУКИ* Vol. 2, No. 4 (2012): 27.

自己在克雷奥阔特·桑德的亲身经历出发，阐述了对生态女性主义的看法。瑞尔克（Diana M.A. Relke）在1999年出版的《绿色词/世界：用生态批评解读加拿大女作家的诗歌》（*Greenwor (l) ds: Ecocritical Readings of Canadian Women's Poetry*）中研究了九位加拿大女诗人的作品，从生态女性主义的角度重读加拿大文学史，指出女性早就在通过参阅自身所经历的环境"重画关于自然的地图"。[1]同年，莫蒂默-桑迪兰兹出版了以其博士论文为基础撰写的著作《好脾气的女性主义：生态女性主义及对民主的追求》（*The Good-Natured Feminist: Ecofeminism and the Quest for Democracy*），该书聚焦北美，概述了生态女性主义的起源及发展过程，着眼于对后现代身份的批判。海辛（Melody Hessing）、瑞格隆（Rebecca Raglon）和莫蒂默-桑迪兰兹等编著的《这难以捉摸的土地：女性和加拿大环境》（*This Elusive Land: Women and the Canadian Environment*，2005）是一部跨学科的文集，探讨了女性对加拿大自然环境的观点和体验，为加拿大的生态环境问题提供了性别视角。该书三位作者认为："性别和自然在特定地方具有极度特殊性，通过对其更加彻底的理解，生态女性主义研究可以继续受益。"[2]穆尔（Niamh Moore）的著作《正在改变的生态/女性主义本质：讲述来自克雷奥阔特·桑德的故事》（*The Changing Nature of Eco/Feminism: Telling Stories from Clayoquot Sound*，2015）通过追溯克雷奥阔特·桑德事件再次思考了加拿大的生态女性主义，是该

1 Diana Relke, *Greenwor (l) ds* (Calgary: University of Calgary Press, 1999), 323.

2 Melody Hessing, Rebecca Raglon, and Catriona Sandilands, eds. *This Elusive Land: Women and the Canadian Environment* (Vancouver: UBC Press, 2005), xiv .

领域的最新专著。莫蒂默-桑迪兰兹作为加拿大生态女性主义研究的代表人物，一直活跃在这个领域，发表了一系列关于生态女性主义的论文，其中《灌木丛中的性：生态女性主义、性别和性欲》（"Sex in the Bushes: On Ecofeminism，Gender，and Sexuality"，2004）、《处于不稳定状态的生态/女性主义》（"Eco/Feminism on the Edge"，2008）和《"我仍需革命"：培养生态女性主义读者》（"'I Still Need the Revolution'：Cultivating Ecofeminist Readers"，2008）对包括加拿大在内的全球生态女性主义进行了梳理，指出生态女性主义任重道远。达尔豪斯大学教授格雷兹布鲁克（Trish Glazebrook）是加拿大生态女性主义的另一位重量级人物，他撰写的《海德格尔和生态女性主义》（"Heidegger and Ecofeminism"）是现代环境哲学论文必读书目之一；此外，他在论文《走向自然的生态女性主义现象学》（"Toward an Ecofeminist Phenomenology of Nature"）中从独特的加拿大视角探讨当代生态女性主义。除了上述著作和文章之外，还有不少论文从单个文本或以文本比较的方式对加拿大生态女性主义文学进行了讨论。

纵观国内外对加拿大生态女性主义文学的研究，我们完全可以用"方兴未艾"这个词来概括。但是，批评界感兴趣的主要是名家经典作品，研究范围有限，对于像加拿大这样一个与自然有着密切关系、女性文学发达的国家来说远远没有达到应有的研究高度和深度。美国生态批评家格劳特菲尔蒂（Cheryll Glotfelty）等学者曾提出过以绿色视角对经典进行修正式重构的策略。对于已公认的经典文本，以生态批评的视角加以重新阐释，使其艺术内涵更加丰富，社会批评更加深刻；对于一些成名作家尚未受到特别重视的文本，从生态批评的角度探讨，充分显现其生态价值。从这个角度来研读加拿大生态女性主义文学，毋庸置疑会对加拿大文学史的重新修正具有一定的参考价值。

由于受20世纪90年代全球化思潮的影响，生态女性主义已经从兴起之初更多地关注女性与自然之间的联盟，逐渐转向全球政治经济语境中的女性与自然研究，并意识到全球化实乃父权制资本主义的延伸，换句话说，资本主义主导下的全球化“正日益使全世界的女性包括西方发达国家的女性成为资本主义深度工业化与商业化的附属品或牺牲品”。[1]包括希瓦（Vandana Shiva）和米斯（Maria Mies）在内的生态女性主义者对全球经济一体化和工商业财团的全球性垄断进行了批判，指出在一个不断一体化的世界中，不仅自然失去了神性的魅力，女性也因为政治、经济和社会环境的冲击而面临前所未有的挑战。然而，不管社会如何变化，生态女性主义始终将妇女与自然的关系、妇女在自然资源保护中的作用以及妇女在当代环境主义运动中的作用作为其终极关怀的目标。生态女性主义并非简单地主张“回归自然”，其真正的使命在于唤醒人性，实现个人的、社会的以及意识形态的改变。生态女性主义者坚信，“对妇女（或一群人）的压迫与对自然的压迫之间有着重要的联系”。[2]只有解决了其中的一个问题，我们才能解决另外一个问题。通过处理性别、权力、性取向和自然等话题，加拿大生态女性主义文学开发了一些叙事模式，旨在再现女性与自然之间的独特关系，反映人与自然以及人与人之间统治与

1 郇庆治：《西方生态女性主义论评》，《江汉论坛》2011年第1期，第138页。

2 Karen Warren, ed. *Ecological Feminist Philosophies* (Bloomington: Indiana University Press, 1996), x.

征服的生态伦理危机，提倡建立对弱势群体——自然、动物和女性——的关注。

第二节 艾丽丝·门罗："南安大略哥特"中的女性、动物与自然

南安大略位于加拿大南部边境，人口密集（加拿大三分之一的人口都在这里），因毗邻美国，且政治、经济发达，南安大略拥有非常重要的战略位置，该地区的文学也相当发达。"南安大略哥特"（Southern Ontario Gothic）这一说法首次出现在吉布森（Graeme Gibson）的访谈集《十一位加拿大小说家》（*Eleven Canadian Novelists*，1973）中，他发现当时的写作有一种趋势，即将哥特式小说诸特征应用于南安大略文学中。[1]因此，"南安大略哥特"兼具哥特式小说和来自南安大略的加拿大地域文学的特征，多伦多、南安大略主要工业城市及周围乡村地区为这一写作体裁提供了主要背景。门罗、阿特伍德、厄夸特、戴维斯（Robertson Davies）、恩格尔（Marian Engel）和高迪（Barbara Gowdy）等作家的作品多以这些地区为故事发生地，且因大多涉及暴力、恐惧、焦虑、衰败、精神疾病、缠绕于脑海的念头以及超自然现象而被称作"南安大略哥特"。其中又以门罗的"南安大略哥特"最具特色。

门罗的作品多以她生活的安大略省西南部乡镇为蓝本，常常描写普通人，尤其是普通女人的故事，她洞若观火，总能觉察到

1 Graeme Gibson, *Eleven Canadian Novelists* (Toronto: The House of Anansi Press, 1973), 137.

平凡之中蕴含的奇特之处，“平凡的与不平凡的，经验的与超验的——大多由无形的丝线编织在一起”。[1]而哥特式恐惧——对死亡、疾病和老年的恐惧——便是贯穿小说的无形丝线。门罗时而在故事开头利用死亡的场景或极端的焦虑创造出一种哥特式气氛，时而利用开放式结尾或出人意料的结局创造出一种哥特式张力。哥特式作品的女主人公往往遭受着来自男权社会的种种压迫，命运坎坷。门罗的哥特式小说因置身于南安大略的背景下，与当地的自然环境有着不可分割的联系。与女性一样，自然环境也是受害者，门罗将她的女性角色融入具有哥特式氛围的自然之中，一方面揭示了二元论和父权制对两者的危害，一方面体现了她对女性命运的思考和对自然生态的关怀。

一、女性、动物和无形的围栏

沃伦（Karen Warren）认为，动物福利“之所以是‘生态女性主义’的，是因为对动物所受压迫的分析是建立在理解妇女与动物之间千丝万缕的联系的基础上的”。[2]动物是门罗作品中经常出现的形象，它们对于强化小说人物的性格和小说主题起着极为重要的作用。在1968年发表的短篇小说《男孩与女孩》（“Boys and Girls”）中，女孩的父亲经营着一家狐狸农场，那些狐狸漂亮、优雅，带着强烈的女性特征。它们住在父亲“筑造的空间里，被一排高高的护栏围住，像一座中世纪的小镇，大门到了夜晚便上锁。

1 Edina Szalay, “The Gothic as Adolescent Fantasy: Alice Munro’s *Lives of Girls and Women*,” *Central European Journal of Canadian Studies* Vol. 1, No. 1 (2001): 6.

2 Karen J. Warren, *Ecofeminist Philosophy: A Western Perspective on What It Is and Why It Matters* (Maryland: Rowman & Littlefield Publishers, Inc., 2000), 126.

这座小镇的街道两边，是大块大块坚固的畜栏”。[1]在这个空间里，狐狸们的身体是受到约束和控制的，而女孩也在成长过程中越来越体会到社会空间对自己的束缚。戈德曼（Marlene Goldman）指出，黑暗和闷热的厨房成了母亲的“监狱”，并威胁到叙述者；围绕着农场的空地和阻碍交通的一些大门是一个“扩大了的围栏”；甚至城镇自身是一个“不可逃避的封闭空间”。[2]门罗通过对这些空间的刻画，将“依存于男性的女性的命运和被男性圈养的、等待屠杀的狐狸的命运联系在了一起”。[3]而小说中作为狐狸食物的马匹也被圈禁在畜栏里，等待着它们的是被射杀的结局，狐狸农场的运营依赖于这些马匹。即使有一天它们中的极个别能逃出大门，还是无法逃脱被围捕的厄运。事实上，不管是狐狸、马匹还是女人，它/她们都被归入了与自然相关的牺牲品的范畴之中，是父权制空间控制工程的受害者。

在门罗的南安大略哥特中，另一位与动物命运联系起来的女性是《逃离》（“Runaway”，2004）中的卡拉。卡拉打小就喜欢动物，想做一名兽医，可以整天与动物为伍。因此，当她遇见马术老师克拉克时，立刻就爱上了他，放弃学业和他私奔到乡下，办起一所马术学校。克拉克脾气暴躁，视卡拉为自己的私有财产。卡拉的爱渐渐冷却，转而把情感投到动物们身上，他们无意中从集市上带回的山羊弗洛拉更是成了她的精神安慰。在她不开心的

1 艾丽丝·门罗：《快乐影子之舞》，张小意译，南京：译林出版社，2013年，第150页。

2 Marlene Goldman, “Penning in the Bodies: The Construction of Gendered Subjects in Alice Munro’s *Boys and Girls*,” *Studies in Canadian Literature* Vol. 15, No. 1 (1990): 62–75. 转引自刘文：《神秘、寓言与顿悟：艾丽丝·门罗小说研究》，杭州：浙江大学出版社，2014年，第67页。

3 周怡：《艾丽丝·门罗：其人·其作·其思》，广州：花城出版社，2014年，第31页。

时候，弗洛拉会“走过来挨蹭她，而且那双黄绿色眼睛里闪烁着的并不完全是同情，倒更像是闺中密友般嘲讽的神情”。[1]可是好景不长，弗洛拉失踪了。卡拉有次梦见它“引导”自己“来到一道铁丝网栅栏的跟前，也就是某些战场上用的那一种，接下去它……从那底下钻过去了，受伤的脚以及整个身子，就像一条白鳗鱼似的扭着身子钻了过去，然后就不见了”。[2]卡拉梦中的这道铁丝网栅栏同养马场的围栏一样，不仅将动物们的活动限制在一定的空间之内，还是克拉克束缚卡拉自由的屏障。卡拉被封闭在婚姻的牢笼之内，想逃离却又顾虑重重。弗洛拉的出走仿佛是黑暗中的一道光，让她看到了一点希望。门罗在文中用了“引导”一词，赋予了动物主动权。而“闺中密友”一词则表达了一种与生俱来的默契，说明弗洛拉与卡拉之间已经超越了饲养和被饲养的关系，展现的是平等友爱的姐妹情谊。后来，在邻居贾米森太太鼓动下，卡拉逃离了养马场，可到半路上时，她却不敢想象没有男人的日子会是怎样，于是给丈夫打去电话，克拉克将她带回了养马场，她又重复起以前的日子。卡拉的逃离象征了女性意识的觉醒，而失败的结局则意味着这种女性意识尚不成熟，男性权力依然强大。小说最具哥特式张力的部分是在克拉克找贾米森太太算账时，本来两人之间的气氛就很紧张，此时一个幽灵般的物体出现了：

离屋子不远处是一大片浅洼地，每年的这段时间这里总

1 艾丽丝·门罗：《逃离》，李文俊译，北京：北京十月文艺出版社，2009年，第7—8页。

2 同上，第6页。

> 会弥漫着一团夜雾。今天晚上那儿也有，入夜以来一直都是这样。不过此时却起了一个变化。雾更浓了，而且凝成了一个单独的形体，变得有尖角和闪闪发光。起先像一个活动的蒲公英式的球体，滚动着朝前，接着又演变成一个非人间般的动物，纯白色的，像只巨大的独角兽，就跟不要命似的，朝他们这边冲过来。[1]

弗洛拉犹如天外来客，出现在克拉克和贾米森太太跟前，把他们吓呆了，也使克拉克忘记了此行的目的，两人似乎达成了某种妥协。贾米森太太搬离了此地，在给卡拉的一封信中，她讲述了此事的经过。看到信，卡拉觉得肺里什么地方像是“扎进去了一根致命的针，浅一些呼吸时可以不感到疼。可是每当她需要深深吸进去一口气时，她便能觉出那根针依然存在”。[2]在故事结尾，门罗为读者揭开了事实真相：克拉克从未提过弗洛拉的归来，而卡拉则在树林边缘发现了一些细小的骨头和头盖骨，那是属于弗洛拉的残骸。卡拉之所以有兔死狐悲之感，是因为她在潜意识里觉得山羊就是她，自己的命运与山羊相差无几，或许永远无法逃脱克拉克的控制。门罗不动声色地将山羊的出走和女人的逃离进行对比，揭示了父权制下女性和动物的悲剧命运：在这样的制度中，自然、动物和女性都是客体，是男性占有与侵略的对象；当男性权威受到威胁时，女性或动物就成为牺牲品，以成就男人的优越性和统治权。

---

1 艾丽丝·门罗：《逃离》，李文俊译，北京：北京十月文艺出版社，2009年，第39—40页。

2 同上，第47页。

二、女性、荒野和对自由的渴求

早在《男孩与女孩》中，门罗就开始思索女性与荒野的关系问题。故事中的母亲整日在厨房劳作，希望女儿长大后能做自己的帮手，而女孩则向往着屋外的世界，虽然“风吹成的雪堆绕着我们的房子，像入睡后的鲸鱼；而来自深埋的田野和结冰的沼泽地的狂风，整夜袭扰我们，仿佛一群凶险而又不幸的老怪物在大合唱”。[1]如此具有哥特式恐怖气氛的“外面”在女孩的想象中却充满了野性的力量，能让人感受到生命的存在；相反，屋内使她感到害怕和窒息：砖筑的烟囱、木头栏杆、废弃的家什、破旧的地毯……看起来十分悲惨。

同样，在《门尼塞通》（“Meneseteung”，1990）中，看似安全的家却成为牢笼和桎梏。这是一个发生在19世纪安大略西南部格特里奇小镇的故事。彼时的安大略还是加拿大的边境荒野，处于从野蛮走向文明的进程之中。女主人公阿尔梅达的房子位于十字路口，面朝十分体面的杜弗林街，背对阴沉萧瑟的珍珠街，一个充斥着暴力冲突和醉酒闹事的地方，“没有人，只有最穷的人，不体面和没价值的穷人，才会住在那个叫作珍珠街沼泽的水洼（那时已经抽干了）边上”。[2]可以说，这座房子是分隔文明与荒野的界限。身处这样一个充满矛盾和含混的时代和住处，阿尔梅达本身也是一个矛盾体。在阿尔梅达的故事发生的年代，女人的最好归宿便是结婚生子，阿尔梅达却一直单身。尽管阿尔梅达定

1 艾丽丝·门罗：《快乐影子之舞》，张小意译，南京：译林出版社，2013年，第148页。

2 Alice Munro, *Friend of My Youth* (New York: Vintage Books, 1991), 72. 文中翻译参考刘文的《神秘、寓言与顿悟：艾丽丝·门罗小说研究》。

期去教堂参加教会活动，并照顾父母直至他们去世，小镇上的人依然认为她是个阴郁的女子，并觉得这种性格与她爱写诗有关："所有那些读书、写诗的事儿——似乎更多是一种缺点、一种障碍、一种困扰。"[1]阿尔梅达一直努力维持自己的淑女形象，恪守小镇严格的道德观，但私底下时，她却对珍珠街外的荒原有着莫名的渴望："她能看到日出，沼泽地的薄雾中充满着光，靠得最近的参天大树漂浮在雾气中，后面的树则变得透明。沼泽橡木、银槭树、美洲落叶松、心果山核桃。"[2]如果生活按部就班，她或许会如大家期待的那样，和住在隔壁的鳏居商人贾维斯组建家庭。但是有天夜里，她目睹了珍珠街上的一起醉酒打架事件：一个女人在遭到强暴后被遗弃在她家屋后的栅栏边。情急之下，阿尔梅达去向贾维斯求助。贾维斯却只是看了一眼那女人的身体，踢了踢她的淤青的腿，"就像踢一条狗或一头母猪那样"，然后像驱赶动物一样把那女人赶走了，嘴里还说着"你的死尸往那里去了"。[3]阿尔梅达几乎作呕，但同时又在潜意识里觉得与那个女人有某种联系。这件事成了阿尔梅达的转折点，她开始经常往珍珠街跑，那个"没有体面女人"敢靠近的沼泽。有学者认为，"珍珠街沼泽是一个代表荒野或'原始区域'的意象，它为女人在父权制秩序中可能获得的自由和实际遭到的排斥划定了边界"。[4]阿尔梅达从安全的家溜出来，进入了能给她带来宁静和自由的荒野沼泽，同时

1 Alice Munro, *Friend of My Youth* (New York: Vintage Books, 1991), 59. 文中翻译参考刘文的《神秘、寓言与顿悟：艾丽丝·门罗小说研究》。

2 同上，56。

3 Alice Munro, *Friend of My Youth* (New York: Vintage Books, 1991), 63.

4 刘文：《神秘、寓言与顿悟：艾丽丝·门罗小说研究》，杭州：浙江大学出版社，2014年，第207页。

也进入了她想象中的荒野空间。她开始通过想象写诗，写关于加拿大荒野的诗："这首诗的名字就是那条河的名字。不，实际上，那条叫作'门尼塞通'的河流就是这首诗——有深穴，有湍流，有夏日树下惬意的池塘，有冬天将过时相互挤压彼此摩擦的冰块，有春天孤寂凄寒的洪水。"[1]

阿尔梅达通过写诗来摆脱维多利亚时代正统的女性形象，而走进荒野则使她与当时的传统割裂了开来。在她的诗中，荒野"有深穴，有湍流"，但也有"惬意的池塘"，是令人向往之地。阿尔梅达的后半生被视作一个"疯女人"，或许是因为她整日与荒野为伴——真正意义上的荒野和精神上的荒野。在英语中，荒野（wilderness）一词的词根是"wild"，有"疯狂"之意。当殖民者初次踏上加拿大的国土时，曾对这样的"疯狂"怀着深深的恐惧，产生了与荒野对抗的心理。因此，当珍珠街沼泽成为阿尔梅达生活的中心时，她也被维多利亚父权制文化彻底地边缘化了。她最后因被一群粗野的男子赶进沼泽地染上肺炎去世，但真正杀死她的并不是荒野，而是父权制文化。在这样的文化中，女性的任何一点偏离都被视作对抗，而沼泽地则是需要被殖民者征服的蛮荒。

或许正是不甘心做"阁楼上的疯女人"，有些女人才选择了与荒野做伴。《荒野小站》（"The Wilderness Station"，1994）里的安妮就是一个例子。小说中的荒野指的是19世纪加拿大的休伦县和布鲁斯县，当时那里到处都是参天大树和灌木丛，人烟稀少，初到此地的人们必须辛勤劳作才能幸存下来。门罗在短篇故事《为

1 Alice Munro, *Friend of My Youth* (New York: Vintage Books, 1991), 70.

生计而工作》（“Working for a Living”）中指出，拓荒者在建设家园时，“对树木恨之入骨，喜欢开阔的土地。男人们管理土地的方式是独断专权”。[1]西蒙和乔治兄弟俩砍灌木，辟小路，标边界，建房子。房屋盖好后，西蒙在麦克贝恩牧师担保下，给多伦多劳动收容所负责人写信，请求介绍一位姑娘做他妻子。在当时的艰苦环境下，这种求偶方式极为普遍，因为拓荒者们脑子里想的是如何创造财富，根本就“没有时间、没有钱，也没有那种兴致”[2]去追求姑娘结婚。就这样，安妮来到了他们身边。可是，此时厄运却降临到西蒙身上，一根树杈意想不到地砸到他头上，当场将他砸死，乔治和安妮在漫天暴风雪中将他葬进木屋边新挖的墓地。故事始终没有跳出加拿大哥特式荒野叙事传统：早期移民的生活，对艰苦和危险的强调，厄运的突然降临……接着，在丈夫猝死之后，安妮出现了疯癫的举止：“……给了她豌豆和马铃薯去种在树桩间，她也不种；门口长满了野藤蔓，她也不清理。大多数时候，她连火也不生，吃不上燕麦蛋糕或粥……大门敞开着，显然动物们早已在这里进进出出……那些见过她的人说，她的衣服因为在灌木丛里穿梭而弄得又脏又破，身上全是荆棘的划痕和蚊虫的咬痕，她不梳头发也不扎辫子。”[3]

说这段话的是麦克贝恩牧师，他认为，安妮在丈夫死后，并没有恪守妇道，管理农场，照顾小叔子；也没有尽教徒的职责，参加教会活动，致使心智和灵魂像农场一样“逐渐衰败”。[4]当地

---

1 Alice Munro, *The View from Castle Rock* (Toronto: McClelland & Stewart Ltd., 2006), 130.

2 艾丽丝·门罗：《公开的秘密》，邢楠等译，南京：译林出版社，2013年，第203页。

3 同上，第207页。

4 同上。

治安员马伦先生则认为，安妮是“陷入了一种女性特有的妄想症，发病动机是一种对自我重要性的渴望，也是想逃避单调的生活或生来就得面对的苦役”。[1]至于安妮是不是真的发疯，或者她疯癫的原因是什么，当时的主流社会并未加以探究。而根据安妮的叙述，在嫁为人妻的那段时间，她不仅要进行强体力劳动，还得忍受丈夫的打骂。她怀疑丈夫之死是乔治所为，却想方设法袒护他，但乔治对她的行为并不感恩，反而离开了她。独自生活时，她夜夜梦见乔治拿着斧子在身后追赶。她宁愿住在野外，因为那样一来，噩梦就没那么频繁了。对安妮来说，荒野才是安全的所在，自己和它是融为一体的：“当我不在屋里而是在外面睡以后，噩梦没那么频繁了。天气忽然就暖和起来，外面蚊虫也多了，可我并不怎么在乎。我能看见它们咬出的包，却没有任何感觉，这也是我在外面受到庇护的征兆之一。一听到有人过来，我就蹲下身去。”[2]

安妮不甘于“被发疯”的命运，她选择了荒野，这是正统的基督教社会所无法容忍的。作为教会的代表，麦克贝恩牧师对荒野中的无序深恶痛绝。在他眼里，彼时的加拿大荒野是个堕落的世界，充斥着罪恶——酗酒、不道德和混乱：“……凛冽的风穿透木墙，但如果我下楼去凑到火堆边，那里尽是些醉酒的灵魂和最污秽的傲慢之徒。外面只有茂密的丛林和冻结的沼泽，能将人和马吞没。”[3]走进荒野的安妮令麦克贝恩牧师感到困惑，同时也让他产生了无力感：“这世界就像一片荒野，我们的确能够改变自己在

1 艾丽丝·门罗：《公开的秘密》，邢楠等译，南京：译林出版社，2013年，第212页。

2 同上，第222页。

3 同上，第211页。

其中的位置，但也不过是从一个荒野小站到另外一个罢了。”[1]

三、追问：女性亲近自然缘何遭受抵制？

女性融入荒野的行为为何会遭到父权制社会的抵制？生态女性主义批评家认为，西方父权制传统中存在着一个泾渭分明的二元论世界：女性和男性。女性原则上代表着母亲、自然母亲、身体、无理性、情感、本能和神秘；男性原则上代表了理性、逻辑、与自然的分离、大脑、理智主义、语言和有形的现实。在男权社会中，男性是力量、理性和秩序的象征，女性和自然则是男性建造世界过程中需要征服的对象。纵观西方社会的文明史，归根结底就是一部男性统治女性、人类统治自然的历史。社会走向文明的过程，实际上就是女性和自然变为“他者”的过程。《男孩与女孩》开篇悬挂在厨房门两边的英雄挂历形象地表达了女性与自然的地位是如何在人类文明史中逐渐走向式微的。据叙述者描述，这些挂历是哈德孙海湾公司或蒙特利尔皮毛交易商送的，挂历上的画面描述了北方荒野殖民的故事：头顶羽毛的冒险家在领地插上威严的国旗——英格兰国旗或法兰西国旗——宣告自己的控制权，象征着文明对于自然的征服。刘文认为：“通过把日历挂在厨房门的两边，即女性的领域，并用荒野殖民的说明来对此加以补充，日历强调了对自然的殖民和对性别主体的殖民之间的联系——尤其是对女性主体的殖民。”[2]

---

1 艾丽丝·门罗：《公开的秘密》，邢楠等译，南京：译林出版社，2013年，第212页。

2 刘文：《神秘、寓言与顿悟：艾丽丝·门罗小说研究》，杭州：浙江大学出版社，2014年，第72页。

早期殖民者在踏上加拿大荒野后，对之进行划界、插旗、命名，以巩固自己作为征服者的地位，在他们眼里，荒野如同女人，是需要约束和控制的。这样的思维方式渗透到了日常生活中，并逐渐成为一种文化话语，在不知不觉中影响着人们的价值取向和行为方式。加拿大普通家庭厨房门边的挂历虽然不起眼，却暗示了主流意识形态对于女性、自然和动物的态度。

同样，在《破坏分子》（“Vandals”，1994）中，自然经过人为的操控，已经失去了本来的模样。退伍老兵拉德纳在斯特拉顿镇北部买下四百英亩荒地，大部分是沼泽和灌木丛，将其建成了外人眼里“令人赞叹的自然保护区，有小桥，有小路，还让溪水汇成了小小池塘”。[1]拉德纳的另一个身份是标本剥制师，他沿着自家花园里的小路展示了许多栩栩如生的鸟类和动物标本。这些按照美学角度排列的理想化的身体标本展现了一种煞费苦心再建的自然场景，外表看来是标本剥制师与自然的交流，实质却是极为残忍的杀戮，是“对动物身体的亵渎与操纵，是人类对自然的控制”。[2]有很多时候，人类都是在按照自己心目中的形象塑造自然，完全没意识到这种处理自然环境的方式或许只是一厢情愿：所谓的完美组合下面有时仅仅是“铁丝、粗麻布、胶水、碎纸和黏土”[3]的结合，动物在此过程中受到的残害却被完美的表象掩盖了。此外，标本剥制师的角色在加拿大殖民史中起过重要作用。考毕兹（George Colpitts）指出，在1890年到1914年之间，加拿

1 艾丽丝·门罗：《公开的秘密》，邢楠等译，南京：译林出版社，2013年，第278页。

2 Carrie Dawson, “Skinned: Taxidermy and Pedophilia in Alice Munro’s ‘Vandals’,” *Canadian Literature* 184 (Spring 2005): 74.

3 艾丽丝·门罗：《公开的秘密》，邢楠等译，南京：译林出版社，2013年，第298页。

大为吸引移民，利用一些省市或地方博物馆展示野生动物标本，甚至将这些标本送往欧美参展，以彰显加拿大丰富的自然资源。[1]移民到来后，曾一度疯狂掠杀动物，导致某些动物（如印第安人的经济支柱美洲野牛）大量减少，印第安人和白人之间矛盾激增。因此，拉德纳花园中的动物标本涵盖了白人对土著的殖民以及人类对荒地的殖民历史。小说后半部分讲述了莉莎的故事，读者从中隐约猜出拉德纳的庐山真面目，原来他是恋童癖，那片沼泽和灌木丛是他的领地，掩饰了他的诸多劣迹："……在这里，莉莎觉得地面让人淤青，草地让人瘙痒和羞愧。"[2]莉莎记得有一次在池塘游泳时，拉德纳试图抓向她的两腿之间，被她挣脱了："莉莎尽全力沿直线游过池塘，起身时弄得水花飞溅，她奋力爬上岸边，走过玻璃后面瞪视着的猫头鹰和鹰，走过写着'自然界的任何事都不是无用'的牌子。"[3]动物标本被固定在玻璃容器内，虽然瞪着双眼，却看不见任何东西，它们只是被凝视、被观察的对象；拉德纳的沼泽和灌木丛也是一个封闭的空间，外人一旦进入，就如同瓮中之鳖，成为被拉德纳窥视的对象。年幼的莉莎或许无法用言语表达拉德纳的性侵行为对她造成的创伤，但门罗将她置于那些沉默的动物身体之中，将一个受到暴力伤害的女孩与死去的鸟儿进行类比，不能不令读者联想到古希腊神话中菲洛墨拉的传说，一位遭到强暴又被割掉舌头最后变成夜莺的女人的故事。同菲洛墨拉的传说一样，门罗的故事表明，自然/动物和女性/幼童都是

1 George Colpitts, "Wildlife Promotions, Western Canada Boosterism, and the Conservation Movement, 1890–1914," *American Review of Canadian Studies* Vol. 28, No. 1–2 (Spring/Summer 1998): 106.

2 艾丽丝·门罗：《公开的秘密》，邢楠等译，南京：译林出版社，2013年，第304页。

3 同上，第301页。

暴力殖民统治下的男性力量的祭品，而自然界的物体对于男性权威来说，都是可以利用的工具和宰制的对象。

门罗并非严格意义上的生态女性主义者，但她的作品通过处理性别、权力和自然等话题，批判了父权制传统中的二元对立观念，再现了女性与自然之间的天然联盟关系，唤起人们对作为他者的自然、动物和女性的关注。通过对门罗几个短篇小说的分析，发现门罗的南安大略哥特并非简单地主张“回归自然”，其真正的使命在于唤醒人性，实现个人的、社会的以及意识形态的转变。

第三节　艾丽莎·范赫克：北方小说中的女性疆界和空间

加拿大地理位置独特，既有肥沃的平原，也有广袤的山区以及不计其数的河流湖泊。在遥远的北方，是大片的森林以及北极的冻土地带。北方因其地缘关系在加拿大的政治、经济和文化领域享有特殊地位，加拿大的文学想象和写作中不乏关于北方的描写。阿特伍德曾指出：“从传统上讲，北方……在加拿大文学中被视作未开发的、无意识的、浪漫的、神秘的以及不可思议的世界的象征。”[1]加拿大北方一向被视为属于男性的版图，男性在其中的活动是一部征服和统治的神话史。北方代表了“理想的神秘场所，男人们可以在此炫耀自己是成就神奇伟业的英雄”。[2]海辛认为，北方为男性幻想以及男子气概的考验和实现提供了叙事空间，

1 Margaret Atwood, “Canadian Monsters: Some Aspects of the Supernatural in Canadian Fiction,” David Staines, ed. *The Canadian Imagination: Dimensions of a Literary Culture* (Massachusetts: Harvard University Press, 1977), 100–101.

2 Lisa Bloom, *Gender on Ice* (Minneapolis: University of Minnesota Press, 1993), 6.

而女人“在进入了那个领域后，或许会觉得自己正在跨越性别界限”。[1]前往北方荒野的女性本来就少，大多是作为男人的家眷随行，即使在进入北方之后也不会受到多少关注，因此，在关于北方的表述/作品中，女性是被忽视的存在。真正将北方与女性的表征结合起来的作家是范赫克，虽然她曾说过“伟大的加拿大北方可不是轻易能把握的”，[2]但她在自己别具一格的北方小说里娴熟地探讨了加拿大地理和身份之间的联系，以全新的方式讲述女性的故事，再现了自然空间与女性空间的关系。

范赫克的第一部北方小说《帐篷栓》（*The Tent Peg*）出版于1981年，女主人公J.L.乔装改扮成男厨师，跟随九位男地质学者前往加拿大北部地区。在三个月的相处过程中，J.L.以她特有的对待自然的方式——平等的、相互交流式的——在本属于男性领地的北方，闯出了一片天地。在1986年出版的《居无定所：一次多情之旅》（*No Fixed Address: An Amorous Journey*）中，女主人公阿拉克尼驾驶着奔驰车穿越大草原，最后来到地图的边界，驶入茫茫的北方荒野。范赫克通过对阿拉克尼冒险经历的刻画，反转了经典神话中奥德修斯的流浪模式，用史诗般的风格书写了女性在北方追寻自我的故事。范赫克北方小说的扛鼎之作是《远离埃尔斯米尔之地：一部地理小说》（*Places Far from Ellesmere: A Geografictione*，1990）。同前两部作品一样，小说描写了女主人公/叙述者/作者寻找“家”的经过，从家乡埃德伯格，到上大学

1 Melody Hessing, "The Fall of the Wild? Feminist Perspectives of Canadian Wilderness Protection," Melody Hessing, Rebecca Raglon, and Catriona Sandilands, eds. *This Elusive Land: Women and the Canadian Environment* (Vancouver: UBC Press, 2005), xiv .

2 Aritha van Herk, *Frozen Tongue* (Sidney, NSW: Dangaroo, 1993), 282.

的城市埃德蒙顿和工作时的居住地卡尔加里，她一直在寻寻觅觅，直至到达旅程的终点北极荒漠埃尔斯米尔。

本节从《远离埃尔斯米尔之地》的文本间性入手，探讨其中体现出来的颠覆性特征：对男性话语主宰的文本写作的颠覆，对加拿大北方传统叙事的反话语。同时，小说中体现出的建构性策略，即女性与自然的结合，为女性探索新的疆界和空间，建立不带偏见的女性表征提出了可行之路。

一、对男性话语主宰的文本写作的颠覆

在阅读《远离埃尔斯米尔之地》时，读者不免会产生疑问，女主人公/叙述者/作者为何要在这次北方之行中带上托尔斯泰的《安娜·卡列尼娜》(*Anna Karenina*，1877)。范赫克在作品中指出：该文本的一个明确目的是“解决男性写作与女性写作之间的(重大)差异”。[1]范赫克认为，写作的权限通常属于男人，这一观点从她与加拿大作家威伯(Rudy Wiebe)的对话中可见一斑，威伯建议范赫克去埃尔斯米尔时带上《战争与和平》(*War and Peace*)：

> 他坚信女人永远无法成为“伟大”作家的根源乃是她们不为自己安排伟大的话题。“比如什么?”于是你怒气冲冲地问，觉得受了冒犯。“比如战争与和平。”他以耶和华似的语气说道，“女人只能写来自内脏的东西。”从他嘴里冒出的“内脏”一词充满了轻蔑与排斥……打那以

1 Aritha van Herk, *Places Far from Ellesmere* (Alberta: Red Deer, 1990), 82.

后你知道男人的内脏更大也更危险，以伟大话题为中心的膨胀的自我感将它掩饰了起来。战争与和平恰恰是你希望留在加拿大的。可你带上了《安娜·卡列尼娜》。[1]

令范赫克反感的是，女人竟被视为没有能力摆脱自己的身体，因而无法属于“伟大作家”的行列，被排除在了文学经典之外。在《远离埃尔斯米尔之地》中，范赫克对“男性写作”的特权予以了辩驳，她批评的不仅仅是男性在文学领域的特权，还有男性写作对女人的影响：女人被拒绝了书写自己的权利，毫无地位可言。这种“失权”（powerlessness）首先表现为失去选择权：女性角色拥有的是“规定的选择权：母亲、圣人或妓女”；[2]托尔斯泰“笔下的安娜别无选择”，[3]最终只能卧轨自杀。可见，男性文学权威对女人进行了归类和限制，女人被书写的过程其实就是被控制的过程。

范赫克对男性写作的批判还表现在作家和文本的关系上，这种关系将写作的行为与权力的实施联系了起来。范赫克批评托尔斯泰试图掌控对其小说的阅读，她将他想象为一个农夫，从头至尾出现在《安娜·卡列尼娜》中：“你推测这个农夫是托尔斯泰……在干预自己的文本，不允许你不受干扰地阅读。”[4]托尔斯泰往往在女人似乎要违背社会期待时出现：“他肩上的麻袋里装着他的小说，一大堆乱糟糟的词语，他往里塞入那些不愿驯服的女人

1 Aritha van Herk, *Places Far from Ellesmere* (Alberta: Red Deer, 1990), 81–82.

2 同上，81。

3 同上，82。

4 同上，114。

被砍下的手，那都是些富于表现力的漂亮女人。”[1]托尔斯泰的在场意味着监视、占有和权力：他的侵入是为了支配对其文本的阅读。在范赫克看来，男性写作是一个展现控制欲望的过程，从文本的选题，作品的体裁，人物（尤其是女性人物）的命运，乃至文本的阅读，无不显示了家长制的专权。

范赫克曾把自己试想为《安娜·卡列尼娜》中的一个角色，并自问是愿意生活在“白夜？或是暗无天日的书页？书的牢笼，野外的刺目阳光，哪个更好？”[2]作者将书页喻为牢房，旨在强调女性作家及其笔下的人物必须逃离男性写作的规范，这一点在小说中从四个方面体现了出来。首先，范赫克自创的地理小说概念偏离了传统的文体分类，使她的作品成为一部“没有文体的书”。[3]她认为，文体是父权制文学传统的工具，而跨越熟悉的文体界限、寻找新的书写方式则是一种政治行为：“越界书写坚决维护某些强大的可重新建构性……（这些文本）从文体的安全区域疏离出来，参与到自身的边缘化之中……对可靠空间的拒绝允许它们质疑持续存在的种族、性别、民族和语言定位。”[4]《远离埃尔斯米尔之地》可以说是“一部伪装成地图的书，或是一册伪装成书的地图”。[5]范赫克打破常规的书写方式和行为使她可以自由地挑战经典名著，以及名著中的线性时间叙事和结构主义叙事模式。其次，范赫克

---

1 Aritha van Herk, *Places Far from Ellesmere* (Alberta: Red Deer, 1990), 114.

2 同上，80。

3 Marlene Goldman, “Earth-quaking the Kingdom of the Male Virgin: A Deleuzian Analysis of Aritha van Herk’s *No Fixed Address* and *Places Far From Ellesmere*,” *Canadian Literature* 137 (Summer 1993): 31.

4 Gabriele Helms, *Challenging Canada: Dialogism and Narrative Techniques in Canadian Novels* (Montreal: McGill-Queen’s University Press, 2003), 68.

5 同上。

没有为自己安排诸如战争与和平之类的"伟大话题"，而是书写了一位20世纪加拿大普通女性的个人经历，及其在埃尔斯米尔岛重读《安娜·卡列尼娜》时的感悟。在比勒（Karin Beeler）看来，这种重新阐释男性作家笔下人物的尝试是对"文学经典中男性作家权威"[1]的挑战。另外，范赫克拒绝在文本中扮演权威性角色，尽管她的作品具有自传成分，但她并没有像一般的传记那样以第一人称代词"我"的口吻进行叙述，而是使用了"你"，这使文本的表述变得模棱两可。瑟奇诺（Joanna C. Surgeoner）指出，范赫克"通过使用代词'你'质疑了自己作为作家的稳定性或完整性，承认了文本声音的表演（performative）或建构（constructed）性质"。[2]作者或自传主体的声音成为一种表演或建构，而不是直接的、无须中介的表白："你知道你是一部更大部头小说的角色，一部地理和情感小说，阅读自己，如同你正被一位悟性颇佳的读者阅读。"[3]人称代词"你"的使用说明范赫克对文本的控制力变弱，同时也涉及了文本的读者：作家范赫克是读者，她的读者也是作家。这种将写作与阅读等同的做法意味着文本同时属于作家和读者，作家不再是意义的保证人。最后，范赫克在小说中采用了实验形式。文本大多由片段组成，而且经常偏离主题，通过回避叙事传统和情节逻辑的方式来摆脱宏大叙事的束缚，这是一种对"传统的说故事形式的颠覆……强调了传统的女性表征的局

---

1 Karin Beeler, "Re-Creating Cassandra and Anna Karenina: Unheard Voices in *Wolf 's Cassandra* and van Herk's *Places Far From Ellesmere*," *Critique* Vol. 36, No.4 (1995): 277.

2 Joanna C. Surgeoner, "A Feminist Literary Cartography of the Canadian North: Women, writing and place in Aritha van Herk's *Places Far From Ellesmere*," *Gender, Place & Culture: A Journal of Feminist Geography* Vol. 14, No.6 (2007): 647.

3 Aritha van Herk, *Places Far from Ellesmere* (Alberta: Red Deer, 1990), 118.

限性”。[1]范赫克还拒绝遵循语言传统，创造性地使用一些新词和不同寻常的标点符号，使语言的范围得以延展。比如，她常常利用斜线和括号将词语分割或重新组合，从而使意义呈现出多种可能性。

二、对加拿大北方传统叙事的反话语

在《远离埃尔斯米尔之地》的开头部分，女主人公/叙述者/作者问道：“什么能证明某地的合法性？”[2]一个地方之所以成为一个地方是通过土地、河流、动物、植被和土著居民，还是通过白人探险者的发现和铁路的出现？她对这些问题的回答直截了当：“亨迪（1754）；汤普森（1787）；菲德勒（1792）；亨利（1810）；他们漂泊不定的营地。干肉湖的浅滩‘散布着灰叶枫小树林，许多枫树直径达一英尺’（梅孔，1879）；‘役河地区肥沃的土地’（德维尔，1883）；‘有些地方林木茂盛，有些则长着疏疏落落的树木和灌木丛’（泰雷尔，1887）。”[3]

叙述者列出了之前书写过加拿大西北部地区的人物名单，他们是18和19世纪首批白人男性探险家，对这块土地进行过测绘和记录。由此看来，加拿大北方传统是由男性冒险家和开拓者所定义的历史，北方为男性幻想以及男子气概的考验和实现提供了叙事空间，正如布鲁姆（Lisa Bloom）在《冰上的性别》（*Gender on Ice*，1993）中所指出的，男性写作中的北方代表了“理想的神秘

---

1 Marlene Goldman, “Earth-quaking the Kingdom of the Male Virgin: A Deleuzian Analysis of Aritha van Herk’s *No Fixed Address* and *Places Far From Ellesmere*,” *Canadian Literature* 137 (Summer 1993): 38.

2 Aritha van Herk, *Places Far from Ellesmere* (Alberta: Red Deer, 1990), 20.

3 同上。

场所，男人们可以在此炫耀自己是成就神奇伟业的英雄”。[1]叙述者还在文本中间接提到了汤普森和菲德勒服务过的哈德孙湾公司以及泰雷尔和梅孔被委以重任的加拿大地质调查局在历史进程中所扮演的重要角色。这些引证可以达到两个目的：通过引用官方历史，叙述者将她试图动摇的权威展示在了读者面前；与此同时，她说明了关于加拿大边境北方或西北部地区的概念是一个建构，会随着每一次新的探险，每一个新测量的地区而有所变化。因此，叙述者质疑了关于地方的单一定义，并结合占统治地位的历史，为自己重写不同的叙事创造了空间。

范赫克采用与早先历史对话的策略，尝试着书写埃尔斯米尔地区。在小说中，叙述者有这样一段评论：

> 埃尔斯米尔岛……不易一眼辨出是岛屿，1616年，威廉·巴芬发现了该岛（如何发现的：从海岸/用望远镜/从船上？），但直至19世纪才对它进行勘探。19世纪的岛屿：19世纪的小说。约翰·罗斯在1818年发现了部分海岸线（太多的对称），1852年，在英格尔菲尔德远征期间，岛屿以埃尔斯米尔伯爵的名字命名。为什么？他是否给了他们钱？他们在冰封的海岸上读到了什么，使他们想起该以他的名字命名？他们的阅读正确吗？是埃尔斯米尔，还是别的什么，其他人说起的某个别的名字？如果人们有眼力看懂的话，某个地方一定有另外一

1 Lisa Bloom, *Gender on Ice* (Minneapolis: University of Minnesota Press, 1993), 6.

个名字。1875年和1876年，乔治·内尔斯爵士率领皇家海军前往探险（大规模的远征）。[1]

这段话与1988年版《加拿大百科全书》(*Canadian Encyclopedia*)中关于“埃尔斯米尔岛”的词条形成了对话:“1616年，威廉·巴芬发现了该岛，但直至19世纪才对它进行勘探。约翰·罗斯在1818年发现了部分海岸线，1852年，在英格尔菲尔德远征期间，岛屿以埃尔斯米尔伯爵的名字命名。1875年，乔治·内尔斯爵士开展了大规模的观测。”[2]

通过这样的对话，叙述者不仅向白人男子远征北方的特权提出了挑战，而且质疑了他们的探险被历史化的方式——具有官方和权威特征的书写的历史，以《加拿大百科全书》中的词条为例。通过重新强调百科全书中的词组和句子，叙述者创造了“双重声音(double-voiced)叙述”，[3]对其中未加解释之处提出疑问，追溯事件发生的缘由，同时将19世纪的岛屿和19世纪的小说相比较，点明两者之间的相似之处。这种文本间的对话表明埃尔斯米尔岛并非一张“空白页”，[4]也绝非一块“未发现之地”。[5]另外，叙述者将埃尔斯米尔探险史（男性属地的历史）与安娜·卡列尼娜的故事（一部由男人书写的小说）联系在一起，意在说明她笔下的安娜和埃尔斯米尔岛是由19世纪的男性（托尔斯泰、威廉·巴芬、约翰·罗斯、乔

1 Aritha van Herk, *Places Far from Ellesmere* (Alberta: Red Deer, 1990), 97.

2 *Canadian Encyclopedia* (Alberta: Hurtig Publishers, 1988), 687.

3 Gabriele Helms, *Challenging Canada: Dialogism and Narrative Techniques in Canadian Novels* (Montreal: McGill-Queen's University Press, 2003), 94.

4 Aritha van Herk, *Places Far from Ellesmere* (Alberta: Red Deer, 1990), 77.

5 同上，113。

治·内尔斯）书写/绘制的小说/地方。叙述者想要指出的是，男人们的冒险将女人排除在了外面："这些名字，每一条绘制的轮廓均是男性的/标线的。……名字、名字，到处都留下名字，在自然界的每一个接界处，留下父亲的名字，其他男人的名字……安娜，她有没有一个岛屿，或是一处海湾、小港？"[1]绘图是一种占有的行为，它赋予男人绘制和命名的特权，使女人/土地被绘制、被命名，从而隶属于他们。在绘图的过程中，自然被客体化、被征服，成为与绘图者/统治者有着本质差异的他者，正如女性在男权社会被客体化、被征服一样，在这种意义上，女性和自然成为最原始的他者。叙述者意欲介入并削弱带有男性偏见的探险话语，在仔细阅读的基础上超越这种男性历史编纂文本，最终绘制出"超乎想象的有关梦想和情感的地形"。[2]莫特（Asta Mott）认为，范赫克的小说修正了19世纪围绕着白人男子探险为话题的关于北极空间的表述："如果说男人在关于北方的文本中倾向于强调男性控制着险恶的风景，范赫克的文本则展示了人类和风景之间的不同关系。"[3]换言之，范赫克重写了北方叙事及其潜在的文化困境，将北方描写为女性写作的空间，这在一定程度上颠覆了男性逻各斯中心主义世界观。

三、对女性疆界和空间的探索

范赫克将《远离埃尔斯米尔之地》的副标题定为"一部地理

1 Aritha van Herk, *Places Far from Ellesmere* (Alberta: Red Deer, 1990), 88.

2 Aritha van Herk, "The Map's Temptation or the Search for a Secret Book," *The Journal of Commonwealth Literature* Vol. 31, No. 1 (1996): 133.

3 Asta Mott, "Aritha Van Herk's *Places Far From Ellesmere*: The Wild and Adventurous North?" *Canadian Literature* 157 (Summer 1998): 104.

小说”（*A Geografictione*），Geografictione一词是geography（地理）和fiction（小说）的组合，但作者有意在词尾加上了字母e，在法语中，以e结尾的名词一般为阴性。而埃尔斯米尔（Ellesmere）这个地名也别有深意，elles是法语中的“她们”之意，mere则指“母亲”。书的封面也颇有意思，埃尔斯米尔岛是以女人的形体呈现出来的，与肯尼迪海峡对面的卡尔加里等地遥遥相望。由此看来，该文本不仅是地图绘制和小说写作的结合，而且是“一部女性地理小说”，是一部女性主义的制图学。作品的每一部分都是一个特殊的“考察现场”：埃德伯格，想望和回归的矮树林；埃德蒙顿，长长的分隔线；卡尔加里，增长中的墓地；埃尔斯米尔，作为岛屿的女人。从一个地方到另一个地方，叙述者始终摆脱不了等级制度和权力束缚的阴影，直至她最终来到埃尔斯米尔。只有在这个北极荒漠，她才真正开始重读《安娜·卡列尼娜》，将安娜从托尔斯泰残忍的情节中“解放出来”。[1]

在第一部分，叙述者将家乡埃德伯格描述为一座堡垒：六个四四方方的街区，网格状结构的小镇。据她对埃德伯格历史的阅读以及早年生活的回忆，小镇自有一套禁令，处处限制着她的活动。与小镇压抑的特征相对立的是火车站的站台，它“矗立在世界的边缘”，[2]象征着希望和逃离。正是在这个站台上，叙述者第一次想象见到了安娜·卡列尼娜，想象她在站台上边踱步边思考如何从不同的角度阅读自己的故事。在第二部分，叙述者为躲避埃德伯格的种种禁制，来到埃德蒙顿——这个“曾经的堡垒，哈德

1 Aritha van Herk, *Places Far from Ellesmere* (Alberta: Red Deer, 1990), 82.

2 同上，16。

孙湾公司据点”。[1]同埃德伯格一样，它也呈现出网格状的构造。在叙述者的记忆中，这座城市始终处于停滞阶段："阴郁的冬日，黑暗的建筑，密封的寒冷。"[2]安娜·卡列尼娜再次出现，预示着叙述者渴望逃离的心态。在第三部分，叙述者在评论新家卡尔加里时又提到了堡垒意象："你为自己找到了杰里科，是吗？"[3]杰里科是《圣经》中的一座城，四面城墙环绕，后被乔舒亚和以色列军队攻破。卡尔加里被描述成迷宫，其购物中心的"灯光和空气宣示着封闭，强调了整体性和秩序"，叙述者则在里面"游荡、迷失，无法找到入口，一扇门都找不到"。[4]最终，叙述者断定，卡尔加里是由"长成独石柱的龙牙"[5]建成的堡垒，与埃德伯格和埃德蒙顿一样，是需要逃离之所。

在文本的最后一部分，考察现场转至"被解域"(deterritorialized)[6]的北极荒漠埃尔斯米尔，这是一个"不会有任何判断施加影响"[7]的地方，这是一个"摆脱了绝大多数的男性干预，摆脱了他的历史或小说或亘古不变的描写/撰写的掌控"[8]的地方。在这里，叙述者"希望忘记世上的战争与和平。读一读爱情。即便是像安娜那样注定在劫难逃的爱情"。[9]叙述者似乎被这个神奇

1 Aritha van Herk, *Places Far from Ellesmere* (Alberta: Red Deer, 1990), 52.

2 同上，53。

3 同上，57。

4 同上，72。

5 同上，71。

6 Marlene Goldman, "Earth-quaking the Kingdom of the Male Virgin: A Deleuzian Analysis of Aritha van Herk's *No Fixed Address* and *Places Far From Ellesmere*," *Canadian Literature* 137 (Summer 1993): 25.

7 Aritha van Herk, *Places Far from Ellesmere* (Alberta: Red Deer, 1990), 110.

8 同上，113。

9 同上，82。

的北方所激励着："去，北方，安娜，去北方。既然有西部小说，为何不能有北方小说？……安娜受惩罚的时间太久。带上她去埃尔斯米尔。你确信她从未去过那里，别的人不会带上像她那样如此难懂、如此冗长，又重得要命的女人。"[1]

在埃尔斯米尔，托尔斯泰笔下的女性复活了：光头公主迈阿戈琪蓄着富有光泽的胡须，坐在一块岩石上，邀请叙述者"与社会决裂"，[2]安娜戴着一串珍珠项链，从冻原上飘然而至。范赫克让女人进入北极空间这个传统的男性领地，为女性打造了一个空间，探索未被探索过的神秘的女性自我，从而使复杂的阅读变成了通过探索土地来探索自身的过程："你夹在安娜和埃尔斯米尔之间……这是件令人愉快的事：逃离、水、风、空气、岩石，你身后远处的湖依然冰冻，冰川的潜在冰雪，你能够不断地阅读一本不朽之书，安娜能够阅读这本有你在内的书、这本有关北方的书，阅读或忘却之前的阅读（un/read），因为它的不可思议，因为这块女性的荒漠之地及其神秘的季节与渴望。"[3]

这段引文表达了生态女性主义的态度和后现代主义特征，它一方面显示了文本和读者之间的关系，把阅读视为和写作一样的创造性行为，另一方面展现了女性凝视下的女性形象与土地的融合。叙述者用了un/read这个词，表明阅读的过程其实首先是抛弃并忘却，然后才是再造的过程，埃尔斯米尔正是这样一个可以提供创造契机的所在。埃尔斯米尔与教化之地——埃德伯格、

1 Aritha van Herk, *Places Far from Ellesmere* (Alberta: Red Deer, 1990), 85.

2 同上，103。

3 同上，130。

埃德蒙顿和卡尔加里——在地理上的距离对应了女性“去中心”(de-centred)[1]的心理，正如埃尔斯米尔位于文明的边缘一样，女性处在父权制度的权力叙事范围之外。叙述者暗示，在埃尔斯米尔岛，没有了父权社会的行为准则和偏见，她能更透彻地读懂安娜·卡列尼娜。安娜和岛屿的独特身份不会因为统治、殖民和教化的性别话语而遭到否定。

叙述者的考察以家乡为起点，几经波折，终于在埃尔斯米尔实现梦想。莎玛（Raj Kumar Sharma）等认为：“这种考察生动地刻画了范赫克对女性主义的关注，她视之为自己的使命，并最终为女性创建了一个合适的位置，使她们可以无须体会男性的专横态度，得以独立地呼吸。”[2]对于那些遭受过男性沙文主义毒害的女性而言，埃尔斯米尔成为一个富有价值的存在，是能够承载真正意义的实体，安娜们能在此塑造她们的未来。

范赫克的《远离埃尔斯米尔之地》是一部典型的生态女性主义作品，它利用文本之间的对话，再思作者、文本、读者以及地方之间的关系，颠覆了男性写作中的权力话语特征，对加拿大北方传统叙事进行了反拨，而且在考察空间的过程中，使女性自我得以实现。埃尔斯米尔岛是一个比喻，象征了女性逃脱束缚，成就梦想的可能性。但是，埃尔斯米尔岛并不是终点，也不是固定

1 Siobhan O'Flynn, "Challenging the Cartesian Self: Autobiography as an intertextual/interrelational discourse in the works of Aritha van Herk and Kristjana Gunnars," *Rethinking History: The Journal of Theory and Practice* Vol. 13, No.1 (2009): 71.

2 Raj Kumar Sharma and Asra Sultana Mouda, "Mapping the North as a Female Space in Aritha Van Herk's Geografictione *Places Far From Ellesmere*," *The Indian Review of World Literature in English* Vol. 6, No. 1 (2010): 2.

的中心。范赫克的“绘制无法绘制的地图”[1]并不意味着建立一种女性的叙事权威，与男性叙事分庭抗礼，也并不表明主体地位和身份的恒定不变，它只是表达了性别意识的觉醒，更是对新的关系的协商，因为埃尔斯米尔“并非任何人的女主人”。[2]

第四节　玛格丽特·阿特伍德：反乌托邦小说中的全球化危机

门罗和范赫克的小说都具有明显的加拿大特征，相比起来，阿特伍德的作品则更具国际意识，尤其是她的反乌托邦小说，它们大多无国界之分，以思考人类未来的命运为主题，并与全球化有着密切联系。阿特伍德曾说过：“任何事物都与其他事物相联系，文学并非飘浮在物质世界之上，处于某种审美真空之中，它在能源、物质和思想交互作用的极端复杂的全球体系中发挥作用。”[3]全球化在阿特伍德的第一部反乌托邦小说《使女的故事》（*The Handmaid's Tale*，1985）中已初见端倪，她在其中描写了一个饱受生态与环境危机困扰的未来极权社会，关注环境正义问题。而在跨世纪的反乌托邦小说《羚羊与秧鸡》（*Oryx and Crake*，2003）中，阿特伍德再次将“政治经济价值体系的生态问题”[4]置于作品的核心地位。在小说里，全球化已经深入社会的每一个角落，对

---

1 Aritha van Herk, "The Map's Temptation or the Search for a Secret Book," *The Journal of Commonwealth Literature* Vol. 31, No. 1 (1996): 132.

2 Aritha van Herk, *Places Far from Ellesmere* (Alberta: Red Deer, 1990), 139.

3 Ursula K. Heise, "Science and Ecocriticism?" *The American Book Review* Vol. 18, No.5 (July 1997): 7–9.

4 Jonathan Bate, "Poetry and Biodiversity," Richard Kerridge and Neil Sammells, eds. *Writing the Environment: Ecocriticism and Literature* (London: Zed Books, 1998), 54.

方方面面产生着影响，如环境、女性、食物安全和生物多样性等，而这些问题正是生态女性主义关注的焦点。希瓦等生态女性主义者认为，在现代化时期，国家、资本主义和父权的集合导致了以全球化形式出现的对女性与自然的伤害。这种资本主义全球化在很大程度上是由发达国家中富裕的白人男性精英策划并从中大量获益，而且在很大程度上造成了全球性的贫穷、贪婪、剥削、唯利是图、与自然和人类同胞的疏离以及环境的污染恶化。[1]下面将以《羚羊与秧鸡》中的企业全球化和科技全球化为切入点，试图从生态女性主义视角探讨跨国公司体制对底层他者的影响，反思全球化历史进程所带来的负面效应，如环境危机和性危机等。

一、资本主义与自然危机

在《羚羊与秧鸡》的开头部分，地球上只剩下了雪人/吉米一人，四周全是人类文明的残骸："离岸很远的地方，塔楼黑色的剪影与晨曦相映衬……在那里筑巢的鸟儿不停地发出尖叫；生锈的汽车残件和杂乱堆放的砖砾仿佛围出了人造的礁石，而远处的大洋碾压于其上的声音听起来简直如同置身于车水马龙的假日街道。"[2]其实，在这场毁灭性的大灾变发生之前，人类的生存环境就已处于岌岌可危的境地。在吉米小时候，气候开始出现异常："海岸附近的地下蓄水层变咸了，北部的永久冻土层开始融化，辽阔的苔原泛出沼气，大陆中部平原地区的干旱不见结束，中亚地区

1 Vandana Shiva, "Ecological Balance in an Era of Globalisation," Paul Wapner and Lester Ruiz, eds. *Principled World Politics: The Challenge of Normative International Relation* (Oxford: Rowman & Littlefield, 2000), 130–149.

2 玛格丽特·阿特伍德：《羚羊与秧鸡》，韦清琦、袁霞译，南京：译林出版社，2004年，第3页。

的大草原变成了沙丘……”[1]由于全球气候变暖，海平面飞速上升，火山爆发，巨型海啸不断，东海岸城市被冲走，“纽约成为新纽约”，“奥基乔比湖萎缩成了个臭气熏天的泥潭，埃弗格莱兹国家公园则燃烧了整整三个星期”。[2]在短短五十年里，许多动物已遭遇“大灭绝”的命运：“它少说也是一份长达两百页用蝇头小楷打出的清单，上面尽是些不知名的虫子、藻类和蛙类……”[3]类似的描写可以说比比皆是，人类赖以生存的自然环境已经满目疮痍。

那么，环境危机的根源究竟在哪里呢？在阿特伍德的理解中，生态破坏来自人类与自然的疏离，这种疏离又因当代社会资本主义的生产方式和消费方式得以强化。生态批评家巴里（John Barry）认为：“侵略性的资本主义、全球主义和追逐私利的跨国公司是环境危机的主要因素。”[4]在资本主义对经济利益的极度追求下，人类进行着毫无节制的开发，最终造成了全球性的生态灾难。《羚羊与秧鸡》中的各个大院为了在全球商业竞争和角逐中获胜，不惜一切代价，视自然为可以利用的工具，将地球变成了一个“巨大的、无节制的试验场”，[5]为消费至上的社会提供生产物质和原材料。奥根农场和荷尔史威瑟大院都在实施器官猪计划，在猪体内培植各种人体组织器官。荷尔史威瑟还利用器官猪研发与皮肤有关的生物技术，通过在动物身上试验种植人体细胞的方式达成人类彻底换肤的梦想。除此之外，大院甚至计划在器官猪里

1 玛格丽特·阿特伍德：《羚羊与秧鸡》，韦清琦、袁霞译，南京：译林出版社，2004年，第26页。
2 同上，第65页。
3 同上，第83页。
4 John Barry, *Environment and Social Theory* (London: Routledge, 1999), 64.
5 玛格丽特·阿特伍德：《羚羊与秧鸡》，韦清琦、袁霞译，南京：译林出版社，2004年，第236页。

植入真正的人类大脑皮层组织，美其名曰“对中风病人……给予希望”。[1]此时的动物成了人体部件和细胞的载体，其存在的价值是为了实现精英阶层的利益。

在资本全球化对自然的操控过程中，伦理遭到了肆意践踏。小说中“秧鸡”所在的沃特森-克里克大学是培养科学精英的摇篮，学生们在这里可以肆无忌惮地运用基因技术创造“自然”。有学者指出，《羚羊与秧鸡》出版于沃特森（J. Watson）和克里克（F. Crick）发现DNA结构50周年之时，因此，该大学的名字可以说是阿特伍德对滥用科学知识的一种讽刺和警告：只关注对生命构成材料的转变和重塑，却无视自然的伦理建构。[2]吉米在参观大学时发现了一种大如烙饼的蝴蝶，便问“秧鸡”它们是否是“新品种”。“秧鸡”则反问道：“你的意思是，它们是在自然状态下生成，还是经人手创造出来的？换句话说，它们是真的还是假的？”接着，“秧鸡”继续阐明自己的看法，蝴蝶是如何创造出来的这一点无关紧要，因为“做了之后就跟真的一样了。中间的过程并不重要”。[3]同样，当吉米看到沃特森-克里克培育的鸡部件——“像大皮球一样的物件，上面似乎覆了一层有许多小点的黄白色皮肤。里面伸出二十根肉质粗管，每根管子的末端各有一个球状物在生长”——而惊叹是“什么鬼玩意儿”时，“秧鸡”却得意地回答“是鸡”。[4]由于生长快速，这样的“鸡”最终获得了外卖特许经销

---

1 玛格丽特·阿特伍德：《羚羊与秧鸡》，韦清琦、袁霞译，南京：译林出版社，2004年，第58页。

2 Jayne Glover, “Human/Nature: Ecological Philosophy in Margaret Atwood’s *Oryx and Crake*,” *English Studies in Africa* Vol. 52, No. 2 (2009): 53.

3 玛格丽特·阿特伍德：《羚羊与秧鸡》，韦清琦、袁霞译，南京：译林出版社，2004年，第207页。

4 同上，第209页。

权，并以低廉的价格被推向国际市场。在利益驱动之下的全球化经济废弃了动物正常的饲养过程，使活生生的动物失去了存在价值，并“从本质上在消费者头脑中将动物降格为部件”，[1]也违背了“食物来自自然的观念”。[2]总之，技术征服了自然，自然成为人造的自然，在资本主义全球化体系中沦为可供买卖的商品。布拉伊多蒂（R. Braidotti）在《后现代主义之后的女性主义认识论》（“Feminist Epistemology after Postmodernism”）一文中对那些靠经营基因和生物获利的跨国公司的活动方式进行了解构，声称“生物权力（bio-power）已经转变成一种生物剽窃（bio-piracy），以剥削妇女、动物、植物、基因和细胞的生殖力为目的。生命物质的自我复制力以消费和商业盘剥为目标”。[3]以“秧鸡”为代表的科学家以工具主义的态度对待自然，他们根本就不相信自然，“或者说不信带大写N的自然”。[4]在他们眼里，实验室里制造的动植物与自然世界中真实的动植物没什么两样，其行为恰恰是剽窃了真正动植物的生命力，“正是这种对界线的混淆使‘秧鸡’在某种程度上想当然地以为，自然世界——包括人类在内——是他有权操控的巨大实验室的一部分”。[5]这种人类中心论加剧了人与自然的疏离，加快了环境危机的出现，也为“秧鸡”后来制造出灭绝人类的病毒埋下了伏笔。

---

1 Beth Irwin, "Global Capitalism in *Oryx and Crake*," *Oshkosh Scholar* 4 (November 2009): 48.

2 同上，49。

3 R. Braidotti, "Feminist Epistemology after Postmodernism: Critiquing Science, Technology and Globalization," *Interdisciplinary Science Reviews* Vol. 32, No. 1(2007): 70.

4 玛格丽特·阿特伍德：《羚羊与秧鸡》，韦清琦、袁霞译，南京：译林出版社，2004年，第213页。

5 Jayne Glover, "Human/Nature: Ecological Philosophy in Margaret Atwood's *Oryx and Crake*," *English Studies in Africa* Vol. 52, No. 2 (2009): 53.

二、跨国公司体制下的底层他者

通常在反乌托邦小说中，极权是属于国家的，比如《使女的故事》里的基列共和国掌握了全国所有的资源，依靠暴力实施统治，人民毫无自由可言。然而有学者指出："在近年来的反乌托邦小说中，极权开始归属跨国公司。"[1]跨国公司是实现全球化的手段，希瓦在相关论述中提出，全球化"事实上是一种政治过程，受占统治地位的社会利益集团，尤其是跨国公司的影响"。[2]在希瓦看来，控制全球市场的并非是某个真正的管理机构，而是不必对公众利益承担责任的跨国公司，正是这些跨国公司的资本主义生产和消费体系阻碍了真正的全球化社区的成长。在《羚羊与秧鸡》中，掌控世界的不是政府，也非人民，而是大院。大院类似于当今的跨国公司，甚至比跨国公司更具垄断特征，或者说，它将当今跨国公司的特征及发展趋势具象化了：有自己的城堡，有自己的军队和警察，员工受到绝对控制。大院在生产和销售的过程中完全不受政府管控，也无须受到非公司社团的干预，"它们在某种程度上建立了自己的王国，并且为了占领全球主导地位而互相竞争"。[3]

在权力极致化的过程中，跨国公司体制不仅将公众利益弃置不顾，更缺乏起码的"星球意识……将这个星球和星球上的人们

1 Jayne Glover, "Human/Nature: Ecological Philosophy in Margaret Atwood's *Oryx and Crake*," *English Studies in Africa* Vol. 52, No. 2 (2009): 52.

2 Vandana Shiva, "Economic Globalization, Ecological Feminism and Sustainable Development," *Canadian Woman Studies* Vol. 17, No. 2 (1997): 22.

3 Beth Irwin, "Global Capitalism in *Oryx and Crake*," *Oshkosh Scholar* 4 (November 2009): 45.

抛诸脑后，以全球性机构取而代之”。[1]跨国公司为了巩固统治，集中权力，建立了西方/东方、第一世界/第三世界和精英/平民二元对立的等级体系。在这样的体系下，受惠的只是少数拥有巨大财力的大院，而身处底层的民众则成为他者，被排除在社会、政治和经济活动之外。在生态女性主义批判全球化的论述中，这些底层他者是自然的一部分，因为自然的概念已不再局限于自然环境，而是包括所有那些“不太强大、被视为本身没有内在独立价值者。他/它们之所以被视作自然的一部分，是因为其具体的状态，即他/它们直接参与最原始的生产，是原材料或劳力。因此，自然本身应该属于深受剥削的类别，而它同时也象征着所有受强势群体征服和伤害的从属群体”。[2]《羚羊与秧鸡》中的大院修建城堡的目的就是为了把杂市居民“挡在外面”。[3]生活在大院里的人不到万不得已不去杂市，即使去也不会单独行动，因为那里充斥着各式各样的疾病，空气中飘散着工厂的烟雾和汽车的尾气，到处都是垃圾，妓女随随便便走在大街上，暴力犯罪行为比比皆是。根据大院人的说法，杂市居民“有智力缺陷”，[4]只能充当科学和技术的试验品，除此之外别无价值。荷尔史威瑟大院专门研究了一种有害生物体，植入维生素药丸，投放到杂市，然后研制出相应的抗生素，并囤积居奇，用短缺经济来获取巨额利润。因此，杂市百姓面对的不仅仅是全球化造成的不断萎缩的食物资源和环境

---

1 Vandana Shiva, “Economic Globalization, Ecological Feminism and Sustainable Development,” *Canadian Woman Studies* Vol. 17, No. 2 (1997): 22.

2 Anupam Pandey, “Globalization and Ecofeminism in the South: Keeping the ‘Third World’ Alive,” *Journal of Global Ethics* Vol. 9, No. 3 (2013): 347.

3 玛格丽特·阿特伍德：《羚羊与秧鸡》，韦清琦、袁霞译，南京：译林出版社，2004年，第30页。

4 同上，第298页。

污染，他们甚至还要面对各种不明所以的人造病菌。除了杂市居民，第三世界人民也是大院层级体系中的下等人。大院为了检验某些药片的功能，往往会去穷国找来临床试验者。这些志愿者连吃了什么药都搞不清，最后却要承受试验失败带来的种种痛苦。

资本的全球化决定了垄断集团必定会为了利益争夺而不择手段，跨国公司向全社会逐步灌输以欲望的实现为目标的商业价值观，从而导致越来越多的财富向公司流动，越来越多的普通百姓成了市场争夺战的牺牲品。比如，为了说服人们接受换肤试验，大院采用措辞“华丽而谨慎”[1]的宣传手册和促销材料，很多人经不住诱惑，不惜卖掉公寓、别墅，甚至是孩子来换得大院宣传的青春和健康。这些“无法从技术上获得经济利益的人们选择了通过购买的方式实现身体上的获益”，[2]从而将自己推向更加贫穷的境地，加大了贫富间的差距。此外，由于国家经济命脉被大院操纵，大量农民和小生产者破产：雷吉文-埃森思利用基因技术生产鸡肉，导致养鸡户失去了生活来源；荷尔史威瑟的一家子公司开发了转基因的“乐一杯”咖啡豆，使原本只能小批量成熟的咖啡豆产量剧增，“小种植园主纷纷破产，并把他们及其雇工推到了忍饥挨饿的贫困境地”。[3]而在大面积种植咖啡豆的过程中，大院不惜将云雾笼罩的热带雨林夷为平地，使当地的自然环境遭到毁灭性破坏，资源的枯竭又使当地人的生计更加艰难，形成恶性循环。

---

1 玛格丽特·阿特伍德：《羚羊与秧鸡》，韦清琦、袁霞译，南京：译林出版社，2004年，第25页。

2 Beth Irwin, “Global Capitalism in *Oryx and Crake*,” *Oshkosh Scholar* 4 (November 2009): 50.

3 玛格丽特·阿特伍德：《羚羊与秧鸡》，韦清琦、袁霞译，南京：译林出版社，2004年，第184—185页。

在所有的弱势群体中，第三世界国家的女性是全球化进程的最大受害者。新自由主义的市场经济是以“理性”为前提的，“理性等同于利润最大化”。然而，许多女性所做的工作却处于正式的市场经济生产性部门之外。“大多数第三世界妇女参与的是提供生计的角色，她们作为母亲的身份和生育的角色与新自由主义经济的工具理性不符。”[1]当这些女性赖以为生的自然无法再为其提供生存必需品时，她们就会陷入悲惨的境遇。小说中的“羚羊”来自一个亚洲国家的贫困村庄。那里家家都很穷，每家都有不少孩子。男孩稍微长大些就得下地干活，女孩要么早早嫁人，生更多的孩子，要么另有用途，因为“如果没有男人在地里或水田里干活，生活的原材料就得从别处获取”。[2]“羚羊”因父亲早逝，八九岁便沦为“生活的原材料”，被人贩子以低价买走，辗转卖到西方世界，从事色情行业，遭到西方白人男性的玩弄。后来她又做了白人精英“秧鸡”的情人，在其利用下成为传播病毒的帮凶和受难者。“羚羊”早年的经历反映了生态女性主义的核心假设，“男性统治与现代文明是建立在对女性、自然和民族的殖民之上”。[3]“羚羊”作为第三世界有色人种女性的身份和背景使她处于社会意义和物质意义上的弱势阶层，一方面是自身所在国家男权主义的牺牲品，一方面又受到西方跨国公司体制的剥削，是底层中的底层。

1 Anupam Pandey, “Globalization and Ecofeminism in the South: Keeping the ‘Third World’ Alive,” *Journal of Global Ethics* Vol. 9, No. 3 (2013): 349.

2 玛格丽特·阿特伍德：《羚羊与秧鸡》，韦清琦、袁霞译，南京：译林出版社，2004年，第120页。

3 Anupam Pandey, “Globalization and Ecofeminism in the South: Keeping the ‘Third World’ Alive,” *Journal of Global Ethics* Vol. 9, No. 3 (2013): 346.

三、科技全球化时代的性危机

米斯在谈到性与自然的关系时指出，科学技术越发达，“人与自然的关系变得越抽象，人离自己有机的、必死的身体就越是疏远”。[1]在《羚羊与秧鸡》中，全球化时代飞速发展的科技不仅使自然成为虚假的自然，也使性成为一种可以买卖的消费品。小说中的跨国公司通过各种媒介将性乃商品的意识注入大众文化之中。首先是网络色情的存在，它颠覆了人们关于性的正常伦理观。人们有时只须用搜索引擎便可找到与性相关的场景，甚至进行网络性交，却不必承担责任。虽然隔着一道互联网，但“从远处观看的行为完全取代了在场的需求。观看就是参与到性行为中去”。[2]吉米和“秧鸡”经常一起网上冲浪，从观看色情场面和表演者的过程中获得快感。“火荡”是一个覆盖全球的性服务网站，能为观者提供“除身临其境之外的第二最佳享受”。[3]在“火荡”，吉米和“秧鸡”第一次见到了“羚羊”，一个“没有名字，只是出现在色情网站上的女童”，[4]但全球化时代四通八达的网络使她的形象可以被众多人窥视到。因为年幼，“羚羊”并不知道自己在做些什么。在吉米看来，这些能带给人“痛苦的快感”[5]的儿童性爱录像“至少有三层矛盾的虚假情节，一层叠着一层。我想，我不想，我想”。[6]这种虚拟的性爱不仅使性成为供人窥探的商品，而且成

---

1 Maria Mies, “White Man’s Dilemma: His Search for What He Has Destroyed,” Maria Mies and Vandana Shiva, *Ecofeminism* (London: Zed Books, 1993), 137.

2 Beth Irwin, “Global Capitalism in *Oryx and Crake*,” *Oshkosh Scholar* 4 (November 2009): 46.

3 玛格丽特·阿特伍德：《羚羊与秧鸡》，韦清琦、袁霞译，南京：译林出版社，2004年，第91页。

4 同上，第92页。

5 同上。

6 同上，第91页。

为性模仿的源头，很多人从这里形成了关于性的观念，产生了一种关于性的虚幻现实，从而磨蚀了真实的情感。少年时代这段观看色情网站的经历对吉米和“秧鸡”成年后的性爱观有着重要影响：吉米自从第一眼见到“羚羊”便迷上了她，并一直将从网站下载打印的一张图片保留在身边；而“秧鸡”则把长相酷似“羚羊”的女人作为自己的理想性伴侣。这一切直接导致了他们之间的畸形三角恋。

“秧鸡”所在的大学精英荟萃，汇聚了众多技术弄潮儿。为了使学生有更多成就，避免“能量向没有任何产出的渠道分流”，[1]学校鼓励学生购买性服务。学生如有性需要，可以通过学生服务部来安排，“价钱从奖学金里扣，就跟扣住宿费一样”。而且，“肤色、年龄任选……体形任选”。[2]可以说没有学生服务部办不到的事，只要有具体的描述，他们便可以尽力去找匹配的人，“如果你是同性恋或有恋物癖，他们也能替你搞定”。[3]“秧鸡”就是用那张“羚羊”的打印图片通过服务部找到了她，“羚羊”因此成为“秧鸡”购买服务的性工作者。虽然这中间不排除“秧鸡”对“羚羊”的喜爱，但同观看色情网站一样，“秧鸡”这种获得性伴侣的方式也是一种资本主义的商业行为。在《羚羊与秧鸡》所描述的世界里，对技术和资本的掌控程度是社会地位的标志。比起吉米，“秧鸡”因其掌握的技术而拥有更多的资本，是精英社会中的上层阶级，有能力以购买性服务的方式占有“羚羊”，而作为下层精英的

1 玛格丽特·阿特伍德：《羚羊与秧鸡》，韦清琦、袁霞译，南京：译林出版社，2004年，第215页。

2 同上。

3 同上。

吉米只能眼睁睁看着心爱的人被买走。通过对性服务者提出各种各样的需求，“阿特伍德的男性观者试图将某种或某些符合他们喜好的、确切的、可控制的形态强加在女人身上”，[1]使具有真情实感的女人变为男性权力资本下的商品。然而，购买来的性只不过是资本价值的体现，由于缺乏情感交流，它仍是一种虚幻的性，是“性的模拟”（sexual simulation）。[2]在小说里，“秧鸡”利用资本实现了对女人的权力，“性的模拟”超越了真正的性爱。

在“秧鸡”的“天塘”计划中，一大创造性工程是“喜福多”药片。据宣传，它能够使人类获得理想的性爱，一片药可实现三大神奇功效：“保护使用者，抵御所有已知的性疾病传播；提供无限量的性欲和性能力，配上一种普遍化的力量与舒适感；延长青春。”除此以外，它还有一个不为人知的功效：“一劳永逸的节育。”[3]通过服用这种药片，人类的自然情感如嫉妒、暴力和自卑可大大减少。这种化学药品听起来似乎考虑到了“人性的本质，并且将其引向更加能造福人类的方向”。[4]然而究其本质，它仍然是一种科技全球化时代的性商品：由于有诸多好处，“投资商对其兴趣浓厚，它将是全球性的”。[5]服食“喜福多”意味着购买性欲，性欲来自人造的公司产品，即便是两情相悦的男女双方的性行为都成了商业链的一部分。在药力作用下，人与人之间可以有性爱，却并非真实自然的性爱，因为性爱的自然特征已被药片消除，“药

---

1 J. Deery, “Science for Feminists: Margaret Atwood’s Body of Knowledge,” *Twentieth Century Literature* Vol. 43, No. 4(1997): 476.

2 Beth Irwin, “Global Capitalism in *Oryx and Crake*,” *Oshkosh Scholar* 4 (November 2009): 47.

3 玛格丽特·阿特伍德：《羚羊与秧鸡》，韦清琦、袁霞译，南京：译林出版社，2004年，第305页。

4 同上。

5 同上，第306页。

片产生的只是性荷尔蒙的人工再现，去除了性爱中交欢的一面，使性成为交欢行为的模拟，而与现实无关”。[1]换句话说，对于小说中的人类来说，往日需要由交欢来实现的性如今只剩下了荷尔蒙冲动的幻想。

出于对人类的绝望和人类未来的担忧，“秧鸡”在制造“喜福多”的同时，开始了“天塘”计划的第二大工程：创造秧鸡人。这种“精品宝宝”拥有改造后的大脑，去除了所有的破坏性特征，例如，他们没有种族意识和领地意识，以植物为生。而且，他们像大多数哺乳动物一样，定期发情，因此，“性生活对他们而言并不是一种持续不断的折磨，并非是荷尔蒙的那种剧烈喷发”。[2]对科学大师“秧鸡”而言，性爱是人类生活中的一大破坏因素，所以需要“喜福多”药片和秧鸡人来实现自己对未来人类的理想：药片用来终止毫无节制的繁育，秧鸡人用来取代未来人类。说到底，这是一种对人类正常性关系的绝望。正是这种绝望导致“秧鸡”铤而走险，将致命病毒放入“喜福多”，造成了人类的大灭绝。

当今世界全球化已成为不可逆转的潮流，在催生多样性和丰富性的同时，它也带来了不少负面影响。由于全球化是由市场运作指导，而新自由主义经济在实际贯彻过程中往往将伦理弃置不顾，其完全不顾及他者的极端个人主义思想威胁到人类的安全和道德存在。阿特伍德通过反乌托邦小说《羚羊与秧鸡》中的资本全球化和市场全球化的描述，一方面表达了对全球商业化造成的

1 Beth Irwin, “Global Capitalism in *Oryx and Crake*,” *Oshkosh Scholar* 4 (November 2009): 48.

2 玛格丽特·阿特伍德：《羚羊与秧鸡》，韦清琦、袁霞译，南京：译林出版社，2004年，第316页。

不断扩大的差距、不断增加的饥荒与匮乏、弱小民族的资产损毁和巨大生态破坏的担忧，一方面对“基因热”和生物科技热所蕴含的危险饱含焦虑。作者敏锐地观察到，滥用科技以及人以自我为本位的思想只会建立一种新的束缚人类的传统，最终将终结人类。因此，这部小说是对全球化时代伦理复兴的呼吁：将伦理融入全球化的方方面面，建立和谐的全球秩序和包容性的星球意识，维持人与自然世界的平衡，人类社团之间的平衡，以及人与人之间的平衡。

在一个依然充满压迫和不平等的世界，生态女性主义为理解文学和文化叙事提供了更为宽广的视角。阿莱莫（Stacy Alaimo）在谈到生态女性主义时，提出了伦理立场的重要性，她认为："人类活动和知识实践始终是更大的世界的一部分，并对它负有责任。"[1]换句话说，生态女性主义不仅促使人们提高伦理意识，而且打开了新的伦理通道，与性别歧视、种族歧视、物种歧视、阶级歧视、民族歧视、生态恐惧（ecophobic）和同性恋恐惧等话语作斗争，以期实现全球性的生态正义。

从20世纪七八十年代至今，加拿大生态女性主义文学即将走过半个世纪。从一开始亦步亦趋地跟随英美生态女性主义的脚步，到如今具有浓厚的地域色彩和全球化意识，加拿大生态女性主义一方面在理论上与全球化接轨，一方面在实践中保持了独特的本土特色。本章选取门罗和范赫克的文本，从生态女性主义视角探

1 Stacy Alaimo, *Bodily Natures: Science, Environment and the Material Self* (Bloomington: Indiana University Press, 2010), 158.

讨了加拿大的地域文学：门罗笔下加拿大农村地区的小镇生活叙事，以及范赫克的北方叙事。此外，本章通过对阿特伍德反乌托邦小说中体现出的经济全球化的研究，用生态女性主义思想探讨其对底层他者的关注，从而将伦理的追问延伸到人与自然以及整个生态系统中。不管是门罗和范赫克的地域意识，还是阿特伍德的全球化意识，她们的作品一方面承认非人类存在物拥有与人平等的道德地位，一方面反对各种社会统治形式，声援处于边缘的弱势群体。本章通过对人类（尤其是女性）和自然环境之间复杂关系的考察，深入了解加拿大乃至整个世界面临的环境挑战，这在当前全球生态环境恶化的背景下具有重要的现实意义，也与我国倡导的和谐社会的生态性内涵相吻合。

第四章

当代俄语生态文学及其思想根源

20世纪70年代以后，日趋严重的全球性的生态危机在俄罗斯唤起了末日即将降临的真实预感，引发了人们对人与自然的关系的普遍关注。与西方的有关研究相比，俄罗斯的生态哲学与生态文学的探讨显示出独特的思维理路——强烈的理性色彩和宗教意识：在对人类理性的追求中始终伴随着末世论的情绪，或者说是期待着通过末世论的启示唤回人类理性。俄罗斯生态末世论是全球化时代俄罗斯思想对生态危机的积极回应，其中积淀了沉郁的末世情怀与救世精神，内容主要涉及人与自然关系的罪与罚以及救赎世人的努力。本章第一部分追溯俄罗斯人本主义和宇宙论两条哲学思想体系中的末世观和生态观的思想渊源及其发展脉络，梳理生态末世论与传统末世论的渊源关系。第二部分阐述植根于深厚精神传统的俄罗斯生态哲学为危机中的人类指出的救赎之路。人类的文明之路在于理性的复归，理性的复归要靠信仰来完成，实现道德的自我完善，进而改变这个世界面临的末日命运，这是使人类绝处逢生的希望所在。由此构成了当代新的救赎篇。可以说生态末世论就是源于对人类命运的忧思而发出的警示录。哲学对神话的肯定，文学对哲理的追求使得科学与宗教、哲学与文学这两种截然不同的思维方式居然奇妙地结合在一起，在求索之路上殊途同归。

第一节　生态末世论

思想史的考察可以发现，俄罗斯的宗教思想比西方思想更多地体现了末世论的意识，或者说末世论是俄罗斯宗教哲学的一个基本内容。危机时代的俄罗斯哲学与文学总是面向末世论神话：每逢历史处于转折时代，在世纪的交汇点上，在危机与动荡时期，便总会有末世论神话的复活。19世纪末20世纪初，十月革命时期，20世纪末，每个时代都赋予这个神话以自己的变体。在俄罗斯思想的末世论情怀中，对永恒的天国理想的期待与对现世此岸的关注往往并行不悖，同时兼有超越与入世的双重品格。我们在Вл.索洛维约夫、列昂季耶夫、费奥多罗夫、别尔嘉耶夫、弗兰克、弗洛罗夫斯基等重要思想家的论述中都可以发现这一特征。

一、从传统末世论到生态末世论

19世纪末20世纪初，灾难即将降临的预感控制着俄罗斯的灵魂，诗人和哲学家们普遍预感到帝俄时代末日之临近，沉浸在启示录的情绪中。俄罗斯宗教哲学奠基人Вл.索洛维约夫在当时预见道，20世纪是大规模战争和革命的世纪。其中，最大的一次战争是由日本人挑起的。索洛维约夫在《关于战争、进步和历史终结的三次对话》(1899) 的附录《关于敌基督的小故事》中预言，在世界的末了出现了敌基督（即超人）的统治。虽然在小说的最后，超人在大地震中死亡，被杀害的犹太人和基督徒都复活了，与基督一起进入了千禧年王国，但总的来说，善的力量终究没有战胜敌基督所代表的世俗的恶的力量。索洛维约夫悲观地认为，文明终将会被毁灭，对恶的力量的服从正是人类的弱点。[1]

20世纪宗教思想家别尔嘉耶夫认为："宗教意识把历史看作应以灾祸告终的悲剧。"[2]他不同意索洛维约夫和康·列昂季耶夫对启示录的消极理解，形成了独特的末世观。他说："我总把基督教理解为末世论，一切其他的理解都被我看成是歪曲了的、不适宜的。"[3]在第一次世界大战到来之前，他就在末世论的基督教前景中预见到灾难性时代的来临。他断言："在世间发生的不仅是反基督教，而且是反人道主义、人的形象的震裂。"[4]在《精神与现实》(1937)、《论人的奴役与自由》(1939) 和《末世论形而上学》(1947)、《自我认识——哲学自传的体验》(1949) 等著作中，别尔嘉耶夫提出自己所信奉的是"积极创造的末世论，它的使命是改变世界"。人不是被动地、消极地等待世界末日的到来，而应该进行积极的、创造性的准备。无论是索洛维约夫的消极的末世论，还是别尔嘉耶夫的积极的末世论，都是基于人本层面的思考，其现实的末日感都源于人类的自相残杀。

另一位对后世产生重要影响的宗教思想家是费奥多罗夫。他

---

1 张百春：《当代东正教神学思想》，上海：上海三联书店，2000年，第84页。

2 别尔嘉耶夫：《自由的哲学》，董友译，上海：学林出版社，1999年，第181页。

3 汪剑钊编选：《别尔嘉耶夫集》，上海：上海远东出版社，1999年，第416页。

4 同上，第416页。

早在19世纪末就从生态角度预告了世界末日的景象。他去世后由追随者编辑出版的两卷著作集《共同事业的哲学》(1906，1913)包含了改造世界、复活先辈的宏大理想。其“自然调节”思想即为“以理性和意志介入自然”，其中蕴含着对人与自然关系的辩证思考：一方面，他相信科学知识和人类理性的无限力量，设想人们可以借助科学技术来建立一个符合基督教理想的现实世界，这种试图按照人的理想来改造世界和走向宇宙的“方案”成为19世纪末20世纪初俄罗斯宇宙论的先声。另一方面，他并没有迷惑于对自然的掠夺式的征服。相反，早在一百年前，他就已经预见到了人在地球上鼠目寸光的功利主义的剥削活动将要造成的灾难后果。他清醒地预告了生态末世前景：“土地贫瘠，森林消失，气象恶化，表现为洪水和干旱——这一切都证明将有一天会‘大难临头’，这提醒我们对此警告仍不可以掉以轻心……就这样，世界走向末日，而人甚至以自己的活动促进了末日的接近，因为剥削性而非建设性的文明只能导致加速末日来临的后果。”[1]而造成这一切的，恰恰是因为“人已尽其所能地作了一切恶，无论对自然（因掠夺而使自然荒芜和枯竭)，还是对他人（发明杀人武器和彼此消灭的手段)”。[2]

费奥多罗夫在俄罗斯思想史上的特殊地位在于，他的学说自觉不自觉地将人本主义（即人类中心主义）和存在-宇宙论这两个思想流派统一起来，把人的命运和宇宙命运统一起来。[3]这是他的

1 转引自徐凤林：《费奥多洛夫》，台北：东大图书公司，1998年，第123—124页。

2 同上，第123页。

3 哲学人本主义在俄罗斯具有深厚的传统，拉吉舍夫、车尔尼雪夫斯基、Вл.索洛维约夫、果戈理、陀思妥耶夫斯基、托尔斯泰都属于这一流派；具有存在-宇宙论倾向的思想家有罗蒙诺索夫、奥多耶夫斯基、丘特切夫、苏霍夫-科贝林等。同上，第119页。

思想具有超前性和现代性的主要原因。在同时代，费奥多罗夫以其道德之心、救世理想和宇宙方案受到俄罗斯大思想家们（包括索洛维约夫、托尔斯泰、陀思妥耶夫斯基、别尔嘉耶夫等）的一致推崇，索洛维约夫甚至称他为“我的导师和精神之父”。从20世纪初的俄罗斯宗教哲学复兴运动至今，他的“共同事业”学说在哲学、科学和文学领域一直有着广泛的影响，莫伊谢耶夫、维尔纳茨基和拉斯普京就是最典型的例证。

20世纪70年代初期，罗马俱乐部的系列报告在苏联哲学界激起了强烈反响。1972—1974年由《哲学问题》主编И.Т.弗罗洛夫主持的《圆桌会议》栏目就“人及生存环境”以及“科学和现代全球问题”进行了专题讨论，这些讨论吸引了很多著名哲学家、科学家、文学家的参与，对从社会哲学方面深入研究生态问题起到了推动作用。1983年第三次全苏现代自然科学的哲学问题会议关于“科学技术革命时代中的人、社会和自然”问题的讨论又向前推进了一步。[1]弗罗洛夫以其主编的《哲学问题》杂志（1968—1977年任主编）和专著《人的前景》（1983）引领了思想界对全球化问题特别是生态问题的密切关注。

这一时期具有重要影响的生态思想家是Н.Н.莫伊谢耶夫院士。他身为数理博士、力学家、计算数学家，晚年致力于生态问题研究与生态运动，曾任国际独立生态政治学大学校长，俄罗斯“绿十字”生态运动主任，俄罗斯促进联合国环境保护规划民族委员会主任，《生态与生活》杂志主编，因建立人与自然相互作用的

1 弗罗洛夫：《人的前景》，王思斌、潘信之译，北京：中国社会科学出版社，1989年，第174页。

生态技术数学模型而具有全球性的影响。80年代以来，著有《人与生物圈》（1985）、《人、自然与文明的未来》（英文版，1987）、《数学家眼中的人类生态》（1988）、《人与理智圈》（1990）、《离明天有多远……》（1994，1997）、《转折点上的文明，俄罗斯的道路》（1996）、《人类……生存还是毁灭？》（1999）、《文明的命运理性之路》（2000）等16种有关生态问题的专著。"人、自然与文明的未来"是他始终密切关注的核心问题。他从生态末世论出发对人类中心主义提出质疑："如果承认20世纪是预警的世纪，那么21世纪就可能不是完成的世纪，而是毁灭的世纪。其中，可能会发生那种在很多人意识中深信不疑的世界观的崩溃，他们在这样的文明背景下接受教育，这一文明是建立在人对自然的无限权力的基础上的。"[1]他警告人们，生态危机将要带来的不是世界的终结，而是历史的终结。所谓历史是由人类书写，"历史的终结"便意味着人类的末日。

随着20世纪90年代初宗教复兴热潮的兴起，一些哲学家开始从宗教视角反思生态问题，从《哲学问题》1995年第3期"生态·伦理·宗教"专栏的论文就可看出这种转向，如B.П.盖伊坚科的《宗教世界观中的自然》、B.И.库拉硕夫的《生态学与末世论》、H.K.卡弗留申的《基督教与生态》等。不仅如此，社会各界都不约而同地透过宗教视角审视生态问题。1997年，莫斯科总主教管辖教会宗教教育与教义问答分部出版了论文集《东正教与生态》，其中收录了19世纪和当代神学家、宗教哲学家、生物学家、

1 Моисеев Н.Н., Быть или небыть…Человечеству? (Москва, 1999), 284.

地理学家、物理数学家、经济学家及记者的论文。主要论题有：《上帝在世界与人的命运中的睿智和仁慈》《神赐的地上世界》《福音书中的上帝与自然》《基督教的生态观》《东正教视角中的现代文明之生态危机》《论人在世界上的存在》《生态、东正教与道德(生态的宗教道德问题)》《基督教与自然》《俄罗斯大地神学》《生物圈与理智圈》《人与工业文化》《生态学的神学观与伦理观》《俄罗斯民间传统同自然与自然利用的联系》《生态神话》《生态学家观念中的人类拯救之路》《经济改革的生态与道德问题》《生命的家园——生态立场的反思》等，思考的内容几乎涵盖生态问题的各个层面。

从思想史的回顾可以看出，从传统末世论到生态末世论，二者既一脉相承，又各有千秋。末世论的传统问题探讨的是借助于《圣经》的宗教道德标准，通向天国，通向心灵的永恒居所，通向地球上的人与人类的终极生命的道路。它从犹太教的主要神学命题——论述世界末日的情景和世人的最终结局演变而来。犹太教的末世论将世界末日理解为犹太人沦为巴比伦之囚的悲惨境遇，随着非犹太人基督教的崛起，弥赛亚的末世论逐渐被基督教的救赎说取代，虽然基督教末世论也主要指向末日审判，但已经将天国理想从犹太教的此岸搬到了具有超越性的彼岸。生态末世论则认为，由于全球性的生态危机，整个人类的生存都已濒临毁灭，因而它所观照的问题也更具现实性和普遍性。生态末世论的内容主要涉及人与自然关系的罪与罚以及救赎世人的努力。被现代工业文明武装起来的人类自以为拥有了无限权利，是地球上的主宰，残暴地剥夺了地球上其他物种的生存权利，做出种种物伤其类的非理性行为，这正是人类自我毁灭的开端。关于末世所指，从犹太教到基督教，再到生态末世论，是从此岸到彼岸，再从彼岸回归此岸的过程。

别尔嘉耶夫指出："俄罗斯文学不是诞生于愉快的创造冲动，而是诞生于人和人民的痛苦及其灾难深重的命运，诞生于拯救全人类的思考。"[1]当这种惯有的宗教思维与全球化的生态危机相遇时，便出现了生态末世论的复活。

二、神话怀乡病

既然当今世界生态危机的根源在于现代文明，那么通过神话来反拨现代文明，理解自然，便成为现代生态思考和讨论中关注的一种神话怀乡病。神话是人类文化传统的凝聚，通常反映着人类原始状况的本性以及人与自然的和谐关系。当文明的幻象使人自以为成了自然的主宰，试图以有限对抗无限，破坏了这种和谐关系并受到大自然的严厉惩罚时，代表人类良知与理性的哲人和诗人便渴望通过神话对现实的超越暂时回归本真的存在。这种乡愁既令人神往又使人惆怅，神话的理想化仿佛是对人类黄金时代的追忆，伴有某种失落的苦痛。其基调虽然不算高亢，却始终绵延不绝。当代哲学家В.П.盖伊坚科在《宗教世界观中的自然》中指出："对待自然的'神话'方式并没有被技术文明的发展所取代。这种方式被保存在宗教实践中。那种世界观艺术家们有时可以接近，并由此存在于艺术之中。它仿佛被保存在我们的文明之

1 汪剑钊编选：《别尔嘉耶夫集》，上海：上海远东出版社，1999年，第6页。

外，然而却证明了人类生存的另一种量度的存在。”[1]被保存在宗教与艺术中的这种量度就是人类的良知与理性，它称量出人类中心主义的偏狭。

作为历史的积淀，神话的认识价值受到哲学家和文学家的充分重视。莫伊谢耶夫赞同别尔嘉耶夫关于“历史是神话”的观点，认为历史若没有神话就没有价值。

> 历史需要神话，因为这是现实幻象的缩影，是启示人类思维本质的阐释。科学方法应该能够向它学习，在其交叉点上建立起一幅我们称之为历史的全息图。……神话（阐释）是认识的阶梯。……事实上神话带来很多信息，因为神话的性质反映着人的精神世界、他的民族、他生长的时代的性质。……历史哲学应该致力于让历史成为思想（神话），它的演化，它的流传特征。[2]

艾特玛托夫的小说一向以神话特质和哲理沉思见长，他对神话功能的高度概括与莫伊谢耶夫之说有异曲同工之妙：“神话和传说是人民记忆的结晶，是人民生活的结晶，是用神话——幻想的方式表达的人民的哲学和历史的结晶，是人们对后代子孙的遗训。人通过对自然界的表面认识，创造了自己的精神世界，并意识到自己是这个自然的一部分。”[3]

1 Гайденко В.П., “Природа в религиозном мировосприятии,” Вопросы философия №3 (1995): 43.

2 Моисеев Н.Н., Судьба цивилизации. Путь разума (Москва: Языки русской культуры, 2000), 20.

3 艾特玛托夫：《对文学与艺术的思考》，陈学迅译，乌鲁木齐：新疆大学出版社，1987年，第72页。

生态文学作品中关于大自然的神话往往带有早期泛神论和多神教的特征。赫克教授指出，在斯拉夫人的原始宗教中，万物皆有神灵。“他们崇拜佩伦的名字，以及许多别的自然神。他们也敬拜死人，敬拜祖宗，他们还有一种动物性的崇拜，凡神秘的引人敬畏的东西都受敬奉。”[1]关于这一点，列昂诺夫在《俄罗斯森林》中通过主人公林学家维赫罗夫的演讲做了更为详尽的阐释：

> 人们把对原始生活的感知，编成了神话传说。在认识一个民族的历史方面，这些传说的价值绝不亚于物质文化的遗迹，他们是无价之宝。我们的远祖，如同待在黑暗里的婴儿一样，总是怀着惊悸恐怖的心情注视着四面八方并不存在的凝滞不动的面孔，有的阴沉、狰狞，有的和蔼可亲。而由此也产生了象征恐惧和虔诚的多神教。……在我们祖先崇奉的自然力中，就有作为美和善的偶像的参天古树……人们对这些古树怀着崇高的敬意，聚在它们的脚下，或者裁决疑难、审理案件，或者倾听歌手赞颂该部落往昔的征战壮举。[2]

平易近人的林妖列斯“身穿褴褛的树皮衣，守护着森林，栖身于粗大的树墩下。根据民间传说，它们无限热爱森林宝藏，它们之间发生征战时使用的武器是连根拔起的百年巨树。它们也有常人

1 赫克：《俄国革命前后的宗教》，高骅、杨缤译，上海：学林出版社，1999年，第189页。

2 列·列昂诺夫：《俄罗斯森林》，姜长斌译，哈尔滨：黑龙江人民出版社，1984年，第323页。

的弱点”。[1]

这种自然崇拜在索洛维约夫的“万物统一”说中得到理论上的概括和总结。他强调人与自然界在上帝爱的原则下统一为一个整体，认为万物统一就是上帝的实质（这里的上帝是哲学里的上帝而非基督教里的上帝）。[2]这一学说的提出主要是针对西方的理性主义和世俗化传统，其中蕴含着泛神论的因素，而泛神论的趋向是宇宙中心论的结果。属于俄罗斯哲学中人本主义一脉的索洛维约夫认为这一学说在一定程度上弥合了人类中心主义和宇宙中心论的分裂，也弥合了哲学与神学的分裂，使得科学、哲学与神学有机地结合起来，形成完整知识，即“自由的神智学”。这种广泛联系又成为俄罗斯宗教哲学的一大特征。作为俄罗斯宗教哲学集大成者，索洛维约夫的思想深刻地影响了整个俄罗斯思想文化界。其后有关人与自然关系的思考，无论是在宗教哲学界还是文学界都与这一思想有着千丝万缕的联系。由此我们便不难理解在莫伊谢耶夫的生态思想和阿斯塔菲耶夫、拉斯普京、艾特玛托夫等的生态文学作品中，科学与宗教、理性与信仰为什么会达到如此奇妙的和谐。

文学作品作为神话的主要载体，起到了记载、保存和创造神话的作用。我们且将目光锁定阿斯塔菲耶夫的《鱼王》（1972—1975），拉斯普京的《告别马焦拉》（1976），艾特玛托夫的《白轮船》（1970）、《断头台》（1986）这几部具有广泛影响的生态小说，探讨其中的宗教意识。以宗教观而论，艾特玛托夫是无神论者，

1 列·列昂诺夫：《俄罗斯森林》，姜长斌译，哈尔滨：黑龙江人民出版社，1984年，第324页。
2 张百春：《当代东正教神学思想》，上海：上海三联书店，2000年，第84页。

阿斯塔菲耶夫和拉斯普京后来都转向了东正教。然而，他们以西伯利亚和中亚草原为背景的作品，都塑造了自然神的形象。在他们笔下，大自然这一充满神性的存在有着多样化的表现形式。

阿斯塔菲耶夫的《鱼王》具有浓厚的泛神论色彩。这部作品写的是一个游子重回故里的所见所闻所思所悟。宽阔浩荡的叶尼塞河及西伯利亚冻土带上的莽莽森林就是他的故乡，他和这片养育他的土地上一切有生命的东西息息相通。他对大自然深怀敬畏之心，时常感叹大自然的伟力，“感到自己是大千一叶，和生命之树却有一茎相连……”，他称叶尼塞河为“生命之河”。“生命之河”与“生命之树”这两个巨大形象的根基都可以延伸到神话意识，“它们是一切存在机制，一切开端与结局，一切地上、天上和地下的，亦即整个‘宇宙志’的直观体现”。[1]在他的笔下，大自然处处弥漫着神性。

“鱼王”是叶尼塞河中一条硕大无比、带有女性意味的鳇鱼，贪婪的偷鱼者伊格纳齐依奇施放排钩将这个自由的精灵钩住，并且不顾爷爷的告诫，拒绝放掉这庞然大物，结果自己也被掀入水中，腿扎进了自己施放的排钩而动弹不得。于是，“河流之王和整个自然界之王一起身陷绝境。守候着他俩的是同一个使人痛苦的死神”。[2]这次死亡历险使伊格纳齐依奇终于有所悔悟，从道德层面反思自己和自然、女性的关系。阿斯塔菲耶夫提醒我们，人与自然是统一的整体，我们大家都是大自然的产物，是她的一部分，不管我们是否愿意，我们都与创造人种的规律同在。他认为：“人

1 Лейдерман Н.Л. Липовецкий М.Н., Современная русская литература.Книга 2(Москва: УРСС, 2001), 73.

2 维克托·阿斯塔菲耶夫：《鱼王》，夏仲翼等译，桂林：广西师范大学出版社，2017年，第277页。

对周围大自然的态度，就已经是人本身，他的品格，他的哲学，他的心灵，他对周围人的态度。”[1]索洛维约夫“万物统一”的观念通过人与自然联系的原则得以体现。

拉斯普京的作品呈现出典型的多神教特征。他在大自然的图景中将自己哲学宗教的处世观具体化了。在《告别马焦拉》中，他通过“岛主”和“树王”这两个超现实的形象赋予神秘的大自然以具象的特征。“岛主”是一只略大于猫，且与其他任何动物都不像的小动物。它能看见一切，了解一切，又不妨碍一切。它预感到这块四面环水的孤独的土地上所发生的劫难，见证了马焦拉在劫难逃的厄运。在人类的暴行面前，它又显得那么无能为力，只能发出绝望的哀鸣。

如果说“岛主”是一个冥冥中神秘的存在，那么“树王”则是一个有灵魂的实体，是自然之魂的具体体现。这是一棵主宰一方、权威无上的老树，“他”把马焦拉村固定在河底，固定在同一块土地上。由于心存敬畏，人们不敢称“它”而称其为“他”。每逢重要节日，如复活节和三一节，人们便给“他”上供。“他”犹如神明的化身，人们一旦冒犯了“他”，便会受到报应。由于树杈被男人们砍了，被孩子们烧了，就酿出了一个男孩从帕沙树杈上跌下摔死的惨剧。两个外来人（小岛的毁灭者）用斧子砍，斧子被弹开；用油锯锯，油锯被卡住；架起熊熊烈火，树王依然纹丝不动。当人们焚毁了马焦拉的树林房屋，“他”周围的一切都已不复存在，唯有那“树王”却静穆而雄伟地高耸在他们的头顶上，

1 Астафьев В. Память сердца, Литературная газета, 15. ноября.1978.

除了自己的威力外，“他”不承认任何威力。

比较而言，艾特玛托夫的神话意识最自觉也最强烈，他善于借神话抒发对人生悲剧性的思考，以至他的小说本身就成为一则现代神话。因为融合了吉尔吉斯和俄罗斯两种文化传统，他笔下的神话也更为瑰丽多姿。《断头台》塑造了狼神比尤丽的形象。“狼神”是月亮上的一个虚灵的存在，因为人类的暴行而连失三窝幼崽的母狼阿克巴拉在这个世界上孤苦无告，只能把它当作倾诉对象：

> 你下来吧，狼神比尤丽，下到我这里，让咱俩坐在一起，一起号啕痛哭吧。下来吧，狼的神灵，让我把你带到那片现在已经没有我立足之地的草原。下到这儿来，下到这石头山里，这里也没有我们活动的余地，看来，哪儿也没有狼的地盘了……如若你不下来，狼神比尤丽，那就把我这头灰狼收了去，把母亲阿克巴拉收到你的身边。我将住在月亮上，同你一块生活，一块痛哭大地。唉，狼神比尤丽，你可听到我的声音？请听我说，狼神比尤丽，请听我的哭诉！[1]

这些作品通过人格化的手法赋予“鱼王”“树王”“岛主”“狼神”以超人的智慧和力量，然而在号称“自然之王”的人类面前它们又常常显得无可奈何、束手无策。这些自然之神的意义在于

1 艾特玛托夫：《断头台》，冯加译，北京：外国文学出版社，1987年，第347页。

昭示人类，世间万物都跟人一样，是大自然的一部分，都有着同样的生存权利。这种形象表达从根本上否定了人类中心主义。自以为拥有了无限权利的人类残暴地剥夺了地球上其他物种的生存权利，做出种种物伤其类的非理性行为。这正是人类自我毁灭的开端。

三、生态末世论神话

从19世纪到20世纪，俄罗斯文学对人与自然关系这一主题的表现发生了根本性的变化。俄罗斯古典文学更多地反映了人与自然的亲和关系。屠格涅夫的《猎人笔记》(1852)、契诃夫的《草原》(1888) 等传世佳作表现的都是俄罗斯人对大自然的深切眷恋之情。20世纪上半叶，又有叶赛宁吟咏自然的诗篇，普利什文的《在飞鸟不惊的地区》(1907)、《仙鹤的故乡》(1929)、《大自然的日历》(1937)、《林中水滴》(1940)、《生命之根——人参》(1933)，帕乌斯托夫斯基的三卷本长篇小说《生活的故事》(1946—1965)，卡扎科夫的《橡树林中的秋天》(1969)，索洛乌欣的《弗拉基米尔乡间公路》(1957)、《一滴露水》(1960)、《四季：俄罗斯大自然的图画》(1964)、《第三爱好》(1967) 等作品问世。这些作品体现更多的是索洛维约夫“万物统一”的精神理念。

20世纪生态文学具有里程碑意义的作品是列昂诺夫的警世长篇《俄罗斯森林》(1953)。它首先从人与自然关系上的盲目的乐观主义转向了危机意识，在30—50年代高奏的修筑大运河、大型水电站这类改造自然、征服自然的凯歌声中，为人们敲响了一记振聋发聩的警钟。

七八十年代，全球性的生态危机触发了俄罗斯作家的忧患意识与悲悯情怀，他们从不同视角重审人与自然的关系，出现了一系列生态文学作品，如马尔科夫的《啊，西伯利亚》（1973），特洛耶波利斯基的《白比姆黑耳朵》（1971），瓦西里耶夫的《不要射击白天鹅》（1973），雷特海乌的《鲸群离去》（1977），阿斯塔菲耶夫的《鱼王》，拉斯普京的《告别马焦拉》以及后来发表的政论体小说《失火记》（1985）、特写《俄罗斯河口》（1988）、《西伯利亚，西伯利亚……》（1988）、《贝加尔湖》（1989）、《傍晚》（1997）、《农家木屋》（1999），艾特玛托夫的《白轮船》（1970）、《花狗崖》（1977）、《断头台》（1986），等等。1986年的切尔诺贝利核灾难更催生出谢尔巴克的纪实中篇《切尔诺贝利核爆炸》、古巴列夫的两幕悲剧《石棺》、戈西茨基的抒情随笔《艾蒿之星陨落了》、科瓦列芙斯卡娅的抒情诗《折断一只翅膀的伤鸟》、梅德韦杰夫的《切尔诺贝利笔记》、雅罗申斯卡娅的《切尔诺贝利。绝对机密》、波罗沃伊的《我的切尔诺贝利》、阿列克谢耶维奇的《切尔诺贝利的回忆：核灾难口述史》（原名为《切尔诺贝利的祭祷》）等一大批作品。其中，《鱼王》发表后马上引起了轰动一时的关于生态问题的激烈讨论，它对唤醒公众的生态意识起到了非常重要的作用。《告别马焦拉》以及《白轮船》和《断头台》等作品也都以鲜明的生态主题震动了当时的文坛。

同19世纪表现人与自然和谐关系的作品相比，这些作品大多融入了鲜明的悲剧意识——生态末世论的色彩。当代作家、批评家扎雷金在论文《文学与自然》中形象地概括了这一令人感伤的变化：

> 要知道在以前的古典猎人小说中主人公（通常就是作者本人）首先会产生什么样的感觉呢?
>
> “他不无忧虑地思考，同自然交往——我就要死去，而这片土地、这片森林、这条河流，还有这片天空，将会在没有我的情况下永存，甚至不会发现我不再与他们同在。”
>
> 现在呢?
>
> 现在完全是另外一种情形：
>
> “十年过后，这片土地、森林与河流还能留下什么?这里将会立起什么样的建筑，连通什么样的道路和管线，架起什么样的输电线?而且这里的天空会不会像现在这样，还是被什么东西熏黑、遮蔽?其实还有另一方面：这里将会抛下什么?”[1]

生态末世论神话是对人类文明所蕴含的生态危机的启示录。早在20世纪初，当文学的末世论主要面向旧制度的毁灭，对大自然还在低吟浅唱之时，费奥多罗夫在他的“共同事业哲学”中就已经辩证地看待人与自然的关系。20世纪下半叶，在生态文学作品中，地球毁灭的古代神话、末世论和启示录的意象以家园毁灭、孩子死亡的悲剧图景多次重现，全面展示了人类的生存危机。

1 Залыгин С.В., пределах искусства (Москва: Советский писатель, 1988), 25.

《圣经·创世记》对洪水神话做如下记载："水势在地上极其浩大，天下的高山都淹没了。"拉斯普京的《告别马焦拉》所描绘的正是这样一幅凄惨的世界末日景象：由于安加拉河下游要修建水电站大坝，马焦拉岛即将沉没水底，"又是一片寂静，四周只有水和雾，除此之外，什么都没有"。[1]小岛的毁灭令人联想起《圣经》中的洪水意象。四周环水的马焦拉岛并不是诺亚方舟，人们不得不离开这世代居住的家园。

《启示录8：7》通过火的意象展现了一幅世界末日图景："第一位天使吹号，就有雹子与火掺着血丢在地上。地的三分之一和树的三分之一被烧了，一切的青草也被烧了。"《告别马焦拉》最后描写人们居住了三百年的村子被放火烧掉的画面正好与此呼应。符·维·阿格诺索夫主编的《20世纪俄罗斯文学》从宗教意识出发解读这部作品：

> 《告别马焦拉》一开头，便出现了具有象征意义的戏剧冲突，马焦拉岛［读者清楚马焦拉Матера的词源是"мать"（母亲）—"родина"（祖国）—"земля"（土地）］上平和、静谧而又生气勃勃的生活，恰与空荡荡、光秃秃、一切都销蚀殆尽（источение是拉斯普京最喜欢的词）形成对比。草房呻吟着，风呼啸而过，吹得大门啪啪作响。作家强调，"黑暗降临在马焦拉岛上"，他多次重复的这句话令人联想起俄罗斯的古籍和《启示录》。

1 拉斯普京：《告别马焦拉》，《拉斯普京小说选》，王乃倬译，北京：外国文学出版社，1982年，第267页。

正是在这里，出现了火灾的情节……而在火灾发生之前，“天空中群星陨落”。[1]

与洪水意象和火灾意象相关联的是意味深长的死亡意象：老太婆达丽娅努力把就要烧毁的老屋涂白，装饰上杉树，“这是准确地反映了基督教为死者涂圣油（临死前求得精神解脱和接受不可避免的死亡）”。[2]岛主在同这个世界告别的时候发出的凄厉号叫，更是启人深思的末日哀鸣。

官僚主义的猖獗导致家园的毁灭，人对待这个星球上生死相依、休戚与共的动物朋友也极尽赶尽杀绝之能事。在阿斯塔菲耶夫的《鱼王·黑羽翻飞》中，西伯利亚塞姆河畔的密林深处，城里人携带弹药，用油锯放倒雪松，猎取黑貂，把飞禽走兽打得死的死、残的残。“秋天是森林鸟类的浩劫，雷鸟首当其冲。这是一场人祸，是最有理性的生物所造成的一场祸害。”[3]作家为雷鸟唱起悲哀的挽歌：“已经是仲夏了，可楚什镇的池塘四周仍然堆着去年留下的黑色羽毛，像是送葬的花圈。……整整一冬加一春，乌鸦、喜鹊、狗和猫都大嚼雷鸟；一旦起风，干枯的池塘四岸的黑羽就纷纷扬扬起来，在楚什镇上空翻飞，遮蔽了晴空，火药的余烬和死灰好像蒙住了太阳茫然若失的脸庞。”[4]

对自然的疯狂掠夺必然会导致人性的堕落，因为人类的道德

1 符·维·阿格诺索夫主编：《20世纪俄罗斯文学》，凌建侯等译，北京：中国人民大学出版社，2001年，第524页。

2 同上，第523页。

3 维克托·阿斯塔菲耶夫：《鱼王》，夏仲翼等译，桂林：广西师范大学出版社，2017年，第311页。

4 同上，第313页。

标准是在漫长的岁月里，在和自然的相互作用中形成的符合人类生存的法则，恣意践踏劫掠大自然的恶行注定要受到大自然的惩罚。《在黄金暗礁附近》一篇，偷鱼人柯曼多尔在河上与渔场稽查队周旋之时，女儿塔依卡横死在醉酒司机的车轮下，从此他的良心永无宁日。《鱼王》中的伊格纳齐依奇性格残暴，年轻时曾侮辱过本村姑娘格拉哈，在一次非法捕鱼时遭到了鱼王的报应：在水中被咬得遍体鳞伤，几乎毙命。极端利己主义者戈加·盖伊采夫践踏自然、蔑视女性，最后落得葬身鱼腹的可悲下场。

在阿斯塔菲耶夫心目中，大自然是女性、是母亲、是人类的养育者，但是用现代文明武装起来的人们却忘恩负义，毁灭了自己的生存根基。失根的恶果就是使人类成了这一星球上的孤家寡人。二十多年以后，在1997年7月2日的《文学报》上，阿斯塔菲耶夫发表了题为《在世纪之末，人变得越来越孤独》的文章，从存在主义层面阐释这部作品，他说："在我的《鱼王》中突然探索到生态主题。那是什么样的生态主题啊！这本书写的是人的孤独，大多数文学——我们的和美国的——全都在写人的孤独。"[1]

孩子是人类生命的延续，是人类的未来与希望，孩子的死亡是整个人类终极命运的一种隐喻。人与大自然关系的罪与罚在《鱼王》和《告别马焦拉》中都以孩子的死亡这一沉重主题展现出来。艾特玛托夫的《白轮船》和《断头台》两部作品更加浓墨重彩地渲染了这一悲剧主题。艾特玛托夫在《断头台》中指出："生命高于死亡——世上没有比生命更高的尺度。""要知道，在一切

1 Астафьев В., "Человек к концу века стал еще более одиноким," Литературная газета, 2.июля.1997.

终了的时候，在几十亿年之后世界末日到来，我们的星球也将死亡，变得暗淡无光的时候，来自银河系的宇宙意识一定能在这无边无际的死寂和空虚中听到我们的音乐和歌声。这就是创世以来注入我们心中而且无法排除的意识——死后永生！人多么需要认清，多么需要相信：人的这种自我延续从原则上来说是可能的。”[1]生命的延续是世上一切有生之物的本能，然而，号称“最有理性”的人类却以种种自杀性的行为使自己走上了断子绝孙的不归路。

《白轮船》讲述了一则关于长角鹿妈妈的神话。远古时候，在布谷族人被邻近部落赶尽杀绝之际，长角鹿妈妈拯救了布谷族一男一女最后两个孩子，把他们带到伊塞克湖，用自己的乳汁哺育他们，直到他们长大成人，结为夫妻，繁衍生息，成为布谷族的祖先。显然，长角鹿妈妈不单纯作为动物而存在，它还是大自然的化身，自然是人类之母的深层意蕴便由此凸显出来。然而，人类子孙却恩将仇报，把祖先的遗训抛在脑后，用鹿角装饰死者的坟墓以炫耀自己的财富。长角鹿妈妈悲伤地离开了伊塞克湖。悲剧主人公就是那个7岁的小男孩——一个颇具象征意味的现代弃儿。他喜欢听莫蒙爷爷讲长角鹿妈妈的神话，把周围的一切都看成神话，相信大角鹿在森林中的重现是对人们的宽恕。小男孩梦见长角鹿妈妈将“生命的摇篮”带给人类繁衍后代。护林所所长奥罗兹库尔背弃祖先遗训，迫使莫蒙爷爷射杀大角鹿，并将其砍成一堆烂肉。小男孩圣洁的心灵遭受创伤，他拒绝接受这个罪恶的世界，怀着神话之梦游向他心中的白轮船。表面上看，奥罗兹

1 艾特玛托夫：《断头台》，冯加译，北京：外国文学出版社，1987年，第86页。

库尔的恶行直接导致了小男孩的死亡。如果跳出这个简单的因果链条，从人类生存的整体性来观照，就可以看出作家的深刻寓意：奥罗兹库尔砍掉象征“生命的摇篮”的鹿角和他的无后之间存在着某种必然联系，善良无辜的小男孩的死则使得大自然对人类的惩罚具有了普遍性的意味。

《断头台》以重重悲剧将末日悲哀推向了极致。作家首先从自然悲剧和人的悲剧两个层面展示自然生态与精神生态的全面危机。在自然悲剧里，母狼阿克巴拉一家在荒原上繁衍生息，人类为完成肉类上缴计划，动用现代武器射杀羚羊，为开矿筑路而焚烧草原，为满足贪欲，流氓酒鬼巴扎尔拜掏掉狼窝卖了钱换酒喝，致使母狼连失三窝幼崽。人类对草原上的动物进行如此残暴的血腥屠杀：“荒原给天国诸神做出了血的奉献，因为荒原始终只是荒原——车里冒着热气的死羊堆积如山。……大屠杀在继续。越野汽车横冲直撞，切入已经奄奄一息的羚羊堆里，射手们忽东忽西地撂倒一批批动物，这就使羊群陷入更大的恐慌和绝望，简直如同《启示录》中描写的世界末日那么可怖。”[1]

自然悲剧与人的悲剧紧密相连：狼变得异常凶残，疯狂地报复人类以发泄丧子之痛。在孤独无望地找寻幼崽的过程中，牧民鲍斯顿三岁的儿子肯杰什唤起了它的母性，它同孩子玩耍，想把孩子带走。鲍斯顿慌乱中射死母狼，误杀幼子。这两重悲剧暗含着一个命运之环：虽然人狼相搏的第一个回合，人胜狼败，但这场战争并没有胜利者，人最终受到了最严厉的惩罚——肯杰什的

1 艾特玛托夫：《断头台》，冯加译，北京：外国文学出版社，1987年，第33—34页。

死象征着人类所面临的末日命运。作家伤感地描绘着末日景象："周围一片死寂，到处覆盖着厚厚一层大火后的黑色灰烬，大地布满了废墟——没有树木，没有草场，海上没有船只，只有一种奇怪的、没有止息的声音，隐隐约约从远方传来：像有人迎风哀吟，像埋在地底的铁制甲胄在哭泣，像丧钟。……这就是人们期待的那个不幸结局，这就是上帝的启示，这就是富于理性的人类的历史的终了。为什么会发生这种情况，人类怎么能灭绝自己的后代，毁于一旦，彻底被消灭？"[1]

从狼的末日到人的末日只有一步之遥，这一切正是缘于人类自身的罪孽。作家借这一命运的因果链条提醒人们：人类是一个整体，人与自然同样是一个整体，在这个星球上，没有相互隔绝的命运。所有人的命运都像织布机上的棉纱一样被编织到一起："地球上任何一个地方发生的任何人间的暴行和罪恶，都与我们大家有关。"[2]在这个意义上，保护自然就意味着保护人类自身。艾特玛托夫在写作《白轮船》的时候就对人与自然关系的问题进行过严峻的思考："实际上，人在很久以前，就在力争保护自己不受'自己'的侵犯，人很早很早就在考虑一个永恒的问题——要保护周围世界的财富和美丽！这问题是如此重要，以至古代的人们就已通过各种悲剧的形式，认为有必要在自己对自然的态度上作'自我批评'，有必要讲出对自己良心的谴责。这是对后代的警告：任何时候都不要忘记自己在长角鹿妈妈——换句话，也就是

1 艾特玛托夫：《断头台》，冯加译，北京：外国文学出版社，1987年，第206页。
2 同上，第249页。

在大自然面前，在万物之母面前的责任。”[1]

从神话怀乡病到生态末世论神话，体现了人与自然关系由和谐到背叛直至受罚的历程。生态末世论迫使人类正视自己的末日命运，参悟这一环环相扣的命运的因果链条中所蕴含的朴素真理：人类失去记忆、忘记历史、背弃大自然，就是对善的否定、对传统的背叛、对根的疏离，就注定要受到大自然的严厉惩罚。就像莫蒙对孩子说的："人要是记不住自己的祖宗，就会变坏。"亦如拉斯普京所言："真理存在于记忆之中，谁失去记忆，谁就失去生活。"[2]记忆连通着良知和理性，失去良知和理性的人类必然陷入疯狂：不仅用战争手段自相残杀，用毒品自我毁灭，而且无视生态伦理，残害自然生灵，摧毁千百万年形成的合乎自然法则的生物链，进而毁灭家园，物伤其类，断子绝孙。这就是人类面临的末世命运。可悲的是，短视的人们一边昂首高奏文明的凯歌，一边迈向毁灭的深渊而不自知。哲人和诗人们期待着让末世论神话警示人类反躬自省，悬崖勒马。与此同时，他们还秉承传统的思维理路，为迷途的人类寻找救赎之路而上下求索……

第二节　弥赛亚意识

末世论与救赎说探讨的是一个问题的两个方面，即生态危机语境下的犯罪与救赎问题。弥赛亚意识作为基督教的重心，自然成为俄罗斯生态末世论的重要内容。这种末世论介于启示录和乌

---

1 艾特玛托夫：《对文学与艺术的思考》，陈学迅译，乌鲁木齐：新疆大学出版社，1987年，第73页。

2 转引自彭克巽：《苏联小说史》，北京：北京十月文艺出版社，1988年，第281页。

托邦之间，沉重的灾难感永远伴随着对理想世界的不灭憧憬和对救世主的强烈渴盼。在全球性的生态危机面前，人类应当何去何从？强烈的忧患意识和使命意识促使思想家们在直面人类生态末世命运的同时，又进一步探讨人类的出路。在反思全球化问题时，西方和中国更关注的是经济问题，俄罗斯学界则普遍聚焦于环境、资源以及与之相关的种种问题，对导致消费主义膨胀的西方工业文明普遍持批判态度，认为工业文明片面、无节制的发展造成了对人的奴役和对自然界的掠夺与破坏，导致新的野蛮。生态与精神的危机已经标志着工业文明自身发展的界限，表明它不可能是未来发展的全球模式。他们指出人类的文明之路在于理性的复归，理性的复归要靠信仰来完成，信仰的目的在于通过上帝直抵人心，实现道德的自我完善，进而改变这个世界面临的末日命运，这是使人类绝处逢生的希望所在。由此构成了当代新的救赎篇。

一、俄罗斯救赎思想的特征

俄罗斯思想的开放性、包容性和两极性特征在生态思考的各个层面都得到了最鲜明的体现。理性与信仰，分别关联着科学与宗教，属于两种不同的思维方式。二者的关系一直是西方宗教哲学中争论不休的问题，[1]在俄罗斯的思维路向上却被自然地连通起来。科学史的考察可以看出，它们原本都出自对世界的探求欲望。

---

1 “历史地看，在信仰与理性的关系上有四种论点。包括：(1) 唯理性（宗教理性主义，笛卡尔）；(2) 唯信仰（虔信主义，克尔凯郭尔）；(3) 理性先于信仰（托马斯·阿奎那）；(4) 信仰作为知识的先存条件（奥古斯丁和安瑟伦）。除此之外，还可以说有第五种观点，该论点不在这四种之上，而是视他们为互补的，也总是互渗的。”见迈尔威利·斯图沃德编：《当代西方宗教哲学》，周伟驰等译，赵敦华审定，北京：北京大学出版社，2001年，第11页。

经由信仰抵达理性是许多科学家的必由之路，从某种程度上可以说，很多科学家正是在宗教精神的感召下踏上了科学探索的漫漫长途。在最能代表人类理性精神的牛顿、爱因斯坦、霍金等自然科学家身上，都体现出强烈的宇宙宗教情感——将敬畏永恒自然律和追求绝对视为真正的宗教。所以说宗教往往凝聚了人类最纯粹的直觉和最纯朴的理性，其中的伦理内容正是人类集体生存智慧的结晶。同时，“基督教更是近代自然科学的一个直接的思想资源”。[1]而信仰成为通向理性的先决条件，其重要原因正如德国神学家潘能伯格所指出的那样：“信仰可以确证自己是理性之合理性的标准，只是由于它指向一个最终的、末世论的未来。”[2]这一观点在俄罗斯的末世论那里得到确证。20世纪宗教哲学家津科夫斯基在其著作《我们的时代》中肯定了同属人的精神世界的理性与信仰的内在一致性，他说：“信仰使理性的作用更加清楚，在理性靠自己的力量不能解释的领域给理性以补充。我们的信仰也谈论超理性的真理，在这里我们应该谦虚地承认理性的界限。基督教的道路是连接信仰和知识，而不是使它们对立，这不仅是针对不可见的世界，而且也针对在经验中认识的可见世界。”[3]

各种宗教精神的融会贯通是俄罗斯生态末世论的又一特色。泛神论与犹太-基督教是多神与一神的关系，在西方泾渭分明，形成互不兼容的对立态势。怀特就认为：“基督教由于反对偶像崇拜

---

1 方立天：《序》，泰德·彼得斯、江丕盛、格蒙·本纳德编《桥：科学与宗教》，北京：中国社会科学出版社，2002年，第4页。

2 转引自何怀宏：《生态伦理——精神资源与哲学基础》，保定：河北大学出版社，2002年，第154页。

3 转引自张百春：《当代东正教神学思想》，上海：上海三联书店，2000年，第362页。

而禁止将自然赋予神性，随着基督教摧毁了这些异教的万物有灵论，对于剥削自然的禁令也就消除了。”[1]汤因比在《目前环境危机的宗教背景》（1968）一文中责难犹太-基督教的一神论对自然的“去神圣化”，他认为应该用敬畏自然的泛神论（万物有灵论）来代替一神教。[2]在俄罗斯人的精神世界中，斯拉夫原始宗教的泛神论和多神教与基督教的一神论同时并存。他们习惯从泛神论的视角出发看待自然和世界，而面对生态危机的末日境遇，则需要寻求基督教的弥赛亚来救赎。

最早完成这种综合的集大成者是索洛维约夫。他针对西方的理性主义和世俗化传统，从古印度《奥义书》中引进了“万物统一”说。此外，索洛维约夫还将绝对原则视为上帝：“宗教是人和世界同绝对原则和一切存在着的事物的中心之间的一种联系。”[3]而“宗教意识的历史就是绝对原则向人类意识展现的历史”。索洛维约夫进而将世界各大宗教连接为一个整体，认为自然宗教、佛教、唯心主义、犹太教、三位一体学说和基督教等都是宗教意识的历史的几个发展阶段，认为绝对原则最先在自然界里显现，基督教则是人类宗教意识发展的最高峰。[4]前面已经谈到，索洛维约夫在晚年对基督教的末世论思想同样给予了充分的重视。索洛维约夫的思想对整个俄罗斯思想文化界的影响非常深远。梅列日科夫斯基明确指出，有两种真理存在，一种是上天的真理——基督教，

1 转引自何怀宏：《生态伦理——精神资源与哲学基础》，保定：河北大学出版社，2002年，第154页。

2 同上，第152页。

3 同上，第74页。

4 同上，第72页。

一种是尘世的真理——古希腊罗马多神教，未来这两种真理的融合，将使宗教哲理完备化。[1]别尔嘉耶夫对此曾做过高度概括："在典型的俄罗斯人身上，总是有两种因素彼此对立——原始的自然的多神教、同广阔的俄罗斯土地相联系的自发性，和来自拜占庭的东正教的禁欲主义、对彼岸世界的向往。"[2]

这种宽容开放的宗教精神在90年代得到了继承和发展，E.Д.雅赫宁在《对理性、上帝与人类未来的思考》一书中横向比较了世界各大宗教（佛教、巴哈教、拜火教、道教、印度教、伊斯兰教、犹太教、儒教、基督教）所宣扬的基本伦理准则[3]之后发现，虽然仪式和派别不同，但其基本精神是一致的。他在认同世界各大宗教普世伦理精神的基础上强调基督教的救赎作用。莫伊谢耶夫非常赞同此说，他认为，对人类未来的一份重任落在了宗教之上，如同落在公民社会之上一样。所有的宗教在今天都是有益的，至于它们之间似乎是不可调和的冲突，都是过去的残余，人类必须克服这些冲突。[4]著名学者巴纳林在论证欧亚主义的救世使命时，针对欧美消费享乐主义可能引发的全球性生态灾难，更是强调要揭示东正教文化和伊斯兰文化的禁欲主义潜能——在庄

1 转引自张杰、汪介之：《20世纪俄罗斯文学批评史》，南京：译林出版社，2000年，第35页。

2 Бердяев Н.А., Истоки и смысл русского коммунизма (Москв: Наука, 1990), 8.

3 E.Д.雅赫宁在书中做如下比较：佛教：己所不欲，勿施于人。巴哈教：不希望别人做你不愿意做的事，也不要答应别人你做不到的事。拜火教：只有不让别人做自己认为不好的事情时，人的本性才是好的。道教：一个好人应该惋惜别人的恶行，看别人的成功如自己的成功，看别人的不幸如自己的不幸。印度教：一切善人都说，要像你希望别人如何对待你一样地对待别人。伊斯兰教：任何一个人，只要他未能像祝愿自己一样祝愿自己的兄弟，都不能被视为信徒。犹太教：对你不好的事，也不要对你的朋友做，全部准则都在于此，其他一切只是对它的注释而已。儒教：己所不欲，勿施于人。是为至善。基督教：你希望别人对你做什么，你也就对别人做什么。Яхнин.Е.Д. Размышления о Разуме, Боге и будущем человечества. М.: АО "ХГС", 1997, 76–77.

4 Моисеев Н.Н., Быть или небыть…Человечеству? (Москва, 1999), 78.

严承诺和拯救世界基础上的自我限制，保证二者在共同的“超级任务”框架中的协同行动。[1]

作为在基督教文化中受到教育的物理学家，莫伊谢耶夫深刻反思了基督教对现代文明的意义。他一方面在宇宙论的背景下清理了犹太-基督教传统中蕴含的人类中心论：“从本质上说，今日‘全人类价值’之纲领与建立在犹太-基督教的宗教传统和最初的理论与神话系统基础上的欧美文明价值体系相符。”[2]另一方面，他又将解决人类困境、克服当今世纪不可避免的危机的希望寄托于基督教思想。他特别强调自己“不是作为基督徒，而是作为致力于理解发展逻辑、理解人开始对其作若干不可逆的修正的自组织逻辑的自然科学的代表”。他说：“我认为，救赎（救赎所有人）思想是基督教最重要的思想。在我们这个多难的时代，这一思想是完全现代的和必不可少的。况且，它早在两千年前就被表述出来！可直到现在还没有被认清。在同新知识、同对世界的现代观念结合时，在我们这个星球上人类生活的复杂转折时期，基督教思想可能会对今天人类的命运产生重要影响。”[3]

以东正教伦理为核心的俄罗斯文化成为危机时代不可或缺的救赎力量，其深层原因在于它符合生态律令。哲学家库拉硕夫指出：“在宗教伦理中，在地球上保护有利于人的种种生活条件是与基本的教义——人的生命和有利于它的自然环境是造物主的设计与意志的产物——结合在一起的。剥夺了人无论现在还是将来不

1 转引自安启念：《俄罗斯向何处去——苏联解体后的俄罗斯哲学》，北京：中国人民大学出版社，2003年，第298页。

2 Моисеев Н.Н., Судьба цивилизации.Путь разума (Москва: Языки русской культуры, 2000), 172.

3 Моисеев Н.Н., “Мир XXI века и христианская традиция,” Вопросы философии №8 (1993): 14.

受惩罚地支配自己和他人生命的权利得到的绝对律令，正是由此而来。”[1]库拉硕夫的“绝对律令”、莫伊谢耶夫的“生态律令”似乎就是索洛维约夫的“绝对自然律”“绝对原则”的变体，它们直接关联着人类的“集体理性”和“集体生存本能”，亦即生态伦理。莫伊谢耶夫在《人类……生存还是毁灭？》中指出：“生态律令不可避免地萌生不似生态律令那般严厉的道德律令，照我看来，道德律令概念的基本内容，应该使人们明白自己属于两个共同体：行星社会和生物圈。”[2]前莫斯科市市长卢日科夫在这本书的序言中寄予殷切希望：“在这种条件下，现代生态问题或许可以得到解决。当那种集体理性在行星上得到确立时，它可能会成为人类的拯救者，但是，现在得出结论，显然不是依赖人们的认识，而是集体生存本能。”[3]

生物圈是人类的发源地和家园，理性则是使人类安居家园的保障。俄罗斯生态哲学对“生物圈”和“理性圈”概念及其关系一向予以高度重视。生物圈概念最早由地质学家、矿物学家维尔纳茨基（1863—1945）于1905年提出，法国数学家、哲学家勒鲁瓦，古生物学家、哲学家德日进之后开始使用理性圈的学说。这一概念是从生物进化历程上对人在其中的作用、意义和使命的说明。勒鲁瓦说：在动物的生物圈之后，是更高级的人圈，是反思圈、自觉和自由发明创造之圈，简言之，是思想圈：特别是理智圈，或noosphère。就是说，人可以通过理性和创造来能动地支配世界进

1 Курашов В.И.,“Экология и эсхатология,” Вопросы философия №3 (1995): 29.

2 Моисеев Н.Н., Быть или небыть…Человечеству?(Москва, 1999), 50.

3 同上，55。

化。[1]之后这个词的概念在文学及各个领域得以广泛运用。60年代末，莫伊谢耶夫在通过计算机研究生物圈的问题时开始使用“理性圈时代”的概念。他认为，在理性圈时代，“人的理性将有能力确定为保证自然界与社会协同进化的那些条件，而人们的集体意志，旨在实现这些条件，亦即保障进入理性圈时代”。[2]此说与费奥多罗夫“以理性和意志介入自然”的“自然调节”思想遥相呼应。

莫伊谢耶夫的观点得到了俄罗斯学术界的普遍认同。1999年出版了B.科普狄克院士等主编的《俄罗斯发展的新范式——可持续发展综合研究》，该书由俄罗斯科学院几个研究所合作完成，代表着俄罗斯当今学术界的最高水平。书中列出专节讨论“全球可持续发展的生物圈概念”，明确提出当今世界上存在的两类性质不同的可持续发展概念——人类中心论和生物圈中心论，在否定当今世界上流行的人类中心论的同时，积极倡导可持续发展的生物圈中心论，即“人类不破坏自己的经济存在与发挥作用的自然基础，人类对环境的作用与环境被同化的潜在可能相适应，与生物圈的调节能力相适应（正是生物圈保障着地球环境的一切因素能够保持在保证人作为生物物种的存在的范围之内）”。[3]

二、俄语生态文学中的弥赛亚意识

19世纪以来，弥赛亚意识一直感召着作家们的思考和创作。

---

1 理性圈（俄文Ноосфера，法文noosphère，“noos”的希腊语原意为理性、理智、精神；中文又译“理智圈”“智力圈”“精神圈”）的概念是相对于生物圈（биосфера）而言。见徐凤林：《费奥多洛夫》，台北：东大图书公司，1998年，第193页。

2 Моисеев Н.Н., Судьба цивилизации. Путь разума (Москва: Языки русской культуры, 2000), 78.

3 转引自安启念：《俄罗斯向何处去——苏联解体后的俄罗斯哲学》，北京：中国人民大学出版社，2003年，第366页。

当代俄语生态文学向末世论主题与弥赛亚意识的转变本身既弥漫着危机时代的悲剧色彩，同时也透射出面向未来的“积极的末世论”深刻内涵。以宗教视角观之，阿斯塔菲耶夫、拉斯普京、艾特玛托夫这三位具有代表性的作家恰好分属不同类型：在阿斯塔菲耶夫作品中，泛神论表象下隐藏着深沉的东正教意识，上帝同时承载着创世与救世功能，拉斯普京透过多神教的成分逐步向东正教靠拢，一再申明不信仰任何宗教的艾特玛托夫，却在作品中塑造了新基督的形象。这三位作家从泛神论的起点到基督复活的终点，从信仰抵达理性的漫漫路程即凸显出将弥赛亚作为一种道德理想的普适性及其深刻用意。

在阿斯塔菲耶夫笔下，泛神论色彩和基督教意识呈现为显隐两重结构。他首先从泛神论视角观照大自然：“地上的原始森林和天上的星星都是在亿万斯年前还没有我们人类的时候就有的了。”在寂寥虚空、生生不息的大自然面前，人作为有限的生命个体，在大森林里等待一滴露珠从树叶上坠落的时刻参悟天地造化：

> 寂静好像已经到了顶点，但是我凭借的既不是听觉，也不是肉体，而是凭借了对自然的内心感应，感到了顶极的寂静，感到了新生婴儿在诞生之日囟门上的搏动——正如古人说的，这是独一无二的圣灵在世上翱翔的刹那来临了。
>
> ……
>
> 森林的深处好像听得到一种神秘的气息，轻微的足音。甚至觉得天空中浮云也像是别有深意，同时神秘莫

测地在行动，也许，这是天外之天或者“天使翅膀”的声响?！在这天堂般的宁静里，你会相信有天使，有永恒的幸福，罪恶将烟消云散，永恒的善能复活再生。[1]

因为植根于东正教文化传统，他在这里不自觉地运用“圣灵”“天使”“永恒的幸福”“永恒的善”“罪恶”这些基督教的符号体系来表述自己对泛神论的领悟。阿斯塔菲耶夫冷静地反思人类的罪孽：“我们只以为，是我们在改造一切，也包括改造自然在内。不是的，我们对它只是破坏、损害、践踏、摧残，使它毁于烈火。”[2]

面对人与自然关系的罪与罚，作家又自觉地寻求上帝的救赎。在那个特定的时代，“阿斯塔菲耶夫不能明言自己是信徒，但他的世界却渗透着农民的宗教意识”。[3]在1995年2月8日《文学报》的访谈中，阿斯塔菲耶夫明确地以基督教理念谈及他对人民的祝愿：“复活，复活，复活。有力量，能做到。愿撒旦不捣乱，上帝来帮忙。我们一再使上帝愤怒，他却时时向我们显露慈悲的面孔，宽恕我们的罪孽，拯救并疗治我们。”[4]当代著名神学家M.M.杜纳耶夫在《东正教与俄罗斯文学》第六卷中对作家的救赎观做如是分析：

阿斯塔菲耶夫这样设计新千年摆脱困境的出路。……其

1 维克托·阿斯塔菲耶夫：《鱼王》，夏仲翼等译，桂林：广西师范大学出版社，2017年，第93—94页。

2 同上，第97页。

3 Жорж Нива (Женева), К вопросу о “новом почвенничестве”: моральный и религиозный подтексты “Царя-рыбы” Виктора Астафьева <http://nivat.free.fr/livres/onetwo/12.htm>.

4 Литературная газета, 8. Февр. 1995. No. 6.

> 一，封闭在悲观绝望之中。似乎（可能，只是似乎？）这是作家个人的选择。其二，“回归自然”，但却是乌托邦的。人类几个世纪的历史早已推翻了这种奢望，甚至卢梭也无可奈何。人按其堕落的本性不可能是自身的拯救者。还有第三条路：明白开始同自然做斗争就如同跟上帝对人的恩赐斗争一样，我们要回报造物主和赐予者。我们为此得到报偿不是因为大自然具有某种自足的意义或是泛神论的开端，而是因为她是上帝的创造。人对她所做的是犯罪。应当明白这一点，不去犯罪。[1]

于是我们看到，虽然他笔下的人物多半不信神，身上充盈着世俗情感，但当意识到自己的生命即将终结之际，总是情不自禁地呼唤上帝：在《蓝色群山的梦》中被暴风雪困在莽莽森林中的莫斯科少女艾丽雅在阿基姆的救助下起死回生，走出大森林时首先想起以前在教堂听到的祷词：“上帝啊！垂怜我有罪的人，我们在天的父啊……愿你的名字焕发荣光！……以圣母的名义，宽恕我们吧！……勿因我的罪孽弃我不顾……勿拒绝我……请赐我以得救的欢乐……”[2]《鲍加尼达村的鱼汤》这篇核心之作塑造了真正的人——阿基姆的形象。阿基姆的母亲是多尔干人，本不信教，生养了一大群不知父亲的孩子。因为怀最后一个孩子时堕胎，她付出了生命的代价。生命垂危之际，这个天真质朴、率性而为的女人却虔诚地乞求上帝。《鱼王》中的偷鱼者伊格纳齐依奇，在冰冷

1 Дунаев М. М. Православие и русская литература VI (Москва: Христианская литература, 2000), 825.

2 维克托·阿斯塔菲耶夫：《鱼王》，夏仲翼等译，桂林：广西师范大学出版社，2017年，第598页。

的河水中即将与鱼王同归于尽时也开始了对上帝的祷告，追悔自己不敬上帝、践踏自然和女人的行为。他终于醒悟："每人都有自己的名分，上帝分内的事归上帝安排。"[1]这里的上帝让我们想起永恒的自然律、命运、定数等概念。

著名斯拉夫学者、俄罗斯文学专家、日内瓦大学教授乔治·尼瓦在《回答"新乡土派"问题：阿斯塔菲耶夫〈鱼王〉的道德宗教底蕴》中指出："'赎罪的时刻来临了，忏悔的钟声已经敲响！'或许小说的深层寓意正是在这里。"[2]由此解读伊格纳齐依奇对女人、对自然的忏悔情节，就会发现其中的象征寓意，领会作家在叶赛宁所说的"人与自然的交叉点上"确立的道德哲学：由自然见人，由人见自然。人对待自然的态度就是人自身的道德标尺，人的道德堕落和他对自然的践踏成正比关系。在人破坏大自然的行为里，作家首先看到的是人性的得失。他指出人类获救的途径就在于向上帝忏悔，向永恒的自然律忏悔，实现道德与人性的改进。

在三位作家中，拉斯普京对生态问题的关注最为强烈持久。他的视野主要集中在西伯利亚的大自然和社会的精神生态，为故乡安加拉河和贝加尔湖的生态环境大声疾呼，并与其他作家一起成功地阻止了政府"北水南调工程计划"的实施。在80年代后半期到90年代初苏联社会变革和解体的剧烈震荡时期，他的小说创作一度"失语"，但仍然写出了一系列有关道德、生态、文学的特

---

1 维克托·阿斯塔菲耶夫：《鱼王》，夏仲翼等译，桂林：广西师范大学出版社，2017年，第287页。

2 Жорж Нива (Женева), К вопросу о "новом почвенничестве": моральный и религиозный подтексты "Царя-рыбы" Виктора Астафьева <http://nivat.free.fr/livres/onetwo/12.htm>.

写和政论文章。拉斯普京敏锐地察觉到生态危机对人类生存的威胁，认为非理性地、粗暴地改造自然和社会可能会导致世界的最终毁灭。在《告别马焦拉》中，他以寓言式的笔法向人们展示了一幅启示录般的现代悲剧图景："马焦拉"是母亲、是大地、是哺育者、是家园，但是为了修筑水电站，自以为是大自然的主宰的现代人却将她沉没水底，成了葬送家园的千古罪人。

作为一位虔诚的东正教徒和费奥多罗夫学说的追随者，拉斯普京设计了一个费奥多罗夫式的拯救方案。费奥多罗夫的基本思想在于：全人类就是一个由共同祖先和共同命运联结在一起的大家庭。在实际历史上和生活中，这个家庭是四分五裂的。世界缺乏兄弟友爱和亲缘情感的状况表现在人与人的相互关系和人与自然的相互关系中。其现实性首先表现为"子辈"（活着的）对"父辈"（祖先）的态度。宗教的本质就是子女对父的爱，即祖先崇拜。天父是地上诸父的天上代表，而地上诸父是天父的象征。因此，遗忘，对死者的遗忘就相当于犯罪。拉斯普京赞成费奥多罗夫关于俄罗斯精神群体性思想和人与世界、宇宙、家族融为一体的思想，他说："死亡，似乎是可怕的，但死亡总是在生者的心田里播下最有益的丰收的种子，腐朽和神秘之种能结出生命和理解之果。……人，不是个体，他身上融合着许多彼此不同的乡亲，他们聚集在同一个躯壳中，同舟共济似的从此岸划向彼岸。"[1]他认为自然调节首先是在人们的记忆中，在"子辈"对"父辈"的爱中使死者复活。

1 拉斯普京：《告别马焦拉》，《拉斯普京小说选》，王乃倬译，北京：外国文学出版社，1982年，第135页。

拉斯普京通过农村老太太达丽娅的形象建立起与过去的精神传统的联系。她的孙子安德烈则年轻气盛、数典忘祖，热衷于改天换地的伟大事业，立志做新生活的建设者，以为被机器文明武装起来的现代人将无所不能。在马焦拉岛面临毁灭之际，他毫无眷恋之情，头也不回地向水电站工地奔去。小说通过祖孙对话透视出他与传统的疏离，进而反思现代人的罪孽。如同揪着自己的头发不能离开地球一样，这个跟传统断了线的人，除了“在自己的周围添了点儿热气”[1]之外，又能走出多远呢？

现代人类要获得救赎，就要回归达丽娅和她记忆中的先辈所代表的传统道德理想。达丽娅的絮絮不休的话语仿佛是来自地层深处的声音。她为人类的无知而虔诚地祈祷：“上帝啊，饶恕我们吧，我们软弱、健忘、心灵空虚。”[2]她时刻提醒着人在自然面前的责任：“前辈把马焦拉交给咱们，只是教咱们用上一阵子……让咱们好好地服侍它，靠它养活咱们。看你们待它怎样。老一辈子把它交给了你们，然后再把它交给晚辈。他们可要追究你们的责任的。……我们只活一辈子，我们又算得了什么？”[3]她告诫健忘的孙子：“孩子，谁身上有灵魂，谁身上就有上帝。不管你多不相信，可上帝就在你身上。不是在天上。他祝福你，保佑你，为你指路。希望你生来是人，永远是人。让你心地善良。谁要是糟蹋了灵魂，谁就不是人了，不是人！这种人什么事都敢去干，连头也不回。你们有多少人不顾一切地丢掉灵魂——没灵魂多轻松呀。轻轻松

---

1 拉斯普京：《告别马焦拉》，《拉斯普京小说选》，王乃倬译，北京：外国文学出版社，1982年，第156页。

2 同上，第174页。

3 同上，第141—142页。

松地朝前奔吧。”[1]

乔治·尼瓦认为：“《告别马焦拉》不仅是生态小说，而且是关于道德抵抗和人的记忆的诗篇。”[2]其实不仅是这部小说，拉斯普京所有后来的作品（包括《失火记》《傍晚》《农家木屋》等）都在讲述一件事：在传统精神与文化价值的复活中拯救俄罗斯。作品的意义主要在于表现了祖先的“生态智慧”，即他们和谐与道德生活的经验教训，表现了俄罗斯精神群体性思想和人与世界、宇宙、家族融为一体的思想。这里明显地带有索洛维约夫“万物统一”说和费奥多罗夫“共同事业”哲学的印记。从作品中亦可见出作家透过多神教的神秘成分向东正教靠拢的意图，因为东正教正是人类世代生态智慧的凝聚。在生态危机与社会危机日益严重的今天，他更明确地将救赎的希望指向了宗教：“除了东正教，我尚未发现如今有别的力量能够将俄罗斯人民凝聚在一起，帮助人民经受住苦难。只有东正教高于党派团体利益，而在今天各种党派团体的利益几乎使任何社会运动四分五裂。最重要的是，宗教从精神上拯救人，赋予人生活的意义，使之成为非‘市场的’，而是历史的俄罗斯的公民。‘与上帝同在我们会战胜一切’——这是我们古老的真理。”[3]

艾特玛托夫的创作非常完整地体现了救赎公式。理性向来是艾特玛托夫的不懈追求，正是因为人类陷入了失去理性的疯狂，

---

1 拉斯普京：《告别马焦拉》，《拉斯普京小说选》，王乃倬译，北京：外国文学出版社，1982年，第155页。

2 Гл. ред. и сост. Николаев П. А. Редкол.: А. Г. Бочаров, Л. И. Лазарев, А. Н. Михайлов и др. Русские писатели 20 века, Биогрофический словаль, Москва: Научное издательство «Большая российская энциклопедия», издательство Рандеву-Ам, 2000, 584.

3 夏忠宪：《B.拉斯普京访谈录》，《俄罗斯文艺》2001年第3期，第60页。

才使自己濒临末日命运。艾特玛托夫一再声明："具体的安拉或耶稣我都不信。我相信理性和它同宇宙的联系。每一个有生命的物体，不管是仙人掌还是人，都同宇宙相连。"[1]作为泛神论者（自称无神论者），他又充分肯定宗教在人类生活中的重要意义。1994年，艾特玛托夫在与池田大作对话时指出："我认为，信仰的总根子在于，无论它在什么样的宗教意识中实现，都是对生活的敬意，对人的敬意。我对任何宗教都同样深怀敬意，因为它反映着某一民族素往的精神的、哲学的、道德的经验，帮助人们生活——在每日的日常生活中，更宽泛些，在以高度的道德规范为指导的现实存在中寻找自己的位置。"[2]无论是《断头台》中的基督教，还是《卡珊德拉印记》中设计的宇宙宗教，都是作家借以宣扬道德理想的载体。

《断头台》首先改写了两千年前耶稣被犹太总督彼拉多处死的《圣经》故事，以那一悲剧场景喻示人类的现代境遇，并借此展开形而上的思考。耶稣当年振聋发聩的话语回响在现代人的耳畔：

> 自从人类的始祖被逐出伊甸园，邪恶如深渊般张着大口，人们遭受了数不尽的战争、暴行、杀戮、驱逐、不义、屈辱！自从开天辟地以来，尘世间反对善、反对本性的全部可怕罪孽——难道这一切不是比末日审判更可怕的惩罚吗？历史的永恒使命何在？难道不是让富于理性的

---

1 Четыре вечера с Чингизом Айтматовым, Комсомольская правда, 6 ноября, 1993.

2 Чингиз Айтматов, Дайсаку Икэда, Ода величию духа (Москва: Издательская группа Прогресс, 1994), С.153.

人达到爱和怜悯这一上帝的高度吗？可是在人类历史上，有过多少次令人恐怖的考验，而未来的暴行，犹如大洋上的汹涌波涛，是无边无际的。在这种地狱里生活，难道不比末日审判更糟吗？[1]

作家警示人们："应该害怕的不是杜撰的、神秘的世界末日，而是我们自己可能做出的、可以成为可怕现实的事情。"[2]在小说中，正是人类焚烧草原、屠戮野生动物、吸毒贩毒的疯狂之举将自己推向了末日边缘。

为救赎危机中的人类，艾特玛托夫着力塑造了新基督阿夫季·卡利斯特拉托夫的形象，并让他从各个层面同耶稣基督建立起对应关系。这一命意首先体现在人物的名字上："阿夫季"为《圣经·历代志》中的希伯来先知俄巴底亚的俄语音译，希伯来文意为"耶和华的仆人"。[3]当年的"俄巴底亚得了耶和华的默示"，今天的阿夫季如同"复活的"耶稣基督，这个对世界满怀悲悯的青年从神学院走向中亚草原的步履简直就是对耶稣基督步入苦难尘世的效仿，不过他的救赎面对的是新的时代问题。作为危机时代的拯救者，他履行自己的神圣使命——拯救人们的灵魂，将他们引上真理之路。

在神学院学习期间，阿夫季就醉心于革新思想。他认为："我们观念中的上帝是亘古长存的，但因为人间的思想不断发展，

1 艾特玛托夫：《断头台》，冯加译，北京：外国文学出版社，1987年，第201页。

2 Айтматов Ч. Цена жизнь, Литературная газета, 13 августа 1986.

3 艾特玛托夫：《断头台》，冯加译，北京：外国文学出版社，1987年，第39、44页。

认识在不断加深，由此不断得出结论：上帝也应具有发展的性质。”“必须随着时间的推移，随着人类历史的进展，来发展神的范畴。”[1]但这种自由思想不为保守的官方教会所接受，于是，这个被逐出神学院的青年开始了他在尘世的漂泊与救赎之旅。

阿夫季在形式上舍弃了官方教会，但在心灵上他始终是个布道者，他给人们带来了他所理解的那种真理和善的福音，传播自古以来就存在的救世主思想。为了向世人披露关于大麻问题的真相，他受报社派遣只身潜入贩毒团伙。在莫云库梅草原，他目睹了围猎者动用直升机、越野汽车、速射步枪这些现代机械屠戮羚羊，自毁家园的疯狂。他像耶稣基督一样自觉背负起人生的十字架：“他们在这罪孽深重、充满矛盾的世界上迷路了！我应该跟他们一样承担责任。……我同他们一样有罪！我们要一道忏悔自己的罪孽，这样才能使我们的心灵得到净化……”[2]建立在贪财、权欲和虚荣心这大众意识的三根台柱上的庸人世界竟如此强大，忏悔和感化在现实面前无能为力。阿夫季直接站到贩毒者、围猎者面前进行劝善弃恶的宣传，要这些野性发作的人向上帝忏悔，祈求上帝宽恕他们对生机勃勃的大自然造成的灾难。然而，他的说教没能阻止恶行，自己反而被贩毒者毒打后扔下火车，又被围猎者折磨致死。

作品通过阿夫季神游耶路撒冷与耶稣基督建立起精神联系。耶稣当年为宣讲真理而在客西马尼园受审，面对罗马王朱理亚所代表的强权宁死不屈，最终被钉上十字架，以自己的死救赎了人

---

1 艾特玛托夫：《断头台》，冯加译，北京：外国文学出版社，1987年，第98页。
2 同上，第238页。

类的罪孽。阿夫季和贩毒团伙头子格里申的对话与1950年前耶稣和犹太总督彼拉多在客西马尼的对话遥相呼应。作品中频繁出现的大鸟意象更是神来之笔，将阿夫季之死的深刻蕴含点化出来。当年耶稣被押赴骷髅山的时候，有一只不知是鸢还是鹰的鸟儿在希律王宫上空盘旋，然后一直追随着被押解的耶稣，朝秃山方向追去。在莫云库梅草原上，当阿夫季被吊上盐木之际，我们似乎从他的身形中认出了那从遥远的时空隧道飞来的圣灵："这一夜，在沉寂的莫云库梅大漠上空，一轮满月高照，泻下一片明亮得令人目眩的清辉，映出了老盐木上一具十字形的僵直人体。不知为什么人体有点像一只展翅欲飞的大鹏，但它被击落了，现在掉在树枝上。"[1]在母狼眼里，"这个人奇怪地挂在不算高的盐木上，像只卡在树枝间的大鸟"。[2]他像耶稣一样，以自己的舍身殉难完成了救赎世人的使命。

艾特玛托夫认为，上帝"是良心和仁慈的最高尺度"。[3]阿夫季"想了解在人的力量达到空前高度的技术统治的时代，人同上帝的关系"。[4]因此，"阿夫季的悲剧对我们而言就是文明的悲剧"。[5]他以自己的死唤起世人思考："造物主赐予我们世间最高的幸福——理性。……人存在的意义，在于使自己的精神得到自我完善——人世间没有比这更高的目的。这就是理性生活的魅力——一天天顺着没有尽头的阶梯，攀登精神完美的光辉顶峰。"通过

---

1 艾特玛托夫：《断头台》，冯加译，北京：外国文学出版社，1987年，第270页。

2 同上，第272页。

3 同上，第154页。

4 同上，第44页。

5 Р. Рахманашев, А. Гречихин, М. Жарких, и др. Подобщ.ред.т.Суванбердиева, Чингиз Айтматов в современном мире, Бишкек, «ФРУНЗЕ КЫРГЫЗСТАН», 1989, 161.

忏悔抵达理性，这是艾特玛托夫设计的救赎之路。作家直言塑造阿夫季这一形象的用意就在于“试图通过宗教完成一条通向人的道路”。[1]人类精神的自我完善才是摆脱生态末世命运的关键所在。耶稣曾经预言：“今后世世代代的人永远朝我走来。这就是我的再次降临人世。”阿夫季的精神探索便是危机时代上帝之子的所谓“复活”。[2]

别尔嘉耶夫认为：“俄罗斯的救世主说首先依赖俄罗斯人的云游、漂泊和寻觅活动，依赖俄罗斯人忍辱负重和一往无前的精神，依赖天启的俄罗斯，依赖自己没有圣城而寻求未来之城的俄罗斯人。”[3]阿夫季就是危机时代寻找地上耶路撒冷的俄罗斯大地上的漂泊者，像他的先辈拉斯科尔尼科夫、梅什金、斯塔罗夫金、安德烈公爵等那些云游派教徒一样，成为人类精神探索的象征。由此，其种种堂吉诃德式的努力便不由得令人肃然起敬，而对这个形象身上有关东正教方面的细节真实也许就不必过多苛求。[4]当我们放眼望去，可以看到很多西方神学家为回应全球性的生态危机而对传统神学进行改造并创建生态神学的不懈努力。艾特玛托夫在那个视宗教为禁区的特定年代明确地将基督教作为一种救赎理想，本身就体现出难能可贵的超越意识与过人胆识。

1 艾特玛托夫：《断头台》，冯加译，北京：外国文学出版社，1987年，第198页。

2 同上，第199页。

3 别尔嘉耶夫：《俄国魂》，Вл.索洛维约夫等著《俄罗斯思想》，贾泽林、李树柏译，杭州：浙江人民出版社，2000年，第280页。

4 M.M.杜纳耶夫在《东正教与俄罗斯文学》第六卷中一再指责作家对东正教基本常识的缺乏使得这个人物显得不够真实，诸如东正教称神父而不称大主教；阿夫季对于耶稣被钉上十字架感到痛苦，认为小说作者塑造了一个外表上吸引人，但内里却站不住脚的基督徒，所以他的失败也是必然的结局。См. Дунаев М. М. Православие и русская литература VI (Москва: Христианская литература, 2000), 825.

第三节 俄罗斯与西方：生态思想的殊途同归

在生态思考中，俄罗斯呈现出与西方迥然不同的进路。西方的人文社会学界更倾向自然哲学，总体上对基督教文化传统持批判态度，如林恩·怀特将“犹太-基督教的人类中心主义”作为生态危机的思想文化根源。[1]生态神学界似乎更关注创世说，如汉斯·昆基于被造感和因此产生的谦卑感提出“全球伦理”的构想，希望由此实现对建立在人本主义基础上的现代价值观的转换。相对而言，俄罗斯这片广袤的宗教沃土更多地凝神于末世论主题。这一生态神学的重要主题成为俄罗斯生态哲学的出发点与归宿。

当我们将俄罗斯与西方的生态思想做动态比较时，就会发现这两种思维进路殊途同归的奇妙景观。前面已经提到，西方的人文社会学界对生态问题的论述，不时明确地批评基督宗教的传统形态，其重要原因就在于基督教的一神论对泛神论的拒绝及由此导致的人类中心主义。怀特认为，与东方希腊正教会相比，西方拉丁教会传统更容易酝酿出一种强调要征服自然的科技心态，间接地促使西方社会的生态危机形成。[2]因此，“除非我们找到一种新宗教，或者重新思考我们的旧宗教，否则，更多的科学和更多的技术将不会使我们摆脱目前的生态危机”。[3]怀特的批评促使许

1 Lynn White Jr.,“The Historical Roots of Our Ecologic Crisis,” *Science* Vol. 155, No. 3767(1967): 1203–1207.

2 Lynn White Jr.,“Continuing the Conversation,” Ian G. Barbour, ed. *Western Man and Environmental Ethics* (Reading, MA: Addison-Wesley Publishing Co., 1973), 64.

3 转引自何怀宏：《生态伦理——精神资源与哲学基础》，保定：河北大学出版社，2002年，第155页。

多神学家开始重新阐释基督教对自然的态度，试图重建基督教传统，发展出一种新型的更少人类中心论色彩的人与自然的关系，使之适应生态运动。基督教生态神学便是在这样的背景下兴起的。最有代表性的是把人对地球的统治阐述为“作为管理的统治”的管理派生态神学，然而它依然是以创世说为出发点，还带有人类中心主义的深刻烙印。综观西方人文社会学界和神学界，可以发现其关于生态问题反思的中心从一神论到泛神论、从创世说到末世论的悄然转变。德国神学家莫尔特曼以圣灵是一切存在者存在的源泉为前提，提出“上帝在被造物中”这一生态学创造论的核心主张。他的观点既有泛神论的印记，也不乏救赎论的色彩。他从救赎论的角度提出“宇宙的末世论”之说，指出最初的创造不是完成的创造，其目标是向着被造物在末世的完满，因此要“对创造作末世论理解”。[1]这似乎与俄罗斯生态哲学同声相和。以德日进、怀特海为先导的过程论神学认为，上帝是内在于宇宙过程中，甚至等同于宇宙进程。耶稣基督也被解释为一种宇宙性的力量。这种宇宙性基督也不像莫尔特曼神学那样倚重《圣经》，而是更具思辨性。此说几乎是经过改装的泛神论，其基督教身份因而经常受到质疑。[2]从中似可听到索洛维约夫“万物统一”说的袅袅余音，假如放在东正教背景下来理解他的学说，恐怕就不会遭到异议。女性主义生态神学提出的“盖亚灵性”说重视生物圈问题，认为生物圈是一个自我调节的实体，有能力通过对化学和物理环

---

1 转引自何怀宏：《生态伦理——精神资源与哲学基础》，保定：河北大学出版社，2002年，第178页。

2 同上，第186页。

境的控制而保持我们星球的健康。[1]但与俄罗斯生态哲学对理性圈的关注相比，又似乎略显偏狭。

俄罗斯生态思想的巨大包容性（斯拉夫原始宗教的泛神论和多神教与基督教的一神论同时并存）使他们在面对生态危机时不必对东正教传统进行煞费苦心的改造，无须进行非此即彼的痛苦选择。俄罗斯思想一向是以禁欲主义和对欧洲工业文明的警惕和批判为前提发展起来的，而处于"增长的极限"的西方人终于醒悟到"生态危机首先是西方文明的危机，其实质是现代世界的宗教危机"（莫尔特曼语）。[2]相比之下，以工业文明的相对落后为代价的俄罗斯生态思想反倒显现出深刻的洞察力与超越性，成为生态危机时代珍贵的思想资源。它启人深思：人类，生存与发展的契合点何在？茫茫宇宙中的立足点何在？

莫伊谢耶夫院士在《人类……生存还是毁灭？》中的回答是："人应当意识到自己不仅属于自己的家庭、国家和民族，而且属于行星社会。人应该感到自己是这个社会的一员，并承担起对全人类命运、对其他远离他的人们的生命的责任。人应该学会以另一种方式对待自然，放弃统治自然的幻想并学会按自然律生活。"[3]

俄罗斯生态末世论的重要价值还在于它对人类命运一如既往的关注，既呼唤人们正视自己所面临的历史终结的悲剧命运，又没有悲观绝望。在生态文学作品中，末世图景并不发生在《圣经》所指的那个遥遥无期的彼岸未来，相反，它就在此岸，时时刻刻

1 转引自何怀宏：《生态伦理——精神资源与哲学基础》，保定：河北大学出版社，2002年，第191页。

2 同上，第173页。

3 Моисеев Н.Н., Быть или небыть...Человечеству? (Москва, 1999), 51.

都发生在我们身边。《鱼王》《告别马焦拉》《断头台》已经向人们展示了这种悲惨的末世图景。《断头台》书名本身的喻示就启人深思："人在自己的生命历程中，不管怎样总是处在断头台面前。有时他登上这座断头台，自然肉体还活着，有时他并没有登上。在这种情况下，书名'断头台'被赋予某种意义，走向断头台意味着在人生的道路上去经受十字架的痛苦。"[1]这与别尔嘉耶夫的积极的末世论遥相呼应："末世论前景不但是世界无法确定的终结的前景，它还是生命每个瞬间的前景。在生命的每个瞬间都需要结束旧世界，开始新世界。这就是精神的气息。"[2]

这一特征应该说是源于这样的信念："历史的终结意味着死亡，但死亡是为了复活。末世论基督教是复活的基督教。"[3]所谓的"复活"便是重塑人的灵魂，重建以人类的集体生存本能、集体理性为依托，遵循生态律令的新型生态伦理、培养具有新的道德观念、决定人类未来的"新人"，即"生态人"。[4]面对全球化进程下的生态危机，当代俄罗斯生态文学提出运用信仰和理性的力量帮助人类建构共同的生态伦理——新的人道主义，这将有助于形成人类命运共同体意识，促进世界的可持续发展。

1 艾特玛托夫：《断头台》，冯加译，北京：外国文学出版社，1987年，第410页。

2 别尔嘉耶夫：《末世论形而上学》，张百春译，北京：中国城市出版社，2003年，第264页。

3 同上，第221页。

4 转引自安启念：《俄罗斯向何处去——苏联解体后的俄罗斯哲学》，北京：中国人民大学出版社，2003年，第372页。

第五章

当代北欧生态文学与全球在地化

全球在地化（glocalization）是20世纪90年代才出现的新词，它是全球化（globalization）与在地化（localization）两个词的结合。它最初产生于商业领域，相对于全球化的潮流，在地化是指任何一种经济活动或商品流通，必须适应地方需求，为某一特定文化或语言地区所接受，才有可能快速发展。因而，全球在地化是指在全球化与本土化之间取得一种新的平衡，当全球化看上去势不可当的时候，在地化是一个与之相依存的制衡力量。“全球在地化是全球化通过本土产生的折射。本土没有被全球化消灭、吸收或者摧毁，相反本土影响了全球化的最终结果。”[1]全球在地化重视本土的视角、体验和其中复杂的关系，全球与在地关系的复杂联系可以用“全球在地性”加以概括。“全球在地性是指在本土或者通过本土视角来体验全球化，本土视角包括当地的权力关系、区域政治、区域地理、文化独特性等。”[2]社会学家罗伯逊（Roland

1 Victor Roudometof, *Glocalization: A Critical Introduction* (New York: Routledge, 2016), 65.

2 同上，68。

Robertson）将这一概念引入社会和文化领域。他在1992年的著作《全球化：社会理论与全球文化》中提出："全球地方化概念的提出最初主要是针对市场的。"[1]在谈到现在随着卫星电视的普及人们可以足不出户而知道天下大事时，罗伯逊指出："这种想法是有严重问题的，因为他没有充分考虑到'本土'和'全球'之间日益复杂的关系，没有充分认识到'在地性'总是被选择的，而且也没有能够把握'本土'媒体（尤其在美国）越来越多地报道'全球话题'的大趋势。"[2]总的来说，全球在地化强调全球化和本土化的同时性和共生性。

就生态批评而言，全球在地化不仅是指全球性的生态问题如何影响到一个地区和那里的人民，而且也可以是指不同地区的人民如何从本土的历史和经验出发来反思和应对这些生态问题。因此，全球在地化其实就是思考全球化，行动在地化。北欧国家有着悠久的文化传统和特殊的地区身份认同，全球化产生的生态问题影响到了北欧，同时也引起北欧思想界的积极反思和批评。此外，北欧有着丰富的生态哲学和文学资源，产生过一大批伟大的生态思想家和经典的作品。众所周知，深层生态学是当代生态思想的一大支柱，它是由挪威著名哲学家奈斯（Arne Naess）在1973年提出来的。同深层生态学相对应的是浅层生态学，后者的主张是发明新的技术，实施更加严格的环境管理，制定环境保护的法律来控制和减轻污染。作为一个激进的环境保护运动，深层生态学从一开始就提出反人类中心主义的鲜明立场，要求全面彻

1 Roland Robertson, *Globalization: Social Theory and Global Culture* (London: SAGE, 1996), 173.
2 同上，174。

底地清算造成环境危机的思想根源和文化传统。深层生态学提出生态平等、生物多样化和生物圈等许多重要概念，并且从跨文化的角度呼吁不同民族和地区的人民携起手来为创造一个人与自然和谐相处的生态而共同努力。在《深层生态学的基础知识》一文中，奈斯曾提出他的八点主张，下面引用其中的两点。“第一，地球上人类与非人类生命的繁盛有其内在的价值。非人类生命形式的价值不取决于他们是否从人类的角度来看是有用的。第二，生命形态的丰富和多样性本身就具有价值，而且他们对于地球上人类和非人类生命的繁盛做出了贡献。”[1]仅从以上这两点就可以看出奈斯的生态哲学是从人类文化和文明的高度来看待生态危机，并提出系统的思考和理论建构。相对于生物多样性，文化多样性也非常关键，因而需要警惕文化全球化的负面影响。

当代深层生态学的激进主张发轫于北欧，这是有其文化传承的。早在19世纪后期，挪威戏剧家易卜生就在其作品中揭露和批判了当时的生态问题。在易卜生1882年创作的名剧《人民公敌》中，斯多克芒医生发现小镇的疗养院水池里的水被污染了，然而当他打算将这个发现公之于众的时候，许多小镇里的当权派、媒体乃至普通市民都竭力反对。这其中包括小镇的市长、医生的哥哥，他警告说：“会不会还有一个客人走上门，要是咱们乱嚷咱们的水有毒，咱们的浴场有病菌。”[2]这里，大多数人考虑到的是浴场丑闻会给本地经济带来巨大的经济损失，他们是自私自利的。正是因为看到了这一点，斯多克芒医生说道：“多数派有势力——

1 Arne Naess, “The Basics of Deep Ecology,” *The Trumpeter* Vol. 21, No. 1 (2005): 68.

2 易卜生：《易卜生文集》（第五卷），潘家洵译，北京：人民文学出版社，1999年，第352页。

可惜没有公理。只有我，只有少数派，才有公理。少数派总是对的。"[1]斯多克芒的自信和勇气正是生态批评所需要的，因为像深层生态学这样的生态思想是颠覆性的，它批评和反思的对象恰恰是文明的传统和主流，尤其是西方文化中的人类中心主义。

批评人类中心主义是一种全球化思考，这种思考如何在北欧文学创作中在地化？在当代北欧生态文学经典的重构过程中，哈姆生（Knut Hamsun）的代表作《大地的生长》（1917）一直备受重视，哈姆生曾因这部小说而获得1920年诺贝尔文学奖。哈姆生除了对现代小说的心理描写和"意识流"手法产生过影响之外，他对自然的崇敬和赞美，以及对人和自然和谐相处的刻画在当代也引起了人们的广泛关注。近二十年以来，随着对他的研究又慢慢热了起来，关于他的译介、传记和评论日渐增多，尤其是他的生态思想开始受到追捧，他被认为是欧洲生态思想的代表人物之一。[2]《大地的生长》描写了挪威北部农民的生活和精神状态，是一部生态文学的典范。"《大地的生长》中农民的拓荒不仅是体力的考验，也是一种精神的体验与锻炼。小说的阅读有利于我们的精神健康。尽管我们不可能回到那种原始的生活，小说加强了我们在精神空间里与那种开创生活的联系，延续人类对土地的热爱、对自然的亲近和对劳动的赞美。生态文学倡导我们去适应环境，而不要将自己的意志强加于自然和环境之上。"[3]《大地的生长》给今天的生态文学批评的启示在于，它是从挪威北部山区农民的生

1 易卜生：《易卜生文集》（第五卷），潘家洵译，北京：人民文学出版社，1999年，第370页。

2 Manussos Marangudakis, "Ecology as a Pseudo-religion?" *Telos* Vol. 1998, No. 112 (1998): 107.

3 何成洲：《北欧文学经典：易卜生、斯特林堡与哈姆生》，北京：北京大学出版社，2009年，第139页。

活体验出发，探讨在资本主义工业化全球扩张的背景下，农民与土地和自然的纽带，以及简单生活的美学。

从全球化视角研究当代北欧生态文学需要正视两个重要的问题：一是它是如何继承和发扬北欧文化的传统？二是它如何将全球化的议题在地化？众所周知，北欧神话中有很多关于山妖的传说，当代北欧文坛上曾出现一些作品，它们对于传统山妖形象加以重写和挪用，既让这些作品充满了神秘的本土色彩，同时又对于全球化进程中的科技、自然、动物、森林和文化等既具有普遍性又含有北欧特殊性的问题加以反思，彰显了全球在地化的北欧生态文学特色。在讨论这些关于山妖的当代文学作品之前，有必要先考察一下北欧的山妖神话传统及其流变。

第一节　北欧的山妖神话及其文学传统

北欧古代神话中有一个独特的半人半兽形象，叫作山妖，不但在北欧家喻户晓，而且为世界各地的人所熟悉，成为北欧文化和民族身份的一个象征符号。山妖在北欧五国语言中的拼写有一些差别，但是在英语中一般统一翻译成“Troll”，中文翻译除了“山妖”，还有“巨人”“巨怪”等。冰岛著名长篇神话故事集《萨迦》中有很多关于山妖的故事，其中《大力士葛瑞底尔传》讲述这样一个故事：亡命好汉葛瑞底尔为躲避仇家的追杀，隐居于山林，终日与山妖打交道。有一次，葛瑞底尔与凶狠的山妖之妻恶斗，山妖婆力大无穷，凶猛无比。葛瑞底尔利用计谋将其制服，推下海湾。还有一种说法是，女山妖先是被葛瑞底尔削去肩膀，然后遇见阳光，化为独臂的山妖妇石像。这可以算得上是北欧神话传说中山妖遇光便化为石头的一个例子。[1]冰岛史诗《埃达》中也有许多对于山妖或巨人的描述，例如第十五首《海尔吉·希奥尔瓦德松谣曲》中多次提到巨人，王子海尔吉英勇无敌，杀死了巨人哈蒂。哈蒂的女儿，女巨人里姆盖德，想替父报仇，却中了国王臣子阿特里的计谋，被阳光照耀变成了石头。

> 如今天光已破晓，里姆盖德，
> 阿特里我一直陪你闲谈聊天，
> 因为你见到阳光就必定死亡。
> 顷刻间你变成一块坚硬石头，
> 将成为港湾岸边可笑的标志。[2]

国王的长子赫定在旅途中遇到了骑狼的女巨人，她手持蟒蛇当缰绳，希望赫定当她的伴侣。赫定拒绝她之后，被其诅咒，没得善终。

山妖的故事在北欧源远流长，有趣的是，北欧各国神话里所塑造的山妖形象也有所差异。在阿斯比昂森与莫尔所编纂的《挪威传说》中山妖就与冰岛传说中的山妖稍有不同。《挪威传说》中的山妖一般都比较愚钝，在与人类的交往中屡屡受挫，最终丢掉生命，例如《布茨与山妖》这一故事。布茨是一位农夫的小儿子，在农夫去世之后，布茨跟随两位兄长去服侍国王。

---

1 详见《萨迦》，石琴娥、斯文译，南京：译林出版社，2003年。

2 佚名：《埃达》，石琴娥、斯文译，南京：译林出版社，2000年，第247页。

宫里众人皆赞赏布茨伶俐，激起其兄长的嫉妒，遂在国王面前进谗言，让布茨去宫殿对岸的山妖宫中偷取各类金银财宝。布茨巧妙地哄骗山妖吃下自己的女儿，导致他伤心悲痛炸裂而死。由于山妖的愚笨，布茨成功完成各项任务，最终确立了自己在宫中的地位。

在北欧文学史上，山妖是一个反复出现的神话原型，在不同时代被作家赋予了新的内涵。[1]易卜生在创作《培尔·金特》之前发生了丹麦与普鲁士的战争，作为丹麦的兄弟，挪威没有支持丹麦，而是选择了旁观，引起易卜生的强烈不满。在这部戏的第二幕，培尔因为拐骗别人的新娘而被整个教区的人追捕，他逃进了深山，遇见了山妖大王的绿衣公主。为了自保，他被迫答应山妖大王，做他女儿的丈夫。“培尔：当然了。为了把一位漂亮新娘娶到手，做点牺牲也是值得的，何况她还给我带来一个模范王国呢。”[2]不过他马上又后悔了，几乎被小山妖们挖了眼睛。在这里，培尔面对山妖们的苟且妥协，被易卜生用来讽刺挪威的国民性。与易卜生同时代的挪威伟大作家约纳斯·李（Jonas Lie）在1891年发表了自己的小说《山妖》，[3]讲述了挪威北部的山妖传说和故事。

瑞典童话女作家，诺贝尔文学奖获得者，塞尔玛·拉格洛夫的小说《山妖与人类》（1915，1921）讲述了这样一个故事：住在森林里的一对山妖夫妻碰巧捡到附近村庄里的一个孩子，便留

---

1 关于北欧神话和文学史中的山妖形象，详见John Lindow, *Troll: An Unnatural History* (London: Reaction Books, 2014), 104–122。

2 易卜生：《培尔·金特》，《易卜生戏剧集》（第一卷），潘家洵译，北京：人民文学出版社，2006年，第183页。

3 Jonas Lie, *Troll* (Oslo: Gyldendal Norsk Forlag, 1968).

下自己的孩子，而将人类的孩子带走了。那位丢失孩子的母亲不顾丈夫的反对和村民们的攻击，收养了山妖的孩子，给了他母亲般的关爱。她甚至在房子着火的时候，冒着危险从火中抢救出山妖的孩子。在人类母爱的感召下，山妖夫妇决定将人类的孩子送回来。超越人与山妖界限的母爱，体现了人类与动物在很多方面类似。拉格洛夫是一个讲故事的能手，好像伟大的小说家皆如此，比如莫言，他的诺贝尔文学奖演讲的题目就是“讲故事的人”。拉格洛夫在她的诺贝尔演讲当中也充分展示了她讲故事的才能，她提到了孩提时代听过的很多故事，其中就有不少关于山妖的。她说道：“想一想那些老人，坐在森林边上的小草房里，讲述女水妖和山妖的传说，还有妇女被拐进大山里的故事。是他们教会我诗歌怎么才能传遍莽莽群山和一望无际的大森林。”[1]

山妖在北欧文学中是一个神话原型，它通常代表邪恶、黑暗，以及人类需要克服的弱点。弗莱认为，各民族的文学都从自己的古代神话中汲取了营养，这不仅表现在文学的形式上也反映在作品的主题上。“每一个人类社会都拥有属于自己的神话，它由文学延续，通过文学传播，并因文学而变得多样化。”[2]文学的原型批评试图发现文学作品中反复出现的各种来自神话传说的意象、叙事结构和人物类型，找出它们背后的基本形式，在作品分析中强调在具体的社会和历史语境下探讨神话原型的连续性。神话原型的视角对于研究当代北欧文学中山妖形象的塑造有帮助，但是也许

1 转引自 John Lindow, *Troll: An Unnatural History* (London: Reaction Books, 2014), 120。

2 Northrop Frye and Michael Dolzani, *Words with Power: Being a Second Study of "the Bible and Literature"* (Toronto: University of Toronto Press, 2008), xiii.

并不能充分解释这些作品如何在当下的全球化语境下产生了新的意义。

20世纪80年代以来，北欧文坛上出现了一些重写山妖的虚构作品，如瑞典的《天沟森林中的绿林好汉》（1988）、芬兰的《山妖：一个爱的故事》（2000）等。在全球化的时代，虽然北欧人口数量相对较少，但是这些北欧的优秀文学作品一经翻译成英语等主要语言，便很快在世界范围内流传开来。在这些作品中，山妖被用来构建一个新的故事，生成了一种全新的文学话语，表达了一种对于全球化时代的社会问题，尤其是生态危机的反思和批判，体现了一个改造世界的积极诉求。这一文学的生成和互动过程被称为“文学的事件”。

英国文学理论家阿特里奇（Derek Attridge）在《文学的独创性》（2004）和《文学的创作》（2015）中提出文学事件的理论主要包括三个相互关联的层面：他者性、创新性和独特性，它们关系到文学创作和接受的过程。[1]“他者性产生于对新思想和感觉的理解；创新性是生产艺术作品的过程以及在阅读中对这个过程的追寻；独特性关系到一部作品独特身份的形成。要将一部作品完全当作文学来看待，我们需要去体验这三个方面，因为它们在一场独特的复杂运动中相互协作、相互加强。”[2]一部优秀的文学作品之所以被阅读、翻译和传播，是因为它给不同文化中的读者带去了一种新的体验。文学给个体读者和整个社会带来产生变化的种子，

1 详见Derek Attridge, *The Singularity of Literature* (London: Routledge, 2004); *The Work of Literature* (London: Oxford University Press, 2015)。

2 Derek Attridge, *The Work of Literature* (London: Oxford University Press, 2015), 58–59.

因此文学在私人和公共领域都成为一种生成性事件，文学变成有目的的行动。

结合当代北欧文学中的山妖作品，神话原型的叙事被建构成一个个生成性的事件。山妖的形象在不同时期重复出现，但是它们有很大的差异，反映了在全球化时期北欧社会的生态诉求。在这些作品中，叙事不是描述过去，不仅仅是重复这个神话故事，而是用来“以小说行事”。[1]关于叙事的功能，齐泽克在《事件》中说道：“主体性发生真正转变的时刻，不是行动的时刻，而是做出陈述的那一刻。换言之，真正的新事物是在叙事中浮现的，叙事意味着对那已发生之事的一种全然可复现的重述——正是这种重述打开了以全新方式做出行动的（可能性）空间。”[2]当代北欧山妖文学的一个重要主题是批评全球化给人类生存环境带来的挑战，谴责人对于自然和森林的破坏，倡导动物的伦理，推动人与环境的和谐相处。而如果把这些作品当作一个总体来看，我认为它们构成一个动态的、有差别的，但是有共同主题的系列事件，凸显了全球化语境下文学，尤其是生态文学的行动力量。

第二节　人性还是动物性：《天沟森林中的绿林好汉》

《天沟森林中的绿林好汉》[3]的瑞典语原名是“Rövarna i

---

1 详见Joshua Landy, *How to Do Things with Fiction* (Oxford: Oxford University Press, 2012)。

2 齐泽克：《事件》，王师译，上海：上海文艺出版社，2016年，第177页。

3 这部小说有时被翻译成《斯科拉森林中的强盗》，参见吴元迈主编：《20世纪外国文学史》（第五卷），南京：译林出版社，2004年，第592页。作者请教了瑞典翻译家陈安娜（莫言等中国作家作品的瑞典语译者）和她的丈夫陈迈平，他们建议我使用这个译名。

Skuleskogen”，1998年由安娜·帕特森翻译成英文在伦敦出版，书名改成了“The Forest of Hours”。它的作者埃克曼（Kerstin Ekman）于20世纪50年代开始文学创作，一度成为瑞典侦探小说的代表人物，这方面的主要作品包括《三十公尺谋杀》（1959）和《死亡之钟》（1963）等。她最负盛名的四部曲——《巫婆舞圈》（1974）、《源泉》（1976）、《天使之屋》（1979）和《一座光明的城市》（1983）——从不同的角度描写了瑞典一个小镇的历史变迁。1978年，埃克曼当选瑞典文学院院士，是瑞典当代的代表性作家之一。

《天沟森林中的绿林好汉》的主人公是一个山妖，名字叫斯科德。他原先生活在天沟森林，遇到了两个人类孤儿，同他们交了朋友，慢慢学会了人类的语言并适应了人类的生活。之后，从中世纪一直到19世纪的五百年中，斯科德生活在人类中间，经历了瑞典历史上无数重大的事件，比如与俄国的大北方战争和黑死病，而且这些事件也与世界的历史进程相关。他自己也从事过不同的职业，包括牧师、钟表匠、外科医生等。但是他总忘不了天沟大森林，时不时地回到那里，对于神秘大森林一直怀有亲切的感觉。尽管他身上的动物性不断地减少，越来越像人那样文明，但是他仍然具有与动物沟通的本能，而且还能如神话里的山妖那样操控其他动物或者物体。生活在人类中间如此长的时间，斯科德的情感世界发生了巨大的变化，他感受到了爱，并愿意为了爱而奉献一切，这让他成为一个更“完全”的人。斯科德五百年生命历程的言说将虚构和历史结合起来，在世界历史的进程中反思人性和动物性相对立的问题。在《从动物研究到动物性研究》一文中，伦布拉德（Michael Lundblad）是这么解释动物性研究的："动物性研究将人的政治放在优先的地位，比如，我们在不同的历史和文化时期是如何考虑人类与非人类的动物性的。"[1]动物性研究从全球和本土的双重视角讨论人类对于非人类动物的看法和态度。《天沟森林中的绿林好汉》的动物性叙事呈现去他者化的特点。

首先，在北欧神话中山妖经常代表恐惧和危险，是人类的对立面。但是在《天沟森林中的绿林好汉》这部小说里，读者通过斯科德的讲述认识到他有着丰富而复杂的内心世界，进而改变对于动物的成见。"埃克曼借助她的山妖主人公斯科德打开了一扇通向动物世界的想象之门：想象它们的想法、感受及语言。"[2]这部小说的叙事是非常激进的，让斯科德作为主人公本身就是对于传统的反叛。其次，作为一个生活在人类与自然之间的生物，他的中介性挑战了人类与非人类的分类法。"存在于西方传统中的范畴及边界规定了什么是'人'，什么是'动物'，《天沟森林中的绿林好汉》对此进行了意义深远的批判。"[3]长期以来，对于人性的界定是以非人类的他者作为参照的。与非人类的野蛮相比，人类就是文明进步的，作为人类就是要克服动物性。这种非此即彼的二元论是人类中心主义的反映。"人类利用动物来解释何谓人，并揭示他们与自然界，尤其是与动物之间的差别。"[4]然而，现代科学恰恰揭

1 Michael Lundblad, "From Animal to Animality Studies,"*PMLA* Vol. 124, No. 2 (2009): 497.

2 Linda Haverty Rugg, "Revenge of the Rats: the Cartesian Body in Kerstin Ekman's *Rövarna i Skuleskogen*," *Scandinavian Studies* Vol. 70, No. 4 (1998): 425.

3 Helena Forsaas-Scott, "Telling Tales, Testing Boundaries: The Radicalism of Kerstin Ekman's Norrland," *Journal of Northern Studies* Vol. 8, No. 1 (2014): 67.

4 Randy Malamud, *Poetic Animals and Animal Souls* (New York: Palgrave, 2003), 4.

示人类与动物存在相当多的共同点。

小说的动人之处是斯科德与人类交往并建立友谊的故事。《天沟森林中的绿林好汉》以斯科德与两个人类的孤儿埃克和诺贝尔相识开始，他们在艰难的环境中相互帮助，渡过了一个又一个难关。埃克和诺贝尔教会了斯科德人类生活中的种种规则，让他认识到人类纷繁复杂的多面性。斯科德也利用自己的超自然能量帮助他的人类朋友获得食物，在森林中躲避各种危险。到了小说的最后一部分，斯科德爱上了一个名字叫齐妮娅的女人。她出生在一个富足的家庭，郁郁寡欢，不愿与周围的人交往，却与斯科德相处愉快。在旁人眼中，她弱不禁风，举止怪异，精神有些失常，但是斯科德却对她一往情深。他们的爱情消弭了简单的类属划分，批判传统文化中人性与动物性、文明和自然的二元论。爱赋予斯科德人类的灵魂，但是他再也不能保持长生不老的状态，他终会像人类一样死去。

斯科德名字的瑞典语原文叫作“Skord”，是“skog”（森林）和“ord”（单词）的结合。森林代表自然，语言代表文明。所以，这个名字具有象征意义，代表永恒的自然世界与感知的人类世界的交叉和融合。一方面，为了与人类交流，斯科德必须首先学会用语言来表达自己的思考和感受，然后将那些零乱的、杂乱无章的事件连接成有意义的序列，从而达到认识世界和解决问题的目的。在这个过程中，他不得不逐渐失去与自然直接沟通和交流的能力，因此他体验的范围缩小了。另一方面，他始终保持着与动物沟通的能力和魔力。因此，他需要在人类和山妖之间保持一种平衡，能够融合人性与动物性。为了这个目标，他一直在努力。小说的结尾，斯科德回到天沟森林，等待着自己的死亡。这时候，小说开头出现过的那位巨人格勒宁（Groning）再次出现。[1]“Groning”在瑞典语中意味着“萌芽”，于是自然界经过一个生命的轮回孕育着新的开端。它的引申意义可以理解为斯科德的死亡是另一种形式的新生，代表人类智性和直觉的融合。至此，小说的叙事完成了一个循环。

在《天沟森林中的绿林好汉》中，斯科德从山妖蜕变成人是一个跨越性的文学事件，构成小说发展的主线。这一事件的意义不仅在于它颠覆了北欧神话传统中的山妖形象，更重要的是它创造性地将历史和人性的反思融入斯科德这一形象的塑造当中。作者借助这一“文学的发明”（阿特里奇语）对于全球化时代自然的破坏和人类的异化提出批评。英国文学理论家伊格尔顿在《文学事件》（2012）一书中认为文学叙事里的言语行为也是操演性的，不仅仅是描述一个虚构的世界，而且通过它的叙事让一些事情发生了。这当然不只是指观众情感上的变化，还关乎现实生活中的改变。“小说通过诉说来完成自己的使命。小说的话语行为本身赋予小说以真实性，且能够对现实产生切实的影响。”[2]在《事件：文学和理论》（2015）中，伊莱·罗纳借用德勒兹的事件哲学来讨论文学与现状的关系。“德勒兹分析文学个案，不仅是为了强调它们的独特性，更是为了找到一种独特的生成性的表达方式，并揭示它的创造力：生成性究竟如何在一整个内在性的平面内横贯写作

---

1 Kerstin Ekman, *The Forest of Hours*, Trans. Anna Paterson (London: Chatto & Windus, 1998), 483.

2 Terry Eagleton, *The Event of Literature* (New Haven: Yale University Press, 2012), 131–132.

过程并影响写作事件？”[1]《天沟森林中的绿林好汉》中山妖斯科德的人间传奇是一个有独创性的事件，能对读者的自然观和生态观产生一定的影响。

在全球化时代，人们发现科技和进步有时竟阻碍人与自然的和谐相处，甚至对自然和环境产生严重破坏，此时他们才意识到重新建构我们的生态保护意识是何等重要。生态批评呼吁人们重新去发现自然，通过自己的直觉去亲近和感受自然对于人类的平衡发展和文明的进步至关重要。动物性研究认为："一个人的动物本能对于理解人的行为是至关重要的。"[2]《天沟森林中的绿林好汉》在这方面是有启发意义的："斯科德意识到，想要通过智识、科学和哲学去理解时间与物质终究是不可行的。但他仍能依靠直觉去理解世界，能在与他人的关系中找到意义。当他学着重新珍视自己属于山妖而非人类的一面，学着去相信自己的直觉，他便真正成熟了。"[3]换句话说，人类总是需要在理性知识与感性经验之间寻求一种平衡。小说从历史的角度批评和质疑人类中心主义的世界观和价值观，尤其是那些支撑文明大厦的基础概念，比如：主体、客体、自然、文化等，以及在这些概念的基础上建构的规范和制度。在这一点上，《天沟森林中的绿林好汉》与深层生态学的哲学主张是一致的，体现了北欧的文化特色，是生态文学全球在地化的一个典型。

---

1 Ilai Rowner, *The Event: Literature and Theory* (Lincoln: University of Nebraska Press, 2015), 157.

2 Michael Lundblad, "From Animal to Animality Studies," *PMLA* Vol. 124, No. 2 (2009): 499.

3 Rochelle Wright, "Approaches to History in the Works of Kerstin Ekman," *Scandinavian Studies* Vol. 63, No. 3 (1991): 301.

第三节　都市中动物的权利：《山妖：一个爱的故事》

小说《山妖：一个爱的故事》（*Troll: A Love Story*）在2000年获得为芬兰语小说写作而创立的“芬兰奖”（The Finlandia Prize）。作者斯尼萨罗（Johanna Sinisalo）生于1958年，这是她的第一部小说。之前她主要为电视和连环漫画写作，曾多次获得最佳芬兰语科幻小说“Atoros奖”。此外，她还在“凯米全国连环漫画创作大赛”上夺得过一等奖和二等奖。

这部有科幻色彩的小说主要发生在芬兰一座城市的公寓楼里，主人公名字叫作安格尔，是一位年轻的摄影师。小说情节比较简单：安格尔在清晨回到住处，在公寓楼院子里发现一群十来岁的少年在踢打一个受伤的年幼山妖。因为可怜他，他将小山妖带回自己的住处。他一开始不了解山妖，只是同情他；后来慢慢熟悉了，开始喜欢他，觉得他像人一样具有丰富的情感世界。于是，安格尔给他起了一个名字叫“佩西”。同时，安格尔也想利用他，拍摄一些独一无二的照片，获取利益和名声。可是有一次，佩西为了帮助安格尔抵御他朋友的攻击，而将对方杀死。警察要来抓捕佩西，安格尔决定护送他离开，带着他逃离都市，进入大森林。在森林里，安格尔惊奇地发现自己并不觉得恐惧。当小山妖佩西找到他的家庭的时候，前来搜捕的警察也跟踪而来。当安格尔面临危险的处境，佩西和他的家庭邀请他留下来。安格尔稍加思索，便决定加入山妖的家庭。

这本书在写作形式上的一个显著特点是后现代碎片化的叙事方式，各种文体，虚构的和非虚构的混杂在一起。为了调查所谓的山妖习性，安格尔翻阅了大量资料，包括日记、网络文章、新闻报道、神话传说、生物学著作等。里面甚至还有一段引自塞尔玛·拉格洛夫的小说《山妖与人类》的对话：

> “我不知道一个小山妖吃什么，”她跟丈夫说，“他一点都没有碰我放到他面前的食物。”
>
> “哦，这没有什么奇怪的，”他说，“山妖只吃青蛙和老鼠，你难道没听说过吗？”
>
> “不过，你不会要我到池塘里捉青蛙吧？”
>
> “当然不会。他饿死才好呢？”[1]

以上是《山妖：一个爱的故事》这本书里的一页，看起来与前后没有任何情节上的联系。它似乎是说山妖是与人类完全不同的动物，而且令人讨厌。但是在上下文的语境中，这段话其实有一些深层次的意义。一方面，它代表了文学中对于山妖形象的建构，与其他不同文体的有关山妖的描述有着内在的一致性，那就是将山妖他者化，甚至妖魔化。这样就为后来小说中山妖形象的逆转——去他者化和人格化——准备了条件。另一方面，《山妖与人类》的主题与《山妖：一个爱的故事》的主题有一种深度的契合，它们都是关于人类的爱，一种拥抱地球和万物的大爱。主人公安格尔（Angel）名字的意思是“天使”，而这位摄影师也真的像天使一样善良，充满了爱和希望，就像《山妖与人类》里面的那位

---

1 Johanna Sinisalo, *Troll: A Love Story*, Trans. Herbert Lomas (New York: Grove Press, 2003), 47.

母亲。有意思的是，上面这段引文的上下文都是在描写安格尔如何了解山妖和对待山妖。这样的安排也许不是偶然，而是作者的精心安排。

这些有关山妖的文章或者引用文献以单独的篇章出现在小说里，与人物的叙事截然分开。这种碎片化的写作风格类似高行健的小说《灵山》，而且在目的上也是对于主流文化的反思和批评。《山妖：一个爱的故事》将作者创作的或者引用的有关山妖的文本混杂在一起，一方面介绍人们对于山妖的知识和想象，以及这些如何决定了他们对于山妖的认知；另一方面，读者也体会到这些知识和想象往往与事实不符，充满了人类的偏见和局限性。“小说中对山妖元素的运用以及与山妖相关的所有神话‘包袱’，都表明幻想的力量绝不亚于生物现实。安格尔在研究山妖时阅读的文本，以各种媒介形式创造了有关山妖的各类观点，它们实质上展现了语境是如何影响再现的。”[1]当然，作品的一个重要主题是批评了人类中心主义视角下动物和自然的他者化。叙事的碎片化不仅解构了人类对于动物的统一认识，而且也影射人与人之间交流的障碍。作品里的不同人物都在用第一人称叙事，但是每个人物的一次故事只有短短的一两页，中间穿插着其他各式各样的文本。这些人物之间的叙述经常相互矛盾和冲突，意在表明人与人之间的隔阂，同时它暴露了城市生活的条块化和封闭性。在都市中，人与人的关系如此，人与动物之间更是被划出了鸿沟。动物成为都市空间不可接受的“异类”，这是对全球化时代都市化的一个控诉。

1 Katja Jylkka, "'Mutations of Nature, Parodies of Mankind': Monsters and Urban Wildlife in Johanna Sinisalo's *Troll*," *Humanimalia* Vol. 5, No. 2 (2014): 58.

山妖的故事影射了生活在都市中的动物的境况。都市一般是文化与秩序的象征，成为自然的对立面。生态哲学家苏普（Kate Soper）曾经说过，在多数人眼中“都市或者工业化的环境”与“荒野”“乡村”是对立的，这种观念成为我们认识自然（包括动物）的障碍。[1]但是都市里面也可以有荒野和野生的动物。都市也是一个生态系统，不应该是自然的对立面。城市与自然的二元论是有问题的，是全球化时代人类文化的一种畸形发展。小说的绝大部分情节发生在城市的公寓房里。但是到了结尾，安格尔带着小山妖离开城市，进入森林。人物的生活范围也有局限，知识的获取主要是靠搜寻和阅读网络上的文章。这是一个与众不同的故事空间：封闭、压抑，还加上点暴力。这也恰恰是当代人生活空间的一个生动写照，都市改变了人类的生活习惯，人与自然的互动显著减少。以上小说里反映的无疑就是当代全球化历史进程的一些严重问题，包括都市化对于生态的影响。“城市化势不可当，野生动物被迫适应不断变化的自然环境，人们也渐渐开始关注这类问题，斯尼萨罗的书便诞生于这样一个历史时刻。”[2]进入都市的动物以一种不同以往的方式被他者化，处于人类的暴力之下，就像小说开头几个少年折磨幼小的山妖那样。当然，这种暴力必定遭到动物的反抗，小说的最后有一幕：在森林中，当警察追捕而至的时候，高大的山妖们手里拿着枪。山妖属于大森林，但是人类在砍伐森林，森林不断变小，动物在失去自己的家园。人类必须尊重动物的家园，因为动物不仅是我们生态系统中的成员，也

---

1 转引自 Randy Malamud, *Poetic Animals and Animal Souls* (New York: Palgrave, 2003), 3。

2 同上，48。

是人类认识自己的一面镜子、一条途径。在这里，全球化进程中森林面积的减少成为小说的又一个主题。

人性和动物性过去一直被认为是相互排斥的，可是实际上它们之间的关系要复杂得多。正如唐娜·哈拉维在《当物种相遇》中所写的，“生命诞生于真实的相遇”。[1]《山妖：一个爱的故事》这部小说以一种虚幻和真实相结合的方式讲述了一次人与动物邂逅的奇特故事。“安格尔不由自主地注意到佩西拥有类人的外表、情感，有时甚至是智识，尽管他也明显带有山妖的动物性特质。”[2]山妖在小说中渐渐地被赋予人类的特征。安格尔是一个专业摄影师，他让佩西穿上牛仔裤，跳起来，拍一张广告照片。山妖照片获得惊人的成功，获奖了，成为本地知名球队的徽标。尽管人们惧怕山妖，抱有偏见，但是人们向往和崇拜山妖在跳跃中绽放出的巨大能量。有趣的是，当杂志出版后被寄送到安格尔家里来时，佩西发现了照片，他无比愤怒，将杂志撕毁。安格尔说：“他看到了。他知道那是什么。他知道怎么看照片。他恨透照片了。至少他恨透这一张了。”[3]我们无法对山妖的这种激烈反应加以确切的解释，但是这无疑在表明他是有丰富情感的，他有一定的判断力，并且不受人类的影响。遗憾的是，我们对于他的内心世界所知甚少。小说还有一个奇怪的细节，山妖通过他的气味对安格尔产生性的吸引力。安格尔不仅陶醉于此，而且对山妖

1 Donna Haraway, *When Species Meet* (Minneapolis: University of Minnesota Press, 2008), 67.

2 Katja Jylkka, "'Mutations of Nature, Parodies of Mankind' Monsters and Urban Wildlife in Johanna Sinisalo's *Troll*," *Humanimalia* Vol. 5, No. 2 (2014): 55.

3 Johanna Sinisalo, *Troll: A Love Story*, Trans. Herbert Lomas (New York: Grove Press, 2003), 220.

有性欲望和“性行为”。[1]人与山妖的性接触在易卜生的戏剧里曾出现过，培尔·金特被女山妖勾引，打算放弃人类的身份去当山妖大王的女婿。这里，人与动物的界限模糊了。动物性研究认为，人类与非人类动物之间的爱欲有助于“抵制对于‘兽性’的简单化和贬抑式的意指”。[2]如果说《天沟森林中的绿林好汉》描写了山妖如何变成了人，《山妖：一个爱的故事》则在一定程度上讲述了人“成为动物”的故事，或者说一个寓言。在合著的《千高原》中，德勒兹（Gilles Deleuze）提出“成为动物”是为了挑战人类与动物的区隔，提倡跨物种的超越与迁移，进而实现人与动物的“联盟”。“成为动物不是梦想，也不是妄想，而是彻底真实的……成为不同于遗传，它与联盟有关。”[3]在这个意义上，人类走出了自己的认识局限，面对自然界无限的可能开放自己的胸襟。

《山妖：一个爱的故事》的另一个主题是同性恋，以及社会对于同性恋的偏见。小说描写在一个同性恋酒吧里出现了一位慕名而来猎奇的女性，她装扮成一个女同性恋，可是酒吧里的同性恋常客一下子就看穿了她，因此没有人愿意去搭理她。安格尔的同性恋伙伴埃克评论道：“有的人可能会认为，在她眼里，我们都是动物园里的动物。但我有另一种分析。对她来说，我们是高贵的野蛮人，生活于受人尊敬的、井井有条的社群之外的灰色地带，一个需要很大勇气才能踏入的未被驯化的荒原。”[4]埃克的话显然是

---

1 Johanna Sinisalo, *Troll: A Love Story*, Trans. Herbert Lomas (New York: Grove Press, 2003), 166.

2 Michael Lundblad, “From Animal to Animality Studies,” *PMLA* Vol. 124, No. 2 (2009): 500.

3 转引自 Randy Malamud, *Poetic Animals and Animal Souls* (New York: Palgrave, 2003), 11。

4 同上，107。

针对社会上对同性恋的偏见，反映同性恋群体的声音。在小说里，同性恋与山妖有了一定的类比。人们对于山妖有偏见和恐惧心，迫害它们，就像同性恋遭受的歧视和迫害那样。“小说里的同性恋角色和山妖一样，集欲望与恐惧于一身；小说的叙事支持这样一种解读：同性恋与山妖占据的都是中间地带，这一‘灰色地带’始终是阐释与再阐释的对象。”[1]

《山妖：一个爱的故事》里的“爱的故事”是一个不易解释的难题，这是因为在小说中爱的传递和爱的表达是非常多面性的。“爱”改变了安格尔和小山妖佩西的命运，也将他们联结在了一起。同时，“爱”也用来描写山妖之间的感情。以下是佩西回到森林里，即将与山妖家人重逢的描写：“突然他呆住了，尾巴以我从未见过的方式摆动，它卷成了半圆形，绷得紧紧的，我感觉他既有些兴奋，也有点紧张，还表达了……伟大的、深沉的爱……”[2]

在小说里，“爱”是整个叙事事件的灵魂。小说对性、身体与社会规范的颠覆性描写拓展了对人性 / 动物性、自然 / 非自然的探讨。它给读者的启发是动物性其实也是人类的一个话语建构，文明和自然的划分是人为的，而非本质性的。在这里，北欧山妖叙事的传统断裂了，产生了有独特性的新形式。这一新的叙事形式既受到全球化的深刻影响，又深深打上了北欧文化的印记，反映了全球在地化的文化特点。

---

1 Katja Jylkka, "'Mutations of Nature, Parodies of Mankind:' Monsters and Urban Wildlife in Johanna Sinisalo's *Troll*," *Humanimalia* Vol. 5, No. 2 (2014): 62.

2 Johanna Sinisalo, *Troll: A Love Story*, Trans. Herbert Lomas (New York: Grove Press, 2003), 269.

动物与森林是不可分割的，《天沟森林中的绿林好汉》和《山妖：一个爱的故事》这两部小说中都提到了森林。森林不仅是北欧的地理特征，也是北欧文化认同的一个重要元素。21世纪以来，动物和森林在北欧文学和文化中继续得到关注，比较突出的是《追击山妖》(2010)，这是一部挪威的生态恐怖片。[1]它的脚本是由欧弗勒达尔（André Øvredal）撰写的，而且电影也是由他导演的。这部电影的一个成功之处在于它将挪威的文化符号“山妖”与西方流行的恐怖片形式结合起来，体现了另外一种“全球在地化”的文化逻辑。这部电影的一大特色就是将山妖的神话故事融入挪威当代社会的叙事和镜头当中，将虚幻和真实混合在一起，构成一个具有他者性和创新性的事件。电影中，政府利用手中的资源建造的电网围栏是一个象征，表面上看这样做是为了保护“野生动物”，其实这是对于生态系统的破坏和对于动物权利的损害，进一步看，它限制了人类对于自然的理解和沟通。电影调动各种手段，叙事和影像的，对这个人为的将人类与自然分开的藩篱加以批评。用于围圈山妖的电网似乎是人类科技进步的表现，但是在另外一个方面它象征着人类中心主义的思维局限。人类将山妖他者化，试图消灭自身的动物性。但那是不可能的，因为动物性是人性的一部分。人类认识世界不仅靠思维，也依靠本能和直觉。这部电影批评人们满足于已经存在的关于山妖的民族叙事，而对于真正的山妖没有兴趣。这种情况是普遍存在的，比如在中国文化中的狼。人们对于自然界的狼丝毫不关心，但是对狼的故

1 *Trolljegenren* (Troll Hunter), dir. André Øvredal. 2010.

事却是津津乐道，甚至掀起了广泛的讨论，如姜戎2004年的小说《狼图腾》（2015年改编和拍成同名电影）、贾平凹的小说《怀念狼》等。[1]人类与自然的藩篱已经牢固地印刻在我们的集体记忆和认识当中，现在是我们重新了解和反思它的时候。这部电影故意运用纪录片的形式，似乎是为了强调这个科幻片的真实性，提醒世界各地的观众不要把它仅仅看作是娱乐，而是一个生态反思的文化事件。

北欧当代山妖小说和电影的研究揭示了北欧的山妖神话如何在最近的二三十年中被挪用和再创作，编织出风格迥异但又深具生态关怀的重要作品。借助艺术的想象和创新，并结合当下的全球化历史进程及其影响，山妖的故事生成了一系列有独特性的文学事件。这些文学事件不仅仅反映现实，而更多的是积极介入全球化时代的各种社会问题，尤其是生态文化的反思和建构，具体说来主要有以下几点：

一、山妖的叙事激发人们对于人性的反思，并认为人性和动物性之间的边界是模糊的。无论是《天沟森林中的绿林好汉》里的斯科德还是《山妖：一个爱的故事》里的佩西，他们不仅同人类建立了友谊，甚至生发出爱情。二、文明与自然二元论是一个人为的历史建构，它们不应该被认为是对立的，而是相互交融、相互促进的，尤其在全球化时代，人们需要重新认识和理解自然。这也是当代新儒家重新重视和阐释“天人合一”理念的原因。

---

1 He Chengzhou,"The Wolf Myth and Chinese Environmental Sentimentalism in *Wolf Totem*," *ISLE: Interdisciplinary Studies in Literature and Environment* Vol. 21, No. 4 (2014): 795–798.

三、人类中心主义的生态观念不仅是固化于我们文化内部的一整套话语建构，而且社会的权力机构也在不断强化它的存在，因而反对人类中心主义是一项长期的任务。从事件的角度看待文学，能够突出文学的能动性，也即创新的文学生产如何能够参与当下对于全球化的想象与改造，尽管这种变化是缓慢的。

全球化与文学的关系是辩证的、相互作用的。一方面，文学反映并揭示全球化进程中的问题，这其中包括移民和族裔身份认同、生态环境的危机等；另一方面，全球化也对文学的写作目的，创作的形式和内容，作品的传播、阅读、接受等产生影响。总之，全球化在一定程度上改变了文学的运作方式，而这种转变也许可以被称作一个事件。根据齐泽克的观点，“事件总是某种以出人意料的方式发生的新东西，它的出现会破坏任何既有的稳定架构”。[1]北欧的生态文学通过山妖神话原型的改写，构建了一个文本的虚拟世界，见证了全球化的历史和现实，并试图对读者和社会产生积极的影响。

文化代表着传统，事件体现创造性。事件在生成的过程中，往往会出现日常秩序的断裂，这是因为事件具有反叛性和批判性。一系列具有相似反叛精神的事件推动着文化的自我更新，文化在传承中得到重构和发展。当代北欧的这些重写山妖的文学作品在继承和发扬北欧本土文化的同时，批判了人类中心主义世界观和全球化带来的环境破坏，从而建构了一种独具特色的北欧生态文化，并已经在世界范围内产生了积极的影响和贡献。北欧生态文

1 齐泽克：《事件》，王师译，上海：上海文艺出版社，2016年，第6页。

学的全球在地化表明：文学可以利用本土的文化元素来思考全球化给世界和地区带来的冲击，并努力发挥文学的功能，为改变或者改造现实而贡献一份力量。

第六章
“第二性”的浪潮与当代法语女性文学

从20世纪60年代开始，尤其是20世纪80年代以来，“全球”“全球主义”“全球化”这类术语在各种领域迅速传播。而早在“全球化”这个新词被创造出来之前，我们就深切地意识到、体会到世界体系早就存在，世界各地是互通互联互动的，全世界的人都在自觉或不自觉地参与到国与国之间、地区和地区之间、大陆和大陆之间的政治、经济、文化网络的建设中。“全球化”暗含了一种动态的趋势，一种发展、一个过程、一种变化。只是随着贸易和跨国经济活动的增长、电子和信息时代的到来，移动、离散和混居让文化的融合与冲突急剧升级，“全球化”在加速。女权运动因其国际化、自由化、普遍化的特征无疑是全球化的一个重要景观，女权主义与全球化思潮彼此影响和互动。在结合文学文本去透视女权主义和全球化的内在联系时，我们也试图厘清在不同的历史和政治语境下，呈现在我们眼前的是哪一种女权主义或妇女运动，它在何时何地且如何与全球化发生交锋和交叉。

第二波女性主义运动在20世纪60年代席卷欧洲和美洲大陆，

在70年代演变成整个西方世界的运动并达到了高潮，随后80年代在亚洲和非洲等第三世界国家蔓延。运动的目标是批判性别主义、性别歧视和以父权制为首的男性特权，主要基调是要消除两性差别，并把造成女性对男性从属地位的状况归咎于这种差别。20世纪90年代，第三波女权主义兴起，发展迅猛，女权主义的理论范式有了新的维度，在精神分析、后现代主义、后结构主义、后殖民主义等思潮的影响下，它所关心的问题不再仅局限于“妇女问题”，而是从关注男女经济平等、政治平等转向关注文化平等、文化生产与文化认同。作为引领全球女权运动和生产各种女权理论的重镇，法国的女性文学和女性主义文学批评也风生水起，旨在消解占统治地位的男权文化、颠覆菲勒斯象征秩序下的女性观念，创造出一种女性话语，从而改变失语和边缘的地位。

本章第一节从波伏瓦（Simone de Beauvoir，又翻译为波伏娃）的《第二性》切入，结合法国和世界各地风起云涌的女权运动，概述近半个世纪法国女权思想的流变及其在全球范围内的理论旅行。第二节从法国女权主义者波伏瓦和克里斯蒂娃（Julia Kristeva）对社会主义制度下女性生存状态和女权运动的观察出发，考量“中国形象”作为一种知识和想象体系，如何在西方文化语境中生成、传播，经历某种从“附魅”到“祛魅”的过程。第三节通过杜拉斯的东方情结去探寻女作家逆写“法兰西殖民帝国”的心路历程，经由印度重返印度支那的童年，并通过“情人”形象的一系列变化去隐喻中国在世界格局中地位的改变。第四节聚焦以杰巴尔（Assia Djebar）为代表的马格里布法语女性文学，那里的女作家们从自身的女性生存经验和困境出发，在或多或少经历过多质文化的接触、旅行、碰撞、变形和杂糅后实现自我书写和表达的自由。

在全球化的进程中，当洲际之间的移动性、互联性和混合性[1]变得更加普遍和深刻，当时空、民族、国家、传统、文化、边缘和中心等固有的疆界被打破、被重构，法国文学在这样的历史语境下显得狭隘，法语文学的概念打破了国别文学的壁垒，魁北克文学、马格里布文学、移民文学的加入让语言成为更多人共同的精神栖居。在这种新格局下，女性主义从地方走向全球，“必然带来女性主义跨国知识生产活动的迅速增长，女性主义的知识生产也变得日益‘跨国化’”。[2]女性主义理论旅行基本上走的是从北到南、从西向东的“单向道”，但理论在不同地区本土化的进程中呈现出异质和多样化的特性。女权主义和妇女运动的观点在不断地交锋、修正和成长，女性写作在多元历史、宗教、政治、文化的网络中呈现出缤纷的姿态和诉求，或“敛翮闲止，好声相和”，或“鼓吹震，声激越”。

第一节 《第二性》与全球女权运动和理论的旅行

1986年4月14日，波伏瓦在巴黎科尚医院去世。密密麻麻的人群，什么肤色的都有，世界各国的妇女都赶来跟她告别，非洲、亚洲、大洋洲、美洲、欧洲，所有的大陆都有代表。4月19日，下

1 托马斯·许兰德·埃里克森：《全球化的关键概念》，周云水等译，南京：译林出版社，2012年，第13—14页。

2 闵冬潮：《全球化与理论旅行：跨国女性主义的知识生产》，天津：天津人民出版社，2009年，第8页。

葬的那一天，蒙帕纳斯公墓的大门被人群堵住了，负责安保的警察也来了。她最后的情人朗兹曼（Claude Lansmann）朗读了《事物的力量》（*La Force des choses*，1963）中的一段文字，人声嘈杂，谁也听不清他在说什么。法国妇女解放运动（MLF）的姑娘们唱起了队歌："我们这些妇女，没有过去，在岁月的黑夜里，我们没有历史，妇女们，我们是黑色的大陆，起来，被奴役的妇女，起来……"[1]这是蒙泰伊（Claudine Monteil）在《第二性波伏瓦》（*Simone de Beauvoir côté femme*）一书最后描写的一个动人场景。

波伏瓦是法国著名的文学家、哲学家和社会活动家，法国女权运动最重要的代表人物。她一生著述颇丰，文学创作有小说《女宾》（1943）、《他人的血》（1945）、《人都是要死的》（1946）、《美丽的形象》（1966）、《独白》（1967）和荣膺龚古尔文学奖的《名士风流》（1954），四卷本回忆录《端方淑女》（1958）、《岁月的力量》（1960）、《事物的力量》（1963）、《归根到底》（1972）和纪念母亲与萨特的文字，还写过游记和剧本；学术创作有随笔和哲学论著，如《模糊性的道德》（1947）、《第二性》（1949）、《要焚毁萨德吗？》（1952）、《长征》、《老年》（1970）等。而她影响和传播最广的论著就是将存在主义和性别研究完美地结合在一起、全面剖析性别制度与文化的《第二性》。这部论著曾经并且在今天仍然影响着全世界亿万女性的生存状况，波伏瓦令人们了解到不公正的性别制度如何潜移默化、根深蒂固地影响每一个（女）人。

在波伏瓦之前，其实也不乏研究性别、女性、男性，剖析

1 克罗蒂娜·蒙泰伊：《第二性波伏瓦》，胡小跃译，北京：作家出版社，2006年，第123页。

女性为什么受贬抑、受歧视以及要求男女平权的作家。比如英国女权运动第一次浪潮中涌现的几位代表人物，首先是沃斯通克拉夫特（Mary Wollstonecraft），她提出两性充分平等的要求，主张女人不应再受制于她们的身体以及由身体所带来的情感，她的名著《女权辩护》（1792）成为女性运动的经典，她在这本书中为女性要求工作权、教育权、政治权和投票权，是对法国大革命中萌发的女权思想的承继。另外两位代表人物分别是泰勒（Harriet Taylor Mill）和穆勒（John Stuart Mill），前者著有《女性的选举权》（1851），后者是受泰勒女权思想影响的男性学者，他在1869年出版了《女性的屈从地位》，提出女性没有理由被排除在领导职位之外，并提出只有在女性有了选择自由之后，才能知道她们的“自然”能力是怎么样的。波伏瓦在写作《第二性》之前仔细研读了这类关于妇女问题的著作，她的《第二性》发表于两次浪潮之间，既是对第一波女性主义理论和实践的总结，也为第二波的到来做了理论的铺垫。

发表于1949年的《第二性》（*Le Deuxième sexe*）分两卷，第一卷《事实与神话》是理论框架，围绕在“作者序”中提出的“女人是什么?”和“女人为什么总是被认为是不如男人的第二性?”这两个关键问题，从生物学、心理分析学、人类学和历史唯物主义的视角去探讨被作为他者的第二性——女性。第二卷《体验》分析女人从童年到老年的身心发展，所经历的各种不同境遇（婚姻、为人母、社交、妓女、中老年）及其局限，探讨当今女性可以采取什么样的方式获得解放，踏上自由之路。波伏瓦最著名的观点是“女人不是天生的，而是后天构建的”，这一观点与沃斯通克拉夫特如出一辙，后者早在《女权辩护》一书中就已经指出，女性有别于男性的温柔、胸无大志等性别气质的区分是人为的，不是自然的。波伏瓦的《第二性》相较于以前的女性主义的著作，对千百年来与女性紧密相关的情感、婚恋、家务、生育、避孕、流产、装扮等问题进行了更加全面深入而又富有洞察力的思考和论述。"第二性"这一名称也形象地反映了女性在男权制社会中的地位和处境，男性在个人生活和社会的各个方面系统地、全面地控制着女性，男性统治着女性，男性是主体，女性是作为客体的"他者"。

《第二性》在当时相对保守传统的法国和西方社会掀起不小的风波，罗马教廷把《第二性》列为禁书。但《第二性》已经为第二波女性主义浪潮的到来起到了引领和推动的作用，正因为波伏瓦的理论先行，人们开始全面思考女性为什么是次于男性的第二性，该怎样消除对女性的歧视和偏见，女性如何获得生而为人应有的尊严和权利。曾在波伏瓦和萨特创办的《现代》杂志担任了二十多年编委的哲学家盖伊（Michel Kail）说："为了评价《第二性》，米歇尔·勒德芙发明了一句漂亮的话'运动之前的运动'，事实上，无数女读者的证词表明，这本书的阅读如何构成了对自身境遇的发现，她们也或多或少地预感到它专断的特征。她们结合自身特殊性而感受到这种发现，使她们意识到所有女人面对的是同一个出路。"[1]

然而，《第二性》的"政治影响却只是缓慢地发生，直到法国

1 米歇尔·盖伊：《哲学家波伏娃》，赵靓译，福州：福建教育出版社，2013年，第47页。

的第二波女权主义开始读它，以及1953年英译本出版后，英、美等国的女权主义者也开始阅读它，如弗里丹［Betty Friedan,《女性的奥秘》（*The Feminine Mystique*, 1963）］在1963年出版了美国自由主义女性主义的代表作，米利特［Kate Millett,《性政治》（*Sexual Politics*, 1970）］，格里尔［Germaine Greer,《女太监》（*The Female Eunuch*, 1970）］和米切尔［Juliet Mitchell,《精神分析和女权主义》（*Psychoanalysis and Feminism*, 1974）］。尽管这些作品很少或几乎没有明确提及《第二性》，它仍在她们其后的为女性解放所做的论证中起重要作用”。[1]尤其是1968年后，一大波西方女性主义者成为《第二性》的新读者，这本书在美国的销量超过100万册。德国女权运动领袖施瓦茨（Alice Schwarzer）说："女性主义者们把《第二性》称作是'波伏瓦点燃的指引（20世纪）下半叶女性的明灯'，在新妇女解放运动诞生前的50年代到60年代的暗夜里，这本书如同我们这些正在觉醒的女性的暗号，在我们之间彼此相传。"[2]正因为《第二性》深刻揭露妇女恶劣的生存条件并分析其社会、历史和文化原因，它成了新时代女性争取自身解放的武器，也成了连接新旧大陆、东西方的精神纽带。在日本，《第二性》于1953年出版，很快成了畅销书。1966年9月，在波伏瓦和萨特访问日本之前，这本"女权圣经"就已售出65万册，在随后的几年里又售出两百多万册。波伏瓦在这个传统观念如此保守、顽固的国家里，办了好几场具有时代意义的讲座。报告大厅"800个座位被人一抢而空，不得不在另外12个大厅里安放电视机！前来听讲

---

1 厄苏拉·提德：《导读波伏瓦》，马景超译，重庆：重庆大学出版社，2014年，第89页。

2 Alice Schwarzer, *Simone de Beauvoir aujourd'hui ENTRETIENS* (Paris: Mercure de France, 1984), 15.

座的师生达到6 000人”。[1]“海狸”抨击“今天妇女的状况”，并鼓励日本妇女为争取经济独立而斗争。虽然各国女性主义的理论和斗争方法不同，但运动的宗旨都是致力于缩小两性差别，争取与男性平等的权利。《第二性》传达的女权思想影响并激励法国和世界各地的女权运动，而由这本书引发的法国第二波和第三波女权思想也在与实践结合的过程中发生变化并在全球范围内进行理论旅行。

第二次世界大战后，法国女性虽然在选举权、受教育权和就业方面取得了不小成果，为适应经济发展的需要，女性在社会生活中发挥着越来越重要的作用，但传统的性别角色规定并没有多大改变。女性的法律地位仍旧很低，丈夫掌握家庭生活中的大权，政府颁布的家庭补助政策和鼓励生育等政策也客观上强化了女性的生育功能和在家庭中的从属地位。但经过女性主义第一次浪潮的洗礼，法国女性已经不可同日而语。第二次世界大战中的“抵抗运动”和战后反对法国殖民地战争的和平运动中都不乏女斗士的身影，在战后新左派的号召影响下，一些思想活跃的职业女性提出建立新的家庭关系、实现家庭内部的民主的要求。1965年，在1804年《拿破仑法典》中明文规定女性地位低于男性的一些不合理的法律条文被废除，法国女性的处境有了较大改善，女性有权在银行开立户头，可以自由选择从事何种职业而不必征得丈夫的同意。1968年的“五月风暴”虽有很多女性知识分子和女性工人参与运动，但是在运动中，女性发现自己处处受到歧视，

1 克罗蒂娜·蒙泰伊：《第二性波伏瓦》，胡小跃译，北京：作家出版社，2006年，第54页。

连在公共集会上想要表达女性所遭受的不公平境遇的话语权都没有，这令一些激进的女性主义者意识到要为改变女性不平等的地位而努力。受美国“提高觉悟”组织的启发，以不同关注点而聚集起来的女性组织相继成立，为法国女权运动在70年代的蓬勃发展打下了基础。1970年4月，法国第一个带有明显女性主义色彩的组织，以关注女性与婚姻和家庭紧密相关的问题为主旨的“女性主义-马克思主义-行动”组织成立，宣告了法国妇女解放运动（Mouvement de Libération des Femmes，M.L.F.）新局面的打开。

《第二性》虽然写作于20世纪40年代，然而直到1965年在与让松（Francis Jeason）的访谈中，波伏瓦才公开称自己是“彻底的女权主义者”，对于此时在国际上具有重大影响力的她来说，这是一个重要的政治声明。波伏瓦在1968年之后积极参与妇女解放运动的斗争，1972年她在接受时任德国媒体派驻巴黎的记者爱丽丝·施瓦茨的访谈时说，她觉得在过去的20年里，法国女性的状况并没有真正改变，只是在某些方面取得了少许的平等权利。在工作方面，法国女性也没有争取到多大利益，尽管职业女性的数量比以前有所增加，但她们仍处于被轻视的处境之中。这些状况都令她思考，认为女性要想改变自己的处境就必须要自己掌握命运。在1970年M.L.F.开始之前的女性团体采取的是温和的改良主义的态度，坚持走立法道路来实现男女平等，波伏瓦根本无意参加，而新的女性主义则是激进的，当M.L.F.的女性和她接触时，她很愿意和她们一起斗争。[1]

1 Alice Schwarzer, *Simone de Beauvoir aujourd'hui ENTRETIENS* (Paris: Mercure de France, 1984), 27–28.

20世纪70年代，法国的新妇女解放运动风起云涌、声势浩大。参加运动者不再像第一波女性主义浪潮时主要是中产阶级女性和社会名流，许多家庭妇女和普通女工也纷纷参加，各种女权运动团体组织起来共同为争取女性应有的权利而斗争。与同时期西方其他国家一样，这次运动的斗争目标和范围也都达到了前所未有的广度和深度。和波伏瓦在《第二性》中讨论的一样，这次运动的目标不仅涉及政治、经济、法律、教育、文化等领域，还涉及家庭、生育等方面女性的权利。M.L.F.围绕着实现家庭关系民主化和争取流产合法化展开了斗争，不仅在法国，包括其他西方国家的女性都意识到妇女有控制自己身体的自由，有权决定自己是否要生育和生育几个孩子。争取堕胎权成为整个西方第二波女性主义运动的核心斗争问题。1973年美国联邦最高法院对“罗诉韦德案”做出的最终判决令美国46个州限制堕胎的法规违宪。英国女性主义者在争取堕胎合法化的斗争中则采取了相对于法国主要是集会游行的更激烈的方式。波伏瓦本人也积极参加争取流产合法化的斗争，1971年4月，她和其他包括政治家、社会名流、自由职业者等在内的343名女性签名的宣言（也称《流产宣言》）公开发表在《新观察家》杂志，被视为女性主义对政府权威的挑战。同年11月，波伏瓦参加了一个女性解放运动的游行示威活动。1972年，波伏瓦与作家罗歇福尔（Chriatiane Rochefort）等成立了名为“选择”的团体宣传免费避孕和堕胎。同年，波伏瓦在“博比尼审判”中出庭作证，为一名受侵害怀孕而秘密堕胎的少女辩护，加上各女性团体庭外示威游行的支持，最终该少女被宣布无罪。这个案件的胜诉在争取流产合法化斗争中具有里程碑的意义。在一些政党人士和各界力量的作用下，最终在1975年法国议会通过了流产法草案，争取流产合法化的斗争宣告胜利结束。另外第二波女性运动中，女性主义者们除了组织游行示威以及在公共场合发表演讲外，还利用新闻媒体、创办刊物来表达自己的主张和观点，其中就有波伏瓦主编的《妇女问题》。70年代后期也有一些人转向议会与寻求政府合作的方式力图改变女性在政治、法律和社会生活方面与男性的差异，实现男女平等。1979年，第34届联合国大会通过了《消除对妇女一切形式歧视公约》，许多国家纷纷响应，陆续成立相关机构从事维护女性权益事宜。第二次女权运动的努力成果从80年代大量显现并一直延续到现在，政府在妇女参政议政、参与社会、权益保护等各方面进行了大量实质性的工作，女性的不平等境遇得到了改善。

在席卷全球的第二波女性主义运动中，各国女性主义流派林立、主张各异，其中最重要的三股力量分别是自由主义女性主义、社会主义女性主义和激进女性主义。英国由于工人阶级人数众多，主要是社会主义女性主义占主导；美国由于中产阶级的力量较大，主要是自由主义女性主义占主导。1970年代后期，法国新妇女解放运动内部的各组织和派别因社会背景和观点各异，不再联合斗争，妇女解放运动开始趋于缓和与分散的状态。这些组织和派别各自为政，左派坚持用马克思主义关于阶级和压迫的观点看待妇女问题并认为要想彻底解决妇女问题必须首先推翻资本主义制度。与之对立的是激进派，主张用精神分析的方法看待妇女问题，认为女性要想发展自我、成为真正的人就必须从男权制度下解放出来。女性主义阵营中流派划分标准繁多，有人认为波伏瓦关注女性的选择权和自我决定权，认为女性所受的压迫是结构性的但反抗是个人的，从而把她列为自由主义女性主义在第二波女性主义运动中的代表。更多人认为她属于自己独创的派别即存在主义的女性主义。她被认为是萨特（Jean-Paul Sartre）思想的坚决追随者，二人都注重对生命意义的考察，关注人如何存在、如何做到真正的自为存在，即经过本人真正思考和自由选择的，主动地为实现人生目的存在。波伏瓦将存在主义思想创造性地用来剖析女性生活中遭遇的各种境遇和造成两性不平等的性别制度，将存在主义和性别视角结合起来从而洞察到这样一个社会事实：女人是后天被构建的，男人也一样。对于女性解放，波伏瓦提出了三个途径：女性只有在社会上工作，才能掌握自己的命运；成为知识分子；提高女性的自我意识，使女人成为主体而不是客体。尽管波伏瓦在《第二性》一书中标榜自己信奉的是社会主义，但其理论基础仍是萨特的存在主义哲学。对于波伏瓦的自由主义女性主义立场以及她试图用个人主义的办法来解决集体的问题，马克思主义女性主义者和社会主义女性主义者认为她忽视了女工和女农民的问题，而女性解放的最终有效途径是要进行阶级斗争和推翻资本主义制度，只强调通过个人的努力战胜环境、解决问题不会带来根本性的社会变革。

有人从不同的立场对波伏瓦的部分理论提出了质疑和批评，尤其是生育问题。波伏瓦认为女性解放与做母亲二者无法共存，把强调生育视为女性受奴役的直接原因。波伏瓦在《第二性》中明确指出没有母亲本能，男权社会从小就训练女孩做母亲，让女孩觉得是否当母亲并不由得她选择而是命运就应如此。她认为："女性不要掉入生育和婚姻的陷阱，即使一个女性想要生育孩子也要好好考虑应该在何种条件下抚养孩子，因为目前生育仍旧是（对女性的）真正的奴役。”[1]英国的社会主义女性主义者朱丽叶·米切尔认为波伏瓦把母性当作了一种“可能的存在主义主题”，并批评她的这种观点。但事实上，波伏瓦主张的是自由的恋爱、性和婚姻：

> 她认为，在婚姻中，男人应该与女人共同平等地承担义务和分担责任。她主张女人应该与男人一样有着婚姻的选择权，主张给女人同样的自由。她不反对家务劳动作为职业劳动的补充，只是反对男人把女人囚禁在家庭中只作为家庭主妇承担家务劳动。波伏瓦也不反对要孩子，只是她主张这应该是女人自由选择的结果，而不是被男人强加的义务。她不反对女人作为一个通过工作自我实现的人来承担母职，她认为也只有这样个人生活丰富的女人才可能真正承担好这一重大职责。[2]

波伏瓦认为生育是任何生物本能会做的事，不但与创造性无关而且是被动的。关于这一点，当性别研究发展到今天，不只是女性主义者，很多人都认识到生育是充满创造性的劳动。另外，在性别差异性问题上，20世纪70年代末的法国后结构主义女性主义认为波伏瓦是认同男性的、生殖中心的启蒙主义思想家，她的思想已经被人们抛弃了。人们现在赞美差异，认为波伏瓦的两分思维

---

1 Alice Schwarzer, *Simone de Beauvoir aujourd'hui ENTRETIENS* (Paris: Mercure de France, 1984), 77.

2 屈明珍：《波伏瓦女性主义伦理思想研究》，长沙：湖南人民出版社，2011年，第157页。

方式以及她对女性身体的厌恶和仇恨，是没有高度评价女性特质的表现。她的“独立女性”的形象是无子女的不结婚的职业女性，而这一女性形象也受到了很多人的质疑和批判。[1]

波伏瓦的女性主义理论和在女权运动中的重要地位是毋庸置疑的，20世纪60年代以后出现的很多女性主义理论很难完全绕过波伏瓦所设立的起点。她的研究让人们发现性别是无处不在的、解释和构建人们生活的必不可少的视角，她不仅建立了一个女性主义学派，而且开创了性别研究这一学科，引导全球女性主义理论走向深入和多元。“波伏瓦的作品涉及的是另一个时代的全球关系，但是她一定意识到了我们之间的跨国界联系，尽管有时候她试图唤起意识的时候，带有一些特权人群的视角……我认为，我们可以在她的作品中找到有用的工具来分析经济全球化时代中世界上的特定的、具体的女性情景。”[2]

在西方各国，由于大量知识分子参与女性主义运动，女性主义者从不同的视角、内容和方法探索解决女性问题的理论和方法。弗里丹在《女性的奥秘》中批判了女性在事业和婚姻上二者不可兼得的观点并猛烈抨击关于女性的“神话”，这一神话企图使人们相信：女人的最高价值和唯一使命就是她们自身女性特征的完善；西方文化的错误就是低估了女性特征的价值；过去女人犯错误的根源就在于她们妒忌男人，力图跟男人一样，而没有认识到自己的本性；而这种本性的完美，只存在于由男人主宰一切、女

1 李银河：《女性主义》，济南：山东人民出版社，2005年，第27页。

2 厄苏拉·提德：《导读波伏瓦》，马景超译，重庆：重庆大学出版社，2014年，第217页。

人在性方面温顺服从和对孩子的母爱之中。[1]英国社会主义女性主义的代表米切尔的《妇女：最漫长的革命》一书则剖析了马克思、恩格斯和波伏瓦等前人关于妇女问题的理论，认为女性受压迫主要来自生产、生育、性和儿童的社会教化。美国激进派女性主义代表米利特则在《性政治》中发展了波伏瓦的性别建构说，她通过界定性问题的政治内涵，对西方社会和文学作品中的父权制进行全面的批评。认为女性受压迫的原因在于人类文化："交媾不可能发生于真空中。虽然它本身是一种生物的和肉体的行为，但它深深根植于人类事物的大环境中，是文化所认可的各种各样的态度和价值的缩影。"[2]有些女性主义者从女性主义文学批评、写作、文本和语言着手提出自己的理论。美国女性主义者斯坦能（Gloria Marie Steinem）的代表作《假如弗洛伊德是费丽思》把弗洛伊德的生活用一个女性主体来重新书写，开创了一种独特的写作方法。伊里加蕾（Luce Irigaray）是继波伏瓦之后最引人注目的法国女性主义理论家。她揭露女性社会地位低下的体制原因，把性别不平等的根源追溯到父权社会和以男性利益为先导的男性秩序，与此同时，她也定义女性特征，书写女性欲望，致力于在理论上构建"女性的文化"。[3]之后她把尊重性别差异的立场扩大到尊重文化差异、传统差异、语言差异等更广泛的领域，提倡在全球范围和跨文化视野中实施更普遍的尊重。

到了1980年代，第二波女性主义运动渐渐平息，而且由于

1 李银河：《女性主义》，济南：山东人民出版社，2005年，第30页。

2 凯特·米利特：《性政治》，宋文伟译，南京：江苏人民出版社，2000年，第32页。

3 刘岩：《差异之美：伊里加蕾的女性主义理论研究》，北京：北京大学出版社，2010年，第2页。

传统的女性主义都基于一个共同的理论前提，即假设一种整体的性别压迫模式的存在，这种理论受到后现代主义者、黑人等有色人种妇女、第三世界妇女和同性恋妇女的强烈批评，认为传统的女性主义无法涵盖种族、民族、阶级、教育和性取向等各方面的差异，无法适应社会环境和文化的多元化。受拉康（Jacques Lacan）、福柯（Michel Foucault）和德里达（Jacques Derrida）三位后现代主义哲学家的重要影响，尤其是福柯的话语理论的影响，法国出现了后现代女性主义流派，有人也把这一流派的出现看作是女性主义第三次浪潮的标志。根据克里斯蒂娃的“代际说”，第二代女性主义和第三代女性主义在时间上并非截然分开：

> 倘若前代妇女可以加以评说——至于所有这些是否正确，属于另一题域——这无疑是因为我们现在已经与前两代妇女之间有了某种距离。当然，这暗示着第三代妇女至少在欧洲正在形成。我并不是在谈论年轻妇女的一个新的团体（尽管其重要性不可低估），或者是另一个从第二代手中接过火炬的“群众性女权运动”。我对“代”一字的用法与其说是一种时序，还不如说是一个意指空间，一个肉体的、欲望的心理空间。因此，一旦这第三种态度成为可能，第三代的存在也因而可能，这个意指空间并不排斥——恰恰相反——三者同时共存的局面，而且它们甚至相互交织。[1]

1 朱丽娅·克里斯蒂娃：“妇女与时间”，张京媛主编《当代女性主义文学批评》，北京：北京大学出版社，1992年，第368页。

曾被归入第二波女性主义代表的伊里加蕾很快成为主导第三次运动理论趋势的代表人物，她和西苏、克里斯蒂娃都是后现代女性主义的重要代表。后现代女性主义在理论上与传统女性主义有了分裂，因为它具有对主体的消解和去政治化的倾向，呈现开放性、动态性和多元化等特征。

第二节 “中国经验”的祛魅写作，从波伏瓦到克里斯蒂娃

二战后，有两种运动通过全球化的路径取得了世界范围的影响，一是马克思主义-社会主义运动，另一种是基于种族的联盟（在第四节中展开论述）。在这两个运动中，以何种方式获取资源和如何解决权利的不平等一直是讨论的焦点。一批东欧国家——捷克斯洛伐克、匈牙利、罗马尼亚、保加利亚、波兰、民主德国、阿尔巴尼亚、南斯拉夫——在苏联老大哥的带领下走上了社会主义道路，但随着柏林墙的倒塌和苏联解体，它们的社会主义道路戛然而止。目前全世界硕果仅存的社会主义制度的国家只有中国、朝鲜、古巴、越南和老挝，而其中“有中国特色的社会主义道路”作为实现人类自我解放、达到人人“各尽所能，各取所需”的共产主义社会的可能途径曾经是并仍然是无数专家学者关心的问题。中华人民共和国的成立让中国再度进入西方的视野，“它代表了翻天覆地的、集体的巨变，让‘革命’一词有了真正的意义”。[1]而中国形象或者说中国实践往往作为他者参与建构西方现代性经验，

1 Philippe Forest, *Histoire de Tel Quel, 1960–1982* (Paris: Seuil, 1995), 272.

为西方现代性经验提供了正确确证的想象资源。

作为第二波和第三波法国女权主义运动最杰出的理论家代表，波伏瓦和克里斯蒂娃也同很多西方知识分子一样，对中国表现出了极大的兴趣。站在女权主义者的立场，她们的中国之行最关心的问题是：在社会主义制度下，女性生存状况是否会得到根本改变？这些变化又意味着什么？“中国经验”不仅给波伏瓦也给克里斯蒂娃带来了新的思路，《长征：中国纪行》（*La Longue marche: Essai sur la Chine*，1957）和《中国妇女》（*Des Chinoises*，1974）都试图在“处在转变中的中国”身上找到通向理想国的“中国式道路”。“社会主义女权主义则强调公民身份应该中性，而且，在此基础上，提倡在国家内外妇女享受完整的经济、政治权利。”[1]她们都想探究在何种程度上“中国经验”能成为洞悉危机中的西方的一面明镜。就像克里斯蒂娃在《中国妇女》中所思考的：“处在转变中的中国，是否将变成我们的希腊？”[2]

1955年9月，存在主义最著名的“自由情侣”萨特和波伏瓦应中国对外文化协会邀请来到中国，六周里他们访问了北京、南京、上海、沈阳、杭州、广州，国庆节那天，他们还有幸受邀登上天安门观礼台。10月23日，《人道报》刊登了记者保尔·提亚尔的专访《和让-保罗·萨特、西蒙娜·德·波伏瓦在京共度一晚》；回法国后，萨特应《人民日报》（刊于1955年11月2日第三

1 罗兰·罗伯逊、扬·阿特·肖尔特、王宁主编：《全球化百科全书》，南京：译林出版社，2011年，第248页。

2 朱丽娅·克里斯蒂娃：《中国妇女》，赵靓译，上海：同济大学出版社，2010年，第8页。

版）之邀写了《我对新中国的观感》:“这个伟大的国家正不断地在转变。当我到达这里的时候，我那一些法国朋友从中国回到法国后所讲的情况已经不再完全正确。等过了一星期，我再说的话，也不会是完全正确的了。”12月1日和8日，《法兰西观察家》连载了萨特的《我所见到的中国》。而波伏瓦并不满足于最肤浅和最仓促的观感，她大量收集资料，结合自己的见闻，于1957年出版了《长征：中国纪行》，全书分八章：北京的发展、农民、家庭、工业、文化、自卫斗争、十月一日、中国的城市，从不同角度反映当时中国政治、军事、经济、文化各方面的社会现实。

1974年4月11日到5月3日，克里斯蒂娃跟随由《原样》杂志社同仁巴特（Roland Barthes）、索莱尔斯（Philippe Sollers）、瓦尔（François Wahl）、普莱奈（Marcelin Pleynet）组成的法国作家代表团来到中国。这是1971年10月25日中国重返联合国后受官方邀请来华访问的第一批西方知识分子代表团。之所以选择“原样派”，绝非出于文学的考量，当时中国“一曲国际歌，八个样板戏”一统天下的工农兵文艺所关心的也绝非“原样派”标榜的文学主张——从“文本写作”出发，借苏联形式主义从超现实主义的茧困中金蝉脱壳——而是因为它在1968年法国“五月风暴”期间和之后的种种激进政治表现契合了当时中国《无产阶级文化大革命就是好》的宣传。中国“文革”对六七十年代法国左翼知识分子和像红卫兵一样高喊“造反有理”的躁动的巴黎大学生而言，与其说是可资借鉴的探索社会主义新模式的经验，毋宁说是对革命理想主义一厢情愿的浪漫想象。尽管克里斯蒂娃说她个人对中国的兴趣基于文化层面，但她切入的方式显然是政治的。她来中国的目的很明确：学习中国文化，掌握中国社会主义的新颖之处。1968年毛主席发出的“妇女能顶半边天”的豪迈口号想必让克里斯蒂娃对中国的妇女解放运动滋生出许多美好的期许，而她自己当时的研究也从形式主义和符号学转向了精神分析和女性主义，开始关注法国及欧洲的妇女状况，尤其是她们的性爱、书写和社会地位等。因此1974年她来中国是带着法国“妇女出版社”的稿约而来，《中国妇女》在她回国后如约写成，于年底付梓。

中国何以会成为西方知识界关注的焦点？波伏瓦和克里斯蒂娃是否都试图在这个东方新神话中寻找新材料以推进全球妇女解放事业，去解读那个几千年以来一直都沉默、隐忍、幽微的东方女性世界？抑或是“中国经验”让她们对马克斯·韦伯所谓的“理想类型”产生了一种先附魅后祛魅的迷思？时过境迁，今天重读这两个文本是否还有现实意义？若说存在即理由，那么理由显然充分：在西方和中国都曾被质疑，被认为有些地方措辞不当、政治上有点敏感甚至不正确的《长征：中国纪行》出版次年即被译成英文，多次再版，1969年在法国再版，2012年中译本（胡小跃译）由作家出版社出版；而克里斯蒂娃的《中国妇女》于1977年被译成英文，2001年在法国再版，2010年中译本（赵靓译）由同济大学出版社出版。

重返书写这两本书的历史现场，结合当时的国际形势和思潮，探索两位女权主义者的心路历程，给予我们的启示或许远大于这两本书的内容本身。波伏瓦是1955年第一批来中国访问的西方知识分子。时值冷战时期，她对周围朋友和法国报纸上揭露的在苏联和匈牙利发生的种种事件深感失望，尽管她在中国的旅行也伴随着疑虑、困惑和矛盾，波伏瓦的《长征：中国纪行》首先还是一次通往新乐土的朝圣之旅。而对1941年出生在保加利亚、1964年移民法国，逃离布尔什维克旧阵营、对苏联古拉格深恶痛绝的年轻保加利亚姑娘克里斯蒂娃而言，一方面她比同时代的法国同仁对集权主义和个人的自由选择更加敏感和警惕，另一方面，她一直在固执地思考：如果中国的共产主义和西方的共产主义、社会主义有所不同，那么中国的文化传统和民族历史是如何缔造这谜一样的"中国式道路"的？当然，波伏瓦在《长征：中国纪行》中描写的中国不是克里斯蒂娃在《中国妇女》中所解读的那个中国。如果说波伏瓦的《长征：中国纪行》在我们今天看来是一个有些幼稚、自以为是、肤浅又面面俱到的文本，那是因为正处在社会主义建设中的中国为她呈现的不仅仅是充满异国情调的旖旎画面，同样也是让她思索突破的新材料，中国"成为"未来世界强国的历程就像如何"成为"女人这个问题一样让令她着迷。

> 实地考察这样一场变革的开始，我觉得这是个很好的机会。我知道，这场变革是在经济与社会背景十分特殊的情况下进行的。中国在很大程度上依赖苏联，没有苏联，它就不可能建立自己的重工业。然后，它与别的人民民主国家又很不相同。尽管都是由共产党领导，中国的革命只完成了一半。资本主义、私有财产、投机、遗产还存在。这些东西将在非暴力的前提下逐步消失。我

想中国与最终实现资本主义的国家不同，它与已经成功地实现社会主义的国家也有区别。它的真实面目是怎么样的？[1]

波伏瓦似乎得不到一个满意的答案。

克里斯蒂娃在细读《长征：中国纪行》后批评波伏瓦太轻易就被“逐步和平地消灭资本主义的中国场景”给眩惑了。在她看来，波伏瓦以她敏锐的作家的嗅觉已经觉察到中国在寻找可能更好的世界道路上出现的一些偏差，但她不愿意去批判制度问题，有意忽略了现实存在的问题。中国在波伏瓦的眼里总体还是积极向上的，正如《长征：中国纪行》封底文字所形容的那样：“既非天堂，亦非可怕的蚁穴，而是一个非常人间的地方，在那里，人们刚刚挣脱了牛马般无望的循环，为建立一个人道的世界努力奋斗。”产生于神化中国背景下的作品，大多对中国都有或多或少理想化的误读，这类作品是“一面镜子”，是“某个对异域他乡充满幻想的人凭自己的意愿虚构出来的乌托邦”，[2]波伏瓦和克里斯蒂娃也概莫能外。

和克里斯蒂娃不同，波伏瓦没学过中文，也没接受过关于中国文化“人类学”方面的训练。在一个像中国一样广袤的国家旅行六周根本不可能得出一个恰如其分的结论。波伏瓦对此的认识是清醒的，“缺乏对它的真正了解，尤其是不懂汉语所造成的

1 西蒙娜·德·波伏瓦：《长征：中国纪行》，胡小跃译，北京：作家出版社，2012年，第2页。

2 乐黛云、张辉主编：《文化传递与文学形象》，北京：北京大学出版社，1999年，第244页。

障碍，我一点都没有掉以轻心”。[1]这位女哲学家满足于去呈现一种“显而易见的事实”，用自己的眼睛去看，如实记录她所见的中国。“将来，人们可能会对这本书提出的主要批评之一，是它明天就会过时……但中国现在发生的故事太激动人心了，各个阶级都值得记录下来。”[2]从内容上看，这本书几乎讨论了关于中国的一切，颠覆了西方右翼对中国共产党的妖魔化舆论，在1992年中国社会科学出版社出版的《西蒙娜·德·波伏瓦研究》一书中，有吴岳添选译的《长征：中国纪行》片段并附了几行介绍文字："西蒙娜·德·波伏瓦在《长征：中国纪行》中高度赞扬了中国革命的胜利和社会主义建设的成就，以自己的切身体会有力地驳斥了帝国主义者诽谤中国的无耻谰言，充分表现了她对中国人民的诚挚感情和正直可敬的品格。与此同时，她以一个伟大作家特有的敏锐目光，善意地指出了她所觉察到的弊病和错误，这些远见在二十五年后的今天更是令人钦佩。”[3]虽然《长征：中国纪行》的出版在西方受到强烈指摘，但它的确给很多人打开了了解中国现实的窗口。《长征：中国纪行》一书没在西方世界引起重视是因为它真诚地讴歌了中国的社会主义建设，和当时西方主流媒体格格不入；这本书也迟迟没有进入中国读者的视野，因为它讴歌中国还不够动听，或者说在歌颂声中间或有几个批评、不和谐、走调的音符。而这一切，都出于女作家的真诚。

---

1 西蒙娜·德·波伏瓦：《长征：中国纪行》，胡小跃译，北京：作家出版社，2012年，第7页。

2 Simone de Beauvoir, «Voici la Chine telle que je l'ai vue», interviewé par Pierre Descargues, *Tribune de Lausanne*, 17 Mars 1957.

3 李清安、金德全选编：《西蒙娜·德·波伏瓦研究》，北京：中国社会科学出版社，1992年，第360页。

再看克里斯蒂娃，她是《原样》杂志的成员，该杂志在1974年重申它的立场："中国是我们这个时代关键的、历史性的问题。"[1]对索莱尔斯和其他"原样派"而言，最重要的地平线是中国：毛主席的中国，道家的中国，"文化大革命"的中国。在1990年克里斯蒂娃的自传性小说《武士们》中，初到巴黎的保加利亚姑娘奥尔加（Olga）借宿在薇拉家中，"镜子映出她杏眼下面比平时更深的黑眼圈，在高高的颧骨上方，当她容颜消瘦时，黑眼圈就让她的一张鹅蛋脸变成了瓜子脸。疲惫越发让她有了东方人的模样：要不是她有一头松鼠般褐色的头发和白里透出玫红的肤色，真会以为她是位中国姑娘"。[2]奥尔加是克里斯蒂娃的"镜像"，或者说，穿着"一袭长裙，模样还有几分中国风味"的克里斯蒂娃一踏上中国就走进了一个潜文本，成了一个被现实和虚构不停拉扯的似是而非的小说人物。年轻的朱丽娅的中国情结究其底是一种移情，不得已抛舍了社会主义祖国保加利亚，在巴黎第七大学学了四年中文并研究中国特色的社会主义在某种意义上为克里斯蒂娃提供了一点心理补偿，甚至一点死灰复燃的革命热望。

克里斯蒂娃给自己设定了一个"主要观察目标"：周围真实的中国现代女性，一个她熟悉的领域，因此从方法论的角度来看，是她可以操作并深入挖掘的主题。

> 因为在那个时期，不仅在纽约和巴黎兴起了女权运动，
> 毛泽东本人也在"红卫兵"浪潮后发动了妇女运动浪潮，

1 Philippe Sollers, «Editorial. Nouvelles contradictions, nouvelles luttes» (*Tel Quel*, 58), 4.

2 Julia Kristeva, *Les Samouraïs* (Paris: Fayard, 1990), 27.

来反对党内的官僚主义。……我集中精力研究这个热门的现实主题。我曾经是保加利亚的流亡者，自认为是一个共产主义的受害者，我不像那些西方资产阶级青年，受某种意识形态宣传的吸引和诱惑。在精神分析学和人类学之间，是人类的多元性让我着迷，如果说，宇宙是“阴”“阳”和表意文字来书写和表达的话，在中国的经历刺激我去揭示这块土地上的权力，尤其是“社会主义”的权力呈现出来的另一种面貌。[1]

但是，心理分析的方法、人类学甚至符号学的方法都只能勉强去厘清、揭示、解读这一张对外国友人而言谜一样的中国脸。

回到法国后，同行的巴特在《世界报》发表长文：

我们希望有一些无法进入的东西让我们去进入：出于思辨的传统，我们都是些热衷于解读、阐释的主体：我们认定我们智力的任务一直都是发现意义。中国似乎在抵制交付这一意义，不是因为它在刻意掩藏，而是，更微妙的，因为（这一点并不像儒家传统）它解构了观念、主题、名称的建构；它和我们所拥有的知识的目标不同；它的语义场是混乱无序的；对意义鲁莽的提问反过来成了对意义的质疑；我们的知识变得虚幻……这是阐释学的终结。[2]

---

1 朱丽娅·克里斯蒂娃：《中国妇女》，赵靓译，上海：同济大学出版社，2010年，第2页。

2 Roland Barthes, « Alors, la Chine », *Le Monde*, 24 mai 1974.

对巴特而言：绿茶是寡淡的，它展现的只是一个“不歇斯底里”的土地上宁静的“平淡”，而不是任何一种政治意义的告白，中国并不能让他的写作得到“绽放”，他的中国之旅最终只是三本作家生前未发表的流水账。[1]对普莱奈而言，“我们摇撼知识之树，为了让答案掉下来，为了可以重新回到我们精神食粮的准则上来：一个被破解的秘密。但什么都没有掉下来。从某种意义上说，我们空手而返（除了政治上的答案以外）”。[2]对瓦尔而言，“没有乌托邦的中国”[3]依然让他心存同情和好感，但他的笔下同样也流露出对中国的顾虑和质疑。

1974年踏上古老而年轻的中国之前，克里斯蒂娃在头脑里显然已经构思好了一个理想的参照物和研究框架并预先认同了它。她的知识储备是《来自这一边》的：第一部分《谁在说话?》《性别战争》《圣言的处女》《在时间之外》《不愿意存在的我》都在某种程度上显得和《中国妇女》格格不入。进入到第二部分《中国母亲》，克里斯蒂娃依然沉湎在资料的汪洋大海中，首先她给儒教贴上了“食女人者”的标签，这显然受到当时“批林批孔”的影响，从班固谈到李清照、从武则天谈到李香君、从秋瑾谈到向警予、从女子参政谈到《婚姻法》，流露出来的是好学生交读书笔记的用功神气。只有“采访”一章可以算是克里斯蒂娃为此次中国之行所做的田野调查，但鉴于采访对象的选择和导游兼翻译的介

1 罗兰·巴特的《中国游记》（*Carnets du voyage en Chine*）于2009年由Christian Bourgois/Imec联合出版。

2 Marcelin Pleynet, *Le Voyage en Chine* (Paris: Christian Bourgois/Imec, 2009), 46–47.

3 François Wahl, «La chine sans utopie», *le Monde*, 15, 16, 18, 19 juin 1974.

入，这个调查也只反映了冰山一角。克里斯蒂娃最终在中国找到“性别差异的另一种经验”了吗？答案似乎并不乐观。

《中国妇女》的出版从某种意义上说见证了作家本人“中国想象”的幻灭：一方面表达了对过去的痴迷，另一方面陈述了对当前种种的失望。处在“文革”意识形态下的中国，自由是奢侈品，也是危险品，这对经历过“五月风暴”洗礼的克里斯蒂娃和代表团其他成员而言是无法接受的。回到法国后，克里斯蒂娃放弃了中文和对中国的关注，把研究的兴趣转向了大西洋彼岸。三十年后重读《中国妇女》，克里斯蒂娃承认：“在他者面前、在阅读面前、在相遇面前所产生的震惊，它并没有随着时间的流逝而衰退。越过那些主观兴趣比较明显的基本主题（比如母性、家庭和两性关系等），我希望读者能在这些思考的轨迹上减速并作停留。这些轨迹在我看来，远胜过我的个人经历，胜过我们这些‘1968年代人’的经历。”[1]

2001年，《中国妇女》在法国再版，作家在序言“这就是中国”中坦承：“这次中国之行使我对自己着手汉学研究的能力产生了困惑和怀疑，或者更进一步说，对真实地介绍中国这一可能性产生了怀疑；这一介绍可能就是一种博学的工作（一份多么值得称赞又多么艰辛的工作啊！），或者是以我们西方的标准来评价他国的现实，这个标准对他们作了一个美丽的投射。（唉，最简单的投射就是殖民主义的嗜好，这个投射仍然更可能存在于这个汉学的领域，而不是其他“东方主义”的研究领域。）”[2]在钱林森

1 朱丽娅·克里斯蒂娃：《中国妇女》，赵靓译，上海：同济大学出版社，2010年，第3页。

2 同上，第2页。

看来，克里斯蒂娃“将中国妇女、中国革命完全置于西方女性主义视线下，纳入精神分析学的框架中加以观照，发掘出她心目中的中国和妇女的‘异质性’、中国革命的特异性在于所谓的‘女性化’”。[1]1974年的中国最终只是克里斯蒂娃脑海中一个华而不实的投射。

“附魅”还是“祛魅”，抑或是“附魅”之后的“祛魅”？尽管波伏瓦和克里斯蒂娃在她们的中国之旅结束后很快都转移了视线。两位女权主义的先锋很快都对大西洋彼岸的政治和社会图景表现出极大的兴趣。但波伏瓦和克里斯蒂娃的“中国经验”已然见证了对遇见他者的好奇和渴望，一种想要刺破相异性和他性的密封球的尝试，因为这一尝试或许可以提供建设多样化的世界的新的突破口和新的契机。她们的思考到今天依然有它们的现实意义。随着经济的腾飞，中国是否正在为一个日益全球化的世界建构一个新乌托邦的图景？而面对今天处在危机中的世界，如何透过文化的多样性，去理解、去思考这一危机给我们带来的机遇和契机、危险和陷阱？从某种意义上说，我（他/她）们或多或少都遵循了于连(François Julien) 认识东西方的策略：迂回与进入。就像钱林森在《20世纪法国作家与中国》一书中所说的：“他者之梦，也许只是另一种形式的自我之梦，他者向我们揭示的也许正是我们自身的未知身份，是我们自身的相异性。他者吸引我们走出自我，也有可能帮助我们回归到自我，发现另一个自我。”[2]

1 钱林森：《光自东方来——法国作家与中国文化》，银川：宁夏人民出版社，2004年，第391页。

2 钱林森、克里斯蒂昂·莫尔威斯凯主编：《20世纪法国作家与中国》，南京：南京大学出版社，2001年，第43页。

第三节　逆写帝国：杜拉斯的东方情结

“玛格丽特·杜拉斯生在印度支那，在那里她父亲是数学老师，母亲是小学教员。除了童年时代在法国有过一次短暂的逗留，她直到十八岁才离开西贡。”[1]这是杜拉斯用在很多书前面的一段简短的自我介绍。第三人称。另类的生平概括。仿佛“我”已经变成了书上的“她”，整个人生滞留在那个已逝的印度支那，回不去的童年。而她在出生以后只有一个寓意幽远、矛盾却决绝的动作和姿态：“离开”。离开，为了回去，经由文本而实现的迂回的进入。而虚构和重复概括了杜拉斯书写的特点和策略：东方，既是虚构的原点，也是解构的症结。

作为1914年在法属殖民地印度支那出生并长大，18岁回法国本土后再没有回去过那里的法国人，杜拉斯代表了特殊历史环境下受过双重文化浸淫的一代人，从某种程度上说，印度支那和法国都是故乡，而又因为某种撕裂般的离别之痛让她的心灵永远找不到确定的归属，而这种“漂泊无根”的感觉也是在全球化进程中经历过颠沛流离的现代人最深刻的体会。杜拉斯文化身份的暧昧决定了她写作立场的暧昧。东方主义复杂矛盾的双重表现在于作者一方面逃避童年亲历的“东方事实”，另一方面又通过回忆和想象重构了她所认识和理解的东方：“印度+支那（即中国）=印度支那”，这也是西方人对东方固有的一种简单化的认知范式。

1 Marguerite Duras, *L'Eden Cinéma* (Paris: Mercure de France, 1977), 1.

印度支那的风景和画面从未离开过她：湄公河三角洲上强烈的阳光，一眼望不到边的稻田，穿透了城市乡村的安南方言，洒在对着暹罗森林的平房游廊上的月光……在这片原本不属于法国的土地上、这片他者的土地上她度过了童年和青少年时代，于是这片土地于她是"母亲的土地，故土和精神的栖居"。[1]她对朋友米歇尔·芒索（Michèle Manceaux）说过："我，我有过森林，雨水，有过我的出发点。我的根在越南的土地上。"[2]但东方对旅居的白人而言也是一场噩梦：砍头，苦役，平原上一茬茬饿死或病死的孩子，泛滥的水灾、疟疾和麻风病，尽管也有年轻女孩子温柔的优雅，沉淀在传统中的秩序、谦卑、隐忍和乐天安命，但从文明的进程上看，东方早已"不再是欧洲的对话者，而是其沉默的他者"。[3]东方人集体的沉默（失语）和这种沉默让西方人产生的焦虑与不安在杜拉斯的文本中构成了一种张力。我们是否可以这样认为：1937年6月进入法国殖民部的信息处工作并和罗克（Philippe Roques）合写《法兰西帝国》（1939）歌颂法国海外领地的多纳迪厄，在此后的日子一直用文学作品在"逆写帝国"，试图用自己的方式照亮那片"黑暗的大陆"。为沉默的东方"代言"或重构没落颓败的东方的"真实"，用痛苦和残缺的回忆，这就是杜拉斯式的"伤逝"。杜拉斯作品弥漫着浓郁的东方情结，"东方"这个在其文本中几乎缺席的语汇却像一个无处不在、无时不在的幽灵盘桓不去。在杜拉斯的语汇里，我们可以轻松找到许多

1 Laure Adler, *Marguerite Duras* (Paris: Gallimard, 1998), 17.

2 Michèle Manceaux, *L'Amie* (Paris: Albin Michel, 1997), 142.

3 参见罗钢、刘象愚主编：《后殖民主义文化理论》，北京：中国社会科学出版社，1999年，第8页。

亚洲地名和河流名：印度、加尔各答、拉合尔、恒河、印度支那、交趾支那、越南、老挝、柬埔寨、暹罗、西贡、永隆、沙沥、湄公河、中国、抚顺、广岛……但总体的指称“东方”（Orient）一词却非常罕见。博格玛诺（Madeleine Borgomano）在《玛格丽特·杜拉斯作品中的东方问题》一文[1]中指出杜拉斯曾在两处使用“东方”一词，一是在发表于1964年那本谜一样开启了“印度系列”的小说《劳儿之劫》：雅克·霍德和塔佳娜·卡尔在森林旅馆房间幽会，雅克·霍德说着情意绵绵的话，嘴里喊着塔佳娜的名字，心里想的却是那个在爱中迷失的劳儿。塔佳娜先是陶醉，之后突然意识到了，愣在那里，“面对着这些话的不良指向/dans l'orient pernicieux des mots”。[2]中文翻译已经湮灭了“orient”的本义，的确杜拉斯这里的“orient”用得令人费解，甚至可疑。前几段出现过的另一个意思相近的表述或许会给我们一点启示，塔佳娜表示对霍德话中的“所指目标没有把握/ incertaine de la destination des mots”。[3]如果杜拉斯用“orient”是故意留了一个线索，那我们不妨做一个杜拉斯喜欢的文字游戏，“l'orient pernicieux des mots/这些话的不良指向”，脱离原文本的语境，这个词组也可以译成“词语（建构）的能毒害人的东方”，稍稍调换一下词序可以得到“des mots pernicieux de l'orient”就变成了“关于东方的能毒害人的词语”。前一种解读：东方被认定能毒害人的危险特性是由词语建构的，是近代西方对东方一种定式的想象，

1 该文是国际杜拉斯学会会长玛德莱娜·博格玛诺为2009年9月在日本东北大学召开的年会撰写的论文。

2 玛格丽特·杜拉斯：《劳儿之劫》，王东亮译，上海：上海译文出版社，2005年，第127页。

3 同上，第126页。

随着东方文明的衰败，东方成了贫穷落后、疫病肆虐的受难之地。后一种解读：关于东方的词语常常带有欺骗性，能毒害、蒙蔽人。《抵挡太平洋的堤坝》中的父母不就是受到殖民地宣传画和“皮埃尔·洛蒂的一些阴郁神秘作品”[1]的蛊惑才毅然抛下让人“厌烦得要命”的法国北方乡村来这个预示财富、冒险和梦想的远方？而等待他们的却是现实的残酷和理想的幻灭。

另一处是在《乌发碧眼》（1986）中：“她用很低的、含糊不清的声音呼唤着一个人，仿佛那人就在这里，她似乎在呼喊一个死去的生命，就在大海的那一头大陆的另一侧，她用所有的名字呼唤着同一个男人，回声中带着东方国度呜咽般的元音……”[2]意象加深了，东方[3]是泪水闪烁的珠光，被文本诗化的痛苦和绝望，在对立于西方的“大海的那一头大陆的另一侧”呜咽（沉默）。而那一个人是死在印度支那战场上的小哥哥保尔，是杜拉斯无处告别、始终无法被彻底埋葬的童年和童年的一切。用所有的名字朝同一个方向（东方）呼唤“无名的”东方，呼唤“永失我爱”。

要回到童年。“一直以来，甚至很小的时候起，我就看到地球上的生命是以这种形式出现的：一个巨大的沼泽地，表面上毫无生气，突然，一个气泡破裂了，发出臭气，唯一的一个，然后——几千年过去了，又出现一个。同时这些气泡，这些生命的泡沫终于从底部冒出来，光线变了，潮湿渐渐消失，光到了水的表面。创世的水，对我而言，就是这样，沉重像液体的钢铁，但

1 玛格丽特·杜拉斯：《抵挡太平洋的堤坝》，谭立德译，上海：上海译文出版社，2009年，第14页。

2 玛格丽特·杜拉斯：《情人 乌发碧眼》，王道乾、南山译，上海：上海译文出版社，2002年，第146页。

3 在法语中，orient也有“珍珠的光泽”的意思。

在雾气中很浑浊，没有光的照耀。”[1]这种创世的水就是世界“印入”小玛格丽特脑海的图景，对日后的作家而言既是生命的开始，也是写作最原始的素材，太平洋每年泛滥摧毁母亲的堤坝的黑水，象征了这片遥远的旧法国殖民地上的不公正、穷困和绝望的沉重的海水成了她创作的灵感之泉。

置身于侨民、普通白人、安南人和中国人混居的世界，多纳迪厄一家既不属于白人殖民者，也不属于被殖民的黄种人。肤色是第一次划分，象征了尊卑；财富是第二次划分，代表了贵贱。堤坝的故事、母亲的疯狂和印度支那的赤贫占据了童年最初也是唯一的梦境。杜拉斯的身份一开始就是特殊的：出生在印度支那一个贫穷的白人家庭，不被有钱的白人认同，同样也不被有钱的当地人和中国人认同，所以小玛格丽特找不到自己的位置："我没有故乡，我是永远也回不到故乡的人，我生在无处。”印度支那既是异地又是故乡。杜拉斯的作品，不管是小说、戏剧还是电影都被司汤达所说的“没完没了的童年”所纠缠，东方幽灵成了杜拉斯的“内心影子”，渐渐酝酿成她日后充满毁灭意味的写作。“人们受到自身经历的纠缠，必须听之任之”,[2]的确，有很长一段时间杜拉斯任由童年潜伏在记忆的黑夜，没有道路，她只是偶然谈及少年时代故事某些“明亮的部分”。

1950年，《抵挡太平洋的堤坝》掀开了自传叙事的一角，堤坝的故事浮出水面，但所有的地名还是模糊的，母亲和儿子约瑟夫、母亲和女儿苏珊，尤其是苏珊和若先生的关系也没有明朗。需要

---

1 Marguerite Duras, *Les Parleuses, entretiens avec Xavière Gauthier* (Paris: Ed. de Minuit, 1974), 239.

2 Aliette Armel, *Marguerite Duras, Les Trois lieux de l'écrit* (Paris: Christian Pirot, 1998), 13.

迂回地进入："其他的进展本来可以出现，其他的运行，在处于我们这个位置的其他人之间，有着其他的名字，其他的时限本可以生成，更长一些或更短一些，其他的充满遗忘、向遗忘垂直下坠、猝然进入其他记忆的故事，其他的有着无尽的爱的长夜……"[1]

1954年的小说《林中的日日夜夜》和1968年的同名戏剧照亮了母子关系，但作为地点的东方已然不在，除了书名"林中"让人联想到暹罗的森林。印度支那是经由虚构的"印度"抵达的。当"印度系列"结束，1979年戏剧《伊甸园影院》回归到堤坝的故事，聚光灯似乎把若先生和那枚钻石戒指照得更亮了。然后是1984年的《情人》和1991年的《中国北方的情人》，重心从母亲的故事转为"我"的故事和写作的故事。当中国被放在明亮的地方，写作似乎就完整圆满了，空白被填补，回忆中不和谐的音符被修正、美化乃至篡改，童年终于可以风光入殓。

而回到童年的印度支那的道路是迂回的，是经由"印度系列"完成的，这个系列的开篇就是《劳儿之劫》(1964)。拉康曾经因为《劳儿之劫》向杜拉斯致敬，这个文本为他的精神分析提供了广袤的阐释空间。杜拉斯一开始说她不知道劳儿的由来，后来承认是在疯人院中见过的一个病人。《劳儿之劫》的开头："劳儿·瓦·施泰因生在此地，沙塔拉，在这里度过了青少年时期的大部分时光。她的父亲曾是大学老师。她有一个大她九岁的哥哥——我从未见过他——据说住在巴黎。她的父母现已不在人世。"[2]这段文字和杜拉斯介绍自己的那段简短文字如出一辙。此地也是别处，沙塔拉也

---

1 玛格丽特·杜拉斯：《劳儿之劫》，王东亮译，上海：上海译文出版社，2005年，第196页。

2 同上，第3页。

成了一个精神分析萦绕不去的梦境，沙塔拉（S. Thala）是Thalassa（大海），是创世之水的另一个指称。在书的最后，雅克·霍德和劳儿在旅馆房间，两人看着窗外："大海终于涨潮了，海水一块一块地淹没了蓝色的沼泽，沼泽带着同样的缓慢渐渐地失去了自己的本性，与大海融为一体，这片沼泽这样了，其他的在等待着它们的轮回。沼泽的消亡使劳儿充满了糟糕的忧伤，她等待、预料、看到这一消亡的出现。她认出了它。"[1]沼泽被海水淹没，被冲淡、被遗忘，但最终，它被认出，在记忆中重现。紧接着的文字阐明了这种移情的可能性和运作模式："劳儿梦想着另一种时光，在那里，将要发生的同样的事情会以不同的方式发生。另外的方式。千遍万遍。到处发生。不分彼此。在其他人之中，成千上万的人，和我们一样，梦想着这种时光，不可避免。这一梦想传染了我。"[2]

劳儿的梦其实也是杜拉斯的梦，劳儿只是"我"的另一种指称，是不同的方式发生的同样的事情。"她的父母现已不在人世"，潜台词是"死亡"，死亡是杜拉斯的美学，死去意味着遗忘、过去、不可能之爱和昨天的"我"。"ravissement"是迷狂也是劫持，无论哪种寓意都表达了自我的迷失。劳儿在书的最后疯掉了。而杜拉斯随后的一本书《副领事》（1965）里，劳儿神秘地消失了。《副领事》以一个疯女人的故事开场：十五岁，有了身孕的安南女子被逐出家门，沿路乞讨流浪。"她走着，彼得·摩根写道。怎样才能回不去呢？应该让自己迷失。我不明白。你会明白的。我需要一个指示，好让自己迷失。应该义无反顾，想办法让自己辨认

1 玛格丽特·杜拉斯：《劳儿之劫》，王东亮译，上海：上海译文出版社，2005年，第198页。

2 同上，第199页。

不出任何熟悉的东西，迈步走向那最为险恶的天际，那种辽阔无边的沼泽地里，数不尽的斜坡莫名其妙地纵横交错。”[1]

首先我们注意到一个关键的动词“写”和人称的变化，“她”走着——“我”不明白——“你”会明白的。换一种表述：“写作”在继续——“作者”不明白——“读者”会明白的。作者需要一个指示让自己迷失在文本森林。应该义无反顾，让所有的熟悉都变成未知，“应该坚持下去，直到排斥你的东西最后转过来吸引你”，这是女儿被母亲逐出家门时说的一番话，也是作者杜拉斯对自己、对读者说的话，对写作和阅读同样适用。也正是在《副领事》中，“不能忍受”的印度、“一种彻底被抛弃的感觉”泛滥成灾，把作者和读者再次带回东方。

在《印度之歌》（1973）的开篇，杜拉斯就交代：

> 首先，本剧中出现的印度的城市、河流、行政区域及海域等的名称都具有一种音乐感。《印度之歌》中，凡举地理的、人文的、政治的等情节，均属虚构。因此，切勿认真地坐上汽车用一个下午的时间，从加尔各答奔向恒河口以看个究竟，当然，也用不着为此去尼泊尔。同样，“威尔士亲王”旅馆，并不在德尔塔的一个岛上，而是在科伦坡。也是同样，印度的行政首府是新德里，而不是加尔各答。如此等等。[2]

---

1 玛格丽特·杜拉斯：《副领事》，王东亮译，上海：上海译文出版社，2009年，第3页。

2 玛格丽特·杜拉斯：《副领事》，宋学智、王殿忠译，沈阳：春风文艺出版社，2000年，第189页。

之所以选择印度、选择加尔各答是因为它早已埋在杜拉斯的童年里，处于一种中转站的地位，"当人们在世界各地谈论加尔各答时，贫困和死寂的长长的人行道是具代表性的形象。它不是虚假的形象。它只是部分的形象"。[1]杜拉斯说《印度之歌》是《恒河女子》(1973）故事的延续，也深入揭示了《副领事》并没有触及的一个领域，而她写这个文本更充分的理由却是一个"写作"的理由："为了探索《恒河女子》所揭示和探索的那种'手段'，即把声音用于故事的叙述。这种新手法，可以把往日的故事从忘却中重新拉出，以便为另一些记忆所支配，而不是受作者的记忆所支配。这些记忆是另一种形式的，具有创新性的记忆，但同样可以使人'回忆'起其他的爱情故事。"[2]在这里，杜拉斯点明了她使用挪移这一创作手法的目的是"把往日的故事从忘却中重新拉出"，而这个具有"创新性"的记忆会让人"回忆"起其他的爱情故事，比如堤坝的故事、她和中国情人的故事。

这个"虚构"的印度要揭示什么呢？杜拉斯说是一种深刻的真实，回忆中一种超越了现实对东方"概念化"的真实感受：无法忍受的炎热、季风、麻风病、疯女人的笑声、副领事撕心裂肺的绝望叫喊……或许还有"唤不醒死者"的麻木，不再痛苦却不能忍受，而根源还是女作家在法属殖民地印度支那度过的童年。不能忍受是因为印度所承载的19世纪末20世纪初西方人对没落东方所持的普遍观念（"优雅的印度"被"痛苦的印度"所替代），

---

1 Jean-Claude Carrière, *Dictionnaire amoureux de l'Inde* (Paris: Plon, 2001), 56.

2 玛格丽特·杜拉斯：《劳儿之劫》，王东亮译，上海：上海译文出版社，2005年，第190页。

也因为印度打开了作家自身记忆的缺口，让她想起并重新跌入那个不能自拔的、无边无际的黑暗童年。“如果我选择了印度，这不是一个巧合。这里是世界荒诞之家，荒诞的烈焰的中心，这一荒谬的、充满饥饿和饥荒的、毫无逻辑的聚居点。”[1]印度女乞丐走过的路极其漫长，这个失语的、疯狂的、一无所有的女人从某种意义上说也成了印度的象征，白人外交官夫人安娜–玛丽·斯特雷特的反面、西方的反面。而这条印度之路也是通往童年和回忆的道路，一条正在消失的道路，就像曾经的帝国的幽灵。2006年为纪念杜拉斯辞世十周年，法国埃尔纳出版社推出了《杜拉斯》专刊(即中文版的《解读杜拉斯》)，除了全球数十位专家集体解读杜拉斯外，还收录了十二篇杜拉斯未发表作品和一些她与亲友的通信，其中有一篇没有日期、杜拉斯大约写于1950年代的短文《中国的小脚》。这篇未发表的作品的重要性不在于证明杜拉斯曾到过中国的云南，而在于它揭示了童年记忆经由时间如何转化成杜拉斯式文本的一个典型图式，换言之，作为“幽灵”的东方如何在文本中显出原形。

> 中国是永恒的。我，那年五岁。我们去那里度假，为了逃避东京湾三角洲的绵绵细雨。旅行是漫长的，花了三天时间穿越云南的山岭。我很清楚这是中国，不是印度支那，不完全是，名称上有点差别。我还知道中国人很多，尤其在中国他们最为麇集，他们不想要小女孩，在

1 Marguerite Duras, *Les Parleuses* (Paris: P.O.L., 1974), 177.

他们眼中小女孩一钱不值，如果生的女儿太多，他们就把她们扔给小猪吃。这些都是别人教我的——就像日后教拼写和法兰西的伟大一样——在我们到达云南之前，为了让我看到中国人的时候就知道是怎么回事，知道怎么去称呼他们。他们教得甚至更多：中国广袤、残酷、善生养，在那里孩子们都非常不幸，你们从来都不知道你们有多么幸运。爱情被放逐。中国人不痛苦。[1]

小玛格丽特对中国人的认知首先是来自“教育”，在他们到达云南之前别人教她的知识，让她“看到中国人的时候就知道是怎么回事，知道怎么去称呼他们”。中国是一种被灌输的西方对东方的认识，被命名的对象。而这种普遍的认识是：中国人多、地广，中国人残酷、善生养，孩子尤其是女孩子很不幸，爱情被放逐，中国人不痛苦。但那种根深蒂固的习见很快就让这个五岁的法国白人小姑娘把全部的注意力放到了两个最具中国特色的残酷事物上面：中国女人的小脚和路边摊上的旺鸡蛋，概括地象征了被扼杀、被禁锢的自由和生命。

这篇短文还提到了一起小玛格丽特听闻的意外：“云南两百名富家女子一同乘坐一艘蒸汽船出游，像家禽一样挤在一起，发出家禽般的叫声，因为她们几千年来对平衡的规律几乎一无所知，以至于船在一眨眼工夫就沉没了，她们全部丧生，裹在一直缠到脖子的织锦窄衣里，被她们可怜的穿着绣花缎子鞋的残废的脚拖

1 贝尔纳·阿拉泽、克里斯蒂安娜·布洛-拉巴雷尔主编：《解读杜拉斯》，黄荭主译，北京：作家出版社，2007年，第9页。

着沉入水底，额头上是愚昧和女性的柔弱。”[1]这绝对不会是一个五岁的白人小女孩的判断，而只能是成年的作者在回忆时对这一幕惨剧做出的解读，因为杜拉斯是“伴着雀巢奶、净化水、漂洗过的生菜”，戴着具有保护作用的殖民地白色头盔长大的。

时间过去，中国变得遥远。时间再过去，“中国完全远去了，我的小脚小鸡的世界沉没到无尽的黑暗里，无依无靠，但我又能怎样？总得让童年过去。这要花很多力气和时间”。[2]成长，一边遗忘，一边也对所有别人或教科书上灌输的知识和话语产生怀疑，“于是中国在你的土地上又回到了原来的位置。因为什么都无济于事，中国总会和你有关”，虽然这需要杜拉斯花很漫长的时间才回到童稚之年的中国，“以一种方式或另一种，从小脚或小鸡或其他东西开始，所有的美德，所有的教育——最坏的和最好的都一样——我们总能企及。没有什么可以阻挡”。[3]简言之，杜拉斯的认知模式：教育—印入—遗忘—再遗忘—怀疑—回忆/回归—重现。

再回到“情人”这个形象，“中国”这个加在情人前面的形容词慢慢浮现并最终定格也折射出中国在全球格局中地位的改变。杜拉斯的五个文本（《战争笔记1943—1949》《抵挡太平洋的堤坝》《伊甸园影院》《情人》《中国北方的情人》）为读者打造了五个版本的情人。共同点是“他”有高级轿车、（戴着巨大的钻石戒指）非常优雅、穿柞丝绸套装、会说法语、从巴黎来的、彬彬有礼、

1 贝尔纳·阿拉泽、克里斯蒂安娜·布洛-拉巴雷尔主编：《解读杜拉斯》，黄荭主译，北京：作家出版社，2007年，第9页。

2 同上，第12页。

3 同上，第13页。

对她都是一见倾心。但五个版本的差距也非常大，在写于二战期间的《战争笔记1943—1949》中，雷奥是安南人，丑陋、愚蠢；1950年的《抵挡太平洋的堤坝》和1979年的《伊甸园影院》中的两个“若先生”的形象基本吻合，脸长得并不英俊，肩宽臂短，身材中等偏下，“一双小手保养得很好，有点瘦削，相当漂亮”。[1] 苏珊家人对他的形容是两个比喻：“猴儿”和“癞蛤蟆”，而他在苏珊家人尤其是她大哥面前显得胆怯。这个版本没有提到若先生是哪里人，只有提及他说话的声音泄露了他的身份，留给读者一个隐约的线索：“他说话的声音不像种植园主或猎人。这声音来自异国他乡，温柔而优雅。”[2]还有他邀请苏珊跳舞时所表现出来的拘谨、“分寸、阶层和敬意”。[3]在前三个版本里，雷奥和若先生还称不上是情人，白人女孩更多只是受到了钻石、汽车、财产的诱惑，心醉神迷，她天真地想通过出卖自己来拯救她的家庭。雷奥的吻让白人女孩感到恶心，她感觉自己“直到灵魂都被强暴了”，[4]苏珊虽然收到若先生的小礼物和留声机的时候满心欢喜，但当若先生的嘴唇吻到她的时候，她“仿佛挨了一记耳光似的”，[5]连忙挣脱。

而到了1984年的《情人》，金钱的故事就蜕变为一个懵懂凄美的爱情故事，开篇就是那段爱的经典表白：“我已经老了，有一天，在一处公共场所的大厅里，有一个男人向我走来。他主动介绍自己，他对我说：‘我认识你，永远记得你。那时候，你还很

---

1 玛格丽特·杜拉斯：《抵挡太平洋的堤坝》，谭立德译，上海：上海译文出版社，2009年，第34页。

2 同上，第36页。

3 同上，第35页。

4 Marguerite Duras, *Cahiers de la guerre: 1943–1949* (Paris: POL / IMEC, 2006), 87.

5 玛格丽特·杜拉斯：《抵挡太平洋的堤坝》，谭立德译，上海：上海译文出版社，2009年，第222页。

年轻，人人都说你美，现在，我是特为来告诉你，对我来说，我觉得现在你比年轻的时候更美，那时你是年轻女人，与你那时的面貌相比，我更爱你现在备受摧残的面容。'"[1]还有湄公河渡轮上的桥段。忘记需要很长时间，想起同样需要很长时间和勇气。在书的第五页，十五岁半的白人女孩就已经站在渡轮上，但一笔又转了，说起她就读的学校，母亲，家庭，绝望，写作，她当时的装束，帽子、鞋子和腰带。直到第二十一页，才出现那辆利穆新汽车，和那个正在看她的风度翩翩的男人。"他不是白人。"[2]这个否定句是一个逆转，但转得非常慢，欲说还休，因为"我们是白人的孩子，我们有羞耻心"。[3]羞耻感让叙述者继续"顾左右而言他"，在接下来的二十页，叙述者谈到女人的美，殖民地的女人的疯狂，寄宿学校的美女海伦·拉戈奈尔，阿杜，母亲，那个瘦弱却搽着"浅红色脂粉，涂着口红"的白人女孩，谈到女孩日后想当作家的想法，母亲的贫穷绝望和堤坝的故事……岔开话头是叙事的停顿，反映叙述者心理上的犹豫，絮絮叨叨说那么多，都是为了把话题再次扯回到那个从轿车上走下来的男人身上。男人是胆怯的，"开头他脸上没有笑容。一开始他就拿出一支烟请她吸。他的手直打战。这里有种种族的差异，他不是白人，他必须克服这种差异，所以他直打战"。[4]当她问他是什么人时，"他说他是中国人，他家原在中国北方抚顺"。[5]或许这就是杜拉斯选择"回到

1 玛格丽特·杜拉斯：《情人》，王道乾译，上海：上海译文出版社，2005年，第3页。

2 同上，第21页。

3 同上，第7页。

4 同上，第40页。

5 同上，第41页。

中国”的特殊方式。故事里依然散发出很浓的金钱味道，但压抑的青春渐渐释放出来，“吻在身上，催人泪下”，[1]哭的是“一种糟透了的爱情”，[2]虽然糟透了，但它已经有了“爱情”之名。

杜拉斯1991年出版的《中国北方的情人》是《情人》的电影版，叙事变得非常清晰流畅，第一幕殖民地“遥远的童年”，第二幕“湄公河上的渡轮”。一说到渡轮，马上就出现了这个很奇特的句子：“渡船上有搭载本地人的大客车，长长的黑色的莱昂–博来汽车，有中国北方的情人们在船上眺望风景。”[3]耐人寻味的复数：“情人们”。仿佛之前几个版本的情人都出现在渡船上，等待导演杜拉斯挑选一个最好的来出镜，或者说回忆就是以复数的形式叠加或替换的。女孩还是那个女孩，但情人已经成了升级版：“他跟上本书里的那一个有所不同，更强壮一点，不那么懦弱，更大胆。他更漂亮，更健康。他比上本书里的男子更‘上镜’。面对女孩，他也不那么腼腆。”[4]他还打算在北京大学读文科，只因父亲反对而去法国学了法语并去美国学了英语，最难能可贵的是这位年轻有为的海归华侨很爱国：“我爱堤岸。我爱中国。堤岸也是中国。”[5]一见钟情，“故事已经发生了，已经不可避免。一个爱情故事，一场令人目眩的爱情。始终没有结束。永远没被忘记”。[6]故事按照现代版的白马王子和灰姑娘的模式继续推进，有意思的是对阿诺（Jean-Jacques Annaud）的电影《情人》

---

1 玛格丽特·杜拉斯：《情人》，王道乾译，上海：上海译文出版社，2005年，第56页。

2 同上，第47页。

3 玛格丽特·杜拉斯：《中国北方的情人》，施康强译，上海：上海译文出版社，2006年，第30页。

4 同上，第31页。

5 同上，第52页。

6 同上，第53页。

表示强烈不满的杜拉斯却在更新版中很煽情地保留了吻车窗的桥段："汽车停靠的方向和她的去向相反。她把手搁到车窗上。然后她把手挪开，把嘴贴住窗玻璃，吻上去，不再移开。她双目紧闭，跟电影里一样。"[1]中国人谈吐风趣、知识渊博，迷倒了母亲，镇住了大哥。当中国崛起站在世界舞台上的时候，情人也终于找回了迟迟到来的自信和爱情。

十八岁回法国后，杜拉斯就再没回过印度支那，也没有再去印度、中国这片属于童年和回忆的东方。

> 我的生命的历史并不存在。那是不存在的，没有的。并没有什么中心。也没有什么道路，线索。只有某些广阔的场地、住所，人们总是要你相信在那些地方曾经有过怎样一个人，不，不是那样，什么人也没有。我青年时代的某一小段历史，我过去在书中或多或少曾经写到过，总之，我是想说，从那段历史我也隐约看到了这件事，在这里，我要讲的正是这样一段往事，就是关于渡河的那段故事。这里讲的有所不同，不过，也还是一样。[2]

既然生命的历史不存在，没有中心、没有道路和线索，那对杜拉斯而言，什么才是真实的呢？她对米歇尔·芒索说："所有写出来的东西都是真实的。现实生活中没有任何东西是真实的。"[3]真实不

1 玛格丽特·杜拉斯：《中国北方的情人》，施康强译，上海：上海译文出版社，2006年，第66页。
2 玛格丽特·杜拉斯：《情人》，王道乾译，上海：上海译文出版社，2005年，第9页。
3 米歇尔·芒索：《闺中女友》，胡小跃译，桂林：漓江出版社，1999年，第214页。

是现实，真实是再现的现实。她还提醒米歇尔·芒索："假如你要写发生在威尼斯的事，就别去威尼斯。"并现身说法："假如我回到越南，我就不可能写我的童年。对一个作家来说，那是与童年一刀两断的机会。"但杜拉斯的矛盾也在于："一个作家，决不会与童年一刀两断。他从中汲取一切。"[1]只有把童年变成文本，才可以最终从童年的阴影、羞耻感中走出来，才可以得到另一种生活。阿德莱尔（Laure Adler）在《杜拉斯传》（1998）的开篇用斯特林堡（August Strindberg）《书信集》中意味深长的几句话作为题词："我觉得自己仿佛在梦游一般，弄不懂什么是故事，什么是生活。写了那么多东西，我将自己的生活变成了影子的生活；我觉得我不再是在地面上行走，而是在飘，没有重量，四周也不是空气，而是阴影。"从某种意义上说，杜拉斯从未真正离开过印度支那，每当她写作的时候她都会回到那里。东方幽灵成了"内心影子"再转化为文字得到纾解和释怀，换言之，我成了文本，"我发现书就是我。书唯一的主题，就是写作。写作，就是我。因此我，就是书"。[2]

的确，仔细阅读杜拉斯的作品，我们不难发现，无论是印度支那系列还是印度系列，杜拉斯作品并不是孤立散落的，而是一个藕断丝连、盘根错节的互文本，女性写作最常见的爱情故事并非这个网络的结点和主题，爱情常常是表象和素材，主题一直都是写作，孜孜不倦地探索写作方式，"仍然写作，不理睬绝望。

1 米歇尔·芒索：《闺中女友》，胡小跃译，桂林：漓江出版社，1999年，第46—47页。

2 Marguerite Duras, «Ils n'ont pas trouvé de raisons de me le refuser », propos recueillis par Marianne Alphant, *Libération*, 13 novembre 1984.

不：怀着绝望。怎样的绝望，我不知道它的名字。写得与作品之前的想法不一样，就是失败。但必须接受它：失败的失败就是回到另一本书，回到这同一本书的另一种可能性”。[1]玄机就在“同一本书的另一种可能性”。《写作》（1993）之所以是一部很重要的文本，那是因为杜拉斯在此解剖了她自身的创作，“当我越写，我就越不存在”，我如何在孤独、绝望乃至酒精中沉淀、迷失、转化为文本，最终与“我”无关。东方（印度支那）和西方（法国）皆非故乡，生于“无处”的杜拉斯在写作中为自己的灵魂和爱情找到了诗意的永久栖居。

第四节　马格里布女性文学与阿西娅·杰巴尔

随着第二次世界大战的结束，法兰西殖民帝国土崩瓦解，法属殖民地先后取得了独立，法国和法语的地位下降，影响日益缩小。20世纪上半叶见证了以种族问题为基础的国际联盟的发展（如泛非洲运动），以及不断增长的种族和宗教民族主义。世界在加速重组、整合，为了应对新的世界格局，20世纪60年代，法国总统戴高乐提出了建立“法语共同体”的设想，1970年，21个法语国家在尼日尔首都尼亚美签署宪章成立法语国家组织（Organisation Internationale de la Francophonie），并于1986年召开了首届法语国家首脑会议。在帝国衰弱和民权运动兴起的背景中，女权主义者主要通过反殖民主义抵抗性的全球化话语，与其他妇

1 玛格丽特·杜拉斯：《写作》，桂裕芳译，上海：上海译文出版社，2005年，第22页。

女运动遥相呼应。自由女权主义强调各地妇女受到的父权制压迫。而作为回应，把种族考虑在内的妇女运动强调地方-全球话语，它在承认地缘政治联系的同时强调地方和区域性具体女性状况的不同。

马格里布是古代阿拉伯人对埃及以西整个北非地区的总称，后来专指突尼斯、摩洛哥和阿尔及利亚三国，由于它们都是曾被法国殖民的阿拉伯国家，这一地区的文学不可避免地呈现出多元化的特征。20世纪50年代以后，随着三国相继获得独立，马格里布作家开始用新的目光审视后殖民时代的阿拉伯世界，从宗教到政治、从历史到现实、从语言到文化，种种矛盾在这一地区交织，使得他们的书写获得了丰富的内涵，也正是在这一时期，马格里布女性文学开始兴起，向男性主导的传统话语发起了挑战。

长期以来，伊斯兰社会的女性都处于受压制的状态，她们常常被贴上这样的标签："受害人、易受左右、无决定权、受压迫、需要外界的帮助"，[1]而从事写作的女性更被视为社会异类，如同摘下面纱的女子，威胁着伊斯兰社会的既定秩序。在马格里布地区，父权制常常带着很鲜明的"民族主义"标签，男性把控制"他们"的女人作为民族和文化"净化"的基石，作为民族身份和文化的象征。女性的容貌、衣着、性行为和外出经常受到简单粗暴的约束和限制。为确保民族主义团体血统的纯正，女性性行为和择偶受到严格的控制，反对女性对生育的选择并控制她们的身体，规定传统的分工，授予男性（作为家长、社区领袖和宗教权威）特

1 Azizah al-Hibri, "Islam, Law and Custom: Redefining Muslim Women's Rights," *American University International Law Review* Vol. 12, No. 1 (1997): 1–44.

权，而女性多半被禁锢在家里，或操持家务，或从事传统手工业。

但随着全球反殖民主义和妇女解放运动的推进，马格里布独立后，各国妇女的生存状况有了明显改善。首先，各国都实行了男女平等的义务教育，女子受教育的水平得到显著提高。1958年，突尼斯女生占学生总人数的31%，1968年已经达到39%。1970年，摩洛哥女生在小学生和中学生中的比例增至33.4%和28.1%，阿尔及利亚也达到37.5%和28.1%。其次，马格里布女性的政治地位也在逐步提升。各国制定了相关法律来保护妇女权益（如1956年，突尼斯议会通过《个人身份法》，禁止一夫多妻，赋予妇女选举权等），女公务员和女议员的出现，为该地区的妇女运动提供了有力支持。在这样的背景下，一些受过教育（尤其是西方教育）的马格里布女性开始探索新的途径，从自身的女性生存经验和困境出发，实现自我书写和表达的自由。接受西方民主自由思想的熏陶就像是一次“文化的异花受精”，马格里布的女作家们或多或少都经历了多质文化的接触、旅行、碰撞、变形和杂糅。

在突尼斯文坛，虽然阿拉伯文学长期占据主导地位，但是1975年以后，作家们更倾向于用法语写作，截至1986年，突尼斯女作家共发表了10部小说，其中8部由法语写成。在这些用法语写作的突尼斯女作家中，比较著名的有格鲁兹（Souad Guellouz），她的小说《简单生活》出版于1975年，叙述了从传统向现代生活转变中出现的种种问题；随后，她在第二部小说《北方花园》（1982）中追忆了自己的童年，以深沉自省的笔触，反思了家庭和社会的变迁。同样在1975年，另两位作家哈菲娅（Jalila Haffia）和夏比（Aïcha Chaïbi）也分别发表小说《黎明灰烬》和《哈谢德》。这些早期的小说多采用劝诫口吻，说教意味浓厚，主要描写城市的可怕、现代社会的险恶和对人的腐蚀。直到1985年贝吉（Hélé Béji）的小说《白日之眼》问世，才冲破传统的束缚，对个体自由与现代化提出了新的看法。小说的叙述者从巴黎回到家乡突尼斯小住，她发现传统正在迅速瓦解，祖母的世界已经发生了巨大改变，对此她虽然惋惜，却并不感到忧惧，相反她选择顺从时代的变化，在“别处”扎下根来。摩洛哥的女性文学起步较晚，1982年才出版第一部由摩洛哥女性创作的法语小说——《叛徒阿伊莎》，该书讲述了一个在西班牙占领期间发生在摩洛哥的爱情故事，被认为是当年最优秀的摩洛哥文学作品。[1]作者哈利玛·哈杜（Halima Ben Haddou）将虚构手法与亲身经历结合起来，成功塑造了阿伊莎这一女性形象，她甚至在一次访谈中宣称：“阿伊莎是主角，我才是叛徒。”[2]在哈利玛之后，1985年，另三名女作家也出版了各自的作品，它们是纳瑟尔（Badia Hadj Naceur）的《裸露的面纱》、胡阿里（Leïla Houari）的《无处依归的泽达》和穆拉德（Farida Elhany Mourad）的《赤脚女孩》。这些小说介于虚构与现实之间，通过对另一种生活的想象，对无法实现的梦想的描绘，表达出作者企图跳出日常桎梏、逃避苦涩现实的愿望。小说成为她们寻梦圆梦的场所，正因为现实生活令人窒息，她们才让小说中的人物肆意寻欢、放浪形骸。

比起突尼斯和摩洛哥，阿尔及利亚与法国的渊源最深，长达

1 Catherine Eyquem, “La foi et l’écriture,” *Jeune Afrique* No. 1157 (Mar. 1983).

2 Halima Ben Haddou, “Aïcha c’est l’héroïne, mais la rebelle c’est moi,” Interview par Khadidja Zeroual, *Sindbad* No. 4 (Nov. 1982): 15–30.

百年的殖民统治加上8年独立战争，使两国在政治、宗教、伦理、种族等问题上充满矛盾，这种纠结的关系反而给文学带来一股特殊的张力，使阿尔及利亚的女性文学作品在数量和质量上均超过了其他两国。1947至1986年间，阿尔及利亚女作家共发表了38部长篇小说和短篇小说集。这些小说的主题可以分为三类：第一类主要探讨阿尔及利亚的社会问题，包括家庭、婚姻、文化冲突及移民后代对身份的追寻，这类小说所占的比重最大，其中比较重要的有德贝什（Djamila Debèche）的《阿尔及利亚的女儿莱伊拉》(1947)、《阿齐扎》(1955)，杰巴尔的《渴》(1957)、《新世界的儿女》(1962)、《天真的云雀》(1967)，本（Myriam Ben）的《萨布丽娜，他们偷走了你的生命》(1986)，塞巴尔（Leïla Sebbar）的《谢哈萨德》(1982)、《说吧儿子，对你的母亲说》(1984)、《非洲的绿中国人》(1984)、《谢哈萨德的笔记本》(1985)；第二类主题为反映阿尔及利亚独立战争的内容，代表作有杰巴尔的《爱情，幻想》(1985)，嘉兰（Nadia Ghalem）的《水晶花园》(1979）和梅查克拉（Yamina Méchakra）的《裂开的洞穴》(1979)；第三类则是抒发内心感受的作品，往往带有自传色彩，如昂鲁什（Taos Amrouche）的《想象中的爱人》(1975)，作者通过对女性身体的强调，传达出内心深处最幽微的情感，借由心路历程的自我剖析，达到自我肯定、自我定位的目的。对阿尔及利亚文学而言，杰巴尔是一个无法回避的名字，不仅因为她的创作手法和表达技巧都达到了较高水平，更因为她在阿尔及利亚独立前就出版了第一部小说，其著述之丰富与时间跨度之长，使她成为阿尔及利亚历史的记录者和见证人。再加上她的作品对上述三大主题均有不同程度的涉及，通过对它们的分析和研究，可以一窥马格里布女性文学的全貌。

杰巴尔原名法蒂玛-朱赫拉·伊玛拉耶纳，作为马格里布法语文学的代表作家，她是第一位进入巴黎高等师范学院就读的阿尔及利亚女性，也是第一位入选法兰西学院的马格里布作家。1936年她出生于阿尔及尔附近的海边小城舍尔谢勒，母亲是柏柏尔人，父亲是当地的一名法语老师。在父亲的影响下，她自小接受教育，在卜利达读完高中后，先后进入阿尔及尔和巴黎的预科班，并于1955年考入享有盛名的巴黎高等师范学院。然而，1954年爆发的阿尔及利亚独立战争打断了她的学业，由于参加阿尔及利亚学生的罢课活动，她遭到校方开除，与丈夫一起离开了法国。这场意外促使她走上文学之路，1957年，她以笔名阿西娅·杰巴尔发表了处女作《渴》，它与随后问世的《焦急的人们》（1958）一样，塑造了出身于小资家庭、渴望自我解放的年轻女性形象，法国媒体异口同声地称赞她为"穆斯林的萨冈"，可阿尔及利亚的革命者却认为她的写作"无益于民族解放事业"。[1] 1962年，阿尔及利亚获得独立，杰巴尔返回祖国，在阿尔及尔大学教授历史，后因反对学校的阿拉伯语化辞职。这一时期她创作了小说《新世界的儿女》（1962）和《天真的云雀》（1967），诗集《献给幸福的阿尔及利亚的诗》（1969），将目光投射到阿尔及利亚独立战争，拓宽了写作的题材。从1969年开始，她的创作进入一个长达十年的沉寂期，直到1979年凭借电影《西纳瓦山妇女的节日》重回公众

1 Clarisse Zimra, "Writing Woman: The Novels of Assia Djebar," *Substance: A Review of Literary Criticism* Vol. 21, No. 3 (1992): 68.

视线。进入八九十年代后，阿西娅·杰巴尔迎来了创作的巅峰期，相继发表了短篇小说集《房间里的阿尔及尔女人》（1980）和三部半自传作品《爱情，幻想》（1985）、《土耳其后妃之影》（1987）、《监狱是如此辽阔》（1994），其间为了回应在阿尔及利亚迅速发展的伊斯兰原教旨主义，她创作了讲述伊斯兰教起源的长篇小说《远离麦地那》（1991）。90年代后期，她还发表了小说《阿尔及利亚之白》（1996）、《奥兰，消失的语言》（1997）和《斯特拉斯堡之夜》（1997），接着又远赴美国，先后任教于路易斯安那州立大学和纽约大学，她的最后几部作品包括《没有墓地的女人》（2002）、《法语的消失》（2003）、《在父亲家里无处容身》（2007）。2015年2月6日，杰巴尔在巴黎因病去世。

从二十一岁发表第一部小说开始，阿西娅·杰巴尔在五十多年的时间里，创作了多部长篇小说、戏剧、文学评论和诗歌，作品内容突破了对女性日常生活的描写，将女性的生存状况置于历史和宗教的大背景下，试图在两种语言、两种文化的交融中，发出自己独特的声音。自20世纪90年代以来，这位“游走于地中海两岸”的马格里布作家引起了广泛关注，先后获得美国纽斯塔特国际文学奖（1996）、玛格丽特·尤瑟纳尔文学奖（1997）、意大利帕尔米国际文学奖（1998）、德国书业和平奖（2000）等国际重要文学奖项，更是多次提名诺贝尔文学奖候选人。德国书业和平奖委员会在给她的颁奖词中指出：“阿西娅·杰巴尔的作品植根于祖国的历史，与阿尔及利亚女性在伊斯兰社会中扮演的角色息息相关。”由此可见，坚持不妥协的女性主义立场，为受到侮辱和损害的穆斯林妇女代言（在阿拉伯语中，阿西娅的意思是“慰藉”，杰巴尔的意思是“不妥协”)，成为杰巴尔身上最鲜明的标签。

杰巴尔的女性主义思想，最早见于她1980年出版的短篇小说集《房间里的阿尔及尔女人》。《房间里的阿尔及尔女人》原是德拉克洛瓦在阿尔及利亚被法国征服后不久所作的一幅名画，杰巴尔使用这个标题，讲述的却是阿尔及利亚独立二十年后，那些曾经参与战争的女性在日常生活中遭遇的困境，而唯一可以打破困境的方式，则是女性的言说。“我认为阿拉伯女人排除一切障碍的唯一途径就是：说话，不停地说昨天和今天的一切，在我们之间说，在女眷内室说，无论传统的或者廉租房里的女眷内室。在我们之间说着并且看着。看外面，看围墙和监狱以外的世界！……用女人的目光和女人的声音……在敞开的坟墓里寻觅的声音！”[1]这部小说集不仅奠定了杰巴尔“女性主义作家”的身份，更让她在国际文坛崭露头角，被她认为是“所有作品中与女性主义对话最丰富的一部”。[2]

这样的对话延续到她后来的创作中，产生了1985年的杰作《爱情，幻想》。在这部融合了历史与虚构的小说中，作者不但要为那些在殖民者的铁蹄下牺牲的妇女发声（阿西娅·杰巴尔重现了阿尔及利亚历史上的两个重要时期：始于1830年的法国占领，以及1954至1962年的阿尔及利亚独立战争)，而且加入了自己的声音，通过回忆童年接受教育和后来投身民族解放斗争的经历，使自己成为无数受到压迫的阿尔及利亚妇女中的一员，传达出身

---

1 阿西娅·杰巴尔：《房间里的阿尔及尔女人》，黄旭颖译，上海：上海文艺出版社，2013年，第112页。

2 Clarisse Zimra, “Disorienting the Subject in Djebar’s *L’Amour, la fantasia*,” *Yale French Studies* No. 87 (1995): 151.

处文化夹缝、用敌人的语言写作的矛盾情感。

《土耳其后妃之影》(1987) 继承了杰巴尔在《爱情，幻想》中确立的"多重声音交织"的创作原则，讲述了嫁给同一个男人的两个女人——获得自由的伊斯玛与保守的哈吉拉——从彼此隔膜到建立友情的过程。《爱情，幻想》的另一个关键词"战争"也在这部小说中得到体现，只不过作者描写的不是民族独立战争，而是两性之间的斗争："在《土耳其后妃之影》中，杰巴尔用和战争有关的语汇（路障、反抗、对峙）描述伊斯玛和丈夫的关系，同时，从伊斯玛的叙述中可以得知，哈吉拉在形容自己的初夜时也使用了挣扎、斗争、抵抗这样的字眼。"[1]

到了《监狱是如此辽阔》(1994)，《土耳其后妃之影》中的姐妹情谊已经全然不见，取而代之的是两性关系的彻底失败。小说描述了一段令人绝望的婚姻，阿西娅·杰巴尔所做的最大程度的自我剖白，使她的写作呈现出新的面貌。尽管她仍然使用自己的笔名，尽管叙述者隐藏在一个个人物背后发声，杰巴尔还是用大胆直率的笔触向读者宣示，她已跳出前面两部自传小说的多重声音，转而开始自我的言说。在这部小说中，杰巴尔还将目光转向古老的柏柏尔语，认为它不仅是历史的回声，也是"女性写作"追寻的目标（柏柏尔语显然曾经是女性的特权："在图阿格雷族中，从事写作的都是女人……"[2]）。

在杰巴尔的小说中，女性的言说主要服膺于两个目的，一是

---

1 Katherine Gracki, "Writing Violence and the Violence of Writing in Assia Djebar's Algerian Quartet," *World Literature Today* Vol. 70, No. 4 (1996): 840.

2 Lise Gauvin, "Assia Djebar, territoires des langues: entretien," *Littérature – L'Ecrivain et ses langues* Vol. 101, No. 1 (1996): 76.

为了将阿拉伯女性从历史的静默中唤醒，二是出于自我表达的需要。纵观人类历史，自从父系社会的统治秩序建立以来，女性就被强制剥夺了话语权。为了维护父权制文化的唯一合理性，以男性为主体的传统叙述总是将女性摒除在外，使“她们”成为历史信息中的盲点。为了改变失语的境况，女性必须通过自己的言说来重新书写历史，因为“女性的真理发露，揭示着那些潜抑在统治秩序深处的，被排斥在已有历史阐释之外的历史无意识。揭示着重大事件的线性系列下的无历史，发露着民族自我记忆的空白、边缘、缝隙、潜台词和自我欺瞒。它具有反神话的、颠覆已有意识形态大厦的潜能”。[1]从学习历史到教授历史，杰巴尔致力于发掘那些被隐藏和遗忘的历史瞬间，1991年问世的《远离麦地那》一书，将伊斯兰教早期的女性从历史的黄土中拉了出来。小说从公元632年先知穆罕默德在麦地那去世开始，讲述了伊斯兰教初创时期各股势力围绕先知继承人的问题展开的斗争。作者聚焦了先知身边的多位女性，其中既有圣妻阿伊莎这样地位显赫的女性，也有也门王后这样没有留下名字的人物，通过与书写正史的男性史学家展开对话，作者打破了传统叙事筑起的坚固壁垒，以女性视角重（解）构了伊斯兰的集体记忆。

由于男性主导着社会的话语体系，女性必须跳出史书记载，用迥异的方式来言说。杰巴尔试图用小说语言去填补被男性历史叙事湮灭的空白，“不论是穆斯林女性还是非穆斯林女性——至少在‘易司马仪的女儿们’出现的早期——她们短暂地凿开了历

---

1 孟悦、戴锦华：《浮出历史地表——现代妇女文学研究》，郑州：河南人民出版社，1989年，第5页。

史学家的书页，出现在不可磨灭的历史场景中。这些历史学家记录下一个半、两个世纪前发生的事，虽然态度严谨，可还是不自觉地，出于习惯，抹去女性的痕迹……因此，为了填补集体记忆的空白，虚构成了必要手段，让我可以在书中重建空间，回到我曾经想生活其中的那段岁月……”。[1]在传统的历史叙述中，女性的形象往往很模糊：没有名字、短暂出场、作为男性的附庸而存在；杰巴尔在尊重史实的前提下，用虚构的手段赋予了女性人物鲜明的个性，同时将重心放在对女性日常生活的描写上，为她们的言说提供了真实的背景。为了让女性的声音更加丰富，作者在小说中还穿插了大量口述的段落，口述内容有的是自身经历，有的是他人的回忆，还有的是一则传闻、一个故事，语言之生动丰富，与男性叙事的客观中立截然不同。中国20世纪妇女口述史计划主持人李小江教授指出：“妇女史与口述史具有天然的盟友关系。”[2]杰巴尔让小说中的女人“用自己的语言说话”，对于肯定女性在伊斯兰早期发挥的作用、填补集体记忆的空白具有重要意义。

“性别问题就是语言问题。”[3]作为一个倡导女性主义的马格里布作家，杰巴尔试图在父权统治的阿尔及利亚-伊斯兰社会中，重新彰显女性的价值，而她所选择的途径，就是通过语言这一媒介，彻底改变阿拉伯妇女的处境，恢复她们的话语权，唤醒她们的主体性。她的这一诉求，与几位法国女性主义理论家（西苏、克里斯蒂娃、伊里加蕾）的观点不谋而合，她们的理论揭示了父权制

---

1 Assia Djebar, *Loin de Médine* (Paris: Albin Michel, 1991), 5.

2 李小江：《女性的历史记忆与口述方法》，《光明日报》2002年8月16日。

3 Barbara Johnson, *A World of Difference* (Baltimore: John Hopkins University Press, 1987), 37.

文化下语言作为权力的场所对女性的统治和压迫，从不同的角度阐释了“前俄狄浦斯期的原力”。[1]克里斯蒂娃认为符号界与婴儿的前俄狄浦斯阶段相关，它表指一个婴儿与母亲共享的空间，婴儿在这一阶段产生了由原力驱使的快感和最初的表意冲动，当主体进入逻辑严密、控制力强的象征阶段后，符号便受到压抑，潜藏于象征语言的内部，造成象征语言的断裂、矛盾、无意义和沉默。由此克里斯蒂娃将语言界定为两种模式相互作用的辩证过程，一方面是母亲的身体主导的符号界，另一方面是父亲的律法统治的象征界，从这个意义上说，杰巴尔的小说语言同样存在两种模式的互动，比如在《爱情，幻想》一书中，正像克里斯蒂娃论证的那样，处处是“在象征界边缘的压迫与反抗、父亲的律法与母体的想象之间的挣扎”。[2]

首先，作者在小说中采用了一种拼图式的语言，针对同一历史事件，发言的却是不同的话语体系，一方面是逻辑清晰、按照时间顺序记录的文件，另一方面是为数众多的私人见闻、信件和证词，特别是女性目击者的口述，通过反复的叙说、多维的表达，打乱了线性的叙事节奏，仿佛母体内无限往复的冲动，颠覆和改造着词语的意义。其次，杰巴尔有意在写作中引入阿拉伯语汇，通过切分句子、转换视角、锤炼字词，赋予法语阿拉伯语的节奏，以此实现语言杂糅，并经由语言实现一种多元文化的杂糅。对她来说，使用阿拉伯语的表达方式，不仅让她的语言内涵丰富，呈现出一种独特的诗意，更因为阿拉伯语是母亲的语言，

1 Elizabeth Grosz, *Jaques Lacan: A Feminist Indroduction* (London: Routledge, 1990), 149.

2 同上，154。

将这种异质因素引入符号界，可以传达更多无法言表的内容。再次，作者交替使用客观叙事的第三人称和表达主观意愿的第一人称，使小说语言呈现一种断裂。当叙述者内心的情感不被父亲理解时，就用“Le père”而不是“Mon père”来指代对方，[1]以此暗示与父亲之间的疏离感；当她用第三人称描述某一事件时，第一人称的介入往往与内心对自由和爱的渴望有关，就好像符号界中由原力驱使的快感终于冲破象征的抑制，确立了自身的意义。综上可知，二元对立的表述在杰巴尔的小说语言中无处不在，从反复叙说/线性叙事到阿拉伯语/法语再到第一人称/第三人称，作者始终坚持用来自符号界的女性的言说，挑战男性象征秩序的理性结构。

再回到克里斯蒂娃的理论，她还认为，母体不单是婴儿与母亲共享的空间，更是可以容纳一切矛盾、同时具有男性和女性气质的双性同体，因此人的主体并非由单一性别支配，而是两种模式之间的动态平衡，是符号界与象征界、控制欲与破坏欲、无意识与社会性之间相互作用的过程。以此来关照杰巴尔的女性主义写作，我们不难发现，她的别具一格的演说正是在两种模式之间构建平衡的努力，她曾经在接受一次采访时表示：“对我们来说，女性主义，或者说妇女的解放，离不开父亲的说情。”[2]此时距离她作品中反复出现的一幕——在一个阿尔及利亚女孩无权接受教育的时代，身为法语教师的父亲牵着小女孩的手，让她坐在满是男

1 Le为定冠词，Le père指父亲；Mon为主有形容词，Mon père指我的父亲。

2 Lise Gauvin, “Assia Djebar, territoires des langues: entretien,” *Littérature – L'Ecrivain et ses langues* Vol. 101, No. 1 (1996): 81.

孩的教室里读书——已经过去多年，而它之所以深植于作家的脑海，正是因为这一幕隐喻了杰巴尔的创作生涯：父亲教会小女孩法语，给了她一把打开自由之门的钥匙，使她有可能脱离父亲律法的控制，在创造性的实践中呈现出真实的女性存在。

第七章
历史语境与当代英国女性文学

作为率先完成工业革命的国家，英国的工业生产早在19世纪中叶已跃居世界第一位，被称为“世界工厂”。英国的殖民地也遍布世界各地，号称“日不落帝国”。然而，二战之后，随着前殖民地的纷纷独立，大英帝国分崩离析。从50年代开始，随着远东、中东和地中海地区、非洲地区，以及太平洋和加勒比海一些英属岛屿的先后独立，英国逐渐丧失了世界一流强国的地位。1945年，工党在大选中获胜后，先后颁布了一系列重要法律，如1946年的《国民保险法》、《国民医疗保健法》、《工业伤害保险法》和1948年的《国民救济法》，等等，使得英国逐步向“福利国家”转型，中产阶级的力量不断增长，工人阶级的经济地位有了较大改善，社会两极分化的状况也得到了明显缓解。但“福利国家”政策也造成了政府财政负担沉重、国家经济增长缓慢和劳动者劳动效率低下等弊端。

二战之后，随着一系列教育改革法案的实施，平民子弟和妇女获得了接受高等教育的权利，一代知识女性开始出现。本来，早在欧美第一次女权主义抗议浪潮的影响下，英国女性已在1918年获得了部分选举权，并于1928年获得了普选权。一战期间，女性不仅作为医护人员走上了前线，而且在后方填补了由于男性参战而造成的工作岗位人手的欠缺。对创造性生产劳动的参与不仅改善了英国女性的经济处境，亦使她们在经济独立的基础上锻造出独立的人格。随着科技的发展与家用电器的普及，英国女性更是从繁重的家务劳动中获得了较大的解放。到60年代中期，英国已有约1/2的已婚妇女参加了工作。60年代后期到70年代，第二次妇女解放运动在英、法、美等国掀起。1968—1969年间米切尔（Juliet Mitchell）开始在英国大学中开设妇女问题课程。一批具有左翼倾向的女权刊物也如雨后春笋般出现。在运动的推动下，政府有关妇女的一系列新政策法规也纷纷出台。1975年，英国通过了《反性别歧视法》；1991年，英国政府在20世纪70年代的《平等报酬法案》和《反性别歧视法》的基础上又进一步修订了《工作中的健康与安全管理条例》，保护妊娠与哺乳期妇女的权益。

如果说妇女解放运动的第一次浪潮是以“天赋人权”的人本主义为思想基础，以争取获得以选举权为标志的一系列公民权为特色，以跻身公共的社会空间为目标的话；第二次妇女运动浪潮则将关注的焦点集中在探索性别歧视的思想、文化与社会心理根源以及父权社会深层机构的运作机制上，这就使运动具有了强烈的理论色彩，为其从校园之外走进高等学府、从游行队伍走进课堂和研究院所等奠定了基础。“女性研究作为一个正规的研究领域于20世纪60年代末在美国形成，此后在英国及其他西方国家相继出现。”[1]米切尔于1966年出版了《妇女：最漫长的革命》，1972年出版了《妇女领地》；澳大利亚出生的格里尔于1970年出版了《女太监》；巴雷特（Michele Barrett）于1980年出版了《今日的妇女压迫：马克思主义女性主义分析方法的问题》；雅各布斯（Mary Jacobus）于80—90年代先后出版了《阅读女性：女性主义批评文集》（1986）和《最初的体验：文学、精神分析与艺术中的母性想象》（1996）等。由于运动需要一个术语对剥削、压迫妇女的历史文化及其制度特征进行总体的表述，这一时期，“父权制”作为妇女受压迫的元凶被提了出来。本来，父权制的概念是用来描述作为一家之主的父亲的权力的，到了妇女运动的第二次浪潮中，“父权制”一词则成为研究妇女受压迫问题和分析这一压迫的系统组织的一个重要的理论概念。学者们纷纷对其进行历史分析与心理分析，追溯并探讨其起源、背景与心理机制，丰富了对于妇女受压迫深层根源的认识与理解。而随着西方社会进入后工业化时代，女性主义理论也进入了后现代文化影响的网络，成为这一网络中不可或缺并成就斐然的一个部分，并为当代英国女性文学提供了重要的理论背景。

二战之后，女作家们不仅继承了英国现实主义文学的优良传统，还有意识地接受了现代主义与后现代主义的诸多技巧以丰富创作，使得作品体现出多元艺术风格的杂糅。从创作主题来说，则既有将对女性命运的关注与揭露殖民主义罪恶、反思人类生存危机有机交融，体现出作家的“世界意识”，如莱辛的创作；有从

1 刘霓：《西方女性学》，北京：社会科学文献出版社，2001年，第27页。

跨越性别的视角对社会和道德问题进行严肃思考，倾向于从古希腊以来丰厚的哲学与伦理学资源中探寻摆脱人类普遍的存在困境，如默多克的创作；亦有既坚持表现女性生存困境的传统主题，又在全球化的多元文化语境下偏重于知识女性的精神成长、探索跨文化沟通可能性的，如德拉布尔的创作。

20世纪下半叶以来，随着社会文明的进步与女性地位的不断提升，以及妇女解放运动浪潮的兴起，女性主义文化与文学研究日渐成为当代西方思想文化中的一支重要流脉，并对英国女性文学发展产生了强有力的影响；而在全球化语境下的多元文化碰撞格局中，性别因素又与种族、环境、阶级等多种因素紧密交缠，形成了异彩纷呈而又蔚为大观的英国女性文学新气象。

第一节　莱辛的“世界意识”

莱辛（Doris Lessing）是当代英国最重要的女作家之一，2007年诺贝尔文学奖得主。她出生于伊朗，5岁时随家人迁居非洲南罗得西亚（现津巴布韦）。由于家人经营农场失败，莱辛童年和少女时期生活困苦，先后当过电话公司接线员、保姆与打字员，后成为南非《卫报》记者。1949年莱辛移居伦敦。多国的成长背景与跨文化体验，为作家日后创作中体现出来的开阔社会视野和鲜明政治意识奠定了基础，亦使得她在漫长的创作生涯中，因对人类普遍物质与精神困境的关注而显现出日益浓厚的“世界意识”。这一“世界意识”不仅体现为作家推己及人，由个体的精神独立发展而为探索人类的普遍命运与未来前景，由对南非殖民地逼仄的生存空间的描绘发展而为对大英帝国种族政治的反思，由对“自由女性”内在困境的呈现发展而为对完美和谐的两性关系的思考，而且还体现为由对当下战争、核污染以及生态破坏等造成的威胁的忧思发展而为以科幻小说的形式探索宇宙的未来，由此体现出莱辛的创作努力跨越性别、阶级、文化、种族甚至时空壁垒的温暖的人类情怀。

莱辛定居英国后，于1950年出版了小说《野草在歌唱》(*The Grass is Singing*)。在这部处女作兼成名作中，莱辛从南部非洲广袤而贫瘠的土地上汲取了丰厚的生活滋养，第一次向西方读者毫不掩饰地展现了种族隔离制度下南部非洲的社会现状，描述了贫穷的白人移民艰难的求生历程，用饱蘸同情的笔墨，表现了女主人公玛丽在种族歧视、性别偏见、阶级分野与文化冲突的夹缝中求取生存而不得，最终走向死亡的悲剧命运。自1952年开始，莱辛创作了著名的五部曲“暴力的孩子们”(*Children of Violence Series*，1952—1969)，包括《玛莎·奎斯特》(1952)、《恰当的婚姻》(1954)、《风暴的余波》(1958)、《死胡同》(1965) 和《四门城》(1969) 五部长篇小说，主人公均为出身于非洲白人移民家庭的女子玛莎·奎斯特。作品描写了她在南非的两次失败婚姻、政治生活以及返回英国之后的人生探索，具有自传色彩。奎斯特(Quest) 在英文中意为“寻求”“探索”，表明寻求个性发展、探索人生意义是小说的基本主题，同时作品又将人物的精神成长轨迹与其丰富、复杂的社会政治生活体验紧密结合在一起，体现出莱辛小说越发开阔的社会政治视野。

在“暴力的孩子们”之后，莱辛逐渐将关注重心由殖民主义转向英国社会本身存在的种种问题，尤其是妇女问题。1962年问世的长篇小说《金色笔记》（*The Golden Notebook*）成为作家最富影响力的代表作。作品以别具匠心的艺术构思与错综复杂的剪裁方法，展现了当代知识女性求索生命意义、思考完美的两性关系的人生经历，浓缩了女性质问生命真谛的浮士德式的追求。小说的主人公是女作家安娜·沃尔夫，她用四本不同颜色的笔记记录了自己在不同时期的生活经历和情感变化。同时，安娜还在写一部名为《自由女性》的小说，主人公的名字也叫安娜。小说主体就是由这部约六万字的小说手稿、四本笔记本的内容，以及倒数第二部分出现的金色笔记构成的。具体来说，小说的结构顺序如下：《自由女性》第一部分，随后依次是黑、红、黄、蓝四本笔记本所记的内容；《自由女性》第二部分，然后再次是黑、红、黄、蓝四本笔记本内容的循环。这一循环进行过四轮之后，作家插入了完整的"金色笔记"的内容，最后是《自由女性》的第五即最后一部分。这就是说，除了"金色笔记"之外，作家是将《自由女性》分割成了五个部分，四本笔记本的内容分割成了四个部分，彼此交错在一起，构成了完整的小说叙述。

具体来说，《自由女性》基本上以现实主义的第三人称全知叙述展开，从1957年伦敦的夏天开始，主要围绕安娜·沃尔夫和身为二流女演员的闺蜜摩莉·雅各布的交谈，以及她们与摩莉的前夫理查一家的交往进行。两位朋友都挣脱了家庭的羁绊，独自抚养着子女，自命为新时代的"自由女性"，并经常为什么才是真正的"自由女性"展开争辩。第一部分的场景主要是安娜与摩莉的交谈，以及摩莉的前夫理查到来之后两人为了儿子汤姆的前途展开的争论。身为成功的企业家的理查希望儿子子承父业，但曾经是共产党员的摩莉和安娜都不希望汤姆走上为富不仁的道路。第二部分主要描写汤姆的自杀事件。摩莉虽然不希望汤姆成为他父亲那样薄情寡义、缺乏家庭责任感的商人，但经常也对汤姆放任不管，将之托付给安娜照顾。正处于青春叛逆期的汤姆偷看了安娜的四本笔记，对人生感到绝望而自杀，结果双目失明，令安娜内疚不已。第三部分叙述被理查冷落的现任妻子玛丽恩原来只能借酒消愁，但在汤姆成为盲人后改掉了酗酒的习惯，每天读报给汤姆听。两个被家庭抛弃的人由此而找到了相互需要、彼此温暖与生存下去的力量。安娜13岁的女儿珍妮特宁愿进入保守的寄宿学校，也不愿和母亲生活在一起。第四部分讲述汤姆和玛丽恩参加游行被捕。最后一部分写理查和玛丽恩打算离婚。玛丽恩和汤姆出去度假，摩莉把理查的孩子们接到自己家中照顾。安娜则沉溺于大量阅读与整理剪报，并重读自己的四本笔记，同时希望再找个男友以缓解孤独："安娜发现自己优游终日无所事事，便拿定主意找个男人以结束这种状态。这是她为自己开的处方。"[1]她先是和一位美国电影剧本作家纳尔逊交往，但性生活失败。后来，一位名叫索尔·格林的美国作家借住她家，与安娜同居了五天。摩莉打算再婚，嫁给一位"进步商人"。安娜则决定放弃写作，换一种生活方式，去一家婚姻福利中心工作。

笔记本部分以第一人称即安娜的口吻，从文学、政治、爱情和心理四个方面，展现了安娜不同侧面的生活与精神人格。如安

1 多丽丝·莱辛：《金色笔记》，陈才宇、刘新民译，南京：译林出版社，2000年，第684页。

娜本人所宣称的："我记着四本笔记，一本黑色笔记，是记述作家安娜·沃尔夫的情况的，一本红色笔记，和政治有关，一本黄色笔记，用来根据自己的经历写故事，还有一本蓝色笔记，我尽量把它当作日记。"[1]"黑色笔记"主要是安娜关于二战期间自己在非洲生活的记录，包括她在与影视编剧商议如何将自己的畅销小说《战争边缘》改编成合适的影视剧本时的分歧，表达了对种族歧视和殖民主义的反思。"红色笔记"讲述了她在1950—1957年间由一个坚定的共产党员到最后因失望而退出英国共产党的过程，是对政治生涯的反思。安娜对于共产党的态度十分矛盾：一方面，她信仰共产主义理想，"希望能由此结束我们所过的那种破裂的、分离的、不能令人满意的生活方式"。[2]另一方面，社会主义阵营内部的领袖崇拜、党内纷争和政治清洗等也让安娜深深失望。在"黄色笔记"中，安娜试图写一个关于自己的故事。这部名叫《第三者的影子》的长篇小说是对自己爱情的阐释，也是对两性关系的思考。安娜根据自己的形象虚构了女主人公爱拉。单身母亲爱拉虽与保罗、迈克尔、杰克等人交往，但始终无法找到能够满足自身情感需要的男性，精神近乎崩溃。"黄色笔记"的其他部分则是19篇短篇小说的创作素材和一些戏仿之作。"蓝色笔记"采用日记体，是安娜对自己不同意识状态的描述，以及相应的心理分析和治疗的记录。而"金色笔记"则记录了"我"与索尔的交往与短暂的爱情。在交往中，安娜开始学会接受人生的不完美和世界的混乱，认识到这就是人类历史的一部分，懂得了抗争和努

1 多丽丝·莱辛：《金色笔记》，陈才宇、刘新民译，南京：译林出版社，2000年，第505页。

2 同上，第173页。

力的过程本身就是生命意义之所在，由此重新找回了生命的意义，学会与这不完美的、混乱的世界达成妥协。随着安娜内心世界的变化，她的写作障碍症不治而愈，她也从封闭的自我中开始走出，成为一个完整的人。

关于小说令人费解的结构方式，莱辛在给出版商的信中解释说：这是“一次突破形式的尝试，一次突破某些意识观念并予以超越的尝试”。[1]而针对评论界对作品的误解与批评，莱辛在1964年接受的一次采访中再度强调：“这是一部结构高度严谨、布局非常认真的小说。本书的关键就在于各部分之间的关系。”[2]这就是说，莱辛是有意将小说的形式处理与主题的表达紧密结合在一起的。四部笔记不仅反映了安娜不同的生活侧面，也呈现了现实中个人生活的支离破碎。所以，从被分割的四种颜色笔记本到完整的金色笔记，象征着主人公由分裂到整合的精神自愈过程。

从内容上看，《金色笔记》因对女性独立意识及生存困境的真实描述而成为当代妇女解放运动背景下一部重要的作品。德拉布尔因此将莱辛称为“被围困的世界中的卡桑德拉”。[3]美国批评家肖瓦尔特在《她们自己的文学》中也写道：莱辛“对社会气候有着气压计一般非凡的灵敏度，但她是占潮流之先的人，而不是用一部小说给潮流作结的人。因此《金色笔记》对知识、政治女性所做的百科全书似的研究领先于，并在某种意义上引发了妇女解

1 Anni Pratt and L.S. Dembo, eds. *Doris Lessing: Critical Studies* (Madison: University of Wisconsin Press, 1975), 20.

2 Roy Newquist, ed. *Counterpoint* (Chicago: Rand McNally, 1964), 418.

3 Margaret Drabble，“Doris Lessing: Cassandra in a World under Siege,” *Ramparts* Vol. 10 (February 1972): 50–54.

放运动”。[1]然而，小说中《自由女性》的标题又具有浓厚的反讽意味。从表面上看，安娜是一位典型的自由女性。她是一位畅销书作家，依靠小说《战争边缘》获得经济来源，可以独立抚养女儿。她的经济独立和战后较为宽松的社会文化氛围使她得以自由地选择生活方式，包括与男性同居，以及拥有“一间自己的房间”来写作，等等。然而，她在生理和情感上均无法摆脱对男性的依赖，她需要男性来填补她生活中的空缺，但一次又一次的恋爱失败加剧了她的精神崩溃过程。可见，离异与独身，理想与现实之间的差距并不能给女性带来真正的“自由”。除此之外，安娜还必须协调好她作为母亲和情人的双重角色之间的关系，在不同的角色之间进行转换，这也导致了她的不自由。所以肖瓦尔特评价说：“20世纪60年代的小说，尤其是多丽丝·莱辛的力作《金色笔记》，已开始以各种幻灭和背叛的警示指出，所谓‘自由女性’其实说到底并不怎么自由。莱辛的自由女性是马克思主义者，她们认为自己懂得女性受到的压迫怎样与阶级斗争联系起来；她们有职业，有孩子，过着独立自主的生活；但她们仍然是分裂的无助的人，仍被锁入依附男人的格局中。”[2]

也正是由于“‘自由女性’其实说到底并不怎么自由”，虽然小说被德拉布尔盛赞为“一部解放史的文献”，是对女性智力最复杂的描写，但莱辛也通过小说审视了女权运动的理论主张与实际效果。她坚持否认小说写的是女性解放问题，不愿接受评论界对作品做女权主义的解读，甚至还严肃地批评了女权主义在思维方

1 伊莱恩·肖瓦尔特：《她们自己的文学》，韩敏中译，杭州：浙江大学出版社，2012年，第285页。
2 同上，第279页。

式、理论方法上的不可取之处。对此，肖瓦尔特的阐释是："几乎从她写作生涯一开始，莱辛就在反抗她自己身上的'女性'成分，尤其是在叙事技巧中表现出来的'女性'成分。"[1]她认为"莱辛尚未能正视她自己作品中的基本女权主义含义，她还游离于'真正的女性视点'之外"。[2]但我们或许也可以这么理解：莱辛不仅关注两性间的关系，更加重视女性在当代生活中的地位、处境，以及女性自身如何获得精神成长。她关注女性，但又超越了性别问题；她有强烈的性别意识，但只是希冀由女性命运去观照当代人类的生存处境。我国英国文学专家瞿世镜采访过莱辛并与之有过深入的交流，因而他的分析或许更加符合作家的原意："莱辛在这部小说中，深刻地揭示了西方社会中人们的生存状态、生存困境、生存前景。在这幅四分五裂的灾难性图景之前，女性的特殊困境被凸现出来。……莱辛所要着力描绘的是'整个时代'，妇女问题不过是其中的一个突出部分。这就是莱辛比那些把妇女问题孤立起来的女权主义者们棋高一着之处。正是辩证的整体观，使她避免陷入女权主义的片面性。"[3]对照莱辛在1971年小说再版的序言中的表述，我们可能理解得更加清晰："就女性解放这一论题，我当然是支持的……我觉得女性解放运动不会取得多大的成就，原因不在于这个运动的目的有什么错误之处，而是因为我们耳闻目睹的社会上的政治大动荡已经把世界组合成了一个新的格局，等到我们取得胜利的时候——假如能胜利的话，女性解放运动的目标

1 伊莱恩·肖瓦尔特：《她们自己的文学》，韩敏中译，杭州：浙江大学出版社，2012年，第286页。
2 同上，第288页。
3 瞿世镜、任一鸣：《当代英国小说史》，上海：上海译文出版社，2008年，第148—149页。

也许会显得微不足道。”[1]这就是说：“女性解放是世界进步中的一个部分，会随着其他问题的解决而解决，作者的目的在于通过对个人尤其是女性命运的描绘来展示更为广阔的社会背景和人生经验，而不是为了宣扬女权主义。”[2]在莱辛的文学中，女性问题是和历史语境不可分割的，但是作家对种族、阶级、性别等议题的探索又超越了历史时空的局限，具有普适性。

70年代初期，莱辛写了《堕入地狱简况》（*Briefing for a Descent into Hell*，1971）及《黑暗前的夏天》（*The Summer before the Dark*，1973）。从70年代中期开始，她的创作主题和风格发生了极大的变化。她感到生态环境破坏、核战争将导致文明的毁灭、人类将遭到全球性的大灾变，于是开始写预测人类前途与宇宙未来的小说，将传奇故事、科幻元素和太空小说的成分融为一体，如1974年出版的《幸存者的回忆录》（*Memories of A Survivor*），以及命名为《南船座中的老人星：档案》（*Canopus in Argos: Archives*）的五部系列小说（1979—1983）。肖瓦尔特从作家抗拒自己身上的“女性”身份这一心理角度审视其科幻作品，指出“莱辛的小说中个体意识变成了集体意识，个人意识变成了社会意识，女性意识变成了世界意识”，而这种“转变”被解释为“一种系统的、由意志控制的逃离过程，从与自我、与女性分裂之苦闷的痛苦遭遇战中逃离”。[3]

这种超越女性意识的世界意识在莱辛80年代及以后的作品中

---

1 Doris Lessing, *The Golden Notebook* (London: Harper Collins Publishers, 1971), 8.

2 刘岩、马建军、张欣等编著：《女性书写与书写女性：20世纪英美女性文学研究》，上海：上海外语教育出版社，2012年，第114—115页。

3 伊莱恩·肖瓦尔特：《她们自己的文学》，韩敏中译，杭州：浙江大学出版社，2012年，第286页。

依然可见，这一时期她出版了《简·萨默斯日记》（*The Diaries of Jane Somers*，1984）、《好恐怖分子》（*The Good Terrorist*，1985）、《第五个孩子》（*The Fifth Child*，1988）、《又来了，爱情》（*Love Again*，1996）、《玛拉和丹恩历险记》（*Mara and Dann*，1999）、《老祖母们：四个短篇》（*The Grandmothers: Four Short Novels*，2003）、《裂缝》（*The Cleft*，2007）等。科幻小说《玛拉和丹恩历险记》是莱辛在地球生存环境与气候条件不断恶化的现实处境下，思考人类未来前途的一部作品。故事发生在距今数千年后的未来新冰河世纪。此时北半球的文明遗迹已被厚厚的冰层覆盖，南半球的人们则生活在仿佛史前的蛮荒之中。在非洲，一对化名为玛拉与丹恩的亲姐弟不断被人追杀，又被族人所救。他们历经艰辛，一路向北逃亡，终于回到了父母的领地，证实了自己皇室后裔的身份。但姐弟俩放弃了荣华富贵，拒绝了乱伦的婚姻，重新踏上旅程，准备在一个农场和各自的爱人牵手余生。小说最后，丹恩又即将踏上新的旅程，去探寻更好的自我归宿、象征希望的“北方”。

小说中，历史仿佛经历了一次轮回：曾经高度的文明仅昙花一现，人类在繁华之后又回到了洪荒时代。如作家本人在“作者的话”里所说的：“对北半球将会被埋藏在数英里之厚的冰层下的说法，不止我一个人会感到不寒而栗……我们之所以不寒而栗是因为想到，几千年后，我们的后代也许会说：‘在一万二千年的冰川间隔期中，曾经存在一段人类发展的历史，从原始荒蛮发展到高度文明。’——我们曾经极力保护的所有文明、语言、城市、技术和发明、农场、花园、森林、小鸟及野兽，将在漫长的历史中变成一句话或一段描述。”[1]在此，莱辛借助科幻故事，运用循环的历史思维，警醒人们危机的迫近，呼吁人类要在全球化和科技高度发达的今天携手合作，抵抗恐怖主义、核战争、环境破坏与瘟疫等共同的危机，保护全人类的家园，体现出强烈的忧患精神和超前的“世界意识”。由此，《玛拉和丹恩历险记》成为一部有关人类未来的具有史诗意义的预言之作。

第二节　默多克与超越性别与文化差异的伦理关怀

和莱辛同龄的默多克（Iris Murdoch）是当代英国另一位高产且享有崇高声誉的女作家。她曾于1948—1963年间在牛津大学任哲学讲师，思想上深受柏拉图、萨特、弗洛伊德、尼采、康德和维特根斯坦等的影响，这些在她的小说中均有体现。1953年，默多克出版了哲学著作《萨特，一个浪漫的理性主义者》（*Satre, Romantic Rationalist*），这是她在二战之后于比利时结识法国哲学大师萨特之后的思想结晶，其中探讨了萨特作为存在主义哲学与文学代表人物的思想观点。1954年，其小说处女作《在网下》（*Under the Net*）出版，并因其中浓厚的思辨色彩，引发了评论界对其小说与存在主义哲学联系的广泛关注。

此后，默多克每隔一两年即推出一部新作，共有6部小说获得布克奖提名，并终于以1978年问世的《大海，大海》（*The Sea, the Sea*）获此殊荣。西方学界一般将默多克的小说创作分为四

1 多丽丝·莱辛：《玛拉和丹恩历险记》，苗争芝、陈颖译，南京：译林出版社，2007年，第1页。

个时期：早期主要作品《在网下》、《逃离巫师》（*The Flight from the Enchanter*，1956）、《大钟》（*The Bell*，1958）、《被砍掉的头》（*A Severed Head*，1961）等，体现出萨特存在主义哲学的鲜明影响，并因富于荒诞意味的喜剧感和独特的象征使用而受到评论界的关注；第二个阶段主要表达对宗教与政治问题的关注，多采用象征与哥特式手法来描写怪异的故事，主要作品有《独角兽》（*The Unicorn*，1963）、《天使的时光》（*The Time of the Angels*，1966）、《美与善》（*The Nice and the Good*，1968）等；黄金时期主要对道德问题和人类的生存境遇加以探讨，主要作品有《黑王子》（*The Black Prince*，1973）、《神圣的和亵渎的爱情机器》（*The Sacred and Profane Love Machine*，1974）和《大海，大海》等；第四个阶段主要是20世纪80—90年代的创作，包括《修女和战士》（*Nuns and Soldiers*，1980）、《绿衣骑士》（*The Green Knight*，1993）和《杰克逊的困境》（*Jackson's Dilemma*，1995）等。[1]

由于默多克哲学思想的纷繁复杂以及小说主题的多元性与开放性，她的作品“宽容地接纳了批评界从各个层面、各个角度对它进行的研究和评论，现实主义、存在主义、女权主义、神秘主义、精神分析学说以及新柏拉图主义等文学或哲学思潮、流派都或多或少地可从她的作品中找到相应的位置”。[2]由于被誉为“作为哲学家的小说家”，或者“作为小说家的哲学家”，默多克小说中的哲学意蕴始终是学界关注与挖掘的基本主题。巴克斯（Guy Backus）指出

1 Robert Welch, ed. *Concise Oxford Companion to Irish Literature* (Oxford: Oxford University Press, 1994).

2 瞿世镜、任一鸣：《当代英国小说史》，上海：上海译文出版社，2008年，第110页。

“默多克的小说目标在于缓解她在道德哲学中存在的紧张关系”。[1] 康拉迪（Peter J. Conradi）则认为她的作品“是对人性本身复杂性和多样性的洞察”。[2]

默多克的小说常表现复杂的两性关系和爱情婚姻主题，但她和莱辛一样，同样否认自己是一个女权主义作家，不希望别人把她的作品孤立地放在女性文学的狭窄视野中加以解读，认为对性别的过分强调有时反而会导致更深的性别压抑。所以，她倾向于以非性别化的视角，以更为广阔的视野来表现当代社会生活，关注社会现象和人们的生存处境。而随着全球化进程的加剧，人类需要应对的各种社会与环境问题愈益趋同、人性亦在其中呈现出更加复杂的态势。对此，默多克的写作策略是在更其复杂的人际关系脉络中试炼人性，并使人物一步步在抛弃私欲与恶念的过程中受到道德与善念的感召，不断反思自身立场的局限性，由此表现出超越性别与文化差异的鲜明的伦理关怀。她在接受访谈时曾说：“我认为我想写点从总体来看，并不在意你是男性还是女性的东西，因此你最好是男性，因为男性代表的是普通的人，而不幸的是，女人永远只能是女人。”[3]与此立场相连的是，作为女性作家，默多克并不刻意去追求具有女性特点的叙事风格，相反喜欢采用男性叙事视角，借此表明自己同样具有出色地驾驭男性叙事视角的能力。她的早期创作尤其喜欢采用第一人称男性叙事。约翰逊（Deborah Johnson）由此称她为“一个戴着男性面具的女性

1 Guy Backus, *Iris Murdoch: The Novelist as Philosopher / The Philosopher as Novelist-The Unicorn as a Philosophical Novel* (New York: Peter Lang, 1986), 15.

2 Peter J. Conradi, *Iris Murdoch: The Saint and the Artist* (Hampshire: Macmillan, 1986), 77.

3 Deborah Johnson, *Iris Murdoch* (Brighton: The Harvester Press, 1987), XII.

作家”。[1]但是随着女性主义文学批评的兴起，依然有部分研究者从性别视角分析默多克的小说，并得出了颇有新意的结论。

从艺术上看，默多克并未使自己的小说成为哲学理念的传声筒，而是深受古希腊罗马作家、莎士比亚、狄更斯、托尔斯泰、陀思妥耶夫斯基、贝克特等的经典作品的影响，一方面努力坚持现实主义创作传统，同时又吸纳了现代主义和后现代主义的多元创作技巧，如象征、反讽、元叙事、互文、戏仿，等等。她的创作还体现出英国文学中的幽默喜剧传统以及视觉艺术等的明显影响。她认为喜剧性是小说的基本因素，因而善于通过富于戏剧性的情节设置以达到一种荒诞的喜剧效果，表现生命的偶然性。

默多克的早期小说以艺术的形式集中体现了她对萨特存在主义“自由”观的理解。《在网下》是其第一部带有荒诞色彩的哲理喜剧小说，形象地表现了幻想中的生活与真实生活之间的差距与冲突。小说的主人公兼第一人称叙述者杰克·唐纳格是一个自我中心主义者，试图将自己想象的模式强加给生活，却遭遇了一次次的挫败。杰克不停地在寻找过去的朋友，试图重建与他们的联系。但当他与朋友们见面之后，却总是由于自身的偏执、自私和强加于人而失去与他们的友谊，并与爱情失之交臂。事实表明，杰克与朋友们之间并不存在真正的理解与友谊，他只是盲目地在被自己的幻想着色的世界中寻求着自由，而他的“自由”却总在妨碍着别人的自由。他既是故事的叙述者，又始终是各种事件的“局外人”。由此，默多克提倡一种具有道德感的自由，要由自我

1 Deborah Johnson, *Iris Murdoch* (Brighton: The Harvester Press, 1987), 2.

中心转向他人的世界。《在网下》所揭示的人与人、人与现实之间的关系，与默多克在创作小说期间受到存在主义关于“自由选择”以及要承担起相应的责任的观念有关。作品体现出作家以幻想与现实的矛盾构建小说基本冲突的特点，她作品中的哲学思辨倾向、对道德问题的严肃思考、对爱情伦理的关注和对理性与情感之间的抉择加以探讨等特点也初露端倪。默多克的独特性在于她没有跟随当时文学创作的时尚去讨论女性独立、少数族裔的人权等社会问题，而是关注有普遍性的伦理冲突和矛盾。

《黑王子》是默多克的第15部长篇小说，也是她最受好评的作品之一。小说由“本书编辑前言”、“布拉德利·皮尔逊前言”、正文、“布拉德利·皮尔逊所作后记”、“书中人物所作后记四篇”和“本书编辑后记”六大部分构成，其中“书中人物所作后记四篇”又包含克丽斯蒂安、弗朗西斯、蕾切尔和朱莉安所作的四篇后记。其中，“本书编辑前言”是以第一人称“我”的口吻展开的本书编辑P.罗克西尔斯的一段交代成书背景及他与作者关系的文字，同时也点出了小说的主旨：“不管从其深层含义还是从其表面形式来看，它写的都是关于爱的故事。人类进行创造性的奋斗、他们对智慧和真理的追求，就是一个爱的故事。”[1]“布拉德利·皮尔逊前言”则不仅交代了小说正文所运用的时间处理方式，更简略说明了这部具有自传性质的作品的主人公的家世背景、职业身份、个性爱好，以及他的艺术观念。布拉德利原是一个税务部门的小官员，因为酷爱写作而辞了职，打算隐居海边专事创作。虽

1 艾丽丝·默多克：《黑王子》，萧安溥、李郊译，南京：译林出版社，2008年，第1页。

然已58岁了，但他在创作上始终未获得公认的成功，只有为数不多且不为公众所知的少量作品，同时抱有对艺术的理想主义信念。小说主体分为三部分，形式上是布拉德利临死前在监狱中留下的手稿，讲述了自己的人生经历。故事伊始，“我”收拾好行装，正打算离开伦敦，前往海滨一个偏僻的村子隐居，不想被一个不速之客——他痛恨的前妻克丽斯蒂安的弟弟弗朗西斯打乱了计划。就在弗朗西斯纠缠他、告知姐姐已成为一个有钱的寡妇并准备与他鸳梦重温的消息时，布拉德利接到了来自他的同行兼朋友阿诺尔德·巴芬的电话。阿诺尔德是一位写作速度极快并酷爱挖人隐私的畅销书作家，布拉德利是他的伯乐兼保护人，两人长期以来保持着精神上亦父亦友的关系。阿诺尔德惊慌失措地告知妻子蕾切尔可能被自己失手打死的电话彻底改变了布拉德利的生活。他匆匆赶去，由此卷入了巴芬家的矛盾纷争，并最终因此丧命。小说一开局，默多克即暗示了命运的神秘性和人生的偶然性。

在夫妇争吵中，蕾切尔其实并未如阿诺尔德以为的那样死去，相反，复仇的种子已在她心中种下。为了报复丈夫以及摆脱空虚压抑的郊区中产阶级主妇生活，她多次向布拉德利示爱。此时，布拉德利的妹妹普丽西娜也因和丈夫的冲突而离家出走，前来投奔哥哥，并意图自杀。前妻克丽斯蒂安又不断骚扰、纠缠。意志薄弱的布拉德利疲于应付诸多变故，离开的计划也因一次次意外和自己的懒散而拖延。巴芬夫妇20岁的独女朱莉安向布拉德利请教写作，两人因志同道合而相爱。由于年龄的悬殊，他们的爱情遭到了巴芬夫妇的竭力阻挠和侮辱。朱莉安逃离家庭，和布拉德利驱车来到海边。布拉德利做爱失败，此时又接到弗朗西斯关于普丽西娜服药身亡的噩耗。为了满足情欲并永远占有朱莉安，布拉德利隐瞒了消息，并未应弗朗西斯的请求而及时赶回。朱莉安扮演莎士比亚的黑王子哈姆莱特的形象激发了布拉德利的欲望，他终于成功地占有了朱莉安。然而半夜时分赶来的阿诺尔德无情地道出了真相，并揭发了布拉德利向朱莉安隐瞒真实年龄的事实。朱莉安痛心、幻灭之下于当夜不辞而别。布拉德利赶回伦敦寻找朱莉安，在从朱莉安的来信中猜到她的去向并再次打算离开伦敦时，来自巴芬家的电话又一次响起。这次是蕾切尔向布拉德利求助，小说开头时的暴力事件再度出现，只不过这一次是蕾切尔用同一把火钳将阿诺尔德打倒在地，并真的置其于死地。布拉德利安抚蕾切尔并竭力帮她制造无罪的假象，却因这一次没有弗朗西斯在场，以及留在暴力现场的指纹而被警方指控为杀人凶手。

《黑王子》中，第一人称讲述的故事主要由三条线索交织而成。主线为布拉德利与朱莉安的爱情；第二条线索为布拉德利与巴芬夫妇的纠葛；第三条线索为布拉德利与妹妹普丽西娜的关系。其中还交织着布拉德利与前妻克丽斯蒂安、妻弟弗朗西斯，以及妹夫罗杰等的矛盾。他的后记则记载了自己在蒙冤入狱后各色人等的反应，以及在患癌症临死前对自身命运的反思，包括对终于可能留下一部传世之作的庆幸之情。四篇后记则基本上否认了布拉德利陈述的故事，而且几乎都在赤裸裸地进行自我辩白、自我宣传，用编辑后记中的话来表述，即：

> 不论布拉德利本人会怎么想或怎么做，当他看到这些作者各自心中的小算盘时难保不惊叫起来。每一篇后记都

在为自己做广告，其中不乏粗劣之作和雕琢精品。哈特伯恩夫人宣传她的高级女子时装店，马娄“医生”鼓吹他的伪科学、他的“咨询室”和他的著作。巴芬夫人则为她那已广为人知的公众形象——受苦的寡妇脸上贴金。这位夫人说布拉德利入狱之后，她就把他彻底遗忘了，至少这倒是肺腑之言。贝利夫人则宣称她是位作家，稍后我会涉及她那篇精心撰写的短文。[1]

在此，默多克让人们的自我中心主义都现出了原形。

如前所述，默多克早年受到萨特存在主义哲学中自由选择思想的濡染。但作家又在以柏拉图为代表的希腊古典哲学注重“善”的伦理意识的影响下，强调自由与道德之间的联系。她反对以自我为中心、缺乏约束的所谓自由，相反认为人需要从自我的小天地中走出，克制自私的天性，努力认清现实，关爱他人和世界，以突破自身的局限。如博夫（Cheryl K. Bove）所言："对默多克而言，艺术家肩负着正确反映现实——包括自由及其他各种特征——的道德任务。她也对读者寄予很大的信任，鼓励他们在理解艺术和人生的真相时，与利己主义做斗争。”[2]亦有学者认为："默多克的哲学研究和小说创作所探讨的问题，用一句话来概括就是：生而自由的人在偶然性的世界中如何现实地存在。她本人所倾向的答案是：道德地。”[3]所以，道德主题在《黑王子》中表现得十分

1 艾丽丝·默多克：《黑王子》，萧安溥、李郊译，南京：译林出版社，2008年，第454页。

2 Cheryl K. Bove, *Understanding Iris Murdoch* (Carolina: University of South Carolina Press, 1993), 17.

3 许健：《存在·自由·道德——英国当代小说家艾丽丝·默多克思想主脉研究》，《中山大学学报》（社会科学版）2011年第3期，第53页。

明显。小说开始时，布拉德利是个孤独、封闭，全然以自我为中心的人物。他对阿诺尔德的世俗成功是有所不满与嫉恨的，他痛恨前妻，对妻弟粗暴而冷漠，对因婚姻失败前来寻求庇护与帮助的妹妹也十分不耐烦，认为她影响了自己自由的生活，竭力要把她推回丈夫的怀抱。在默多克的小说中，爱往往具有举足轻重的地位，并在拯救人物的自闭与孤独、使人物认识世界与他人的过程中起到关键的作用。如默多克所言："在某些附带条件下，艺术和道德是同一的。它们两者的本质都是爱。爱是对个体的感知，爱是极其艰难地认识到自我以外的东西的存在……爱是对真实的发现，艺术和道德也是这样。"[1]对于身为作家的布拉德利而言，爱还能使其脱胎换骨，消除因不能真正尊重他人、理解世界而遭遇的创作瓶颈，达到真理和善，实现创作出优秀作品的可能。所以他在手稿的后记中写道："柏拉图认为，人类的爱是通向知识宝库的大门。通过朱莉安开启的这扇门，我进入了另一个世界。"[2]他意识到："早些时候，我认为我有能力去爱朱莉安，就有能力写作，有能力作为我毕生追求的那种艺术家而生存。"[3]由于对朱莉安深挚的爱，布拉德利走出了孤独的个人天地，理解并宽恕了蕾切尔杀夫并嫁祸于自己的行为，忏悔了自己对妹妹的冷酷无情，与前妻取得了和解，意识到自己对所发生的可怕事件负有部分责任，并在新的精神境界下写出了"一个纯粹的爱的故事"。[4]由此，自由、道德、真理、善与爱融为了一体。通过继承古希腊时代以来的哲

---

1 Iris Murdoch, "The Sublime and the Good," *Chicago Review* Vol. 13, No. 3 (Autumn 1959): 51.

2 艾丽丝·默多克：《黑王子》，萧安溥、李郊译，南京：译林出版社，2008年，第427页。

3 同上。

4 同上，第429页。

学与伦理学遗产，默多克抒写了一个又一个“爱的故事”，强调人类走出自我、尊重他者、理解世界、表达善意的能力，在当下经济与文化全球化的时代语境下，显示出非同凡响的现实意义。

第三节 德拉布尔与全球化时代的跨文化沟通

德拉布尔（Margaret Drabble）是当代英国成就卓著的学者型作家，也是一位在全球化时代的跨文化探索中十分活跃的作家，与她同为小说家的姐姐拜厄特一起蜚声文坛。作为二战之后崛起的一代知识女性中的一员，她于60年代步入文坛，在战后风起云涌的女权主义运动与思潮的滋养下，以表现知识女性在自我实现与家庭幸福间的两难困境而体现出鲜明的时代性。德拉布尔还一直在大学教授文学课程，并撰写了大量理论著作、散文随笔和文学评论，主编过华兹华斯、奥斯丁、哈代、伍尔夫等经典大师的文集，并著有《阿诺德·贝内特传》（*Arnold Bennett: A Biography*，1974）及研究作家的故乡风物对其创作影响的专著《作家的英国：文学中的景色描写》（*A Writer's Britain: Landscape in Literature*，1979），主持了《牛津英国文学词典》（*The Oxford Companion to English Literature*，1985，2000）的编纂。作为文坛的常青树，德拉布尔笔耕不辍，以宽阔的艺术视野呈现了半个多世纪以来西方知识女性的奋斗与探索。1963年，她的处女作《夏日鸟笼》（*A Summer Bird-Cage*）出版，即获得好评。作品表现了和作家一样刚从校门步入社会、怀抱自我实现的美好憧憬的年轻知识女性萨拉·贝内特在职业发展和爱情幸福之间的两难抉择与困境。第二部作品《加里克年》（*The Garrick Year*，1964）同样是对女性境遇的观察和探索。女主人公爱玛·伊万斯已进入婚姻并有了孩子。她被迫放弃了心爱的电台新闻播音工作，跟随当演员的丈夫到外地巡回演出，但婚姻并不幸福，于是试图寻找新的情感寄托。女儿险遭溺水的事件激发了她强烈的母性，她奋不顾身救起了女儿，并决心牺牲自己的自由以维护家庭的完整，同时在母爱中寻求生命的寄托。《磨盘》（*The Millstone*，1965）是德拉布尔早期作品中较为成熟的一部，以一个未婚母亲兼女博士罗莎蒙德·斯塔西的经历探讨了女性职业发展与兼顾母性的可能性。罗莎蒙德正在攻读博士学位，为了保持生活的独立和精神的自由，她刻意保持与异性的距离并排斥性关系。然而，一次偶然的机缘却使罗莎蒙德怀了孕。在怀孕生产以及艰辛地独自抚养女儿的过程中，她的精神境界却获得了升华，在神秘的血缘亲情中获得了崇高感和强烈的精神满足，而这种满足也帮助她克服了种种困难，顺利完成学业并最终获得大学教职。小说对母性与母爱的感人描写，甚至使得伊莱恩·肖瓦尔特把德拉布尔称为“写母性的小说家”，[1]认为“对于生物性创造和艺术创造这对女性矛盾，德拉布尔找到了女人的解决方式。怀孕是一种认识方式，是一个教育过程，不仅帮助罗莎蒙德‘全神贯注、思想清晰’地写论文，而且使人类状况的抽象概念对她变得实在而具体”。[2]这部小说为德拉布尔赢得了里斯纪念奖并被改编成电影《非常感谢你们》（*Thank You All Very Much*，1969）。德拉布尔最早的这几部作品均以女性主人公第一人

1 伊莱恩·肖瓦尔特：《她们自己的文学》，韩敏中译，杭州：浙江大学出版社，2012年，第283页。
2 同上。

称的叙事方式展开，融入了作家自身的经历与体验，具有鲜明的自传色彩，显示了年轻知识女性从被迫在事业与情爱之间抉择的两难，到为了家庭的完整而无奈地放弃事业，再到以母爱牺牲情爱、努力追求事业发展与母性职责之间的平衡的心路历程。

1967年，《金色的耶路撒冷》（*Jerusalem the Golden*）出版，写一位富有才华和进取精神、家境贫寒的少女主人公克拉拉·毛姆无法忍受母亲的冷漠和清教家庭的清规戒律，逃离家乡，来到伦敦寻找心中的圣地——金色的耶路撒冷的故事，既表现了克拉拉母女两代人的发展困境，也探讨了清教道德禁忌与个人情爱、精神成长之间的内在冲突。1969年出版的《瀑布》（*The Waterfall*）同样探讨了女性的生存困境。进入70年代，德拉布尔先后创作了《针眼》（*The Needle's Eye*，1972）和《黄金国度》[又译《金色的世界》（*The Realms of Gold*，1975）]，虽然同样围绕知识女性自我实现的主题展开，但与之前作品的不同在于：主人公已人届中年，不仅在专业领域业绩出色，是一位称职的母亲，后来还找到了志同道合的终身伴侣。80年代的作品《中年》（*The Middle Ground*，1980）同样通过新闻记者凯特的故事，表现了知识妇女睿智达观地应对人生挑战，摆脱信仰危机的心理过程。这些变化的出现或许既是作家本人第二次婚姻幸福美满的投射，亦与她事业成功和人生体验更为丰富，能够更为自信与练达地掌控生活有关。

1977年的《冰封岁月》（*The Ice Age*，1977）是德拉布尔小说创作从早期转入中期的标志。小说突破了“家庭小说”的狭小视野，开始描绘英国社会的广阔现实，将人物的命运与时代紧密结合，表现出强烈的社会批判精神。80—90年代创作的“光辉灿烂”

三部曲，即《光辉道路》（*The Radiant Way*，1987）、《天生好奇》（*A Natural Curiosity*，1989）和《象牙门》（*The Gates of Ivory*，1991）向读者呈现了一幅撒切尔夫人执政时期的英国社会图景。“她把自己称为‘社会历史学家’，雄心勃勃地记录了从1950年代到1980年代英国的发展变化，涉及广阔的地域和社会层面，从工业城市约克到首都伦敦，从工人群众到中产阶级上层知识分子。……忠实地再现了在福利国家新世界的希望鼓舞之下成长起来的一代女性，她们在严酷的现实生活中所遇到的种种挫折和困惑。”[1]

新世纪以来，德拉布尔先后创作了《厉娥》（*The Peppered Moth*，2001）、《七姐妹》（*The Seven Sisters*，2002）、《红王妃》（*The Red Queen*，2004）、《海夫人》（*The Sea Lady*，2006）、《纯洁的金宝宝》（*The Pure Gold Baby*，2013）等多部作品，依然主要围绕知识女性的生存困境与解决之道展开小说主题，但在全球化的时代背景下，又体现出寻求跨文化沟通可能性的鲜明特征。

作为德拉布尔在迈入新世纪的门槛之后创作的第一部重要作品，长篇小说《七姐妹》从题材选择、主题挖掘以及多元叙述视角三个方面，拓展了女性性别书写的空间。从选材方面来看，作家一方面延续了得心应手的女性题材，另一方面又以其独特性而显示出深挚的人道主义情怀。即较之于男性作家以及众多女作家笔下的女主角均貌美，至少是年轻的特征，德拉布尔聚焦于红颜已逝、失去了生育能力和部分女性性征、在男权世界中不复具有

---

1 瞿世镜、任一鸣：《当代英国小说史》，上海：上海译文出版社，2008年，第180—181页。

魅力与价值的老年女性，以对弱势群体的关注而在当代小说创作中独树一帜。

如前所述，德拉布尔笔下的女主人公常常具有鲜明的自我指涉性，即作家往往将自己的人生历练与精神成长赋予她的人物，反过来说，她笔下的人物亦伴随、见证了作家的生命体验，构成年龄逐渐增长而阅历不断丰富的一系列女性形象，用她本人的表述来说即："作家几乎不可避免地会写一些跟自己年龄段相关的经历，以及当时心中的困扰。"[1]由此，她的"经历"与"困扰"，亦是二战期间出生、60年代开始步入成人世界的整整一代知识女性的"经历"与"困扰"。到了《七姐妹》中，作家聚焦于同龄的老年女性的生活境遇与精神挣扎，将这一在文学舞台上备受冷落的群体推至聚光灯下。小说中的主人公坎迪达出生于20世纪40年代，由于遭到丈夫的背叛和女儿们的冷落，而由庄园与宴会的女主人沦落为伦敦西区一栋高层建筑内的寓居者，有着无用、自卑、被社会所抛弃的强烈羞耻感。在茫茫虚无中，日记写作成为主人公自我救赎、维护尊严、提升生命价值的基本手段。所以，小说主体部分由主人公记录自己的历史过往与当下生活的自述构成，中文版或许出于商业上的考虑而更名为略带暧昧的《空床日记》。

而在题材的具体处理方面，德拉布尔又由个体人物的描摹扩大而为群像的塑造，不仅使表现的社会生活面更为开阔与丰富，亦大大深化了主题。英国评论家雷蒙德·威廉斯认为，20世纪以来，英国小说分化为"社会小说"与"个人小说"两种不同的传

1 Peter Firchow, ed. *The Writer's Place: Interviews on the Literary Situation in Contemporary Britain* (Minneapolis: University of Minnesota Press, 1974), 12.

统："在社会的小说中可能有对一般生活，即集体的精确观察和描写；在个人的小说中可能有对人物，即构成集体的单位个体的精确观察和描写。"[1]如前所述，德拉布尔的创作道路或许正体现为由"个人小说"向"社会小说"的发展。她在接受访谈时清晰表明了自己的这一努力："虽然我不认为所有的作家都有义务去记录他们所生活的时代，但是在英语小说中这一直是个传统上乐此不疲的主题。这也接近我的主题。"[2]《七姐妹》中，这一特色进一步获得发展。作为精通古希腊罗马文学的学者型作家，德拉布尔擅长从古典题材中汲取灵感。《七姐妹》的标题取自古希腊神话中阿特拉斯因反抗宙斯而被罚顶天，其七个女儿升天成为七姐妹星团的典故。作品中，随着情节的渐次展开，读者也慢慢认识了"维吉尔旅行团"的七名成员：首先是坎迪达中学时代的闺蜜朱莉娅·乔丹。这位多次离异的情色作家，我行我素、大胆恣肆而又才情过人；其次是坎迪达萨福克时代的邻居、唠叨刻薄的老处女萨莉；高雅睿智的杰罗尔德太太是一位诗人和热爱维吉尔的古典学者，正是她开设的维吉尔班启发了后来的埃涅阿斯之旅；另三个人物则分别是夜班学员、活跃能干的巴克利太太辛西娅，具有异国情调的电视台前职员阿奈和康奈尔大学研究生毕业的司机兼导游瓦莱里娅。伍尔夫曾在《一间自己的房间》中指出：小说史上少有将"两位女性描述为朋友的例子"，"她们的形象，总是在与男性的关系中得到展现。想想就让人奇怪的是，直到简·奥斯丁时代，此

---

1 转引自瞿世镜：《德拉布尔的现实主义小说》，陆建德主编《现代主义之后：写实与实验》，北京：中国社会科学出版社，1997年，第329页。

2 唐岫敏：《我们都是历史的一部分，随着历史的变化而变化——英国作家玛格丽特·德拉布尔访谈》，《文艺报》2003年第9期，第9页。

前小说中的所有出色女性，不仅是给另外一性来看，而且完全是从其与另外一性的关系角度来看的”。[1]伍尔夫呼吁女性作家抒写更为真实而丰富的女性生活与女性关系。她自己是这样做的，德拉布尔亦继承了这一女性写作传统。《七姐妹》中，女性间的凝聚力所发挥的作用在坎迪达身上体现得尤为显著。她过去一直过着从中产之家的淑女到中产之家的主妇的生活，从未独立生活过一天，也从未有过工作经历。丈夫背叛后，她没有如人们所期待的那样默默忍受，而是选择孤独而有尊严地离开。她很快在同性友人那里收获了友情，受到朋友们独立与自由精神的感染，恢复了被人需要、受人欢迎的自信。坎迪达的生活面也由此渐渐打开，开始享受打破禁忌、突破角色禁锢的自由。由此，德拉布尔别开生面地写出了老年妇女在姐妹情谊的支撑下开拓新生活的勇气。

就主题呈现而言，德拉布尔关注女性生存困境的特征是前后一贯的，但在后期创作中则更为开阔、豁达并显示出乐观色彩。到了《七姐妹》中，德拉布尔集中探索的是老年女性摆脱困境、精神升华的途径。虽然和莱辛一样，德拉布尔曾经否认自己的作品属于女权主义写作，然而她在追求全社会的“权利、公正和拯救”的人道主义旗帜下对妇女生存的探索，依然发散出浓烈的女性主义气息。在《七姐妹》中，女性的自我救赎主要通过以下几种途径得以实现：一是打破幽闭状态，通过学习不断获得自我提升。在德拉布尔的小说中，空间往往具有隐喻的意义。以窄小的内室、宫闱与病房等为代表的逼仄空间，暗示了主人公遭逢的诸

1 弗吉尼亚·吴尔夫：《一间自己的房间》，贾辉丰译，北京：人民文学出版社，2003年，第72页。

多限制。在《七姐妹》中，坎迪达则通过星期四夜校维吉尔《埃涅阿斯纪》课程的学习延展了自己的生活空间。二是以写作摆脱失语与缄默，同时自我反思与理解他人。坎迪达反思了自己的更年期症状、对丈夫的冷落及性冷淡，认识到虽然安德鲁有错，但“并不会为了我的不足去责备安德鲁，我现在不责备他了”。[1]三是适应环境并关心他人。为了战胜流逝的时间与逼仄的空间，坎迪达加入了健身俱乐部，并如社会工作者一般关怀与帮助病人，由此走出了顾影自怜的怨愤，认识到天下还有那么多比自己更不幸的人。

除了以上三条途径之外，小说重点呈现了女性旅行的意义，由此使作品得以跻身女性旅行书写的范畴，并因特殊的性别指涉而凸显出映射历史上的女性生存与她们在现实中的文化渴望的珍贵意义。伍尔夫在《一间自己的房间》中感叹：“我想到给人拒之门外有多么不愉快；转念一想，给人关在门里可能更糟。”[2]所以她认为，在女性参与公共事务的时机未臻成熟之际，旅行书写可以使她们通过修辞手段，从文本层面实现人生超拔与征服世界的梦想，拓展自我发展空间。这就是为什么爱读史诗《埃涅阿斯纪》的坎迪达会梦想前往意大利那不勒斯，“想在我上天堂之前去参观一下那片燃烧的土地”。[3]从表层看来，维吉尔旅行团的故事仅仅构成小说的主干情节，德拉布尔作为古典学者，在故事中插入故事，融入古希腊、罗马神话传说亦不足为奇，然而，在这部作品

1 玛格丽特·德拉布尔：《空床日记》，林之鹤译，海口：南海出版公司，2008年，第42页。
2 弗吉尼亚·吴尔夫：《一间自己的房间》，贾辉丰译，北京：人民文学出版社，2003年，第20页。
3 玛格丽特·德拉布尔：《空床日记》，林之鹤译，海口：南海出版公司，2008年，第69页。

中，七姐妹的旅行和维吉尔《埃涅阿斯纪》的互文关系是作家精心安排的结果，也就是说，小说通过当代人物与远古英雄的呼应不仅传递了历史的厚重感，更以女性旅行的主题实现了小说意义的延展。之前在小说《象牙门》中，德拉布尔已体现出让女性通过旅行寻求跨文化沟通的倾向。到了《七姐妹》中，坎迪达们重温远古的神话之旅、自北非迦太基渡海前往意大利寻访冥府、深入女预言家西比尔占卜命运的洞穴的复杂行程，更是隐喻了女性的劫后重生，因为史诗中秉承神的旨意告别爱人而在西西里登陆，又历经艰险缔造了未来罗马国家的埃涅阿斯，其光荣使命正是特洛伊的浴火重生。就在姐妹们怀揣着对那片“燃烧的土地”的梦想之际，德拉布尔让坎迪达带领着读者重温了《埃涅阿斯纪》第六册中描摹“金枝”的美丽词句，这根传说中叩开冥府大门、占卜未来的“金枝”，代表的正是七姐妹把握自身命运的美好梦想。通过诸多形式的呼应，作家将七姐妹的旅行表现为与英雄埃涅阿斯在特洛伊失陷后重建邦国的漂泊同样具有意义的告别过去、实现梦想、掌握命运与凤凰涅槃的旅程。

德拉布尔晚期创作的叙述技巧也在进一步发展。如果说按年代顺序编排而成的线性情节结构，是作家早期创作表现妇女人生经历的基本模式的话，大约从《中年》开始，德拉布尔的小说结构更加灵活多变，既继承了奥斯丁、贝内特等人的现实主义传统，又融入了现代主义乃至后现代主义的元素。在“光辉灿烂”三部曲中，作家已经实验了不同人物视角频繁转换的叙述形式，努力营造一种令人目眩的艺术效果。到了《七姐妹》中，多元叙述技巧更是有力地服务于性别叙事的主题。

德拉布尔2004年推出的《红王妃》，某种意义上同样可视为一部旅行文学文本，只是，人物的旅行不仅是地域意义上的跨界旅行，而是在全球化的背景下真正实现了跨越东西方的文化沟通之旅。德拉布尔笔下女性人物的活动疆界越来越远，并不断获得精神成长。由此，作品记录了女性不断发展并日臻成熟的自我意识，同时体现出将性别探索与跨文化沟通相结合、寻求摆脱女性与人类的普遍困境之途的主题特征。

《红王妃》的创作契机是作家本人新千年的首尔之行。第一部“古代”可被解读为主人公红王妃对旅行的渴望。作品以18世纪朝鲜李氏王朝洪夫人的幽灵在200多年后对自己从小王妃到屈辱的寡妇，再到位极尊荣的王太后一生的回忆，讲述了“她的故事”(herstory)，呈现了古老东方封建宫廷中的森严等级、性别压迫、严酷孝道和变态人性。由于“我们那个时代、那个阶层的女人，过的都是幽闭恐怖症患者的生活”，[1]所以旅行只能是王妃的梦想。在凄凉的宫中岁月，她与女伴有过一次次幻想中的旅行。宫女的游戏“荡秋千”，为的也是“在高高荡起时能瞅一眼高墙之外的风光”。[2]王妃一生唯一的旅行，是在她作为王太后60岁生日的庆典上，虽然这只不过是“从下宫到首尔以南约莫六十公里的新城华城”[3]的短途旅行，亦只能透过轿帘的缝隙偷偷看一眼，但在她却“不啻一次胜利之旅”。小说中不断复现幽闭意象，如宫殿、地穴、轿子，以及第二部“现代”中范乔斯特教授演讲中提到的铅匣，

1 玛格丽特·德拉布尔：《红王妃》，杨荣鑫译，昆明：云南教育出版社，2007年，第51页。

2 同上。

3 同上，第114页。

等等。尤其是王妃的丈夫——被专横暴虐的亲生父亲英祖国王残害的思悼世子幽闭其中、最终窒息惊惧而死的米柜，更是触目惊心地成为与自由的旅行、全球化的时代趋势直接对立的“幽闭恐怖症”的核心意象。

如果说“古代”浓缩了历史上女性的幽闭处境，“现代”则呈现了当代西方知识女性独立的东方之旅。该部分主要写的是大学教师芭芭拉·霍利威尔博士参加国际学术会议的首尔之行，以及返回英国后精神的发展。作品从芭芭拉自牛津前往希思罗机场搭乘飞往韩国的班机写起，主体是由她的视角展开的旅行印象与社交生活，包括她在经历了跨文化碰撞后的兴奋、困惑与震惊，她在会议期间与一位著名的社会学家的爱情（该故事因范乔斯特教授的猝死戛然而止），以及她回伦敦后完成教授遗愿、与教授遗孀共同收养一位中国弃女的故事。虽然芭芭拉有着与古代王妃相似的个人生活遭际，然而，作为当代的知识女性，她有着选择生活、周游世界与拥抱爱情的自由。她在韩裔医生张宇会博士的引导下游览红王妃当年生活的宫殿，参观文庙和其中纪念孔子及门人的仪式，以及和范乔斯特教授在张博士陪同下参观世界文化遗产水原华城的经历，都具有文化交流的性质。而在韩国成长、在欧洲行医的张博士作为跨文化的象征，教授作为全球化研究顶尖人物的身份、其中国之旅和他以全球化为主题的演说，还有芭芭拉回国后象征性地走过的、呼应了之前在韩国跨越的那座“将思悼的秘密花园、王妃的宫殿与皇陵连在了一起”[1]的人行天桥的高架桥

1 玛格丽特·德拉布尔：《红王妃》，杨荣鑫译，昆明：云南教育出版社，2007年，第233页。

等诸多细节，均暗示了女作家摒弃地缘、政治、宗教与文化偏见，寻求跨文化的沟通与理解，摆脱人类共同困境的愿望。

关于《红王妃》，2006年8月，德拉布尔在伦敦接受了韩国教授李良玉的采访。[1]关于作品的副标题“一部跨文化的悲喜剧”(A Transcultural Tragicomedy)，德拉布尔解释说：“我努力暗示的是这部小说是关于不同文化对比以及不同文化之间的误解问题。小说既写到王妃对英国见闻产生困惑的部分，也写到那位英国女主角对在韩国的见闻感到困惑的内容。通过‘跨文化的悲喜剧’，我想要问的是：是不是某个故事或所有的事情都是误解？是不是所有事情都让人困惑？我们是否理解——我们是否曾经正确地彼此理解对方？”[2]小说“古代”部分中一个耐人寻味的细节即儿子正祖国王送给母亲作为生日礼物的一个小小的珐琅胸饰，似乎正是对这一问题的回应：“胸饰上画的是一只西洋人的眼睛，那是一只会说话的女性的眼睛……在我的幻想里，它是英国派往清政府的使节乔治·马嘎尔尼带到北京的，三年后到了我的手里。……这是历史上的一次跨文化碰撞。”[3]“儿子说这是一只幸运眼、长寿眼，它可以透过重重迷雾看到未来，通过它可以看到未知的世界。我在生时一直小心珍藏着它。”[4]虽然王妃有生之年并未实现通过这只“他者”之眼认知异域文化的梦想，但她冥冥中却寄身于芭芭拉满足了跨界旅行与沟通的愿望。所以德拉布尔在访谈中强调：“我们

1 访谈原文发表于《当代文学》(*Contemporary Literature*)2007年第4期。朱云以《玛格丽特·德拉布尔访谈录》为题译出（舒程校），发表于《当代外国文学》2009年第3期。

2 转引自朱云：《玛格丽特·德拉布尔访谈录》，《当代外国文学》2009年第3期，第154页。

3 玛格丽特·德拉布尔：《红王妃》，杨荣鑫译，昆明：云南教育出版社，2007年，第115页。

4 同上。

生活的世界需要我们彼此理解，至少我们要知道为什么不能彼此理解对方。这就要求我们跨越文化并且明白文化之间有接触的可能，这就是小说所要表达的内容。”[1]德拉布尔将作品最后关于第三代女性陈建依的叙述称为“沉思式叙述”，[2]呼应的正是小说第一部最后王妃幽灵的召唤：“跟我来，我们去一个全球化、多元化的世界，你们会喜欢它的。它，就是未来，是你们的未来。好好把握吧，未来属于你们。”[3]陈建依代表着未来。所以，小说通过跨越时空与文化的奇幻构思，穿越了历史与现实、东方与西方、幽冥与生界，传达了作家打破幽闭、偏见与敌对状态，呼唤人类多元共存、和谐发展的情怀。或许正是从此意义上，托马斯·F.斯特利写道：“今天女性小说里的‘特别的品质’已经不是狭隘的眼光和限制，而是属于全人类的艺术启示和生存经验。”[4]

纵向来看，德拉布尔的小说在深情地执着于一代西方知识女性的情爱困境、职业成长和精神发展的同时，又在“一个全球化、多元化的世界”中不断挑战与突破自我的地域与文化局限，寻求在多元价值彼此碰撞的世界中的包容、理解与尊重，并寄望于拥有跨文化背景的年轻一代，寄望于打破地域与文化壁垒的跨界旅行。由此，作家的女性旅行书写在新世纪具有了探索全球化时代跨文化沟通可能性的新高度，体现出与时俱进的新气象与自我超越的活力，以摇曳生姿的叙事艺术探索了女性文学不断自我突破的可能性。

---

1 转引自朱云：《玛格丽特·德拉布尔访谈录》，《当代外国文学》2009年第3期，第162页。

2 同上，第154页。

3 玛格丽特·德拉布尔：《红王妃》，杨荣鑫译，昆明：云南教育出版社，2007年，第119页。

4 Thomas F. Staley, *Twentieth-Century Women Novelists* (London：Macmillan, 1982), xvi.

除了上述代表性作家外，20世纪80年代之后，一批移民女作家亦开始崭露头角，通过对新移民在英国生存经历的描写，探讨文化多元语境中的种族关系及民族身份等问题。还有一些地方性作家，通过地方叙事表达了除英格兰性之外的爱尔兰性、苏格兰性和威尔士性等有关文化身份认同的主题，表现出强烈的地域文化意识。总之，当代英国女性文学以自觉的性别立场、宏阔的社会视野、鲜明的历史意识、坚定的人类情怀和深厚的哲学底蕴，而成为全球化语境下西方多元文化的一道亮丽耀眼的风景线。

第八章
日本当代女作家笔下的家庭、伦理与审美

2001年初，在日本纯文学期刊《昴》举办的一次文学座谈会上，当被问及日本的小说今后将会是一种什么状态时，日本著名作家大江健三郎先生随即回答道："不远的将来，在日本，能够构建新小说思想或思想性小说这种文学世界的，唯有（日本的）年轻女性们。"[1]如果我们将目光上溯至20世纪的下半叶，便可以发现女性文学热潮早有暗涌之趋势。

20世纪80年代，随着日本泡沫经济的一路高歌，昭和时代[2]向平成时代[3]的转化，以及社会发展进程的不断推进，日本的社会文化以及日本人的文化价值观受到了重新审视。随之而来，"经济大国"背景下的女性的社会地位和女性的独立自主权都比以往更加受到了重视。"女性时代"成了日本这一时期最惯用的词语。到了90年代，随着日本泡沫经济的破灭，一下子陷入战后尤为严重

1 大江健三郎：『大江健三郎の文学——作家前夜から〈取り替え子〉まで』、『すばる』2001年3月号、4頁。

2 昭和时代：是指昭和天皇在位时的年代，即1926年12月25日至1989年1月7日。

3 平成时代：是指当今平成天皇在位的年代，即1989年1月8日至2019年4月30日让位。

的经济衰退，人们对现行政府和社会表现出强烈的不满，“自我”意识逐步形成，在新的社会伦理中开始对传统的道德进行承继的同时更多地表达了一种对峙和反叛。更多的日本女性已经彻底从传统的生活伦理中解放了出来，更加自信地向日本男权社会发起了挑战，自由地选择属于个人的新生活，宣扬个体的感受。因此，家庭、伦理道德也就自然成为越来越多活跃在日本现代文坛的女性作家们所关注的焦点。这一时期的日本文坛可谓群星璀璨，杰出的女性作家有大庭美奈子、平岩弓枝、三枝和子、村田喜代子、林京子、富冈多惠子、小川洋子，等等。特别是那些战后出生的“新生代”日本女作家们，像高树信子、津岛佑子、金井美惠子、中泽惠、林真理子、山田咏美、松浦理英子、荻野安娜、吉本芭娜娜等更是成绩斐然。

处于新的全球化时代的女性作家们绝大多数深受美国文化的影响，爱读美国小说，喜看好莱坞大片，好听美国流行音乐，接受了西方近代文艺思潮和文艺理念，在审美创造上尝试着以一种开放式的、多元化的文学理念诉说自己的时代，大胆地表述自己的故事和个人意志，将女性的话语言说提升到了意识形态领域，浓墨重彩地构建了女性话语的空间，从而打破了传统日本文学的语言体系，解构了男性主义或男权思想的话语体系。她们用独特的文体和叙事方式将单亲家庭、女同性恋、未婚妈妈、异域婚恋、女性犯罪、男性缺场等反映社会和时代的题材纳入自己的文学创作中，由此可以见出她们的创作审美。

第一节　制度内女性角色与家庭反叛

在时代发展的进程中，日本女性作家们沿承了平安朝宫廷女性作家反映主人公日常家庭生活中的琐碎事情，同时又对传统的“男主外，女主内”“贤妻良母”“相夫教子”“贤德忍让”的家庭观进行了多角度、多层面的剖析和反思。这种剖析和反思一方面在客观上繁荣了日本现代女性文学，另一方面也为在新世纪里反对乃至消除封建残余思想起到了一定的积极作用。

一、对制度内女性分工的反叛

所谓制度内的女性分工就是指日本父权或男权社会“男主外，女主内”的性别角色分工。作为日本女性，要以贤妻良母为自身奋斗目标，遵守“三从四德”的古训。尽管日本在战后公布了新宪法，真正实现了法律上的男女平等，但是在日本仍然有不少人以“贤妻良母”的标准去要求女性，同时也有相当一部分妇女依旧安于“男主外，女主内”的社会分工与家庭义务的定式。因此，她们在社会中所扮演的角色是多重的。

在日本，很多女性在家庭中是贴心、温顺的女儿，找夫婿时是浪漫而有魅力的女性，结婚后则放弃自己原有的生活和工作，成为相夫教子的楷模，安于在优越舒适的家庭里当一名风度雍容的贵妇。她们视婚姻、家庭为幸福的归宿，把在家照顾老人、生儿育女、顺从丈夫当作自己分内的本职工作。在20世纪70年代以前，绝大多数的日本女性并不对传统的“男尊女卑”产生抱怨，却以当一名贤妻良母为荣。这是因为长期以来日本一直是一个男尊女卑观念十分根深蒂固的国家，在传统的家庭模式里，日本女性习惯于生活在狭小的家庭空间里做家庭主妇的角色，并以此为荣，由此也得到了日本社会的肯定与尊重。冲破传统制度“家”的藩篱，寻找并争取自己安身立命的女性甚少，这本身并没有给多元化转型中的日本社会注入太多的活力。了解这一点有助于把握70年代以前日本女性所处的社会地位及日本女性文学所关注的焦点。

美国著名历史学家和外交家赖肖尔（Edwin Oldfather Reischauer）在其《当今日本人》一书中，对古今日本妇女在家庭内外所处的地位做了精辟的分析：“日本起初可能曾是一个母系社会，这种母系制的因素一直贯串了整个历史，尽管存在着封建主义和儒家学说所造成的男子至上的重压；……现代日本的家庭，毫无疑问是以母亲，而不是以父亲为中心的；母亲支配着一切。事实上，父亲虽然是经济支柱，但在处理家务方面可能是个很不重要的角色，家庭的财务几乎由母亲独揽；……在家庭里，妻子可能是主宰一切的重要人物，但在范围更大的社会上，女人仍然处于绝对从属的地位。”[1]另外，在对待性的态度上，“日本人没有西方那种把性关系视为有罪的观念。对他们来说，饮食男女是一种自然现象，在生活中应当有它适当的位置。男女乱交本身并不比同性恋更成为问题，因此，他们对待这类事情一向采取的是纵容的态度”。[2]故在这种被周作人称为“活泼泼的男尊女卑”[3]的社会制度及日本

1 埃德温·O.赖肖尔、马里厄斯·B.詹森：《当今日本人》，孟胜德等译，上海：上海译文出版社，1998年，第179—180页。

2 同上，第175页。

3 徐敏：《论日本文化对周作人女性思想的影响》，《外国文学研究》2001年第2期，第93页。

民族自古以来形成的对待性的宽容的态度下，日本女性的天性和活力并没遭到全盘的抹杀，总能以某种形式表达出来。

然而，这毕竟是男权社会一统天下对制度内女性的一种行为范式。进入70年代以后，随着以反对性别歧视为主旨的美国第二次妇女解放运动在全球范围内的波及，女性解放运动开始登上了日本的历史舞台。日本的女性主义一方面体现跨民族、跨文化的全球视野，反映妇女的普遍追求和价值观；另一方面同时也受到日本的历史和现实的制约，关注有本土特殊性的问题。此时的日本，经济得到了飞速发展，人们的物质生活越来越丰裕。处于转型期的日本社会给了女性越来越多的自由和发展空间。女性的社会意识和价值观发生了根本性的转变。她们在性别权利上要求真正意义上的平等与解放。1985年，《日本雇佣机会均等法》颁布，这是日本顺应经济和社会全球化的趋势而采取的行动。在这部法律中，日本女性的话语权利、主体性的确立、性别权利的实践等"女性主义"意识日益增强。由此，日本女性在社会、家庭中的地位不断提高。她们不再安分守己地遵从传统上的制度内女性分工，打破了"男主外，女主内"的定式，开始追求制度外女性的独立自主，不赞成结婚后为家庭成员牺牲自己的自由，甚至不要孩子。

到了90年代之后，在全球化、后现代、网络等新思想、新体系的冲击下，自由地表达自我、张扬个性、强调自我完善的"女性主义"意识更加强烈。因此，自80年代和90年代起，日本女性作家们受到全球女性主义思潮和运动的影响，以其敏锐的洞察力，从夫妻关系、伦理道德、家庭问题等方面入手，对现实生活中反制度内女性分工的女性人物进行了剖析，用女性特有的话语和细腻的情感，表达了众多男性作家无法创作的文学主题，创作出一批荣获“芥川奖”和“直木奖”的优秀作品，从而迎来了日本现代女性文学的创作高潮。为此，日本的各大书店里专门开辟了女性作家的书架，从而证明女作家的作品深受广大读者的青睐。

早在60年代末与70年代，大庭美奈子就以《三只蟹》（1968）、《山中女妖的微笑》（1976）等系列小说试图否定制度内女性分工，向评价女性生存价值的唯一标准——“贤妻良母”“生儿育女”“做好贤内助”展开了猛烈批判。《三只蟹》的女主人公由梨是一位旅居美国的家庭主妇。她同丈夫、女儿生活在一起，时常为丈夫的美国朋友聚会而应酬，过着外人看上去很幸福的生活。但实际上不论是夫妇之间，还是朋友之间根本没有什么心灵上的交流，聚会时说话也仅是一些客套话。她厌倦了这种无聊的聚会，不顾丈夫的劝阻，一个人离开了家，在海边一个名叫“三只蟹”的旅店里同一个素不相识的男人发生了一夜情。尽管这种激情稍纵即逝，根本无法抹平长期积郁在心的家庭生活的孤寂与夫妻之情的乏味，但女主人公毕竟做出了超出人们思维定式的大胆举动，敢于冲破封建家庭所赋予女性“贤内助”和“贤妻良母”的羁绊。因此，该作品一问世就立刻引起了“芥川奖”评委们的注意，并得到了他们的高度赞誉。其中，川端康成所给出的评价是：“在《三只蟹》中，人们那样的生活、那样的对话，过那样的性生活。可以说，这些已成为今日一种虚幻的潮流，作品轻轻触动了时代思潮的一端。众所周知，这种小说，在世界的每个地方都能见到，然而如此表现形式的小说，在日本还不多见。”[1]野间宏也盛赞该作品是“世界文学中的上乘之作”。它“抓住了所有评选委员的心，使他们兴奋异常”。[2]

《山中女妖的微笑》中的主人公女妖从孩童时代起就具备了读懂别人内心活动的能力。做姑娘时，她的行为举止就按照母亲要求的那样，善解人意地满足母亲的各种心愿，做一个听话而又聪慧的女儿。她能体察并知道母亲对自己有什么要求，不等母亲说出来就会照其心意行事，甚至毫无反抗地接受母亲为自己找的男人。在外人面前，她也尽力展现一个乖巧听话的女性形象，“在别人想让自己笑的时候笑，在别人想让自己安静的时候沉默，在别人希望自己说笑的时候谈笑风生”。[3]她以此来满足和取悦母亲与他人。婚后她与丈夫的关系更是如此，她演绎了一个贤妻良母的角色。她能完全洞察丈夫内心的需求与想法，以不伤其自尊心的形式将这种想法付诸实施。为了照顾子女，她可以不顾一切地牺牲自我。然而就是这样看似温顺、柔弱的女性也最终以强者的姿态，将所有与自己处于相对关系的人玩弄于股掌之中。她一方面浮现慈母的微笑，表现着贤妻的善良和包容，另一方面则充满恶鬼般的愤怒，她怨恨着他对自己的诸多要求和对自己自由的剥夺。正如书中所描写的那样：“她的脸一半浮出慈母的微笑，另一半充满恶鬼的愤怒。嘴的一半滴着血，撕咬着男人的肉，另一半在一

1 「当選作品審査委員選評」、『群像』1968年6月特大号、128頁。

2 同上，132—133頁。

3 水田宗子主编：《日本现代女性文学集》，陈晖等译，上海：上海译文出版社，2001年，第127页。

侧的乳房下爱抚着像婴儿一样蜷缩着身体、吮吸着乳头的男人。”[1]为了早日获得精神上的解脱，她在临死前面露微笑，仿佛已看透丈夫和孩子的心思，在向他们宣布自己彻底解放的喜讯。可以说大庭美奈子笔下的女性具有强烈的制度内女性分工的反叛意识，也正如2007年5月24日《读卖新闻》在大庭去世的当天所发表的评论那样："她小说中的主人公多为女性，她们不安于做主妇、做母亲的角色，带有强烈的自我不满足感和空虚感。”[2]

如果说大庭美奈子拉开了反制度内女性分工文学主题的序幕，那么随之而来描写不安于社会制度长期强加给女性一系列传统美德标签的作品如雨后春笋般涌现，如津岛佑子通过《光的领地》（1979）、《奔跑在山中的女人》（1980）竭力摆脱婚姻制度对女性的束缚，大胆地追求自己的生育权；笙野赖子在《大祭》（1981）中以半自传的形式表现主人公努力逃脱现实生活中长辈的严格管教；富冈多惠子则是通过小说《起伏的山地》（1983）、《水上庭园》（1991）描写女性与日本传统女性行为规范的决裂；山田咏美的《做爱时的眼神》（1985），增田瑞子的《单细胞》（1986），仓桥由美子的《交欢》（1988—1989），中泽惠的《感受大海的时候》（1989），小川洋子的《妊娠日历》（1991），多和田叶子的《狗女婿上门》（1992），高树信子的《我那拥抱光明的朋友》（1989）、《水脉》（1994），三枝和子的“响子”系列《响子爱染》（1991）、《响子恶趣》（1993）、《响子不生》（1994），柳美里的《家庭电影》

---

1 水田宗子主编：《日本现代女性文学集》，陈晖等译，上海：上海译文出版社，2001年，第130页。

2「大庭みな子追悼」、『読売新聞』2007年5月24日。

(1996)，等等。她们都打破了以往小说的惯例，从不同的角度、多元化地展示了全球化语境下现代都市女性对传统婚姻、家庭的动摇，表达了日本现代女性所拥有的家庭观。她们在思想上、行动上拒绝做一个贤妻良母，不断追求自我独立的生活，厌恶墨守成规、毫无新鲜感的生活方式。全球化时代的日本女性对传统的这些反叛又必然集中表现在她们对家庭观念、伦理道德方面的种种忤逆。

二、对家庭观念的颠覆与重建

战后，由于日本经济的高速腾飞，传统的家庭生活模式发生了根本改变，以"父权"为中心的大家庭人员关系开始松散，以夫妇为核心带着孩子一起生活的"小家庭"应运而生，做妻子、做母亲的角色基本上还保持着一种传统的品质。到了六七十年代，日本进入中产社会之后，女性愈发意识到自己社会地位的低下，"开始对建立在性别角色分工基础上的婚姻家庭进行审视，并做出一系列回避乃至叛逆的反应"。[1]于是，现代日本女性作家开始自己独特的审美创作，重新审视现代日本家庭，向世人诠释日本现代女性的家庭观念。她们在文学主题上主要从以下三个方面来充分展示现代日本女性对家庭观念的颠覆与重建。

（一）反母性的现象

女性在性别上是作为异于男性而存在的。作为社会属性的女性，被视为孕育生命之母、哺育后代之母、繁衍生息之母。女性往往是母性的代名词。在人类历史上最早出现的母系社会里，女性被

1 周萍萍：《日本女性文学的发展历程：从哀愁、抗争到反叛》，《国外文学》2014年第2期，第129页。

尊为女神。在日本始于伊邪那岐和伊邪那美兄妹的神话中，伊邪那美历经磨难生下了女神——天照大神。由此，日本的历代天皇都是这位女神的后裔、子孙。女神在人们的观念意识中早已根深蒂固。男性对女性的爱恋、孩子对母亲的眷恋均出自对女性（母性）的思慕，期望获得女性（母性）的爱抚。作为一个成熟的女性，结婚生子，身为人母，展示博大胸怀的母爱是非常高尚的，值得赞美的。“母亲”的形象之所以伟大，就在于“她”充满慈爱，是“爱”的无私奉献者。然而，在日本现代女性作家的笔下，这一亘古不变的“母性”受到了挑战，表现出了一种“反母性”的文学基调。

高桥多佳子在其短篇小说《相似形》（1971）中就塑造了一个生活在传统家庭中的专职家庭主妇“我”，在生下女儿以后不仅没有对自己成为母亲这一角色改变感到特别的兴奋，反而随着女儿的一天天长大而深深陷入了一种自责、烦躁、厌恶的情绪中。在日常生活中，“我”因发现女儿在生活习惯上和自己也有很多的相似之处而感到失望。女儿的发育、女儿的体香都没有唤醒母亲“我”的体贴和关注。在“我”看来女儿只不过是另一个与自己相似的女性而已，是承受传统家庭束缚的另一个自我。“我”从心里感到极为厌恶，对女儿的存在充满了憎恶和逃避的感情。作为“母亲”，“我”甚至想要杀死自己女儿：“我拿的这根铅笔，挨着笔尖的木头削得很长，笔头削得细而尖且锋利无比……我用拇指和食指捏住笔的中间，将笔的末端举到右眼前，闭上左眼，将笔尖丝毫不差地向初子指去，这样一来，我就好像用枪瞄准一样。”[1]

1 水田宗子主编：《日本现代女性文学集》，陈晖等译，上海：上海译文出版社，2001年，第99页。

三枝和子在短篇小说《幼稚歌声般色彩的血液》（1972）中，同样塑造了一个憎恶母性的女主人公。当她看到自己诞下的婴儿时，竟然愤恨地说："我闭上了眼睛。出于一种憎恶，无论如何我也得将这个孩子杀掉。出于一种憎恶，出于一种对生命渐次形成的恐惧。人生人，世上没有比这种行为更丑恶的了！"[1]

可以说社会要求女性在家庭里要具备女儿、妻子、母亲的属性，在女作家高桥和三枝的笔下得到了彻底否定。女性的天职、母亲的天性受到了强烈的质疑。作为自然母性的女性符号或标记"从男权文化框架上撕下来"[2]了。女性作家们所展现的这种反"母性"要素完全逃离了母性神话的禁锢，从根本上颠覆并解构了日本父权制社会以及男权思想的范式。

（二）单亲家庭模式的构建

据2001年3月5日《中国青年报》报道：日本劳动厚生省公布了对1998年底单亲家庭的一项调查，全国母子单亲家庭总数有95.4万户，比5年前增加了20.9%。自1973年以来，日本单亲家庭的数量始终呈上升趋势，单亲家庭反映了日本社会的一种特殊现象。而且，调查分析，单亲家庭增加的原因主要有两个：一是家庭离异增多；另一个是不愿放弃生育权利的未婚妈妈的人数在增加。因此，"单身妈妈"在日本社会中已经成了一种司空见惯的现象了。这种题材也就自然成为日本女性作家捕捉的对象了。

津岛佑子以"未婚母亲"和与孩子共同生活的"母子家庭"

---

1 转引自孙树林：《当代日本女性文学中的反"母性"问题及其他》，《日本学刊》1994年第1期，第101页。

2 左金梅、申富英等：《西方女性主义文学批评》，青岛：中国海洋大学出版社，2007年，第82页。

为素材自70年代末到80年代先后创作出了一系列优秀作品，如《光的领地》、《奔跑在山中的女人》、《水府》(1982)、《默市》(1984) 等。在这些作品中，“单身母亲”所具备的共同特点是：自立自强，富有判断力和行动力，有个人的价值观和生活准则，有自由选择、自主决定自己行为的权利，不听命于或服从于男性，不唯唯诺诺，敢于抗争社会强加于自己的不公，不为命运所屈服，是生活的强者。

可以说在津岛佑子的小说创作中“父亲”往往是缺失的，或死亡、或离异，“父亲”在家庭中是一个无关紧要的人，而“母亲”则是家庭的依托；从而否定了日本社会长期以来以父权、男权为中心的传统家庭观，重塑了“母亲”独立自主、自强不息的新形象，构建了以“母亲”为主体的新型家庭模式。在这种新型家庭模式中，“单身母亲”无论在精神上还是在物质上都是完全依靠个人的坚强意志和独立的生活意识来完成养育孩子的任务的。

（三）无血缘家庭的重组

家庭成员的离家出走、单亲家庭的出现、亲情的缺失等必然导致血缘关系的完整家庭走向解体。不以婚姻、血缘关系为纽带的重组家庭在日本女性作家的笔下便成了一个圆满的家庭。

1995年，当韩裔日籍女作家柳美里在《文学界》5月号上发表新作《客满新居》之后，旋即获得当年度第113届“芥川奖”候补提名，1996年又连续获得第24届“泉镜花文学奖”和第18届“野间文艺新人奖”。小说描写的是一个“虚拟家庭”的故事。作为一家之长的父亲，花了一笔巨额资金建起了一个二层楼的新居。房间里添置了很多新买的生活用品，就是为了使原本有婚姻、血缘关系的妻子和两个女儿能回来一起生活。然而，与人私奔的妻子和两个已经长大成人、独立生活的女儿并没有接纳这位“家长”的好意，她们拒绝与“家长”共同生活在一个屋檐下。于是，这位“家长”为了维系“家族”和“家庭”的温情，硬是从车站“捡来”了一家四口无家可归的人，并让他们同自己一起居住在新居里，由此组成了一个“虚拟家庭”。

接着，2000年与2001年柳美里又分别创作出新的关于“虚拟家庭”的小说《命》和《魂》。这次的“虚拟家庭”不是以男性希望家庭重组获得温暖为题材的。它更像是作者本人的“自传体”式的“私小说”。在小说《命》中，作者自述从怀孕到未婚妈妈的艰难历程。小说《魂》可以视为《命》的续篇。人物、事件、情节一脉相承。家庭成员由韩裔未婚妈妈柳美里、母亲梁荣姬、婴儿柳丈阳和充当婴儿父亲角色的东由多加这四人组成。其中，柳丈阳是由韩裔未婚妈妈柳美里同一个身为有妇之夫的日本人所生，东由多加比未婚妈妈年长23岁。他们生活在一个屋檐下，共同组建了一个没有婚姻、没有血缘关系的“虚拟家庭”。由于柳美里从小在家里就不受欢迎，她听不懂韩语，无法和父母、兄弟姐妹沟通，与他们分居20多年。因此有血缘关系的家族成员和“家庭”在未婚妈妈柳美里身上是分崩离析的；而没有婚姻关系的东由多加对柳美里而言，既是父亲，又是兄长，既是师长，又是朋友。她深深感到东由多加比和自己有血缘关系的自家人还要亲切、温暖。这个不是婴儿父亲的东由多加主动担负起“父亲”的角色和柳美里共同承担抚养婴儿的责任。在小说《魂》中，当“父亲”东由多加被查出患有晚期癌症，面临死亡威胁的时候，这个虚拟的“父亲”居然为了照顾这个没有血缘关系的“儿子”而努力顽强地活下去。没有血缘纽带的紧密家族冲破了血缘的情感，用灵魂铸造了新型家庭的亲情关系。

无独有偶，这种虚构的家庭模式早在吉本芭娜娜的处女作《厨房》（1987）和《满月》（1988）、《鸫》（1989）等初期小说里都有出现。《厨房》的主人公名叫樱井美影，是一个尚未踏入社会、正在大学读书的少女。她很小就相继失去了父母，由祖父母带大，刚升入中学时，祖父又撒手人寰，此后只好和祖母二人相依为命。令人感到悲哀的是，在上大学时，她的祖母也离开了这个世界，原本家庭生活的温馨荡然无存。她突然变得孑然一身而不知所措。她开始不断寻觅一个让她感到安心、其乐融融、如家庭般温馨的“厨房”。最终，她被曾经受祖母照顾的大学生田边雄一的“家”所收留。然而，这个“家”是“一个由儿子与身着女装以为‘母亲’的‘父亲’所组成的家庭，而孤儿——主人公则作为这个家族的一员加入了这个家庭”。[1]这将作为个案继续分析。

这种不以血缘、亲属、婚姻等关系为纽带的“家族关系”尽管是一种非现实的“虚拟”存在，但对年轻的现代女性来说少了一些精神上的沉重负担，多了一些家庭般、亲人般的温情和关爱。这也许就是“她们最为舒适的共同体”，[2]是她们欲重构的现代家庭观念。

三、意味深长的《厨房》

厨房是家庭的核心，是生活交响曲的舞台，也是大人们忙碌、

1 川村凑：《日本现代女性与“家庭”》，许金龙译，《世界文学》2001年第9期，第65页。

2 同上。

小孩子喜欢逗留的地方。厨房总是和家相伴相生。厨房是家庭中和谐、充满温情和温馨的场所之一。然而，素有“日本现代文学天后”之称的吉本芭娜娜[1]带给读者的是怎样一种家庭生活呢？

小说的主人公樱井美影是一个尚未踏入社会、正在大学读书的少女。她很小就相继失去了父母，由祖父母带大，刚升入中学时，祖父又撒手人寰，此后只好和祖母二人相依为命。令人感到悲哀的是，在上大学时，她的祖母也离开了这个世界，原本家庭生活的温馨荡然无存。她突然变得孑然一身而不知所措。她开始不断寻觅一个让她感到安心、其乐融融、如家庭般温馨的“厨房”。也正因为如此，吉本芭娜娜在小说的一开始就这样描述道：

> 在这个世界上我想我最喜欢的地方是厨房。
>
> 无论是什么地方的，也无论是什么样子的，只要它是厨房，只要它是做饭的地方，我就不会感到难受。如果可能的话，如果它是一个功能齐全、充分得以利用的厨房的话，就更好了。那里面有好多条干爽洁净的抹布，白色的瓷砖闪闪发亮。即使它是一个肮脏不堪的厨房，我也会喜欢得不得了。
>
> 地板上到处都散落着蔬菜碎渣，拖鞋鞋底脏得漆黑，即使这样，只要它超出寻常地宽敞就好。

1 吉本芭娜娜：1964年7月24日出生于东京，是日本著名诗人、评论家吉本隆明的小女儿。1987年毕业于日本大学艺术系文艺专业。其主要代表作有《厨房》（1987）、《泡沫/圣域》（1988，获第39届“艺术选奖文部大臣新人奖”，曾两度获得“芥川奖”候补提名）、《哀愁的预感》（1988）、《鸫》（1989，获第二届“山本周五郎奖”）、《N・P》（1990，获意大利“SCANO外国文学奖”）、《甘露》（1994，获第五届“紫式部文学奖”）等。

……

每当我筋疲力尽的时候，就会出神地想：如果什么时候要死了，就想在厨房里停止呼吸。无论是一个人感到寒冷的厨房，还是有他人感到温暖的厨房，我都不会惧怕凝视着死亡。只要是厨房就足矣。[1]

在美影看来，宽敞、明亮的厨房是一个安息的好地方。当她独自在家面对空荡荡的房间时，唯独厨房是让她感到一丝安慰的地方。因此，她在被曾经受祖母照顾的大学生田边雄一收留之前，一直都是睡在厨房里的。理由似乎很简单，就是"无论在什么地方睡下，都感到难以入睡。因此，从屋子里不断寻找舒适的地方，结果在某一天拂晓发现冰箱旁边能睡得香甜"。"冰箱的电机声守护着我，使我不再感到孤单。在厨房里，我可以安度长夜，迎接黎明的来临。"[2]她在厨房找到了"家庭"的感觉，感受到了父母在世、祖父母在世时一家欢聚在一起的温情。她一个人躺在厨房里的冰箱旁，犹如躺在大家庭的怀抱中，躺在脑海中真实的"家庭"气氛里。在那里，她不再惧怕孤独，也不再惧怕死亡。对美影来说只有这样的"厨房"才是她渴望的"家庭"温暖。

同样，当她只身来到田边雄一的家里时，首先引起她极大关注的是和厨房连在一起的起居室。由于拥有特殊的经历，美影对厨房变得特别敏感。她一边参观雄一和他妈妈的这个家，一边说

---

1 吉本ばなな：『キッチン』、東京：角川文庫、2007年、7頁。

2 同上，8頁。

这是“一个非常不错的厨房。我第一眼就非常喜欢这个厨房”。[1]她认为雄一家的厨房是一个理想的地方，当她同样睡在厨房的旁边时，一点也不感到孤独，似乎对未来充满了期待。显然，她在内心深处一直在呼唤平凡而真实的家庭生活，在寻觅和感知家庭生活的温馨。

可见，厨房对美影来说是一个像“家”一般具有安全感的地方，是其理想的栖身地。当她成为孤儿，感到寂寥的时候，熟悉的厨房一方面给了她一丝安慰，另一方面又徒增了些许寂寞。尽管她一再表示自己喜欢厨房，但是一个人的厨房不免有些寒意。当一个人感到孤独无助的时候，眼前的景物也好似那么孤寂和静谧。为了治愈自己内心的孤独，为了离开没有父母和祖父母等家人的、一个人感到“昏暗的”空间，她终于离开了自己住惯了的家，去寻求自己理想的场所。于是，她接受了田边雄一的邀请，来到了“明亮”而“温暖”的家。到了这个家，她首先喜欢上的就是宽大、明亮的厨房以及和厨房相连的起居室中的一张巨大而柔软的沙发，而并非是这个家的家庭成员和其他什么场所。显然，这里的厨房，给了她一种全新的感受。她要在这感受中不断地蜕变，重塑自我。

美影去雄一家的当晚是一个雨夜。她感到“温暖的小雨静静地下着，是一个雨雾笼罩着城市街道的春夜”。[2]“温暖的小雨”和“春夜”暗示着她即将告别原来的生活，投入崭新的环境中。当她在雄一家的浴室里美美地泡在热水中，一种久违的、令

1 吉本ばなな：『キッチン』、東京：角川文庫、2007年、15頁。

2 同上，12頁。

人感到放松宽心的感觉油然而生。显然这个新家不仅没有使她产生任何抗拒感，相反，还有一种此前从未有过的舒心的解放感。她睡在厨房旁边的沙发上时竟感到有些好笑，自己不再孤独。一个人很快就静静地、安稳地进入了梦乡。早晨醒来，也是因为她听到了水的声音。这是一家人在一起生活的一种感觉。在阳光的照射下，她的视觉、听觉、触觉和嗅觉都有了全新的感受。而这些感受恰恰是让美影决心在这个家暂时待下去的最好理由。

> 整个房间像日光玻璃房一样，洒满了阳光。令人心悦的蓝天一望无际，让人目眩。……
>
> 站在自己喜欢的厨房里，这种喜悦使人精神兴奋。……
>
> 光，在洒满的朝阳的光芒中，我闻到了树木的气味。……
>
> 正午时分，犹如春天般的天气，从外面传来了小孩子们在公寓庭院中嬉闹的声音。
>
> 窗边的草木沐浴在柔和的阳光下，色泽鲜绿而发亮。远处淡蓝的天空中缓缓地飘浮着薄薄的云彩。
>
> 这是一个悠然自得、让人感到温暖的中午。[1]

接着，这种温暖的感觉不断在美影的心里得到延伸和深化。在这

1 吉本ばなな：『キッチン』、東京：角川文庫、2007年、26頁。

个家里，雄一和他的妈妈（严格地说应该是爸爸）一直都把她视为自家的一名成员。家里的一切物品，她都可以随便使用，不必感到拘束。那“又宽、又厚又柔软，坐下去就不想站起来”，“感到非常舒适的”[1]沙发在她来的当天就属于她了，成了她的床。不仅如此，雄一和他妈妈都把自己的心事或秘密向她真情告白。她也逐渐习惯于在雄一家的寄宿生活：每天晚上满心欢喜地睡在沙发上“一边聆听着花草的呼吸、感受着窗帘对面的整个夜景，一边总是睡得香甜”，白天“除了在外打工以外，就是在家里打扫房间、看电视、烤蛋糕，过着家庭主妇一般的生活”。而这种生活“渐渐地如光和风一般进驻心田，令人感到高兴”，“感到每天都像在天堂一般快活”。[2]她乐意在厨房里做简单的鸡蛋粥、蔬菜沙拉、拉面等。为了提高自己的烹饪水平，她甚至还买来一些专业的烹饪书籍，积极努力学习厨艺，认真研究食谱，尝试着去做红烧肉、混有很多贝类的蛋卷、造型美观的煮菜、油炸食品等，并越发沉浸在厨房的世界里。同时，在心里面，她也完全将自己同雄一和他妈妈的生活融为一体了，三个人常常一起吃饭的日子成了“美好夏日”的回忆。作者还特意选用了一组听觉的效果，来形容美影在这个家里特有的一种安心感和对雄一妈妈的深深眷恋感：“每当接近黎明时分，哼歌的声音、高跟鞋的声音越来越近，钥匙打开了门。从酒吧下夜班回来的她总是带着三分醉意，把声音搞得很响，使我从蒙胧中醒来。听到淋浴的声音、拖鞋的声音、烧开水的声音，我就感到非常安心，然后再进入梦乡。天天都是

1 吉本ばなな：『キッチン』、東京：角川文庫、2007年、23頁。

2 同上，31頁。

如此。”[1]

另外，当雄一想吃拉面的时候，美影脱口而出：“我给你做，你坐下，就坐在我的沙发上。”于是雄一说：“喔，你的沙发上。”[2]虽然只有这么寥寥两句对话，就已经充分体现了美影已经完全摆脱了失去祖母后的孤独感，告别了自己过去的生活，并以一个主人公的姿态全身心地投入了温暖的家庭生活之中。美影的精神世界在此得到了升华。

在通篇小说里，作者似乎对味觉的描写不太着墨，仅仅限于吃东西时的一种“好吃”的感受，而这种感受往往是一种总体的概括。在去雄一家之前，作者并没有对美影的味觉有所表现，而是在雄一家寄宿之后，才出现了“好吃”这样简单的词语。无论吃什么，“常常会带来一切都好吃的这种感觉”。[3]众所周知，味觉的好坏又总是同人的心情有一定的关系。心情好的时候，自然是“食而有味”。反之，当心情一落千丈时，再美味的佳肴也无心体味，反而会有一种莫名的、如同嚼蜡一般的苦涩。另外，感到东西的“好吃”也总是和厨房有关，同美影的内心世界的变化有关。在和祖母相依为命一起生活的时候，尽管她从小就习惯了在祖母的房间里同祖母一起谈天说地并感觉甚是愉快，但是总不免会感到“和老年人两个人生活在一起，是一件让人深感不安的事”。[4]她很早就体会到“老年人和孩子无论生活得多么愉快，都会有一

1 吉本ばなな：『キッチン』、東京：角川文庫、2007年、76頁。

2 同上，57頁。

3 李銀炯：「吉本ばなな論——感覚を中心に」、『広島大学大学院教育学研究科紀要』（第二部）2002年51号、341頁。

4 吉本ばなな：『キッチン』、東京：角川文庫、2007年、29頁。

个填不满的空间”。她认为自己“虽然在宠爱中长大，却总是感到很寂寞”。[1]以前的厨房给美影带来的是对血缘关系间的家庭生活的回忆和些许不安。味觉感的“好吃”的东西也就不曾显现。而到了雄一家以后，“好吃”的感觉出现，就说明雄一家的厨房填补了祖母家厨房所产生的不安和寂寞。美影觉得：“世上已经没有了我的亲人。不管去什么地方，做什么都可以。这是令人感到相当爽快的。世界如此宽广，黑夜如此漆黑。我第一次亲手、亲眼感触到了这无边无际的趣味和寂寞。我想，此前我是睁一只眼闭一只眼看这世界的。”[2]

在雄一家的厨房，美影不再感到孤寂，对超出血缘关系的未来家庭生活产生了一种亲近感、安全感、轻松感和解放感。当某一天她回到和祖母生活的家中收拾留下的物品、行李的时候，却有一种别样的感受：“每打开家门，就感到惊愕。自打不住在这个家以后，一切都好像变成了另外一副模样。寂静而昏暗，没有一点生机。所有那些本已熟悉的东西，都像是背过了脸去。我与其说‘我回来了’，倒不如说‘打扰了’，然后就想蹑手蹑脚地走进去。”[3]

显然，自祖母去世以后，原有的一切都随着祖母的逝去而消失殆尽。樱井美影的过去也随之不复存在。新的现实生活已经在她的内心深处填补了空白。她已经完全走出了原来家庭的生活圈子，全身心地投入了一个无拘无束的新家庭中。可以说，象征着温暖家庭生活的厨房是美影的生活港湾，是其理想的生活场所。

---

1 吉本ばなな：『キッチン』、東京：角川文庫、2007年、30頁。

2 同上，16頁。

3 同上，32頁。

她离不开厨房，对厨房始终抱有挥之不去的依赖感和深深的眷恋感。生活中有了厨房或与厨房相关的场景，她就会感到安稳、镇定、舒适和兴奋，连睡觉都觉得特别踏实。而一旦离开了厨房，离开了与厨房毫无关联的地方，她就会感到无所适从、孤独无助、精神崩溃，居然会难过得泪如泉涌，一个人躲在黑暗的小巷里放声痛哭，直到忽然听到了锅碗瓢盆的声音，看到做饭的白色炊烟透过窗户袅袅升起的时候，她的心情才得以彻底平静了下来。她挚爱厨房。厨房使她的心灵得以安抚，使她对未来的生活充满了激情和幻想，让她在纷杂的人世间活得更加精彩。可以说跟田边雄一"母子俩"生活在一起的美影终于摆脱了孤寂与不安，在与自己没有血缘的温馨家庭中获得了心灵的慰藉，得以重新振作起来，确立了人生目标。吉本芭娜娜就是通过大量的感觉表现将失去至亲后自我改造的女大学生对厨房的这份浓郁情感挥洒得淋漓尽致。

第二节　女作家对伦理道德的冲破与建构

如果说家庭的崩溃与重组是日本女性作家关注的焦点，那么与家庭维系不可分割的情感，乃至伦理也是女性作家们文学创作的一大主题。伦理不仅是人们日常生活中的道德规范，也是人们日常行为基准的价值判断。随着时代的进程与社会的不断发展，日本女性的伦理道德观念也随之发生巨大的变化。

日本自古以来就引进了中国的儒家妇道伦理。早在公元9世纪，中国最早宣扬儒家妇道伦理的训诫书《列女传》就传入日本，男尊女卑的思想从此融入日本的律令中。在男性统治的社会里，女性必须恪守“三从四德”的妇道。到了江户时期，尊崇儒家女性道德观的《女大学》又被奉为日本女性必读的“圣经”。它在肯定“三从四德”的基础上，又明确要求女性要“柔顺、贞洁、仁慈、端庄、娴静”，并提出“七去法”，女性完全失去了家庭、社会地位，受男性所支配。这种传统的伦理道德思想长期禁锢着日本女性的行为。

到了19世纪末20世纪初，随着女性自我意识的觉醒，一部分女性作家开始向儒家妇道伦理宣战。到了战后，特别是60年代末期，随着女性基本权利的扩大、教育程度的提高，女性不断打破“性”的禁锢，大胆追求个人的“性爱”享受，要求从传统的妇道伦理中解脱出来。进入80年代以后，全球化进程加快，不同文化之间的交流与融合日益频繁，日本的女性主义越来越与世界同步。女性作家们开始关注和聚焦当代日本女性的婚外情、同性恋问题，将“身体叙事”纳入文学创作，多层面地否定和摒弃了传统伦理，重构了属于日本女性特有的情感世界。

一、对婚外情问题的审视

恩格斯指出，真正的爱情包含性爱、义务等要素。爱情一方面离不开性，另一方面又需要在接受社会道德规范中超越性而获得自己的属人品性。爱情必须是双方在感情上的相互取悦，在互爱的前提下本能的性才得以升华。[1]一旦双方感情失衡，生活乏

1 张应杭：《伦理学概论》，杭州：浙江大学出版社，2009年，第230页。

味，夫妻双方缺乏沟通和理解，就必然导致超出社会道德约束的婚外情。

婚外情是日本作家笔下常见题材，渡边淳一由于创作了《失乐园》等反映婚外情的小说一跃成为畅销作家，甚至在中国也大大走红。这个题材在当今日益喧嚣的社会中，已经成为作家们的杀手锏，甚至呈现出独占恋爱小说主要份额的势头。像森瑶子、山田咏美和林真理子等就是很擅长描述婚外情的女性作家。1979年森瑶子的短篇小说《情事》就“堪称日本第一部主妇偷情小说”。[1]作者通过描写已婚女性婚外情的行为，揭示出传统道德伦理在当今日本女性身上已经瓦解。林真理子是一位特别擅长描述婚外恋的女作家，由于她描写情爱场面时笔触大胆露骨，故又被称作“女渡边淳一”。

早在80年代，林真理子就通过灵敏的触角准确地捕捉大众关心的话题、时代的潮流，并以小说等形式巧妙地表达出来，发表过很多反映青春期少女感伤、朦胧情愫的作品，如《星光下的斯特拉》（1984）、《葡萄熟了》（1985）、《只要赶上末班机》（1986）、《到京都为止》（1986）等。1996年，林真理子发表了短篇小说《青涩的果实》。这是她的一部反映婚外情的都市情感小说代表作品，该书出版后成为日本超级畅销书，不久即被拍成电视剧、电影，轰动一时。

小说描写女主人公麻也子与三个男人的情感纠葛以及精神方面的空虚失落，塑造了一位不满足于生活现状，执着追求女性灵

1 周萍萍：《承传与摒弃：论日本女性文学中的道德观衍变》，《外国语文》2012年第4期，第22页。

与肉的完美统一，最终深感真爱难觅的现代女性形象。东京白领丽人麻也子拥有过人的姿色、安定的工作和美满安稳的家庭，可是丈夫航一由于工作压力大，缺乏生活情趣，再加上被六年的婚姻生活磨光了激情，他甚至连妻子的生日礼物都无暇顾及，取出信用卡让她自己去购买喜爱的物品。所有这一切令原本对爱情生活充满期待的麻也子感到空虚乏味，百无聊赖的她红杏出墙，主动与九年前的恋人野村联系，旧情复燃后的热吻令她心醉神迷。作者通过这个热吻细腻地描述了婚外恋带给偷情者那种令人心悸的感受："与男人接吻不下几百次，以前和野村的接吻也是数不胜数。……但这个吻却有着一种特别的空间和时间流逝的感触，这种感受不亚于自己十五岁时和一个男孩的初吻。麻也子深深感叹为人妻这一立场的不可思议之处……有夫之妇这副心灵的枷锁居然令自己和其他男人之间的接吻变得如此销魂。"[1]

于是她便开始定期和情人幽会，但这种刺激虽能获一时欢愉，却无法彻底消除内心的空虚。后来她偶识一位英俊风流的艺术家工藤通彦，两人之间迅速燃起的激情令她以为找到真爱，便毅然与丈夫离婚，与其走进了婚姻殿堂。然而随着时光的流逝，她对第二任丈夫的热度亦日渐消退，生活又重归孤寂，和通彦结婚才一年零两个月，她又和前情人野村钻进了情人旅馆。爱就像一枚青涩的果实，酸涩乏味。文章结尾处写道，躺在宾馆的床上，麻也子用男人听不到的声音小声嘀咕着："根本没有多少令人开心的事情，开初虽愉悦，却会以无趣告终，总是这般循环反复。"[2]

---

1 林真理子：『青色のタペストリー』、東京：文芸春秋、2001年、57頁。

2 同上，306頁。

对于精力过剩、百无聊赖的中年女性而言，一次红杏出墙可能会成为一味生活调味剂，但它也无异于一包鸦片，为了追求更多的快感，深陷其中的人们会不知不觉地加大剂量，可生理方面获得暂时满足之后接踵而至的却是心灵更深的空虚。小说的女主人公对于自己的婚外恋丝毫不怀愧疚之感，从未受到心灵谴责，她认为丈夫乏味而日益减少的爱抚已经令她感受不到自己的存在价值。作者并未从道德层面来谴责这种畸形的恋情，而是通过细致的描述，揭示了婚外恋“开初虽愉悦，却会以无趣告终”的心理感受。

文中对麻也子的心理刻画非常到位，如实地反映了都市丽人的情感需求，难怪时任首相的小泉说：“这部小说我越看越舍不得放手，在飞机上一口气把它读完。我还把书留在了非洲的日本大使馆，推荐给那里的大使和日本职员们看。”[1]该小说描写细致，人物心理刻画精到，极富时代色彩。麻也子的不满是因为她似乎再也无法找到一种刻骨铭心的爱情感觉。当人们对于精神的需求变得极其微弱，而生命本能的欲求成为无法回避的第一基本需求之时，依靠单纯追求这种本能的快感，又怎能获得崇高的爱情？女主人公精神上追求一种灵与肉相结合的理想爱情，践行的却是单纯的肉体满足，这就是导致她产生一种无法弥补的失落感的基本原因。

当然，导致“涩果”产生的另一主要原因在于两性对恋情的态度差异。作品中的三位男性性格各异，但无论是最初的全力

1《林真理子接受日本记者采访》，<http://book.sina.com.cn/longbook/1095145220_waltz/1.shtml>。

投入还是恋情稳定后的热情大减，他们对于恋情的前后态度大致相同。作品中描绘的男性这种无法持久的热情，恰恰印证了西蒙娜·波伏瓦对于两性爱情观的表述："男人在生活的某段时间可以成为热情的情人，但没有一个可以称得上是'伟大的情人'，他们在最心荡神迷时也不会完全退让。"[1]这是因为对于男性而言，爱情只是生命旅程中的一部分，而不是一份需要苦心经营的终生事业，他们的人生有更重要的追求。正因为如此，女性对于爱情的投入以及专注的程度较之男性更多、更执着，要求也就显得更为苛刻，两性在恋情稳定后对爱情投入的感情程度不同才是导致女主人公心生不满的最主要原因。古往今来人们常常为多情男女争取爱情的艰辛过程而感动流泪，但又有多少人真正关心过王子和美丽的少女历经艰辛结合后的平凡生活呢？林真理子从婚外情的角度审视这个具有哲学意义的命题，最终虽归于一声叹息，但无疑有利于加深人们对两性关系的思考与认识。

二、对同性恋问题的关切

同性恋又称同性爱。它同异性恋、双性恋一样存在于现实人群中。对同性恋，弗洛伊德早在110年前就明确指出：同性恋不是病。在现代发达的西方国家里，人们对同性恋人群已经报以一种比较宽容的态度，但是由于国度、文化、种族、宗教信仰等各种因素，同性恋一直是一个备受争议的现象。特别是在封建、保守的东方，同性恋至今并不为大家所接受，"由于历史原因，女同

1 西蒙娜·德·波伏娃：《第二性》，陶铁柱译，北京：中国书籍出版社，1998年，第726页。

性恋比男同性恋遭受到更多的诘难”。[1]

以女同性恋为文学创作主题且深受日本文坛推崇的是松浦理英子。她在《本色女人》(1987)、《拇指P的修业时代》(1993)里，运用新颖的构思和大胆的想象力，赤裸裸地描写了女同性恋之间的种种性爱和真实情感的纠葛。《本色女人》的故事情节并不复杂，主要登场人物几乎是清一色的女性。小说描写的是活跃在同人杂志的职业漫画家村田容子和她的恋人、同人杂志《时代》的同事诸凪花世，国际航班的空姐夕记子，打工的助手森泽由梨子之间的爱情故事。小说分别由三个小故事组成，即冠以标题的《本色女人》《最漫长的午后》《低烧休假》。在《本色女人》中，作者主要描述的是大学生容子和花世之间的纯真恋情与分手；《最漫长的午后》则讲述的是容子和花世的重逢，同夕记子之间的爱情和离别，预感和由梨子之间的新恋情；《低烧休假》叙述的是容子和由梨子一同旅行的故事，其中穿插了很多“性”话题。这些看似平淡的情节，反映出日常中的女同性恋者，对男性具有一种强烈的排斥感和抵触感，是对男性的一种精神上的反叛。女主人公容子和花世都极为厌恶异性间的情欲与性爱，甚至认为那是肮脏而丑恶的行为。她们大胆而显性地、愉悦地追求同性间的缠绵之情。作者所描写的同性间的性行为在世俗眼里是极为“异常”的、“反人类”伦理的。

尽管这部小说在当时受到了很多批评甚至抨击，但是它的表现张力和现实意义都远远地超越了诸种批评，对当代主宰日本社

1 黄华：《权力，身体与自我——福柯与女性主义文学批评》，北京：北京大学出版社，2005年，第173页。

会的男性中心主义的不平与反抗，对呼吁全社会同情、宽容和理解女同性恋有着一种积极意义。也正因为如此，该小说曾两度分别于1994年和2010年被拍成电影，搬上了银幕。

小说《拇指P的修业时代》讲述的是一个名叫一实的女大学生，一天早上醒来时，突然发现自己的大脚趾头变成了男人的阴茎。面对自己的变身，她接受了这一事实，结束了同未婚夫正夫之间的异性恋关系，从此开始寻找适合自己的性体验，与包括女性同性恋者在内的多种多样的身体做亲密接触并尝试能带来快感的性行为。该作品一经问世即引起了日本文坛的瞩目，被认为是日本90年代具有划时代意义的文学名作。作者本人也因此获得了1994年度第33届“女性文学奖”。

当同性恋在人们的思想观念中被冠以“变态”“病态”“有失伦理道德”等标签时，松浦理英子已经清醒地认识到，同性恋特别是女同性恋在当今社会作为一种特殊的群体，已经成为一种不可忽视的社会现象。她们和异性恋一样有权享受同性世界的欢愉，追求属于“同一性”的自由和幸福。她们应该享有平等的社会权益和社会地位，应该得到人们的理解和关心。另外，可以说，反映女同性恋的文学主题实际上就是从根本上彻底否定了具有“男根主义”的男性。在小说中，主宰日本社会的男性被彻底颠覆了。作者通过作品为女同性恋者在父权制社会中争取一席之地的同时，对僭越传统性别身份的女同性恋者予以极大的同情、理解和高度重视。

在全球化日益加速发展的过程中，传统意义上的婚恋情感在新型的、多元文化的世界范围内，受到了前所未有的冲击。以非主流出现的同性恋，已经不是个案问题，而是成为一种不容忽视的社会现象。在以女同性恋为文学创作主题的作品中，女主人公不再从生理和心理上依靠男性，她们向男性文化发出了质疑和挑战，这反映出男性中心主义占主导地位的日本社会在全球化时代的变化。

三、追求“身体叙事”

长期以来，无论是在西方还是在东方，女性用“身体写作”或用“身体叙事”是受到排斥、压抑和忽视的。在20世纪下半叶，随着女性身份的认同、社会地位的提升和话语主体权力的确立，女性主义者越来越重视创建女性的文化，努力追求“性别的对话”，特别是在“性”诉求方面向整个男性社会发起抗争，将女性受压迫、受歧视的根源归结为“父权制”“性阶级体制”。她们努力实践与男性拥有一样的权力，包括拥有、管理和操作自己行为的权力。因此，女性们开始摆脱男性的“他者”身份，摆脱男性强加于自身的既定的秩序。女性作家们开始用女性的语言、女性的身体表达女性的思想。正如法国著名的文学批评家、理论家和作家埃莱娜·西苏（Hélène Cixous）在《美杜莎的笑》中向女性提出“书写自我”那样：“写你自己。必须让别人听到你的身体。”[1]而这女性的语言恰恰是建立在女性身体和性欲基础上的书写语言。到了90年代，女作家的“个人化写作”更趋向关注个人生活的私密性，通过主人公一段奇特的经历，来展示个体女性的成

1 黄华：《权力，身体与自我——福柯与女性主义文学批评》，北京：北京大学出版社，2005年，第119页。

长经历或某种奇特的体验。

1985年，山田咏美推出自己的处女作《做爱时的眼神》，第一次尝试着在作品中表现青年男女，具体说就是日本女青年与美军基地的士兵间的爱情或性爱，描绘出那个特定历史时期的一种特定状态。作者借由主角“我”与黑人斯彭、“我”的挚友玛莉亚大姐三人之间纠结的关系，铺陈了由性爱开始的“真情”。其中，作者在小说中对女性欲望的心理描写是日本文坛不曾多见的。“在我和斯彭四目交汇的瞬间，我觉得自己的心思仿佛已经被他一眼看破，不由得低下了头来。当我再度抬起头来的时候，他捕捉住我的视线，将它牵引到出口的方向。我就像被魇住了似的站起身来，告诉结伴而来的男人说自己要上洗手间，随即便走出了游戏室。”[1]

该小说刚一出版，就引起了文坛的一阵骚动，毁誉参半。这在讲究含蓄暧昧表现、追求余韵为主流的日本文化中，确实对当时日本社会道德理念造成很大的冲击。特别是文中不少影射作者本身的经验，使作家作品两者都遭到强烈的揣测与批评，她对男女情欲间直接而露骨的官能描述，也是引人议论的主因之一。文学评论家竹田青嗣说：“山田咏美总是以一种不可思议的方式，在小说中将徘徊在每个人心中最低层次且未经诠释的素材重新加以呈现。我个人在无意识之中，也不禁要驻足思考每个人心中所谓‘Crazy about you’的含意。”时任辅仁大学日文系主任的林水福教授在看完小说后这样评价：“山田咏美笔下的男女主角借着性爱从

1 山田詠美：『ベッドタイムアイズ』、東京：河出書房新社、1985年、4頁。

内部了解自己的恋爱体验，有利于强调精神重要性的恋爱，反过来让我们思考以精神为主的恋爱究竟有何意义。在这一点上，《做爱时的眼神》显现出新意与特色。”[1]

1987年，山田咏美出版了包括八篇精彩短篇小说的小说集《恋人才听得见的灵魂乐》，一举获得第97回“直木奖”。小说充斥着作者本人最熟悉的黑人世界及男女情欲的描写。在她的意识中，肉体的结合如精神的眷恋一样重要、一样美丽，甚至是后者的基础与充要条件。正如村上龙所说：“美丽的东西永远是美丽的，不管别人怎么说，美好的事物永远是美好的；不会因为别人说了什么而损及它的美好。就是这种简单而坚定的信念贯穿了这本小说集。”[2]

1988年，山田咏美又出版了半自传式的小说《跪下来舔我的脚》。作者透过主角“我”与阿忍姐——这两个SM俱乐部“女王”相知相惜的友情与互动，借由这种“非常态”的性交易形式，将其戏剧化、常态化。女性用自己的身体，对社会规范下的伦理道德发起了攻击。此外，小川洋子在《妊娠日历》（1990）里用女性的语言书写了女性妊娠的身体，一举获得第104届“芥川奖”。作者在作品中以身为大学生的妹妹“我”的视点，采用了日记体的方式记述了姐姐经历了妊娠期生理反应的全过程以及去医院待产、生产和迎接新生婴儿。

怀孕的姐姐由于妊娠初期的反应而胃不纳食。她“无论如何也无法理解自个儿不断膨胀的小生物将会是自己的婴儿。害怕见

1 林水福：「日本女性作家研究——山田詠美」、『国文学』第45巻第3号，2000年3月、45頁。

2 山田詠美：『ソウル・ミュージック・ラバーズ・オンリー』、東京：角川書店、1987年、2頁。

到这个婴儿”。[1]通过性而妊娠作为女性“个性化写作”原本应该让读者读到身为女性怀孕生子的期盼、喜悦之情，令人感到激动不已才对。然而，由女性作家直截了当地描写女性妊娠、生产、面对新生命的故事并没有给读者特别是女性读者带来什么愉悦和赞美之情。相反，更多地是让读者通过阅读感受到了一种不安、恐慌。小川洋子说：“我想要在小说中创造出现实的社会或家庭的场合，人们认为是正常或异常、正确或不正确等价值标准被全部推翻的新的现实。”[2]这种被推翻的新现实就是作者“极度冷嘲热讽地描述女性性行为所不得不担负的身体的负面性——妊娠”。[3]妊娠的女性既没有母性的幻想，也没有对新生命的渴望。用女性叙述自身的语言将日常加以异化，本身就冲破了传统的社会伦理价值观。

需要指出的是，伦理与文化相生，密不可分。从日本文化对伦理与性的态度来审视，便可发现，自古以来“日本人没有西方那种把性关系视为有罪的观念。对他们来说，饮食男女是一种自然现象，在生活中应当有它适当的位置。男女乱交本身并不比同性恋更成为问题，因此，他们对待这类事情一向采取的是纵容的态度。……日本社会上一般很少谴责不正当的性行为，而只担心其社会后果”。[4]日本传统的社会分工是“男主外，女主内”，于是丈夫就有工作繁忙为借口，妻子则有生活空虚为理由，再加上人

---

1 宮内淳子：「小川洋子」、『国文学』第44巻第3号，1999年3月、41頁。

2 小川洋子：《妊娠日历》，李强译，北京：中国文联出版社，2001年，第73页。

3 長谷川泉編集：『女性作家の新流』、東京：至文堂、1991年、174頁。

4 埃德温·O.赖肖尔、马里厄斯·B.詹森：《当今日本人》，孟胜德等译，上海：上海译文出版社，1998年，第175页。

们并不深究这种行为的道德责任，所以婚外情现象在日本社会较为普遍。因此，日本女性作家们并非用与性相关的婚外情、同性恋和“身体叙事”来献媚世俗，而是出于一种女性特有的职业本能，细致而敏锐地关注和捕捉具有普遍性的日本社会现象，其笔下所描写的各种人物的恋情具有很深的社会文化内涵和现实意义。

第三节　女性文学创作的审美

从80年代到90年代，无论是日本文坛中“大姐大”级的女性作家，还是独具创新意识的新锐女性作家，她们除了在文学创作的主题中不断翻新以外，还在文学创作手法上也表现出与以往文学不同的审美特性。

一、传统“私小说”的视角转换

在日本，“私小说”也称为“自我小说”，是一种独特的文学创作形式，蕴涵了深厚的日本传统文学审美创造的内涵。其主要特征表现在作家将文学创作的焦点放在了客观存在的真实性、日常生活中的琐碎性和孤寂的自我独白的个体性上，擅长将“我”植入小说的叙事文体。[1]亀井胜一郎在谈到日本“私小说”时曾明确指出：“‘私小说’是日本的传统文学，是直白地描写作家的内心和身边琐事的小说。”[2]

---

1 磯田光一ほか編集:『新潮日本文学辞典』（増補改訂版）、東京：新潮社、2004年、1342—1343頁。

2 三好行雄・浅井清編集:『近代日本文学小辞典』、東京：有斐閣、1981年、278頁。

以“我”作为第一人称的叙事策略带来的一个重要突破，就是女性主体意识的彰显。在从“她”到“我”这样的变化下，女性不再是被概念化固定的符码，她不仅仅作为女人，更是作为人的双重意义正在悄然浮现。山田咏美已经察觉并尝试表达这种自我的意义，那么她的作品作为文本的意义从男性主体内的剥离就已成为必然。例如，在山田咏美的处女作《做爱时的眼神》中可以经常看到这样的句子：“我想跟你做爱。”“干我吧！”而且通常发声的都是女性。在成功描绘少女从儿童时代直至思春期的情感变化小说《磁石》、《焰火》和《晚年的孩子》等作品中，山田刻意追求所谓“磁石”现象：在成年女性和少女形成的“磁场”周围，吸附着细小铁屑般的男人，而少女所希望的，也正是这种“要让无所不知的大人忘却一切。或者说，要让大人不成其为大人”。女性顺应性的需求，扮演了自己身体的主宰者：女初中生勾引中学男老师并进而发生肉体亲密关系；妹妹窥听姐姐与情人做爱先产生生理厌恶，到最后自己与男友结合时感到两性交合之美。而且，山田还让这个少女在二十年后说了这样一番话语：“对于男人，我从不曾被动过，即便身为十三岁的少女时也是如此。”这种将女性设定为性关系主角的立意，不能不说是女性主体自我意识觉醒的象征，而这份对身体的坦然真是具有某种划时代的意义。

古往今来，在有关女性文本中所体现出来的社会特征完全符合男性社会的性别安排。在这种安排中，女性的情欲冲动是受到压制的，被压制了的女性情欲是以完全满足男性快感为取向的。女性往往被配置在客体（或缺席）的位置上，她是男性欲望的接收者，是被动地出现，而非主动表现，她的性欢愉仅能从她自己被客体化的状态中形成。尤其在东方世界，关于女性身体主动需求的描写似乎一直是禁忌的，比如“兰陵笑笑生”所著的《金瓶梅》中最鲜亮抢眼的角色莫过于潘金莲，正如有论者所言：抛去沉重的道德评判，潘金莲就是一个放下了文化约束的纯生理的人，在她的身上一面是在情爱、性爱上全然的放纵、沉湎，一面也是女性欲望的自然和真实的表达，正是透过她，作者寄予极深沉的同情和悲悯。虽然《金瓶梅》达到了与《红楼梦》不相上下的现实深度，可自从问世以来就被世人以异样的眼光审视。在古印度，《爱经》被当作是女性成年的必读书，在古日本，以美女、歌舞伎、春宫图、风景等作为主要内容的“浮世绘”也被当作是贵族们最广泛流传却也秘而不宣的私人读本。然而这些作品以及这些作品中对女性的赞美与怜爱都是以某种暗流的形式存在，似乎永远不可能进入大雅之堂。到了山田咏美那里，女性不再羞涩，在性行为中与男性有着同等地位，和男人一样拥有性爱的话语权和主动权。

细读山田咏美的作品会发觉她所描写的男女间的性爱，是那么深刻坦白、洒脱磊落，并以全身来感受，让读者明确意识到女人并不是男人物化的附属品，而是拥有独立人格的主体，客观世界即家庭、社会之间的关系是可变化的，女性应该在不断的追求中获得自己独立的精神和个性。女性情感、女性欲望、女性追求、女性本能的不加掩饰的直陈，这种“敢爱、敢恨、敢死、敢活的生命意识”使她从精神到言说体现了女性作为主体性的存在，并对女性主体性意识的内涵有了纵深的挖掘和充实。

二、人物、场景与物体的象征性

山田咏美在《垃圾》(1991)中，就把“性”物化成床，就“性”与女性之间的关系做了一个很巧妙的解释。她说：

> 睡在床上，不受他人任何情感侵扰，自己的情感不至于受制于人。她在想，她的感情，曾经像水中的鱼儿一样，被钓竿百般勾引，尽让人钻空子，只要一看见鱼饵在摇晃，就忍不住要去咬上一口。她已经对很多事情都感到灰心，一件一件地按顺序回忆自己曾经感到留恋的人和事，眷恋的心不知是什么时候突然消失的……
>
> 她一直在自省，一切都成了一种游戏，令她激动不已。等她回过神来，发现自己竟然坐在地上，尽管自己身边就放着一张床，她心里却忐忑不安，不能入睡。自己明明就坐在床边，却还偏偏在嘟囔着我要床，这不是有毛病吗？然而，对她来说，身边的这张床，在某种意义上来说却又不是床，虽然她是一直很喜欢这张温暖的床，然而这张床在她心目中已经不存在了，充其量不过是个大道具而已；而且，她现在竟被人用手铐铐在这个大道具的床脚上。[1]

应该说对于性，女人是需要和渴望的，就像喜欢“这张温暖的床”，可是在被男性所主导的性关系中，女人就变成了男人的猎

---

1 山田詠美：『トラッシュ』、東京：文芸春秋、1991年、53頁。

物，而性则变成了诱饵，变成了束缚。于是，性对于女人来说，“充其量不过是个大道具而已”。这样的象征弥漫在整个小说之中，女性理智和感情的挣扎以及对于欲望的失望与迷惘，都带有一种“污秽的哀伤”。

女作家荻野安娜是一个混血日本人，自幼生活在多语言环境中，对周围的事物十分敏感，善于观察与想象。她在短篇小说《雪国舞女》（1991）中塑造了一个名叫“薰”的“川端康成式”舞女形象。众所周知，《伊豆舞女》是日本文学大师川端康成的成名作。在作品中，川端以抒情舒缓的笔调描写了一段纯真朦胧的恋情：一个年方14岁的舞女和一个20岁的东京旧制一高的学生，在美丽的大自然中相遇。舞女羞涩的神情、无邪的笑容，令青年学生不由自主地对这个舞女产生了好感，而青年学生的亲切友善，也逐渐敲开了舞女那少女的纯真心扉。然而，森严的等级观念摧折了他们还未及绽放的情感之花。唯美而伤逝的故事感动了一代又一代读者，这个名为“薰”的舞女被认为是川端康成整个创作生涯中塑造的最动人、最纯洁的少女形象。然而，就是这个少女“薰”在荻野的笔下摇身变为长大后的女主人公舞女“薰”。她一边阅读《伊豆舞女》，一边自述所感所想的情景。

长大后的“薰”是一位活在当下社会中十分美丽而又老练的现代女性。小说一开篇，她就欢快地做了自我介绍：“我啊，是一个舞女。名字呢，叫作‘薰’。这个名字，在伊豆可是非常受欢迎的哦。瞧，快看，能把脚抬这么高的人可不多啊。看，这个吊带，很不错吧。可是法国产的啊。”“嗯？多大了？问得可真直接啊。14啦！呵呵，怎么这副神色啊。骗你的。当然是骗你呢。14岁×2+〆。〆是经营方面的秘密。只是想说，我也经历过14岁呢。”[1]寥寥数语，便可让读者感受到，长大了的“薰”依旧美丽可爱、聪明活泼，然而随着岁月流逝，与年幼时的羞涩和稚嫩相比，她的身上却多了几分直率和老练的味道。

“薰”是有思想并直率表达自我的。生活的历练为“薰”的思考提供了基础，而她纯真、直率的性格也为言语的表达提供了可能性和可信性。“薰”在回忆中提出问题：

> 刚开始读《伊豆舞女》的时候，我可开心啦。不是吹牛，我就是这篇小说的女主人公呢。20岁的学生喜欢的那个14岁的舞女，当然就是我了。一读我就明白过来啦。“舞女看上去有17岁大小。她梳着一个我叫不上名字的大发髻，发型独特而又古雅。这种发式，把她那严肃的鹅蛋脸庞衬托得玲珑小巧，十分匀称，真是美极了。”瞧瞧，还不错吧。美得像女儿节时装饰的仙女娃娃吧。他还是能清晰记得我的模样。在他的记忆中，至今我仍然犹如仙女娃娃般纯洁而美丽！想到这儿，我禁不住泪流不止，滴滴答答地打湿页面。页面上往昔的泪痕仍依稀可辨……《伊豆舞女》就是写给我的情书呢。以前我一直觉得自己是多么幸福啊。[2]

1 河野多惠子ほか監修：『女性作家シリーズ22』、東京：角川書店、1998年、280頁。

2 同上，299—300頁。

在现代女性“薰”看来：其实一个男人根本不会毫无缘由地爱恋上一个女人。他一定是抱有这样或那样的欲望，如性欲、金钱欲、声誉欲、支配欲、传宗接代欲、买卖兴隆欲等。她不认可女性同男性一样是带着各种欲求与男性相恋的。在她的观念里，女人和男人的最大不同就在于女人“一旦喜欢上男人，她就会抛掉原先的那些欲求”，[1]而男人喜欢上了女人，依旧不会放弃他们的欲望。作为女人，姿容美不是主要的，重要的是无形之美、清纯无瑕。因此，在《伊豆舞女》中，现实的“薰”感觉自己与川端康成笔下的同名舞女似像非像。

“薰”坦言，在《伊豆舞女》中，自己的意中人真正想寻觅的并不是面容姣好的“薰”，而是“薰”所带来的美好感觉，以获得精神上的解脱。在意中人眼中，自己只是美好感觉的载体和获得解脱的通道，甚至在大多数情况下，自己的名姓都不被意中人提及，只被他称作舞女，“人失去了真我会成为什么呢？失去了真我，我就不再是我了。就这样，薰消失了，余下的只有舞女存在。这样说起来，他脑海中的我，已经不再是我了。所以，在书中，他总叫我‘舞女’，一次也没有叫过我‘薰’”。[2]“千代子、百合子都被他称呼名字，只有我一直被叫作‘舞女’……‘薰’这个鲜活的生命，会有自我意识，也会有贪欲。相比之下，倒还是无色通透、犹如梦幻的‘舞女’更能给人以美好感受吧。”[3]荻野通过“薰”的自述指出《伊豆舞女》中出场的实际上是一个失去自

1 河野多惠子ほか監修：『女性作家シリーズ22』、東京：角川書店、1998年、301頁。

2 同上，310頁。

3 同上，311頁。

我的“舞女”，而非鲜活、有个性的“薰”，感知到这些，曾经沉浸于两情相悦的甜蜜之中的、拥有独立自我意识的“薰”如何还能再继续感到幸福呢。显然，现代舞女“薰”已经由过去情窦初开的14岁舞女“薰”完全蜕变了。过去的舞女也仅仅是作为一个象征性的符号生活在丧失自我的现实生活中。

同样，吉本芭娜娜的“厨房”更是一个具有象征意义的存在。关于小说中的“厨房”一词，可谓十分有趣。日语中有关厨房的词汇有汉字的“厨”（KURIYA）、“厨房”（TYUBOU）、“台所”（DAIDOKORO）、“勝手”（KATTE）、“炊事場”（SUIZIBA）、“調理場”（TYOURIBA）、“庖厨”（HOUTYU）以及用片假名书写的“キッチン”（即英文的外来词语KITCHEN）共达8种之多。然而，对于同一个词汇，作者只有在书名和结尾的地方选用了外来语“キッチン”一词。小说全文几乎通篇使用的是汉字词汇的“台所”。这不能不说是作者匠心独运的地方。

小说第一自然段是这样写的：“在这个世界上我想我最喜欢的地方是厨房。”[1]小说的结尾则是：“梦中的厨房。我将会拥有很多很多。在心里、在现实中、或许在旅途中。一个人、很多人、只有两个人，在我所生活的所有地方，一定会有很多的吧。”[2]由此可见，“厨房”独立成段，举足轻重。同是“厨房”，为什么用词却不一样？曾有人就这一问题询问过吉本芭娜娜本人。她对此似乎并没有给出令人满意的答复，只是敷衍说：“因为‘台所’有些不

1 吉本ばなな：『キッチン』、東京：角川文庫、2007年、7頁。

2 同上，62頁。

成样子，像田山花袋的《蒲团[1]》一样。”[2]那么，果真如她本人所说的那样，仅仅是不成样子吗？为了揭开“厨房”的表象面纱，有必要把“厨房”一词的寓意解释清楚。

厨房虽然都是烧饭做菜的地方，但是由于选词的不同使人联想到的境况迥异。一般说来，日语中汉字词汇的“庖厨”、“厨房”和“調理場”都是专有名词，多用于指公共场所如饭馆、酒店、旅馆、学校食堂等做饭、烹饪、配膳的场所，空间很大，且锅台灶具多而齐全，有多个大型冰柜和储藏食物的地方，可供多名厨师在里面烹饪烧烤。“炊事場”主要是指野外比较简陋的炊事场所。显然上述都不属于日本家庭中的“厨房”。单独的一个“厨”字是一个比较陈旧的汉字。其原意是“黑屋”。由此不难想象里面环境污浊不堪、狭小昏暗，其中的设施简陋，没有水电，连洗菜、洗碗都要到河边或井边完成，没有烟囱的炉灶是烧柴禾的，四壁都被长年累月缭绕的烟熏得漆黑，常人是不进去的，也更谈不上在里面用餐了。而“台所”就不同了。这个称呼始于日本中世[3]以后。进入江户时期[4]，厨房里有了水管、水池等，洗洗刷刷可以在家里进行。到了明治[5]时代，虽然厨房的空间比以前得以扩展，但是做饭、洗刷等仍然是以传统的、不合理的蹲姿和跪姿为主。到了大正[6]时期，在民主风潮的推动下，全国进行了厨房改

1 蒲团：日语中的汉字词汇，意为“棉被”。

2 转引自周阅：《吉本芭娜娜的文学世界》，银川：宁夏人民出版社，2005年，第37页。

3 中世：根据日本史，中世指12世纪末镰仓幕府的成立到16世纪末室町幕府的灭亡这一时期。

4 江户时期：又称德川时代。从1603年德川家康在江户建立幕府到1867年德川庆喜大政奉还，历时260余年。

5 明治：是明治天皇在位的年号，从1868年9月8日到1912年7月30日。

6 大正：是大正天皇在位的年号，从1912年7月30日到1926年12月25日。

良运动。改变了以往不合理的蹲姿和跪姿，实行了站姿做饭。与此同时，水、电和煤气等近代化设备齐整地走进了厨房。进入昭和时代以后，举国上下，整个乡村的家庭厨房生活得到了全面改善。厨房里面不仅设备齐全，而且面积宽敞，窗明几净。特别是在1956年，随着富有清洁感的不锈钢厨房洗碗池的普及，安装了这一设备的DK（即Dining-Kitchen，开放式厨房兼餐厅）迅速在日本走红，成了普通家庭的主要舞台。[1]这时，在人们的观念中DK和起居室具有相同的地位。“台所”不仅具有烹饪的功能，而且还具有了餐厅的功用。它不仅仅是食物的制作场所，更主要的是演变成了大家庭一家人围坐一起享用美食的空间。在现代生活中“Kitchen”也越来越富有现代时尚的元素，环境整洁一新、灶具浑然一体不说，单单随着家用电器的普及，电冰箱、电饭锅、微波炉等都走进了普通家庭，做饭也越来越趋于简单化和快捷化。“Kitchen”也不再单纯局限于“厨房”这一概念，更多的是和餐厅融为一体。它的实用性亦愈加受到小家庭的青睐。而“勝手”虽然也表示“厨房”，但它主要用于表示厨房里的活儿，料理厨房里的事物。[2]

由此可见，和家庭以及生活密切相关的“厨房”，主要是“厨”、“台所”和“Kitchen”这三个词语了。如果说陈旧词语的“厨”代表了过去、陈腐、落后、肮脏和不合理的话，那么“台所”就代表了现在、革新、先进、整洁和合理性，具有普遍性和大众化。“Kitchen”显然就代表了时尚、个性和简洁。在此，

1「台所の歴史」<http://www.kitchen-bath.jp>。

2 小学館辞典編集部：『類義語例解辞典』、東京：小学館、1997年、407頁。

“厨”和“台所”都是大家庭、祖孙三代、多子女同在一个屋檐下生活的象征。而“Kitchen”却是小家庭或三口之家或两口之家以及单独一个人生活的象征。

从厨房的历史演变过程中，我们不难发现日本家庭生活结构的变化，也感受到了日本社会的变迁和现代化的历史进程。可见，“Kitchen”比“台所”更具有现代前卫的色彩，符合现代年轻人的审美意识。在小说中，作为现代知性女性代表的吉本芭娜娜又为什么却对“台所”一词显得情有独钟呢？这显然与她笔下的主人公所追求的日常生活元素密不可分。在小说里，作者通过其灵动而活泼的文笔，给我们展现了一个令女主人公无比向往、充满张力和活力的作为生活空间而存在的厨房，一个她曾经拥有却又失去的精神家园。

三、男性的缺失或缺场

作为主宰日本社会的重要人物，男性在女性作家的笔下或缺亡、或离异、或改变性别、或虚幻、或缺场的情况可以说比比皆是。这不仅是新时代现代女性作家不同于以往传统女性作家文学创作的一大特征，也是一个不容忽视的审美意识。

在20世纪70年代末，中泽惠就以其代表作《感受大海的时候》（1978）成功塑造了一对奇异的母女。主人公“我”——中泽惠美子在家中整天与寡妇母亲争吵不休，无聊地度日。女儿惠美子是一个耽于幻想、逃避现实、脆弱糊涂的女性，而母亲则是一个神经质、歇斯底里、濒于崩溃、疯狂的寡妇。她的丈夫很早就去世了，多年来一直过着饱受重压的生活。高树信子的《我那拥抱光明的朋友》(1983) 中塑造的“不良少女”松尾胜美就生活在没有父亲的单亲家庭里，整日面对的是一个深度酗酒的母亲。在日常生活中，松尾不仅得不到一丝来自家庭的关心，还经常遭到周围人甚至自己母亲的误解。尽管如此，她依旧顽强努力地坚持着、忍受着，尽力维系着母女二人的艰难生活。吉本芭娜娜的《厨房》里的雄一原本有一个幸福的家庭，可是在妈妈生病去世后，深爱妻子的丈夫却毅然告别自己的男性身份，做了变性手术，变成了为生活打拼、照顾雄一生活的女性，成为现在的雄一妈妈。

同样，在松浦理英子反映同性恋的作品《本色女人》中，女主人公“我”(村田容子) 始终是贯穿三个短篇故事的灵魂。作者着墨最多的主要登场人物几乎清一色是女性。当然这部小说本身是以女性同性恋者为题材的，因此男性角色的缺失似乎也顺理成章、无可厚非。但是，我们也许会抱有这样的疑问：人类不就是由女性和男性构成的吗？小说把全部的焦点都对准了女性，那么在女性作家松浦理英子的眼中，男性究竟是怎样的一种存在呢？带着这样的疑问和不解，仔细阅读了这部小说中与男性相关的描写之后，不禁发现小说虽然以《本色女人》为题，但也相当鲜明地折射出了作者本人对于男性的观点。

其实对于男性、女性话题的讨论和研究，古今中外都有相当的数量和质量。从中我们能够看到很多观点。比如说“女性是感情动物”“女人的嫉妒心要比男人强”“女人要比男人讲感情”，还有“男性追求肉体的快乐而女性则追求精神的愉悦”，等等。作为女性作家的松浦理英子对此当然有一套自己的理解体系，并且也深刻地反映在她的各类作品之中。

虽然在《本色女人》的三个短篇中，没有一个正式登场的男性人物，但是在主人公"我"分别和夕记子、由梨子、花世的对话中，都有一些关于男性的话题。从她们的谈话之中，我们也许能够窥探到女主人公或者说作家本人心中所要表达的一种对男性的观点和看法。

四、超出语言的边界

全球化引发的"跨国移民"必然要引起多重认同。"随着越来越多的人居住在两个以上的国家，经常导致连带认同"，[1]这在女作家多和田叶子身上表现得尤为突出。她是当今日本文坛为数不多的用德语、日语进行文学创作的女作家。她的文学反映了全球化时代流散的生活和体验对于文化认同的深刻影响，我们从她创作的小说中可以得到印证。

1991年，多和田叶子以小说《失去脚后跟》获得"群像新人文学奖"。在发表日文小说之前，她就曾出版过德文小说。她后来在谈到自己去德国的目的时，说自己"并非要去德国学一口流利的德语，我隐约地想发现存在于两种语言之间的'沟'，并在此'沟'中生活"。[2]

《失去脚后跟》的特征体现在作品中的"我"和围拢着"我"的外部世界之间，总是处于格格不入的状态。由此，"我"与外部世界产生了一种紧张感，即"我"和周围事物之间的不谐调以及

---

1 托马斯·许兰德·埃里克森：《全球化的关键概念》，周云水等译，南京：译林出版社，2012年，第112页。

2 多和田葉子：『「成長」の虚構』、『文学界』1993年3月号、123頁。

由此产生的不安和恐惧。在“群像新人文学奖”评选词中，日本著名评论家三木卓评价说：

> 一个年轻的女性，只身来到一个陌生的城市。无论她如何努力，都无法融入这个城市，她只好孤立无援地生活。作者将年轻女性的这种与周围环境的不相容，用一种很少换行的执着的文体，写就了一篇犹如做噩梦般的非现实主义小说。与现实生活不同，小说在表现由于内心的扭曲和惊慌失措引起的逻辑混乱上，引人入胜。这也是为什么读者容易将其视为虚构的世界的缘由之一。[1]

小说用一种不统一的文体，时而使用很多标点符号将一节内容缩短，时而又故意不用标点而将句子拉长，打乱文章的节奏，使读者和作品中的“我”一样，产生一种不相容之感。

多和田从初中时代就梦想成为一名作家。大学毕业后，为了学习外语，去了德国。对此，她在和富冈多惠子的对谈中这样解释道：“我从未接触过异质语言，所以我的生长非常之慢。我觉得在去德国之前，根本没有任何生长的机会。”[2]在此，她用了“生长”一词。长期生活在日语世界中，身处日语组成的“结构”中，很难将其作为外在的对象。只有生活在和日语语言世界完全不同的环境中，才能看清构成日本文化特质本身的日语的结构特征。正因如此，她才用“生长”这个词来表达自己的异国体验。正如前

1 三木卓：「群像新人文学賞選評」、『群像』1991年6月号、98頁。

2 多和田葉子：「自我を翻訳する文学」、『群像』1993年5月号、90頁。

面她所说的“发现了存在于两种语言之间的‘沟’一样，并非仅仅用自己所属的单个的语言看待世界，同时也用非母语的异国语言来观察这个世界。并非满足于其中的某一个语言世界，而是置身于两种语言系统的缝隙，这样就不会受两种语言中的任何一种约束”。[1]置身于德国，徜徉在多元文化所构成的不同的语言世界里，多和田将这种体验表现在她的小说《失去脚后跟》的女主人公身上。下面，将具体分析小说女主人公“我”的这种异质语言体验。

“我”乘坐的夜行列车，9点17分到达车站。尽管“我”来自异国他乡，可是入境时，既不需要检查护照，也不需要通关检查。“我”的入境理由是和一位异国男性结婚。然而，令“我”意想不到的是，入境时竟不需要任何手续。“我”不禁纳闷：“其中是否隐藏着什么恶意的企图呢？”[2]刚踏上这个国家，“我”就陷入了一种深深的不安中。这种不安，在“我”后来的婚姻生活、与周围人的相处中，变得愈发强烈。“我”连丈夫的模样也不清楚，只是被动地接受那个被称为自己男人的人所施与的一切，无法与身边的任何人交流，“我”患上了严重的失语症。

英国著名批评家特里·伊格尔顿（Terry Eagleton）在他的《何为文学》一书中，对语言与人的关系，曾做这样的描述：“从索绪尔到现代文学理论20世纪的语言革命，其特征是人们对这样一个问题达成共识，即意义并非单纯由语言‘表现’或‘反映出

1 多和田葉子:「自我を翻訳する文学」、『群像』1993年5月号、95頁。

2 多和田葉子:『エクソフォニー——母語の外へ出る旅』、東京：岩波書店、2003年、87頁。

来’。换句话说，实际上语言本身即意义。”[1]继索绪尔之后，人们认识到了语言即词汇本身创造意义，这种认识同样适用于人和语言的关系。即如伊格尔顿所说：“人并非语言的主人，语言即人。作为人的集合体的社会就是语言本身，世界只有通过语言才能被人们所认识。所以，人并非被动地被给予语言，而是要主动地获得语言。通过掌握自己母语之外的新的语言，进而使自己重新认识母语及新的语言，提供可资比较的参照物。”[2]有的评论家将多和田的文学意义归结为“虽为日本人，却可以用外语创作的双语作家”。[3]

《失去脚后跟》是多和田的处女作，作品描写了“我”在遭遇异国文化时所产生的强烈的身份认同危机。为了结婚，“我”来到了一个陌生的国度，然而，“我”丢失了人行走时所必需的最重要的工具——脚后跟。为此，“我”去医院寻求治疗。然而，最后“我”又拒绝修复。下面一段描写，是女主人公在医院寻求治疗时，与护士长之间的对话：

> 我挺起胸膛，用连自己都感到吃惊的平静的语调问护士长：“要是脚里放入塑料会怎样呢？”护士长望着窗外，简短地回答道：“走路姿势势必会有变化。”她的简洁回答让我感受到了某种同情，在我心头，油然而生一股对她的好感。我继续问她：“如何变化呢？”护士长打开抽

1 テリー·イーグルトン：『文学とは何か』、大橋洋一訳、東京：岩波書店、1985年、90頁。

2 同上，91頁。

3 沼野充義：『徹夜の塊　亡命文学論』、東京：作品社、2002年、78頁。

屈，拿出一本名为《关于异国文化和脚后跟的医学考察》小册子。很显然，她想告诉我答案却没有时间。她重又坐到桌前，开始了自己的工作。……遗憾的是，我将那本小册子忘在了汽车上，所以，我今后的生活，仍将是在对脚后跟一无所知的状态下度过。我的走路姿势一定很怪吧，即使自己被笑话也不知缘由。[1]

所谓丢失了脚跟，不只是字面所表达的意义，丢失脚后跟这种体验本身虽然并非真实的存在，但是这种描写获得了某种真实性。文学作品的成功与否，在于作品是否让读者感受到了真实性。失去了脚后跟，“走路的姿势”要发生变化，失去了部分语言，说话的方式也要发生变化，即使是本国日常生活中非常熟悉的问候语也失去了作用。

如前所述，小说中的女主人公“我”一边想要修复脚后跟，一边却又加以抗拒；一边想要和周围的人相同，一边又拒绝这种相同。多和田在“群像新人文学奖”获奖后的一段感言中，曾谈到创作《失去脚后跟》的意图。她说：“这篇小说的前提是，世间并不存在没有脚后跟的人，即使没有脚后跟，人们也可以很好地生活。我想写一部没有脚后跟的小说。所谓没有脚后跟的小说，并非无视传统、自由放浪的文学。我认为一个人失去了脚后跟，就必须要脚尖着地。所以，人经常处于要跌倒的状态。而且，对于我来说，与稳稳地坐着的人相比，要跌倒的人更有趣。”[2]

---

1 多和田葉子：『踵を失くして』、東京：講談社、1992年、90頁。

2 多和田葉子：『かたことのうわごと』、東京：青土社、1999年、97頁。

从中不难看出多和田文学技法的某个侧面。那就是，所谓没有“脚后跟”的文学，虽然并非无视传统的文学，然而它又并不是满足于传统的文学。另外，所谓没有脚后跟，即有某种缺憾，与现实不相容，感到不痛快，这种感觉，在身处异国时，尤其会明显地表现出来。

那么，作为一个日本人，置身于德国，体会德国的异质文化，这对于多和田来说，究竟意味着什么呢？德国人又是如何看待自己这个“异类”呢？德国人对日本和日本人的印象如何呢？对此，多和田有自己真实的感受，她曾这样说道：“无论如何，日本人究竟是亚洲人。在德国人看来，日本人没有个人和精神的自由，人们只知道抱成团为公司卖命地干活，没有战争责任。因此，无论日本的经济多么发达，作为日本人仍然是落后的。”[1]这段话，并不意味着生活在德国的日本人，必须每天要和德国人的这种偏见做斗争，它表明在一个和日本完全不同的社会里生活所获得的感受，当然还有新发现。多和田在一次接受采访时，谈到自己初到德国时的体验说：

> 刚到德国的那一年，还有后来的几年时间里，我也说不清自己与周围的环境为何那样格格不入，自己与他们那些德国人究竟有何不同？所以，我感到非常疲惫，同时也很诧异。后来，德国的体验对于我来说，就成了习以为常的事了。因此，我开始戴上日本的有色眼镜观察德

1 多和田葉子：『かたことのうわごと』、東京：青土社、1999年、98頁。

国，发现了许多新的东西。[1]

在多和田看来每一种文化都是内在的、理所当然的，曾经感到“格格不入的东西”逐渐地能加以接受，并“习以为常”，然后在其身上发生了本质上的改变。正是因为这种“异化”，才使得她用带有自己文化色彩的“有色眼镜”重新看待德国，并将眼前的一切加以描述。她还在另外的场合有过与此相似的表述。她说：“不久，我将这种没有语言的生活（完全不讲日语），翻译成了德语和日语。我以前使用过的日语一度死亡，又以另外的肉身重生。或许有人会觉得，这样的日语不伦不类，然而我所看到的世界，如果不使用这样的日语就不能充分地表达出来。”[2]小说《失去脚后跟》就是作者在原有身份发生动摇之后写成的。这种体验并非原有身份的再生，它意味着获得新的身份和这种身份不断的更新。

日本著名学者青木保对本土文化和异质文化的关系，曾做过这样的分析，他说：

无疑，这是一种异文化体验的表现形态之一，也是一种新的共同体的诞生。他们（共同体）的文化，既非自己的文化也非异国文化，他们积极主张摆脱固有的文化。组成这种共同体的知识分子，生活在既不属于自己文化也不属于异国文化的中间地带，并将其作为创造的原动力。这些生活在异国的人们，并非无根之浮萍，而是发

1 多和田葉子：『かたことのうわごと』、東京：青土社、1999年、98頁。
2 同上，99頁。

展了与他们曾经所属的文化和即将属于的异质文化，并加以创造。[1]

他对于现代共同体的意义的诠释，与多和田的理解似乎完全吻合。多和田曾这样说过："我认为和语言本身相比较，两国语言之间的夹缝更为重要。我并不想成为用A语或B语创作的作家，倒不如说，或许我想在A语与B语之间找到诗的峡谷并入身其中。"[2]的确，多和田生活在日本文化和德国文化之间，她不属于它们中的任何一种文化，正如她用"或许我想在A语与B语之间找到诗的峡谷"这种有意回避过分断定的表现方式，她并非竭力主张"新文化的创造"。这一点从美国小说家利比英雄的以下叙述中可以得到印证："对于日本，我有还是没有，是没有关系的。我在日本，不可能像森鸥外那样代表日本。我的存在可有可无。所以，我完全没有必要逃跑，因为没有人会挽留我。"[3]

毋庸置疑，多和田叶子从事文学创作的目的，并非是要创造新的文化。即便是产生了这样的结果，因为她而产生了新的文化，也是创作在前，目的在后。

关于多元文化，利比英雄曾做过明晰而冷静的分析。他说：

在南斯拉夫解体前，德国也有所谓的多元文化。知识分子中间有一种普遍的看法，就是在一国之中，多种文化

---

1 青木保：『異文化理解』、東京：岩波新書、2001年、172頁。

2 多和田葉子：『エクソフォニー——母語の外へ出る旅』、東京：岩波書店、2003年、121頁。

3 リビー英雄：『新宿万葉集』、東京：朝日新聞社、1996年、89頁。

> 并存是件好事。然而，当南联盟解体后，他们便觉得那些犹如夜市摊床杂存的文化，是不合适的。不可能有真正意义上的多元文化共存。于是，多元文化一词突然变得过时了。在这种情况下，各个国家的人，聚居在同一个城市本身，也成了一件不好的事情。换句话说，如果一个城市的人，没有两种以上的文化背景，就不会形成多元文化。[1]

在论述多元文化时，那种不太了解异国文化及其接受过程的人所发表的一些不负责的议论，一旦有很多人移居到这个国家时，反倒会引发民族主义情绪。

那么，对于多和田来说，用两种语言创作究竟意味着什么呢？如前所述，多和田是少数用日语和德语两种语言创作小说的作家，她不愿将自己的作品翻译成日语或德语。对此，她这样解释道："我的德语水平并不高，我写德语的目的，就是要写出和以德语为母语的人不同的德语。相反，我在用自己的母语创作时，拆毁所谓好的日语、漂亮的日语。就是说，我并不想成为一个能巧妙熟练地使用两种语言的人，也不是要舍弃一种语言，进入另一种语言。我的目的是，一边同时拥有两种语言，一边将其毁掉。"[2]

应该指出，多和田首先是一位作家，她并不想成为一个出色的翻译家或精通多种语言的记者。她的目的是要摧毁成为（或即将成为）以母语为占有物的"漂亮的日语"或"漂亮的德语"的

---

1 リビー英雄：『新宿万葉集』、東京：朝日新聞社、1996年、90頁。

2 多和田葉子：『かたことのうわごと』、東京：青土社、1999年、122頁。

神话，这种摧毁不外乎是要创造一种新的语言。结果是，这种行为，将语言从“漂亮的某某语言”的现代国家主义意识中解放出来，而她的这种行为显得并不过激。她不是一位空想家，而是一位诗人、小说家。

多和田以上所说的新的语言，并不是杂乱涣散的语言。创作属于作家自己的语言，本身就是作家、诗人及小说家的目标。多和田想要创造的语言是她个人的“变异语言”，有她自己独特的文体。而她创造新的语言的能力来自各种语言，特别是日语和德语，通过各种文化的相互作用形成她的新的语言。

出生于罗马尼亚的德语诗人保罗·策兰（Paul Celan）是多和田最尊敬的一位诗人。策兰是犹太人，出生在罗马尼亚一个主要讲德语的地区。第二次世界大战中，他的母亲和亲友被纳粹所害，他晚年居住在巴黎。他虽然精通法语、俄语，但在创作诗歌时，只用德语。他曾说：“诗人只能用一种语言写诗。”对此，多和田这样解释道：“这里所说的一种语言，我认为他并非孤立地单单指德语。在他的德语世界里，有法语也有俄语。而这些语言对他来说，并非外来的语言，而是作为他诗歌构图的基础，各种语言互相交叉。”[1]在这里，多和田对于“一种语言”的诠释给了人们很多启示。她的这种诠释与本雅明在《翻译者的使命》中论述的“纯粹语言”有某些相通之处。本雅明说：

> 超越各种语言历史的一切亲缘性，在于其中每一种作为

---

1 多和田葉子：『エクソフォニー——母語の外へ出る旅』、東京：岩波書店、2003年、134頁。

整体的语言，皆以向同一语言发展为目标。然而，这里所说的同一语言，并非指各种语言中的每一个个体，它只是每一个语言相互补充意向整体所能达到的语言的综合体，即纯粹语言。各种语言中的诸要素，即词汇、句子以及它们之间的关系，相互排斥。但是，这些语言在它们各自所要实现的目标上，又可以相互补充。[1]

诗人们为了接近这种“纯粹语言”的状态，打破旧的语言，创造新的语言。以上论及的“一种语言”或“纯粹语言”，也可以从多和田的《失去脚后跟》的创作体验中得到印证。即她在创作时所发现的语言，是在失去原来的语言（日语）后，重又获得的另外一种语言。当然这种新的语言，既不是日语也不是德语，而是处于两种语言夹缝之间的语言，这种语言处于语言学习体验的起点。因此，虽然多和田想跨出母语的世界，但是跨出母语并不是目的，即越界本身并非目的，她要置身于语言与语言间的峡谷之中。这种语言和文化的越界是日本文学在全球化时代的新现象。

---

1 多和田葉子：『エクソフォニー——母語の外へ出る旅』、東京：岩波書店、2003年、135頁。

第九章

当代美国华裔文学中的历史书写与文化认同

20世纪80年代以来，全球化浪潮高涨，触及世界的每个角落，引起了地球村的巨变，同时对认同产生很大的影响。首先，全球化导致人们的社会关系超出民族-国家的范围而具有跨国性。全球化正在改变传统人类共同体的社会公共空间的一致性，形成了新的权力关系和竞争关系。其次，人与某一共同体的认同是通过人对构成该共同体文化的观念、价值、行为准则的内化而实现的。全球化时代社会联系的拓展，使人们离开一定的文化范围，获知其他文化标准。那些直接卷入全球化过程的移民，成为两种或多种文化的载体。[1]在美国的华人移民及其后代身上正体现了这种多元文化交织、冲突和共存的特征。

在全球化背景下的现代社会，个体认同、群体认同、文化和族群认同已经不再是个人和群体能够关联并发现其自我身份界定的确定概念了。认同需要不断地进行协商和探求。在

1 袁祖社：《“人是谁？”抑或“我们是谁？”——全球化与主体自我认同的逻辑》，《马克思主义与现实》2010年第2期，第81—92页。

全球化时代，认同并非一个固定的现实，一个预先给定的身份识别，而是呈现为一种动态和演进的现实。因而，这就需要寻求一种既有利于保存和弘扬本民族文化，又能顺应全球化发展的文化认同。本章将从当代美国华裔文学的经典作家和作品出发，讨论全球化对于少数族裔身份认同的影响，探讨在全球化时代，作为流散在外的移民，对其身份认同的流动性与复杂性。

第一节　美国华裔文学中的认同

“认同”（包括文化、民族、政治等认同）研究是近一二十年的事。在国外，关于认同的讨论始于美国的学术理论刊物《批评与探索》（*Critical Inquiry*）在20世纪90年代初所刊载的一系列文章，这些文章集中讨论了认同与政治和意识形态间的关系，最终被编辑成了论文集《身份认同》（*Identities*），彻底拉开了认同问题讨论的序幕。近十多年来有关民族、文化、政治等认同的话题一直是学术界讨论的热点，这是因为它与各个学科都有着一定的联系。认同研究超越了学科的界限，探讨了种族、阶级、性别等论题，涉及后殖民主义、民族主义、族裔研究和区域研究等方方面面。

一、认同的流动性

认同之所以重要是因为“它与20世纪以来全世界在政治、经济、意识形态、战争、殖民地解体、女性主义与亚文化的兴起等语境的变迁有着非常密切的关系”。[1]冷战开始以来，社会主义与资本主义的较量、宗教矛盾冲突、中东战争等造成的大量移民和人口流动；跨国资本扩张造成的经济全球化等，导致了发达与不发达国家间人口的双向流动；政治、经济和社会等原因造成了知识分子的自我放逐与迁徙。“所有这些跨越疆界、国家、民族、地区的流动、移居、放逐和迁徙，形成了20世纪以来独特的全球‘散居’现象，并且带来了空前突出的文化认同与‘认同危机’。”[2]离开祖国，流散在外，由此而造成了少数族群认同的两难境地。他们必须在强势文化和弱势文化之间进行艰难选择，由此而经历着强烈的思想震荡和巨大的精神磨难。在美国的中国移民及其后代同样经历着这样的生活状态和精神困惑。美国华裔文学书写与华裔的文化认同密不可分，它通过文学的建构，再现自己族裔的历史、文化、价值取向等；同时透过美国华裔文学书写，我们也能窥见华裔作家和在美华人对东西方文化的态度。身在西方语境之中，美国华人究竟应认同什么样的文化价值观？对待多元文化究竟应取什么样的态度？这不仅是美国华人所面临的问题，也是整个流散在外的少数族群必须应对的难题。

无论是文化认同还是族裔认同都必须正视这样一个问题：认同究竟是回到源头，一成不变，还是应以发展变化的眼光看待？美国华裔文学研究和创作同样存在这样的问题，美国华裔作家赵健秀和汤亭亭围绕什么是正宗的中国文化之争，让人们看到了他们在文化认同和族裔认同问题上的尖锐冲突，给美国华裔文学研

1 阎嘉：《文学研究中的文化身份与文化认同问题》，《江西社会科学》2006年第9期，第63页。
2 同上，第64页。

究和写作也发出了警示。因此，如何看待认同是我们首先要解决的问题。

世界上任何事物都在发展变化，这是辩证唯物主义的基本观点。有学者指出："认同是一个动态的、发展的和未完成的过程，具有开放性和建构性。"[1]"开放性""未完成"，实际上在警示人们不要犯本质主义的错误，以为认同就是一定要回归到原初的、本质的源头上去；但是认同又不是虚无的，不可以否定过去对现在的影响和作用。英国文化批评家霍尔指出："认同使我们所做的不是无休止地重复解读，而是作为变化着的同一来解读。"[2]因此，这就需要我们用主动的姿态和发展的眼光去看待历史和文学经典，而不是被动地接纳过去的影响，将历史和文学经典看成凝固不变的。对待文学经典我们也应以发展变化的观点重新进行阐释。

认同是一个主体对自我的追问和建构，而这种追问和建构又必须借助话语的运作才能实现。无疑文学语言在运作过程中发挥着重要作用。借助文学书写，主体进行认同的建构和实践，同时文学书写也反映了作者的认同。那么，文学是如何建构认同的呢？周宪将文学的认同建构归纳为三点：一是民族起源的神话，因为这些神话对于人们了解自己的民族和文化起源扮演着重要角色，它们对于形成一个共享同源的象征符号具有重要作用；二是文学史经典，因为文学经典经过世世代代人的解读，为人们建构和回归"想象的共同体"发挥着重要的作用；三是文学经典中的

1 周宪：《文学与认同》，《文学评论》2006年第6期，第11页。

2 Stuart Hall, "Ethnicity: Identity and Difference," *Radical America* Vol. 23 (1991): 4.

典型人物，他们具有“人物样板”的作用。[1]海外华人流散文学创作，在认同建构方面表现出多元的、分裂的现象，但是无论认同本民族文化，还是他国文化，无论是回归本民族身份，还是认同他民族身份，大都依赖以上三个方面进行文学建构。作为美国的族裔文学，美国华裔文学同样明显地表现出对中国文化的利用或者回归。华裔作家依赖神话、文学经典和民族英雄故事等来建构自己的族裔和文化身份。汤亭亭作品中的木兰替父从军、岳母刺字，谭恩美小说中的嫦娥奔月、灶神之妻等中国神话和民间传说，以及赵健秀作品中的关公、李逵等都是利用中国文化的最好例子。在利用中国文化的过程中，他们表现出两种姿态：认同和疏离。一部分华裔作家积极宣传中国文化，弘扬民族精神，表现出积极的民族认同姿态，而另一部分作家则专门选取中国文化的落后面，丑化、扭曲传统文化，表现出对本民族文化的疏离。因此，我们在阅读美国华裔文学作品时不光要看到弘扬中国文化认同的一面，还应警惕那些歪曲、丑化中国文化的另一面。

二、文化认同与文化民族主义

美国华裔的文学书写中表现出来的文化认同主要是借助于文学经典的重构、民间故事的改写等手段来再现中国文化，回归民族精神。因此，华裔文学中所表现出来的对中国文化、民族精神、价值观念等的认同和疏离是研究美国华裔文学的重点。作家在创作过程中是再现了一个纯真、美好的中国形象，还是有意识地建

1 周宪：《文学与认同》，《文学评论》2006年第6期，第11—12页。

构了一个充满异国情调、落后、怪异、野蛮、粗俗的他者形象，是区分作家对民族文化态度的准则。

从文化视角看，长期以来，东方一直处于西方强势话语的包围之中，东方不能言说自己，处于失语状态；东方处于“被凝视”的位置，听任西方去描绘、叙述和重构。因此，东方的文化、观念、理论、艺术都免不了打上西方人主观思想的烙印，失却了它真正的东方民族性特质。赛义德所批判的以西方为中心的东方主义不光体现在西方的意识形态和文学艺术当中，而且也存在于东方人和身处西方的东方移民及其后裔创作的文艺作品当中。处于强势话语包围之中的一些美国华裔作家也免不了带有东方主义的色彩，对本民族文化表现出厌恶、抵制和对抗的态度，在文学创作之中有意选取中国文化的落后面，将其呈现给西方读者。这从某些华裔作家的作品中可窥见一斑，比如，在谭恩美的作品中，中国人缺乏理性、粗鲁、残暴、专横、不讲科学，中国文化愚昧、落后。但也有一些华裔作家，像雷霆招、任碧莲等，在各自的作品中尽力维护华人形象，正面表现中国的传统价值观。一些作家自觉不自觉地疏离自己本民族文化，将中国自我“东方化”；但也有一些华人作家表现出知识分子的良知、勇气和责任，虽身居异乡，坚守、传承母国文化的优秀传统，与西方霸权话语抗衡，表现出积极的民族认同姿态。

文学书写中的民族性固然非常重要，但是另一方面我们又要警惕把民族性本质化的倾向。安德森（Benedict Anderson）认为：“民族性是我们这个时代的政治生活中被广泛接受的价值，但是悖论式地对于民族性的分离式的诉求又常常被认为是政治上不合法的标志。”[1]换句话说，民族主义是一把双刃剑，它既维护和保卫自己民族的文明、国土、形象不被侵蚀和玷污，但同时又保守、自封，常常以自我为中心，成为侵略扩张等意图的帮凶。华裔文学要走出殖民逻辑、民族对抗状态，走向兼收、包容的全新的后民族主义。赛义德的观点是：要建构一种更加开放的而不是狭隘本土主义的民族认同。[2]

流散是当今全球化时代不可避免的新潮流，流散必然引起认同的危机。族裔文学的认同建构，完全坚守自己的母国文化，一成不变地照搬经典，当然不可取，但是蓄意选取本族文化丑陋面、完全抛弃本族文化也背离了建构族裔共同体的初衷。因此，族裔文学认同的建构应坚持变化着的“同一”，倡导一种互相理解、求同存异、既有民族特色又有世界精神的后民族主义。

第二节　困惑与逃离：汤亭亭小说中的身份危机

美国华裔文学评论家林英敏（Amy Ling）曾经指出：“在过去的二十多年中，美国亚裔文学已经发展成了一个被主流话语所认可的文学样式，不可否认它为当代美国多元文化的发展做出了很大的贡献。”[3]这是对处在美国文化圈内的亚裔文学现状的描述，也是对华裔文学近几十年来成绩的肯定。20世纪下半叶，随着族裔

1 Benedict Anderson, *Imagined Communities: Reflections on the Origin and Spread of Nationalism* (London: Bay Press, 1991), 35.

2 爱德华·W.萨义德：《文化与帝国主义》，李琨译，北京：生活·读书·新知三联书店，2003年，第21—22页。

3 Shirley Lim and Amy Ling, ed. *Reading the Literatures of Asian America* (Philadelphia: Temple University Press, 1992), 3.

文学的发展，亚裔文学越来越受到人们的关注。亚裔所创作的斑斓多姿的文学作品，赢得了众多的主流读者，成为美国文学不可或缺的一部分，有批评家甚至展望："21世纪初的美国文坛将会是亚裔文学占主导地位的时代。"[1]而在这悄然崛起的亚裔文学当中，华裔文学更是一道亮丽的风景线。

在过去的几十年间，华裔作家中涌现了一大批成绩突出者，小说界有汤亭亭、谭恩美、任碧莲、伍慧明等优秀的作家；戏剧界有赵健秀、黄哲伦、林小琴等；诗歌界出现了李立扬、陈美玲、梁志英等。在这些作家的作品中，既渗透着古老的中国和年轻的美国多姿多彩的文化，折射着东西方文化互相碰撞、沟通和交融的历史，也反映了在全球化进程中不同国家、民族之间的文化相互借鉴、吸收，友好相处的未来。通过对具有代表性的华裔作家及其作品的讨论，可以了解漂泊在异国他乡的华人后裔为维护、传播和弘扬祖先文化而斗争的历程，体验这些移民后代从拒斥、疏离到理解、接受，继而寻根探源，挖掘祖先文化宝藏，并将其与西方主流文化相结合，建构自己独特文化身份的经历。

一、自我他者化

在东方主义者眼里，东方人专横、残忍、霸道，东方文化保守落后，禁锢人的自由，剥夺人的权利。这种观点是否也影响了一些华裔作家？它是否使得他们以同样的眼光看待中国人与中

1 King-Kok Cheung, ed. *An Interethnic Companion to Asian American Literature* (London: Cambridge University Press, 1997), 24.

国文化？汤亭亭（Maxine Hong Kingston）作品《女勇士》（*The Woman Warrior*，1976）中的叙述者（我们姑且称之为马克辛）希望躲开母亲，逃脱中国文化的禁锢，就是一个例子。她这样做的原因正是她认为母亲以及她所代表的中国文化让人不可理解。最典型的一个例子就是，母亲在她生下来的时候，割掉了她舌头底下的一根筋。“……有时我感到害怕，妈妈在看到我做的第一件事就是这个。”[1]所以，马克辛追问，当时是否哭了？流血了吗？尽管母亲反复解释，这样做是为了她日后不会出现大舌头，说任何语言都很流畅，但她还是觉得有点不可思议。

中国文化除了让马克辛感到困惑不解之外，还让她觉得在束缚她的发展。因此，她要打破这种无形的精神枷锁。幼年时她不敢开口说话，发现自己说出来的话总是结结巴巴，软弱无力。读小学的三年最糟糕：她与妹妹在班上一直沉默。她把这个问题归咎于家庭文化的影响。在家，她无法获得超越母亲的力量；在学校，她就将气出在小同学们的身上。班上有个小个子女孩，不仅在英语课上默默无闻，而且在汉语课上也不讲话。也许小同学胆怯的性格使马克辛看到了自己无能的影子。于是，她狠狠地揍了她一顿。她这样做是要证明自己的强大。马克辛不能用语言与小姑娘交流，就使劲地捏她，拧她的脸，拽她的头发，要她开口说话。她要她讲出名字，回去叫她的姐姐来，乞求她放了她……随便她说什么，哪怕是“1”或什么的，她都会同情她。可是那女孩就是不开口，只是抽鼻子哭泣。最后，马克辛还是用语言告诉

1 Maxine Hong Kingston, *The Woman Warrior: Memoirs of a Girlhood Among Ghosts* (New York: Alfred A. Knopf, 1984), 164.

那小姑娘，她这样做是为了小姑娘好，就好像她妈妈给她讲述姑妈的故事是为了她好好做人一样。汤亭亭用马克辛的成长经历，试图说明华裔一代在成长过程中，所经历的困惑、顿悟，到最终逃离的过程。而这正体现了华裔在中美两种文化的夹缝中的艰难处境。

二、蔑视与对抗

赛义德指出："正如现时代如此众多的职业行会一样，东方主义也戴着性歧视的眼罩视其自身与主题，这在游记与小说中尤为明显：妇女往往是男性权力想象的造物。她们表现无度的性感，她们多少有点愚蠢，而最重要的是，她们总是愿意的。"[1]其实，赛义德的这句话揭露了西方对东方女性的想象，包含了两层意思：一是东方女人不贞洁，表现在性方面不能自律；二是东方女子对于西方男子情有独钟，总是委身于他们。

历史上，在美国媒体当中，东方女人是具有异国情调的、淫荡的形象。影片《老的旧金山》中，人们看到的是早期华裔妇女性放荡的形象，华裔女人成了"性乱交"的代称、白人性奴隶的固定形象。这些宣传对华人移民的后代不能说没有影响。在《女勇士》的第一则故事《无名女》当中，母亲英兰为了使渐渐长大的女儿在美国的文化环境中不使家人丢脸，给她讲述了姑妈的故事：姑妈与村上一男子发生了性关系，因为没有结婚就怀孕，使家人蒙羞。屈于压力，最后，姑妈只好投井自杀。妈妈本来是要

1 爱德华·赛义德：《赛义德自选集》，谢少波等译，北京：中国社会科学出版社，1999年，第37页。

告诉女儿在成长的过程中应该注意的事情，但年轻、正处于性意识朦胧时期的女儿，也许对于什么是性毫无了解，但是她又充满好奇，并富有想象力。姑妈的故事，只是为了给她一些忠告，但生活在美国自由与开放文化氛围中的马克辛是很难体会这一点的，因而会产生另一种想法。有学者这样解读："英兰的警告也表明：性，一旦释放，其力量是巨大的。在马克辛看来，姑妈出于生活上的需要，而并非激情的驱使犯了这样丢人的错误。故事还表明在这样一种文化里，性是难以驾驭的。"[1]马克辛说自己很难想象姑妈的性行为是如何地不受约束，但她可以很容易地想象出姑妈在梳妆台前梳妆打扮来赢得情人欢心。[2]姑妈的小故事激起了美国女儿的无限联想，在她的心目中姑妈也许比她想象的还要放荡。这幅画是否真实、准确并不重要，对"他者"文化进行想象、重构与再现来体现所谓的高级文化的优越与主宰地位是东方主义的精髓。这种思想似乎也在小说中得到了体现。听到姑妈未婚先孕，村子里的人认为这孩子肯定会给他们带来灾难。接着，村民们要阻止孩子的降生。因此，一场浩劫开始了。小说对村民们夜间冲击姑妈一家的详细描写，不得不让读者深思这些叙述所产生的影响：

开始他们向屋子里扔泥巴、石块，接下来砸鸡蛋、屠杀

---

1 Sheryl A. Mylan, "The Mother as Other: Orientalism in Maxine Hong Kingston's *The Women Warrior*," Elizabeth Brown-Guillory, ed. *Women of Color: Mother-Daughter Relationships in 20th-Century Literature* (Texas: University of Texas Press, 1996), 137.

2 Maxine Hong Kingston, *The Woman Warrior: Memoirs of a Girlhood Among Ghosts* (New York: Alfred A. Knopf, 1984), 9.

牲口。我们可以听见牲口的拼命嘶叫声——鸡、猪以及牛断气前的哀嚎……

村民们从前后门冲进院子里，不过，我们的门事先并没有上锁防备。他们手中的刀子还滴着牲口的血。他们将血涂抹在门上、墙上。有个女人手里抓着一只拧断了脖子的鸡，将鸡血在她周边画了一个红圈……[1]

这血腥的场面，完全不亚于一场屠杀，小说将村民们的举动有意识地放大，其用意无法得知，但是所产生的效果是直接也是肯定的：东方人的野蛮与残忍。

在《白虎》一章中，作者通过对中国传统故事花木兰的改编，使花木兰这个人物带上了性的色彩，进一步将“母亲”东方化。在中国，花木兰的故事已经以不同的形式流传至今，有歌舞剧、京剧等，而且有着不同的版本和不同的人物与情节。汤亭亭的《女勇士》中一个最大的改变就是花木兰在山上拜师学艺一部分。作者也许是从中国的武侠小说中得到启发，而在此花了很长的篇幅，来强调女人的力量。不过改变最大的莫过于将母亲与侠客这两个形象集于一身，这正说明了马克辛梦想将来成为具有强大力量的母亲的欲望。这一章中，马克辛对于月经和生孩子的态度是故事的关键。当花木兰第一次来月经时，她从妈妈那儿得到的忠告与马克辛从妈妈那儿得到的忠告完全不同，当初妈妈用姑妈的例子来教育马克辛，是为了提醒她日后不要让家人丢脸，而

1 Maxine Hong Kingston, *The Woman Warrior: Memoirs of a Girlhood Among Ghosts* (New York: Alfred A. Knopf, 1984), 4.

花木兰的母亲并没有反对她怀孕，而只是要她推迟生孩子，先完成一个士兵要尽的义务。

在许多其他的版本当中，花木兰只是到了最后才显示自己的女儿身，而在马克辛叙述的故事当中，士兵即使知道她的身份，也同意与她并肩战斗。尽管她身着男装，戴着盔甲，士兵们却把她当作一个漂亮的女人，为她喝彩。故事当中对花木兰怀孕、生子的详细描述使得性的话题更加突出。在谈到怀孕的样子的时候，花木兰是这样描述的："我脱光衣服的时候，真是一个怪人——后面，背上刺着字，前面，是隆起的大肚子。"[1]孩子落地之后，花木兰与丈夫商量如何处理脐带，最后决定将它挂在旗杆上晒干，像他们的父母亲当初做的一样，放在盒子里收藏。

从小说不难看出，马克辛对木兰的故事之所以感兴趣，是因为她觉得自己身为华人后代太软弱了。在老板的命令面前，她总是低声抵抗，而且自己都感觉出"声音靠不住"，[2]究其原因恐怕与她将自我"东方化"，认为中国文化柔弱无力不无关系。

东方主义的核心之一就是要主宰他种文化，而这种主宰力量来自想象，来自将非西方文化看成是软弱的、女性化的东西，因为东方主义的本身就是男人对"权力的奇想"。[3]在建构自己身份的过程当中，马克辛通过讲述花木兰的故事，显示了她想获得一种力量，来摆脱母亲，远离中国文化的欲望。她的愿望就是要做

1 Maxine Hong Kingston, *The Woman Warrior: Memoirs of a Girlhood Among Ghosts* (New York: Alfred A. Knopf, 1984), 39–40.

2 同上，48。

3 Edward Said, *Orientalism* (New York: Pantheon Books, 1978), 207.

个男孩，因为在家里她经常能感受到男人的特权，所以她反对女人做的事。她拒绝为家里做饭，当家里逼她洗锅抹碗的时候，她不是摔碎盘子，就是打破碟子。妈妈骂她“坏丫头，简直就像疯小子”，[1]这使她心中暗暗地高兴。她质问为什么生男孩就有“满月”酒，而生女孩却没有？她痛恨表妹家的爷爷喜欢男孩而讨厌女孩的传统思想。她要像男孩一样，敢闯敢干。因为，只有男人才能统治世界、掌握权柄。

《女勇士》作为汤亭亭的早期创作，反映了身处中美两种文化语境中的华人后代的矛盾心理和身份认同的困境。如果说她早期作品表现出激进的非此即彼的认同模式的话，她的后期作品，如《孙行者》（1989）等则走出了这种二元对立的模式，体现了作者对华人移民在美国生活遭遇和中国文化的理解。

第三节　叛逆与疏离：谭恩美小说中的身份认同

2013年，在人们期待许久之后，美国华裔作家谭恩美推出了新的作品《奇幻山谷》（*The Valley of the Amazement*）。至此，谭恩美创作了六部小说和两部儿童作品《中国的暹罗猫》（1994）和《月宫娘娘》（1992）。从《喜福会》（1989）到新近之作，谭恩美大部分作品的主题围绕中美两种文化差异，即在中国出生长大、移民美国的老一代移民和在美国出生成长的华裔之间的对立与冲突展开。谭恩美的小说通过细腻的人物刻画，展示了老一代移民

1 Maxine Hong Kingston, *The Woman Warrior: Memoirs of a Girlhood Among Ghosts* (New York: Alfred A. Knopf, 1984), 47.

对中国文化的坚守，新一代移民对父辈文化的“叛逆”，然而，经过残酷现实的洗礼之后，这些新一代移民理解父母的良苦用心，认识到中国文化的价值。

一、成功与失败的对立

中西方文化存在着很大的差异。西方是以“个体为本位”的社会。早在古希腊时代，商业竞争和长期的海外殖民统治就铸就了西方人注重个人权益、自由与勇于冒险的意识。中国自古以来一直是以“群体为本位”的社会，人们世世代代过着以家族为单位的农耕生活，强调在整体的存在中实现自我价值。与此相适应，中国人比较注重家庭/集体的荣誉感。《喜福会》的中心人物主要由四对中国母亲与女儿构成。读过这部小说或看过由小说改编的电影的人，都有同样的感觉：中国文化在母亲们身上表现得淋漓尽致。她们要求女儿在家中要言听计从，按照父母的意志行事；在学习、事业上要努力刻苦，她们与中国当今所有父母一样，希望子女学业与事业上能够成功，为家争光。而在西方出生、长大的女儿们，追求的是自由、民主和个人享乐主义。两代人的世界观与价值观存在着严重的分歧。因此，在生活当中不免要出现矛盾与冲突。小说中晶妹的母亲吴宿愿与韦夫利的母亲钟林冬，各自为了女儿们的成功，不惜一切代价和手段，但最后事与愿违，就是最好的例子。

在美国的华人移民们都希望自己的后代利用好的环境和条件认真学习，将来能够找到一份好的工作，在社会上出人头地。晶妹的一席话就能折射出她母亲望女成凤的愿望，“起初妈妈希望我成为中国的秀兰·邓波尔”，[1]做母亲的希望女儿是个天才，但是对女儿的反复测试的失败，使得她大失所望。钟林冬的女儿韦夫利九岁就成为唐人街年纪最小的象棋冠军，钟林冬为之骄傲。她逢人就夸，到处炫耀，自然在老朋友宿愿面前少不了卖弄一番。“女儿已经拿回来许多奖品。她一天到晚在下棋。我整天都没有时间做其他事，就是忙着为她收拾那些奖品……你真是有造化，没有这些烦恼。”[2]当然，宿愿咽不下这口气，她对女儿说：“当然你也能成为神童的，你任何事情都会做得很好。林冬阿姨知道什么？她女儿只是玩滑头获胜罢了。”[3]宿愿希望女儿一举成名，给全家也给她自己脸上添光。更重要的是，女儿一旦成功了，在朋友林冬面前，也好出一口气。可她的一厢情愿，换来的是极度的失望。女儿就是不听她的话，而且还对着干。不是报怨各种训练，就是在练琴时有意将曲子弹错。更让她母亲难堪的是，在教堂里进行钢琴表演的时候，她“忘”了谱，而中途卡住了，这次失败使得妈妈觉得丢了面子。其实，晶妹倒希望这次失败之后，妈妈再也不要她练琴了。但是，她想错了，母亲不但没有让她停下来，反而要她加倍训练。当她拒绝的时候，母亲非常生气，“她突然抓住我的膀子，把我从地上拎起来，啪地关上电视。她力气大得惊人，将我半拖半拉，朝钢琴那边拽过去。而我拼命地踢脚，使劲地蹬地毯。她把我提起来，放到了冰冷的板凳上。我一个劲地抽

1 Amy Tan, *The Joy Luck Club* (New York: Ivy Books, 1989), 141–142. 秀兰·邓波尔（Shirley Temple）是20世纪30年代美国著名的电影童星。

2 Amy Tan, *The Joy Luck Club* (New York: Ivy Books, 1989), 148–149.

3 同上，152。

泣……”。[1]这个场景将中国母亲强势专断的一面暴露无遗。这还不够，晶妹的哭喊似乎对她母亲来说是一种胜利，一种满足。“她的胸口一起一伏，嘴张得很大，疯狂地笑着，看着我哭，她似乎非常开心。”[2]她对晶妹高声喝道：“有两种女儿，一种听话，另一种随心所欲！但在这个家里只能容得下一个，那就是听话的！”然而，宿愿的叫喊，对于女儿来说无济于事。晶妹大声地回答道：“我倒希望，我不是你的女儿；我倒希望，你不是我妈。”[3]至此，母女俩的冲突上升到了顶点。一个要求无条件地服从，另一个要千方百计地摆脱这种束缚，维护自己的自由和个人的权利。做母亲的像所有中国传统的长辈一样，希望自己的女儿成功，这不仅是为了炫耀，更是为了孩子的前途，但是，做女儿的不会理解父母亲的良苦用心。晶妹认为，“我不会做成什么大事的，我就是我”，而不是什么神童。其实母亲的话并非没有道理：“你本来可以成为天才，但是你没有努力。”[4]从那以后，女儿有意与母亲对着干。“之后，我几次使我母亲失望，每次我都按照我的意志去做，每次都行使我的权利，让她大失所望。我没有取得优异的成绩，也不是班上的班长，我没有考上斯坦福大学，我大学只念了一半就辍学了。”所有这些，在女儿看来，她最终胜利了，即使在三十岁之后，她依然这样认为：“每次我来到父母亲的起居室，看着那靠窗立着的钢琴，就会感到非常的自豪，它就好像是我赢回家的、

---

1 Amy Tan, *The Joy Luck Club* (New York: Ivy Books, 1989), 152–153.

2 同上，153。

3 同上。

4 同上，154。

闪闪发光的奖品。”[1]女儿赢了，母亲输了。至此，作者所表达的思想也非常清楚：个人主义、自由、权利终于战胜了那些束缚个性发展的传统文化理念。

在韦夫利心目当中，她母亲是一心希望女儿成功、喜欢炫耀的人物。韦夫利十岁的时候，母亲在家里就对她“不公平”。哥哥弟弟可以看电视，而她必须好好地练习下棋，细细地研究每一步棋的走法。比赛胜利了，当妈妈的自然非常高兴。但是在韦夫利看来，她在炫耀。母亲认为这是她教育女儿有方，女儿的招数都是她教的。但是，“我讨厌将功劳全归功于她。一天，我们走在斯德哥顿大街上，在人群当中，我冲着她大声嚷开了。我告诉她，她什么也不懂，不要再炫耀了，最好住嘴”。[2]从此以后，她极力与母亲对着干，从一开始假装再也不下棋，到后来干脆不参加巡回比赛，离母亲的愿望越来越远。但是，不听母亲忠告也立即使她付出了代价。当她再参加比赛的时候，她败给了以前经常输给她的那个男孩。由于缺少训练，她神童的风采从那时起荡然无存了。

可以看出，中国母亲与美国女儿之间的冲突与对立十分尖锐。造成这种局面的原因与各自的文化背景不无关系。母亲身上反映出了中国文化的积淀：传统的等级关系、望子成龙的观念等。而女儿身上则反映出西方人的观点：追求自由、独立，强调自我的实现。因此，母女两代人的冲突实际上是东西方文化冲突的折射，也表现了移民及其后代对本民族文化认同与疏离之间的对立。当

---

1 Amy Tan, *The Joy Luck Club* (New York: Ivy Books, 1989), 155.

2 同上，187。

然，在小说的结尾，晶妹最终来到中国，寻找她母亲逃亡时留下的同母异父的姊妹们，给故事画上了一个圆满的句号，这象征性的结尾昭示着女儿从对立到理解，再到接受自己的身份和文化归属的心路历程。

二、异国情调：作者与出版商的“共谋”

提到谭恩美，学界对她的小说非常熟悉，但对她的儿童作品则了解甚少，国内外几乎没有看到太多的评论。儿童作品作为一种文学样式，与其他的文学形式一样，同样反映了作者的思想和追求，创作动机和目的。通过对谭恩美配有连环画的儿童作品和由此改编而成的电视连续剧的解读，可以挖掘隐含于文本、图画和荧屏背后的深层含义，揭示小说作者、画家和电视制片人之间的共谋之处，追踪这些作品在读者、观众和西方社会所产生的影响，最终指出此三者对待中国文化的态度和目的。

也许是因为中国历史悠久的缘故，长期以来，西方经常用“古老”的东方来描述中国。其实，在这个“雅”称的背后隐含了多层含义，归纳起来即为两点：褒和贬。称东方“古老”，一方面是赞扬其历史悠久、文化底蕴深厚、经济基础扎实，而另一方面则是强调“古老”和“年轻”、“旧”和“新”之对立。称东方“古老”也许在尊敬的背后却隐含着对其思想保守、文化衰朽、经济落后之蔑视和不屑一顾的潜台词，同时显露出为西方本身思想进步、文化繁荣、经济发达、生机盎然而感到骄傲的心境。

历史上中国在西方人心目中曾经是美好、令人向往的国度，早在18世纪，欧洲对中国的艺术品、纺织品、陶瓷、漆器等就十分感兴趣，并不遗余力地仿制。西方学者雅各布森（Dawn Jacobson）曾经追溯到14世纪《马可·波罗游记》对中国的描述，认为“《游记》对中国有过详尽的描述……中国是个礼仪之邦，政府开明，到处充满了具有异国情调的自然景观，遍地都是宝”。[1]

中国的美好形象与西方商人、政府官员和传教士的宣传分不开，但是，伴随着西方工业化、商业资本主义的发展以及帝国主义野心的膨胀，东西方实力对比发生变化，中国的美好形象也随之消失了。最重要的转折点是历史上两广总督林则徐虎门销烟的历史事件，它损害了帝国主义利益，激怒了西方霸权者。1840年英国政府派遣军队侵占了广东，1842年攻占南京。《南京条约》将香港割让给英国，英国政府并无礼要求中国开放沿海四个港口。与此同时，对中国和中国人的丑化也就接连不断地出现在西方的文学作品和媒体当中：从古代的大肚子、三角眼的贪官，戴着西瓜帽、手执鹅毛扇、拖着长辫子的侍从，卑躬屈膝、穷困不堪的平民……到今天西方电视电影中神秘、好色、危险的东方女郎等，可谓是男女老少、各式人等没有一个是正经人。一个最典型的例子就是英国和美国共同出品的“007电影系列”对东方人的呈现，东方人是罪恶之源、恐怖分子、西方的敌人。

赛义德以其敏锐的洞察力，深刻地揭露了东方在西方人心目中的形象：东方“自古以来就代表着罗曼史、异国情调、美丽的风景、难忘的回忆、非凡的经历”。[2]但是东方人尤其是“阿拉伯

1 Dawn Jacobson, *Chinoiserie* (London: Phaidon, 1993), 13.

2 爱德华·赛义德：《东方学》，王宇根译，北京：生活·读书·新知三联书店，1999年，第1页。

人具有威胁性”。[1]他们要么好色，要么残忍，要么不诚实，[2]是西方人不共戴天的敌人。赛义德虽然着重说的是阿拉伯人、中东人，但是在西方人眼中，整个东方人也都如此。

东方人的原型形象在西方人心目中已经根深蒂固，“它成了当今西方艺术家们所面临的一个主要问题，尤其是在他们想呈现亚洲人或者是亚裔流散者时”。[3]金惠经曾经总结了在西方拍摄的几部电影和上演的戏剧，即便是剧作家或者是电影制作者出于好心试图向观众呈现正面的中国人和中国文化形象，到头来也会被评论界认为“损害了中国人形象”。[4]这其中，部分是因为观众或读者的误读、误解所造成的。但是，电影版的《喜福会》进一步加强了西方人心目中的中国人原型形象却是不争的事实。在电影导演征求小说作者谭恩美意见时，谭恩美曾经犹豫过：“我迟迟下不了决心，主要是因为我难以想象这部小说怎样才能变成电影，除了很糟糕不会有什么好结果。”[5]但是，谭恩美最后还是与导演合作将《喜福会》搬上了银幕。因此，读者不仅能在小说文本中读到谭恩美所呈现的“东方风情”“异国情调”：一个原始、落后的东方，一个缺吃少穿、民不聊生的古老中国形象，而且在电影画面上也能直接看到割肉治病、战乱不断、灾难频仍的

1 爱德华·赛义德：《东方学》，王宇根译，北京：生活·读书·新知三联书店，1999年，第366页。

2 同上，第367页。

3 Elaine Kim，“Defining Asian American Realities Through Literature,” Abdul R. Jan Mohamed and David Lloyd，eds. *The Nature and Context of Minority Discourse* (New York: Oxford University Press, 1990), 60.

4 Eleanor Ty, “Exoticism Repositioned: Old and New World Pleasures in Wang’s *Joy Luck Club* and Lee’s *Eat Drink Man and Woman*,” *Literary Studies East and West,* eds. Larry E. Smith etc. University of Hawai’i, Volume Ⅱ, 48–56.

5 同上，60。

场面。

“古老”东方的这些特性似乎在西方人心中已成定式，那些在西方出生长大的华裔作家更是受其影响，利用自己不完整的中国知识，想象东方，建构东方，并将扭曲了的中国形象呈现给西方读者，这些不仅体现在一些女性作家的小说和传记中，而且在其他作品中也同样可见。谭恩美的两部儿童作品就是极好的例子。她的儿童小说作品《月宫娘娘》和《中国的暹罗猫》虽在大陆鲜为人知，也少有评论，但在美国却受到儿童们的异常青睐，有着众多的读者和观众。应该说谭恩美的儿童作品成功销售并不是她一个人的功劳，为这两部作品配上插图的美国著名画家谢兹（Gretchen Shields）同样功不可没，西方电视、网络等媒体更是推波助澜，因为画家使得小说作者的想象变成了“真实”，使得抽象的文字变成了具体的画面；电视、网络等媒体使得故事有声有色、生动活泼、栩栩如生。但是，别忘了在这喧嚣鼓噪的背后所隐含的事实却不容忽视：对中国文化的歪曲。文字、漫画、影像虽形式不同，但却反映了三者的共同目的，让读者窥见其中的共谋之处。

在创作小说的过程当中，谭恩美有了创作儿童作品的想法。她尝试着将小说当中的一些中国民间传说进一步延伸而改编成孩子们喜欢的作品，由此，《月宫娘娘》和《中国的暹罗猫》相继问世。这两部儿童作品的文本、漫画以及相关的电视剧都反映了作者对中国文化的态度。首先让我们来看看《中国的暹罗猫》的文本建构，以便管窥其中之寓意。小说以猫妈妈的口吻讲述一则古老中国的故事。书的一开头，猫妈妈将它的五个孩子召集起来，解释说：“你们不是暹罗猫，你们是中国猫。”接着告诉孩子们:“你们的祖先来自一千年前中国的猫科傻瓜家族。”[1]虽说儿童故事要浅显易懂，吸引儿童的注意力，但是，谭恩美的这番比喻着实让所有中国读者感到不快。将中国祖先与猫科家族相连，不仅使人猜想中国人是否就是猫变来的，更重要的是这只猫不是聪明猫，而是傻瓜一个。读者不禁要问为何作者称其为傻瓜，而作者生怕读者不清楚还重复道:“中国傻瓜（Sagwa of China)。”[2]联系谭恩美在小说扉页上的题跋，读者就不难猜出其中的隐喻——“谨将此书献给傻瓜和懒汉”（For Sagwa and Sluggo)，[3]Sagwa是谭对汉语拼音的模仿，这在某种意义上受到广东话的影响。作者曾介绍过:“Sagwa就是傻子、白痴的意思。”[4]那么读者不禁要问作者为何要取傻瓜为主角？究竟是什么勾起了她的“灵感”？小说《喜福会》和《神秘百感》的封底在介绍作者的时候有这样一句话：“他们（谭和她丈夫）住在旧金山和纽约，家中养了两只宠物，一猫一狗，猫取名傻瓜（Sagwa)，狗取名佐先生（Mr. Zo)。”[5]至此，将前后事件连在一起我们对小说作者的态度就有了更深的了解。在历来所见到的题跋中很少看到有作者将自己的作品献给无任何感情交流的动物；更重要的是作者不用其他悦耳的字眼来给自己的宠物命名，偏用与中国汉语读音接近的Sagwa（傻瓜）来称呼。这似乎与本文讨论的话题无关，但是，要看到作者又将“傻瓜”作为这部儿童作品的主角，聪明、伶俐、大胆、能干，相比之下，

1 Amy Tan, *The Chinese Siamese Cat* (New York: Macmillan, 1994), 1.

2 同上。

3 同上。

4 同上，5。

5 同上，7。

书中的人则愚笨、猥琐、胆小、可笑。不难看出一个有着中国血统、身处西方世界、靠书写中国发家的名作家对待东方文化的态度。“中国在她心目中是如此的亲近，但又是如此的遥远。她笔下的中国纯粹是想象编织起来的结果……只是出于她的需要，而不是热爱才勾起了她对东方他者的欲求。”[1]

继续读下去，读者还会发现这群猫生活在“愚笨的县官府中”。这愚笨的县官专横跋扈，他的命令也着实荒唐:“所有人和动物在他面前都要鞠躬，因为怕别人嘲笑他，他禁止任何人放声大笑，谁违反了他的命令就要罚款。”[2]更让人感到愤怒的是“任何人白天不准唱歌”，因为这样会影响干活效率。这一段文字，给西方读者的印象除了县官和他的命令愚蠢可笑之外，恐怕更多的是中国官员们官僚、武断的家长制作风，欺压百姓、扼杀人性、道德败坏的丑陋形象。而与此形成鲜明对比的是猫，尽管是傻瓜一个，却比县官聪明得多。它们并不像县官那般无能，而且非常自信“它们能改变这个世界”。[3]结果，傻瓜猫用它的智慧将原文中“任何人白天不准唱歌”的“不”字抹去，让人们可以整天唱歌跳舞，并且解救了一大批被县官列入违令者之列的百姓。在整个故事中，猫总是那么聪明睿智、光彩照人，而人总是那么愚蠢可笑、令人生厌。仔细思考，不难体悟小说所包含的寓意：古老的东方政府平庸、缺乏理性，政治体制荒谬可笑，这恐怕也代表了小说作者想象和建构这个故事背后之

1 Ma Sheng-mei, *Immigrant Subjectivities in Asian American and Asian Diaspora Literatures* (New York: State University of New York Press, 1998), 107–108.

2 Amy Tan, *The Chinese Siamese Cat* (New York: Macmillan, 1994), 2.

3 同上，12。

用意。

其实，在《中国的暹罗猫》中，给西方小读者带来负面影响的不只是文字内容，从头到尾每一页的插图都加深了西方读者眼中中国人的刻板形象。画面上的知县长得肚大腰圆，穿着清朝的官服，胸前挂着一串佛珠，手执一杆长长的烟斗，堆满横肉的脸上长着两只三角眼，眼角上斜。他旁边的文人弯着腰，俯首听命，一副奴才样。再看画中的臣民，一个个瘦小、干枯，跪立路旁。这无疑是西方人长期以来对中国人刻板印象的翻版。谈到官，都是些无能、贪婪的赃官；说到那些当差的，都是些卑躬屈膝、唯唯诺诺的奴才；老百姓自然是穷困潦倒、骨瘦如柴、任人摆布的。小说的文本和漫画正好体现了身在西方、深受白人教育的华人后裔和美国本土知识分子的共谋之处。画家将胖和瘦、傲慢和卑微、快乐和痛苦并置，无疑在表述官员之腐败、民众之无能、国家之落后的思想，因此，其中的隐喻也就不言自明了。

相比之下，小说中的动物要神气得多。画面上的猫和老鼠一个个穿戴艳丽，神情飞扬；它们身着人的服装，头上或扎着花朵，或戴着镶有饰边的小帽，不时地戏弄贪官。故事开头，作者在交代傻瓜全家聚集在猫妈妈周围认真听它讲故事的同时，特意提到了一只心不在焉的猫，它“正忙着在瓦砾中用它闪亮的黄色利爪寻找蜥蜴”。应该说作者这部分的文字叙述还是非常明确的，但是到了美国画家谢兹的画笔下，蜥蜴却变成了龙。众所周知，龙在中国文化中是能翻江倒海、腾云驾雾的神异动物，它有丰富的文化内涵，甚至被认为是中华民族大无畏精神的象征。但是，到了谢兹笔下蜥蜴换成了龙，任由猫来摆布。从画面上看，龙正在猫的追赶下东躲西藏，此刻龙的神圣和威严早已荡然无存。作为一个名画家不会连龙是什么模样，蜥蜴又为何物都分不清吧？如果答案是否定的，那么，画家在此将蜥蜴画成龙，对中国文化的贬抑之用意就十分清楚了。

值得注意的是，这部儿童作品仅仅三十页，为了吸引儿童读者，每页都配有漫画，其中的动物都变得异乎寻常地活跃、能干，所表达的寓意令人深思。从画面上看，县官用猫充当文书，帮助抄抄写写。他的侍从是一只猴，手撑阳伞，头戴小帽，身着人的服装，恭敬地立在县官身旁，两眼炯炯有神，注视着怒目圆睁、神情傲慢的县官。猴作为中国神话的一部分，来自中国的文学经典《西游记》，这早在17世纪就为西方人所知，但没有任何记载说中国的达官贵人把猴作为侍从的。因此，县官用猴作为侍从足以显示他性情之怪僻，人与猴并置的讽刺意味也就溢于言表了。不仅如此，书的第21页上，在一群看热闹的人中，一乡绅模样的男子怀抱小猪，挤在人群中。从猪嘴上套着的环和拴着的绳子来看，这位乡绅肯定是将猪作为自己的宠物呵护的。这不得不使人感到既好笑，又可恶。

《中国的暹罗猫》的出版给谭恩美带来了可观的经济收入和荣誉，这其中除了有画家精心设计的功劳之外，围绕这部儿童作品所改编的电视连续剧在渲染故事方面发挥了不可估量的作用。根据谭恩美的作品改编，由谭恩美和美国画家谢兹做顾问，CinéGroupe集团和美国儿童电视工作室（Children’s Television Workshop）合作拍成的40小时动画片《中国的暹罗猫》在美国获得了很高的收视率，带来的不仅是较高的商业利润，而且是东方刻板形象的进一步加强，给美国青少年心灵深处留下了负面的印象。美国公共广播公司（PBS）是一个庞大的非商业机构，它专门负责电视广播，旗下有超过350个电视台。[1]在美国“99%的家庭可以收看到它的节目，每周大约有九千万观众”。可以想象，根据谭恩美作品改编制作的这个电视连续剧在PBS播出会引起多大的反响。有一段评论这样写道：“《中国的暹罗猫》讲述的是一只傻瓜猫的一连串大胆、冒险的故事。在一向以悠久历史和文化著称的古代中国，勇敢的傻瓜，虽置身于传统习俗和道德规范包围之中，但它勇于挑战，寻找自己的位置。她用一个八岁小孩的想象和智慧，发现了观察这个世界的多种方法。”[2]美国公共广播公司的炒作，使得很多以“中国傻瓜”为名的儿童网络工作室相继出现。在因特网中搜索，很容易就能找到这样的内容，其中有一家公司根据谭恩美的作品创建了一个名为“傻瓜”的网页，并配有这样一段文字：“傻瓜是个令人振奋的节目……它取名于著名作家谭恩美的儿童作品（《中国的暹罗猫》）。傻瓜通过冒险、穿越古老中国之旅，勇于挑战、自我发现，激发了孩子们的欲望，让孩子们也同样去寻找自己在当今世界的位置。”[3]像这样的例子不胜枚举。仅从电视和网络上的评论便能看出谭恩美儿童作品在主流文化圈内所产生的影响。但是要看到西方媒体所传播的并不是正面的、美好的中国（中国人）形象，而是“傻瓜”唱主角，讲述的

1 http://en.wikipedia.org/wiki/PBS.

2 http://www.pbs.org/aboutpbs/.

3 http://www.sesameworkshop.org/sagwa/.

是“古老的中国”（换句话说原始、落后的中国）的故事。在这个国度里贪官横行，人民缺吃少穿，穷困不堪，危机四伏。所以要有西方的冒险精神，才能完成东方之旅，这就是为什么要“勇于挑战”了。从评论界的寥寥数语，我们便能看出电视连续剧留给西方观众的印象。由此，制作者的态度与小说作者和画家的思想不谋而合。

最后，让我们再回到小说的取名——书中、电视上和网络里面的主要角色——“中国的暹罗猫”。众所周知，暹罗旧时指代泰国，在19世纪泰国就走上了资本主义的道路。因此，在历史上没有被西方殖民过。但是，西方对东方的想象和垂涎就是从泰国、中国等国家开始的。因此，暹罗在西方人的意识中一直有贬义。看过迪士尼动画片的人就自然会想起影片中的暹罗猫：瘦长的脸，尖尖的牙，用筷子敲打着钢琴键盘，嘴里哼着单调的曲子，奸笑着，专门偷喝孩子们的牛奶。因此暹罗猫给观众——其中绝大多数是孩子们，没有留下什么美好的印象。谭恩美用“中国的暹罗猫”作为小说的题目，正是继承了这样的传统。这部作品必然会引起西方读者对迪士尼动画片中猫的联想。当然，谭恩美和谢兹共同勾画的暹罗猫比起迪士尼动画片中的要漂亮得多，它们不再是瘦脸、利牙、狰狞可恶，相反看上去非常可爱，讨人喜欢。但是它的本质并没有改变，暹罗猫在西方人心目中的形象永远不会改变。照此，小说只会加强中国人在西方人心目中的刻板印象。谭恩美和谢兹看似没有直接地站在西方立场上来丑化东方，但这种间接的描述和直接的图画呈现已经自觉或者“不自觉”地加入了东方主义者的行列，成为新东方主义者。

由谭恩美撰文，谢兹精心绘图的儿童读物，以及由作家、画家充当顾问拍成的电视连续剧不折不扣地再现了中国和中国人在西方人心目中的刻板形象。用马胜美的话说：谭恩美的儿童作品“无论是文字还是图画与其说是源自对中国的描述，倒不如说是源自东方主义话语”，[1]因为西方人一直是这样想象、建构和描述东方的。作为华人移民后代，谭恩美的作品深深打上了中国文化的烙印，但作为已经完全西方化了的作家，谭恩美在写作过程中不自觉地已经认同美国文化，从作品的选材和所呈现的视角便可见一斑。这正反映了移民和族裔散居等全球化现象所产生的影响。

第四节　全球化进程与华裔身份认同新范式

全球化与认同的变化密不可分，全球化进程必然导致一个双向结果，在输出自己文化、思想与价值体系的同时，“他者”的文化、思想、价值体系也随之渗透进入。正如王宁所言：“全球化是一个双向的过程，在文化上的进程中往往呈现出两个方向，一个方向就是随着资本由中心地带向边缘地带的扩展，原来殖民的文化价值观念和风尚也渗透到这些经济不发达的地区。但随之也出现了第二个方向，亦即全球化的渗透，从中心向边缘运动，同时也导致了边缘向中心的运动，因此这种运动并不是单向的，而是一种互动的双向运动。”[2]

---

1 转引自许宝强、罗永生：《解殖与民族主义》，北京：中央编译出版社，2004年，第100页。

2 王宁：《全球化、民族主义及超民族主义》，《西南民族大学学报》（人文社科版）2007年第7期，第49页。

在这双向运动的过程中，挟裹在全球化大潮中的人都面临着文化身份的重构。霍尔论及了认知文化认同的两种不同思维方式。一种思维方式认为，文化认同是预设的，扎根于真正的集体“自我”，以稳定性和连续性为特征。文化认同超越现实和历史，趋向同一和永恒。另一种思维方式认为，文化认同受历史、文化和权力游戏的制约，随异质文化间力量的转换而不断地分裂并重构。[1]其实，第一种方式根植于以相似性、稳定性和连续性为特征的同一原则……后者却是以断裂、分裂和动态为特征的差异原则为基础，以政治关怀的姿态反对文化霸权，强调差异，是一种政治性建构。[2]

在某种意义上，19世纪中期和20世纪初期移居美国的华人，他们的希望是有朝一日赚足资本回到故国。因此，在他们的脑海中，中国文化和思想价值体系是他们坚守的精神家园，甚至也希望他们的后代能继承中国文化传统和价值观。他们的文化认同是稳定的、连续的。而在美国出生长大的新一代，则处于中西两种文化的夹缝之中，但更主要的是，由于接受了西方教育，他们在价值取向和世界观等方面发生了根本的改变。虽然没有表示强烈的反对任何文化霸权的意识，但经历了与老一辈文化思想的“断裂”，以及面对两种文化时的痛苦抉择之后，他们更加明确自己的身份和文化归属。

从黄玉雪的《华女阿五》到汤亭亭的《女勇士》、谭恩美的《喜福会》、赵健秀的戏剧与小说以及黄哲伦的戏剧，以上两种认

---

1 转引自罗钢、刘象愚主编：《文化研究读本》，北京：中国社会科学出版社，2000年，第208页。

2 陶家俊：《同一与差异：从现代到后现代身份认同》，《四川外语学院学报》2004年第2期，第114页。

同形式在这些作品中的主要人物身上均得到体现。同时，从作品也能窥见作家对认同的态度。但这种在认同问题上的困惑、博弈、疏离与回归的思维模式，在另一些华裔作家身上得到了突破。另一些华裔作家则摈弃了“非此即彼”的模式，追求一种多元认同的全新主张，并在自己的作品中充分体现。任碧莲（Gish Jen）正是倡导这一理念的华裔作家，在她的大部分作品中，多元认同的主题贯穿始终，从《典型的美国人》（*Typical American*，1991）、《梦娜在希望之乡》（*Mona in the Promised Land*，1997），到《世界与小镇》（*The World and Town*，2010），作者所强调的是：身份并非凝固的铁板一块，而是流动、变化的，对于移民来说，多元认同的“杂糅”身份，是全球化时代的大势所趋。作者的这种认同的多样性以及流动性思想在其短篇小说集《谁是爱尔兰人？》（*Who's Irish?*，2000）中得到了集中体现。《谁是爱尔兰人？》既是整个小说集的名字，也是该书中的一则故事。故事的主人公，一位已经上了年纪的中国母亲，秉持自己的中国文化传统和价值观，对爱尔兰女婿没有职业、依赖妻子、无所作为的行为十分不满，对亲家大男人们无所事事，只靠别人生活，百思不得其解。她要将儒家文化思想和价值体系用自己的方式传导到外孙女身上。幼小的外孙女有个随便脱衣服、赤裸身体的坏习惯，这对于在中国文化中出生、长大的老太太来说是不可容忍的，这有失体统。因此，她一定要阻止她，并用自己的方式让外孙女改掉这个坏习惯。在这里，老太太——一个中国出生长大的母亲，显然是中国文化的守护者形象。她所认同的是东方文化和儒家思想。然而，这种骨子里渗透着儒家思想的东方女性，在小说的结尾，却无奈地搬出去，同她的文化思想、教育背景截然不同的爱尔兰亲家母住到了一起，生活在同一个屋檐下。虽然故事结尾两位老太太坐在一起看美国电视节目，让人分不清谁是中国人，谁是爱尔兰人或是美国人。但是，读者不禁要问这是老太太自己的要求，还是一个中国母亲在特定环境之下的一种无奈之举？不难看出，故事结局秉持了小说作者的一贯思想：身份变动不居，身份认同也随着时间、地点和环境的变化而变化。

应该看到这样的事实：随着全球化进程的持续推进，文化认同从追求同一的认同，到寻求带有后现代主义特征去中心化的差异认同，这不仅是文化认同范式的转换，同时也是差异文化政治中权力关系更迭的表现。从政治层面上看，全球化和跨国资本主义引发了第一世界内的少数群体和第三世界反抗文化压制的政治浪潮。在全球化初期，欧洲中心论的话语主导着文化身份认同的方向，欧洲文化内部的“少数群体”和被殖民民族的声音被压制和扭曲。但是，时至今日，全球化成为一股不可阻挡的浪潮，在后现代文化中，文化认同从同一原则演变成差异、多元的认同理念。世界也从西方中心知识话语的独白，走向少数话语和后殖民话语的多声部合唱。进入后殖民主义时代，后殖民写作本身就是一种独特的身份认同实践。华裔文学创作是后殖民、后现代语境下的种族书写的典型例子，它是后殖民时代的一些作家种族意识的自觉的流露，同时也是长期处于殖民话语中的作家对自我身份的一种反思。

在不同的时代，华裔文学中的认同也发生着显著的变化，从黄玉雪、雷霆招作品中强调文化认同的同一性，到黄哲伦戏剧

《蝴蝶君》打破东方、西方，男性、女性，强者、弱者的二元对立，强调你中有我，我中有你，再到任碧莲的身份的流动性、混杂性，华裔的认同打破了文化、民族、性别、阶级等的疆界，成为多元、跨界的认同。当下这种认同的新范式，符合人们的心理诉求，与全球化浪潮进程相合拍，是大势所趋，也是时代的要求。相信作为世界文学大家庭中的新成员，华裔文学也会随着全球化进程的推进，创作出更多的优秀作品，为少数族裔在主流话语中生存与发展指引正确的方向。

第十章

当代北美非裔文学与非裔政治意识的觉醒

无论从政治、经济、军事还是文化等方面来看，地处北美的美国与加拿大都是全球化进程的领跑者与推动者，科技发展的主力军，以及西方文明与西方文化霸权的代表。1890年代，美国已经成为全球最大的工业化国家，经济总量超过英国、德国、法国、西班牙、意大利等欧洲老牌资本主义国家。第二次世界大战之后，美国成为最大赢家，成为能够与苏联抗衡的超级大国，主导着冷战时期的战略布局，与苏联形成军事对峙、军备竞赛的冷战局面。在意识形态的影响之下，东西方仿佛被分成了两个截然不同的阵营：一方是以苏联为首的社会主义阵营，另外一方是以美国为首的资本主义阵营。但是更加重要、对世界也更具影响的是1944年美国主导建立的“布雷顿森林体系”，它确立了美元的霸主地位，通过倡导外汇自由化、资本自由化和贸易自由化为主要内容的多边经济制度，使得美国成为继英国之后世界金融体系的建构者与主宰者。作为英美政治与文化阵营的一部分，加拿大也积极参与到英国，特别是美国主导的各种政治、军事、经济活动当中。但是60年代以来，世界范围内风起云涌的民族解放运动改变了过去以领土占领与军事占领为主的传统的殖民模式，重新划分了世界市场，并引发了美国国内的民权运动与妇女解放运动，这些大的社会运动进一步改变了非裔加拿大文学和非裔美国文学的创作与思考，推动了北美非裔政治意识的觉醒。

对世界范围内的全球化现象，欧美学术界在不同的历史时期分别以不同的术语“西方化”、“现代化”以及“全球化”予以描绘。而这几个不同术语的产生，特别是对与其相应的话语所做的阐释，预示着过去强势的“西方霸权”话语慢慢演化为突出西方“先进”文明的“现代化”话语，并逐渐过渡到“更加包容”的“全球化”话语。换句话说，在话语表征层面，西方学术界希望通过话语模式的改变，逐渐淡化过去西方的霸权意识，改变过去那种“文明的”西方起支配作用，其他“落后地区”处于服从地位的主—次与主—辅模式，凸显现代普世、共享的文明模式。当下的全球化进程改变了过去的“西方化”话语模式，也非西方主导的“现代化”模式，因为20世纪50年代出现在美国的现代化理论断言，肇始于现代西方的“现代化”进程在其转型潜力中实际上蕴涵着“全球化”主题，而“这种从空间性的西方化观念向历时性的现代化观念的转换是耐人寻味的，它意味着我们不能把最早出现在西欧的发展进程，如工业化，仅仅视为‘西方的’东西，因为这个进程在其发展中卷入了日本、俄罗斯、中国、土耳其、印度、肯尼亚、巴西和伊朗等地区。出于这个理由，我们最好以那种非地缘的、历时性的现代化观念来取代全球化转型过程中出现的鲜明的西方化特征”。[1]

全球化并非仅仅是美国化，不会出现那种所谓“必然会朝着一个共同进步方向发展”，仿佛在不久的将来，世界将汇合为一个单一的文明——美国文明的现代化理论假定；因为即便这个进程是由发达国家尤其是美国引导的，现代化也不一定完全就是西方化，特别是美国化。正如一些思想家所言，现代性的特征和成就绝不仅仅是西方或美国的发明。

颇为吊诡的是，西方的现代化伴随着殖民扩张与奴隶贸易，其中对非洲黑人的屠戮与买卖与西方经济发展的“文明进程”相伴而行。虽然西方和美国历史上存在的奴隶制已经废除，但是对黑人的种族歧视与偏见影响深远，贻害至今。欧美主流意识形态所宣扬的价值观与文明观影响着当下的文化形态及其文学构成。但是西方现代化进程所标榜的“‘市场经济、民主政治、公民社会和个人权利’并没有惠及每一个社会成员，无论是美国还是加拿大，占人口一定比例的黑人所遭遇的种族偏见与歧视，都依然继续存在。著名非裔美国小说家赖特（Richard Wright）认为，美国黑人在国内的经历类似于受西方殖民压迫与奴役的其他民族，黑人实际上形成了所谓‘国中之国’的局面，客观上形成了‘包括心理学在内的种族附属理论’”。[2]北美——美国和加拿大——的黑人虽然同为非洲流散后裔，但是因为面临的文化遭遇不同，历史传承也不一样，经历了不同的发展路径，也具有不同的文学与文

1 杜维明：《全球化与多样性》，哈佛燕京学社编《全球化与文明对话》，南京：江苏教育出版社，2004年，第78页。

2 Paul Gilroy, *The Black Atlantic: Modernity and Double Consciousness* (Cambridge, Massachusetts: Harvard University Press, 1993), x.

化传统。以美国为例，美国的黑人经历了从遭受奴役到争取自由，从作为3/5的人到成为完整的自由公民，从显性的奴役与迫害到隐性的歧视等阶段；但是，北美的非裔文学发展与非裔政治意识的觉醒之间密切相关，互为影响，有水乳交融之势。为便于分析，本章分别梳理非裔加拿大文学和非裔美国文学与非裔政治意识之间的互动，鉴于学术界对非裔加拿大文学了解更少，本章更加侧重对非裔加拿大文学进行比较全面的论述。

第一节 非裔加拿大身份危机与文化认同

作为英语文化的一部分，加拿大的文学创作与批评与其他英语文化区呈现出非常有趣的交流与互动：首先，它与英国文化有着千丝万缕的联系；其次，由于地处北美，它不可避免地受到强势的美国文化的辐射与影响，但却没有美国社会“悠久的”黑人奴隶制及因此而产生的复杂的种族关系；再次，当下很多著名非裔加拿大作家（或加拿大黑人作家）来自加勒比地区，其文学创作更加呈现出斑斓多姿的色彩。1967年《加拿大移民法》颁布以来，大批加勒比人为改善自己的生活境遇，离开家园，拥入加拿大。正如加拿大著名文学批评家哈钦（Linda Hutcheon）所指出的，移民为加拿大这个国家所带来的文化繁荣，“永远改变了我们关于‘加拿大文学’构成的观念”。[1]加拿大文学研究专家豪威尔斯（Coral Ann Howells）认为，90年代加拿大英语文学最显著的

1 綦亮：《加拿大少数族裔英语文学研究在中国：1980—2010》，《南京邮电大学学报》（社会科学版）2012年第2期，第94页。

特点是“许多之前处于边缘群体的小说家大量涌现，小说对身份的表征让种族、种族性、性别和民族性显示出新的重要性，加拿大文坛因此具有了前所未有的多样性”。[1]

20世纪70年代，加拿大著名作家阿特伍德曾提出加拿大文学的“存活”主题，她认为“每一个国家或文化都有一个独一无二的，统一的，并具有象征意义的核心主题”。而对加拿大来说，其核心象征主题就是“存活”。[2]非裔加拿大文学的存在与发展更加契合这一主题，其外在表现形式就是非裔加拿大作家及其创作中所体现的强烈的身份危机意识。本节聚焦加拿大黑人的称谓变化及其体现出来的身份危机与文化认同意识，不仅有助于深化对加拿大文化中黑人性的思考，也能在全球化语境下，对话美国、英国以及加勒比地区的黑人性研究，丰富“黑色大西洋”话语对族裔身份与族裔特征的研究。

全球化时代最重要的问题之一是身份问题，与美国黑人颇为类似的是，加拿大黑人的称谓与区分也很令人困惑。如果说，美国黑人称谓主要经历了“African”（非洲人）、“Colored”（有色人）、“Negro”（尼格鲁）、“Black”（黑人）、“Afro-American”或“African-American”（非裔美国人）等变化，那么加拿大黑人的区分及其称谓变化不仅具有区域特征，而且反映了其所蕴含的复杂文化因素。当代著名非裔加拿大作家和批评家克拉克（George Elliott Clarke）曾经专门梳理了几种称谓，颇具代表性。他说自己

---

1 綦亮：《加拿大少数族裔英语文学研究在中国：1980—2010》，《南京邮电大学学报》（社会科学版）2012年第2期，第94页。

2 刘意青：《存活斗争的胜利者——加拿大女小说家和作品评介》，《欧美文学论丛》2002年，第229—230页。

生造了“Africadia”这个词，主要指新斯科舍与新不伦瑞克地区的黑人社区，特别是指居住在新斯科舍地区的黑人或其后裔；他倾向于用非裔加拿大人（African-Canadian）来描述加拿大黑人（Black Canadian），认为不管其民族起源或流变如何，只要它能赋予我们尊严，而且能把我们与非洲联系起来就行。虽然用非洲人作为黑人的同义词，但是他清楚地知道，非洲作为一个大陆，有许多不同的民族。“我使用大写字母的‘Black’这个词来指人民或正式的概念，加拿大黑人或黑人英语，而小写字母的‘black’主要用作形容词，如黑人音乐（black music）或黑人社区（black community）。”克拉克认为，使用尼格鲁（Negro）把黑人与非洲传统联系起来的做法并不科学，也不会把它作为“非裔美国人”（African American）的同义词，尽管美国黑人经常这么用。[1]在《奥德赛归家》（*Odysseys Home: Mapping African-Canadian Literature*, 2002）中，克拉克指出，自己倾向于用大写字母的“Black”来修饰国籍或语言，如“加拿大黑人”（Black Canadian）及“黑人英语”（Black English）等。在其更早一点的论述中，克拉克用了四个语汇来界定加拿大的黑人，我们可以参照对比。他借用菲利普（M. NourbeSe Philip）的新大陆非洲人（New World African）来指所有美洲的非洲人后裔，非裔加拿大人（African Canadian）来指加拿大所有具有尼格鲁或非洲传统的加拿大人，非裔美国人（African American）指那些居住在美国的黑人，非裔加勒比人（African or Afro-Caribbean）指居住在加勒比群岛的那些非洲人后

1 George E. Clarke, *Directions Home: Approaches to African-Canadian Literature* (Toronto: University of Toronto Press, 2012), 15.

裔，他用小写字母的黑人（black）来区分非洲与亚洲或欧洲后裔的民族与文化。[1]因此，对克拉克而言，非裔加拿大人指位于或来自加拿大，某种程度上与撒哈拉以南的非洲祖先有联系的人及其文化表达，当然这个概念也包括近来从美国、加勒比、南美与非洲来加拿大的移民，以及那些加拿大本土的非洲后裔社区。[2]他认为加拿大黑人的历史就是如何定义自己身份的历史。他借用美国历史学家在《加拿大黑人历史》（*The Blacks in Canada: A History*，1970）结尾处提出的问题：加拿大的年轻一代黑人必须回答这个根本问题，即他们是"Negro Canadians"还是"Canadian Negroes"？换句话说，这些黑人是碰巧成为加拿大人，还是加拿大人碰巧是个黑人？这个区分至关重要。他认为批评家沃尔科特（Rinaldo Walcott）倾向于第一种，而作家亚历克西斯（Andre Alexis）倾向于第二种。[3]

但是这些表述与称谓在现实中有时显得很苍白，因为即便在加拿大生活多年，已经成为加拿大公民，他们也仍然面临被他者化的窘境。加拿大黑人作家托马斯（H. Nigel Thomas）的个人遭遇极具代表性，因为经常有加拿大白人问他"你为何来这里?"，而不问"你从哪儿来这里?"。他说，如果有时自己的回答不是他们愿意听到的，他们就会愤怒地对他说："你哪儿来的回哪儿去。"[4]著名加拿大黑人作家克拉克（Austin Clarke）的困惑与反思直面这

1 George E. Clarke, *Odysseys Home: Mapping African-Canadian Literature* (Toronto: University of Toronto Press, 2002), 18.

2 同上，17。

3 同上，189。

4 H. Nigel Thomas, ed. *Why We Write: Conversations with African Canadian Poets and Novelists* (Toronto: TSAR Publications, 2006), xv–xvi.

个问题背后的种族主义，他说自己在加拿大生活了37年，其中

> 三分之二的时间生活在多伦多，自己怎么会是巴巴多斯人而不是加拿大人？自己这些年怎能拒绝加拿大文化的耳濡目染，如此“自信”自己（原来）的种族，从而视自己为非洲人？而且我为何要这样？难道仅仅是为自己的抗议提供一个更加尖锐的环境吗？或者更直接点说，难道是为了躲避“黑鬼”、“尼格鲁”、“该死的牙买加人”或“西印度群岛人”这些侮辱性的伤害吗？我真的看上去更像非洲人而非加拿大人吗？如果允许这样的推理，那么我就是在说加拿大人都是白人，非洲人都是黑人。而如果他是黑人，就不能出生在这儿，更不可能是加拿大人。[1]

加拿大有很多来自加勒比地区的黑人移民，即便他们在加拿大生活多年，也依然不被视为加拿大人。比如说，牙买加裔加拿大黑人之间的杀戮就常被视为牙买加人犯罪，而非加拿大人犯罪，这么做就是想把黑人性移出加拿大的领地。在加拿大黑人移民中，牙买加人被视为最暴力最无耻的黑人，在公共法律与秩序话语中，牙买加成为罪犯的代名词。沃尔科特认为，这么做其实并不符合加拿大各地黑人生活的事实，因为尽管有困难，“但他们始终视加拿大为自己的家园。他们这些人非常清楚民族–国家的局限，因此

1 Rinaldo Walcott, *Black Like Who?: Writing Black Canada* (Toronto: Insomniac Press, 2003), 11.

也拒绝把自己的所有希望与梦想都放在国家身上”。[1]

加拿大黑人不仅面临来自白人社会的“另眼”相看，即便在加拿大黑人社区内部，他们的身份焦虑也十分明显。由于毗邻美国，受其强势文化的辐射与影响，60年代后又有大批加勒比地区的移民蜂拥而至，因此，如何书写加拿大的黑人性确实比较困难，亚历克西斯就觉得“加拿大的黑人性是借来的”，他声称，加拿大艺术家、舞蹈设计师、画家以及思想者，很少有人书写我们这种特殊的东西。他借用美国学者韦斯特（Cornel West）的文化批评论述，认为加拿大黑人性追随美国黑人性，多伦多的黑人文化深受非裔美国文化的影响。

但是，沃尔科特对此有不同的看法，他认为亚历克西斯的这种主张不太可信，因为加拿大的黑人是融合的，总是处于形成与修正当中，即便加拿大借用非裔美国模式，也会根据自己的需要进行调整。在当代学术话语中，他的这种立场非常有力。在《像谁一样黑?》（*Black Like Who?: Writing Black Canada*，2003）中，他坦言自己通篇都使用黑人性（blackness）及加拿大黑人（black Canadian），而不使用非裔加拿大人（African-Canadian），“因为我认为这个表述是从非裔美国语境借来的，需要全面、仔细地斟酌一下。‘非裔加拿大人’与‘非裔美国人’都带着某种特殊的意韵，即把自己与城市里面的穷黑人及城市工人阶级区分开来”。[2] 尽管他清楚地意识到在民权运动之后的时代，面对第二波女性主义、黑人文化民族主义、男女同性恋解放、托马斯（Clarence

---

1 Rinaldo Walcott, *Black Like Who?: Writing Black Canada* (Toronto: Insomniac Press, 2003), 13.

2 同上，27。

Thomas）与希尔（Anita Hill）性骚扰案、黑人金（Rodney King）被打，以及洛杉矶种族骚乱、辛普森（O.J. Simpson）世纪大审判等，书写黑人性已十分不易，但是依然非常重要。他也承认，自己使用黑人性时，主要用它象征一种符号，蕴涵特定的抗拒与宰制的历史；而且也是开放的，永远处于论争的状态，"因为对我而言，就像加拿大黑人一样，黑人性允许某种延展与开放，也意味着黑人性问题远远超越生物与族裔范畴"。[1]他指出，如果加拿大黑人能够从非裔美国人那里学点什么，那就是学习如何发明并继续参照一种传统，这个过程比内容还要重要，否则亚历克西斯就无法解释为何梦想武士乐队要返回加勒比，或出生于牙买加的加拿大导演弗戈（Clement Virgo）的作品会受英国黑人电影的影响。[2]

而尼佳弥（Njami）则认为，"加拿大人的身份危机由来已久……仿佛没人知道自己是谁，有人甚至不知道自己过去是谁，而有些人则不确定自己想成为谁"。[3]比如说，在1991年的人口普查中，43%的非裔加拿大人不承认自己是黑人；有些海地移民自称为法国人，有些牙买加移民自称为英国人，因此，他们被视为欧洲人后裔。1996年的人口普查发现，在57万加拿大黑人中，有54.5%是移民，而出生于加拿大的只有大约42%，另外3.5%为暂住者。出生于多伦多的小说家希尔（Lawrence Hill）根据自己的经历，指出种族范畴结构的复杂以及加拿大黑人身份的模棱两可：

---

1 Rinaldo Walcott, *Black Like Who?: Writing Black Canada* (Toronto: Insomniac Press, 2003), 26–27.

2 同上，146。

3 George E. Clarke, *Odysseys Home: Mapping African-Canadian Literature* (Toronto: University of Toronto Press, 2002), 40.

> 即便在孩童时期，我也感受到诸如“混血儿”、“半黑”及“部分黑”等语汇在否认我完整的人性……而我这样的人不可能百分之百是白人（没有黑人的成分），也不可能百分之百是黑人（没有白人的成分），除非社会强加一种颜色给我。我并非在南非那样的种族隔离制度下，或在奴隶制度下，或在美国那样的种族隔离中长大。……那意味着部分时段的模糊不清，意味着混乱，意味着焦虑。[1]

不可否认，加拿大黑人的称谓与身份（危机）意识与其对黑人性的认识密切相关，既是界定自己也是区别他者的有效手段。但是黑人性依然是一种相对的认识论，加拿大的黑人性既不同于美国也不同于加勒比地区，每个地区的黑人性表述都在扩展对它进行理论化并予以定义的边界。因此，有些非裔加拿大人称自己为“黑人”(Black)，想表明自己与更大的非洲世界的联系，但有些人称自己为“非洲人”(African)，想强调自己的祖先传统，也有人增加形容词“加拿大”，来表达自己被黑人性修饰的加拿大身份，更有甚者，有人认同英国或法国的前殖民传统。当然，也有人希望别人只叫自己“加拿大人”。克拉克认为，非裔加拿大人缺乏统一的称谓，因为作为一种能指符号，“黑人”的意义并不确定。“黑人社区的丰富多样证明‘黑人’本质上是政治与文化建构的范畴，不可能置于一系列固定的跨文化或超验的种族范畴当中，

1 George E. Clarke, *Odysseys Home: Mapping African-Canadian Literature* (Toronto: University of Toronto Press, 2002), 42.

因此，也就无法在自然中有什么保证。”“在加拿大，有人生下来就是黑人，有人习得黑人性，有些则被赋予黑人性。”[1] 2005年，纳斯（Donna Bailey Nurse）在《重生：加拿大黑人创作文选》的引言中指出，实际上加拿大黑人既是“这”又是“那”，“至少同时是两个，既是黑人又是加拿大人，参与到与非洲以及欧洲元素的互动当中”。[2]

相比较而言，克拉克可能还是属于“本质主义者”，尽管可能已经没有所谓非裔加拿大社区传统，但是他依然坚定地相信“非裔加拿大”实体的存在。他声称自己牢记特立尼达加拿大社会学家拉札克（Sherene H. Razack）对本质主义构建虚假权力关系的批评，但是也承认，自己并不认为以本质主义的方式谈论文化总是很糟糕。他同意梅特里（J. Lorand Matory）所说的观点，“并非所有文化遗产都是延续的，也没有什么文化都是原初的”，因为不可能把非裔加拿大文化与文学归因于某个瞬间或某种单一文化的影响，因为他们反映了欧洲主导的大西洋政治经济权力角色，创造了黑色大西洋关于集体身份的对话环境。而非裔加拿大则是一种碎片化的集体，被宗教、伦理、阶级以及居住时限的长短所分裂。少数非裔加拿大人表达黑人民族主义，并不仅仅只是怀旧地渴望非洲、加勒比海或美国南部的家园。他认为自己能接受所谓黑人身份绝对偶然之说，但是认同此点并不等于取消文化民族主义。[3]

1 George E. Clarke, *Odysseys Home: Mapping African-Canadian Literature* (Toronto: University of Toronto Press, 2002), 16.

2 Donna Bailey Nurse, ed. *Revival: An Anthology of Black Canadian Writing* (Toronto: McClelland & Stewart, 2006), xvi.

3 George E. Clarke, *Odysseys Home: Mapping African-Canadian Literature* (Toronto: University of Toronto Press, 2002), 15.

而“新加拿大”黑人社区，主要来自加勒比海地区（过去主要来自牙买加和海地），也需要面临种族混合与黑人性之间的张力。[1]

克拉克认为，沃尔科特猛烈抨击亚历克西斯沉浸于泛加拿大主义，故意弱化黑人性，但他自己的主张其实又何尝不是自由主义的那一套陈词滥调，即“以国家为中心的话语只会是个陷阱，阻碍黑人共享‘普通情感’”。[2]沃尔科特则认为，在加拿大书写黑人性属于一种战略实践，克拉克的论文集之所以失败就在于他未能提供思考加拿大黑人性的框架，其论文《像加拿大一样白》列举了一系列事件、社会-政治主张、地方以及其他昙花一现的东西，用于证明为何加拿大理解、观察、规划，以及被理解为一个白人国家，这种列举再次暴露了他自己的忧郁沮丧。尽管克拉克尝试主张，“加拿大黑人性话语及其再现的缺席，象征着更大的加拿大性的身份危机，从某种程度上来说，这种主张有其合理性”。[3]但是克拉克不想把黑人性视为对国家标准叙事的潜在挑战，而是认为它有机地融入标准叙事，认识不到“黑人性继续回归标准叙事，不是作为可以轻易吸纳的东西，而是具有分裂的品质”。[4]换句话说，克拉克缺乏离散性的感知力，无法超越自己钟爱的国家：“他爱的不是黑人，而是国家。”那些不直接拒绝但是挑战国家的话语，让他觉得麻烦，令人恐惧。更不可思议的是，克拉克竟然在《黑人知识分子的背叛》中建议，对那些批判加拿大的、来自

1 George E. Clarke, *Odysseys Home: Mapping African-Canadian Literature* (Toronto: University of Toronto Press, 2002), 14–15.

2 同上，187。

3 Rinaldo Walcott, *Black Like Who?: Writing Black Canada* (Toronto: Insomniac Press, 2003), 19.

4 同上，18—19。

加勒比的黑人或他们的后裔进行严惩。[1]因此，沃尔科特指出：“我愿意花些时间讨论克拉克的‘评论’文章，是因为我相信，他的学术研究为我提供了最好的批评论点。因为我书写黑人性的战略一直关注离散网络及其联系，反对清晰的国家话语。尽管渴望属于某一特殊或具体的国家，我依然致力于去区域化战略，即清楚地意识到这个国家的立场。”[2]

沃尔科特特别想说明的是，对任何文化群体而言，要想说出所有的故事都是不可能的。对加拿大黑人文化而言，这种不可能一开始就十分明显。因此，他认为自己想做的无非是为思考加拿大的黑人性提供某些基本原理，从而希望对加拿大黑人性的讨论或许能够解释加拿大的诸多黑人性。他介绍说，《像谁一样黑?》中的许多内容都直接针对加勒比或迁徙者的黑人性，尝试为加拿大联邦成立之前就已经存在的黑人群体以及新来的黑人群体之间构建思考的语境。他说自己特别想做的就是建议离散政治与离散感能够发明让这新旧两组黑人群体进行对话的传统。关键之处在于，新近迁徙而来的黑人没有想到，自己处于具有否认黑人性历史的“悠久”话语当中，他们需要选择这样的伦理立场，即一定要拒绝多元文化话语的诱惑，因为这套话语在战略上否认加拿大黑人的悠久历史。[3]

毋庸置疑，长达几个世纪的欧洲殖民主义使得非洲、亚洲、大洋洲以及美国土著的后裔不可能成为纯粹的没有种族差异的人，

---

1 Rinaldo Walcott, *Black Like Who?: Writing Black Canada* (Toronto: Insomniac Press, 2003), 22.

2 同上，15。

3 同上，13—14。

白人至上的资本主义根据自己的意愿，随心所欲地对其他族群进行种族划分与种族压迫。而全球化时代更加丰富多变的离散与迁徙，为加拿大黑人及其后裔提供了思考自己身份，体现自己文化认同的对话语境。阿皮亚（Kwame Anthony Appiah）认为，虽然种族身份建立在错误的信念之上，但同样具有塑造人民态度与行为的强力，实际上这也是不进行种族区分的自由主义者所忽视的。他明确指出："谁不知道'黑人'民族依然在反对过去白人种族主义者把黑人建构成'高贵的野蛮人和暴虐的复仇者'形象？坦率地说，加拿大的黑人民族某种程度上依然被欧洲中心的加拿大种族主义所定义、所塑造。"[1]因此，直面加拿大黑人的身份危机，梳理加拿大黑人的称谓及其内涵，不仅有助于明晰作为黑人的身份与意义，也为界定全球化进程中的黑人性，对话"黑色大西洋"话语提供了不容忽视的文献。

加拿大黑人的身份危机与认同焦虑并非仅仅局限于对称谓及其内涵的认识与思考，也体现在他们面临强势的非裔美国话语，[2]以及被黑色大西洋话语遗忘的窘境时，如何反思并尝试加入黑色大西洋话语的对话。英国黑人学者吉尔罗伊（Paul Gilroy）在《黑色大西洋：现代性与双重意识》（1993）中借鉴著名非裔美国学者杜波伊斯（W. E. B. Du Bois）的"双重意识"概念，反思现代性的构成，比较详细地考察了现代性与资本主义及种族主义的关系，

---

1 George E. Clarke, *Odysseys Home: Mapping African-Canadian Literature* (Toronto: University of Toronto Press, 2002), 16–17.

2 亚历克西斯在其文章"借来的黑人性"（"Borrowed Blackness"，1995）中指出，从非裔美国的优势地位来看"加拿大黑人不够黑"[转引自George E. Clarke, *Odysseys Home: Mapping African-Canadian Literature* (Toronto: University of Toronto Press, 2002), 66]。

猛烈抨击“族裔绝对主义”、“非洲中心主义”以及“美国中心主义”，他期待庆祝的是这样的黑人文化人物，即“开始时是非裔美国人或加勒比人，然后能够变成其他人，那些能够避开这些具体标签，以及与这些标签相连的民族性及民族身份概念的人”。[1]吉尔罗伊希望通过研究能够得出这样的结论：发展能够解决族裔绝对主义（ethnic absolutism）的答案，不是把族裔固化、绝对化，而是变成身份构建的无限过程。[2]但他也并不讳言，如果英国的黑人性像其美国同辈那样依赖身份的分歧——既要是欧洲人又要是黑人，那么要想成为非裔加拿大人，就一直需要这种身份的分裂。[3]

在《黑色大西洋》的引言中，吉尔罗伊列举了船只在欧洲、美国、非洲、加勒比地区穿梭的动态画面，而加拿大作为主体空间，却完全不在场。他从未把加拿大视为新世界非洲奴役、移民、迁徙、反对种族主义斗争以及文化想象的场域。对吉尔罗伊而言，加拿大仿佛只是半欧洲、半美国的投射，根本不需要太关心。面对非裔美国人为了自己的霸权目标，倾向于独占黑-白种族话语，吉尔罗伊最想做的事情就是把英国、法国以及德国和他们的非洲少数族裔人口作为制衡力量。因此，他的《黑色大西洋》就是一片辽阔的百慕大三角，而加拿大则被视为英属北美，或新法国，甚至是美国的卫星国，完全消失了。[4]

但是吉尔罗伊这种摈弃加拿大黑人性的做法并不“新鲜”，早

1 George E. Clarke, *Directions Home: Approaches to African-Canadian Literature* (Toronto: University of Toronto Press, 2012), 30.

2 同上。

3 George E. Clarke, *Odysseys Home: Mapping African-Canadian Literature* (Toronto: University of Toronto Press, 2002), 67.

4 同上，8—9。

在1973年，库克（Mercer Cook）就指出："非洲人及非洲后裔，在世界范围内深受种族主义之害，如在马里、马提尼克岛、密西西比或曼哈顿、比勒陀利亚、匹茨堡或巴黎，他们有时应该几乎以类似的语汇进行抗争，对此我们不用感到吃惊。"[1]当然，库克也没有列举加拿大的蒙特利尔及英格兰的彼得伯勒。在介绍《18世纪黑色大西洋作家》（*Black Atlantic Writers of the Eighteenth Century*，1995）时，珀特凯（Adam Potkay）也采用了同样的"消声"策略，他虽然也提到加拿大的黑人保皇党，以及早期的非裔加拿大作家金（Boston King）及其《回忆录》（*Memoirs*，1798），但只是把他们视为美国人和英国人。

如果说非裔美国人数世纪以来为争取解放、平等与机会而奋争不息的故事闻名遐迩、声名远播的话，那么非裔加拿大人的历史则一直默默无闻。正如美国历史学家温克斯（Robin W. Winks）在《加拿大的黑人历史》（*The Blacks in Canada: A History*，1971）中所指出的那样："加拿大黑人的故事不仅被加拿大的历史学家所忽略，也为黑人自己所漠视。"[2]加拿大学者布莱登（Diana Brydon）注意到，1997年，蔡尔兹（Peter Childs）与威廉斯（Patrick Williams）依然可以非常自信地在《后殖民理论简介》中宣称："与美国不同的是，加拿大这样的国家从未成为保罗·吉尔罗伊'黑色大西洋'的一部分，此举表明，他们相信，加拿大没有黑人的历史或加拿大黑人不值得后殖民理论家的关注。"[3]

---

1 George E. Clarke, *Directions Home: Approaches to African-Canadian Literature* (Toronto: University of Toronto Press, 2012), 9.

2 同上，30。

3 同上，11。

在非洲流散话语或加拿大民族表述中，人们几乎听不到非裔加拿大作家（或加拿大黑人作家）的声音。他们的作品，无论目的何在，仿佛总是（间接地）提醒非裔美国人（或其他外国黑人），他们才是地球上唯一的黑人——或者仿佛在说，他们的经历才是真正重要的；他们同时也提醒加拿大（白人），他们栖息的社会已今非昔比，变化多端。非裔加拿大作家只不过暂时是黑人而且只是表面上是加拿大人，其文学创作充满异域风情。

美国当代著名黑人学者，阿皮亚与盖茨（Henry Louis Gates, Jr.）主编的皇皇巨著《非洲文献：非洲和非裔美国经历百科全书》(1999)，收录了许多篇文章，但都排斥了重要的非裔加拿大作者。卡捷鸥（Selwyn Cudjoe）在“文学、英语、加勒比海地区”这一词条，强调了对英国的加勒比地区的英语作者持续增长的兴趣，承认他们大都“不得不远走海外（主要是去英国）才能获得文学认可，获得同情的读者”，但是忽略了那些会说英语，移居加拿大（比如说到多伦多以及安大略其他主要城市）的加勒比人。在讨论“非裔-大西洋文化”时，梅特里认为，非洲及其美国流散之间已经形成生机盎然的对话，即便不总是和谐，也形成了一系列新的、混杂的自我表达与身份的话语，但是加拿大依然被排除在这种对话之外，尽管其与美洲和美国经历都有非常亲密的关系。在类似吉尔罗伊的举动中，菲茨（Fitz）把加勒比地区从新世界文学联盟的地图中清理了出去，因此，与之形成反例的是，非洲-大西洋方面的资料车载斗量，可以汇聚成一个丰富的图书馆，见证加拿大黑人在黑人研究学术领域的隐形身份。毋庸置疑，非裔大西洋文学批评话语主要聚焦非裔加勒比与非裔美国作家，被关注的加拿大作家也是那些可以归入这两类区域的人，结果造成许多非裔加拿大重要作家没有人评论，没有人关注，而少数被关注的加拿大作家要么与美国化有关系，要么完全被遮蔽。[1]实际上非裔加拿大文学中的黑人性远非批评者想象得那么简单。

1903年，美国黑人学者杜波伊斯在《黑人的灵魂》（*The Souls of Black Folk*，1903）中提出美国黑人具有双重意识、两种灵魂、两种思想、两种不懈的追求，既是美国人又是黑人的著名论断，影响深远。海地-魁北克学者引用美国文学批评家博恩（Robert A. Bone）的话说，这表明无论在生活还是在文学中，黑人都交替地受同化思想与民族主义这相反两极的吸引。霍恩（Pleads Nadia L. Hohn）认为“这个国家的黑人充满矛盾，有时我们被排斥，不为人注意，有时候我们只得到负面消极的关注”。[2]而马歇尔（Yannick Marshall）则说：“我不相信有所谓非裔加拿大人，我相信我们只是生活在异国保留地（此处即指多伦多）的非洲人，因此，我从‘游牧’的角度进行创作。”[3]凯文·琼斯（Kevin Jones）则评论说，“我的风格受加勒比文化、加拿大文化以及美国文化的影响”，[4]所谓非裔加拿大风格必定是一种融合。因此，加拿大黑人作家需要始终如一地反对两种始终存在的威胁：1. 非裔美国文学无处不在；2. 加拿大非常官僚，倾向于达到文化上的“无色”状态。借用美国历史学家怀特（Theodore H. White）的表述，“我们

1 George E. Clarke, *Odysseys Home: Mapping African-Canadian Literature* (Toronto: University of Toronto Press, 2002), 9–10.

2 George E. Clarke, *Directions Home: Approaches to African-Canadian Literature* (Toronto: University of Toronto Press, 2012), 12.

3 同上。

4 同上。

在构建一种拒绝接受分析、前无古人的文学”。[1]

饱受身份困惑之苦的加拿大学者对吉尔罗伊的黑色大西洋概念爱恨交加，纳斯认为，

> 吉尔罗伊把黑色大西洋概括为混杂文化，超越了身份与民族边界的固有观念；除了极少数希望超越边界的加拿大黑人作家以外，作为混杂文化，加拿大的黑人创作适合黑色大西洋模式，而且他们利用自己的双重意识探索加拿大生活的标志——多元文化公民身份的局限与可能性。加拿大黑人文学既思索谁能享受这种公民身份带来的好处与机会，也思考黑人与其他有色人民享受公民身份的程度。但是同样重要的是，这种文学审视、揭示了我们这些希望多元文化成功的强烈愿望。这么做既质疑又确认了加拿大到底意味着什么。[2]

克拉克认为，吉尔罗伊尝试在《黑色大西洋》中废除“美国第一”的黑人性概念，构建跨文化、国际化的黑色大西洋，其中包括美国、加勒比、英国与非洲的黑人社区。而他忽略加拿大，主要还是其美国中心主义盲见使然，他想把泛大西洋主义作为医治无处不在的“族裔绝对主义”或蛰伏的民族主义危险的灵丹妙药——“非裔美国例外论”即其最常见的主张。但是吉尔罗伊的这一做法

1 George E. Clarke, *Directions Home: Approaches to African-Canadian Literature* (Toronto: University of Toronto Press, 2012), 12.

2 Donna Bailey Nurse, ed. *Revival: An Anthology of Black Canadian Writing* (Toronto: McClelland & Stewart, 2006), xviii.

也很矛盾，他所使用的“黑色大西洋”话语复活了泛非主义，而且他消解非裔美国文化的目的旨在使人关注加勒比–英国文化对泛非文化的贡献，客观上来说，还是忽略了加勒比–加拿大文化的贡献。[1]

换言之，吉尔罗伊一方面想摈弃非裔美国人的狭隘，但一方面又聚焦分析非裔美国作家和知识分子，如道格拉斯（Frederick Douglass）、德莱尼（Martin Robinson Delany）、杜波伊斯、赖特、鲍德温（James Baldwin）和莫里森（Toni Morrison）等人。他虽然勇敢地把他们置于泛大西洋语境中，但还是依然屈服于美国化的黑人性观点。以赖特为例，吉尔罗伊一方面赞美赖特的洞见："美国的黑人（Negro）这个词并非意味着种族的或生物的属性，而纯粹是社会的属性，纯粹是美国制造。”另一方面他又疑惑难道所有的黑人性（即认同黑人文化传统）都是美国的吗？倘若如此，那么确实存在美国本质主义。吉尔罗伊甚至强烈主张："在赖特的成熟立场中，黑人并非仅仅是美国的隐喻，而是西方整体心理、文化与政治系统中的一个核心象征。”[2]因此，他也像博登（Borden）一样提出这个问题：难道所有的黑人性都必须是美国的吗？而他在尝试否认这种疑问的同时，也否决了文化民族主义，把他的努力打上了难以遏制的自我否定色彩。

克拉克指出，如果美国、加勒比地区，以及英国的非洲流散民族能够思考自身的困境，把涉及同化与民族主义、爱国主义与

1 George E. Clarke, *Odysseys Home: Mapping African-Canadian Literature* (Toronto: University of Toronto Press, 2002), 81–82.

2 同上，82。

流亡、帝国主义与泛非主义的解决方案理论化，那么那些远离非洲，甚至远离美国南方，驻足加拿大的黑人也能做到，因为他们要么适应，要么就得消亡。[1]虽然说非裔美国历史与经历并非原型或例外，但是无可否认，世界各地黑人民族的命运都与美国所输出、实践的种族霸权有一定的联系。种族话语并非仅仅局限于国家之内，而是跨越了国家的地理疆界。“加拿大的黑人认同加勒比、巴西、南非、美国及世界各地的黑人民族，这种认同非常有效。”[2]他曾经在其他文章中指出，加拿大的非洲后裔尝试表达对当地社区、地方，甚至国家的归属感，同时又紧紧追随非裔美国人——目前追随加勒比人的政治文化模式与梦想。在《水上之火》文选的引言中，克拉克指出，自从1780年代黑人社区建立以来，“历史成为一种叙述，一定要在公正与自由的成就中表述出来”。后来，他在论文《非裔加拿大文学入门》中指出，文学担心围绕种族、性别、阶级、语言、宗教与区域的身份问题，而且其最持久的品质即挪用“殖民地”，并把它变成“当地形式”；另外，克拉克的研究表明，非加融叠（Africadian）与非裔加拿大文学或隐或显地涉及下述政治辩论，关于黑人性、英国性、法国性与美国性的观念，以及宗教、性别、奴役、自由、殖民主义、民族主义以及帝国主义等。[3]

沃尔科特也特别重视对黑人性的界定，关注吉尔罗伊所说的

1 George E. Clarke, *Directions Home: Approaches to African-Canadian Literature* (Toronto: University of Toronto Press, 2012), 30–31.

2 Rinaldo Walcott, *Black Like Who?: Writing Black Canada* (Toronto: Insomniac Press, 2003), 146–147.

3 George E. Clarke, *Directions Home: Approaches to African-Canadian Literature* (Toronto: University of Toronto Press, 2012), 31.

"族裔绝对主义"及其对西方文明的反思，致力于利用流散、黑人研究与黑人文化研究作为超越国家界限的对话，认为吉尔罗伊横穿黑色大西洋的方式给自己很多启示。他坚持阅读，并把欧洲与黑色英国放在流散话语关于知识产权与族裔绝对主义的讨论与辩论中，这种做法对自己的学术研究也非常重要。"倘若船只是吉尔罗伊关于黑色大西洋的隐喻，是他旅行、停歇在非裔美国人门口，然后进行内陆旅行的交通工具，那么慢跑或许是最能概括加拿大黑人来来往往，贡献流散话语的隐喻。"[1]他指出，其实加拿大黑人已经充分意识到公民身份的流动性，"流散感知（sensibilities）利用国家从事伦理诉求，要求社会公正；谴责国家的缺陷，要求国家在烦躁不安、持续不断的家园寻求中予以重建。在流散框架下，家园是伦理空间，而非是一种遏制的叙述"。[2]吉尔罗伊在《反对种族》（*Against Race*，2000）中指出，作为"种族"、国家及编码于身份的文化的形而上学替代品，流散把归属的文化与历史机制"问题化"，通过打破地方（place）、场所（location）与意识（consciousness）之间的联系，瓦解决定身份的疆界（territory）的根本权力。[3]

沃尔科特清楚地意识到书写黑人性的困难，其能指的漂移不定仍将继续，但他认为如果仅仅把黑人性读作嬉戏则会落入故意否定黑人生存意义的圈套。他认为，认真阅读加拿大黑人艺术家的作品会让我们认识黑人生活与黑人身份的复杂，意识到黑人的

---

1 Rinaldo Walcott, *Black Like Who?: Writing Black Canada* (Toronto: Insomniac Press, 2003), 31–32.

2 同上，23。

3 Paul Gilroy, *Against Race: Imagining Political Culture Beyond the Color Line* (London: Belknap Press, 2000), 123.

模仿与创新实践，批评家有责任区分哪些是模仿作品，哪些属于再创作。另外，他指出，“在黑人流散话语的语境下阅读加拿大黑人作品是有益的”，那些非洲（新世界黑人）的后裔，因跨大西洋奴隶制被迫散布各地，继续参与文化交换、发明与再造的复杂过程，其结果就是文化上的混杂（克里奥尔化）。[1]

因此，他想建议的是，加拿大黑人近来成为黑人流散研究中各种主张交汇的场域，加拿大成为后解放与后民族独立的加勒比移民以及非洲大陆移民的场所，也是逃避奴役的非裔美国人及其后裔的圣殿。加拿大的黑人性如此丰富多样，它们之间的碰撞对当下的流散理论一定大有裨益。经过合法的多元文化政策，国家支持、官方批准的身份政治把差异与联系置于不同的关系与结构中，而民族-国家的影响可以（重新）改变潜在的、意味深长的流散对话的政治可能性。[2]

第二节　构建非裔加拿大文学传统

非裔加拿大文学基础相对比较薄弱，作品较少，这与加拿大文学本身的发展较为滞后也有一定的关系。刘意青指出："20世纪之前的加拿大文学作品几乎都出自非加拿大本土的外来人之笔，即那些身在加拿大却从未把加拿大当作祖国的移民作家们。"[3]著名加拿大文学理论家诺索普·弗莱曾指出加拿大缺乏自身文学的原因

1 Rinaldo Walcott, *Black Like Who?: Writing Black Canada* (Toronto: Insomniac Press, 2003), 25.

2 同上，40。

3 刘意青：《存活斗争的胜利者——加拿大女小说家和作品评介》，《欧美文学论丛》2002年，第225页。

是作家不能与加拿大地域产生认同。他认为，加拿大人虽然一直都在寻找自己的身份，但久久萦绕加拿大作家们脑际的问题并非“我是谁?”，而是“这里是哪里?”。[1]因此，1959年，女作家沃特森（Sheila Watson）发表的小说《双钩》（*The Double Hook*）头一次强调加拿大文学该致力描绘的是“这里”，是自己的“院子”里发生的事情，不要过于在意英、美的标准或羡慕并追随“那里”的传统。“《双钩》被许多评论家誉为加拿大文学中首次超越了殖民地心态的作品，是加拿大自身文学诞生的标志。”[2]因为在很长一段时间内，加拿大文学的主流主要是英语文学（部分地区为法语文学），与英国和法国宗主国在血脉上、文化上具有很强的联系，而对非欧洲民族移民进行限制是延续这一文学传统的前提。

但是非欧洲移民的逐渐增加，为加拿大文化的多元性以及文学的多样性创造了条件。1960年前，加拿大移民主要来自欧洲；1881年，非英国或法国移民的比例只有11%；1961年达到26%；21世纪初，欧洲移民已经降到20%，而亚洲移民则升至50%。[3]尽管如此，欧洲移民依然占据主导地位，直至20世纪七八十年代，加拿大文学依然继续由欧洲移民的后裔所主宰。1988年加拿大颁布实施《多元文化法案》——这可以视为《移民法案》的续篇，宣布保障新加拿大人拥有“保存、强化、共享自己文化遗产”的

1 转引自刘意青：《存活斗争的胜利者——加拿大女小说家和作品评介》，《欧美文学论丛》2002年，第225—226页。

2 刘意青：《存活斗争的胜利者——加拿大女小说家和作品评介》，《欧美文学论丛》2002年，第228页。

3 Eva-Marie Kröller, “Introduction,” Eva-Marie Kröller, ed. *The Cambridge Companion to Canadian Literature* (Cambridge: Cambridge University Press, 2004), 6–7. 根据2003年出版的关于2001年的人口统计数据，生活在加拿大的人口中，18.4%出生在外国，而1996年这个比例是17.4%，1991年是16.1%。

权利。然而，直到1970年代末，才有一些大学课程中使用了以约翰逊为代表的加拿大原住民作家的少许诗歌作品；直到1981年日裔作家乔伊小川（Joy Kogawa）出版《姨娘》（*Obasan*），才为非欧洲移民后裔提供了阅读的选择；而又要到十来年后，非欧洲移民的后裔才真正出版文化背景各异，获得国际声誉的作品，而且越来越多的欧洲裔作家也开始关注自己创作的主人公的其他文化背景。对此，作家布莱克（Ayanna Black）的观点比较有代表性，他在访谈中指出，加拿大文化中到处都是关于黑人的刻板印象，对"黑人作家"这一标签，他也比较反感，因为提到阿特伍德时，没人会刻意地强调她是白人作家！因此，他特别反对把非白人作家归结到南亚、原住民、非裔加拿大等族群范畴的做法。对黑人的遭遇，布莱克十分同情，他认为政治权力对文化环境影响深远，加拿大有差不多100万黑人，他们像别人一样交税，但在文化表现方面，却没有代表：没有博物馆，没有文化机构。"我们需要更大、更持久的文化代表，现在偶尔有些小展览是远远不够的。我们需要类似于五年计划的战略，实现更有意义的目标。"[1]另外，他非常清楚地提出，我们需要能够理解我们作品的批评家，理解我们的美学、形式与文化，他们不一定是黑人，但是要敏感、客观，当然肯定得博学。[2]

如果说美国独立战争之后，在扩展疆土的同时，美国学者如爱默生等人就在1830年代提出美国文化也应该寻求独立，尝试

1 H. Nigel Thomas, ed. *Why We Write: Conversations with African Canadian Poets and Novelists* (Toronto: TSAR Publications, 2006), 10.

2 同上，12。

书写不同于英国宗主国的文学作品的话，那么加拿大的文化独立意识则相对较晚。加拿大文学的发展深受版权法的制约与影响，1842年的《帝国版权法案》，以及五年后的增补法案，都把从美国进口盗版图书到英属北美地区视为合法，虽然1891年英美之间达成协议，结束了盗版实践，但是直到1962年，加拿大作家协会挑战有害无益的版权法，才取得重要进展。[1]默许甚至鼓励盗版会扼杀创新，肯定不利于民族文学与文化的健康发展，会产生一定的负面影响。

文化生产与文学创作离不开社会与文化环境，加拿大幅员辽阔，人口稀少，处于高纬地区，很多地区都非常寒冷，如何生存下来几乎是所有移民面临的首要问题，也逐渐发展成加拿大文学创作的重要主题。1970年代，阿特伍德提出加拿大文学的"存活"主题，一度成为时尚，蔚为大观，但是强调文学形式而非内容的声音也同时并存，陶曼（Warren Tallman）的论文《雪中的狼》（"Wolf in the Snow"，1960），以及琼斯（D. G. Jones）的著作《岩石上的蝴蝶：加拿大文学主题与意象研究》（*Butterfly on Rock: A Study of Themes and Images in Canadian Literature*，1970）等都反对民族主义者对加拿大内容的强调。卡梅伦（Barry Cameron）与狄克逊（Michael Dixon）也呼吁更加关注文学的形式问题。

其次，由于加拿大的移民来自世界不同的文化区域，因此，多样性成为不容忽视的文化现象。雷德科普（Magdalene

1 这与19世纪美国文学的发展比较类似，特别是戏剧创作与演出，都深受盗版之害。参见Eva-Marie Kröller, ed. *The Cambridge Companion to Canadian Literature* (Cambridge: Cambridge University Press, 2004), 16。

Redekop）在《加拿大文学批评与民族文学的观念》中指出："加拿大文学，无论是书面文学还是口头文学，都必须否定贺德的思想模式，即所谓用一种语言讲述一个民族（国家）的一个故事。"[1]他认为："如果一个民族有充满生气的文学传统，那么民族文学就像一场动态的对话，而非仅仅是一座静态、固化的丰碑。"[2]聪明的批评家总能够充分意识到加拿大区域辽阔，族群多样的特点。在凡尔登茵（Christl Verduyn）主编的论文集《多元的文学》（*Literary Pluralities*，1998）中，人们反复引用多样性，作为所谓加拿大单一身份的解毒剂。无论是诗人柏迪（Al Purdy）的《新罗马》（*The New Romans*，1968），还是《为加拿大大学而战》（*The Struggle for Canadian Universities*，1969）都在狂热地倡导加拿大的文化自治。在为《家庭真相》（*Home Truths*，1988）所写的序言中，加兰特（Mavis Gallant）大胆地声称，因为她是加拿大人，所以她的故事就是加拿大故事；乔伊小川《姨娘》中的艾米莉大婶（Aunt Emily）也有类似的断言：如果一个加拿大公民述说"桃太郎"（Momotaro）的故事，那么它就是加拿大故事。因此，加拿大文学随时准备因作者和读者而改变，这种弹性很有力量。

在文学批评方面，环境因素的影响也非常显著。在为影响深远的论文集《加拿大批评的语境》（*Contexts of Canadian Criticism*，1971）所写的引言中，曼德尔（Eli Mandel）区分了三类主导语境：环境主义、形式主义与文学传统。而《加拿大批评

---

1 Magdalene Redekop, "Canadian Literary Criticism and the Idea of a National Literature," Eva-Marie Kröller, ed. *The Cambridge Companion to Canadian Literature* (Cambridge: Cambridge University Press, 2004), 264.

2 同上，263。

的新语境》（*New Contexts of Canadian Criticism*，1997）则延续了这本书的思路，赫柏（Ajay Heble）指出，加拿大迫切需要超越民族主义的批评方法，鼓励不同文化之间进行跨民族的交流。[1]而李（Sky Lee）通过重写西加拿大的历史，挑战文学批评中逐渐显著的环境决定论，并通过对话加拿大文学史，梳理其发展脉络，因为早在1928年，史密斯（A. J. M. Smith）就把加拿大诗歌描述为“过于重视环境，过于重视自己在空间中的位置，而几乎没有意识到自己在时间中的位置”。[2]1936年，加拿大总理金（William Lyon Mackenzie King）在下院发表演讲时提到，加拿大有太多的地理，而没有足够的历史；1962年，伯尼（Earle Birney）创作的“由于我们缺乏鬼魂，所以我们饱受折磨”的诗句常常为人引用。[3]到了21世纪，加拿大文学又出现了新的变化，仿佛“迷恋历史已经成为加拿大文学的主要模式”，但是反对者甚众，因为英裔和法裔相互排斥，特别是英裔，大都忽略法裔历史。有位历史学家认为“撰写加拿大历史的唯一真正途径是撰写三份历史——撰写三份平行的历史，即反映土著经历，反映法裔以及反映英裔的历史”。[4]哈钦提出“历史编撰元小说”（historiographic metafiction）来描述后现代作品《燃烧的水》（*Burning Water*，1980）对温哥华

---

1 Magdalene Redekop, “Canadian Literary Criticism and the Idea of a National Literature,” Eva-Marie Kröller, ed. *The Cambridge Companion to Canadian Literature* (Cambridge: Cambridge University Press, 2004), 267.

2 同上，269。

3 同上。

4 转引自 Eva-Marie Kröller, “Introduction,” Eva-Marie Kröller, ed. *The Cambridge Companion to Canadian Literature* (Cambridge: Cambridge University Press, 2004), 13。

(George Vancouver）上校在太平洋西北部进行探险的书写。

在此文化背景下，加拿大黑人的文学创作、批评与研究又呈现出什么样的特点？与被强迫为奴的美国黑人相比，黑人移居加拿大主要是个体的自由选择。1783年是加拿大黑人历史上最关键的一年，差不多有三千多名美国黑人为寻求自由来到新斯科舍省，当地成为北美第一个自由的黑人社区。后来1812年的美英战争，美国内战前夕，特别是越南战争期间，都有很多美国人为逃兵役来到加拿大，其中很多人受过高等教育。因此，他们自称是18世纪躲避美国革命，逃往加拿大的保皇党人的后裔。

虽然非裔加拿大文学历史比较悠久，但是成果比较少，能够流传下来，进入经典的则更少。刚开始时，非裔加拿大文学恐怕只是教堂与社区的大事记，菲利普明确指出，这些宗教布道与宗教意味浓郁的短文根本不能算作文学。从1785年美国出生的马兰特（John Marrant）出版《伟大的上帝与黑人约翰·马兰特的交往叙述》，到1958年和1964年卡鲁（Jan Carew）和奥斯汀·克拉克出版现代小说，可以说直到1960年代，加拿大的黑人小说创作都比较沉寂；布朗（Lennox Brown）创作的第一个非裔加拿大剧本1965年才出版；在诗歌创作方面，虽然早在1911年，德特(Nathaniel Dett）就出版了第一部非裔加拿大诗集，但是直到1967年才有人紧随其后，陆续发表作品。[1]总的来说，他们的创作与非裔美国人的创作有诸多相似之处，正如美国文学批评家博恩在1969年所描述的那样，非裔加拿大人与非裔美国人一样讲述着生

---

1 George E. Clarke, *Directions Home: Approaches to African-Canadian Literature* (Toronto: University of Toronto Press, 2012), 46.

存的困境，在民族同化与黑人民族主义这两极之间摇摆不定，而非裔加拿大作家与知识分子也在平衡吉尔罗伊所援引的要么是欧洲中心主义，要么是黑人民族主义这种不太令人满意的选择。[1]而“非裔加拿大文学中的欧洲观”仔细审视了欧洲意识形态及理想对非裔加拿大作家的影响，认为下述重要作家，如亚历克西斯、布伦胡贝尔（Kim Barry Brunhuber）、哈里斯（Claire Harris）、迈尔（Suzette Mayr），以及萨斯菲尔德（Mairuth Sarsfield）等，都把叙述的某些部分置于欧洲的空间当中。正如克拉克的论文《存在（非裔）加勒比裔加拿大文学吗？它们存在于加勒比吗?》所探索的那样，作为加勒比后裔的非裔加拿大作家向他们不为人所知的“家乡”说话。[2]

鉴于此，人们普遍认为，加拿大黑人的创作始于1964年奥斯汀·克拉克（Austin Clarke）出版的第一部小说。从社会接受的角度来看，奥斯汀·克拉克是1960年代和1970年代唯一一位由主流出版社出版作品的加拿大黑人小说家。这种对非裔加拿大创作的漠视到1980年代末发展成为公然的排斥，即便1990年代非裔加拿大作家开始获得各类文学奖，但否定的力量依然十分强大，从某种程度上来说，这种拒绝与“加拿大是个白人国家”的固有观念密不可分。因为“主流的英裔加拿大白人把自己定义为加拿大人，而其他人都是移民或非加拿大人……，因此，人种文化，特别是少数族裔都是异类、非加拿大人，因而不配被别人接受，也无法

---

1 George E. Clarke, *Directions Home: Approaches to African-Canadian Literature* (Toronto: University of Toronto Press, 2012), 59.

2 同上，14。

与其他真正的加拿大人享有同样的地位”。[1]克拉克认为，非裔加拿大文化的窘迫之处在于，欧裔加拿大批评家常常把非裔加拿大文化视为“他者”，而非裔美国或非裔加勒比批评家则“不知羞耻”地把非裔加拿大文化读作自己的混杂版。[2]

在《发现非裔加拿大文学》中，著名小说家和文学批评家G.E.克拉克认为，非裔加拿大文学的创造者本身就具有多元文化，既有难民、流放者，也有移民与朝圣者，他们经常孤独地写作，自己出版作品，希望能够使用非裔美国模型，并做些变化。而在加拿大，无论是学者、公共知识分子、演讲者及修辞学家，他们都主要是白人，无论他们用哪一个我们，是用“we”还是“nous”，他们几乎都指向跟他们同一肤色、同一文化背景和阶层的人。他觉得自己有责任抗拒那些试图抹除加拿大黑人文化与历史的行为：

> 我厌倦了那些总是把黑人视为社会学家、犯罪学家以及殡葬业者研究对象的做法，他们的目光手术刀般把我们切成碎片，他们的声音像榴霰弹般炸碎我们的梦想，他们沉重的金属手刺穿我们的心脏——他们执拗的书写追溯到黑暗时代。在他们心里，我们可能太穷了甚至没有历史；或者他们认为我们的写作就是吹毛求疵，所谓“抗议小说只是另外一个隔都，是黑脸的无产阶级文

---

1 H. Nigel Thomas, ed. *Why We Write: Conversations with African Canadian Poets and Novelists* (Toronto: TSAR Publications, 2006), ⅷ-ⅸ.

2 George E. Clarke, *Odysseys Home: Mapping African-Canadian Literature* (Toronto: University of Toronto Press, 2002), 72.

学”；或者他们把我们归为“奇风异俗”，只是自由进步的象征、白人家长制的象征、女性主义愤怒的象征。或者他们假装“加拿大黑人”文学只有2至3位作家，如果被逼问有哪几个，他们可能绞尽脑汁才能想起克拉克和布兰德（Dionne Brand）的名字。[1]

但是只读少数几位作家不足于评价文学的丰富多样，正如意大利裔加拿大作家迪阿方索（Antonio D'Alfonso）所见证的那样，“任何一个国家文学传统的形成都有赖于一系列作家的相互依赖与相互联系”。[2]

沃尔科特认为，欧裔加拿大作家不可能不受几百年来欧洲的种族主义思潮的影响，正如诗人与研究者金伯利（Smaro Kamboureli）在评论乔伊小川的《姨娘》时所指出的那样，“文化领地与政治领地相关，历史不可能仅仅是可以随意打包的无声档案”。[3]通过使用类似于资本主义生产者或业务提供商的策略，欧裔加拿大文学专家肆意诋毁非裔加拿大作家的作品；而文学经纪人也向黑人作家传递这样的信息：加拿大没有呈现黑人主题的文学市场。迈尔就注意到自己有些年轻的黑人学生，在创作时有意地剔除种族因素，因为他们确信市场不欢迎这些——此举间接佐证了白人作品更有价值之说。他认为，非裔美国文学史能够给我

1 George E. Clarke, *Odysseys Home: Mapping African-Canadian Literature* (Toronto: University of Toronto Press, 2002), 6–7.

2 同上。

3 H. Nigel Thomas, ed. *Why We Write: Conversations with African Canadian Poets and Novelists* (Toronto: TSAR Publications, 2006), ix .

们一些提醒，1950年赫斯顿（Zora Neale Hurston）告诉自己的读者“白人出版商不愿意印刷什么”，1993年拉斐里埃（Danny Laferriere）告诉读者今天白人出版商愿意印刷什么，为何白人读者会喜欢，而黑人读者会讨厌；他认为现在加拿大白人赞助人与黑人作家艺术家之间的关系跟80多年前美国的哈莱姆文艺复兴时期差不多。由于上层建筑把黑人的创作归类于受害者艺术，把他们自己的艺术含蓄地定义为征服者的艺术，此举极好地解释了阿契贝（Chinua Achebe）对压迫者与被压迫者的观察：如果历史由狮子书写，那么羚羊的遭遇肯定不会好到哪里去。[1]

作为非裔加拿大文学的捍卫者，克拉克严厉批驳那些否认者的声音。他指出，或许对某些人而言，非裔加拿大文学可能像欧文（Clifford Irving）的《霍华德·休斯传记》一样虚假；另外一些人可能会认为，非裔加拿大文学经典可能只是非裔美国文学或非裔加勒比文学的怪诞衍生，只是想象的产物，1970年代前几乎无人在意，不会被当作民族文化的有机组成部分，只不过是“加拿大黑人”创作的文本的临时汇集，换句话说，是那些“碰巧是黑人”或“碰巧在加拿大”的黑人们的作品汇集——很多情况下，他们这些学生、工人，将来会回到其他地方去。人们一般认为，生动的黑人历史通常发生在强邻美国。而非裔加拿大文学的学生必须要做的就是对抗遗忘，因为不研究历史注定要犯错误，因为加拿大的起源中可能就有黑人文学形成的征兆，但是如果创作者不是一开始就有意识地描写自己的民族，其存在就很可能默默无

---

1 H. Nigel Thomas, ed. *Why We Write: Conversations with African Canadian Poets and Novelists* (Toronto: TSAR Publications, 2006), ix–xv .

闻。沃克（James Walker）认为，把事件有序地摆放在连贯的叙述中就在暗示其意义，仿佛历史学家创造了历史，但实际上很难做到。实际上要想了解任何文化都必须对其过去进行考察，对非裔加拿大文学、文化、历史的研究也常常反映主人话语（master discourse）对黑人的负面评价：无能、低劣、违法等，而“黑人文学生产在加拿大文化史中的缺席，造成非裔加拿大文学的批评荒原”。[1]

不可否认，泛非主义确实激励着非裔加拿大人，特别是那些讲英语的非裔加拿大人，他们以非裔美国人为榜样，采用他们的话语模式与美学议题，而这种采纳又伴随着后者傲慢的漠视或侵并，因为很难构想没有美国为之划定疆界的加拿大黑人。非裔加拿大人的两难困境在于，他们离非洲太远而离美国太近，因此，非裔美国黑人性一直是，而且现在依然是构建非裔加拿大黑人性的基础与前提。[2]

因此，非裔加拿大学者的重要任务之一就是梳理加拿大黑人的文学创作与批评，构建自己的文学传统。克拉克坦言自己比较憎恨欧裔加拿大人对加拿大黑人文学的两种常见做法：一种是盛气凌人地一概弃之不管，另外一种是不分青红皂白、不分好坏地一味赞美。他指出，我们现在的主要责任就是要消除：“(1) 与非裔美国文学与文化的错误类比；(2) 对非裔加拿大社区及其不同历史的误解；(3) 应受谴责的遗漏；(4) 自我本位的经典构成；(5) 无

1 George E. Clarke, *Odysseys Home: Mapping African-Canadian Literature* (Toronto: University of Toronto Press, 2002), 7–8.

2 同上，27—28。

效的研究。"[1]在《奥德赛归家》中，他开启了与英裔加拿大民族主义者及保守派哲学家格兰特（George Grant）的论争，明确表示自己"非常欣赏马尔科姆·埃克斯（Malcolm X）的卓见，即黑人因皮肤黑而饱受压迫，应该采用泛非主义与文化民族主义，拒绝白人种族主义与白人帝国主义"。[2]他也知道，不可能在非裔加拿大文本中禁止加拿大，换句话说，遗漏这么关键的背景就像相信白人种族优越一样是弱智行为。他为自己辩护说，如果有人指责我是文学民族主义者，那我也是"以世界主义的激情来拥抱这一象征的。但是，我实际上也是受常识驱动的。毋庸置疑，是非洲核心——外加历史（奴隶制、殖民主义）——把流散的非洲传统民族联系起来，而我们最终又都被民族文化所塑造"。[3]但是克拉克指出，加拿大学者阿尔蒙特（Richard Almonte）误解了自己的论点，自己从未说过非裔加拿大文本直接源于非裔美国文本，从未说过"'非裔加拿大文学'……是经过这么一个过程创作出来，加拿大作家喻指非裔美国文本与作家"。[4]

福斯特（Foster）指出，很多加拿大黑人诗人都不认为自己的创作是加拿大文学传统的一部分，仿佛只是阿特伍德、戴维斯（Robertson Davies）或门罗的背面，"相反，他们声称自己属于孕育出国际知名诗人德里克·沃尔科特（Derek Walcott）与马莱

1 George Elliott Clarke, *Odysseys Home: Mapping African-Canadian Literature* (Toronto: University of Toronto Press, 2002), 8.

2 同上，13—14。

3 George E. Clarke, *Directions Home: Approaches to African-Canadian Literature* (Toronto: University of Toronto Press, 2012), 6.

4 George E. Clarke, *Odysseys Home: Mapping African-Canadian Literature* (Toronto: University of Toronto Press, 2002), 61.

(Bob Marley) 的骄人传统”。[1]克拉克则旗帜鲜明地表示，自己坚信非裔加拿大文学的存在，而且需要为之定义，并为之辩护。目前无论是克拉克自己撰写的系列文章以及两本研究专著，还是莫伊娜 (Maureen Moynagh) 的专著、西尔斯的文集、托马斯的访谈，以及纳斯编辑的文选《重生：加拿大黑人创作文选》(2006)，都继续把来自不同文化背景的作者，列入非裔加拿大或加拿大黑人名下。但是，加拿大主流话语依然倾向于抹除其黑人性。[2]

无论承认与否，非裔加拿大文学传统的构建都无法忽略非裔美国文学与文化的影响。克拉克尝试界定非裔美国黑人性的6条原则：(1) 非裔美国黑人性是国际主义的；(2) 非裔美国黑人性是革命的；(3) 非裔美国黑人性的实施基于原则的、自卫的暴力；(4) 非裔美国黑人性允许非暴力的、大规模的迁徙，如1958—1968年的民权运动以及百万大游行等；(5) 非裔美国黑人性是区域性的，因此，吉尔罗伊嘲弄非裔美国文学中的伟大种族中心主义典律；(6) 非裔美国黑人性影响深远。英国作家沃姆斯利 (Anne Walmsley) 断言，1965年2月马尔科姆·埃克斯对伦敦的访问，就像几个月前马丁·路德·金的访问一样，对英国的加勒比人产生了深远影响，因为那时他们感到压力越来越大，一点也不受欢迎。吉尔罗伊指出，在把英国的加勒比不同民族的群体凝聚成一种新的模式方面，主要源自美国黑人的黑人性发挥了重要作用。“毋庸置疑，美国黑人性是黑人性的典范，但并非对所有人都是这

1 George E. Clarke, *Odysseys Home: Mapping African-Canadian Literature* (Toronto: University of Toronto Press, 2002), 69.

2 George E. Clarke, *Directions Home: Approaches to African-Canadian Literature* (Toronto: University of Toronto Press, 2012), 12.

样，至少并非永远如此。”[1]

在塑造非裔加拿大美学方面，非裔美国影响甚大。此外，由于许多非裔加拿大作家出生于加勒比地区，因此，加勒比的影响也不容忽视。如果要草拟完整的非裔加拿大文学史，就必须审视美国的黑人权力与黑人艺术运动，并且考虑1966—1972年发生在伦敦的加勒比艺术家运动等；此外，还需要重视欧裔加拿大种族主义在公然反对源自加勒比地区的加拿大黑人时如何遭到国际社会的谴责等问题。“全面完整的当代加拿大文学史一定要讨论加维主义、牙买加政治、雷鬼音乐、‘配乐’诗歌，以及塔法里教主义(Rastafarianism)”等。[2]马修斯（Matthews）认为，很难把民族主义与对本土传统的探询分离开来，因此，非裔加拿大文化偏离非裔美国影响的意义在于，非裔加拿大作家可以设计不同于英国和美国的黑人作家的文学与书写传统。[3]

第三节　当代非裔美国文学传统的确立与发展

与非裔加拿大文学略有不同的是，非裔美国文学创作不仅历史比较悠久，而且作品也十分丰富，在主题与形式方面主要经历了模仿、证明、表征、文化认同等诸多阶段，在美国及世界范围内都有比较大的影响。经过哈莱姆文艺复兴以及黑人艺术运动的洗礼，非裔美国文学研究在1970年代尝试构建非裔美国文学传

1 George E. Clarke, *Odysseys Home: Mapping African-Canadian Literature* (Toronto: University of Toronto Press, 2002), 50–51.

2 同上，62—63。

3 同上，60。

统，重点挖掘被埋没的黑人作家（特别是女作家），彰显非裔美国文学特征，体现与主流美国文学研究的差异与联系，为全球化进程中关于种族与族裔性研究提供丰富的语境与资料，主要体现在两个方面：黑人女性主义的发展，以及非裔美国文学研究中关于后结构主义的争论。

当代非裔美国文学传统的确立得益于黑人女性主义的发展。像早期非裔美国文学批评一样，黑人女性主义批评家最初是一些作家和艺术家，后来受过良好教育的黑人女性学者加入，逐渐拓宽黑人女性主义的研究领域，深化了对某些主题的探讨。这其中既有沃克（Alice Walker）、安吉洛（Maya Angelou）、洛德（Audre Lorde）与莫里森等作家，也有史密斯（Barbara Smith）、麦克道尔（Deborah E. McDowell）、克里斯汀（Barbara Christian）、斯皮勒斯（Hortense Spillers）、戴维斯（Angela Davis）与胡克斯（Bell Hooks）等学者。她们不仅关注黑人女性的经济状况、政治权利与社会地位的平等，也非常关注黑人女性形象的塑造、黑人女性语言的特征，以及黑人女性的文学传统。她们主要关注以下四个方面：1. 恢复遗失、被遗忘的艺术家与文本；2. 对黑人女性写作进行文本分析；3. 对黑人女性创作的文学与非文学文本进行文化分析；4. 转向流散主题——这是20世纪的主要转变。[1]

从更大的文化语境来看，全球化为文学研究提供了一个新的契机，其中，“历史、政治和理论发展的结合，迫使人们从新的角度观察迄今为止模糊不清的文学理论（史）的特性，全面重申

---

1 Karla Kovalove and Cheryl A. Wall, eds. *Black Feminist Literary Criticism* (Frankfurt: Peter Lang Gmbh, 2016), 18.

文学和文学批评的角色与功能”。[1]梅森（Theodore O. Mason）对非裔美国文学批评所做的简要勾勒可资借鉴，即1. 20世纪70年代以前，“对早期美国黑人文学批评最好的介绍是作者们自身的主张，而不是试图‘诠释’美国黑人文学的批评以及美国黑人文学批评的本质问题或许是黑人文学本质概念的演变与文学艺术之间的关系”；[2] 2. 1977—1990年，非裔美国文学批评越来越有意识地以文学性及理论为分析依据，“对美国黑人文学作品进行更有理论依据批评的批评方法”，以及“出现了强有力的美国黑人女性文学理论与批评”；[3] 3. 1990年之后通过拓展《非裔美国文学：课程的重构》，再现“文化研究、女性主义、心理分析和酷儿理论所产生的广泛影响”。[4]在此大批评框架内，本节重点探讨目前国内学术界较少关注的“非裔美国文学教育”“非裔美国文学考古”，以及关于文学理论（批评）与黑人生活经验之间关系的思考。

自1773年美国黑人女奴惠特丽（Phillis Wheatley）出版诗作以来，美国黑人出版了许多独具美国本土特色的奴隶叙事作品。1850年代出现奴隶叙事创作的一个高潮，几乎与19世纪上半叶勃发的新英格兰文艺复兴同时出现。20世纪以来不仅在诗歌、小说与戏剧创作等方面取得比较好的成绩，非裔美国文学研究成果

1 济曼：《全球化》，迈克尔·格洛登、马丁·克雷斯沃思、伊莫瑞·济曼主编《霍普金斯文学理论和批评指南》（第2版），王逢振等译，北京：外语教学与研究出版社，2011年，第711页。

2 梅森：《美国黑人理论与批评》，迈克尔·格洛登、马丁·克雷斯沃思、伊莫瑞·济曼主编《霍普金斯文学理论和批评指南》（第2版），王逢振等译，北京：外语教学与研究出版社，2011年，第14—15页。

3 同上，第23页。

4 同上，第32页。

也相继问世。1971年，黑人学者特纳指出，尽管非裔美国文学研究不像非裔美国文学创作那么悠久，但也并不比正规的美国文学研究年轻多少，后者也不过到1890年代以后才在美国获得学术声望。“在1900年以前，有逻辑、有条理的‘美国文学’的概念几乎没有，那时也没有什么有说服力的著述论及美国文学的重要性，其所要解决的当务之急是什么，继承了什么样的伟大传统，以及其在当前社会生活中所发挥的作用和价值等问题。”[1]而美国内战结束前两年，前奴隶布朗（William Wells Brown）就在《黑人：其先辈、天才与成就》（*The Black Man: His Antecedents, His Genius, and His Achievements*）中描写了早期非裔美国作家的成就；到1915年，黑人作家的语言就在被隔离的黑人学校中被黑人学生们阅读、记忆、背诵和研究，因为黑人大众需要获得对自我价值的肯定和自豪。[2]三个半世纪以来，被隔离的生活处境造成他们的心理创伤：黑人民族普遍自惭形秽，觉得自己不是美国人，甚至不是人。[3]客观地说，在大部分学校，非裔美国文学可能依然是黑人历史学、社会学以及政治学使用的材料，历史学家与社会科学家仿佛只是在使用文学来解释自己的学科，“对他们来说，文学只是教学策略的一部分”。[4]因此，斯坦普多（Robert Stepto）和费希尔（Dexter Fisher）在1979年出版的《非裔美国文学：课程的重构》

1 萨克文·伯科维奇主编：《剑桥美国文学史·第五卷：诗歌与批评（1910—1950年）》，马睿等译，北京：中央编译出版社，2009年，第349页。

2 Darwin T. Turner and Barbara Dodds Stanford, *Theory and Practice in the Teaching of Literature by Afro-Americans* (Urbana: National Council of Teachers of English, 1971), 4–5.

3 同上，6。

4 Dexter Fisher and Robert B. Stepto, eds. *Afro-American Literature: The Reconstruction of Instruction* (New York: The Modern Language Association, 1979), 9.

中开门见山地指出，在“过去20年出版的许多非裔美国文学与批评选集中，很少有专门对文学进行严肃讨论的，更没有专门强调与非裔美国文学课程设置直接相关的问题”。[1]

非裔美国文学教育的普遍缺失与发展的相对滞后也可以从盖茨对非裔美国文学的回顾中得到印证。盖茨指出，1920年代初，著名黑人大学（霍华德大学）的英语系主任伯奇（Charles Eaton Burch）首次把《黑人生活的诗歌与散文》引入课程；1930年代中期，著名黑人学者约翰逊（James Weldon Johnson）成为第一位在白人大学（纽约大学）教授黑人文学的黑人学者。盖茨认为，如果说在1960年代末以及整个1970年代，非洲或非裔美国文学还需要自我辩护，如果说1970年代盖茨在英国剑桥大学读书时想以“黑人文学”为对象撰写自己的博士论文，导师还会不屑一顾地反问：“告诉我，先生，啥是黑人文学呀？”那么到了1990年代，非裔美国文学研究即便不是从边缘走向了中心，至少也是走向了被广为接受的领地，因为1985年以来，《现代语言学会》的求职信息告诉我们，美国很多英语系都在提供非裔美国文学、非洲文学或后殖民文学的教授岗位。[2]盖茨牵头编写《诺顿非裔美国文学选集》（1996）的原因之一就是为那些以材料匮乏为借口而不开设非裔美国文学课程的学校或老师提供合适的教材。

尽管人们对非裔美国文学传统的认识不一定一致，但是大都会同意小说家埃利森对此所做的总结，即“对奴隶制的记忆，对

1 Dexter Fisher and Robert B. Stepto, eds. *Afro-American Literature: The Reconstruction of Instruction* (New York: The Modern Language Association, 1979), 1.

2 Henry Louis Gates and Abby Wolf, eds. *The Henry Louis Gates, Jr. Reader* (New York: Basic Civitas, 2012), 169–170.

解放的憧憬，被盟友出卖与复仇，南部重建后我们以前的主人强加的蔑视，为出卖辩护而流传的北方和南方的种种神话，做一个美国黑人都必须牵涉到这些”。[1]非裔美国文学大都反映了上述主题。斯坦普多和费希尔认为，所有重要非裔美国作品都反映了美国黑人对自由与读书识字能力的追求，最典型的文本当推道格拉斯的《道格拉斯自述》（*Narrative of the Life of Frederick Douglass, an American Slave, Written by Himself*，1845）与杜波伊斯的《黑人的灵魂》。他们明确指出："如果真有非裔美国文学传统存在，那不是因为有一长串可观的作者与作品的名字，而是因为那些作者与作品都在共同寻求自己的文学形式——混合了不同的文类——在历史与语言方面指向一种共享的难以现有类型归类的神话。”[2]

伴随着全球化时代各民族对自身文化传统的重视与对族裔因素的强调，许多受压抑和被埋没的第三世界国家的作家与作品重新进入读者的视线，成为文学经典。在非裔美国文学内部，美国黑人作家与艺术家开始反思如何构建自己的女性主义。不同于第二波女性主义运动，黑人女性作家需要双面作战，既要反对种族主义，也要反对男性至上的观念，其中对黑人女性特殊经历与社会经验的强调，以及对构建黑人女性文学传统的关注，使她们有别于通常意义上的女性主义观念。黑人女性作家不仅被白人女性文学传统排斥，也被黑人男性文学传统所排斥，比如说，迟至1979年出版的《帷幔之外》（*From Behind the Veil: A Study of Afro-*

1 伯纳德·W.贝尔：《非洲裔美国黑人小说及其传统》，刘捷等译，成都：四川人民出版社，2000年，第15页。

2 Dexter Fisher and Robert B. Stepto, eds. *Afro-American Literature: The Reconstruction of Instruction* (New York: The Modern Language Association, 1979), 18–19.

American Narrative）也只有两页探讨赫斯顿的小说《她们眼望上苍》（*Their Eyes Were Watching God*，1937）。[1]因此，重新挖掘、复现黑人女作家及其作品的文学考古就是其中最重要的一项工作，最具代表性的当推沃克对赫斯顿的“重新发现”。

作为哈莱姆文艺复兴时期的重要代表作家，赫斯顿出版了4部小说、2部民俗作品、1部自传，是美国最重要的非裔美国民俗收集者，也是黑人妇女主义思想的重要先驱。在著名诗人休斯笔下，赫斯顿是聪明、可爱的代名词，能做许多其他人类学家无法做到的事情，是美国优秀的民俗收集者。对许多青睐她的富裕的白人朋友而言，她是完美的“黑鬼”（darkie）：天真、单纯、甜美、幽默，而且很黑。[2]但是哈莱姆文艺复兴之后，她很快淡出人们的视野，晚景凄凉，沃克的采访者告诉她，赫斯顿最后贫病交加，死于营养不良，人们筹钱安葬了她，连块墓碑都没有留下；也有采访者说她得了中风，死于福利院。

以赫斯顿“侄女”的名义进行此次文学考古的小说家沃克，从心里把赫斯顿作为自己的文学前辈，认为她是所有非裔美国女性的前辈。在其经典论文《寻找母亲的花园》中，沃克以自己母亲经营的花园为例，指出很多黑人女性的艺术创造能力被埋没、被遗忘。通过实地采访，沃克认识到，赫斯顿的很多做法当时不为人接受，因为赫斯顿的生活经历与文化体验与当时的很多黑人

---

1 Deborah E. McDowell, “New Directions for Black Feminist Criticism,” *Black American Literature Forum* Vol. 14, No. 4 (Winter, 1980): 153.

2 Alice Walker, “Looking for Zora,” Carol Ascher, Louise DeSalvo, and Sara Ruddick, eds. *Between Women: Biographers, Novelists, Critics, Teachers and Artists Write about Their Work on Women* (Boston: Beacon Press, 1984), 436.

都截然不同。比如说，赫斯顿对美国学校实行的种族融合政策一点也不感兴趣，因为她自己的家乡伊顿威尔是个全部由黑人组成的高度自治的社区，根本就不需要什么黑白种族融合。因此，撰文抨击赫斯顿不支持学校的种族融合政策乃是不智之举，因为在她自己的家乡伊顿威尔，说什么黑人自豪感等一点也不新鲜。[1]此外，沃克也梳理了其他研究者对赫斯顿的评价，对赫斯顿的艺术天赋高度赞赏。比如说邦坦普斯（Arna Bontemps）认为，早在许多趣闻逸事出现于她的《骡子与人》以及其他作品之前，她的许多妙趣横生的小说已经成为当地的传奇；而且只要人们的关注点略微发生一些变化，这些故事就可能十分畅销；海铭威（Robert Hemenway）指出，赫斯顿对自己的民俗学价值遭到拒绝，特别是在黑人社区被自己的族人拒绝非常伤心，对自己无法把非裔美国世界观转换成小说形式非常沮丧，最后不得不放弃。[2]沃克对赫斯顿的遭遇也感同身受，认为“即便是今天，黑人妇女的艺术家身份也在很多方面降低而非提升我们的身份；但是，我们还是要做艺术家”。[3]

盖茨开启了一次更大的文学考古工程与发现之旅，在为19世纪黑人女作家朔姆堡图书馆系列丛书（*The Schomburg Library of Nineteenth-Century Black Women Writers*）所作的序言中，他回顾

---

1 Alice Walker, “Looking for Zora,” Carol Ascher, Louise DeSalvo, and Sara Ruddick, eds. *Between Women: Biographers, Novelists, Critics, Teachers and Artists Write about Their Work on Women* (Boston: Beacon Press, 1984), 436.

2 同上，440。

3 Alice Walker, “In Search of Our Mother’s Gardens,” Angelyn Mitchell, ed. *Within the Circle: An Anthology of African American Literary Criticism from the Harlem Renaissance to the Present* (Durham : Duke University Press, 1994), 405.

了1773年惠特丽出版第一部诗集以来非裔美国文学的发展，认为她不仅开创了非裔美国文学（与批评）传统，“对惠特丽诗歌接受的历史也即非裔美国文学批评的历史”，而且开启了黑人女性文学传统，因为，在19世纪，惠特丽与黑人文学传统合二为一，成为黑人文学传统的代称。[1]在为《我们的黑鬼》（*Our Nig; or, Sketches from the Life of a Free Black*，1859）所作的序言中，盖茨指出，本书描述了内战前作为契约仆人的自由黑人在北方遭遇的白人种族主义，与当时白人废奴主义者以及自由黑人揭露南方奴隶制暴行的“主流”价值观背道而驰；在为《女奴叙事》（*The Bondwoman's Narrative: A Novel*，2003）所写的引言中，盖茨详细分析了这部作品的作者、出版时间，以及作品主题，认为它与绝大多数出版于内战前，由废奴运动成员编辑、出版、发行的奴隶叙事不同，此书是女性黑人逃奴独立完成的第一部黑人小说："有助于年轻一代学者前所未有地更好地接近更加本真的奴隶的内心深处。"[2]这些细致的文学考古与梳理工作，为确立非裔美国文学传统与阐释框架奠定了坚实的基础。

1977年以后，新一代美国黑人学者，如盖茨、贝克（Houston Baker，Jr.）等人提出借用西方文艺理论与批评成果研究黑人文学文本，构建黑人文学传统；巴巴拉·史密斯、巴巴拉·克里斯汀、霍滕丝·斯皮勒斯，以及沃克和莫里森等学者与作家，以黑人女性主义为武器，重新阅读美国黑人文学文本，对性别与性属的关

1 Henry Louis Gates and Abby Wolf, eds. *The Henry Louis Gates, Jr. Reader* (New York: Basic Civitas, 2012), 121–123.

2 同上，91。

注渐趋深入，从早期关心被埋没的黑人女作家（如赫斯顿）或黑人男性作家对女性的忽视，发展到研究黑人女作家对性倾向的表达，开拓了一个新的领域。史密斯认为，黑人批评家应该（1）在黑人妇女写作中探索性与种族政治；(2) 假定有可以证明的文学传统；(3) 解码源于作家的政治、社会与经济经历的黑人女性文学中常见的主题、母题与概念；(4) 审视这个文学中特殊的黑人女性语言；(5) 证明这一现存传统不会把白人/男性文学思想的观点或方法嫁接到黑人女性艺术的宝贵材料上；(6) 尝试创新，并勇敢地追寻黑人女性文学模式；(7) 坚持文学作品的政治含义及其与黑人女性状况相连。[1]当然史密斯的这种立场也被批评为具有本质主义的倾向，没有认识到无论是民族、性别还是种族身份都不是由生理本质决定，而是由文化差异造成的。

正如史密斯总结的那样，女性主义运动的存在是女性主义文学与批评成长的前提，[2]而关注文学是许多黑人女性主义作家与学者的共识。许多黑人女作家、女学者所编辑的图书及批评著作对非裔美国文学传统的确立发挥了重要作用，如1970年托尼·班巴拉（Toni Cade Bambara）编辑的文集《黑人妇女》(*The Black Woman*)，沃克的论文《寻找母亲的花园》(1972)，华盛顿（Mary Helen Washington）编辑的《黑眼睛的苏珊们：黑人妇女经典故事》(*Black-Eyed Susans: Classic Stories by and about Black Women*，1975) 与《午夜之鸟：当代黑人女作家故事集》(*Midnight Birds: Stories by

1 Vincent B. Leitch (General Editor), *The Norton Anthology of Theory and Criticism* (New York: W. W. Norton & Company, 2001), 2300–2301.

2 Barbara Smith, "Toward a Black Feminist Criticism," *The Radical Teacher* No. 7 (March 1978): 21.

Contemporary Black Women Writers，1980），克里斯汀选编的《黑人女小说家》（*Black Women Novelists: The Development of a Tradition*，1980）等，都对发展正在形成的黑人女性主义批评，扩大黑人女作家的读者群起到了非常大的作用。之后胡克斯的《女性主义理论：从边缘到中心》（*Feminist Theory: From Margin to Center*，1984）、克劳迪亚·泰特（Claudia Tate）的《心理分析与黑人小说》（*Psychoanalysis and Black Novels: Desire and the Protocols of Race*，1998）等研究进一步拓展了黑人女性主义批评领域。

1970年代末以来，年轻一代非裔美国学者开始占据文学批评舞台的中心，改变了过去主要由作家、艺术家承担的文学/文艺批评重任，贝克、盖茨以及亨德森（Stephen Henderson）等批评家开始转向结构主义，自觉使用结构主义理论家，如列维-斯特劳斯、罗兰·巴特等人的理论，尝试构建黑人自己的文学批评话语与范式，取得了令人瞩目的成就。贝克借鉴福柯的考古学概念以及詹姆逊和怀特的意识形态概念撰写系列批评著作；盖茨的《黑人性序言：文本与托词（前文本）》非常明显地支持结构主义理论，认为黑人批评家“需要迫切地把他们的注意力直接转向黑人比喻性语言的本质，直接转向黑人内容的叙述形式，直接转向符号与其指示物之间的任意关系”。[1]至1980年代中晚期，非裔美国文学理论家开始结合德里达与福柯等人的后结构主义思想，其中德里达对普遍真理的批判和语义不确定的观点影响了盖茨与贝克，他们借鉴激进的后结构主义思想，发展了黑人本土理论，研究黑

1 Gates, Henry Louis, “Preface to Blackness: Text and Pretext,” Winston Napier, ed. *African American Literary Theory: A Reader* (New York: New York University Press, 2000), 163.

人文学与文化。

非裔美国学者借用欧美主流的文学理论框架，阐释非裔美国文学，对于拓展非裔美国文学研究及其传统大有裨益，但是其弊端也十分明显。1987年，非裔美国女学者乔伊斯（Joyce A. Joyce）在美国著名学术刊物《新文学史》上发表《黑人经典：重构美国黑人文学批评》一文，简要分析非裔美国文学创作与研究的变化之后，批评一些非裔美国学者（如盖茨）无视非裔美国文学与非裔美国生活之间的紧密联系，借用西方后结构主义话语，强调文本的符号性，进而强调"黑人性"的符号性，背离了非裔美国文学传统，引起盖茨与贝克的强烈反应。

乔伊斯指出，直到1979年，费希尔与斯坦普多以及迈克尔·哈珀（Michael Harper）和罗伯特·斯坦普多出版《非裔美国文学：课程的重构》（*Afro-American Literature: The Reconstruction of Instruction*）和《圣者的吟唱：非裔美国文学、艺术与学术》（*Chant of Saints: A Gathering of Afro-American Literature, Art, and Scholarship*），美国黑人文学批评家一直扮演着代表自己民族意识的角色，"无论以何种方式选择经典，人们只要稍微看一看这些经典的黑人文学代表作品，就能看出美国黑人文学中最具影响、反复重现、持续不断而且最为明显的主题就是解放：从美国白人压迫黑人民族的经济、社会、政治以及心理约束中解放出来"。[1]因此，美国黑人文学批评家和创作者一样，发现了黑人生活——黑人现实——与黑人文学之间存在着直接的关系。创作者与文学批

1 Joyce A. Joyce, "The Black Canon: Reconstructing Black American Literary Criticism," *New Literary History* Vol. 18, No. 2 (Winter 1987): 338.

评家的作用在于引导，充当解释黑人民族与试图征服他们的力量之间关系的仲裁者，而当代某些黑人文学批评家否认或拒绝这种仲裁者角色，反映了洛克（Alain Locke）主张中的一些荒谬成分，以及黑人后结构主义批评固有的一些矛盾。因为无论黑人如何融入美国主流社会，只要他们从接受美国个人主义这一精英价值观的角度来反观自己，就将导致他们与黑人大众之间的鸿沟，因为后者依然深受难以忍受的社会环境的抑制。乔伊斯指出："当盖茨教授否认人的意识为文化与肤色所限定时，他已经表明自己断然与黑人传统文学批评相背离。"[1]

乔伊斯认为，非裔美国作家认为语言是把人们维系在一起的一种手段，因此非裔美国文学批评家的任务应该在黑人文学的功能与本质，以及阐明文学文本"普适性"的美学与语言学分析之间找到一个契合点。黑人的创作显示出对自由的强烈热爱，对人们的生活，特别是对黑人民族的生活的诚挚关心。黑人创作注重人们之间应有的仁爱、友善与兄弟情谊……黑人文学批评家的任务在于强化这些观念，影响、引领、鼓励黑人民族的思想与情感，并赋予他们力量。反之，对美国黑人——甚至黑人知识分子来说——如果无法通过语言了解彼此，人们之间的真正富有意义的交流就不复存在，这种观点势必消除或忽略美国黑人历史所具有的连续性。[2]因此，读者不难看出，乔伊斯强调的是黑人民族的经历而非语言的符号性特征，以及文学对非裔美国人的启蒙作用和

1 Joyce A. Joyce, "The Black Canon: Reconstructing Black American Literary Criticism," *New Literary History* Vol. 18, No. 2 (Winter 1987): 339.

2 同上，343。

文学为提升种族地位服务的思想。

面对乔伊斯批评自己否认种族的本质，强调“种族”的“文化比喻”，从而暗示自己反对黑人的论调，盖茨指出，不能根据某人有立论或结论错误就断言其“动机、目的与效果”谬误，并进而暗示“他们不爱他们的文化，或者说他们想否认自己的传统，或者说他们与自己的种族疏远，始终求助于并非明确的所谓‘黑人经验’的超验本质”等。盖茨质疑乔伊斯论文中暗含所谓黑人经验的“完整性”这一关键词，承认自己与“黑人批评家”相比，并非黑人种族中心论者。他坦言“自己和休斯敦（即贝克）教授对所谓超验的‘黑人经验’是避而远之的”；因为没有所谓超验的黑人经验，也根本就不存在这种所谓的“完整性”。盖茨的做法是，既然所有理论都是关于特定文本的，非裔美国文学理论也不应例外，那么“为免于被误解，我不得不把当代文学理论翻译成一种新的修辞领域而改造它们，而避免把它们‘用于’黑人文本”。[1]

盖茨认为，如果我们的文学批评家像乔伊斯所说的那样把自己视为自己族人的“向导”与“引路人”，或者把自己视为解释黑人民族与那些试图征服他们的各种力量之间关系的仲裁者，那么他们将遭受双重失败：既不能成为带领黑人民族走向“自由”的批评家，也不能对黑人的作品进行公允的批评。因此，盖茨指出：“对1980年代黑人文学批评的挑战不在于回避文学理论，而是要把它翻译成黑人习语，重新命名批评原则，尤其要命名黑人批评原则，并运用其分析我们自己的文本。”盖茨认为自己作为批评

1 Henry Louis Gates, "'What's Love Got to Do with It?' Critical Theory, Integrity, and the Black Idiom," *New Literary History* Vol. 18, No. 2 (Winter, 1987): 348–349.

家的任务是分析黑人作品，不是带领黑人民族走向自由；在当时学术界经典批评家们寻求传统的“纯粹性”而传播种族主义时，自己这种更加细致也更为复杂的阅读其实很“政治”。[1]简而言之，盖茨更强调自己文学批评的学术功能，而非社会、政治功能。

贝克认为，乔伊斯撰写的《黑人经典：重构美国黑人文学批评》表明她没有读过欧洲与美国后结构主义者或非裔美国后结构主义者的文章，她所谓“后结构主义”批评家实际上是指一群超越了种族与性别界限的代言人。贝克认为，后结构主义批评家不是与主流学术界一致，而是与当代世界文学研究的先锋派一致。他所理解的好作品始于对西方哲学及其特权和优先原则（诸如殖民主义、奴隶制、种族主义等）进行彻底批判的法国黑格尔主义，对上帝、自我、历史以及书籍进行后结构主义批判。[2]

虽然这场关于后结构主义的争论没有真正在理论层面阐释“后结构主义”这一关键词，也没有对如何借鉴其他民族的文学理论与批评成果为自己民族的文本阅读服务，或如何借鉴其他民族的文学理论与批评资源，建设自己的文学理论与批评范式等问题充分展开，但是它依然具有十分重要的意义，因为他们所提出的问题不仅困扰着非裔美国文学批评，也困扰着世界上许多其他族裔文学批评。经过西方后结构主义思潮冲击和洗礼的文学批评如何处理语言的符号性，语言的能指以及与历史和社会经验的表征之间的关系；文学批评如何在文学的社会功能与文学的艺术功能

1 Henry Louis Gates, "'What's Love Got to Do with It?' Critical Theory, Integrity, and the Black Idiom," *New Literary History* Vol. 18, No. 2 (Winter, 1987): 352.

2 Houston A. Baker, "In Dubious Battle," *New Literary History* Vol. 18, No. 2 (Winter 1987): 369.

之间进行取舍与平衡；诸如此类的问题依然不会有最终的答案，但这为我们进一步反思文学批评与文学实践及其与社会环境之间的关系提供新的契机。

非裔加拿大文学创作与批评始终关注身份认同问题，努力形成与黑色大西洋话语以及非裔美国文学与文化之间的对话，尝试积极构建自己的文学传统。但是由于特殊的地理环境与地缘政治，非裔加拿大文学与批评仿佛成为非裔美国文本及加勒比文本的附庸，因此，克拉克才特别提出，要宣传非裔加拿大文学的生产，关注国际与加拿大文学风格对非裔加拿大文本的影响，坚决反对所谓加拿大黑人创作只是非洲流散的分支之说，努力探索非裔加拿大文学的想象空间。[1]而如何对待非裔美国文学传统之源的“奴隶叙事”及当下的“黑人性”成为全球化时代区分北美非裔文学与文化政治的基础。

诚如盖茨所言：“人类遭受奴役的历史非常悠久，但是只有美国的黑奴创造了一种文学文类，既能马上反抗奴役者，也在见证每个黑人奴隶走向自由，学会读书识字的强烈愿望。”[2]而且奴隶叙事作品形成了一个单独的文类，为当代著名非裔美国作家的文学创作提供了丰厚的给养，出现了包括莫里森及其《宠儿》（*Beloved*），约翰逊及其《死亡通道》（*Middle Passage*），以及琼斯及其《已知世界》（*The Known World*）等在内的著名作家与作品。

---

1 George E. Clarke, *Odysseys Home: Mapping African-Canadian Literature* (Toronto: University of Toronto Press, 2002), 11.

2 Henry Louis Gates, Jr. ed. *The Classic Slave Narratives* (New York: A Mentor Book, 1987), ix .

尽管加拿大实际上出版了很多美国逃奴的故事，但是许多加拿大文学批评家还是认为奴隶叙事属于美国文类，在2000年版的《有色人托马斯·斯冒伍德的叙事》[*A Narrative of Thomas Smallwood (Coloured Man)*, 1851]的序言中，加拿大学者阿尔蒙特依然认为，“奴隶叙事是美国的文学文类”。[1]或许正如纳斯所言，因为加拿大特殊的殖民背景，它们和加勒比海地区一样，受制于英国的殖民统治，受到英国殖民者的抑制，被视为不够真实。[2]

作为全球化时代北美地区难以回避的核心概念，黑人性已经成为检验美国和加拿大黑人文化意识的重要观念。美国的黑人性主要与“白人性”相伴而生，能够反映非裔美国人特殊的个人经历与社会经验，既是非裔美国文学的重要主题，也是非裔美国社会与文化政治的体现，而加拿大的黑人性仿佛比较模糊。克拉克认为，在加拿大，很少有人知道什么是黑人性，而在美国，很少有人对此有疑问。易卜拉欣（Awad El Karim M. Ibrahim）在2000年的社会学研究报告《嗨，我难道不也是黑人吗?》中指出，1990年代末，一群在西南安大略大都市讲法语的非洲青年，表明自己认同或渴望北美的黑人性，并对非裔美国文化风格表示出特别的兴趣；有人更加直截了当地宣称，“自己更加认同美国的黑人性”。[3]克拉克指出：“黑人性从来都并非仅仅涉及肤色，而是关于

1 George E. Clarke, *Directions Home: Approaches to African-Canadian Literature* (Toronto: University of Toronto Press, 2012), 20.

2 Donna Bailey Nurse, ed. *Revival: An Anthology of Black Canadian Writing* (Toronto: McClelland & Stewart. 2006), xviii- xix .

3 同上，72。

黑人的生活经历——特别是我们‘黑人’拒绝接受奴役、种族主义和殖民剥削的经历。”[1]因此，非裔加拿大文学与文化丰富多样，具有非洲、加勒比及非裔美国文化的成分，为非裔加拿大文学研究与文化批评提供了跨越民族与地理国界，乃至跨越黑色大西洋的话语实践，其与非裔美国文学与文化之间的互动与影响，丰富了全球化语境下对民族身份与文化多元主义的思考。

1 George E. Clarke, *Directions Home: Approaches to African-Canadian Literature* (Toronto: University of Toronto Press, 2012), 4–5.

第十一章
当代德语流散文学中的文化身份

如果说，作为全球现象的族裔流散已成为80年代晚期以来方兴未艾、引人注目的一个社会现实，那么流散文学既是对这一社会现实的反映，也是这一社会现实的组成部分。对流散文学的研究因而既是对一种基于全球迁移现象的美学反应的考察，也是对作为全球化后果之一的文化身份生产机制的剖析。

本章将运用族裔散居与身份认同的有关理论对德语区流散文学加以研究。首先将对德语国家近半个世纪中的流散现象及其文学发展做一概述，着重勾勒德国等社会中流散族裔对自己的身份认知的转变历程，同时也介绍德语学术界对相应文学作品的逐步认可及其研究范式的更替。随后将由面及点，选取有代表性的两部德语小说进行相对细致的文本分析，采用文化认同、混杂性、第三空间等概念，并结合性别视角、复调书写等研究思路，再现具体文本中的文化身份表征和建构过程，同时对这些作品特色鲜明的美学效果予以必要的关注。

第一节　作为全球化现象的族裔散居

在20世纪七八十年代兴起的全球化浪潮首先表现为经济生产、劳工、贸易、信息和文化消费的跨国流通体系的形成和不断扩展，整个世界由此成为一个相互连接也彼此依赖的生产—消费—交际网络。全球化在让世界日趋“扁平化”的同时，也表现出了前所未见的流动性。一方面是资本和劳工频繁的跨国移动成为常态，另一方面，在现代早期便已出现的各类移民包括流亡难民也在全球政治权力格局的剧烈动荡和持续重组中迅速增加。地域和国界因而不再成为人们的行动边界。同时，交通工具的发展、信息技术的革新、网络媒体的兴盛都让世界范围内的人口迁移和人际交往进入了一个“时空压缩”[1]的时代，时空间隔失去了意义。这一发展态势在社会和文化上造成的一个重要后果便是以固定的生活地域空间和对民族国家的心理依附为特征的集体身份被逐渐削弱，个人的族群认同和身份感知在迁移和交往过程中发生了本质变化：“旅行者、游客、移民和难民在物理意义上持续穿行整个地球，他们随身携带了自己的文化，影响了其他文化和人群，造就了新的文化模式和身份。”[2]

然而，这种身份的重塑并不意味着一种均质的、平等的、统一的世界公民身份完全取代了族裔联系和文化认同，而是一个伴随着分化、断裂、冲突、迷失和异化等生存体验的长期协商过程。

---

1 曼弗雷德·B.斯蒂格：《全球化面面观》，丁兆国译，南京：译林出版社，2013年，第9页。

2 Anke S. Biendarra, *Germans Going Global: Contemporary Literature and Cultural Globalization* (Berlin: Walter de Gruyter, 2012), 150.

而这个协商过程，因为主体的不同，也存在巨大差异。正如齐格蒙特·鲍曼（Zygmunt Bauman）所言："由于技术因素而导致的时间/空间距离的消失并没有使人类状况向单一化发展，反而使之趋向两极分化。它把一些人从地域束缚中解放出来，使某些社区生成的意义延伸到疆界以外——而同时它剥夺了继续限制另外一些人的领土的意义和赋予同一性的能力。"[1]换言之，全球化的一面是逐渐席卷全球的美式消费文化霸权和往来于世界各地、研究并实施全球战略的资本家与政客，而另一面则是自愿或不自愿地远离最初的族裔生存空间，在另一个陌生地域里，在不同文化碰撞混合的环境中找寻自己的新身份的众多群体。对于后者，自20世纪90年代开始，从事全球化研究和文化研究的国际学术界都倾向于采用流散（diaspora）这个概念来进行描述和阐释。

Diaspora这个词源自希腊语，由动词speiro（散播）和前缀dia组合而成。古希腊人原本用它来指代自己部族往小亚细亚和地中海地带移居和殖民的现象。[2]但在现代以前的2 000多年历史中，这一概念的内涵却主要和犹太人的痛苦的流亡经历相连。在希腊语的《圣经·旧约》中，diaspora就出现在耶和华对不忠于他的犹太人的警诫中："耶和华必使你们分散（diaspora）在万民中，从地这边到地那边，你必在那里事奉你和你列祖素不认识，木头和石头的神。在那些国中，你必不得安逸，也不得落脚之地。耶和华却使你在那里心中跳动，眼目失明，精神消耗。你的性命必悬悬

1 齐格蒙特·鲍曼：《全球化：人类的后果》，郭国良、徐建华译，北京：商务印书馆，2013年，第17页。

2 Robin Cohen, *Global Diaspora: An Introduction* (London: UCL Press, 1997), 2.

无定。你昼夜恐惧，自料性命难保。”（申28：64–66）

公元前586年耶路撒冷的犹太圣殿遭毁，犹太族人大举迁徙，离开祖先所在地，被迫去其他族裔之中生活。这一与《圣经》中的描写颇为相似的经历便构成了“消极的、受难的流散传统”。[1]进入现代之后，这个词指代的范围不断扩大，不再限于犹太族裔，其强烈的悲情色彩也逐渐弱化。不过关于地域和身份的关系问题却一直是该词词义中一个核心要素。自20世纪80年代开始，随着全球化日益成为日常现实和学术讨论中的热门话题，流散概念也迅速与相关的学术话语接轨，成为一个描述全球化的社会及文化影响的关键词。科恩（Robin Cohen）便在他的专著《全球化的流散现象导论》中指出，作为全球化重要标志的世界经济一体化、多种形式的国际移民、全球都市的涌现、普世文化与地方文化的兴起和“解域”（deterritorialization）都构成了新型的流散现象的形成背景。[2]尤其是去地域化让世界“在垂直方向上的结构因素——民族国家和地区之外，又增添了水平方向上的叠加的、可渗透的、复合的互动系统”，[3]从而深刻地改变了个人的身份构成过程。作为全球现象的族裔流散，便是这一互动系统中的一个重要组成部分，它在民族国家和文化边界之外，发展出了新的身份建构模式，这其中，生存空间和文化认同之间的错位极大地改变了文化身份的自我体验和认知。对此，新近的欧美研究已形成了大致的共识，全球化时代的族裔流散也由此获得了较为统一的定义。

1 Robin Cohen, *Global Diaspora: An Introduction* (London: UCL Press, 1997), 3.

2 同上，157—176。

3 同上，174。

普遍认为，这些经历了或正经历流散的族群——在本章中称之为流散族裔——具有如下特征：

1）这些族群迫于外部压力（灾难、饥荒、贫困等）而迁居至远离自己族裔发源地周边地带的地方；

2）在目的国的选择上，移民先驱走过的移居线路会发挥主导作用。带有创伤性质的流散经历也会让相关族裔选择特定目标；

3）定居异地的族群没有被当地文化同化，而是具有一种强烈的身份自觉意识，而这又寄托于他们对自己起源地的共有记忆，并反映在他们精心维护的共同体及共同体生活上，这是一种典型的"想象的共同体"；

4）流散族裔保持并发展出多种交流关系，彼此之间形成了水平方向上的交际网络；

5）流散族裔已经经历了数代人，其身份意识代代相传，具有长时段特征；

6）流散族裔形成了一个既不同于移居社会也不同于起源社会的独立社群，他们虽然对母源文化表现出忠诚，但也抵抗母国对其的工具化。[1]

流散族裔的这些特征决定了他们必然处于一个持续的认同危机和身份建构的状态。貌似天然的地域—历史—民族—身份的纽带断裂之后，他们的文化认同尤其展示出了文化身份本身的想象性质与建构性质。正如全球化研究者阿尔君·阿帕杜莱（Arjun

1 Michel Bruneau, "Diasporas, transnational spaces and communities," *Diaspora and Transnationalism: Concepts, Theories and Methods,* eds. Rainer Bauböck and Thomas Faist (Amsterdam: Amsterdam University Press, 2010), 36–37.

Appadurai）所言，“这些流散现象让想象的强力——既是记忆也是欲望——进入了许多普通人的生活，成为有别于传统类型的神话和仪式的神话叙事。（……）对于移民来说，不论是适应新环境的政治还是迁移或回归的刺激都深深受到一种以大众媒体为依托的想象的影响，而这种想象往往超越了民族空间”。[1]而后殖民理论家斯图亚特·霍尔（Stuart Hall）和霍米·巴巴（Homi Bhabha）则更进一步，从流散现象推演出全新的文化身份概念与身份理论。霍尔在1997年发表论文《文化身份与族裔散居》，以加勒比黑人族裔为例，提出了与旧有的本质主义的文化身份概念截然不同的身份认知：“从主观视角出发，文化身份根本就不是固定的本质，即毫无改变地置身于历史和文化之外的东西。它不是我们内在的、历史未给它打上任何根本标记的某种普遍和超验精神。它不是一成不变的。它不是我们可以最终绝对回归的固定源头。（……）文化身份就是认同的时刻，是认同或缝合的不稳定点，而这种认同或缝合是在历史和文化的话语之内进行的。不是本质而是定位。”[2]在论文集《文化身份问题研究》中，霍尔撰写的导言《是谁需要“身份”？》着重将这种非本质主义的身份认知与全球化进程联系起来，将自愿和被迫的移民看作一个“所谓‘后殖民’世界的全球现象”，[3]并对流散族裔的身份认同做了如下阐述：

1 Arjun Appadurai, *Modernity at Large: Cultural Dimension of Globalization* (London: Minneapolis 1996), 6.

2 斯图亚特·霍尔：《文化身份与族裔散居》，罗钢、刘象愚主编《文化研究读本》，北京：中国社会科学出版社，2000年，第217页。

3 斯图亚特·霍尔：《导言：是谁需要“身份”？》，斯图亚特·霍尔、保罗·杜盖伊主编《文化身份问题研究》，庞璃译，开封：河南大学出版社，2010年，第4页。

> 尽管看起来似乎借助了历史过去的出身起源（他们仍然与这个过去保持一致），但事实上身份是关于生成（becoming）过程中的而不是存在（being）过程中的历史、语言和文化资源的问题：与其说是“我们是谁”或“我们来自何方”，不如说是我们可能会成为什么、我们一直以来怎样表现（represent）以及我们有可能在怎样表现自己上施加了怎样的压力。身份因此被构成在表现的内部，而非外部。它们与传统的发现和传统自身发生同样多的关系，责成我们把这理解为“变换中的同一”（……）而不是作为无尽的重复：不是所谓的“寻根”（roots），而是与我们的“历程”（routes）达成妥协。身份认同源自对自我的叙述化。[1]

霍尔秉持后结构主义及建构主义立场，消解了文化身份的固定本质，采用德里达提出的“延异”（différance）概念来强调文化身份流动、变换和建构的动态性质。而巴巴更关注文化身份建构中的权力关系。他在同一本论文集中发表的《文化中介》（*Culture's In-Between*）讨论了包括移民后代在内的少数族裔所体现的一种介于主流文化和本族裔文化之间的居间状态，并提出了文化混杂化（cultural hybridization）的概念。在他看来，“混杂化策略暴露了‘权威的’，甚或专制的文化符号刻印中的一个异化层面。……混杂策略或者话语开启了一个协商空间，在此空间内权力并不对等，

1 斯图亚特·霍尔：《导言：是谁需要“身份”？》，斯图亚特·霍尔、保罗·杜盖伊主编《文化身份问题研究》，庞璃译，开封：河南大学出版社，2010年，第4—5页。

但权力的表达也许是模棱两可的。如此一种协商既非同化也不是协作。它让一种‘裂缝式’（interstitial）的介质机构（agency）得以出现，该介质拒绝社会对立的二元表征”。[1]在他另一篇论文《播撒民族：现代民族的时间、叙事和边缘》中，巴巴也着重打破了原有的统一、同质的民族概念，集中探讨了民族内部的文化差异和权力制衡关系："这个被分隔成它/本身（It/Self）的民族，也便脱离了它那永恒不变的自我生成，成为一个社会表征的阈限形式，一个始终在其内部由文化差异、争斗人群的异质历史、对抗的威权和紧张的文化定位标示出的空间。"[2]如此一种空间概念在他的经典名作《文化的定位》中被进一步定义为第三空间（the Third Space）："尽管就其自身而言无法表征，但第三空间建构出了表达（enunciation）的话语条件，从而确保文化的意义和象征毫无原初的统一性或稳定性；即使同样的符号也能被挪用、转译、再历史化、被重新解读。"这一表达空间"也许可以开启一种跨民族文化的组构方式，它不以多元文化的异国情调或者文化多样性为基础，而是以文化的混杂性（hybridity）的刻印和表达为基础"。[3]

在巴巴关于第三空间和混杂性的理论视域中，跨越传统民族国家边界而迁移他乡的流散族裔无疑造成了单一文化认同的解体和复合身份的形成，并由此标示出民族内部空间中持续不断的

1 霍米·K. 芭芭：《文化中介》，斯图亚特·霍尔、保罗·杜盖伊主编《文化身份问题研究》，庞璃译，开封：河南大学出版社，2010年，第73页。（译文有修改。）

2 Homi K. Bhabha, "DissemiNation: time, narrative, and the margins of the modern nation," *Nation and Narration,* ed. Homi K. Bhabha (London: Routledge, 1990), 299.

3 Homi K. Bhabha, *The Location of Culture* (London: Routledge, 2004), 55–56.

文化协商和身份改写。在以赛义德为代表的早期后殖民理论中所关注的文化自我与文化他者的对立由此被一种互动和协商模式所取代。这尤其体现在，对于空间移动的思考转变为对于空间重塑的阐释；以流散为基本生存条件的文化身份不仅表现出流动性和多变性，也表现出了混杂性和居间性。在此过程中，族裔迁居地也日益被视为一种异质、多元、充满张力、复杂多变的新型文化空间，这也是传统民族身份趋于式微的一幅全球化图景。

霍尔和巴巴在90年代就族裔散居与文化身份所提出的一系列概念很快就成为国际学术界观察、分析和解读这一全球化现象的重要理论工具。在21世纪，族裔流散与性别、记忆、表演（performance）、赛博空间（cyberspace）、媒介等议题发生交汇，交叉型研究（intersection studies）逐渐成为一个重要趋势。[1]以流散生存体验为核心的文艺作品，尤其是电影和文学在这些研究中格外受青睐。因为依照霍尔和巴巴等理论家的理解，流散族裔的文化身份本就是在表征自我的话语叙述中被建构而成，并不存在一个外在于话语的恒定本源。流散文学作为如此一类话语实践，便成为展示文化身份在叙述中如何得到体验、感知、建构和演示的最佳场所，它为复杂而动态的文化认同问题提供了个人化和具象化的微观视角。不仅如此，流散文学作为语言艺术品，其文字本身也可能凸显出混杂性和多样性，充当为文化差异发声的第三空间的物化象征。

---

1 参见：Kim Knott and Seán McLoughlin, eds. *Diasporas: Concepts, Intersections, Identities* (London: Zed Books, 2010)。在这本合集中，编者列举了16种在当前学术界已经展开的交叉型研究。

第二节　从“客籍劳工文学”到“跨文化写作”：德语区的流散文学

联邦德国在经历二战结束后最初一段时间的艰难重建后，自50年代开始在经济领域迅速崛起。但二战夺去了太多德国青壮男性的生命或劳动力，所以德国面临劳工紧缺的窘境。为了解决这个问题，联邦政府在1955年与意大利，1960年与希腊和西班牙，1961年与土耳其，1963年与摩洛哥，1964年与葡萄牙，1965年与突尼斯，1968年与南斯拉夫签订了劳工征聘协议，吸引各国劳工赴德工作。1973年，在石油危机发生前夕，外籍劳工人数达到了第一个高峰，约有260万人。危机过后，随着劳工市场重现活力，外籍劳工人数也再次攀升，在1980年达到210万人。由于德国政界在很长时间内都拒绝将德国转变为移民国家，所以外籍劳工入籍艰难，1980年在联邦德国已居留至少十年的外籍劳工中，入籍率只有0.9%，而土耳其裔的劳工入籍率仅有0.1%。1983年11月，由保守的右翼政党基民盟和自民党联合把持的联邦政府甚至制定了一个鼓励回国的法律，承诺给自愿回国的劳工家庭补助。尽管如此，以土耳其裔、南斯拉夫裔和希腊裔为首的外籍劳工仍然不愿回国，反而将自己的直系亲属接到德国居住。在80年代，外籍人口总数便从约450万增加至约480万。进入90年代之后，在重新统一的德国，外籍劳工及其第二代、第三代在德国的生存环境有所改善，尤其是1998年左翼政党执政后，新的国籍法让入籍情况大为改观。在德国出生的外籍劳工后代可以在年满二十三岁时选择获得德国国籍。另外，值得注意的是，在外籍劳工中，女性劳工一直占有相对稳定的比例，即劳工总人数的三分之一左右。[1]由此可见，德国外籍人口的增长趋势，首先反映了德国经济在以资本和劳工自由流通为基础的全球经济体系中的繁荣及波动。全球经济在石油危机之后经历的新自由主义式复苏无疑推动了新一波劳工移民浪潮，从而让德国社会朝着文化多元化的方向发展。至1998年底，德国总共有732万外籍居民，其中最大的群体是土耳其裔，人数为211万，约占28.8%。除此之外较大的移民群体还有来自南斯拉夫的难民，来自意大利、希腊、波兰、葡萄牙、西班牙、罗马尼亚、俄罗斯、匈牙利、伊朗和越南的移民。[2]到2006年底，在德国的外籍人口约为675万，占人口总数8.2%。如果加上原籍非德国而已入籍的外来移民，那么所谓"有移民背景"的总人口则达到了约1 530万，占德国长居人口总数的19%。而德国联邦统计局官网的最新统计数据显示，2014年底，有移民背景的德国居民人数达到逾1 638万，约占德国总人数（约8 089万）的20.3%，其中三分之一是在德国出生的第二代或第三代移民。[3]

总体而言，德国虽然长期以来自我认定为非移民国家，但在经济政治体系加速全球化的过程中也连续接纳了大量来自异国他乡的流散族裔群体，逐渐演变成一个具有多元文化特征的国家。流散族裔作为社会组成部分的持续存在和他们对自身文化身份的体验及表达也日益成为整个社会关注的焦点。与此相应，以流散

1 Hisashi Yano,"Migrationsgeschichte," *Interkulturelle Literatur in Deutschland*: *Ein Handbuch*, ed. Carmine Chiellino (Stuttgart: Metzler, 2000), 2–15.

2 同上，10。

3 <https://www.destatis.de/DE/PresseService/Presse/Pressemitteilungen/2015/08/PD15_277_122.html> .

族裔的迁徙经历和内心体验为主题的文学作品（大多数为作者自传）也日益发展为德国当代文学中特色鲜明而不容忽视的重要部分。这些流散文学作品无一例外地表达了流散群体对自己的文化身份的探讨、建构和表演（performativity）。但它们在具体意蕴、书写模式、美学特色上有着明显差异，尤其是在不同的发展阶段，因书写主体的不同境遇而呈现出不同的文学面目。而这一方面与德国社会现实尤其是移民政策和民众心态的变化息息相关，另一方面也直接受制于文学生产环境和文学评价体系的变动。因此，在选择流散文学的典型代表进行文本分析之前，有必要依照时间顺序勾勒出这些文本形成的历史框架和文学场域。

在六七十年代，也即大量外籍劳工作为流散族裔进入德国的最初阶段，这些来自异国他乡的群体是被观看、被书写的“沉默”者。他们被赋予了一个共同称号：“客籍劳工”（Gastarbeiter）。记者君特·赫尔布尔格（Günther Herburger）在1963年为《斯图加特报》写的一篇短篇小说便以这个新造的德语词为标题。[1]当时不少左翼作家将这个群体当作劳工阶层的一个特殊分支写入了自己的小说。诺贝尔奖获得者海因里希·伯尔（Heinrich Böll）和文坛宿将齐格弗里德·伦茨（Siegfried Lenz）在70年代的创作中也都涉及了这些赴异地打工的所谓过客。[2]但这个集体称呼本身却包含了强烈的政治信号，暗示出了外籍劳工在德国所处的边缘地位和暂时居留状态。研究者哈特穆特·海因泽（Hartmut Heinze）就曾

1 Günther Herburger, “Gastarbeiter,” *Stuttgarter Zeitung* No. 303 (31. Dez. 1963), 67.

2 Carmine Chiellino, *Am Ufer der Fremde: Literatur und Arbeitsmigration 1870–1991* (Stuttgart: Metzler, 1995), 201–282.

指出："将'客'（Gast）这一词素用来称呼这些在联邦德国生活的外来移民，恰恰暗示出官方（对待外国人的）政治的倾向：政界要传达和促成这样的印象，联邦德国不是移民国家，不希望看到外来移民。"[1]

然而，这些所谓客居者不仅逐渐转变为了长居者，而且开始用文学作品发出自己的声音，表达自己作为边缘人的焦虑和愤懑。从70年代末开始，就不断有外籍移民用德语在报刊上发表短篇作品，尤其是诗歌。这些作品大多围绕他们作为外籍劳工的日常生活和遭遇展开，其中一个核心主题是他们无法融入这个陌生国度的孤立状态，凸显了他们与当地文化和当地人之间带有一定对抗色彩的紧张关系。而这种紧张又在很大程度上来源于他们身上被赋予的"过客"身份和"异者"（der Fremde）身份对他们造成的心理困扰。其中一个来自叙利亚的作家苏勒曼·陶菲奇（Suleman Taufig）就曾用满怀感伤的词句吐露了这样的迷惘与失落："而我，一个异乡客（Fremder），在城市人潮中迷失的人，在深夜中醒来，朝任一个方向走，在城市的清晨凛冽中等待黎明。"[2]而另一个移民诗人，意大利裔的图冯·帕帕斯塔马特罗斯（Tryphon Papastamatelos）则借取孩子的口吻，揭示自己不被社会接纳的荒谬处境：

为什么啊，父亲

1 Hartmut Heinze, *Migrantenliteratur in der Bundesrepublik Deutschland: Bestandsaufnahme und Entwicklungstendenzen zu einer multikulturellen Literatursynthese* (Berlin: Express, 1986), 32.

2 转引自同上，49。

你要把我接到
这样一个国家
我都不能在
街上玩耍
而那是你
清扫得那么美
的街道。[1]

这样的文学作品完全从自身角度刻画出了所谓“客籍劳工”在德国社会的他者身份，一群被书写者开始了对自己的书写。也正因为要强调自我表达的主动性，他们甚至也不忌惮将自己的作品加上“客籍劳工文学”的称号。这一时期最负盛名的两位移民作家，来自意大利的弗朗科·毕昂迪（Franco Biondi）和原籍叙利亚的拉菲卡·夏米（Rafik Schami）便旗帜鲜明地宣称：“意识形态的宣传者们将‘客人’（Gast）和‘工人’（Arbeiter）这两个概念挤压成了一个，虽然从来没有过什么客人会打工。但‘客人’这个词表达出的暂时性却被现实粉碎了。客籍劳工事实上已经成为联邦德国人口中的一个固定的组成部分。我们在这里会继续有意识地使用‘客籍劳工’这个耻辱标记词，就像20年代人们使用无产者的概念那样。”[2]

毕昂迪和夏米不仅提出了这样一个强化集体身份的客籍劳

1 转引自 Hartmut Heinze, *Migrantenliteratur in der Bundesrepublik Deutschland: Bestandsaufnahme und Entwicklungstendenzen zu einer multikulturellen Literatursynthese* (Berlin: Express, 1986), 50。

2 Franco Biondi & Rafik Schami, “Literatur der Betroffenheit. Bemerkungen zur Gastarbeiterliteratur,” *Zuhause in der Fremde: Ein bundesdeutsches Ausländer-Lesebuch*, ed. Christian Schaffernicht (Fischerhude: Atelier im Bauernhaus, 1981), 94.

工文学的概念，而且也不遗余力地推动客籍劳工文学的发展。他们联合了其他作家在1980年创立了“多民族文学艺术协会”(PoLiKunst)，出版了《南风：客籍劳工文学》系列，以合集形式发表了诸多短篇小说、诗歌和散文。聚集在他们身边的主要是来自意大利和阿拉伯语国家的作家。[1]而在同一时期，创建于1978年的阿拉拉特出版社（Ararat-Verlag）则致力于推出土耳其裔移民的作品，在80年代上半叶出版了大量双语合集。这个出版社推出的重要作家包括后来获得联邦德国大十字勋章的尤克瑟尔·帕扎尔卡亚（Yüksel Pazarkaya）、阿拉斯·略伦（Aras Ören）、法吉尔·巴依库尔特（Fakir Baykurt）等。[2]与“多民族文学艺术协会”和《南风》系列强调各国客籍劳工作为一个命运共同体不同，阿拉拉特出版社更关注土耳其与德国之间的文化沟通。帕扎尔卡亚自己也辛勤地将土耳其语作品翻成德语，并呼吁德国人关注客籍劳工和移民的生活状态和身份焦虑。他的呼吁得到了回应。在慕尼黑大学刚成立不久的对外德语所（Institut für Deutsch als Fremdsprache），学者伊尔姆加德·阿克曼（Irmgard Ackermann）和哈拉尔德·怀恩里希（Harald Weinrich）从70年代末便开始关注并积极推动这一外来群体的文学作品，在80年代先后出了多部选集。[3]在这三股力量的联合推动下，越来越多的中青年作家开始在德语文坛崭露头角，也不断取得越来越广泛的读者和文学批评

1 Hiltrud Arens, *"Kulturelle Hybridität" in der deutschen Minoritätenliteratur der achtziger Jahre* (Tübingen: Stauffenburg, 2000), 38.

2 Hartmut Heinze, *Migrantenliteratur in der Bundesrepublik Deutschland: Bestandsaufnahme und Entwicklungstendenzen zu einer multikulturellen Literatursynthese* (Berlin: Express, 1986), 68–74.

3 Hiltrud Arens, *"Kulturelle Hybridität" in der deutschen Minoritätenliteratur der achtziger Jahre* (Tübingen: Stauffenburg, 2000), 34.

界的认可。最具标志性的事件则是1985年沙米索奖的设立。这个奖项以出生在法国，以法语为母语，但用德语写作的19世纪著名作家阿德尔贝特·冯·沙米索（Adelbert von Chamisso）命名，由罗伯特·博世基金会出资颁发，每年奖励一至三位“自己的母语非德语，出自一个移民家庭或者在非德语环境下学会德语，而其作品从题材和对象上来看都属于德语文学”[1]的优秀作家。这个以“促进民族沟通”[2]为己任的文学奖项无疑推动了德国文学批评界和德国公众对流散文学创作的关注，提高了流散作家的知名度，也鼓励了更多流散作家的创作积极性。然而，值得注意的是，在沙米索奖设立前后，不论是这些作家自己还是德国文学评论界，都已经开始对其文学进行重新定义。

从创作者方面来看，从80年代中期开始，尤其在90年代，越来越多的第二代或第三代移民成为文学创作的主力军。他们不同于第一代劳工移民，大多成长于德国，在学校里学习德语，接受了德国教育，并逐渐脱离了劳工的生活环境，其身份认同体现出鲜明的“居中”（in between）和“混杂”（hybrid）特性。他们父母那一辈的作家在表达自身经历时主要还在强调德国人与外籍人之间的截然区分，有意无意地强化了“对双方面，也即对文中刻画的外籍人和德国人的刻板印象和偏见，也即各自的他者形象”。[3]而这展示的正是霍尔所说的那种固定的、本质化的文化身份观念。

---

1 Karl Esselborn,“Neue Zugänge zur inter/transkulturellen deutschsprachigen Literatur,” *Von der nationalen zur internationalen Literatur* (Amsterdam: Rodopi, 2009), 317.

2 同上，318。

3 Irmgard Ackermann, “Deutsche ver-fremdet gesehen: Die Darstellung des ‘Anderen’in der ‘Ausländerliteratur,’ *Schreiben zwischen den Kulturen*, ed. Paul Michael Lützeler (Frankfurt a. M.: Fischer, 1996), 214.

但新一代作家却是在长期与自己的文化母国隔绝的流散状态下逐渐形成自我意识的，他们一方面对自己的文化根源甚至母语都有所疏离，但另一方面仍然处于德国社会的边缘地带，徘徊在德国社会主流之外。他们因而对文化身份本身表达出质疑和反思的态度。比如第二代土耳其移民策拉·希拉克（Zehra Çirak）就直接在自己的诗歌中发问：

文化身份
这是我用来重新认出自己之物，还是
其他人能用来将我归类之物？

换言之，在这一代作家的自我体验中，文化身份首先来自一种自我感知与他人认可之间的协商，其中充满了霍尔所说的断裂、流动和变异的可能性。在不同文化持续交叉和互动的生长环境下，族裔集体与个体自我的关联不再是天然的、不言而喻的，而是需要在反复自省和质询中重新塑造的。而文学正是这一身份重塑的重要载体，它不仅生动地再现了新一代流散族裔成员在文化认同上的复杂心路，而且本身也常常成为文化混杂的物化样本。因为不少流散族裔在其文学作品中着重突出了语言与身份的关系，甚而在德语中嵌入了不少其他语言的因素，从而呈现出了一种“演绎多语性、多角度或复调的文学语言”。[1]这种复调式的文学也和

1 Cornelia Zierau,“‘Als ob sie mit Fremdsprache sprechenden Menschen an einem Tisch säße’ – Mehrsprachigkeit und Sprachreflexion bei Emine Sevgi Özdamar und Yoko Tawada,” in *Polyphonie – Mehrsprachigkeit und literarische Kreativität*, eds. Michaela Bürger-Koftis, Hannes Schweiger and Sandra Vlasta (Wien: praesens, 2010), 414.

80年代晚期以来文化、民族和国籍的固定界限趋于消解的全球化图景遥相呼应。另一位土耳其移民文学的重要代表艾米娜·瑟吴基·厄茨达玛（Emine Sevgi Özdamar）发表于1990年的成名作《母舌》就是最引人注目的一个例子。在这部散文集中第一篇《母舌》的开头，作者便勾勒出了一幅文化混合的全球化都市场景，并将自己关于身份和语言的探索放置在这一背景下：

> 在我的语言中舌头就是：语言。
>
> 舌头没有骨头，人们将它转向哪里，它就会转向那里。
>
> 我带着我转动了的舌头坐在柏林这座城市里。黑人开的咖啡馆，阿拉伯人是顾客。椅子太高，脚晃来晃去。一个烤老了的法国牛角包疲倦地坐在碟子里，我立刻给了巴克西西，[1]服务员并不难为情。但愿我能知道，我什么时候丢掉了母舌。我和我母亲有时候用我们的母舌说话。我母亲对我说："你知道吗，你是这么说话的。你以为你什么都讲出来了，但是你突然跳过了一些没有讲出来的词儿，然后你接着平静地往下讲。我跟着你一起跳，然后我呼吸也平静了。"然后她说："你把你的一半头发留在了德国(Alemania)。"[2]

厄茨达玛在这里不仅将母亲口中土耳其语的德国原封不动地移置

1 Bakshish，波斯语的小费或贿赂金。

2 Emine Sevgi Özdamar, *Mutterzunge: Erzählungen* (Köln: Kiepenheuer & Witsch, 2002), 9.

进了德语，而且在小说的核心意象——母舌的隐喻中也暗中加入了一种多语混杂性。依据土耳其裔研究者卡德尔·可努克（Kader Konuk）的解释，土耳其语中的“转动”一词çevirmek也有“翻译”的引申义。所以“翻译回土耳其语的话，‘转动的舌头’就是‘被翻译了的语言’。叙事者的‘转动了的舌头’不是她自己的母语”。[1]因此，这个文本在词汇的使用和词义的指向上都暗示出了土耳其语和德语、土耳其族裔和德国身份、文化他者和自我认知之间的微妙联系。而柏林这座国际化城市作为各色人种、种族和文化交汇的全球化缩影，显然是叙事者体验文化身份的变动、游移和复杂化的重要场域。在这里，她暂时脱离了自己的母语和族裔根源，要用转动了的舌头，用一门后学的外语生存，而这又让她和自己的母亲——她的族裔起源和文化本源的化身——在用母语交流时形成了脱节、跳跃和疏离。母亲由此推断，这个女儿在德国已经改变了自己单一的身份认同。

厄茨达玛的这一段描写形象地展示出了新一代散居族裔对自我的文化身份，对自身所处的文化居间状态的全新体认，也充分体现出文学文本在表达这种身份体验时打破单一语言惯式而杂糅多语言的创造力。这种聚焦于语言和身份的流散叙事因而也丰富了德语文学本身的表现力，赋予了德语文字新颖、奇特的生命力和时代感。在本章第二部分，我将选取厄茨达玛和另一位同样极有代表性的土耳其裔德语作家蔡莫格鲁（Feridun Zaimoglu）的经典作品来分析这一文学现象。

1 Kader Konuk, *Identitäten im Prozeß: Literatur von Autorinnen aus und in der Türkei in deutscher, englischer und türkischer Sprache* (Essen: Die Blaue Eule, 2001), 86.

不过，德国的流散文学从80年代中期开始出现的新动向不仅仅限于劳工移民群体内部的代系更换及其身份认同转变。在分隔东西欧的铁幕另一边，由于“布拉格之春”遭到苏联镇压，一度温和开放的政治文化状况迅速恶化，不少知识分子和作家陆续离开本国，迁入从历史上便与他们的祖国有密切关联的德国。捷克斯洛伐克、匈牙利、保加利亚和罗马尼亚都曾经是奥匈帝国版图的一部分，波兰在历史上多次遭到普鲁士占领，在二战后领有东普鲁士的属地。可以说，它们在19世纪都曾属于广义上的德语文化区。由这些国家迁来的政治难民在德国接受的外来移民中也占了一定比例。[1]他们在80年代也都开始用德语创作，其中一部分在90年代取得了引人注目的文学成就。与土耳其裔作家有所不同的是，德语对不少人来说并非完全陌生的外语，而是在学校上学期间就已经习得的第二语言。而来自罗马尼亚的作家群实际上就是以德语作为母语的当地少数德裔。因此，多种语言、文化，族裔交往、碰撞和共处的生存经历很早就影响了他们对世界和自我的感受与认知。而跨越国界和文化圈的迁徙则进一步加深了他们文化身份上的流动性和多样性，从而催生出了不少文学杰作。出生在布拉格的丽布舍·莫妮科娃（Libuše Moníková），来自匈牙利的特蕾齐亚·莫拉（Terézia Mora），原籍罗马尼亚的德裔诗人奥斯卡·帕斯提奥（Oskar Pastior）和作家里夏德·瓦格纳（Richard Wagner）都是成就斐然的佼佼者。而原罗马尼亚籍德裔女作家赫塔·米勒（Herta Müller）更是以其独特的文字魅

1 Klaus-Peter Walter, “Literatur osteuropäischer Migrant/innen,” in *Interkulturelle Literatur in Deutschland: Ein Handbuch*, ed. Carmine Chiellino (Stuttgart: Metzler, 2000), 189.

力和惊人的美学创造让读者和评论者耳目一新，并在2009年获得了诺贝尔文学奖。另外，在80年代求学德国并用德语创作了不少作品的日本女作家多和田叶子也在刻画异族异乡体验的优秀德语文学中占有一席之地。她对不同语言代表的不同文化的冲撞互动所持有的敏锐感触和奇特表达同样引人入胜。不过，她的创作并不是以大范围的日本族裔流散现象为现实基础，而完全是基于个人化的生活经历。

不论如何，这些族裔背景各异，迁居缘由不一的作家在90年代已经逐渐成为当代德语文坛上不可小觑的创作力量。他们书写的生存体验早已突破了80年代早期的劳工视野，他们在文学语言上的探索和实验也超出了早期劳工文学的现实主义框架，真正代表了崭新样式的文学种类的诞生。以全球化的流动性和文化身份的去地域化为特征的族裔散居现象在此获得了鲜明的表达。与此相应，德国文学评论界和学术界也在调整自己的认知观念和评价体系，以适应一个拥抱全球化的德国多元社会。这尤其体现在众多评论家和研究者对这一类文学的重新命名上。客籍劳工文学无法涵盖如此复杂多元的创作群体，这是他们在80年代后期便已逐渐达成的共识。不少研究者则提出了移民文学（Migrationsliteratur）作为新的指代概念。他们异口同声地认定，“德国社会已经成了事实上的（异质化了的）移民接收国（Einwanderungsland）”。[1]客籍的临时状态已经完全被

1 Hartmut Heinze, *Migrantenliteratur in der Bundesrepublik Deutschland: Bestandsaufnahme und Entwicklungstendenzen zu einer multikulturellen Literatursynthese* (Berlin: Express. 1986), 4; Hiltrud Arens, *"Kulturelle Hybridität" in der deutschen Minoritätenliteratur der achtziger Jahre* (Tübingen: Stauffenburg, 2000), 1.

移民的长居状态所取代，而移民背景的多样化也让劳工文学这样的归类显得名不副实。也有其他研究者提出了外籍人士文学（Ausländerliteratur）的称呼。[1]但这种分隔内外的界别意识很快就遭到了更多人的批评。一度与移民文学并行不悖的名称则是少数族裔文学（Minderheitsliteratur）。这一命名显然受到了吉尔·德勒兹（Gilles Deleuze）和菲利克斯·伽塔利（Félix Guattari）在研究卡夫卡时提出的少数派文学（littérature mineure）这一概念的启发。按照德勒兹和伽塔利的解释，"少数派文学不是一种小语种文学，而是使用一门大语种语言写作的少数人群的文学。它的首要特征因而是他们的语言所具有的解域化系数（coefficient de déterritorialisation）"。[2]而在全球化时代，以德语写作的奥匈-捷克斯洛伐克籍犹太人卡夫卡的创作也成为众多流散作家共享的宝贵财富。因此，将少数派文学挪用到德国境内以德语写作的移民后代身上，也并非毫无道理。[3]但在20世纪90年代至21世纪初的德语学术界，移民文学仍然是占主导地位的一个归类概念。在这样的认知框架下，流散族裔的特殊创作背景和与之相关的美学探索得到了研究者的高度关注，德国公众对这一群体和德国社会整体的认识和感知也随之改观。

在八九十年代便已享誉文坛的作家如夏米、菲利顿·蔡莫格

1 Irmgard Ackermann, "Deutsche ver-fremdet gesehen. Die Darstellung des 'Anderen' in der 'Ausländerliteratur," *Schreiben zwischen den Kulturen*, ed. Paul Michael Lützeler (Frankfurt a. M.: Fischer , 1996), 213.

2 Gilles Deleuze and Félix Guattari, *Kafka: Für eine kleine Literatur* (Frankfurt a. M.: Suhrkamp, 2014), 24.

3 Ekaterina Klüh, *Interkulturelle Identitäten im Spiegel der Migrantenliteratur: Kulturelle Metamorphosen bei Ilija Trojanow und Rumjana Zacharieva* (Würzburg: Königshausen & Neumann, 2013), 47–53.

鲁、厄茨达玛、米勒、多和田叶子依然笔耕不断，推陈出新。另一方面，因政治原因迁入德国的东南欧或西亚移民中也涌现出了不少以德语写作的新秀，例如兼有伊拉克、德国血统的舍尔克·法塔（Sherko Fatah）和有伊朗移民背景的纳威德·科尔曼尼（Navid Kermani），来自俄国的畅销作家弗拉迪米尔·卡敏讷（Wladimir Kaminer），随家人从波斯尼亚流亡至德国的沙夏·斯塔尼斯基（Saša Stanišić），从保加利亚迁来的伊利亚·特洛亚诺夫（Ilija Trojanow）和出生于斯图加特的保加利亚裔作家西碧拉·莱维查诺夫（Sibylle Lewitscharoff）都在2000年之后写出了备受赞赏的多部小说。就文学界和批评界而言，具有移民背景的作家此时已经不再位于边缘，而是进驻了德语当代文学的中心地带，频频收获沙米索奖之外的其他重要奖项。米勒2009年获得诺贝尔文学奖让原罗马尼亚籍少数德裔的文学获得了世界声誉。而帕斯提奥在2006年，莱维查诺夫在2013年分别获得了德语区最高文学奖——毕希纳奖，也标志着流散作家的文学成就得到了德国主流文化精英的高度认可。

20世纪90年代以来，尤其令人瞩目的一个新现象是奥地利和瑞士德语区的流散文学异军突起。奥地利和瑞士并没有经历德国在六七十年代所接收的劳工移民大潮。奥地利虽然在历史上曾是多种族裔、语言、文化交汇的中欧大国，但是在战后从领土和地缘政治上都成为东西阵营夹缝中的边缘小国。瑞士从建国起便是个多语言国家，但法语区、德语区和意大利语区都隶属于西欧文化区，彼此之间的差异与东西欧甚至欧亚文化身份之间的差异不可同日而语。流散族裔绝对数量的稀少直接导致了这两国移民文学的起步时间远远晚于德国。[1]但这一状况在90年代初东欧剧变和延续十年的南斯拉夫战争期间发生了深刻变化。巴尔干地区的大量战争难民纷纷向三个富裕的德语国家迁徙，在原本移民比例不高的奥地利和瑞士造成了社会人口结构的重大转变。“至2004年，在德国仅有4%的外来移民来自南斯拉夫地区，而在瑞士达到了23%，在奥地利甚至高达43%。例如，在本身多语言的瑞士，塞尔维亚-克罗地亚语作为家庭主要用语在1990至2000年取代西班牙语位居第四位，在同一时间段，阿尔巴尼亚语由于来自科索沃的移民潮，从第十位跃居第五位。”[2]这些外来移民或者其后代也逐渐开始用德语创作，表达自己作为散居族裔的心声。从20世纪90年代末至21世纪最初十年，他们在文学创作上取得的丰硕成果也日渐得到两国文学批评界和文化界的重视。奥地利的流亡文学协会自1997年开始颁发“文化之间的写作”奖，鼓励居住在奥地利，具有移民背景或者出自少数族裔的人从事文学创作。小型出版社“流亡编辑部”也大力推广这些作家的作品。成立于2005年的“维也纳词语坊”协会，设立于2009年的霍恩涅姆斯文学奖（Hohenemser Literaturpreis）也都专门支持或表彰母语非德语的奥地利剧作家和作家。[3]来自保加利亚的作家迪米特列·迪涅夫（Dimitré Dinvev）正是在这样的推助下走上文坛，从2003年起作

1 Angelika Friedel, *Der Literaturpreis "Schreiben zwischen den Kulturen": Ein Literaturprojekt zur Förderung des Dialogs zwischen und über Kulturen* (Dipl. –Arb. Universität Wien, 2003), 25.

2 Boris Previšić,"Poetik der Marginalität: *Balkan Turn* gefällig?," *Von der nationalen zur internationalen Literatur. Transkulturelle deutschsprachige Literatur und Kultur im Zeitalter globaler Migration*, ed. Helmut Schmitz (New York: Rodopi, 2009), 189–190.

3 Ana Andrić, *"Migrationsliteratur" in Österreich: Eine literatursoziologische Betrachtung der "Migrationsliteratur" in Österreich* (Dipl. – Arb. Universität Wien 2012), 43–48.

为奥地利文学新星吸引了全欧洲的关注。在瑞士德语区，设立于2008年的图书奖也频频眷顾杰出的移民作家，比如来自罗马尼亚的卡塔林·多利安·弗洛内斯库（Catalin Dorian Florescu）、出生于斯洛文尼亚的伊尔玛·拉库萨（Ilma Rakusa）和由塞尔维亚移居瑞士的梅琳达·娜吉·阿本吉（Melinda Nadj Abonji）。阿本吉凭借其讲述家族移民经历的小说《鸽子飞起》在2010年一连获取德国图书奖和瑞士图书奖，光芒格外耀眼。

在20世纪90年代席卷整个德语区的东南欧难民-移民迁徙以及应运而生的新兴移民文学在21世纪初再次改写了当代德语文学的版图；超越国界和地域，以文化混杂为显著特征的全球化色彩因而更加强烈。有研究者甚至惊呼，德语当代文学继“土耳其转向”之后，又出现了“巴尔干”或“南斯拉夫转向”。[1]这意味着，不仅在德、奥、瑞原有文化与某一外来移民文化之间形成了一个碰撞、交汇、协商的互动空间，而且来源不同的移民文化本身也显示出多样性和混杂性。德语国家的散居族裔作家不仅更强烈地感受到文化差异对其生存方式的持续影响，也更细致地展示出文化身份不断被重塑的存在体验。有鉴于此，21世纪的德语国家文学评论界和学术界用以描述这些文学作品的术语再次出现变化。众多研究者在沿用移民文学这一概念的同时，越来越倾向于将其进一步指称为具有跨文化特性（Interkulturalität）的文学。这里的“跨”（inter-）并非一次性的空间移动，并非单纯的跨越或超越，

1 Boris Previšić, “Poetik der Marginalität: *Balkan Turn* gefällig?,” *Von der nationalen zur internationalen Literatur. Transkulturelle deutschsprachige Literatur und Kultur im Zeitalter globaler Migration*, ed. Helmut Schmitz (New York: Rodopi, 2009), 189.

而是与巴巴提出的居间状态和第三空间遥相呼应，指向一种介于双方之间又同时连接双方的动态结构。它与文化身份的建立紧密相连。正如汉堡大学的文学教授奥特鲁德·谷特雅尔（Ortrud Gutjahr）所指出的，“跨文化特性这一概念所描述的是互动形式，在这种形式下，互动双方会相互辨认出各自不同的文化特征”。[1]在这一互动过程中，“价值观、风俗、惯习和行为实践之间的文化差异是在文化建构中协商出来的”。[2]换言之，跨文化概念抛弃了固定的、僵化的、本质化的文化身份，而是以“对自我和他者的指认关系的建构性”为基础。[3]流散作家的德语写作，无疑充分展示了文化他者和自我如何被建构、体认和表达的互动过程。全球化流动性在这里正对应于个体经验中文化身份的动态性质和建构性。更重要的是，流散作家中的佼佼者都格外注重挖掘德语语言表达这种流动性的潜力，让语言展示出相应的多义性、碎片化和混杂、异化（Verfremdung）的效果。因此，可以说，杰出的流散文学作品，从表达内容和表现形式上都是在实践各具特色的“跨文化写作”。对此，德国的文学研究界自2000年以来就进行了不少整理、归纳和文本分析的工作。2000年出版的《德国跨文化特色文学手册》便是最早的一个概览式的尝试。随后，以跨文化概念为核心，针对具体作家尤其是土耳其裔德籍作家的相关研究也层出不穷。著名文学研究杂志《文本与批评》在进入21世纪后陆

---

1 Ortrud Gutjahr, “Alterität und Interkulturalität,” *Germanistik als Kulturwissenschaft: Eine Einführung in neue Theoriekonzepte*, eds. Claudia Benthien and Hans Rudolf Velten (Reinbek bei Hamburg: Rowohlt, 2002), 346.

2 同上，353。

3 同上，354。

续推出了一批关于散居族裔作家的专辑（2002年的赫塔·米勒专辑；2010年的帕斯提奥专辑；2011年的多和田叶子专辑；2014年的莱维查诺夫专辑），在2006年则出版了特刊《移民与文学》并且在其封底上指出“如今，在德语区，跨文化运动也决定了文学的主题、写作方式和诗学设想”。[1] 2015年出版的《跨文化特色文学导论》或可看作此类学术成果的一个汇总，该论著甚至将具有跨文化特色的德语文学追溯至18世纪晚期。[2]学术界的高度关注本身也展示了德语国家在全球化时代的自我认知的变化，尤其是对于德国的知识精英来说，他们早已承认德国正成为“族裔与文化异质性日益增强的移民迁入国”，而且是“欧洲范围内移民比例最高的国家”。[3]原先圈定各文化和各民族的地域界限失效之后，民族或国别文学这一概念再也无法涵盖当今的德语文学，要正视层出不穷的优秀作品所演绎的身份问题和流动经验，研究者们势必要“以日益增强的移民运动和全球化为背景，描述一种具有跨文化特性（inter/transkulturell）的后殖民文学”。[4]

总而言之，德语国家新近的文学研究界提出“跨文化特性”，主要是用以概括、描述和分析当代德语区的流散族裔在文学作品中表达的文化身份问题。这在某种程度上是学术界对德国等国家

---

1 Heinz-Ludwig Arnold, ed. *Literatur und Migration: Text+Kritik Sonderband IX/2006* (München: edition text+kritik 2006), cover.

2 Patrut Michael Hofmann and Lulia-Karin, *Einführung in die interkulturelle Literatur* (Darmstadt: WBG, 2015).

3 Helmut Schmitz, “Einleitung: Von der nationalen zur internationalen Literatur,” *Von der nationalen zur internationalen Literatur. Transkulturelle deutschsprachige Literatur und Kultur im Zeitalter globaler Migration, ed. Helmut Schmitz* (New York: Rodopi, 2009), 7.

4 Karl Esselborn, “Neue Zugänge zur inter/transkulturellen deutschsprachigen Literatur,” *Von der nationalen zur internationalen Literatur. Transkulturelle deutschsprachige Literatur und Kultur im Zeitalter globaler Migration, ed. Helmut Schmitz* (New York: Rodopi, 2009), 50–51.

转型为移民迁入国的积极反应。这一概念上的替换应该说更有利于我们在脱离本质身份论后来审视与解读流散文学的特殊内涵与美学价值。为了在有限篇幅内尽可能展示出这样的内涵与价值，以下将挑选两部特色鲜明的杰出作品，深入其文本内部，结合时代背景和作者的族群特点，聚焦文中对文化身份的文学演示，阐述流散经验如何赋予德语文学新的动力和创造力。当然，需要提前说明的是，这样的文本选择必然带有一定的主观性和局限性，两部作品的配对也是以笔者本人的阅读经验和研究视角为基础，并不是出自某个既定的经典书单。其中用意，无非是希望能借此勾勒出作为文学主题的流散现象的不同面向，以期把握全球化影响下的德语文学的个性与特色。

第三节　德籍土耳其裔混杂身份的建构：蔡莫格鲁的《卡纳克之语》与厄茨达玛的《金角湾大桥》

在众多迁居德国的族群中，土耳其族裔无疑是最重要的一个移民群体。从60年代至今，土耳其人大规模移居德国的移民运动持续了逾半个世纪，跨越了好几代人，并且以他们携带而来的文化认同和生活习俗深刻影响了德国当代社会。在汉堡、柏林这样的国际大都市里，土耳其社群的存在已经是随处可见的都市风景，甚至成为某些街区的主导特色。而从足球、流行音乐到影视创作，处处可见土耳其裔明星的身影。在这一族群的生存状态和自我认知中，可以清晰地看到流散族裔的特征，尤其是文化身份的混杂特点。迁移至德国的土耳其裔人群大多选择了定居德国，摆脱了早期客籍劳工的不稳定状态，不少第二代、第三代移民也获得了德国国籍。在此过程中，他们既维持着自己不同于本土德意志民族的文化归属感和对源文化的情感纽带，又在这个逐渐成为第二家园的异乡形成了新的身份认同，尤其是出生并成长于德国的土耳其移民后代，更是以德国社会的特殊成员自居。德籍土耳其人(Deutsch-Türke)也成为全球化时代的德国社会中最典型的文化居间形式，民族—国家—地域的一一对应关系在这种族群生存形态面前完全失效，不同文化系统的叠加和交错则造成了个体心理结构中持续的张力，由此显示出霍尔所描绘过的流散族裔在文化身份上的断裂、游移、变异和破碎经验。

德籍土耳其裔人群对自身的文化居间及混杂状态的感知很早就通过各种文艺形式表达出来。随着他们迁入、定居德国并在此生长繁衍，他们之中也陆续涌现出兼有自我表达欲求和杰出才能的艺术家、作家、歌手和电影导演。就文学创作而言，最早表露土耳其移民心声的德语作品在70年代早期便已出现。此后随着土耳其裔散居经验的更迭变换，土耳其裔作家的文学作品也在内容和形式上不断推陈出新。专门研究具有跨文化特色的德语当代文学的米夏埃尔·霍夫曼（Michael Hofmann）和尤里亚–卡琳·帕特鲁特（Iulia-Karin Patrut）便将德籍土耳其裔作家及其作品划分为三个时期。他们指出，前两个时期（即从20世纪七八十年代至90年代早期）的作品还基本上局限于“客籍劳工文学”的范畴，表达出被排挤者的哀怨基调，但第三个时期的作家们则“着重追求将他们受到两个（或更多）文化影响的经验转化为文学观念，并且要让这观念在德语文学中获取一个无可争议的地位”。[1]这便是说，在德籍土耳其人为自己争取德国社会合法成员地位的同时，表达他们这种新身份意识的文学创作也走出了德语当代文学的边缘地带，积极寻求读者、批评界和知识精英的广泛认可。在这一方面，最成功的范例是堪称“德语-土耳其文学”双璧的蔡莫格鲁和厄茨达玛。这两位土耳其裔作家都是在90年代登上德语文坛，很快便吸引了文学界和评论界的高度关注，先后获得沙米索奖（厄茨达玛在1999年，蔡莫格鲁在2005年获得该奖）；进入21世纪之后，他们的创作活力有增无减，并收获了德国和国际上众多重要文学奖项，成为德语当代文学中令人瞩目的明星作家。[2]由于都是聚焦于土耳其裔移民的经历及其文化认同的问题，他们的作品在内容上出现过交叉。蔡莫格鲁以其母亲的经历为蓝本创作的小说《莱雅》（2006年出版）就被人指出与厄茨达玛发表于1992年的首部自传体小说《人生是大漠驿站：有两扇门，我从一扇入，从另一扇出》有雷同之处。但实际上，两个人在表达德籍土耳其裔移民的跨文化经历时，有着颇为不同的切入角度和行文风格，恰可体现作为文学现象的流散体验的丰富内涵。这里将选择两人早期的代表作作为样本，展示他们不尽相同的描述重点和审美创造。

1964年出生于土耳其博卢市的蔡莫格鲁在一岁时便已随父母移居德国，在德国长大并接受学校教育，是标准的第二代移民。他对于在土耳其和德国两种文化的夹缝中生存的状态有着深切的感

1 Michael Hofmann and Iulia-Karin Patrut, *Einführung in die interkulturelle Literatur* (Darmstadt: WBG, 2015), 65.

2 同上，69。

受，也对德籍土耳其裔群体的社会处境有着敏锐的感触。从1994至1995年，他用整整一年的时间采集了许多德籍土耳其人口述的日常生活片断，汇集成书出版。书名为《卡纳克之语：来自社会边缘的24个杂音》（*Kanak Sprak/Koppstoff*，1995）。在他自己撰写的序言中，他开宗明义，指明自己要借此书展示，“作为卡纳克，在德国是如何生存的”。[1]“卡纳克”（Kanak）这个词出自太平洋群岛新加勒多尼亚，是当地岛民用来自称的名词，后来被法国殖民者挪用，成为一个指称未开化种族的贬义词。这个词在德语中往往就被用来指称外来移民，尤其是土耳其裔和阿拉伯裔移民，其中隐含了不洁净、不文明、粗野等消极内涵。但在90年代，许多进入成年的第二代、第三代移民将这个侮辱性标签用作自称，并以反讽的口吻改写了词义。一个土耳其裔歌手便称自己是“性感的卡纳克”。[2]蔡莫格鲁也借用这个颇有刺激意味的称呼来指涉德籍土耳其人，并且区分出了两代卡纳克，对应于第二代和第三代移民。第一代还被称为“客籍劳工的孩子”，成长于德国，从父母那里受到土耳其文化的影响。第二代则出生于德国，土耳其对他们来说仅仅是个“度假之国”。但他们仍然面临着德国主流社会对他们的他者化，尤其是在“多元文化的童话”面目下强加给他们的异国情调式的浪漫想象。[3]蔡莫格鲁非常反感这种廉价的文化多元论和动物园式的种族展演，而是强调所谓卡纳克们被不断悬置和推移的动态身份：“虽

1 Feridun Zaimoglu, *Kanak Sprak/Koppstoff, Die gesammelten Mißtöne vom Rande der Gesellschaft* (Köln: Kiepenheuer & Witsch, 2011), 15.

2 Dirk Skiba, “Ethnolektale und literarisierte Hybridität in Feridun Zaimoglus Kanak Sprak,” *Migrationsliteratur* (Tübingen: Francke, 2004) ,.184–185.

3 Feridun Zaimoglu, *Kanak Sprak/Koppstoff, Die gesammelten Mißtöne vom Rande der Gesellschaft* (Köln: Kiepenheuer & Witsch, 2011), 17.

然他们可能被迫进行一个（对身份的——译注）最终抉择，但是卡纳克们并不寻求文化上的牢固定位。他们既不想从身份超市上挑拣一个给自己，也不想进入毫无差异的被迫流亡者行列。他们有自己的内在特征和非常清晰的自决观念。”[1]

换言之，蔡莫格鲁在这些兼有双重文化印记的卡纳克身上观察到的是霍尔和巴巴在流散族裔身上已经看到的新型身份观：不再以“我们从哪里来”来定义自己，而是强调“我们能够成为谁”的可能性和对自己的文化混杂状态的体认。蔡莫格鲁在这本书中尤其抓住了最能体现这种身份自觉的外在表征：卡纳克的语言。德籍土耳其人在这本书中说的都是德语，但又是变异了的、混杂了的、脱离了稳定标准态的德语。蔡莫格鲁如此描述道：

> 卡纳克的语言强力表现为一种爆破式的、语气短促的、混杂的持续震动，不含句号和逗号，随意插入停顿和即兴创造的成语。卡纳克自己的母语总是说得错误百出，而“阿列曼语”（即土耳其语中的“德语”。——译注）他也只是在有限范围内说得流利而已。他的词汇是在两种语言中都找不到的“错乱”单词和习惯短语混合而成的。他即兴造出的图像和比喻，不少是从别处借用来的，从标准土耳其语到安纳托利亚村庄的地方俚语都有。[2]

1 Feridun Zaimoglu, *Kanak Sprak/Koppstoff, Die gesammelten Mißtöne vom Rande der Gesellschaft* (Köln: Kiepenheuer & Witsch, 2011), 17–18.

2 同上，18。

这种混杂的语言正反映出德籍土耳其裔移民混杂的文化身份，他们并不是简单地全盘接受迁入国的主流语言，而是用自己文化来源地的语言对其进行改造，由此形成了一个介于两种语言之间的第三语言，而这种与身份表达直接相连的表意体系也可看作巴巴提出的协商空间——第三空间。蔡莫格鲁正是通过追踪、记录、汇集这种混杂语言，让卡纳克们——散居于德国的土耳其族裔现身说法，从而直观地呈现出他们的生存状态和内在体验。他最后整理出的是24个土耳其男性的自白，这些男性的年龄在13岁至33岁之间，是跨越两代的卡纳克；他们大多处于社会边缘，有一部分从事体力劳动或非主流工作的，比如货车司机、包装工人、男妓、皮条客、说唱歌手，其中四个二十几岁的青年处于失业状态。但也有社会地位相对较高的作家和社会学家，此外还有政治立场比较极端的，比如申请政治避难的革命者和虔诚的伊斯兰教信徒。他们对自己的处境都有着一种身份自觉，深切感受到自己与阿列曼（德意志族裔）人的差异，但又坚持自己在这个异乡的生存权利和自我价值，同时对自己的土耳其出身持有复杂的态度。对于固有身份和德国人的自以为是，他们报以嘲讽，对自己的困境则显露出一种玩世不恭。例如其中最小的口述者，13岁的中学生哈桑（Hasan）便在身份感知上表现出一种早熟。他在街头晃荡，与小混混们为伍，又时时流露出对自己的生存空间的焦虑，力图在不断游移的文化定位中保持一种相对开放的自我认同：

那些老的们说：一把锁配一把钥匙。我的锁，我有把钥匙能配上。我的价值一部分就是这把钥匙，一部分是等在门后面的那些倒霉事儿。德国人不会懂这些，我操心的事儿也轮不到他们塞进脑袋里去，这个国家是属于他们的，他们有他们该死的窝儿，钱是让他们来捐温暖的，但是我立足的地方，已经不是我的出身地，也不是我这么四处闲逛的地儿，这话听起来像个臭诗人说的，但是，兄弟，向上帝我主发誓，这地盘上和其他地方就是这个样儿。夹在两个文化中的糟心事儿一直到现在都在烦我，这到底是个啥，这耍聪明的废话，说什么两张皮，对我有啥用，我的屁股在这两张皮上都找不到位置，一张皮我扯开来盖住我的身子，可我屁股底下还他妈的要一块坚实地儿，让我有得蹲，有得死。[1]

虽然哈桑仍然期待着一个坚实的地方落脚，但这并不意味着他期待回归一种可以让他认同的固定的集体身份。因为对他来说，他已经置身于非此非彼的第三空间里，源文化和迁入地文化都只能是外在的身份假想，是他用来遮盖身体的表皮，不是他内心的情感依存。在全文最后，他说“我在这儿就是地盘”，[2]便是在通过张扬独立的个体自我来谋取一种可能的生存空间，来建立新的非本质化的身份。如果说哈桑是单凭自己的感性经验来吐露文化居间状态下的生活感受，多少还带有一种青春期的轻狂戏谑，那么

1 Feridun Zaimoglu, *Kanak Sprak/Koppstoff, Die gesammelten Mißtöne vom Rande der Gesellschaft* (Köln: Kiepenheuer & Witsch, 2011), 81.

2 同上，82。

另一个口述者，29岁的作家梅默特（Memet）则对自己所属的族群在流散状态下的混杂特点和生存策略有着更为冷静的观察和更为深刻的剖析：

> 我们是杂种，朋友，这就是说，我们有着我们也无能为力的思想和感受，（……）他们对杂种说，他觉得不舒服，是因为他身体里住着两个灵魂，两种文化。这是一个谎言。他们就是想灌输给杂种，他必须只选择一个灵魂，就好像这是一种技术操作，能让齿轮都啮合好，就好像他的心灵是瘫痪了的一台机器。杂种不需要抛光，他自己已经上过了好多层漆，好让自己不会像杂色狗一样引人注目。卡纳克是一种复合型产品一样的东西，他恨自己和制造出他来的工厂。他有本土人没有的本能，他会看上第一眼，就又快又不费力气地分清形势，他能看到幕后发生的事儿。

梅默特和哈桑对德籍土耳其人的文化居间状态的感知可谓不谋而合。他们作为第二代、第三代卡纳克，完全抛弃了对固化的文化归属，对非此即彼的身份抉择的执念，而是将自己与源文化之间的断裂，与迁入地文化之间的疏离视为自己的生存常态，进而倾向于保持差异，保持双重影响之间的冲突和张力，甚至将这看作特长，看作新的自我。他们既要摆脱他者化的异样目光，强调自己并非反常的生物或失灵的机器，又要直面自己作为“杂种”和“卡纳克”的混杂属性：两种文化在他们这里并不仅仅是简单的拼合，而是交错和碰撞，从而铸就出两种文化中都没有的新型身份。这也正是80年代末至90年代的全球化现象：原有的固定边界和本质都趋于消解，新的动态化、碎片化的存在经验成为主导。不过，在蔡莫格鲁记录的德籍土耳其裔卡纳克们的生存经历里，身份感知模式的改变伴随着痛苦和无奈，呈现为一种边缘人的残酷现实。他们的父辈虽然作为客籍劳工也是边缘人，但在文化认同上还持有一种对故土本源的浪漫乡愁，而他们自己从内心里就已经放弃了单一的、同质的文化身份，因而更要承受内在与外在的离散现实，他们是巴巴笔下的“无以为家”（unhomely）者。[1]

蔡莫格鲁的这本《卡纳克之语》因而是以极为纪实的方式将德籍土耳其裔的第二代、第三代移民的心声传达给了公共舆论和主流社会。它让这些长期被他者化、被表征、被言说的人群开始言说、表征自己，打破了笼罩在他们身上的种种偏见和虚幻想象，展露了他们备受煎熬和误解的内心世界。正因为此，这本书出版之后引发了极大的社会反响，尤其是德籍土耳其裔群体觉得自己找到了一个表现自我的媒介渠道。书中的口述记录不久就被改编成广播剧，之后又多次被搬上舞台。值得一提的是，《卡纳克之语》中只收录了男性讲述的个人经历及感受，许多德籍土耳其裔女性对此深感不满，觉得自己的生活经验被这样的男性视角所遮蔽，于是纷纷自告奋勇，直接与作者接触，向他叙述自己的人生故事和体会。以此为基础，蔡莫格鲁在1998年推出了《卡纳克之

---

1 参见Homi K. Bhabha, *The Location of Culture* (London: Routledge, 2004), 13–27。巴巴尤其强调这里的unhomeliness不同于无家可归（homeless），而是家/故土与世界之间的界限已经被打破，更重要的是一种被移置的状态（displacement）。

语》的姊妹篇《遮头布》(*Koppstoff*)，[1]其中收录了26位女性的口述。与他采访到的德籍土耳其裔男性所不同的是，这些女性不再局限于社会底层，其中有人获得了保险公司职员或德语教师这样的社会主流职业。失业者仅有一名，而在校大学生有五名。(当然这也和成书背景相关，恰恰是这样较为独立、受教育程度高的女性更有自信向作者袒露自己的心声。)不少人在文化身份上表现出一种自主、自决的主体意识，不再为“没有家园”而哀怨，[2]但也有人坚持戴头巾并表明这是她的信仰自由。[3]不过她们和她们的男性同胞一样，对自己和阿列曼/德国女性之间的差别有着清醒的认识，同时也不再完全认同源文化传统尤其是其中压迫、限制甚而歧视女性的一面。不妨说，蔡莫格鲁在这两本书中都重现了流散族裔凸显文化差异和混杂策略的协商空间，并且通过直接记录混杂的卡纳克语言让写作本身成为一种挑战标准语言和常规文化的跨文化实践。

由于是非虚构类的口述实录，《卡纳克之语》似乎并不符合经典的文学作品定义。蔡莫格鲁自己也一直强调他记录内容的真实性(Authentizität)。然而，以几乎原生状态的混杂语言来直观传递德籍土耳其人的本真体验，这本身正是一种具有突破性的文学创举。所以，德语学术界都认定，这些记录都有着“蔡莫格鲁的文学手印”，[4]它们的背后是“一个有着语言创造力的作者，他

---

1 这个书名Koppstoff是俚语，和标准德语中的头巾(Kopftuch)有差别，故译为“遮头布”。

2 Feridun Zaimoglu, *Kanak Sprak/Koppstoff, Die gesammelten Mißtöne vom Rande der Gesellschaft* (Köln: Kiepenheuer & Witsch, 2011), 150.

3 同上，175—179。

4 Dirk Skiba, “Ethnolektale und literarisierte Hybridität in Feridun Zaimoglus Kanak Sprak,” 184.

从‘隔都’（Ghetto）的俚语中获得灵感，造就了一种具有特殊社会意义的文学”。[1]换言之，蔡莫格鲁并不是简单的口述史搜集人和誊录者，而是一个以其对文化身份问题的敏感来经营文字、组建文本的文学创造者，他让德籍土耳其人这一流散族裔对混杂身份的自我感知成为特殊的、“仿真”的、有冲击力的文学语言。从这个意义上来看，他与厄茨达玛的小说创作可谓殊途同归。厄茨达玛同样致力于创造可以呈现跨文化生存的真实体验的文学语言，不同的是，她并没有勾勒出德籍土耳其裔群体的众生相，而是集中书写她个人的身份建构历程。如果说，蔡莫格鲁在他的成名作里打造的是一个共时性（synchronisch）的、混杂的族裔生存空间，那么厄茨达玛在她的一系列早期作品里就是在记述混杂的文化身份的历时性（diachronisch）形成过程。

1946年出生于土耳其的马拉蒂亚，随后在伊斯坦布尔长大的厄茨达玛实际上比蔡莫格鲁要年长一辈，但她的迁移经历兼有两代移民的特征：作为客籍劳工，她于1965年第一次进入德国，工作半年后迁回土耳其，随后在七十年代末再次来到德国并定居于此。作为备受认可的剧作家、戏剧演员和作家，她很早就脱离了早期客籍劳工的局外人状态，逐渐成为德国社会尤其是文艺界的重要成员，同时她毫不讳言甚至尽力展示自己的混杂身份。在2007年，她被选为德国语言文学学院院士，与众多德语区的作家、诗人、记者并列为为德语语言和文学的发展做出杰出贡献者，这标志着她作为德籍土耳其裔作家从边缘走向了中心，这也再次证

1 Michael Hofmann and Iulia-Karin Patrut, *Einführung in die interkulturelle Literatur,* 71.

明德国正转型为一个全球化时代的“后民族国家”。厄茨达玛的文学创作也基本上都围绕着她的迁居“路线”（routes）展开，并随时对既有的文化根源（roots）和德语语言规范构成挑战。她最早出版的散文集《母舌》便以寻找自己的文化之源为主题，通过将德语和土耳其语并列、杂糅、混同，构造出了多语言、跨文化的复调式文学形态。而她于1992年问世的第一部长篇小说《人生是大漠驿站：有两扇门，我从一扇入，从另一扇出》则是对自己在土耳其的生长经历的一次文学回忆。这也是最早从土耳其族裔自身的视角出发，以德语来讲述土耳其当地生活和土耳其人心灵世界的作品之一，它将另一个文化体系中的人生经验搬入了德语，同时也掺入了大量的土耳其语汇和意象，从而为当代德语文学增添了更强烈的跨民族、跨文化特色。1998年，她出版了第二部小说《金角湾大桥》；2003年，她又推出了小说《奇星凝视大地：维丁-潘可区1976/1977年》。这三部小说构成了她的“伊斯坦布尔-柏林三部曲”，它们在叙事时间上前后相续，再现了女主人公从出生、成长、迁移到定居德国的三十多年人生。最后一部日记体小说主要以柏林为叙事地点，时间上也局限在一年之内，而最能体现族裔散居现象中的空间迁移和身份建构的，是第二部小说《金角湾大桥》。

在这部被文学研究者谷特雅尔称为“跨文化成长发展小说（interkultureller Bildungsroman）的杰出范例”[1]的作品中，情节开始于1965年第一叙事者看到德国在土耳其的招工广告，终止于

1 Ortrud Gutjahr, *Einführung in den Bildungsroman* (Darmstadt: WGB, 2007), 124.

1975年西班牙独裁者弗朗哥逝世，这也是第一叙事者，也即女主人公从18岁赴德远行至28岁在伊斯坦布尔再次登上开往柏林的火车的十年成长时光。全书分为两大部分，对应于女主人公混杂的文化身份在异乡的形成和在故乡的确认。在第一部分《被侮辱的火车站》中，初次生活在德国的“我”一开始还完全是一个异乡来客。她和住在工厂宿舍的其他土耳其女工一样，虽然身在异地，但思想和行为还受着故乡文化的制约，尤其是土耳其主流文化中的男权/父权思想对年轻女性的统治。其中一对姐妹就时时刻刻提醒其他女伴她们的父亲与兄长在控制她们生活方面的权威：“她们说了那么多关于她们兄长和我们父亲的话，我都觉得她们那些关于父兄的话成了一张蜘蛛网，罩住了整个寝室和我们的身体。我开始害怕起她们的兄长和我的父亲了。我甚至害怕雷赞的已经亡故的父亲。每次我一害怕，就给母亲写一封信，信里有这样的句子：‘愿上帝借助我父亲的力量在这里保佑我——我发誓，我不会在这里做坏事。’”[1]

与之相应，德国社会对她来说是一个陌生的外在环境，德国人与她相互隔膜，她没有建立起与这个文化的任何内在关联：“街道与人对我来说就像场电影，但是我自己并没有参与其中。我看着这些人，但他们没有看到我。我们就像是不知往哪里飞的鸟儿，时不时地降落到地面上，然后继续往前飞。”[2]

然而，随着主人公追求独立的自我意识逐渐增长，她开始将德国社会看作一个挣脱传统土耳其家长制的个人发展空间，德国

1 Emine Sevgi Özdamar, *Die Brücke vom Goldenen Horn* (Köln: Kiepenheuer & Witsch, 2011), 32.

2 同上，38—39。

的自由价值观由此开始渗入她的身份建构中。这其中最关键的就是她作为女性对自己性的发现和对性自由的诉求。在土耳其的传统价值观中，女性的性完全受控于婚前守贞的观念和父权、夫权的控制。而恰恰是在超越地域界限的跨文化迁移中，主人公逐渐发现了独立自我的欲望和价值所在，迫切希望打破限制她的处女禁忌——所谓对“钻石”一般珍贵的处女膜的守护律令。当她从德国回到土耳其时，她便深深感受到了已经渗透在她自我意识中的不同文化的影响并且以此为契机寻找自我发展的可能性：“我想学习德语，然后在德国挣脱我的钻石，这样才能成为一个优秀的戏剧演员。在这里我必须每天傍晚回家，要和我父母对视。在德国就不用。”[1]因此，女主人公由土耳其移居德国的迁徙旅程便和她渴望性经历，追求个体自主权的成长过程结合在了一起。在此过程中，她不再纠缠于集体身份和文化根源，而是在远离本族社会规范的他乡实现自我发展。她在德国学会德语，找到工作，在柏林经历了1968年席卷欧美的学生运动，并逐渐融入了左派青年的圈子。随后，她和在巴黎邂逅的西班牙青年霍尔蒂度过了初夜，完成了身心成长的关键一步。在第二部分《金角湾大桥》中，她再次回到了土耳其，并且体现出超越固定文化界限的混杂身份，而这尤其在与其他土耳其女孩的对照中展露无遗。当其他女孩为未来的出嫁而忙于打扮自己时，她却去戏剧学院接触更多的西方戏剧作品，表现出土耳其文化中少见的女性独立。她父亲对此的评论可谓一针见血：“她是作为夜莺飞到阿拉曼尼亚（Alemania，

---

1 Emine Sevgi Özdamar, *Die Brücke vom Goldenen Horn* (Köln: Kiepenheuer & Witsch, 2011), 104.

即德国）去的，在那里变成了一只鹦鹉，她学会了德语。现在她既是一只土耳其夜莺又是一只德国鹦鹉。”[1]

然而不仅仅是女主人公自己身上体现出了混杂性，她同时也发现了土耳其这一夹在亚非之间的国家的文化混杂现象：这个横跨亚欧大陆，在凯末尔时代一度积极追求西化的国家在五六十年代经历了一轮伊斯兰教复兴，试图寻找自身定位的宗教保守势力鼓吹土耳其与欧洲世俗文明截然不同的文化身份，土耳其国民因而发生了意识形态上的分裂。[2]追求独立自由这些欧洲价值观的女主人公则在两种文化认同中间穿梭："白天我到欧洲那一边的戏剧学院去，然后去电影院，然后再去'船长'餐馆，之后我才回到伊斯坦布尔的亚洲这一边，回到我父母家，就如同回到一家宾馆。我睡在亚洲，而当清晨来到，梅米喜鸟开始歌唱，我就又登船奔赴欧洲。”[3]

显然，身在土耳其伊斯坦布尔的女主人公将自己处于两种文化之间的居间处境投射到了这个在地理上横跨欧亚的城市空间中。连接伊斯坦布尔的欧洲和亚洲部分的则是第二部分中的核心意象，女主人公每天都要路过的金角湾大桥。这个不在此岸也不在彼岸的开放通道象征着一种悬浮态的、去地域化的、不再固定和统一的身份感。厄茨达玛将这个意象用作全书的标题，无疑是在强调女主人公不断往返于两种文化之间，不断协商两套社会规范的生存方式。这种生存方式始终与她在跨文化迁移中的特殊成长经验

---

1 Emine Sevgi Özdamar, *Die Brücke vom Goldenen Horn* (Köln: Kiepenheuer & Witsch, 2011), 173.

2 凯文·罗宾斯：《撕裂的身份：土耳其/欧洲》，斯图亚特·霍尔、保罗·杜盖伊主编《文化身份问题研究》，庞璃译，开封：河南大学出版社，2010年，第77—108页。

3 Emine Sevgi Özdamar, *Die Brücke vom Goldenen Horn* (Köln: Kiepenheuer & Witsch, 2011), 214.

联系在一起，她作为流散族裔在德国塑造出了自己的混杂身份，形成了在文化之间流动不居的自我感知，在回到文化母国后也还在延续这种心理上的流动迁移。这也为她在物理/地理空间中的继续迁移埋下了伏笔："柏林对我来说就如同一条街道。当我是个孩子时，我会在街上待到半夜，在柏林我又找到了我的街道。我从柏林回到了我父母家，但是现在这个家对我来说就像一个宾馆，我想再次回到街上去。"[1]

在女主人公身心成长的关键阶段，在柏林的流散经历已经让她建构出了一个有着新型文化自觉意识的自我。这个自我，正如霍尔所分析的，不再追求固定本源，不再以"我们从哪里来"来决定自己的文化归属，而是以"我们能够成为谁"为核心来创建一个开放、流动的动态身份。德国学者也强调，厄茨达玛"在她的小说中执着地展示变异与文化角色更换的能力，将其表现为具有文化多样性的人生谋划中持续不断的成长任务"。[2]正因为此，她的父母家不再是她自己的家，不是她可以借此返回固定文化本源的终点，而只是她迁居路线上的一个宾馆，一个不稳定的寄居地点。她势必还要回到真正的移居状态中去，回到那个让她继续以混杂策略生活的跨文化空间——柏林的多元社会中去。因此，小说的结局——女主人公登上火车再次离开土耳其奔赴柏林，是这种身份建构的自然结果。厄茨达玛所展示的终归还是与自我建构历程丝丝相扣的流散故事，而不是流落他乡者的返乡之旅。

这部小说中尤其值得我们中国研究者关注的一点，也是迄今

1 Emine Sevgi Özdamar, *Die Brücke vom Goldenen Horn* (Köln: Kiepenheuer & Witsch, 2011), 186.

2 Ortrud Gutjahr, *Einführung in den Bildungsroman* (Darmstadt: WGB, 2007), 125.

为止在德国学术界还没有得到重视的一点，是女主人公在建构自己介于欧亚之间的德籍土耳其裔人身份时对于中国的双重他者想象。而这种想象源自欧洲左翼自诩的全球视野：在60年代末的学潮中，大量左翼学生和知识分子对于遥远的社会主义中国充满了憧憬，并将自己反对权威、追求个体自由和性解放的革命激情都投射到了他们并不完全了解的中国。由法国导演戈达尔执导并于1967年上映的电影《中国姑娘》是最能反映这种文化误读和东方想象的经典作品。在厄茨达玛的小说中，从巴黎回到柏林的女主人公也完全被欧洲学潮运动所感染，加入了德国的年轻左翼学生的圈子，并且和他们一起去电影院看戈达尔的《中国姑娘》。可以说，她在认同欧洲激进左翼的文化身份的同时，也接受了他们对文化他者的浪漫想象，将理想化了的革命中国征引为一种另类身份的符号式标志。随着她对自身在性和政治独立方面的成长体验加深，她对这一具有异国情调的欧洲左翼图式也愈加迷恋。

然而，在这个以他者来塑造理想自我的身份建构过程中，真实的中国是缺席的，在场的仅仅是具有红色中国面目的欧洲激进左派镜像，其中一个占据核心地位的符号意义是与现实中的中国社会主义革命并不直接相关的性解放。而这又恰恰是女主人公建构新自我的关键环节。她在土耳其的戏剧学校结识的左翼英雄，自称在意大利追随费里尼和帕索里尼学习电影的土耳其艺术家克里木便如此宣称："在社会主义革命中形成自觉意识的中国姑娘在情爱中也变得自觉。好的性爱取决于革命意识。"[1]而女主人公立刻

1 Emine Sevgi Özdamar, *Die Brücke vom Goldenen Horn* (Köln: Kiepenheuer & Witsch, 2011), 244.

就将这一个由欧洲左翼文艺阵营及其土耳其代言人炮制出的在革命激情中融入性爱自由的中国姑娘形象看作了自己的成长目标。她渴望“成为中国姑娘”，“想要乘车去红色中国”，“努力寻找一件毛式外套”，[1]也即奋力贴近欧洲人所想象的亚洲新女性形象，在自己身上塑造出他们需要的异国幻象。

这种极具想象性质的身份塑造颇耐人寻味。虽然德籍土耳其裔的混杂身份中本就包含一定的东方色彩，他们也大多处于被欧洲/德国主流白人社会他者化的处境，但是厄茨达玛在征用“中国姑娘”这一被东方化、浪漫化处理的他者形象时，却是在借用欧洲视角下的一种特殊的亚洲女性形象来覆盖和掩藏她的主人公自己的亚洲特性。这个一直游离于土耳其传统文化与欧洲价值观的交界处的年轻女性和欧洲人一起想象遥远的红色中国，一起在这种想象中逃离欧洲中产阶级和土耳其传统势力所主导的保守社会，一起建构新的自我。换言之，厄茨达玛在亚洲—欧洲—亚洲的角色转换和相互投射中创造了固定本质被持续打破的离散空间，身份的建构不再和地域相关，而是表现为自我感知的不断延异，自我想象的不断跃迁。出身于土耳其文化的女性可以接受欧洲的价值观，又在欧洲人对理想他者的渴望的推动下认同于这个他者镜像，但这种“二次他者化”并非回到起点，而是加深了文化身份的混杂性和不确定性。毋庸讳言，这个土耳其女性在希望成为所谓“中国姑娘”之时，是在重复欧洲中心主义式的东方想象，并不是在重建真实的东方。但由于她的这种文化认同是以束缚女性

---

1 Emine Sevgi Özdamar, *Die Brücke vom Goldenen Horn* (Köln: Kiepenheuer & Witsch, 2011), 244.

和压制左派的土耳其保守社会为对立面，是将红色中国视为自由个体的叛逆途径而非纯粹幻象，所以她对东方形象的挪用具有挑衅权威和自嘲的意味，而不是对欧洲中心主义视角的盲目套用。

总而言之，厄茨达玛笔下的这个“我”的成长经历，并不是简单地再现德籍土耳其裔的流散经验，而是呈现为对既定文化身份的持续挑战和重建。厄茨达玛的这部《金角湾大桥》因而表现出流散现象在文学化过程中可以释放出的创造力和个性魅力，它与侧重于纪实和群体形象的《卡纳克之语》也就构成了有趣的映照和互补。它们共同展示出以德国为目标国的流散族裔对文化身份的反思与重塑如何从不同角度为德语当代文学带来了新的特色。

德语国家在全球化时代——与世界上所有国家一样——经历着从经济生产、政治格局、生活方式到审美旨趣的巨大变革。就族裔跨界流散和民族国家式微这一全球化后果而言，虽然以德国为首的国家是否真正从政治文化层面全面转型为新的移民国家还有待观察，但不论如何，流散族群的大量存在和对国家文化生活的参与已经深刻地改变了这些国家的面貌，尤其为当代德语文学添加了新鲜元素，让当代德语文学展现出了与当今时代的密切关联和面向世界的开放性。流散文学因而可以看作当代德语文学在全球化时代中形成的一种颇具特色的样式。

这种文学样式的成形源自德语区的流散现实与流散族裔对自我文化身份的高度自觉及表达欲望。霍尔和巴巴在他们的后殖民理论中指出，全球范围内的流散现象打破了固执于本源的身份观和地域国界对身份的规定性，从而催生出了以开放性、流动性和混杂性为特征的新的文化身份观念。从前文中的历时性梳理中，我们可以看到，德语国家从战后至当代的历史发展中，不论是流散种族所经历的心路历程还是德国学术界和文艺界对流散现象的观察认识，都完全符合这一变化。尤其在20世纪90年代也即全球化发展的高峰期，德语国家的流散现象已成为不争的社会现实，流散族裔的文化认同则体现出了居间的、混杂的、动态的新形式。

这种身份观念在文艺作品中的表征也必然包含新的审美特点，尤其让人关注的是文学语言本身所展示出的断裂、多变、异质作为混杂文化身份的表达形式。德籍土耳其裔作家蔡莫格鲁的《卡纳克之语》和厄茨达玛的《金角湾大桥》正能体现流散文学的这种文学品格。它们共同描述了流散族群重构自己文化身份的过程但侧重点又有所不同。《卡纳克之语》呈现的是第二代和第三代土耳其移民的众生相，土耳其德语卡纳克语是他们感知并演示两种文化之间的生存状态的重要载体。《金角湾大桥》在叙事脉络上更符合传统的成长小说，聚焦于单个主角的迁移路径和心理成长，尤其凸显了女性流散个体的特有经验。从这两部作品中，我们对当代德语流散文学或可窥一斑而知全豹，了解流散经验如何成为一种文学样式，流散族裔对自身文化身份问题的关切与反思在各具风格的作家笔下如何形成了具有独特价值和丰富面向的文学构造。

第十二章
当代全球化英语小说：书写后殖民状况

何谓全球化小说？在这些小说中，全球化本身被纳入后殖民性的历史之中以至于全球化的历史影响与我们所说的“后殖民”这一历史状况有着必然的联系。就这层意义而言，这些小说在不同程度上对后殖民状况（即政治殖民、经济和意识形态控制以及文化征服）进行了揭示与书写。[1]这些小说都强调全球化的历史包含了殖民化、非殖民化和后殖民主义的历史，都涉及某些主题，如身份及其与族性和文化的关系，移民的社会归属感意识所面临的诸多挑战，全球经济和商品流动对当地社区的影响，等等。当然，这些主题同样也是后殖民小说反映的主题。但尽管在表现的主题方面与后殖民小说有部分重叠和相似之处，全球化小说更为强调和突出的还是对全球化的当代影响抑或是构成全球化历史之一部分的后殖民状况的书写，而非仅仅描述和探讨民族的观念、一个独立的民族国家之建设所面临的实际的政治挑战，以及具体

1 Bill Ashcroft, Gareth Griffiths and Helen Tiffin, *Key Concepts in Post-Colonial Studies* (London: Routledge, 1998), 113.

的殖民化和非殖民化的历史。英国作家扎迪·史密斯的《白牙》、拥有巴基斯坦和英国双重国籍的作家哈米德的《蛾烟》和印度作家罗伊的《微物之神》等作品在很大程度上体现了全球化小说的特点，将在下面加以详细讨论。

第一节 全球化语境下的英语小说

在批评家杰伊（Paul Jay）看来，后殖民文学研究和全球化文学研究是跨国文学研究的两种形式，从事跨国文学研究首先要认识到“文化一直在旅行和变化”这一重要观点。正如托马斯（Brook Thomas）在其《民族国家问题：在全球化时代比较文化多元主义》（“Nation-state Matters: Comparing Multiculturalisms in an Age of Globalization”）一文中所指出的，“文化不是固定的，而是通过一种因全球化的力量而不断加速的接触和交流的过程而处于一种被不断再生产的过程之中”。[1]全球化尽管有巨大的影响，但只是以一种加速的方式表征了某种不断出现的东西：即通过文化间的交流而必然产生的多种形式的不均衡的变化。全球化意味着文化形成物（cultural formation）越来越明显地失去固定空间的限制，并很难集结成为一个整体和传统。变化一直在产生，在全球范围内难以找到一种可以被称作本土或当地的文化，就像威尔逊（Rob Wilson）所说的那样，“不可能再有纯粹意义上的文化”。[2]哈

1 David Leiwei Li, ed. *Globalization and Humanities* (Hong Kong: Hong Kong University Press, 2004), 137–139.

2 同上，125。

特（Michael Hardt）和奈格里（Antonio Negri）也认为“文化始终是部分性和混杂性的构成物”。[1]杰伊指出，英语不断受到南亚及拉丁美洲书写、美国黑人文学以及美国流散社区特有文化传统的影响；所谓的“英语”文化完全是一种混合物，它建基于不同文化传统之间错综复杂的交流之上。[2]就其本人而言，他从事跨国英语文学研究时关注的地理学意义上的地区就出现了这样的情况：在加勒比、南亚以及美国与墨西哥之边境地区，人们难以辨认出那些被称作是“本土”的文化形式。这些地区的文化和身份特征是全球化造成的复杂后果。从“本土”这个词严格的意义上来说，不存在“本土的”加勒比人。加勒比文学因此深切关注本土、非洲、亚洲和殖民人口及文化之间的复杂的相互作用，而这种相互作用促成了混合的加勒比人口的形成。而具有类似情景的另一个地区是位于南亚的印度次大陆，它是大量新英语文学的发源地，受到希腊、波斯和伊斯兰占领的全面影响，这些占领早在东印度公司和英国统治确立之前就造成了当今印度、巴基斯坦、孟加拉等国家和地区复杂而多样的文化混杂状况。[3]

与某些批评家的看法不同，斯皮瓦克（Gayatri C. Spivak）没有将全球化理解成是一个当代的现象，相反她将它作为一种本身具有悠久历史的“古老的世界体系”来看待，认为它包含了殖民化、非殖民化和后殖民主义这些历史时期。[4]毫无疑问，她对全球

1 Michael Hardt and Antonio Negri, *Empire* (Cambridge, MA: Harvard University Press, 2001), 144.

2 尹晓煌、何成洲主编：《全球化与跨国民族主义经典文论》，南京：南京大学出版社，2014年，第183页。

3 David Leiwei Li, ed. *Globalization and Humanities* (Hong Kong: Hong Kong University Press, 2004), 88.

4 加亚特里·斯皮瓦克：《一门学科之死》，张旭译，北京：北京大学出版社，2014年，第91页。

化的这种理解与杰伊一样，能帮助我们讨论以上提及的加勒比、南亚以及美国与墨西哥之边境那些地区文学创作乃至文化生产的复杂状况。不难看出，全球化提供了一种历史的框架，通过这一框架，我们可以更为详细地分析由悠久的跨文化接触的全球历史造成的政治殖民和文化混合的多种形式，以及这些形式如何指导和影响了“本土”和流散人口为发展多种形式的政治和经济自主而进行的斗争。更为重要的一点是，这一框架提供了一种语境，在其中后殖民文学和全球化文学之间的相互关系可以得到较为清晰而全面的考察。

如果我们承认全球化具有悠久的历史，包括了殖民化、非殖民化和后殖民主义这些不同的历史时期，那么就难以明确区分后殖民文学和更加具体地探讨当代全球化影响下的文学创作，也就是杰伊所说的当代全球化英语小说。但杰伊认为我们可以通过一种严格意义上的建构主义方法对后殖民小说做出如下界定：一种具体的、持续的并且明显是从政治角度关注和揭示殖民统治、非殖民化的历史以及发展后殖民民族国家面临的实际困难的小说。[1] 根据这一界定，英国作家扎迪·史密斯的《白牙》、拥有巴基斯坦和英国双重国籍的作家哈米德的《蛾烟》和印度作家罗伊的《微物之神》等相当一部分小说显然不属于后殖民小说，而是属于他试图命名的后–后殖民小说，亦即他所说的当代全球化英语小说这一新的小说类型。因为这些小说都没有具体地论述殖民化和非殖民化的历史，相反它们对全球化的当代影响更感兴趣。

1 David Leiwei Li, ed. *Globalization and Humanities* (Hong Kong: Hong Kong University Press, 2004), 91.

很显然，从当代全球化英语小说所强调和突出的主题来看，《白牙》、《蛾烟》和《微物之神》等小说均可被纳入当代全球化英语小说的范围之内来讨论。这些小说对全球化的影响更感兴趣，而对殖民化和非殖民化的历史抑或是后殖民民族国家的当代困境只是表示了最低限度的关注。扎迪·史密斯（Zadie Smith，又译为查蒂·史密斯）的《白牙》（*White Teeth*，2001）是一部描绘伦敦北部多种族、多宗教和多文化社区的人们之生活画卷的小说。尽管该小说连续不断地描写了混杂的人口对“英国性”提出的诸多挑战，但它更为彻底全面地论述和突出了阿帕杜莱（Arjun Appadurai）所关注的那一系列全球化的当代影响，即移民、媒体以及想象在造就流散的后民族身份中所起的作用，因为他论辩说人口、图像、技术、资本和观念的流动使得民族国家的地区分界变得毫无意义。[1]例如，小说主要人物之一萨马德就因为连续不断地移民从而具有从印度、孟加拉和巴基斯坦等多国移居英国的复杂经历和不受国家界线限制的流散的后民族身份。[2]小说中他与另一个人物波碧的对话就是说明其独特身份的一个很好的例证：

“其实，我并非来自印度，你知道。”萨马德说。……

波碧看上去很意外也很失望：“你不是？”

“不是。我来自孟加拉国。”

“孟加拉国……”

---

1 David Leiwei Li, ed. *Globalization and Humanities* (Hong Kong: Hong Kong University Press, 2004), 147.

2 查蒂·史密斯：《白牙》，周丹译，海口：南海出版公司，2008年，第97页。

“以前是巴基斯坦。再以前，是孟加拉地区。”[1]

对于小说中一个具有一半牙买加血统一半英国血统的移民艾丽·琼斯来说，她也不时地会产生一种不确定的流散身份感，“即使面对盛宴、处在家人的怀抱里，也会感到无依无靠……”，有时当她与其他移民接触时，她也会有那种“在跨越国界，偷偷溜进英国……穿着别人的制服或披着别人的皮”的感觉。[2]

哈米德（Mohsin Hamid）在小说《蛾烟》（*Moth Smoke*, 2000）中几乎没有描述殖民主义、非殖民化语境下的当代巴基斯坦以及后殖民民族国家所面临的众多问题，而是聚焦于全球经济和商品流动对已经西方化的巴基斯坦城市居民的破坏性影响。举例来说，在小说人物朱利叶斯·苏朴布教授看来，在当代巴基斯坦存在两大阶层，人数较多的“出苦力”的那个阶层被称作大众阶层，人数较少但对自身周围的环境具有较大控制力的那个阶层被称作精英阶层。精英阶层也是一个混杂的群体，由走私者、毛拉（mullahs）、士兵和实业家组成，同时这一阶层也是一个由旁遮普人、普什图人、信德省人和俾路支人组成的群体，他们因居住在一个人工制冷的世界而聚集在一起。他们对空调这一资源具有较强的控制力，同时也有较大的依赖性：“他们不用离开印度次大陆尘土飞扬的平原就能想方设法为自己再创造出瑞典国的生活水平。他们在装有空调的房子里醒来，开着装有空调的轿车到装有空调的办公室上班，到装有空调的餐馆（他们享有进入餐馆

1 Zadie Smith, *White Teeth* (London: Penguin Books, 2001), 133.

2 Zadie Smith, *White Teeth* (London: Penguin Books, 2001), 307, 328. 此处中译文由笔者提供。

用餐的权力）去取了午餐就赶紧离开，一天要结束的时候回到自己装有空调的起居室，坐在大屏幕电视前一边看电视一边放松和休息。”[1]

小说中受到商品流通影响的另外一个重要人物是奥朗齐布，他对空调的喜爱超过了任何无生命的物品。他要求其父在其新房内安装中央空调，空调系统由备用的专用发电机供电，室内的空调由遥控器遥控。他最高兴的时刻就是在仲夏时节在冰冷的房间里用一条厚毛毯取暖以防打冷战，而在冬天，他喜欢将房间里的温度调高到可以舒服地裸睡而不用盖被单的程度。与大多数人相比，他追求的目标就是控制他的环境。[2]显然，通过以上的两个例证，我们可以说全球性的经济和商品流动“造就”了一种悠闲，然而却“病态”的当代巴基斯坦城市居民。

第二节 《微物之神》：对全球化负面影响的批判

罗伊（Arundhati Roy）的布克奖获奖小说《微物之神》以当代印度，具体来说是印度的喀拉拉邦为背景，描绘和展示了英国统治的文化遗产，深刻地批判了喀拉拉邦共产党的统治，但小说对印度作为一个后民族国家的兴趣明显小于它对全球化的影响之兴趣。在小说开始部分，罗伊将其对于全球化的尖锐批判交织于她对小说主要人物之一的艾斯沙（小说中交代他在20世纪90年代初长大成人后返乡）在家乡阿耶门连四处行走的描写之中：

1 Mohsin Hamid, *Moth Smoke* (New York: Riverhead Books, 2000), 112. 此处中译文由笔者提供。

2 Mohsin Hamid, *Moth Smoke* (New York: Riverhead Books, 2000), 114.

> 有些日子，他沿着河岸走，那里散发着粪便和用世界银行贷款购买的杀虫剂的味道。大多数的鱼都死了，存活的鱼都患了腐鳍症，并且身上长了很多的疖。
>
> 其他日子里，他在路上走，经过那些以波斯湾国家的钱盖起来的，如刚烤好的、加了糖衣的蛋糕似的新房子，房主是那些卖力而不快乐地在远方工作的护士、石工、电线工和银行职员。[1]

在以上的段落中，经济和商品流动及其产生的巨大影响得到了清楚的表述，当地被污染的河水和河中大量的病鱼和死鱼以及“以波斯湾国家的钱盖起来的……房子”就是明显具有说服力的例证。

罗伊是一位蜚声国际文坛的女作家，同时也是一位积极介入时事政治、维护底层平民利益的社会活动家和公共知识分子。她的大部分文字是与印度时政紧密相连的短篇评论文章，《微物之神》（*The God of Small Things*，1997）是其迄今为止出版的唯一一部小说。[2]如果我们对该小说做较为详细的解读，殖民化和非殖民化与全球化过程之间的那种连续性就可以得到更为具体的呈现和说明。该小说除了在处理喀拉拉邦共产党的统治上表现出那种明显的愤世嫉俗态度外，它对于作为一个后殖民国家的印度几乎没有发表什么议论。相反，它关注了越界（如超越种姓界限和“爱情律法”等）、亲英倾向（亦译英国崇拜）的破坏性影响以及全球

1 阿兰达蒂·罗伊：《微物之神》，吴美真译，上海：上海文艺出版社，2014年，第12—13页。

2 黄怡婷：《当代印度的“微物之神”》，《外国文学动态》2014年第5期，第29页。

文化和全球经济在喀拉拉邦的当代影响等话题。小说很少有意识地去描写殖民化这一政治历史以及民族政治的场景，而与这一场景有关的一切“均在小说讲述的家庭故事的狭小的、幽闭恐怖症的范围之内得以再现”。[1]

小说家罗伊本人认为种种越界行为是其小说关注的话题之一。她为小说选定的标题证实了她的这一断言。“微物”之神在小说中与“个人的绝望”和“个人的混乱”相联系；而“大物”之神则与历史和“一个民族的公开的骚乱”相联系。对于小说中的许多人物来说，个人的绝望源于其所作所为超越了小说叙事者瑞赫尔（Rahel）所称的“爱的律法……即规定应该爱谁和如何去爱的律法”。[2]瑞赫尔一家经历的恐惧由一系列奇怪的逾越这些律法的事件引起。这些事件包括了瑞赫尔的母亲阿穆与不可接触的贱民维鲁沙之间逾越种姓和阶级之禁忌的爱情，其姑婆宝宝克加玛对穆利根神父的那种令人痛苦的欲望，以及瑞赫尔和其异卵双胞胎的兄长艾斯沙，他们具有英国血统的表姐苏菲·默尔和他们的母亲阿穆的情人维鲁沙之间错综复杂的关系。而在小说的一开始，越界的主题就得到了表现，个人和历史之间的区分变得复杂起来。在小说第一章“天堂果菜腌制厂”的结尾部分，瑞赫尔反复思考家庭悲剧的起因，她不由自主地说家庭悲剧由一件微不足道的小事，即其表姐苏菲·默尔的到访引起，因为这一小事促发了一系列导致灾难的事件。然而小说情节发展的实际情况却表明，“要说所有一切均开始于苏菲·默尔来到阿耶门连”这件小事，那也

---

1 David Leiwei Li, ed. *Globalization and Humanities* (Hong Kong: Hong Kong University Press, 2004), 91.

2 Arunhati Roy, *The God of Small Things* (New York: Random House, 1997), 31.

“仅仅是看待这一悲剧的一种方式”：

> 同样地，我们也可以说，事实上这件事开始于数千年前；开始于马克思主义者到来之前；开始于英军攻下马拉巴尔之前；开始于荷兰人往北推进之前；开始于瓦斯科·达·伽马抵达之前；开始于马拉巴尔的扎莫林征服卡利卡特之前；开始于被葡萄牙人谋杀的三位穿紫色长袍的叙利亚正教主教被人发现浮在海上之前……也可以说，这件事开始于基督教乘船到来，并且像茶包中的茶那样渗透到喀拉拉邦之前。
>
> 我们也可以说，这件事的确开始于爱的律法被制定之时——那种规定谁应该被爱，和如何被爱的律法。
>
> 那种规定人可以获得多少爱的律法。[1]

这种另外的看待其家庭恐怖起因的方法将小说中描写的微小（个人）的事务与重大（历史）的事件（如印度被殖民等）相联系。通过强调纯粹生物学意义上的吸引的形式如身高和相貌等长久以来已在印度受到宗教和政治体制的制约，同时将印度漫长的殖民历史设想成突出这些制约的一种长久性的语境，罗伊含蓄地质疑了其小说标题所依赖的那种在“个人的”和“历史的”事件之间所做的区分，从而表现了“越界”这一主题。

通过以上所引的这些段落，我们不难看出瑞赫尔家庭恐怖的

---

1 阿兰达蒂·罗伊：《微物之神》，吴美真译，上海：上海文艺出版社，2014年，第31—32页。

源头可以追溯到印度宗教禁令的体制的和社会的历史，这些禁令早在英国统治在印度确立之前就实施了。那种在小说中被归类为“微物”（small things）的个人的恐怖后来被与英国殖民主义的历史，也就是所谓的“大物”（big things）联系了起来。这一联系是通过罗伊对一个被她称作“历史之屋”——一个显然与“黑暗的心脏”相联系的地方的处理完成的。这栋房子在瑞赫尔孩提时代位于一片被荒废的橡胶园中间，由一个被她称作“阿耶门连自己的柯尔兹”的人，一个“已经本地化的英国人”卡利赛普拥有。[1]在小说即将结束的第18章《历史之屋》，这间屋子因与殖民主义的历史相联系结果恰好成了这个家庭的个人恐怖发展到其顶点的地点，因为就是在这间屋子里，“贱民”维鲁沙遭到“非贱民”警察的毒打，差点丢了性命。通过使“历史之屋”不仅成为英国殖民恐怖产生的代表性地点，而且又成为瑞赫尔家庭成员的个人恐怖产生的地点，小说家罗伊显而易见地将其小说中的“微物”与“大物”联系在一起，并在它们与印度漫长的殖民主义历史的关系中赋予它们历史之维度。

然而，具有讽刺意味的是，在小说故事情节发展的一个重要环节，瑞赫尔家庭成员由于成为“亲英分子”而被“困在了他们自己的历史之外”：

> 恰克告诉双胞胎，尽管他不愿承认，但他们是亲英派，他们是一个亲英家庭，朝错误的方向前进，被困在自己

1 Arunhati Roy, *The God of Small Things* (New York: Random House, 1997), 51.

的历史之外，而且由于足迹已被抹除，所以无法追溯原先的脚步。他给他们解释，历史就像夜晚的一栋老房子，一栋灯火通明的老房子，而老祖先在屋内呢喃。

“想要了解历史，”恰克说道，“我们必须走进屋里，倾听他们说话，必须看看书及墙上的画，必须闻一闻味道。”

“……但我们进不去，”恰克解释道，“因为我们被锁在外面。当我们透过窗子往里面看时，我们只看到影子；当我们尝试聆听时，我们只听到一种呢喃。但我们不能了解那种呢喃，因为我们的心智被一场战争侵入了，一场我们打赢了，然后又输掉的战争；一场最恶劣的战争；一场捕住梦，然后将这些梦再做一次的战争；一场让我们崇拜征服者，并轻视自己的战争。”[1]

在这些段落中，瑞赫尔家庭成员遭遇的恐怖尽管是个人性质的，但这种恐怖是与英国殖民的历史相联系的。虽然在区分大物之神和微物之神时，小说家罗伊要求我们读者找出私人事务与公共事件之间的差异，但她有条不紊地消除了大物之神与微物之神之间的区别，以至于小说结束时奠基于历史和民族的“大物”与建基于个人与家庭生活的“微物”不无戏剧性地产生了不可避免的联系。在小说的其他地方，罗伊将瑞赫尔一家在殖民统治之下与其自身历史和身份的疏离，与更具当代性的全球化力量相联系。实

1 阿兰达蒂·罗伊：《微物之神》，吴美真译，上海：上海文艺出版社，2014年，第48—49页。

际上，罗伊在其小说中赋予全球化以历史性以至于全球化不仅包含了政治殖民、经济和意识形态控制以及文化征服等英国殖民主义的当代形式和历史，而且包含了印度大陆遭到的一系列连续不断的占领，即那些一直可以追溯到荷兰人、波斯人、穆斯林、印度雅利安人直至亚历山大大帝对印度的占领。

《微物之神》对当代全球化的影响之描写比它对英国殖民主义的处置更加明显和突出。小说叙事者瑞赫尔的舅舅恰克在上文中提及的战争指的是印度的自由，这是一场赢了却又是输掉的战争，因为由跨国公司所操纵的全球化的不利影响造成了一个几乎完全相同的殖民化印度。在小说中，罗伊对全球化在物质层面的负面影响的批判还体现在她对印度传统舞蹈卡塔卡利表演者命运变化的描写之中。在小说的第十二章《小长牙，克朱松邦》，罗伊描写了卡塔卡利表演者命运的巨大变化。这些表演者是男人中最美丽的人，他们戴着上了色的面具，穿着旋转裙而起舞，为了完成说故事这一伟大的任务，其身体从三岁起就受到“被刨过、被磨亮和被削薄”等特殊训练。在受到旅游业影响之前，这些表演者通常讲述那些神奇和奥妙的“你听过而且还想再听”的“伟大故事”。而如今不仅他们讲述的故事发生了重大变化，“从黑暗的中心回来的途中，他们在寺庙停下来，祈求他们的神宽恕他们，为糟蹋它们的故事道歉，为变卖它们的身份以换取现金而道歉，为滥用它们的生命道歉”。而且，他们自身的命运也发生了巨变，他们“已经变得无立足之地和不切实际了，变成被诅咒的商品”。连他们的孩子都嘲笑他们，“希望长大后成为任何一种人，只要不像他们”。结果是他们在绝望中转向旅游业，进入市场，“叫卖他们唯一拥有的东西，他们的身体能够讲述的故事”。[1]

罗伊对科钦机场上的那些印度“返国者”的描写则进一步说明了全球化给阿耶门连及其居民造成的物质上的破坏和精神上的伤害。那些回国的印度人深受西方文化和商品的影响从而在很大的程度上已疏远了其祖国印度：

> 他们来了，那些返国者，穿着免烫的套装，戴着五颜六色的太阳镜，用具有贵族气派的旅行箱结束了恼人的贫困；用水泥屋顶房替代了稻草屋顶房，为父母的洗澡间安装了热水器。……他们带来马克西斯和高跟鞋，带来蓬蓬袖和唇膏，带来密克西牌研磨机和相机的自动闪光装置。……他们心中涌起一股爱，以及些许羞耻，因为他们看到来接他们的家人竟然如此……如此……粗俗笨拙。看看他们的穿着！当然他们有更像样的接机服装！为什么说马拉亚拉姆语的人牙齿这么糟糕？
>
> 而机场本身！说它是当地的公共汽车站更加恰当！建筑物上有鸟粪！啊呀，袋鼠身上有唾液痕迹！
>
> 啊呀！印度正在衰亡！[2]

罗伊描写全球化如何影响阿耶门连的水路以及喀拉拉邦的那部

---

1 Arunhati Roy, *The God of Small Things* (New York: Random House, 1997), 219.

2 阿兰达蒂·罗伊：《微物之神》，吴美真译，上海：上海文艺出版社，2014年，第31—32页。此处译文有部分改动。

分一直生活在国外的人，揭示和阐明英国殖民主义和全球化的影响如何改变了瑞赫尔的全家。这一方面最为明显的一个例证就是，全球化对瑞赫尔的姑婆宝宝克加玛的生活产生的影响。为了摆脱那些使她无法爱上穆利根神父的“爱的律法”给她带来的痛苦，宝宝克加玛将其所有的精力转移到她对观赏性花园的“坚定不移、兴致勃勃的”培育上。在她“半个世纪以上的不间断地、精细地打理”之后，宝宝克加玛因受到卫星电视的诱惑最终还是放弃了她的花园。正如小说中所描写的那样，她现在不再打理她的花园了，而是“在她客厅的电视上掌控全世界”：

> 这种情景不是渐渐发生，而是在一夜之间发生的。金发女郎、战争、饥荒、橄榄球、性、音乐、军事政变——所有这一切都搭乘同一辆列车到来。所有这一切也一并被卸下车。……现在，整场战争、饥荒、逼真的屠杀以及克林顿，都可以像仆人一样被召唤出来。因此，当她的观赏性花园里的花草枯萎和干死之时，她正追随着美国篮球联赛、一日赛程的板球比赛以及所有的大满贯网球赛。平日里，她看“大胆和美丽”以及“圣塔·芭芭拉”。……她喜欢看世界摔角联盟的《摔跤狂》节目，节目里脖子比头粗的胡克·霍和“完美先生”穿着贴上亮片的莱卡弹性纤维绑腿，残酷地互殴。……电视里对于愈来愈多绝望和流离失所者的新焦虑，重新点燃起她过去对革命和马列主义的威胁所怀有的恐惧。她将

种族清洗、饥荒和种族灭绝看作是对她的家具的直接威胁。[1]

显而易见，宝宝克加玛被全球性的西方电视节目所“麻醉”或者说其生活遭遇了美国文学理论家詹姆逊所说的西方“文化入侵”以至与其自身文化疏离。[2]这结果正是对全球化持批判态度的文化批评家最大的担忧之一。很明显，这种担忧被浓缩在了以上所引的这段文字之中。她的观赏性花园，这一与家庭和本土相联系的物质世界，以及她所付出的打理花园的所有艰辛的劳作，被一个由全球电视节目组成的电子世界所替代。这一电子世界成了一个不无悖论的，“既如此陌生，却又具有强大吸引力的世界”。这就是阿帕杜莱所说的一种独特的，由商品、“新闻”和政治组成的混杂的世界之状况的媒体景观。[3]在这个奇特的世界中，美国的体育赛事和肥皂剧与关于流离失所、饥荒、大屠杀和种族灭绝的令人吃惊的报道被浑然不觉地混合在一起，以至于很难将它们加以区分。所有这一切都吊诡地以一种既“不堪入目”，却又“风景如画”的方式展现出来。她在电视上的所见所闻并没有减轻和消除她自身当地化（localized）的恐惧。美国有线电视网所带给她的全球文化对她构成了威胁，造成了她与自身文化的疏离。她对电视的痴迷说明全球文化剥夺了她所拥有的，包括其自身自由在内的一切。

罗伊的《微物之神》在多个方面来说都可以被看作是一部当

1 阿兰达蒂·罗伊：《微物之神》，吴美真译，上海：上海文艺出版社，2014年，第27—29页。

2 弗雷德里克·杰姆逊主编：《全球化的文化》，马丁译，南京：南京大学出版社，2002年，第58页。

3 Simon During, ed. *The Cultural Studies Reader* (London: Routledge, 1999), 223.

代全球化英语小说，因为它持续关注全球化的当下影响，因此对英国殖民化的细节以及印度作为一个后殖民民族国家的地位等方面的关注相对来说则较少。如果我们根据杰伊通过一种严格意义上的建构主义方法对后殖民文学所做的界定，罗伊的这部小说显然不能被纳入后殖民小说的范围之内来讨论。此外，考虑到它致力于考察全球化对小说人物的影响，小说的后民族定位表明了它属于以上提及的当代全球化英语小说这一新的小说类型。然而，我们不难发现，小说本身倾向于消除人们想在后殖民状况和全球化之间所做的任何有用的历史区分，因为罗伊在她的小说中用多个例证阐明了后殖民状况本身是作为全球化历史的一部分（即全球化具有后殖民性）而被书写的这样一种观点。[1]因此，这就要求我们读者和评论家认识到作为“反对全球化的公共知识分子”的一分子，罗伊在该小说中对全球化的负面影响的批判以及这种批判与对后殖民性状况的考察之间的关联。

第三节 《红色土地与倾盆大雨》：全球化积极作用之表征

如果说罗伊的小说《微物之神》是对全球化的“灾难性”影响（catastrophic effects）的尖锐批判的话，那么印度作家钱德拉（Vikram Chandra）花费6年时间完成，并被英国《星期天时报》赞誉为“具有原创性和紧凑性，利用神话并创造神话”的小说《红色土地与倾盆大雨》（*Red Earth and Pouring Rain*，1995）则

1 阿里夫·德里克：《跨国资本主义时代的后殖民批评》，王宁等译，北京：北京大学出版社，2004年，第178页。

从一个完全相反的角度描绘了阿帕杜莱所说的那种值得庆贺的全球主义（celebratory globalism），即全球性的跨文化接触及其促成的混杂化（hybridization）的多种形式。[1]该小说获1996年度“英联邦作家最佳首部著作奖”，以印度为背景，是一部史诗性小说。[2]小说的写作灵感来自一位传说中的19世纪的半印度血统半英国血统的名叫斯金纳的上校军官的传记。这部史诗性的小说由《战争和祖先之书》《学问和忧伤之书》《家世和旅行之书》《报复和疯狂之书》《返回之书》五大部分组成，采用多种背景和插入式叙事，带领读者穿越了几个世纪与多个大陆。小说的叙事穿越不同的时空，数个世纪的印度历史、19世纪的英国和当代的美国均成为小说所描绘和展现的对象。小说同时采用多种叙事和元虚构方法，拒绝一种统一化的叙事和通用的习惯性手法，旨在再现一种混杂的印度性，同时也表明了不同的文化如何在当代世界被牢不可破地联系在一起这一事实。与罗伊的小说《微物之神》相比，钱德拉的小说《红色土地与倾盆大雨》更加明显地将英国对印度的殖民置于征服的全球性历史这一语境之中，这些征服开始于亚历山大大帝，中经印度雅利安人直至英国统治在印度的确立。因此，英国对印度的殖民历史构成了小说叙事的主要组成部分。此外，当代美国社会及其文化对印度的影响也是构成该小说叙事的一个不可或缺的部分。

在钱德拉对其小说《红色土地与倾盆大雨》所构想的印度历

1 Simon During, ed. *The Cultural Studies Reader* (London: Routledge, 1999), 220.

2 Alexandru, Maria-Sabina Draga, “Performance, Performativity, and Nomadism in Vikram Chandra’s *Red Earth and Pouring Rain*,” *Comparative Literature Studies* Vol. 45, No. 1(2008): 28.

史所做的史诗般描述中，似乎看不到一个在那种多元文化主义的，被西方媒体称为“大杂烩”状况形成之前就已存在的“印度”。在他所描写的历史性印度，“新来者和早到者发生冲突并转变成一种完全是新的并且也是无法言说的旧的东西”，创造出了一个“了不起的和谐”的世界，这个世界突然变成了差异明显的世界，一个似非而是的世界，在其中“和谐只有变成非统一性时才会出现”。在那种状态下，“统一性就是多样性，多样性就是统一性。并且，这种多样性及其每一部分都是神圣的，因为它是一种存在”。[1]这样的一个多样性世界是一种复杂的历史事件之产物：印度雅利安人入侵并移居印度河谷，颁布法典推行印度教和种姓制度（前1600—前1000年），部落发展成城邦（city-states）；根据人种关系，雅利安人与达罗毗荼人（Dravidians）的分化（前1000—前450年）；亚历山大大帝（前327年）对印度部分地区的占领；孔雀王朝的建立以及希腊人的溃败和拉其普特人政权（Rajput power）在北部的崛起（公元前320—前184年）；公元712年，来自北部的穆斯林军队的入侵；公元712—1525年间，土耳其人、阿富汗人、波斯人的连续不断的侵袭并以建立莫卧儿帝国达到其鼎盛期；最终，随着印度反英暴动在1857年被挫败，英国人到达印度，确立并巩固其统治地位。

阿伯赫和赛基·普拉什是《红色土地与倾盆大雨》这部小说中的两个主要人物，他们俩都是小说的叙事者。阿伯赫是一名当代美国高校的学生，他刚从美国返回印度，而赛基是一位19世纪

1 Vikram Chandra, *Red Earth and Pouring Rain* (London: Faber and Faber, 1995), 122–123.

的诗人兼革命者，后来化身为一只白面猴。[1]阿伯赫这一人物来往于印度和美国之间的这种生活方式正是作家本人在印度西部港口城市孟买与美国之间来往的那种流浪生活方式的反映。[2]小说的叙事在那些历史性的部分和设定在20世纪90年代早期美国加州的部分之间来回变换，从而使读者可以将全球化的当下与殖民主义的过去相比较。[3]历史性部分着重描写印度反英暴动之前的数十年中英国政权在印度的崛起，而在美国加州的部分则主要描写阿伯赫这名印度青年学生以及全球化对其文化身份意识的影响。小说的这种独特的结构安排巧妙而有效地将阿伯赫的当代流散经历与英国殖民化的历史及其对小说中的另一重要人物赛基的身份之影响联系起来。

小说结束时，他们俩对殖民化和西方的不同体验为作家钱德拉提供了论述全球化的漫长历史如何永久地影响并决定小说人物新的混杂身份的手段和方法。在赛基的故事中，全球化的漫长历史如何影响并决定小说人物新的混杂身份这一事实得到了充分的说明。他的母亲因吃了神秘的炸面圈（laddoo，一种传统的印度甜食）而怀孕，这种面食是由包括印度神秘主义者和英国有钱士兵在内的一帮身份混杂的人制作、触碰与分发的。尽管赛基最终帮助领导了1857年反叛英国人的队伍，但他在设法了解其神秘的生父身份（即其父究竟是谁）的过程中迷上了英国，尤其是英国的语言和诗歌，并最终成为一位诗人，例如在小说的某一处，他

1 Alexandru, Maria-Sabina Draga, "Performance, Performativity, and Nomadism in Vikram Chandra's *Red Earth and Pouring Rain*," *Comparative Literature Studies* Vol. 45, No. 1 (2008): 24.

2 同上，23。

3 同上，25。

想知道人们如何用英语来表达“玫瑰、骄傲、荣誉、注定失败的爱情和纯洁的激情”等内容和概念。[1]小说结束时，他终于接受英国性，并将其当作是其混杂性身份的一部分，而这种混杂身份显而易见是以作家钱德拉在小说中竭力描述的混杂性的漫长历史作为其基础的。赛基对英国性的接受使他与接近他的其他人物，特别是好友乔塔（Chotta）所处的困境显得格格不入。他问赛基：

> 你知道我们是谁吗？……这个地球上有一个新的种类。它既不是这样的，也不是那样的，它既不属于这里，也不属于那里，它什么都不是。开始的时候，赛基，当我们出生时，我们就是本然的样子，是父亲和母亲的儿子，但现在，我们是其他的什么东西。……一种新的动物：时髦的、一半对一半的、黑色和白色的。你知道这是什么意思吗，既是黑的，又是白的？……赛基，我们是这种谁都不想要的新东西。[2]

根据这段文字，我们可以看到乔塔在一种与明确区分相联系的秩序“这一旧原则”之下苦苦挣扎，而“这一旧原则”就是钱德拉在小说第一部分“战争和祖先之书”中所描述的有关世界的“最根本的陈述”，即“我和你，我们和他们，我是什么人和我不是什么人，白色与黑色”这些明确的区分。的确，这种固定的、不可变动的区分开始被以下这种观点替代：“有一种这样和不是这

1 Vikram Chandra, *Red Earth and Pouring Rain* (London: Faber and Faber, 1995), 344.

2 同上，518。

样……的统一性，这种了不起的和谐，这种单一性，这种婆罗门，突然变成有差异的东西……只是变成非统一性时才清晰可见。”[1]这里的这种描述可以被看成是作家对一种神秘、夸张而又模糊的表述的“讽刺”，如果我们能确定他的真正目的并非在于解释赛基难以接受其混杂的身份这一事实的话。在“返回之书”，即小说的最后一部分，在伦敦，赛基给那个名叫阿伯林的英国警察兼侦探解释说他不是那个早先假冒的，名字叫“琼斯”的英国臣民，他的真名是赛基·普拉什。以下是两人之间的对话：

“不是琼斯？”

“我的名字叫普拉什。”

“你不是英国人？”

“我是。但我是印度人。”

“如果你是印度人，你如何能成为英国人？”

“准确地说，因为我是印度人所以我才是英国人。”[2]

在他们的对话中，我们不难看出赛基坚持认为自己既是英国人又是印度人，这一情况表明他身上显然没有那种在小说《微物之神》中给恰克这个人物及其家人带来烦恼的亲英倾向。事实上，使罗伊小说中的人物遭受折磨的那种强调种姓、种族和阶级之差异的爱的律法在钱德拉的小说中遭到了嘲笑。小说中与赛基亲如兄弟的朋友斯坎达为苏格兰籍父亲和印度籍母亲所生，而小说中印度

1 Vikram Chandra, *Red Earth and Pouring Rain* (London: Faber and Faber, 1995), 121–122.

2 同上，576。

人和英国人之间的性关系似乎是再正常不过的事。在小说中，有一天，乔塔和赛基这两个年轻人跟随一个朋友的父亲来到了一个妓院。当那名与那个朋友的父亲发生过性关系的妇女阿姆巴发现这两个年轻人时，她告诉他们：

> 他们都来这儿，婆罗门、拉其普特人和公司里的人员。在这儿，碰这别碰那、不可触碰、你的种姓、我的人以及我不能吃你的饭所有这一切均被忘记。小人物要知道，这个地方就是圣人歌颂的地方。在这儿，任何人可以接触其他的人，什么都不会发生。[1]

这种情景将这个在种姓和不可触摸之人之间，在印度人和英国人之间进行严格区分的世界置于一种特殊的语境之中。在这种语境下，种族通婚、混杂的主体性的产生以及多种文化实践均成了正常的现象。在小说描绘的种姓、种族、宗教和文化差异的暴力的外表之下读者看到的是一个“越界和混合的世界”，这个世界是小说中所有人物，不管他们是印度人还是英国人，都置身其中的世界。显然，小说中描写的混杂性不仅仅是一种假定的东西，而是一种事实的存在。因此，小说中英国人对文化差异及纯洁性所持的那种单一化的态度也受到了作家钱德拉的公开嘲弄，因为他反对那种认为世界上只有一种观点、一种声音和一种事物的看法。[2]

---

1 Vikram Chandra, *Red Earth and Pouring Rain* (London: Faber and Faber, 1995), 233.

2 Alexandru, Maria-Sabina Draga, “Performance, Performativity, and Normadism in Vikram Chandra’s *Red Earth and Pouring Rain*,” *Comparative Literature Studies* Vol. 45, No. 1(2008): 37.

与罗伊一样，钱德拉在其小说中描绘了殖民化和非殖民化的历史与后殖民状况及全球化的当代影响之间的联系。他通过对小说主人公阿伯赫的处理达到了这一目的。由于阿伯赫与电影、广告、文学，而最重要的是与一份旧的1967年的西尔斯超市的商品目录的接触，他的生活被西方（更具体地说是美国）文化的吸引力所渗透和主宰：

> 你知道我什么时候迷上美国的？……在我房子里的某个地方发现了一份1967年的西尔斯超市的商品目录……我一页一页地翻阅那份目录。我从男士服装开始看，看到所有皮肤白皙、蓝眼睛的家伙穿着的格子衬衫在他们身体上被拉长了。然后看到男士的内衣，然后女士的服装，然后女士的内衣，然后一家人一家人，母亲和女儿穿着同样的服装，留着同样的钟形发式，然后是花园里所用的工具……令人吃惊且不可置信，可灵活操作的割草机……但后面留到最后的最好的东西是成套可用的游泳设备！你可以通过邮件订购的游泳设备……以便你漂亮的女儿、你留了平头的儿子、你那美极了的夫人可以在最好的阳光下戏水和轻柔地漂浮。我的意思是说我感觉我头顶七年未理的头发已脱落了，我看到了天空，不是那样的确定，但是我眼前的这种情况就是生活必须是的那个样子。[1]

1 Vikram Chandra, *Red Earth and Pouring Rain* (London: Faber and Faber, 1995), 406.

在这个段落中，小说家钱德拉设计了与全球化相联系的商品的流动和那种了无生气的、单一化的西方的“生活方式”。我们可以看到，在小说《微物之神》中，西方产品通过电视对宝宝克加玛这个人物所具有的麻醉作用，对于《红色土地与倾盆大雨》中的阿伯赫来说则产生了令人兴奋的作用。当他面对数量众多的美国商品及其种类上令人恐惧的单调性时，他意识到他已摆脱英国殖民主义的控制，进入了与全球化力量的一种复杂且富有挑战性的遭遇之中。小说中另一个重要人物赛基的那种19世纪特有的对英国性的着迷，在20世纪末与阿伯赫对美国的那种着迷产生了联系，这两种着迷之间的变化标志着印度从经历殖民化向经历全球化的转变。阿伯赫后来成为在美国波莫纳学院学习电影的学生，这一情景意味着他自己最终与一种深受西方文化和全球化影响的文化身份达成了妥协。

如果我们比较罗伊和钱德拉的小说，我们会发现两部小说都描绘了殖民主义、后殖民状况和全球化之间的关系。在《微物之神》中，作者不无讽刺意味地揭示了作为殖民主义的一种遗产之表现形式的恰克式英国崇拜与宝宝克加玛被全球性的西方电视节目所麻醉（一种与小说中全球经济的受害者如卡塔卡利舞蹈表演者的悲剧相类似的命运）这一可悲的结果之间的联系。同样，在《红色土地与倾盆大雨》中，钱德拉为其复杂的小说设计了特定的情节从而为从赛基对英国殖民者着迷到阿伯赫对全球经济着迷这一转变描绘了一条清晰的发展路线。通过对其小说的阅读，我们不难发现钱德拉以一种特有的方式来处理作为全球化一种形式的跨文化接触或跨文化征服，这种方式使得跨文化接触或跨文化征服的复杂过程成为历史发展这一正常规划的一部分。他强调赛基对其“既是印度人又是英国人”这种双重文化身份的接受，以及他关注如何来吸收西方文化（具体说来是英国文化）以便他能与自身的印度身份达成妥协，所有这一切毫无疑问地形成了与罗伊对全球化所进行的全面批判的一个明显对比。很显然，罗伊倾向于揭示和强调全球化的负面影响，而钱德拉则赋予全球化以历史之维度并对全球性想象可能造成的变化（即多种形式的文化与身份混杂）在一定程度上给予了肯定和颂扬。

基于以上的分析和讨论，我们不难得出这样的结论：作为英语文学的一个重要组成部分，同时作为一个新的小说类型，当代全球化英语小说强调全球化的漫长历史包含了殖民化、非殖民化和后殖民主义的历史，更为突出对全球化的当代影响的书写，而非仅仅描述和探讨民族的观念、一个独立的民族国家之建设所面临的实际的政治挑战以及具体的殖民化和非殖民化的历史。在这些小说中，全球化本身被纳入了后殖民性的历史之中以至于全球化的历史影响与我们所说的“后殖民”这一历史状况有着必然的联系。就这层意义而言，这些小说在不同程度上对政治殖民、经济和意识形态控制以及文化征服等多种后殖民状况进行了书写并同时考察了全球化与后殖民状况之间的种种联系。

第十三章
后殖民主义语境下的当代澳大利亚文学

20世纪80年代，后殖民文化批评理论给当代澳大利亚文坛带来了前所未有的冲击和震撼。尘封已久的历史记忆被重新唤起，悬而未决的文化身份被重新书写，游离于文化边缘、备受歧视的移民族群奋起呐喊，被赶出家园的土著居民似乎踏上了回家的征程。在后殖民主义的语境下，澳大利亚小说界呈现出审视殖民历史和民族叙事的回归，白人作家、移民作家和土著作家凭借各自对历史和现实的思考，创作出许多揭示当代澳大利亚人生存困境的经典名著。20世纪90年代后期至21世纪，后殖民文学发展进入新阶段，在全球化的背景下，澳大利亚文学转向亚洲、拥抱世界的趋势明显。

第一节　审视殖民历史、回归民族叙事的白人文学

对于被殖民者来说，殖民历史是不堪回首的过去，民族叙事是一部充满辛酸的血泪史。然而，历史是任何民族都无法绕过的，

即使是政治上获得独立的民族在建构不同于以往的民族属性时，也难以摆脱对殖民主义的依赖。虽然他们对殖民主义文化遗产保持着高度警惕和批判的态度，着力建构一套一眼就看得出是属于本土的，至少其表征是有别于帝国意象的民族叙事，他们也无法完全清除内化于被殖民者灵魂深处的文化价值观，无法排解帝国长久铸造的劣等民族自卑情结。这就注定了“去殖民化”是一个长期的过程，意味着建构独立的民族叙事是一个浩瀚而艰巨的工程。

建构自我属性的民族叙事关键在于“对一个民族进行想象”和对帝国留下的文化遗产进行彻底地清算。博埃默认为：

> 民族是一种社会建构物，是一种在象征层面的构成，而不是一种自然的本质存在。它存在于建设这个国家的人民的心底，存在于公民、士兵、报纸的读者和学生等对它的体验和感受。因此，任何一个新的独立实体——也许有人还要说，在争取独立过程的每一个新的阶段——都需要这个民族国家在人们的集体想象中重新加以建构；或者说，让这种属性化作新的象征形式。[1]

但是，任何新的象征形式都不可能完全脱离文化传统，即便是受殖民统治“污染”的传统。这就要求民族主义者或具有民族主义意识的文化工作者，尤其是作家，要从自己的文化源泉中汲取灵

1 艾勒克·博埃默：《殖民与后殖民文学》，盛宁等译，沈阳：辽宁教育出版社，1998年，第211页。

感，按照自己的需要来再现其民族叙事，用小说投射独立的自我属性，重新创造新的文化传统，或对旧的历史做出新阐释，使被帝国文本所掩盖、歪曲的本真性得以重见天日。而正是在这种解构与建构、继承与超越的过程中，我们看到了话语权力的消解与转换，新旧文化体系的重生和消亡。

然而，殖民地作家因语境的差异而对殖民历史采取了四种不同的态度。其一，默认，即对帝国历史毫不怀疑，承认殖民地是文明的边缘地区，承认文明进入被发现荒地的帝国记载，殖民地的历史是宗主国的延续；其二，摈弃，即拒绝承认任何与欧洲中心话语的关联，以及帝国文化对殖民杂交文化形成的影响；其三，插入，即接受历史叙事的基本前提，但在历史的记载中插入更直接、更真实反映后殖民生活的"反叙事"；其四，篡改，即体现最有效的后殖民对立性，并使其自身成为一种主导后殖民话语的方式。[1]这种认知态度上的差异直接影响各国"去殖民化"的进程和民族文化身份的建构。

在"被迫流放和受囚禁"基础上建立起独立国家的澳大利亚，[2]对帝国的殖民历史持有一种既爱又恨的矛盾心理。在帝国文本中，澳大利亚历史是从库克"发现"澳洲大陆开始的，土著人无权拥有历史——土著人的过去、反抗白人入侵的游击战、被屠杀和被驱逐的史实都可以忽略不计，"重要的是英国的国王和女王

1 Bill Ashcroft, "Against the Tide of Time: Peter Carey's Interpolation into History," John C. Hawley, ed. *Writing the Nation: Self and Country in the Post-Colonial Imagination* (Amsterdam: Rodopi, 1996), 196–198.

2 巴特·穆尔-吉尔伯特：《后殖民批评》，杨乃乔等译，北京：北京大学出版社，2001年，第286页。

执政的年代”。[1]早期的澳大利亚白人虽然受到帝国的不公正待遇，甚至被视为“他者”而被流放到远离伦敦的南半球，但他们依旧心系母国，默认澳大利亚历史是英国光荣史篇中的一章。即使在民族主义兴起的19世纪末20世纪初，或者独立之后相当长的一段时间，他们依然怀着难以割舍的英国情结，“去殖民化”的进程受到“帝国向心力”的延缓。也正源于此，澳大利亚人一直备受文化身份的煎熬，历史成了他们无法走出的过去。

事实上，自1901年独立以来，澳大利亚人一直致力于民族叙事和文化身份的建构。从讴歌“伙伴情谊”的劳森派现实主义小说，到注重心理刻画的怀特（Patrick White）派现代主义小说，无不表现了澳大利亚白人“内心深处的恐惧”和“澳大利亚民族想象力的核心——菲利普斯（Philips）的‘民主主题’、与土地的冲突和由殖民地向国家独立转变”。[2]虽然劳森派现实主义文学传统受到抨击，被称为“沉闷乏味的新闻现实主义”[3]小说，但其作品中所张扬的反权威精神成为弥足珍贵的文化遗产。融合了现代性和民族性特色的怀特小说是“怀特对澳大利亚独特的文化传统所做出的最新贡献”，代表着澳大利亚的“精神成熟——从与环境冲突到驯服环境”。[4]然而令人遗憾的是，劳森派和怀特派小说大多集中描写“白人神话”，对于澳大利亚原土著居民的生活鲜有叙

---

1 巴特·穆尔-吉尔伯特：《后殖民批评》，杨乃乔等译，北京：北京大学出版社，2001年，第298页。

2 David Cater, “Critics, Writers, Intellectuals: Australian Literature and Its Criticism,” Elizabeth Webby, ed. *The Cambridge Companion to Australian Literature* (New York: Cambridge University Press, 2000), 275.

3 Patrick White, “The Prodigal Son,” Leonie Kramer and Adrian Mitchell, eds. *The Oxford Anthology of Australian Literature* (Melbourne: Oxford University Press, 1985), 338.

4 David Cater, “Critics, Writers, Intellectuals: Australian Literature and Its Criticism,” Elizabeth Webby, ed. *The Cambridge Companion to Australian Literature* (New York: Cambridge University Press, 2000), 276.

述，即使有部分内容涉及土著，也往往将其塑造成“他者”形象，未能触及澳大利亚的“民族之根”和“历史之源”。因此，建构民族叙事和文化身份的伟业尚未完成。

20世纪七八十年代，澳大利亚文化界刮起了一股强劲的“文化民族主义飓风”，[1]涌现出重新审视殖民历史和民族叙事的潮流，一批探讨“民族之根”和“历史之源”的“新历史”小说纷纷出炉。[2]它们通过历史的碎片，如趣闻逸事、意外的插曲和奇异的话题等，去修正、改写和打破在特定的历史语境中居支配地位的文化代码，并在权力和话语的网络中看人性的扭曲和生长，最后使主体的精神扭曲和虚无成为自我身份的历史确证。这些“新历史”小说承载着强烈的历史责任感和开放包容的人文精神，使被压制、被边缘化的族群重新回到话语空间，并在历史的“多重奏”中恢复他们应有的声音。它们或揭露了流放犯制度与宗主国帝国主义思想的腐败与罪恶，如霍尔（Rodney Hall）的“延德雷三部曲”（The Yandilli Trilogy）；或再现内德·凯利的民族神话，如德鲁（Robert Drewe）的《我们的阳光》（*Our Sunshine*，1991）；或将澳大利亚人的命运融入硝烟弥漫的世界大战和社会变革，如马洛夫（David Malouf）的《伟大的世界》（*The Great World*，1990）；或通过一个离奇的爱情故事，揭穿了帝国关于“文明传播”的历史谎言，如凯里（Peter Philip Carey）的《奥斯卡与露辛达》（*Oscar and Lucinda*，1988）等。尽管这些小说视角

1 Bruce Bennett and Jennifer Strauss, *The Oxford Literary History of Australia* (Melbourne: Oxford University Press, 1998), 239.

2 Peter Pierce, “Preying on the Past: Contexts of Some Recent Neo-historical Fiction,” *Australian Literary Studies* Vol. 15, No. 4 (1992): 304.

不同，但是殊途同归，都从不同层面讲述了土著人、足迹专家、流放犯、开拓者、丛林汉、战俘等历史小人物的故事，而正是这些不被帝国历史记载的普通人的故事，使人看到了充满谎言的殖民历史和帝国权力运作的机制，本真的民族叙事也在这种解构过程中被重新确立了起来。

由《难以逃离的囚禁》（*Captivity Captive*，1988）、《第二任新郎》（*The Second Bridegroom*，1991）、《可怕的妻子》（*The Grisly Wife*，1993）三部小说构成的“延德雷三部曲”记录了澳大利亚人建构民族身份的过程，但它们不是历史学家记录历史人物和历史事件的书籍，而是基于历史又高于历史的艺术创造。这三部小说的作者霍尔出生于英格兰，二战后来到澳大利亚定居，先后出版了十一部诗集、十一部小说、两部传记，其中“延德雷三部曲”体现了他对澳大利亚历史集中而宏阔的思考。三部小说看似松散，涉及的主题包括帝国主义、土著居民、性、宗教和战争等，实际上是从不同侧面对澳大利亚历史的考问和反思。《难以逃离的囚禁》描述了澳大利亚历史上一桩最为神秘的谋杀案。叙述者帕特里克·墨菲将他的两个妹妹和兄弟被谋杀的案子描绘成澳大利亚历史上最神秘的谋杀案，以观察大众文化对此的反应是否满足他的期待。而小说结尾，作者还特意提到澳大利亚民族英雄内德·凯利，认为他是19世纪90年代澳大利亚最为著名的人物，其英勇行为使他成为澳大利亚民族形象的代言人，借此含蓄地表达了作者对“澳大利亚民族是一个有着英雄的民族，而一个有着英雄的民族一定有着未来”的积极向往。《第二任新郎》故事背景设定在1838年左右，叙述者讲述了自己从丛林游牧生活回到城市生活过程中的心理感受，其中还描绘了一个从罪犯流放地逃跑的土著人跟他一起旅行的经历，似乎昭示作者对流放制度下“文化移植”问题的关注。“现在发生的一切都是偶然的，我们着眼未来，一切偷窃、盗版和邪恶都将在未来得到改变，这就是我们的理想，我们将成为澳大利亚人，我们的一只脚已经迈向了空中。”[1]这段对澳大利亚未来的展望，表明了被殖民者对于自己“无根身份”的焦虑和对拥有澳大利亚文化身份的渴望。“谁规定有些东西可以复制，有些东西不可以复制？”[2]故事结尾的这句话似乎彰显出小说的寓意：殖民者将欧洲大陆文化的“傲慢与偏见”移植到了澳洲大陆来，却没有将假想中的“绅士礼仪”带过来，暗示流放制度的糟粕文化对澳大利亚土著文化带来的极大破坏和影响，也以此显示作者对待殖民文化的态度。《可怕的妻子》讲述的是关于神秘主义与宗教信仰的故事，谋杀情节使得小说略带神秘和恐怖之感，但它同样蕴含着关乎历史与未来的严肃主题。其悬疑的技巧使读者爱不释手，几乎可以达到基尼利（Thomas Keneally）的《招来云雀和英雄》（*Bring Larks and Heroes*，1967）的艺术水平。叙述者拜伦是1868年澳大利亚丛林深处经过宗教“千年之禧”（Millennial sect）洗礼后的幸存者，其所见所闻中穿插着土著人思乡、逃离、回归家庭的情节，叙述者的儿子迷失后走进澳大利亚丛林及其与土著人的遭遇，预示着殖民文化与土著文化的冲突不可避免。三部曲将“个人记忆、神话、宗教信仰、文化移植”等问题并置在一个宏大的历史背景下，似乎揶揄了英国流放制度对

1 Rodney Hall, *The Yandilli Trilogy* (New York: Noonday Press, 1995), 12.

2 同上，13。

澳大利亚本土文化尤其是土著文化的破坏。叙述者在三部小说中既相互关联，又各自独立，共同刻画了白人文化与土著文化的关系。作为叙述者的囚犯，最终选择回到新南威尔士，完成了从故事起点回到起点，象征着澳大利亚民族身份的建构经历了一个循环往复的过程。

澳大利亚民族身份建构的主题在德鲁的《我们的阳光》中再次呈现。如果说历史人物内德·凯利只是在《难以逃离的囚禁》的结尾被提及的话，那么《我们的阳光》则以其独特的艺术形式重塑了这个“强盗形象”。小说以现实主义的手法，通过第一人称的视角，将凯利临刑前脑海中的“各种思绪和回忆片段”真实地呈现给读者：偷马、抢银行、私藏军火、跟警察对抗。但在德鲁笔下，凯利是一个“既是强盗又是英雄、既杀人又救济穷人、既残忍又有同情心、既是受害者又是杀人者的多重矛盾积聚的丛林人”。这一有血有肉的形象与官方定性的“强盗”称谓形成了强烈的反差，引起了读者对澳大利亚神话般人物的反思。

凯里的创作生涯也提供了回归民族历史的又一例证。作为因两获“布克奖”而成为“国际文坛享有极高声誉的文学巨匠”，[1]凯里的后现代主义作品“包含着很强的传统道德观和政治视野”。[2]在已出版的八部长篇小说中，五部都和帝国殖民史相关，从《魔术师》（*Illywhacker*，1985）所展现的历史谎言和民族困境，到《奥斯卡与露辛达》中英国基督文化与澳洲土著文化的冲突；

1 Anthony Hassall, “Preface,” *Dancing on Hot Macadam* (St Lucia: University of Queensland Press), 1998.

2 同上，72。

从《杰克·迈格斯》(*Jack Maggs*，1997）对狄更斯的《远大前程》(*Great Expectations*，1861）中马格维奇文化身份的重塑，到《"凯利帮"真史》(*The True History of Kelly Gang*，2000）殖民神话的再现；从《特里斯坦·史密斯不寻常的生活》(*The Unusual Life of Tristan Smith*，1994）的帝国文化霸权，到《幸福》(*Bliss*，1981）里的"美国梦"，无不体现彼得·凯里"写回"旧殖民帝国——英国和新殖民帝国——美国的倾向。"写回"并不是"重写"，而是比尔·阿什克拉傅特（Bill Ashcroft）提出的"篡改"。"重写"只不过在"多重奏"中加入了"甄别的声音"，而"篡改"则改变了"元叙述"本身。"写回"的效果比"把故事掰正"更深远。[1]彼得·凯里最优秀的作品融合了维多利亚的宏伟气势和澳大利亚的乡土气息，并折射出作者的后殖民主义历史观：重现、审视被殖民者歪曲的历史与文化。

"写回"帝国中心或对历史进行"正本清源"意味着对充满谎言的帝国话语进行必要的修补，而对历史的修补，正是把一个民族成熟的过程叙述出来，是控制和确立自我属性的表现。博埃默认为："讲述历史就意味着一种掌握和控制——把握过去，把握对自己的界定，或把握自己的政治命运。有了历史和历史的叙述，他们就获得了进入时间的入口，他们被表现为掌握自己命运的主人。"[2]当代澳大利亚小说家将历史和现实熔于一炉就是对历史进行修补，并通过他们的叙述来建构历史，从而重新掌控自己民族的命运。凯里的《奥斯卡与露辛达》和米勒（Alex Miller）出版

1 彭青龙：《写回帝国中心，建构文化身份的彼得·凯里》，《当代外国文学》2005年第2期，第110页。

2 艾勒克·博埃默：《殖民与后殖民文学》，盛宁等译，沈阳：辽宁教育出版社，1998年，第244页。

的《石乡之旅》（*Journey to the Stone Country*，2002）是有关白人文化与土著文化冲突、交融的寻根之作。不同的是，《奥斯卡与露辛达》再现了帝国远征时期白人文化对澳大利亚土著文化的破坏，而《石乡之旅》则讲述了当代澳大利亚白人与土著人从冲突到和解的故事。凯里与米勒分别从历史与现实的豁口进入民族想象的核心，表达了当代澳大利亚白人社会寻求与土著民族和谐相处的愿望。从屠杀、驱赶土著居民到愧疚、和谐共荣，从掩盖历史的真相到颠覆历史文本、再现民族神话的本真性，当代澳大利亚小说正一步步为建构和谐的多元文化社会做出自己独特的贡献。

澳大利亚是一个后殖民国家，虽然它没有像第三世界国家那样遭受被占领和奴役的命运，也没有像美国、印度那样经过民族战争而获得独立的经历，但澳大利亚人一直为寻求自己独立的文化身份而努力。于是，在后殖民主义的语境下，澳大利亚文坛出现了审视殖民历史、建构民族叙事的回归。它是澳大利亚社会由单一白人文化到多元文化转型的一个断代文学景象，其实质是建构独立的民族属性和文化身份。这些承载着历史使命感和社会责任感的民族叙事似乎在历史记忆中找到了归属，并在当下的历史语境中被赋予了新的意义。虽然白人文学似乎在自我属性的确立中找到了出路，但它与英帝国之间特殊的历史文化关系、与土著文化的各种冲突和对美国文化爱恨交织的矛盾情感，使澳大利亚人建构文化身份的道路漫长而艰辛。所幸的是澳大利亚作家已在历史和现实间找到了契合点，凯里的《奥斯卡与露辛达》与米勒的《石乡之旅》成为当代澳大利亚白人小说发展趋势的风向标，它标志着澳大利亚民族从幼稚走向成熟，并为拥有独立的文化身份扫清了道路。

第二节　游离于两个世界的移民文学

当代澳大利亚白人作家似乎从历史的记忆中找到了归属感，而其他澳大利亚移民作家似乎仍在重复着早期白人移民殖民者的古老故事——在新旧世界中游离、挣扎，不同的是，早期英裔移民作家及其后裔业已成为新殖民话语的主导者，而当代澳大利亚移民作家——少数族群的文化代言人却要为自己的话语权做斗争。我是谁？我来自何方？我将归向何处？这些安身立命的基本问题是陷于错位之后的少数族群的共同困惑，也是非英裔移民作家经常着力探讨的主题。移民作家的归属困惑主要源于对文化身份的认同。文化身份是一个对立统一的矛盾体，既有内在的统一性和连贯性，也有外在的矛盾性与对抗性。统一性和连贯性指的是具有族群性的“真实的自我——共同的历史和祖先”。外在的矛盾性与对抗性指的是“我们到底是谁或我们将变成什么样”，即与别人相比而存在的“巨大而深刻的差异性”。[1]

由于移民作家往往是离开故土、寄宿他国文化的旅居者，所以对于寄宿国而言，其身份的外在表现只能是“巨大而深刻的差异性”，是寄宿国文化的“他者”。虽然移民作家的作品穿越非常广阔的地域、历史和文化空间，充满不同哲学的张力，但其内容往往包含着相互对立的社会行为和文化冲突。这种既不属于母国

1 Stuart Hall, “Cultural Identity and Diaspora,” Padmini Mongia, ed. *Contemporary Post-Colonialism Theory* (London: Arnold, 1996), 110–112.

也不属于寄宿国的身份，不可避免地造成了内心的迷失和异化感。因此，移民作家变成了“没有锚，没有地平线，没有色彩，没有国家，没有根的个体——一群天使的族类”。[1]

由于历史语境的不同，早期的英裔移民作家与非英裔移民作家对归属感的认知和感受也存在着差异。前者基本上把自己看成是英国文化的迁徙者，只具有“相对他者性”。后者寄宿于澳大利亚民族文化，是地道的“他者”。前者“承载了英国的价值观和人生态度，在教育、文学、宗教活动、文化准则及各种体制等方面给人以英国驻外代表的印象”。[2]全新的环境——没有文化根基、没有家园根基，使他们没有此时此地的归属感，这种迷失一直持续到澳大利亚独立后一百多年的今天。帕特里克·怀特说，他从小就有一种与澳大利亚现实隔着一层的感觉。“只有英国人才是对的”成了他从小到大的座右铭。[3]基尼利也说，澳大利亚人“被教育成了他们自己土地上的异乡人”。[4]而后者出生在过去的第三世界国家，如亚洲的马来西亚、新加坡、中国等，或者非英语国家，如欧洲的意大利、希腊、德国、波兰等，这些移民作家用双语写作，在主题和政治视野上保持着与故土文化的各种联系。环境、语言、文化、价值观对他们而言都是全新的，因此他们对身份迷失的感受更深刻，渴望被主流白人社会接纳的愿望也更强烈。

然而，从异化到本土化，从边缘到主流，移民作家需要逾越

1 Frantz Fanon, *The Wretched of the Earth* (New York: Grove Press, 1968), 218.

2 艾勒克·博埃默：《殖民与后殖民文学》，盛宁等译，沈阳：辽宁教育出版社，1998年，第246页。

3 转引自同上。

4 同上。

很多障碍，首当其冲的是语言障碍。语言是文化的载体，也是同质化的工具。为了适应新的水土，融入主流社会，移民族群必须学会忘记母国语言，转而使用英语与主流文化对话。但是多数移民对于自己的母语怀有深深的眷恋，而对澳大利亚英语有着一种天然内化了的抵制。于是刻画移民族群的"语言异化"现象经常出现在移民作家的作品中。如波兰裔作家利未特（Maria Lewitt）的自传体小说《十二月没有下雪》（*No Snow in December*，1985），希腊裔作家卡法拉（Antigone Kefala）的《亚历山亚》（*Alexia*，1984）和亚大纳叟（Nikos Athanasou）的短篇小说集《卡皮泰恩·尼古拉》（*Kapetan Nikola*，1982）分别从不同的角度描写了移民家庭因语言不通而陷入了令人尴尬的窘境。这些小说的主人公都患了"失读症"，在新的生活环境中无法与人交流，也无法阅读当地主流的媒体语言。也正由于此，他们往往显得无所适从，甚至愤怒，"这不是他的错，他从来没想过要来到这该死的国家，他不会说英语，那又怎么样呢？他们能说希腊语吗？"[1]

如果说带来隔阂和寂寞的"语言异化"是移民生存困境的表征，那么造成文化冲突和生活混乱的"文化异化"则是移民生存困境的本质。移民作家通过刻画爱情的悲剧、婚姻的不幸、家族的矛盾、邻里的不和及事业的挫折等来展示移民生存错位后所带来的心理震荡。例如在《牛奶和蜂蜜》（*Milk and Honey*，1984）里，作者乔利（Elizabeth Jolley）采用哥特式的传统叙述和时空倒错、内心独白、意识流等现代主义手法，借助一个二战后从欧洲

1 Ken Gelder and Paul Salzman, *The New Diversity: Australian Fiction, 1970–1988* (Melbourne: McPhee Gribble Publishers, 1989), 190.

移民到澳大利亚的难民视角来展现其在澳大利亚文化背景下生活的种种不适。小说主人公雅各布因陷入两种文化的旋涡而导致精神分裂：一方面，他极力维系着欧洲带来的文化传统，但“在新的土地，他们像散落在地的石块，没有融入土壤”；另一方面，他又十分厌恶这个“奇怪的新家”——一个充满暴力、乱伦和家庭秘密的地方。他渴望逃离这个“自我流放的家”，然而又无处逃遁。[1]最终他一把火烧毁了既爱又恨的“家”，但也未能结束自己被“囚禁”的生涯。作者通过对欧洲移民在澳大利亚所经历的两种文化碰撞的描写，尤其是对他们在旧世界和新世界、旧生活和新生活中维系平衡时的种种不安的心理纠葛的揭示，来展示“家园”的深刻含义，它不仅是物质意义上的家园，而且是精神意义和心理意义上的“家园”，两者结合方能安生。故事中一把火烧毁家园的情节，更是表达了作者对于移民需要对自己的选择担负责任的道德要求，一旦不能够很好地把握他们的选择，就会为此付出灾难性的代价，造成对渴望已久的天堂的破坏。此外，对故乡海姆巴赫的描写同样表达了雅各布对于家乡伊甸园的怀念，以及在新国度中重建家园的渴望，这一情境也正是每一位离开自己家园来到澳大利亚的人都必须要面对的，无论是征服者、殖民者，还是难民。对于英国殖民者来说，他们会把澳大利亚当成有着牛奶和蜂蜜的“天赋圣地”，“在那里穷人也能过上好日子”。[2]但是对于其他欧洲移民或者其他大洲的移民来说，澳大利亚不是什么

1 Paul Salzman, *Elizabeth Jolley's Fictions* (St Lucia: University of Queensland Press, 1993), 37.

2 Coral Lansbury, *Arcady in Australia: The Evocation of Australia in Nineteenth Century English Literature* (Melbourne: Melbourne University Press, 1970), 157–158.

“天赋圣地”，更多的是一个罪犯流放地，是“亚当和夏娃被赶出伊甸园后来到的地方”。

雅各布的移民遭遇也在亚裔作家卡斯特罗（Brian Castro）的小说《候鸟》（*Birds of Passage*，1983）中得到了反映。对于远离故土的亚洲移民来说，新家本应是温馨的地方、实现梦想的地方，却成了精神断裂的场所、自我流放的场所。即使在新家生活了一百多年，也无法在新的土壤中扎下根来，移民族群成了地地道道的漂泊者。作者通过两位不同年代的叙述者——罗云山和希莫斯，讲述了澳大利亚华人生存错位的痛苦经历，恰如小说主人公希莫斯所说：“我突然明白我的感觉与120年前罗云山的感觉一模一样。”[1]时光可以流逝，但生存错位的痛苦却一直延续着，两个相距一个多世纪的世界是同一个世界，罗云山和希莫斯的生活体验正是千百万移民者的真实写照。

事实上，乔利和卡斯特罗所揭示的生存错位和身份认同也是困扰着澳大利亚人的普遍问题。虽然澳大利亚白人已经在澳洲大陆生活了一百多年，但由于历史的原因，澳大利亚与英国、美国和亚洲国家关系的变化，澳大利亚人的文化身份一直处于动态的变化之中。斯图亚特·霍尔认为：“文化身份既是‘存在的’也是‘转化的’。它既有过去，又有未来。它并非是业已存在的，能超越地点、时间、历史和文化，而是具有历史性的，并处于不断转变之中……处于历史、文化和权力相互作用之中。”[2]霍尔的观点反

1 转引自黄源深：《澳大利亚文学史》，上海：上海外语教育出版社，1997年，第468页。

2 Stuart Hall, “Cultural Identity and Diaspora,” Padmini Mongia, ed. *Contemporary Post-Colonialism Theory* (London: Arnold, 1996), 110.

映了包括澳大利亚在内的后殖民现状：一方面，澳大利亚的民族历史和民族文化正在被重新审视和阐释，并被赋予新的意义；另一方面，全球化时代影响建构澳大利亚文化身份的各种外在力量也在此消彼长，英国势力的减弱，美国及亚太国家力量的增强，都会对澳大利亚文化身份的转化产生直接影响，这种内外因素的变化被作家们适时地反映在文学作品中。

20世纪80年代以来，主流白人作家纷纷把眼光投向与澳大利亚相邻的印度尼西亚、中国、日本和马来西亚等亚洲国家，出版了许多反映东方文化与澳大利亚文化冲突、融合的小说，如澳大利亚法裔作家德·阿尔普杰（Blanche d'Alpuget）的《海龟沙滩》（*Turtle Beach*，1981）和米勒的《祖先游戏》（*The Ancestor Games*，1992）等。在这些作品中，《海龟沙滩》再现了澳大利亚记者朱迪斯在战时辗转于亚洲马来西亚、新加坡等的生活经历和感受，并且通过后殖民视角传达了"东南亚的声音，他们不仅自由地言说着，而且对澳大利亚人在海龟沙滩上所表达的传统的帝国主义声音提出了质疑"。[1]通过迦南和米诺两个人物的形象刻画，反映了帝国主义霸权和意识形态在东方主义主导下依然盛行的这一客观现实。1992年这部小说还由导演华莱士拍成了电影。米勒的《祖先游戏》无疑是描写澳大利亚错位文化最为成功的小说之一。作品通过刻画几位澳大利亚移民，尤其是华裔澳大利亚移民凤家四代人的生活经历，以及异国文化与澳大利亚文化的冲突，反映了人类普遍存在的"祖先情结"。凤家的第三、第四代子女都

1 Gaik Cheng Khoo, "Multivocality, Orientialism and New Age Philosophy in *Turtle Beach*," *Hecate* Vol. 22, No. 2 (October 1996): 31.

有强烈的叛逆心理，鄙视祖先的一切，崇尚“欧化”。凤四甚至烧毁象征祖宗的家谱，并把代代相传的宝镜扔进钱塘江，以示与祖先文化决裂。但凤四并未被澳大利亚社会所接受，成了没有“根”的弃儿。小说准确描绘出人们试图融入主流文化的努力和错综复杂的精神感受，并通过儿孙与祖先之间的关系，暗示了澳大利亚与英国之间的特殊情结。一方面要摆脱英国影响的愿望随着其自身的强大而日趋强烈，另一方面那种典型的祖先与后辈之间若即若离、拂之不去的感情使得它难以彻底斩断与英国的联系，而这种矛盾的民族心理也许还会继续下去。[1]

移民作家和白人作家分别从不同的角度聚焦错位文化，反映了澳大利亚文化多元混杂的特质，以及由此而引起的更加深刻的身份认同危机。从科切（Christopher Koch）的《危险的岁月》（*The Year of Living Dangerously*，1978）里所表现出的欧亚文化归属困境，到《牛奶和蜂蜜》所刻画的“自我流放”的精神折磨；从《候鸟》中所描写的无根飘零的痛苦经历，到《祖先游戏》里所揭示的挥之不去的“祖先情结”，当代澳大利亚人正苦苦挣扎于历史与现实、新旧文化的两个世界之中。他们既要忠于本土，谋求与土著文化的和解，又要遵循英国人的传统；既要直面美国的文化霸权，又要应对东方文化的崛起，这种非此非彼的文化属性也许正是澳大利亚“混杂”多元文化的本质特征。“澳大利亚的民族身份取决于这样的共识：澳大利亚既不属于亚洲，也不属于欧洲和美洲，而是集中体现这三大洲最优秀的现代特点

1 黄源深：《澳大利亚文学史》，上海：上海外语教育出版社，1997年，第459页。

的国家。”[1]

在全球化背景下，澳大利亚“混杂”多元文化的特质呈现新的特点，拥抱亚洲、走向世界的趋向更加明显。地域上偏向亚洲，而文化上偏于欧洲和美洲的澳大利亚吸纳了上述三个区域的精英和富有探险精神的人群，文化冲突与交融在相当长时间里仍旧是作家们着力表现的主题之一。所不同的是他们不再满足于后殖民文学中通常描写的新旧世界，而是把目光投向过去光顾不多，但精神、资本和人员流动更快的亚洲，小说里的故事也不再局限于单个国家和地区，而是在多个国家和地区“游移”，借此反映更加全球化和世界性的客观存在。如凯里的《我的生活如同骗局》（*My Life as a Fake*，2003）和哈泽德（Shirley Hazzard）的《熊熊大火》（*The Great Fire*，2003）等。前者虽然是对澳大利亚民族神话“厄恩马利骗局”的翻新，但其庞杂的故事情节使得欧洲、亚洲和澳洲文化紧密地联系在一起，故事也在英国、东南亚和澳洲之间辗转和穿插，展现了多种文化的混杂与交融和现代人性的复杂与多样。后者讲述了经历了战争创伤的人们战后疗伤的故事。小说情节随着英国军官艾尔德瑞德·利思在中国、日本对战争影响的调查而逐步深入，其与澳洲女孩的邂逅及情感纠葛，使得小说的跨国色彩更加浓厚。哈泽德以老练、冷静和克制的文笔，巧妙而又合乎情理地将几个主要人物命运的转折点扭合在一起，将故事一步步推向高潮。更为重要的是，小说突破了狭窄的视野，将其置于连接人类命运的宏阔背景下，从而使小说的世界性主题

---

1 Bruce Bennett and Jennifer Strauss, *The Oxford Literary History of Australia* (Melbourne: Oxford University Press, 1998), 236.

更加凸显，而这也许是后殖民文学之后的新动向。

第三节 居住在欧洲都市文学传统边缘的土著文学

澳大利亚土著文学在全球化背景下也不乏国际化色彩，但相比居于主流支配地位的白人文学，他们依然处于边缘化的地位，这与他们的历史遭际和长期被主流话语挤压有关。正如米勒在《石乡之旅》中描述的那样，澳大利亚土著居民总是给人“没有接受过良好教育，不值得信任的种族主义者”印象。而这一刻板印象，直接导致了澳大利亚土著居民从欧洲殖民者到来之日起就遭受种种不公正对待。在接下来两百多年的澳大利亚发展史上，几乎每一页都记录了土著居民的屈辱史。白人统治者甚至通过他们掌握的话语权利，从制度上肆无忌惮地歧视土著居民，“早期丛林工人联合会以种族偏见为基础的法律文件规定要为丛林人提供一些工作机会，但这些丛林人并不包括黑人（澳大利亚土著居民）”。[1]司法机构更是对政府和私有雇主的这种做法熟视无睹，昧着良心予以通过。他们或强制性地将土著居民故意排除在一些指定性的工作岗位之外，或通过隐含条款，规定一些工作岗位只接受白人或者非土著居民，歧视程度远超想象。“迟到的公正就是不公正。”澳大利亚历史上土著居民长期以来遭受的不公的对待，成了其后裔挥之不去的伤痛记忆，再加上语言不通，他们的伤痛就不能见诸报端，更不能被主流文化感受到他们内心的苦楚。

1 John McCorquodale, “The Myth of Mateship: Aborigines and Employment,” *The Journal of Industrial Relationship* (March 1985): 16.

然而，“澳大利亚这个国家所有特点的真正发源地是擅长口头表达的土著文化”。[1]这一点可以在新编著的文学史和文学作品中得到佐证。[2]虽然土著民族的口头文化对于当代澳大利亚人来说只具有文化本源的象征意义，土著后裔也多用英语而不是土著语言来展现其民族文化的本真性，但是土著文化至少是，也应该是确定澳大利亚民族属性和文化身份不可或缺的重要组成部分。在后殖民主义语境下，澳大利亚白人文学出现了重新审视民族叙事、谋求与土著文化和解的趋势，土著作家也通过其文学作品来书写被白人侵占和奴役的民族血泪史。

自1788年首批英国白人在澳大利亚新南威尔士登陆以来，澳大利亚土著文化遭受了万劫不复的破坏。这些在英国被视为“二等公民”或“他者”的流放犯，摇身一变，成为了澳大利亚的新主人。他们屠杀在澳洲大陆上以捕鱼狩猎为生的大部分土著居民，撕裂和肢解了具有四千年文化传统的土著文明，并把土著居民驱赶到内陆的森林里或边缘地带。从此，土著居民在帝国的话语空间没有了立足之地，并一直“缺席”和“失语”了200多年。虽然土著人也曾经进行了艰苦卓绝的斗争，但他们无法摆脱被奴役、被压迫的命运，在强大的帝国文明面前，他们或被同质化、或被边缘化，彻底丧失了“主人公”的地位。

英帝国为其殖民统治的合法性寻求理论依据。在帝国的意象和文本中，“不列颠是世界上所有自治民族中最伟大的民族”，“是

1 艾勒克·博埃默：《殖民与后殖民文学》，盛宁等译，沈阳：辽宁教育出版社，1998年，第251页。

2 见新近出版的澳大利亚文学史：Laurie Hergenhan, *New Literary History of Australia*, Victoria: Penguin Books, 1988; *The Oxford Literary History of Australia*; *The Cambridge Companion to Australian Literature*。

上帝亲选的女儿”，肩负着在世界其他地方传播“自由、正义和人类精神”[1]的责任。他们是文明的使者，为落后地区带来光明。被殖民者总是被贴上次等公民的标签：“不那么像人，不那么开化，是小孩子，是原始人，是野人，是野兽，或者是乌合之众。”[2]英国殖民统治的目标就是“使本土人文明化”，于是他们“一直非常起劲地在白人统治的世界里复制着自己的形象”，并通过国家机器在社会、政治、经济和文化领域实行“同质化”殖民统治。[3]

“同质化”殖民统治最有效的手段之一就是迫使被殖民者使用统治者的官方语言，否则他们就会变成“失语者”。阿什克拉傅特认为：“在后殖民话语中有三种语言类别：单语、双语和多语。单语对应的是移民国家，尽管使用中有差异，但英语是唯一通用的语言。”[4]澳大利亚作为移民国家，英语是统治者的官方语言，土著居民如果想表现自己的民族文化必须通过柯林·约翰逊所说的“白人的形式”来实现。法侬（Frantz Fanon）在《黑皮肤，白面具》（*Black Skin, White Mask*，1952）中谈到欧洲黑奴时说：“不管愿意不愿意，黑人不得不穿着白人为他们缝制的衣服。”[5]法侬的作品虽然讲的是欧洲黑人的生存状况，但与澳洲土著人有着异曲同工之处。正如阿里斯所言：“土著话语受到处于支配地位的象征形式的压制。他们若要进入公众视野就必须采用这一形式。”[6]于是英

---

1 艾勒克·博埃默：《殖民与后殖民文学》，盛宁等译，沈阳：辽宁教育出版社，1998年，第36页。

2 同上，第90页。

3 同上，第30页。

4 Bill Ashcroft, Gareth Griffiths, and Helen Tiffen, *The Empire Writes Back: Theory and Practice in Post-Colonial Literatures* (London: Routledge, 2002), 39.

5 Frantz Fanon, *Black Skin, White Masks*. Trans. Charles Lam Markmann (New York: Grove Press, 1967), 34.

6 Ken Gelder and Paul Salzman, *The New Diversity: Australian Fiction, 1970–1988* (Melbourne: McPhee Gribble Publishers, 1989), 205.

语就成了他们展现其“土著性”的唯一语言。

由于土著人受到澳大利亚外来者白人的种种压迫，所以表现土著人反抗白人控制，跨越白人边界和围墙，就成了约翰逊（Colin Johnson）、韦勒（Archie Weller）、威尔莫特（Erica Wilmote）、克莱尔（Monica Clarie）等土著作家着力探讨的主题之一。在这些作家中要数约翰逊的艺术成就最为突出，他对于澳大利亚土著居民生活的关注最为持久。他的小说采用了大家熟悉的土著名字Mudrooroo Nyoongah作为笔名，《野猫掉下来了》（*Wild Cat Falling*，1965）是第一部以土著文化为关注对象的小说。大部分土著居民对于白人文化的批判集中在白人物质主义至上的价值观，而这部小说则探讨了土著人的困惑、漫无目标和情感障碍等问题，而这些问题都源于“土著居民不得已脱离自己原有的土著家庭以期望能给孩子一个更好的未来的心理焦灼”。[1]《野猫掉下来了》主要描写了一个有着四分之一土著血统的青年与他的纯土著血统叔叔两个人之间对生命意义的探索。小说以第一人称叙事手法，从“我”刚从监狱里刑满释放开始讲起，“我”出狱后，便以一种玩世不恭的态度看待和对待周围世界，极力保护自己的土著身份。在小说中，作者通过闪回叙述手法，让读者知道，“我”的白人父亲已经去世，而有着半土著血统的母亲则竭尽一切可能向白人生活靠拢，向白人价值靠近。而她这么做的目的，显然不是出于自身的矫揉造作，而是担心她不这么做，她的儿子就有可能被民政部官员带走，因为他的两个哥哥都已经因

1 Chris Tiffin, “Look to the New-Found Dreaming: Identity and Technique in Australian Aboriginal Writing,” *The Journal of the Commonwealth Literature* Vol. 20, No. 1 (1985): 164.

此被带走了。小说中，作者发出土著居民向白人文化妥协的信号，但在两种价值体系和土著文化的呈现过程中，作者更加明确地表达了这样一种思想：土著生活并不仅仅是对应于白人社会的一种生活模式。小说开头“我”被从监狱释放出来，但在小说结尾“我”却再次回到监狱，这一情节设计，连同故事不断穿插童年生活备受歧视和屈辱经历的“闪回”叙述，同时表现了土著文化在白人文化的冲击下的脆弱感。这种巧妙叙述手法，远比一味地去描述土著文化是如何迷失和如何才能够重新获得新生要有力得多。小说一方面凸显了土著人渴望被社会认可和平等对待的愿望，但另一方面也显示出监狱是白人实施殖民统治的有效工具。在监狱里，土著青年丧失了对“时间”和“空间”的感知，而这正是殖民者所期待的结果。然而这种表面的“臣服”并不意味着控制与反控制、殖民与反殖民斗争的结束，土著青年与白人警察的冲突实质上是土著文化与白人文化在澳洲大地激烈碰撞的缩影。约翰逊其他表现类似主题的小说还包括《萨达瓦拉万岁》（*Long Live Sandawara*，1979），该小说直面土著人与白人之间的对峙问题，一群十多岁的土著孩子被警察枪杀的场面，让人充分感受到白人的凶残和邪恶。《沃拉迪医生承受世界末日的良方》（*Doctor Wooreddy's Prescription for Enduring the Ending of the World*，1983）从后殖民历史的视角，集中展现了土著人在殖民者“入侵”到塔斯马尼亚和维多利亚州后的生活遭遇。土著医生沃拉迪视这些“白魔”为邪恶的化身，他们的到来预示着土著人的世界末日。在新生代作家中，韦勒的处女作《狗一般的日子》（*The Day of the Dog*，1981）创作灵感来自他从布鲁姆监狱出来后持续六周的愤怒情绪，因为他坚信自己是因无端的指控才入狱的。以此为原型，小说讲述了土著人在西澳珀斯生活的悲惨遭遇，面对就业不公、警察迫害、牢狱之灾等压力，他们经常借酒浇愁，哀叹前途无望。该小说发表后，先后获得了澳大利亚文学奖（1980）、西澳文学周小说奖（1982），并于1993年被拍成了电影，取名《土著人》（*Blackfellas*）。

20世纪80年代末，随着争取平等权利斗争的深入和教育水平的提高，土著民族的自我意识开始增强，表达郁积内心的民族情感和民族身份的土著文学繁荣起来。虽然他们继续刻画白人与黑人不平等的关系，描写土著人抗击白人殖民统治的事迹，但更多地通过再现土著民族的历史、神话和传奇，来揭示白人的文化霸权和土著民族的身份危机。1988年，澳大利亚反英两百周年纪念不仅触动了白人的民族记忆，更是激起了土著人对殖民历史的伤痛和反思。“回归土著性”“重建反话语”成为土著作家的主流。在这一时期，不仅白人主流作家凭借其文学艺术创作，反思不堪回首的殖民历史，而且土著作家也抓住这一历史契机，通过各种艺术手段，缅怀逝去岁月，重新解读历史。班得勒（Faith Bandler）的《威娄，我的兄弟》（*Welou, My Brother*，1984）、韦勒的短篇小说集《回家》（*Going Home*，1986）、摩根（Sally Morgan）的《我的位置》（*My Place*，1987）等都是当代澳大利亚文学中探讨“重温民族历史与文化”的土著小说。其中，摩根的《我的位置》被誉为“澳大利亚经典作品”，[1]代表了土著小说的最

1 Ken Gelder and Paul Salzman, *The New Diversity: Australian Fiction, 1970–1988* (Melbourne: McPhee Gribble Publishers, 1989), 226.

高成就。

《我的位置》是一部寻找家庭、祖根和土著人审美感受，昭示现代白人文明威胁土著文化的自传体小说。而自传体小说往往“借助历史给个人生活带来的影响而使其个人传记具有了政治意识”。[1]在小说中，有着一半土著人血统的摩根，将个人在社会中生存的压抑感作为一种重要的素材，处于社会边缘的摩根将自己融进历史文本来揭露澳大利亚白人社会的主流神话，以期给主流社会现状带来哪怕是一丝丝的细微变化。摩根对于自己孩提时期的考察，后来却发展成为一种多层次的叙述。小说里的故事由不同的家庭成员讲述，这也就满足了重构土著人历史的需要，即尽可能多地对土著人的过去做出种种不同的阐释。由于年代久远，主人公摩根的家史都已无从追寻，于是她和母亲便开始了艰难的寻根之行，而愈是深入了解，愈是感到历史对她们一家的不公，白人对土著人的种族歧视和粗暴态度也随着寻根之旅被一一揭露，而当萨利认识到自己有着一半土著血统时，寻根之旅也就有了寻求自我和家园的多重蕴意。而这种失去感和无归属感也更加激发了她寻求土著身份的动力。在小说中，最终被重新找到的“家园”并没有能够很好地解决或者说改变不公的现实，因为摩根发现这个历经艰辛找到的家园已经是历史的、过时的、不复存在的家园。也就是说，“这个被找到的过去并没有能够成为她重建新身份的古战场，过去只不过是一部无法改变的、逐渐被遗忘的屈辱史”。[2]

---

1 Edward Hills, “‘What Country, Friends, Is This?’ Sally Morgan’s My Place Revisited,” *The Journal of Commonwealth Literature* Vol. 32, No. 2 (1997): 102.

2 同上，105。

所以从这个意义上说，这部小说与其说是一部描写土著人屈辱史的小说，还不如说是一部关于欧洲移民对于来到这个新奇大陆的恐惧心态的展示。这部小说从土著居民和欧洲移民两个角度分别展现了身份迷失和寻根的主题，摩根也终于体悟了自己处于两种文化边缘的迷茫与痛苦。这部小说，如果单从土著性来看，其批评笔触和态度要比约翰逊的《野猫掉下来了》温和许多。而小说结尾，摩根为她逝去的外祖母祈祷的时候说："上帝啊，你一定知道我的外祖母，你知道我们很爱她，她准备去了，我们知道你一定给她准备好了位置，一棵可以让她坐下来吹口琴的大桉树。"[1]这里将土著人的希望和位置寄予于天堂，也即是说，土著人在这片本属于自己的土地上，却没有了自己的一席之地。虽然生活在自己的土地上，"自己"却变成了白人的"他者"，其对身份危机的焦虑感弥漫着整个文本。

但是土著作家寻求个人、民族和文化的属性，强调历史的重构，并不是要用黑人的反话语来取代白人的历史叙事。他们"运用所谓'白人的形式'来写本地的故事；不断把本土与侵略者的文化创造性地编织成一体；跨越既定的记载，去掉固定的观点；用土著人所谓的胡说八道或屁话，将幻想和幽默相结合"。[2]尽管他们认为保留土著文化传统十分重要，但同时也不否认与白人入侵者文化的共谋关系：土著人近200多年的历史与白人入侵者脱离不了干系，土著性是澳大利亚的一个组成部分，是一种对于相互冲突和杂交性文化归属的认可。正如《沃拉迪医生承受世界末

1 Sally Morgan, *My Place* (Fremantle: Fremantle Arts Centre Press, 1987), 356.

2 艾勒克·博埃默：《殖民与后殖民文学》，盛宁等译，沈阳：辽宁教育出版社，1998年，第264页。

日的良方》里的同名主人公所说："我们现在必须变得圆通活络一些，多找同盟军，而且认天命。"[1]这种既没有一味批判白人，也没有完全掩盖土著人自身弱点的态度，显示出土著作家宽容的胸怀和积极适应现实的灵活性，同时也表明他们对白人文化主导性的无奈和对澳大利亚多元文化的某种认同。"土著作家就像门神一样，他有两副面孔，一副面向过去，另一副面向未来，而他自己则存在于后现代的多元文化的澳大利亚。"[2]

土著作家使用"白人的形式"来构建自己的民族叙事，一方面反映了白人文化的强势主导地位和土著文化的沉沦没落，另一方面也是土著作家反击白人文化的手段。他们使用白人的语言或叙述模式并不意味着法侬所说的"接受一种文化"。[3]虽然"殖民者的语言包含着殖民主义的价值观，它会制约人们的表达，使文化自卑情结阴魂不散"，[4]但他们更多地使用白人的形式来表现土著民族本真性的内容，从而使土著文化在主流文化中得以展现和传播，并在澳大利亚多元化的社会中拥有一席之地，所以他们在被"西化"的同时，也使殖民者了解到了土著民族的历史、神话和艺术传统。在控诉殖民者文化暴行的过程中，向世人展示了土著民族的坚忍与宽容。从某种意义上讲，在后殖民主义语境下，土著作家的反话语——更加真实的历史叙事和民族叙事具有"逆他者性"，即利用殖民者的语言、叙述模式来反击殖民文化，使长期患有"失语"症的土著民族恢复了应有的声音。

1 艾勒克·博埃默：《殖民与后殖民文学》，盛宁等译，沈阳：辽宁教育出版社，1998年，第263页。
2 同上，第266页。
3 同上，第237页。
4 同上，第238页。

毫无疑问，土著文学是澳大利亚整个文学不可或缺的一部分，并在后殖民主义的语境下显示出了其勃勃生机，而土著文学中关于“剥夺、归属、寻根”等痛苦记忆的反复言说，也必将在当前后殖民话语中寻得新的话语机会，后殖民思想对于殖民思想的继承与拓展预示着土著文学在新的背景下对传统的继承与拓展。与此同时，不可否认的是，土著文学的发展与繁荣对白人文学产生了相当大的影响，不少作家如帕特里克·怀特、凯里、基尼利、马洛夫和米勒等人都从土著文化中汲取营养，创作了富有澳大利亚特色的作品，在世界文坛上获得了很高的荣誉。同时，土著作品的美学价值也日益被发现。虽然土著小说的叙述模式多为第一人称的自传体形式，但其内容已从单纯描述土著人与白人殖民者之间的对抗转向关注整个土著民族的命运、文化身份的迷失以及如何与白人主流社会和谐相处的主题上来，并将土著人特有的生活方式，尤其是土著神话与传奇融入现代文明的历史潮流之中。然而由于白人的殖民统治，土著民族长期处于文化落后的状态，他们的文学尽管在近二三十年有了较大的发展，但与白人作家相比，他们毕竟还是“欧洲都市文学传统边缘地区的居住者”。[1]

历史是一个延伸的文本，文本是一段浓缩的历史，历史和文本构成了现实生活的一个政治隐喻，是历时态和共时态统一的存在体。当代澳大利亚白人作家、移民作家和土著作家分别从各自的视角对逝去的历史进行了颠覆性解读，既延伸了文本的意义维度，也使文本写作成为当代社会的一种政治讽喻。尽管澳大利亚

1 黄源深：《澳大利亚文学史》，上海：上海外语教育出版社，1997年，第591页。

白人、移民和土著人在历史的沉浮中遭际迥异，但他们都忍受着“身份丧失”的痛苦，常常被殖民帝国描写成“他者”。澳大利亚白人被抛弃的历史，移民族群的背井离乡，土著人遭屠杀、驱赶的经历业已成为他们挥之不去的惨痛记忆。因此，寻找文化归属、寻找家园，成了白人作家、移民作家和土著作家共同关注的主题。然而，由于历史和现实的原因，白人文学、移民文学和土著文学在探讨相似主题时也彰显出不同的民族心理。虽然在后殖民主义的语境下，白人作家表现出前所未有的回归本真性的历史责任感和仗义执言的道德操守，其作品也显露出对帝国文本的颠覆性和对土著民族、移民族群的同情，但他们更多地关注白人民族的历史叙事和与新旧帝国文化之间的关系，土著文化、移民文化充其量只是他们建构文化身份时所塑造的一个“他者”。一方面，他们与土著文化、移民文化结成同盟，以示与帝国话语的决裂，从而在历史的坐标中重新确立自我的位置；另一方面，他们在向土著文化、移民文化施舍同情之际，柔性地塑造一个“他者”形象，以愈合内心深处遭帝国歧视的伤口，从而确立起在澳大利亚多元文化话语空间的主导地位。土著作家尽管在控诉和抵制白人殖民统治中表现出革命者的勇气，但由于长期所处的弱势地位，其呐喊声早已淹没在多元文化的喧嚣中。移民文学是夹在两种文化之间的“无根”文学，作家们努力将他们所经历的文化分裂转化为抚平裂痕的家园梦想和熨帖人心的抒情篇章，其非此非彼的文化认同常常使他们只能在童年回忆、悠悠乡愁中寻找归属与慰藉。也正源于此，澳大利亚白人文学、移民文学和土著文学呈现出不同的张力和美学价值，并拥有不同的文学地位。

战后澳大利亚文学经历了从现实主义到后现代主义文学的转型，并于20世纪70年代末呈现多元化的特点。这具体既表现在以劳森（Henry Lawson）派为代表的现实主义文学、以怀特派为代表的现代主义文学和以凯里派为代表的后现代主义文学三足鼎立的局面中，也表现在白人文学、移民文学和土著文学的主题创作和叙事风格里，而后者则在后殖民主义语境下形成了澳大利亚“多元文化狂欢”的独特景观，共同汇集于世界范围内的后殖民文学勃兴和全球化渐起的大潮之中。尽管20世纪八九十年代的澳大利亚文学依然习惯于在南半球偏安一隅，甚至欧美文学理论的喧嚣与骚动在澳大利亚也姗姗来迟，但一大批具有国际视野的作家，凭借其敏锐的观察力，开始在其文学创作中融入全球化因素或以全球化的眼光来反映澳大利亚多元文化的内外关系。多元文化是全球化进程中的一个必然现象，甚至可以说是全球化的一部分，从这个意义上来说，多元文化的文学表征就是彰显全球化的一个例证。

第十四章
当代拉美文学中的殖民遗产与民族身份重塑

拉丁美洲是第三世界中最早挣脱殖民枷锁的地区。在19世纪初，通过一系列的独立运动和解放战争，西班牙、葡萄牙的美洲殖民地纷纷独立、成立民族国家，渐渐形成了今天的拉丁美洲政治版图。如何看待历史留下的殖民遗产，成了这些拉丁美洲国家在建立身份认同过程中的关键问题。从19世纪至20世纪初，摆脱西班牙文化影响，追随英、法、美等西方发达国家主流思潮成为拉美知识分子的共识。一方面，西班牙的殖民遗产被否认、被抛弃，另一方面，在“文明与野蛮”的思维模式之下，本国的原住民文化同样被拒斥，被当成是阻碍文明进步的桎梏。随着社会矛盾的激化和原住民自主意识的逐渐觉醒，这种思想倾向在20世纪初得到了扭转，尤其是在墨西哥大革命之后，拉美知识分子开始重新思考殖民遗产与民族身份的问题。

在发表于1950年的名著《孤独的迷宫》（*El laberinto de la soledad*）中，墨西哥思想家奥克塔维奥·帕斯（Octavio Paz）以一对历史人物形象诠释了墨西哥民族的起源。在20世纪初的墨西哥大革命之后，混血人种为民族主体的观念得到官方意义上的确认和推广——墨西哥人既非单纯是本土印第安人的后代，也非单纯是西班牙人的后代，而是由这两个民族加上陆续迁徙而来的新移民群体融合而成。混血的说法虽则利于和谐团结，却掩盖了事实上的不平等——这个社会始终是白人居于最上层、印第安人居于最下层的金字塔结构，也掩盖了历史的血腥残酷——混血绝非来自浪漫爱情，而是以暴力方式实现的，西班牙人是征服者，印第安人是战败者。在帕斯的笔下，墨西哥民族的创世神话无奈地体现为一个为人不齿的行动：强奸。当事人双方，一位是西班牙征服者埃尔南·科尔特斯，一位是科尔特斯的印第安女奴玛琳切。前者对后者的强暴，成了混血民族的肇始。粗暴而不负责任的父亲，忍受屈辱的母亲，感觉自己被抛弃的儿女，构成了墨西哥家庭的原型。墨西哥人与生俱来的不安全感和自卑感，对暴力的迷恋，对自身传统的鄙弃，其来由都可以追溯到四百年前那场具有浓厚象征意味的强暴行动。

帕斯对自身民族的思考可以说是拉丁美洲民族意识觉醒的先声。随后在60年代兴起的拉美新小说运动进一步确立了拉丁美洲自身作为思想主体的身份。文学对于塑造民族身份具有举足轻重的作用，这场文学“爆炸”将拉美各个国家的作家和艺术家团结在一起，他们既认识到本国文化特别是原住民文化所具有的宝贵价值，又意识到建立一个拉丁美洲共同体的必要性。智利作家多诺索（José Donoso）在评述文学“爆炸”时指出，西语美洲小说起初是忽略了西语美洲的传统的，既忽略了西班牙传统，也忽略了美洲传统；它在诞生之初一味地从其他国家的文学中汲取养料，

“我们的孤儿意识任由美国人、法国人、英国人和意大利人来感染”，这些国家的著名作家似乎比拉美本地作家和西班牙作家更像拉美作家的“自己人”。文学“爆炸”革命性地改变了拉美文学的面貌，这场运动与一种拉丁美洲内部的“国际化”进程紧密联系在一起。[1]

文学“爆炸”与古巴革命、解放神学运动、拉美新电影运动几乎同时发生。拉美知识分子普遍意识到，不管自己在何种程度上与美国和欧洲发达国家相认同，拉丁美洲始终处于西方世界的边缘；拉丁美洲的贫困源于其对欧美中心国家的依附，这种依附越紧密，拉丁美洲就越缺乏发展的机会，只能被动地向发达国家提供原材料和供倾销的市场。为了打破这种依附局面，在政治上需要革命，在文学艺术上需要摆脱过去的模仿和因袭，具体到文学创作中，一方面是建构独特的创作手法，另一方面则是重塑拉丁美洲的历史记忆，用自己的声音来讲述被篡改、被歪曲的本土历史，挑战西方的话语霸权。当文学“爆炸”的热潮退去时，虽然后续的拉美作家在创作方法上再难创新、超越前辈，在重塑历史记忆方面则延续了前辈们的努力，不断贡献出具有世界性影响的历史小说作品。

文学“爆炸”之后，“革命”热情退去，20世纪七八十年代的拉丁美洲普遍经历了经济危机和政治动荡。社会和个人的危机促使拉美作家更为积极地思考过去。在一系列的南美洲国家发生的军事政变迫使一批优秀的敢于独立思考的作家流亡海外，他们

1 José Donoso, *Historia personal del “boom”* (Santiago: Aguilar Chilena de Ediciones, 1998), 24.

以自由的历史记忆来反抗强权，在远离故土的地方以精神和文字塑造民族意识。另一方面，随着军事政变而自北美大举“入侵”拉丁美洲的新自由主义经济模式在几乎所有的拉美国家站稳脚跟，成为一种意识形态。在许多拉美知识分子看来，这种意识形态以“全球化”为名继续维持拉丁美洲依附于西方强国的局面，以虚假的“发展”“自由”的理念来蛊惑落后国家。按照他们的理解，特别是基于马克思主义思想理论、与欧美左派学者相呼应的认识，“全球化”并不是20世纪才出现的新事物。“全球化”起始于哥伦布对美洲的“发现”以及随之而来的征服、殖民和世界市场的形成。拉丁美洲是全球化的最早的受害者，直到今天仍在受全球化的危害——以低廉价格出售本地原材料和劳动力，高价买入来自发达国家的进口产品，从殖民地时期到今天本质上是一样的模式。拉美知识分子认识到，打着“全球化”旗号的新自由主义事实上是翻新了的新殖民主义，它加剧了拉丁美洲的贫困和社会不平等，破坏了当地的自然环境，并催生了文化上的“排他化”倾向——拉丁美洲人在接受美国式生活方式的同时，失去了祖国和历史记忆。[1]为此，从某种程度上说，重新审视殖民遗产、重塑民族历史成为具有“救亡”意义的任务。

直到今天，“我们是谁？”的声音一直回响在拉美文学创作中，民族起源的问题不断被拉美作家所提出和思考。全球化的现实更是促进了这种思考，不管是出于对全球化消解自身身份的担心，还是因全球化的影响而重新塑造身份。汤姆林森指出，全球化非

1 徐世澄：《拉丁美洲现代思潮》，北京：当代世界出版社，2010年，第478页。

但没有消解民族文化的身份认同，反而制造和扩散了民族文化的身份认同。[1]如果说帕斯的解释适用于墨西哥民族的起源，那么可不可以将这种象征式的说法推而广之，用来解释每一个拉美民族国家的起源呢？事实上，在殖民历史与种族构成方面，拉丁美洲诸国并没有表现出明显的同质性。如果说“混血”是常常被用来定义拉丁美洲民族特性的一个标签，那么细究“混血”的形态，我们可以在拉丁美洲找出许多种复杂的类型。在这片地区，并不仅仅是西班牙人和印第安人发生混合，从历史上看，还有来自非洲的黑奴，来自意大利、德国、法国等多个欧洲国家和中东地区，以及来自日本、印度和中国的数量众多的移民。这些携带着不同文化基因的抵达者都是拉丁美洲民族的组成部分。挪威学者埃里克森在谈到全球化时代人群混合的形式时指出，不同群体间长期的相互接触会引发很多不同的结果：有时，一个群体最终会被另一个群体吸收；有时，该群体只是在文化上而不是社会上被吸收（群体边界保持完整）；有时，群体的融合会创造出新的实体；有时，会出现一种分层的互补关系或对称的竞争关系；有时，一个群体最终会消灭另一个群体。[2]埃里克森所列举的这些形态，不同程度地存在于不同的拉美国家中。有些国家并不曾拥有值得自豪的前哥伦布时代的文明，如智利、乌拉圭；有些国家并没有占人口多数的混血民族，而主要由欧洲移民的后代组成，如阿根廷。因此，在论及拉丁美洲的殖民遗产和今天的民族构成时，并不存

1 约翰·汤姆林森：《全球化与文化分析》，尹晓煌、何成洲主编《全球化与跨国民族主义经典文论》，南京：南京大学出版社，2014年，第270页。

2 托马斯·许兰德·埃里克森：《全球化的关键概念》，周云水等译，南京：译林出版社，2012年，第122页。

在一个通行的解释模式。

我们可以看到，在1980年之后涌现的一批影响力广泛的拉美历史小说中，在触及殖民时代历史记忆问题时，作家们的声音是多元的：既有对混血民族诞生过程的神话式再现，也有对欧洲白人移民创业史的带有家族感情色彩的赞颂，同时亦有作家跳出本国民族叙事的界限，从拉丁美洲乃至整个美洲的宏大视角出发重塑历史记忆。

第一节 《玛琳切》中的墨西哥民族身份重塑

在当代拉美文坛，以发表小说作品的数量而论，墨西哥女作家埃斯基韦尔（Laura Esquivel）算不得多产作家。她在1989年发表的处女作《恰似水于巧克力》（*Como agua para chocolate*）为她带来了国际声誉。这部小说面世后即成为畅销书，至今已拥有三十多个语言的版本，原作被改编成电影后亦取得巨大的成功。《恰似水于巧克力》将绝望爱情的主题与墨西哥美食文化相结合，把大胆的想象糅入宏大历史事件中，带有鲜明的魔幻现实主义风格的印记，成为拉美文学“后爆炸”时代的重要作品。1994年，劳拉·埃斯基韦尔获得美国书商年度图书奖，成为该奖设立以来首位获奖的外国作家。她最近的一部作品发表于2005年，是受阿吉拉尔出版社之托而写就的历史小说《玛琳切》（*Malinche*）。该书在史料的基础上展开想象，讲述了墨西哥历史上的著名“叛徒”玛琳切一生的经历，为重新审视墨西哥的过去提供了有趣的新视角。

玛琳切（Malinche，1501—1529）在史上确有其人，但她的形象更多是在口头的神话传说中出现，极少出现在由文字记载的历史中。在可资参考的文字记录中，最主要的是16世纪的西班牙远征军士兵卡斯蒂略（Bernal Díaz del Castillo）所著的《征服新西班牙信史》（*Historia verdadera de la conquista de la Nueva España*）。该书详细回顾了西班牙军人攻克阿兹特克帝国的前后经过，其中有专门一章简略记述了玛琳切的生平，其他段落则零星提及这位为西班牙人服务的印第安女子。西班牙人将她称为“堂娜玛里娜”（Doña Marina）。她原是一个受阿兹特克帝国控制的部落酋长之女，幼年丧父，被母亲送给其他部落的印第安人为奴，后来被土著人当作礼物献给西班牙征服者科尔特斯（Hernán Cortés，1485—1547）。西班牙人发现了她的语言才能，遂让她成为随军翻译。她皈依了基督教，为科尔特斯生了一个儿子，并和西班牙人哈拉米略（Juan Jaramillo）成婚。卡斯蒂略对“堂娜玛里娜”的评价是相当积极的：“由于堂娜玛里娜在新西班牙的所有战争中都是不可多得的通译，是个非常杰出的女子，所以科尔特斯始终把她带在身边。堂娜玛里娜很受敬重，整个新西班牙的印第安人都听从她的旨意。……没有堂娜玛里娜，我们就听不懂新西班牙的语言。”[1]

“新西班牙”即指墨西哥。卡斯蒂略无疑是站在殖民者的立场上叙述这些史实的。在同样叙述西班牙征服墨西哥的历史，然则以印第安人的历史记忆为基础的著名史作《战败者的目光》（*Visión de los vencidos*）中，玛琳切亦被提及，如：“最后，

1 贝尔纳尔·迪亚斯·德尔·卡斯蒂略：《征服新西班牙信史》，江禾、林光译，北京：商务印书馆，2009年，第82—83页。

经由玛里娜和阿吉拉尔的口头传达，特兹科科人求他去特兹科科……”[1]“玛里娜”在印第安人的土语中被称为“玛琳切”。在被征服者的集体记忆中，玛琳切出身土著部落而为侵略者服务，还向侵略者奉献自己的身体，生下一个杂种。无疑，这是一个绝对负面的形象。我们可以看到，在墨西哥现代民族建构的过程中，玛琳切背负了仿佛决不可饶恕的原罪。

墨西哥民族身份的形成，起源于19世纪初墨西哥独立前后。在挣脱西班牙殖民统治的枷锁之后，专制、愚昧的西班牙成了墨西哥极力摆脱的过去，一切向欧美发达国家学习的倾向都被视为是进步的，一切亲西班牙的倾向都被视为是反动的，玛琳切随同科尔特斯一同被唾弃。20世纪初的墨西哥大革命掀起了革命民族主义的潮流，土著文化的价值得到官方层面的肯定，玛琳切则作为土著民族的叛徒形象出现在普及教育的识字课本中。在墨西哥艰难迈入现代化的进程中，那些崇尚外国、看轻本国的人，被同胞冠以“malinchista”（玛琳切主义者）的骂名，而“malinchismo”（玛琳切主义）已经正式进入了通用西班牙语的语库。西班牙皇家语言学院第22版西班牙语字典就收入了“malinchismo”这一词条：“（墨西哥通用名词）指对外国的一切表示亲近却贬低本国的一切的态度。”[2]

除了民间传说外，玛琳切形象也出现在墨西哥现代艺术中，如墨西哥画家奥罗斯科（José Clemente Orozco）于1926年创作的

1 Miguel León Portilla, *Visión de los vencidos* (México D.F.: UNAM, 2003), 65.

2 Real Academia Española, *Diccionario de la lengua española, Tomo II* (Madrid: Editorial Espasa Calpe, 2001), 1425.

壁画《科尔特斯和玛琳切》（*Cortés y la Malinche*）。在这幅著名的作品中，科尔特斯和玛琳切并列的形象契合了天主教民族心理结构中亚当与夏娃的形象。画中的裸体亚当——科尔特斯是个目光坚定、肌肉发达的白人男子，脚下踩着被打败的瘦弱土著人，裸体夏娃——玛琳切则是个低眉顺眼、肤色黯淡的印第安女人，谦卑地收拢着双腿，被科尔特斯牢牢地牵在手中。西班牙男人对土著女人的征服象征了欧洲对美洲的征服，玛琳切委身于科尔特斯的事实，成为这位墨西哥混血民族的老祖母背负的原罪。

墨西哥作家的思想论著中亦不乏对玛琳切这一形象的思考。奥克塔维奥·帕斯在其初版于1950年的名著《孤独的迷宫》中写道："科尔特斯和玛琳切象征着墨西哥人心中某一个隐秘的、尚未解决的矛盾。在拒斥玛琳切的同时，墨西哥人切断了自己与过去的联系，否认了自己的起源，孤独地进入历史生活中。"[1]处于墨西哥开启现代化进程时代的帕斯发现了深藏在墨西哥民族心理中的这个矛盾。他对玛琳切的分析是无有臧否的，但他明确指出，对玛琳切的思考如若不能超越旧的模式，墨西哥就不能真正融入现代世界。富恩特斯（Carlos Fuentes）发展了帕斯的观点，观察到科尔特斯-玛琳切形象的多重矛盾，并指出对这一形象的负面解读造成了负面的后果。他写道："神话中的这一对男女，科尔特斯和玛琳切，统领了我们的历史：孕育、诞生、受洗、性爱、死亡。我们不接受他们。他们给我们带来了勇气、耻辱、妒意、怨恨，一切混杂在一起，一切都成了混血。借用胡安·鲁尔

1 Octavio Paz, *El laberinto de la soledad* (México D.F.: Fondo de Cultura Económica, 1993), 95.

福的话说，他们把我们变成了一种‘生动的仇恨’。”[1]墨西哥现实中的社会暴力问题，仿佛也根源于征服时期的那个尚未解决的矛盾。科尔特斯和玛琳切是墨西哥民族不愿尊敬的双亲。墨西哥人一旦意识到自己拥有一个残暴成性、远离自己的父亲和一个如此卑贱的母亲，就开始看不起自己也看不起身边的兄弟，陷入不要自己的尊严也贬低他人尊严的恶性循环中。

于是，在尝试重塑玛琳切形象时，作家一方面会因为史料对其人记载之少而获得广阔的自由想象空间，一方面又会因为前人对玛琳切的似已有定论的解读而踟蹰不前。埃斯基韦尔在墨西哥科迪戈电台的一次专访中承认，重塑玛琳切并非她的原意，而是受阿吉拉尔出版社之托。出版方选中了她，让她来写一部面对普通读者的、有关玛琳切的历史小说。埃斯基韦尔在经过大量的调研工作后，写出了这本《玛琳切》。小说采用了传记的形式，在叙事方式上非常质朴，从玛琳切的出生到离世都遵循线性的时间结构，语言也平实通俗，确实达到了出版方的要求：讲一个人人能听懂的历史故事。然而，玛琳切的传统形象，却在这个故事中被颠覆了：她被表现为一个有智慧也有爱心的女子，既没有被妖魔化也没有被神圣化；她意识到自己的被动身份和助纣为虐之过，主动寻求自己的解放和救赎。在这部21世纪的叙事著作中，玛琳切的形象大为改观，这种转变无疑是耐人寻味的。西班牙《文化周刊》（*El Cultural*）刊出的关于埃斯基韦尔《玛琳切》一书的书评，强调了小说主人公的女性身份：“劳拉·埃斯基韦尔从女性

1 Carlos Fuentes, *Nuevo tiempo mexicano* (México D.F.: Aguilar, 1994), 209.

主义的角度对这一女性形象进行虚构，提供了一种全新的视角。(……) 这部充满智慧的历史叙事饱含女性色彩。”[1]

女性作家写女性人物，以女性主义的视角来解读，无疑是最为方便的。卡尔森（Caroline Karlsson）亦从女性主义特别是女性与权力之关系的角度出发，分析了埃斯基韦尔塑造的玛琳切形象，指出在玛琳切扮演的多重角色中，翻译的角色是最为重要的。她因为语言翻译的才能而获得权力，但这种权力终究是受限制的。玛琳切处于双重的从属地位——作为附属于男人的女人和附属于殖民者的印第安人。直到下嫁给哈拉米略后，玛琳切的从属性质才有所降低，这一女性形象才由此获得了解放。[2]

哈拉米略（Mónica Andrea Jaramillo）将这部小说归入“新历史小说”的潮流中，指出埃斯基韦尔的审慎之处，在于既不认定玛琳切有罪也不认定玛琳切无辜，只是将这一历史人物还原为人。小说中的玛琳切与今天的所有普通人一样追求自由，为此受到欺骗，从而背负“叛徒”的骂名。作者最后指出，埃斯基韦尔对玛琳切传奇的新的叙述，对于拉丁美洲新的一代人重新认识历史具有积极的意义。[3]

奥尔森（Sara Olsson）则从权力与话语的角度审视了埃斯基韦尔塑造的玛琳切形象，其着眼的重心在于言说。既往文本中的玛琳切都是被动的、沉默的，而在埃斯基韦尔的小说中，玛琳切

---

1 Joaquín Marco, “Malinche, Laura Esquivel,” *El Cultural*. 13 April 2006.

2 Caroline Karlsson, “¿Indígena poderosa o mujer subordinada?: Análisis de la protagonista de ‘Malinche’ de Laura Esquivel.” <http://urn.kb.se/resolve?urn=urn:nbn:se:lnu:diva-18570>.

3 Mónica Andrea Jaramillo, “La reivindicación de malinche en la obra de Laura Esquivel.” <http://recursosbiblioteca.utp.edu.co/tesisd/ficha2014.html>.

终于可以自行说话，可以命名事物，成为具有神奇力量的女英雄。与卡尔森的结论相反，奥尔森认为，正是因为掌握了言说的权力，小说主人公才从客体的地位升格至话语主体的地位，从而实现了对既有的负面形象的解构。[1]

埃斯基韦尔塑造的玛琳切形象若是仅仅从女性主义的视角来审视，似乎显得平白而单薄了。集中于分析个人形象，往往会忽视其宏大背景的深意。玛琳切是一个人，代表的却是一个民族，尽管这个民族向来对她持仇视态度。作家不仅要重构这一个"历史罪人"，还要重述一个民族的创世神话。

事实上，对待这样一篇命题作文，埃斯基韦尔的态度当是审慎的。在小说末尾的致谢词中，作者提到了十多位在史料考证方面向她提供帮助的研究者。除此之外，她还列出了一张包括34本著作的参阅书单，其中既有西班牙殖民者的笔记，也有墨西哥当代历史学家的作品。除了历史著作之外，她还参考了数部与古代墨西哥文化有关的著作，如迪亚兹（Fernando Díaz）的《阿兹特克人的教育》（*La educación de los aztecas*），或是弗洛雷斯卡诺（Enrique Florescano）的《羽蛇神的神话》（*El mito de Quetzalcóatl*）。由此可见，作家在重构充满争议的西班牙征服史时，力图获得一种尽量全面的视角，并且蕴藏着一种雄心，那就是返回到墨西哥人的创始之根，重塑民族身份。下面我们结合文本，来看看作家是如何通过玛琳切的形象重新建构墨西哥民族身份的。

1 Sara Olsson, "La voz recuperada de La Malinche: Un estudio de la novela Malinche de Laura Esquivel." <http://su.diva-portal.org/smash/record.jsf?pid=diva2:199479>.

一、作为印第安文化载体的玛琳切

《玛琳切》这部历史小说非常值得注意的一点，就是在原始的故事构架中所穿插的大量古代墨西哥人的神话传说和生活智慧。如在玛琳切诞生之初，作者就构造了一个与印第安人的宇宙观紧密联系的预言："祖母预感到，这个小女孩命中注定会失去一切而后找到一切。因为只有放空自己才会重新充实自己。在虚空之中才有智慧之光。"[1]这段话宣示着玛琳切将来的命运：受难而后重生。历史文献上是不可能找到这样的文字的。作者无疑是把玛琳切原初的故事置放在印第安文化背景之下，虚构了这样一个定论。其中的哲学意味，与墨西哥古代传说中的羽蛇神复归的故事或是五个太阳更替的神话是一脉相承的。作者展示的这种智慧，虽然算不得高深，却是超越了玛琳切的个人形象的。读者很容易联想到，难道这不也指涉着墨西哥民族的命运吗？正是在西班牙人发动的征服战争中，墨西哥的古老帝国被付之一炬，然后从废墟之中诞生了一个混血民族。富恩特斯曾解释过这一悖论："这是个灾难之举。但并非什么也没留下。玛丽娅·桑布拉诺常说，一场灾难，唯有从中不能生出某种能拯救它、超越它的东西，它才成其为灾难。需要时间。需要把经验转化成知识，然后假若有幸，把知识转化成命运的时间。我们没有停留在浩劫里，因为我们从中而生。从殖民征服的灾难中，诞生了我们墨西哥人。"[2]

玛琳切一出场就被罩上了浓厚的印第安文化的色彩，这种色

1 Laura Esquivel, *Malinche* (Madrid: Santillana Ediciones Generales, 2005), 11.

2 Carlos Fuentes, *Los cinco soles de México* (Barcelona: Editorial Seix Barral, 2000), 16.

彩在故事中始终伴随着她。哪怕是在她的日常生活中，作者可以随时从某一个节点说开去，引出一长段关于古代文化的言说。比如当玛琳切在河水中洗衣服时，看到自己映在水中的倒影，想起了幼时从祖母口中听到的关于湖中幻影的传说，接下来作者又引出了古代墨西哥人关于镜像的观念："太阳不知道自己发光，因为太阳看不见自己。他需要看到自己的映象，才能知道自己的伟大。所以我们需要镜子来认识我们自己。所以羽蛇神的圣城图拉是作为天空的镜子而建造起来的，所以玛琳切喜欢用闪闪发亮的东西作饰物……"[1]

埃斯基韦尔确实是有意安插进这些文字的。她曾对媒体承认："我希望读者们能通过这部小说对历史有一点更多的认识，因为对于我的国家来说，对它的千年文化的认识是相当重要的。"[2]由此可见，作者是在肯定印第安文化价值的基础上，有意在围绕玛琳切这一人物的虚构叙事中糅入诸多古老文化元素的。在今天墨西哥融入全球化的进程中，这些土著文化的观念往往被当成落后的、阻碍进步的东西而遭到鄙弃，与之相对应的则是印第安人原住民争取权利运动的兴起。在这种情况下，墨西哥人再一次表现出身份难以确定的焦虑。这种焦虑正是促使文化人重新审视民族历史的一大动因。另一方面，我们也可以把这种焦虑看成是全球化的另一面的表现。埃里克森指出了全球化所造成的双重影响：一方面，全球化通过促进跨越原有边界的快速接触使世界缩小，

1 Laura Esquivel, *Malinche* (Madrid: Santillana Ediciones Generales, 2005), 92.

2 Laura Esquivel, "la palabra es la mejor arma." 28 de septiembre de 2013. La prensa. <http://laprensa.mx/notas.asp?id=230768>.

另一方面，全球化创造了差异意识，又使世界扩大。由于被强加的一套共同的特性（国家机构、劳动力市场和消费等），人类的生活被均质化，但由于接触的增加，又出现了多样化的形式，导致世界的异质化。也就是说，全球化既把全世界的人联系在一起，又激发了地方的独特意识，实际上是地方特色的重构。全球化使权力集中，并推动土著民族、小民族和其他族群为地方自治和民族自决进行斗争。

二、作为对话者的玛琳切

既然作者有意让玛琳切这一形象承载印第安文化，那么玛琳切无疑要与征服者的文化相对抗。埃斯基韦尔曾在一次专访中承认，这部小说正是“两种互相对立的观念的相遇：印第安人的观念和西班牙人的观念，前者是具有深厚的精神生活的传统的，认为人的每一个言行都能在整体中发生回响，后者则认为人不应是整体的一部分，而应当力求成为一切的主人”。[1]在作者设计的玛琳切与她的西班牙主子科尔特斯的对话中，尽管对话双方的权力关系是不平等的，我们仍可以很清楚地看到这两种文化的交锋。如当玛琳切向科尔特斯问起他信奉的神时，她想知道这个神的妻子叫什么名字，科尔特斯答道：

> 神是没有妻子的。
>
> 这不可能。

1 Marisol Paul, “Laura Esquivel revisa el personaje de Malinche.” *Cinco Días*. <http://cincodias.com/cincodias/2006/03/15/sentidos/1142393241_850215.html>.

为什么不可能呢？

因为没有肚子，没有黑暗，就不会诞生光明，出现生命。大地母亲就是在最深的地方造出宝石的，也正是在肚子的最黑暗的地方，人和神才能获得形式。没有肚子就没有神。[1]

在这场有趣的对话中，作者再一次展示了古老文明的宇宙观，这种宇宙观与征服者植根于一神教的宇宙观是迥然不同的。要让两种异质文化和平相处，对话正是现代文明世界所赞许的手段。既然墨西哥的混血文化来自互相对抗已久的欧洲基督教文化和印第安土著文化，那么在墨西哥民族身份的建构中，对话无疑要好过仇杀。作者在叙事中就赞赏对话的价值，以一个积极的视角来审视玛琳切在征服战争中的所作所为："大炮和骑兵只在野蛮状态中奏效，在文明的环境里，更理想的做法是结盟、谈判、许诺、劝服，而这一切只有通过对话才能达成。"[2]

正是玛琳切的语言才能为征服者和被征服者的对话创造了条件，减少了流血冲突的可能。这种看法无疑是会引起争议的，因为对话的双方是不平等的，在大多数民族的文化里，与侵略者对抗而死都比投降求生存更受赞赏。但如果我们注意到叙事者对血腥杀戮所表现出的强烈否定态度，就能意识到，作者对对话的重要性的强调在于批判暴力。贫富差距和毒品犯罪所带来的暴力问题，正是今天威胁墨西哥社会安定和国际形象的一大顽疾。政府

---

1 Laura Esquivel, *Malinche* (Madrid: Santillana Ediciones Generales, 2005), 77.

2 同上，47。

以暴制暴的手段，已经受到众多知识分子的谴责。

当然，作者是很清楚玛琳切的地位的，故而在小说中也不忘暗示，尽管奴隶与主人的对话是可能的，印第安文化终究是受西方文化压制的："很快，科尔特斯就打算结束他们之间的谈话了，因为无论如何，在他看来，与她谈论宗教问题是很奇怪的。说到底她只是一个为他服务的印第安女人而已。"[1]于是对话就以这样的无奈结局收场。玛琳切尽管在对话中受到压制，却成功地实现了自己罪人形象的颠覆——作者有意让她代表被征服者的文化去与征服者的文化交锋，虽败犹荣。印第安文化始终居于弱势、处于被支配地位的现实也被揭示出来。尽管今天的墨西哥人还时常以本国的古老文明为荣，但事实却是，占主体地位的仍是白人精英所代表的西方文化，印第安文化只是陪衬而已，不能进入主流意识形态，正如仆人与主人的对话，可以谈论同一个话题，却不能进入平等的层面。或许这正是文本不愿明说的。

三、作为民族之母的玛琳切

如果说玛琳切是墨西哥混血民族之母并且向来以一个负面的母亲形象出现的话，那么在埃斯基韦尔的这部小说中，作为母亲的玛琳切则获得了一种积极的形象。在作者的设计中，玛琳切原以为那些白人侵略者是过来结束阿兹特克帝国的暴政、拯救受压迫人民的，才心甘情愿为他们服务。在目睹西班牙人屠戮生灵的暴行之后，玛琳切陷入深刻的恐惧、失望和无助感之中，开始追

1 Laura Esquivel, *Malinche* (Madrid: Santillana Ediciones Generales, 2005), 77.

问自己所作所为的意义，由此忏悔并得到重生。她退出了征服战争，下嫁给西班牙人哈拉米略，过上了幸福的生活。作者为之营造出一个诗意的、乌托邦的氛围："天空呈现出橙黄的、粉红的色调。空气传送着晚香玉的芬芳，柑橘树开花了。玛里娜依（此指玛琳切）做着针线活，哈拉米略在她一旁抽着烟。马丁和玛丽亚在父母共同建造的宅子的庭院中嬉戏。"[1]

这是一段典型的家庭生活的描写：劳作的主妇、抽烟的父亲和玩耍的孩子，处在宅院的空间中，构成一个洋溢着天伦之乐的生活场景，远离了征服、杀戮的血腥气。玛琳切被表现为一个贤妻良母的形象。与奥罗斯科壁画中的那个玛琳切相比，她已经获得解放，不再是受西班牙人控制的那个低眉顺眼的女奴了。家是社会的基本组成单位。从这个意义上说，作家是在向墨西哥读者传递一个呼唤和解、重建幸福生活的信息。

马丁和玛丽亚兄妹俩是玛琳切先后与科尔特斯和哈拉米略——这两个西班牙男人诞下的后代。小说进一步围绕这两个混血儿展开论述，将他们视为种族融合的化身："正如从大地里能长出蓝色、白色、红色和黄色的玉米——允许各种颜色的混合，大地上一个新的种族的创造也是可能的。一个包含了所有种族的种族。……这就是她的儿女的种族。"[2]

作者以墨西哥人视为民族身份象征的传统作物——玉米为喻，试图证明人种融合的可能性。既然玉米可以是五颜六色的，人的肤色不也可以如此吗？"大地"是作者刻意强调的另一个

1 Laura Esquivel, *Malinche* (Madrid: Santillana Ediciones Generales, 2005), 201.

2 同上，203。

意象，在其他段落中频繁出现。在印第安人的传统观念中，大地是孕育一切的母亲，人与大地共同构成不可分割的整体。以现代观念来看，大地是承载多样性的生态环境。“大地”的意象传递着包容、和谐的理念。更重要的是，“大地”在这里等同于“墨西哥”这一地理概念。不论墨西哥人内部的差别有多大，血统的起源有多庞杂，大家终究是出生和生活在同一片土地上的。同一片土地，提供诗意的栖居，消弭了种族的异质性，产出混血的后代——印第安女人和西班牙男人结合后生出的儿女，繁衍至今，就是现代墨西哥民族。玛琳切俨然成了民族之母。接下来，这位民族之母为她的子孙祈祷，作者以第一人称继续描述这个新生的民族：“他们，既不属于我的世界也不属于西班牙人的世界。他们是所有血脉——伊比利亚人、非洲人、罗马人、哥特人、印第安人和中东人——的混合物，他们是新的容器，让基督-羽蛇神的真正思想能重新进入人心，向世界放射出光芒。”[1]

这种从正面歌颂血脉-种族融合的思想，并非埃斯基韦尔的首创。这些文字很容易让人联想到墨西哥哲学家巴斯孔塞洛斯（José Vasconcelos）早在将近一个世纪以前就鼓吹的“宇宙种族”（raza cósmica）的理念：混血的墨西哥人，代表的是世界民族大融合的未来。我们试将这些文字与巴斯孔塞洛斯的宣言做比较：“将要出现的是决定性的种族、合成的种族或者说完整的种族，由所有民族的才智和血统造成，他们也因此更有能力具备真正的兄

1 Laura Esquivel, *Malinche* (Madrid: Santillana Ediciones Generales, 2005), 214.

弟情谊和真正的世界性的眼光。”[1]

巴斯孔塞洛斯的宣言发表在墨西哥革命的高潮时期，笼罩着乐观主义的色彩。“宇宙种族”实质上是一个掩盖了深层次矛盾的神话，是一个遥不可及的梦想。但是，对于一个今天面临认同危机的民族来说，复述这样的理想还是有意义的，起码能增添一点走向未来的信心。过去的玛琳切的负面形象是与对混血民族的鄙视联系在一起的。混血即杂种，即低等人，是没有地位的，而玛琳切就是造成这个自卑的民族诞生的罪魁祸首。通过埃斯基韦尔的重塑，玛琳切成为一个终获自由、专事相夫教子的好妈妈，其诞下的混血后代也获得了尊严。故事虽以玛琳切的辞世收尾，却因最后一章中大段的对混血后代的祈祷和赞颂而余韵绵绵，指向一个尚待创建的未来。正是在这个意义上，墨西哥现代民族存在的价值得到了肯定，玛琳切的“原罪”被解构，这一形象史无前例地实现了“平反”。

历史小说的难处往往在于，对于一个已有定论的人物形象，作家难以凭借自由想象实现对其的颠覆。在这本小说中，埃斯基韦尔在尊重史实的基础上，给玛琳切的形象注入了印第安文化的价值观，将这个人物置放在异质文化的交锋与融合的大背景中，使之获得了新的、更深远的意义，从而实现了对传统历史罪人形象的颠覆。文本的故事虽然发生在过去，却毫无疑问地指涉着现实。这再一次体现出拉美作家以写作介入社会-政治生活、自授关怀现实之责的特色。作为墨西哥民主革命党议员的作家埃斯基韦

1 José Vasconcelos, *Antología del pensamiento político, social y económico de América Latina* (Madrid: Ediciones de Cultura Hispánica, 1989), 38.

尔通过这部小说让人们意识到，墨西哥古代文明拥有更多尚待发掘的价值，西方基督教文明是墨西哥现代文明中不容刻意拔高也不容完全抛弃的组成部分，墨西哥民族恢复信心和告别暴力，完全是可能的。被重塑的玛琳切蕴含了如此深厚的内容，虽则不再是罪人，却仍然承载了一种不能承受之重。

第二节 《幽灵之家》的智利民族叙事

智利作家伊莎贝尔·阿连德（Isabel Allende）一直被认为是拉美女性主义文学的重要代表人物，以她的首部长篇小说《幽灵之家》（*La casa de los espíritus*，1981）而一举成名。作者自己坦承说，1981年她在海外得知外祖父将不久于人世，于是打算给他写一封长信，记录“他的全部回忆、他的一生、他的时代、他在人世间留下的足迹”，讲述“他活着的时候对我讲过的故事”，[1]于是有了这本书。在阿连德写作此书时，包括作者的祖国智利在内的多个南美国家仍处在军人独裁政府的严厉管制之下，不同政见者要么如伊莎贝尔·阿连德那样流亡海外，要么被拷打、监禁或者“被失踪”，文艺创作的自由被压制，漂泊在外的作家和艺术家则多为生计发愁。

一、家史与国史

《幽灵之家》并不是简单的家史叙事，其中不单有作者的家

1 伊莎贝尔·阿连德：《幽灵之家》，刘习良、笋季英译，南京：译林出版社，2007年，第402页。

史，也有真实的智利共和国史。或许可以这么说：要了解智利国情，阅读《幽灵之家》这本小说胜过阅读任何一本历史教科书。如果我们联系全球化时代世界文学的图景来看，许多有关家族和民族叙事的重要作品，恰恰是作家在远离祖国、身居海外的环境中撰写出来的。出于各种原因的人口的移动是全球化时代的一大特征，许多移民保留了对本国的认同，并且往往加强了这种认同。民族主义的建构，无论是通过文学艺术还是通过社会运动乃至暴力抗争，已经大大超越了本国的疆界，换句话说，建构者的所在位置不一定局限在本国之内，他/她可以在世界的任何地方把自己的民族身份认同、自己的乡愁转化为行动。《幽灵之家》看似个人记忆，实是民族叙事，正因为此，它不仅深深打动了智利的读者，也打动了所有拥有流亡经历的拉美读者。

不仅如此，这部小说还被译成多种文字，成为英语世界的畅销书，还曾被改编成电影，汇集了斯特里普、班德拉斯等一众国际巨星。“穿裙子的加西亚·马尔克斯”，这是印在《幽灵之家》意大利文版封面上的赞美之词。这一评价将这部小说与拉美文学“爆炸”的伟大传统联系了起来，把伊莎贝尔·阿连德抬到与拉美文学巨匠平齐的高度，好比《幽灵之家》就是《百年孤独》（*Cien años de soledad*）的女性主义翻版。果真如此吗？

这两部小说确实有很明显的相似之处：故事都是围绕一个家族的百年兴衰史展开，最后又回到原点；都有对种种超自然现象的描述，死去的人与活着的人交流沟通，故事主线却是与大历史紧密联系的。还有一点有趣的是，两位作者都是在流亡海外的状态中遥想故乡，分别写出这两部魔幻现实主义文学的典范的。

细读之后，终究能看出两部小说的不同之处。加西亚·马尔克斯在《百年孤独》中虚构的那个马孔多，笼罩在现实和魔幻的光影间，可以看作是哥伦比亚的缩影，也可看作是拉丁美洲的缩影乃至世界的缩影。《幽灵之家》的故事所发生的那个国度，虽则未有明确的名字，从种种描述来看，毋庸置疑便是智利。同是写一个家族的故事，《百年孤独》中的那个家族为孤独症的魔咒所控，家庭成员之间缺乏亲情，各自冷漠地面对自己的命运，而《幽灵之家》的笔调是温情的，家族里夫妻之间、姐弟之间、母女之间、祖孙之间乃至叔侄之间和姑媳之间都充满亲情，这种亲情甚至会演化为受压抑的激情、不伦之情，尽管命运多舛而冲突不断，他们始终是满含着爱去奋斗、抗争和品味幸福的。这一点，或许尤能打动心灵细腻的读者，也为女性主义文学研究提供了引证的范例。

充溢于小说人物之间的爱，生发于作者对家国的无尽思念。在2003年出版的一本自传式作品中，伊莎贝尔提到，她曾被人问起，“乡愁”在她的小说作品中起着什么样的作用。直到那时她才意识到，“写作对我来说就是不间断的怀旧”。她承认：“思念过去是我的恶习。这是一种忧伤的情感，有点做作，就像‘温柔’那样；要触及这个话题，几乎不可能不堕入感伤主义的陷阱中，不过我还是要尝试。”[1]在《幽灵之家》中，很难一眼就找到感伤主义的痕迹，叙事是轻快流畅的，甚至还带一点诙谐。按照作者在一次访谈中的交代，《幽灵之家》的故事真的就是她对家族史的回

1 Isabel Allende, *Mi país inventado* (Barcelona: Plaza Janés, 2003), 3.

忆：开头出现的碧发美女罗莎，就是作者的姨姥姥，她的外祖父的第一个未婚妻，如小说所述，死于一次蹊跷难解的政治谋杀案。家族的灵魂人物克拉腊，就是作者的外祖母。克拉腊的丈夫、脾气暴躁的保守党参议员特鲁埃瓦，就是作者的外祖父，“他这个人挺特别，是个守旧的老家长。很自私，动不动就发脾气，可有时候又好得不得了，我非常爱他”。[1]依此推断，特鲁埃瓦疼爱至极的外孙女阿尔芭，就是作者本人吗？的确，看到后面读者自会察觉，那个依着克拉腊的老旧记事本将故事从头娓娓道来的叙事者，就是家族继承人阿尔芭。小说的最后一段写道：“克拉腊写下这些笔记，使我今天能从中挖出对往昔的回忆，而且借此回想起我个人的劫后余生。”[2]伊莎贝尔借阿尔芭道出了自己的心声。对于作者自己来说，这本书产生于激情，产生于希望恢复失去的一切。她要借这本书的写作重建正在消逝的世界——过去的世界，回忆的世界，家族的世界，也是她已抛在身后，但又唯恐失去的世界。

家族的世界，也是祖国的世界。伊莎贝尔的家族不是凡辈。她的伯父便是萨尔瓦多·阿连德（Salvador Allende）总统。正是阿连德总统主导的具有社会主义倾向的改革威胁了国内寡头阶层和外国大资本家的利益。1973年9月11日，在美国中央情报局的秘密支持下，智利军队发动政变，轰炸并包围了总统府，阿连德总统以身殉职，智利从此进入军人独裁统治时代，大批前政权的支持者遭受厄运，伊莎贝尔被迫流亡他乡。

对于流亡中的女作家来说，家与国是统一的，都是她的根，

1 伊莎贝尔·阿连德：《幽灵之家》，刘习良、笋季英译，南京：译林出版社，2007年，第402页。
2 同上，第398页。

都正遭受着侮辱和损害；家与国的真实记忆，都有被忘却的危险。不合法的政权正着手篡改历史记忆，作家则试图用魔幻化了的家族记忆拯救祖国的历史记忆。看过《百年孤独》，再来看《幽灵之家》，那些魔幻因素似乎并不是那么有吸引力，活人与鬼魂相通、梦的预言、目光移物等桥段仿佛只是吸引拉美文学爱好者的噱头而已。如果我们看看作者后来发表的回忆录，或许能读出更多的意味来。作者曾写道："那时候，好奇和大胆都是被明令禁止的。"[1]独裁军人是无聊乏味的，他们只关心维持统治秩序，不接受超出常理的东西。奇幻的想象和自由的思想都会被他们枪毙。由此，用文字编织魔幻就是对他们的反抗。

二、有血有肉的征服者

自由地塑造智利人民的集体记忆、以个人的方式讴歌智利的大山大海以及这块土地上的男人们和女人们，这更是对野蛮统治者的反抗。我们可以注意到，作家对智利民族国家诞生历史的叙述，既非刻意美化，也非强烈批判，而是始终带着一种回顾自家历史时所保有的温情。尽管征服意味着暴力，意味着强迫与专制，但施暴之人毕竟是自己血缘上的祖先。作家没有刻意隐瞒先祖的暴力行为与贪婪动机，而通过文学的想象，这种动机被解释为是出于男女之爱。

特鲁埃瓦的创业史可以看作是智利的创世记：靠着继承下来的显赫姓氏和破落家产，以及自己的才智、勇气和勤奋，特鲁埃

1 Isabel Allende, *Mi país inventado* (Barcelona: Plaza Janés, 2003), 4.

瓦成为一名成功的庄园主，将他的领地打造成全国闻名的“模范庄园”。他的野心是通过第一人称叙述的：

> 我琢磨，如果一开始我就有钱，那我可以去打扑克，赌赛马；可我没钱，只好考虑干点儿什么营生，不怕担风险，能捞到一笔钱就行。开采金矿、银矿是冒险家的梦想：他们要么陷于贫困，死于结核病；要么变成有财有势的人。问题全在运气如何。多亏母亲的姓氏颇为显赫，我从银行得到一笔保证金，租下北方一座矿山。我打定主意，哪怕用双手把山榨干，用两脚把石头踩碎，也要把山上的金子挖得干干净净，直到最后一克。为了罗莎，我要这么干，再难也不在话下。[1]

从这段文字来看，一开始叙述者表现出一种赌徒的心态，这种心态与来到美洲的欧洲征服者或是前往加利福尼亚的美国淘金者的心态是类似的，为了发财暴富，不择手段，不惜拼尽全力。这种心态与社会历史学家们所熟知的资本主义原始积累时期的殖民动机正相契合：不断发现新的处女地，将一切可以开发的资源劫掠一空。对于这些冒险家来说，美洲的土地并不意味着古老文明或是雄奇景色，而仅仅是资源的所在地而已。他们的眼里所见只有利益。这种目光甚至表现在他们的审美观念中。智利北方的独一无二的壮丽景色，在特鲁埃瓦眼里全部变成了有待开发利用的

1 伊莎贝尔·阿连德：《幽灵之家》，刘习良、笋季英译，南京：译林出版社，2007年，第22页。

可能："在北方，他在坑洞里度过两年的时光。那里的大自然还处在蛮荒状态。笼罩着阴森森的气氛。这种恐怖美，他却看也看不够。荒漠中露出地面的矿石五颜六色，有的蓝晶晶，有的紫微微，有的黄灿灿，让他十分着迷。"[1]

然而，在之前一段文字的最后，忽然笔锋一转：如此辛勤打拼的动机，只是为了博得一个女子的芳心。于是，传统的殖民批判的话语被消解了，特鲁埃瓦摆脱了背负殖民原罪之人的既定形象，成为一个有血有肉、有感情的先祖形象。

不过，征服者的爱情的专一并不意味着他的性爱生活的专一。他的旺盛精力在用于开垦蛮荒之余，还发泄在任何一个被他掳到马上、扑倒在田地中的印第安农妇的身上。特鲁埃瓦对潘恰·加西亚的强暴，进行得似乎理所当然，毫无阻碍与抵抗："特鲁埃瓦没有脱衣服。粗野地不顾一切地向姑娘扑去，事先没有任何抚爱，暴力也没派上用场。看到鲜血斑斑点点地溅到衣服上，埃斯特万猛然想起潘恰还是个处女，然而已经晚了。潘恰地位低贱，特鲁埃瓦欲火正旺，不可能顾及那么多。潘恰·加西亚没有进行自卫，没有抱怨，也没有闭上眼睛。只是躺在地上，用惊恐的目光仰望着苍天，直到觉出特鲁埃瓦已经平躺在她身边。"[2]

这是特鲁埃瓦建立自己庄园的第一步。征服表现为一场强暴行动。这场强暴毫无感情，只是单纯的动物性欲望的发泄，但也在某种程度上标志着权力地位的确立，一种似乎不容置疑的等级体系已经预设在这场强暴中了：白人理所当然地是发号施令者，

1 伊莎贝尔·阿连德：《幽灵之家》，刘习良、笋季英译，南京：译林出版社，2007年，第44页。
2 同上，第54页。

可以任意摆布手下之人，为所欲为，而印第安人则平静地服从，接受被凌辱的命运。特鲁埃瓦在发泄完性欲之后，即开始建设庄园。他为自己将那么多贫困的、无所事事的印第安农民纳入自己庄园的生产体系中来而自豪不已，仿佛自己是战胜了野蛮的文明的化身。这种创业—征服—殖民的历史，便也是拉丁美洲在缔造现代民族国家形态之前所经历的历史。

三、思乡之痛

在小说中，祖国的土地成为作者乡愁的载体。智利与其他拉美国家相比所表现出的特殊性，频频出现在小说的描述中。作者不遗余力地赞美自己的祖国："在地球上这个被人遗忘的国度里，汇集着大自然创造的各种美景，有高山峻岭，有汪洋大海，有平坦的谷地，有峻峭的山峰，有清澈的流水，还有温驯的动物。"[1]按照传统欧美中心论的视角，夹在安第斯山和太平洋之间的智利是真正的"天涯海角"，是世界西端角落里的小国，仿佛一片世外桃源。当特鲁埃瓦把从收音机里听来的欧洲大战的消息告诉村民时，他们完全不知道他在说什么。小说也颇带自豪地借人物之口肯定，智利一直是拉美民主政治的典范，政局的变动从来都是通过投票选举而非恶性循环的流血革命来实现。这个神话最终为1973年的血腥军事政变所打破。

作者还在小说中表达了对母语的情感。在故事中，克拉腊用西班牙语和世界语与冥间相通，"阴间人感兴趣的只是这两种

1 伊莎贝尔·阿连德：《幽灵之家》，刘习良、笋季英译，南京：译林出版社，2007年，第167页。

语言，而不是英语。……她给先后几任教育部长也写过信，阐明她的理论，即在学校里不要教英语、法语这类水手、小商人和高利贷者的语言”。[1]语言是民族身份认同的关键因素，而民族认同维系的不仅是活着的同胞，更有死去的同胞。以西班牙语与阴间之人相沟通，正是民族主义的隐晦表达。另一方面，作者也借机对英语进行了某种程度上的讽刺。联想一下作者写作时所处的环境：远离西班牙语的氛围，被英语所包围，可以见出作者的乡愁中也包含了对母语的怀念。这种怀念体现在虚构想象中，也体现在对移入国语言的抗拒中。

小说的叙事者阿尔芭一家在1973年政变前后的遭遇，浓缩了那个年代几乎所有智利公民经历的悲剧：同一家人因政见不同而反目，拥护阿连德总统的人遭受了最残酷的刑罚，反对阿连德总统的人也因失去亲人和原有的政治自由而堕入沉默抑郁之中。在描述这起共和国史上最惨痛的悲剧时，伊莎贝尔·阿连德当是触及了记忆中最沉痛的那部分的。她将它写下来，作为自己提供给历史记忆的个人证明，也作为排遣思乡之痛的一种方式。今天的智利早已告别独裁、恢复了民主制度，然而历史的伤疤还没有完全愈合，在不时爆发的社会冲突中，还能看到独裁统治给国家生活留下的阴影。在《幽灵之家》的最后，劫后余生的阿尔芭仿佛已经预见到了美好的未来，也想到了克服冤冤相报、终结恶性循环的药方，那就是爱，以及对美好生活的希望。

---

1 伊莎贝尔·阿连德：《幽灵之家》，刘习良、笋季英译，南京：译林出版社，2007年，第244页。

第三节 《火的记忆》与拉丁美洲民族记忆

1977年，乌拉圭军人独裁政权决定为该国民族英雄何塞·阿尔蒂加斯立碑，以资纪念。为了让纪念碑好看一点，军政府试图找一些英雄的名句铭刻其上，却发现句句都充满危险，如“权力来自人民，也止于人民”，“最不幸的人应当成为享有最多特权的人”。最后，他们只好让英雄沉默不语。在落成后的墓碑的黑色大理石墙面上，除了日期和名字，什么都没有。

这是乌拉圭作家加莱亚诺（Eduardo Galeano）在他的《镜子：照出你看不见的世界史》（*Espejos, una historia casi universal*，2008）一书中讲述的一个小故事。独裁政权专事于抹杀记忆、否定过去，为的是维持暴政及其一整套不公正秩序。反抗强权、保有良知的作家则力图拯救记忆。“人与政权的斗争，就是记忆与遗忘的斗争。”[1]米兰·昆德拉在他的《笑忘录》一书中如是说。与昆德拉以及伊莎贝尔·阿连德一样，1970年代初，加莱亚诺也遭遇了被迫流亡的命运，从他的让民族英雄阿尔蒂加斯也噤声不语的祖国出逃，辗转来到大洋彼岸的西班牙，过着穷困而不安的生活，却幸而还能继续用西班牙语写作。在这个旧的殖民地宗主国的图书馆里，他开始潜心创作一部回溯美洲千年历史的巨著。在此之前，他出版过被誉为“纪实版的《百年孤独》”的《拉丁美洲被切开的血管》（*Las venas abiertas de América Latina*，1971）一书。此书

1 米兰·昆德拉：《笑忘录》，王东亮译，上海：上海译文出版社，2004年，第5页。

揭露了拉美大陆长期遭受不公正的国际经济秩序和本地暴政的压迫的事实，被拉美各国军人独裁政府列入禁书清单，这反而使该书名声大噪，成为加莱亚诺最有力的代表作。而他在流亡西班牙期间写成的《火的记忆》，则成为他的创作生涯的又一个高峰。

一、作家的身份认同

对拉丁美洲的精神文化财富，加莱亚诺总是信手拈来，仿佛这一切都是他从小听来的故事，是传承多年的家族遗产。事实上加莱亚诺并没有在印第安人部落中成长的经历，他不仅是在大城市中长大，还拥有百分百的欧洲血统。

1940年，加莱亚诺出生在乌拉圭首都蒙得维的亚，拉丁美洲欧化程度最高的城市之一。事实上，在乌拉圭和其邻国阿根廷，90%以上的人口都是白种人，是欧洲移民的后代。在文化习俗乃至心理认同上，他们大多数更倾向于欧洲而非拉丁美洲。这两个国家也不像其他拉美国家那样保留了原住民文化的遗迹。西班牙征服者初抵这两个国家所在的拉普拉塔河流域时，遇见的并不是像在秘鲁和墨西哥见到的人口众多、具有权力架构和一定文明基础的帝国，而是以部落群居方式生活的数量稀少的印第安人。而在阿根廷和乌拉圭脱离西班牙殖民统治建国之初，两国政府都实行了残酷的人口灭绝政策，派遣军队深入大陆腹地剿杀原住民，以腾出空间来发展出口导向型的农牧业和引进“高素质”欧洲移民。加莱亚诺在书写历史记忆时，并没有对本国的这段阴暗历史进行美化矫饰，而是站在受害者的立场上谴责当年执政者犯下的暴行。

探究一个乌拉圭作家如何跨出了本国本民族的界限，获得与整个拉丁美洲的认同，是一个很有意思的课题。加莱亚诺写作立场的形成不仅与他身为记者、走访拉美各地的个人经历有关，还与他成长为作家的那个年代有关。1960年代拉丁美洲各领域发生的大事不应分别孤立地看，它们彼此之间是紧密联系着的。拉美国家在脱离西班牙殖民统治并独立后，又陷入新殖民主义的苦难中，沦为欧美工业强国的原材料供应地和商品倾销市场，本国的当政者往往对内专制，对外屈服，不顾本国穷苦人民的生活，专注于向外国大公司输送利益。共同的命运促发知识精英们相似的思考。古巴革命的高潮将当时拉美各国的青年作家团结在一起。他们纷纷来到古巴岛上观摩革命经验，思考伤痕累累的拉美大陆的前途，探究如何建造一个可能的新世界。革命的热情与想象力一同迸发，拉美文学以集体"爆炸"的方式震撼了世界文坛，涌现出以书写拉美大陆命运的《百年孤独》为代表的一大批杰作。作家们与革命家们怀有共同的理想：将拉丁美洲联结为一个整体，摆脱被帝国主义剥削的命运，实现解放者玻利瓦尔的统一梦想。加莱亚诺正是在这样的氛围中写出了名作《拉丁美洲被切开的血管》。

在新自由主义开始被拉美国家广为接受的年代，共同的反对新自由主义、反对全球化的斗争将拉美左翼作家进一步凝聚在一起，使他们再次认识到共同的拉美身份。正如前文已指出的，拉美知识分子认识到，打着"全球化"旗号的新自由主义事实上是翻新了的新殖民主义。因此，对拉丁美洲共同的被殖民历史的重提或者说重新塑造，特别是对拉美人民反抗殖民侵略历史的浓墨重彩的书写，成为以加莱亚诺为代表的拉美左翼作家的重要承诺。

二、美洲的历史记忆

在《火的记忆》（*Memoria del fuego*，1984—1988）这套三部曲巨著的自序中，加莱亚诺对历史哲学做了一番简短的思考，深刻而不乏幽默。他说："我在做学生时，历史学得很糟糕。历史课不过是参观蜡像馆或陵园而已。过去是静止的、空洞的、沉默的。"在他看来，这是所谓的"官方历史"，灌输这些受到歪曲的、遭到背叛的过去为的是让今人屈服，今人只有被动地接受这些既成的过去。而他在《火的记忆》中要做的，则是尝试"把气息、自由和词语还给历史"。因为"几百年来，拉丁美洲不仅被掠夺了金、银、硝石、橡胶、铜和石油，它的记忆也不幸被霸占了"。他明言："作为作家，我想为拯救整个美洲被劫持的记忆出一份力，特别是拉丁美洲这块被歧视的亲爱的土地：我想和她交谈，分享她的秘密，问问她，她诞生于怎样的丰富的泥土，又来自怎样的爱欲与强暴之行。"[1]

正是怀着这样一种带有主观感情色彩而不失冷静的态度，作者投身于美洲千年历史的重塑之中，描画那些或被遗忘、或被蒙蔽、或被抹黑的真实的人物，串起一个个意味深长的小故事。所有胸怀塑造美洲历史的雄心的人，首先都必须面对时间维度和空间层面的定义问题：美洲的起源该从哪个时代算起？美洲究竟囊括了哪些地方？

美洲的概念并非一句话就能说清楚的。它的名字（América）来源于"发现"它的意大利航海家的名字，因而也永远摆脱不了

1 Eduardo Galeano, *Memoria del fuego (I)* (Ciudad de la Habana: Casa de las Américas, 1988), 9–10.

殖民地的意味：美洲的意义是欧洲人赋予的；在欧洲人到来之前，它并不存在；拜欧洲的探险所赐，它才得以诞生。经过美洲去殖民化的漫长进程，随着考古学的历次发现和美洲先民历史研究的不断深入，今天的我们知道，美洲由欧洲创造的观点是错误的，在西方殖民者到来之前，美洲大陆上不但已经有人类居住，而且还存在着高度发达的文明。与西方人创世的宗教故事、中国人开天辟地的远古神话类似，美洲先民也拥有关于世界起源的神话传说，以及与之密切相关的一整套关于宇宙、自然和人的哲学思想体系。这些文化遗产曾遭受过欧洲殖民者的野蛮毁坏，却幸运地流传下来，成为后人借以重塑身份的重要财富。

《火的记忆》这部史诗的开端，就是美洲诸土著文明关于创世、关于世界之初的传说：太阳和月亮的故事、银河的诞生、大洪水、玉米造人……由此可见，美洲的土地上，关于世界起源的人类想象是丰富多彩、生气勃勃的，如彩虹般绚烂夺目，而非否定历史的人所认为的那样：在欧洲人到来之前，笼罩着这块土地的是黑暗和蒙昧。

美洲绝不是单一的、贫乏的。América绝不仅仅是美国的代称。人们通常把美洲看成两个对立的世界：富裕发达的北美相对于贫穷落后的南美；或是信奉新教、实用主义的英语美洲相对于笃信天主教、享乐至上的拉丁语系美洲。事实上，美洲还有好多容易被忽略的角落：讲英语的加勒比海诸岛国、狭小而不安宁的中美洲诸国、坚持讲法语的加拿大魁北克地区……美洲诸国之间若想取得一致的认同，是困难重重的。美国推动的自由贸易一体化计划难以得到拉丁美洲的热烈响应，拉美各国之间也矛盾重重，难以圆玻利瓦尔的西语美洲统一之梦。不可否认的是，拉美各国的知识分子多怀有强烈的拉美认同感，其民族主义理想往往超越了本国的界限。而《火的记忆》更是把北美和加勒比海都纳入宏大的美洲史诗中，这种努力在一开始就得到了体现：在美洲神话单元，温哥华岛（今属加拿大）印第安人关于潮汐的传说之后，紧接着的就是安第斯山（今属南美诸国）印第安人关于大洪水的神话，然后又是瓦哈卡谷地（今属墨西哥）印第安人关于乌龟的故事。它们共同构成美洲的“最初的声音”。

神话之后，殖民征服开始了。此后的千百个小故事以时间为序，涵盖了自1492至1984年的美洲历史。每一个小故事都在开头标明时间——故事发生的年份，以及地点——故事发生的城市，在末尾附上可查该段历史源出何处的尾注，形成一段完整的叙事。这些故事看似各自独立，却是内在地相互呼应的。一如《拉丁美洲被切开的血管》充满了对掠夺和不公的控诉，《火的记忆》所讲述的美洲史也是充满血泪的，既非田园牧歌的创世神话，也非慷慨激昂的胜利颂歌：充斥五个世纪“新世界”历史的，是征服、压迫、侮辱，以及反抗、斗争、觉醒。它们构成了这部史诗巨著的主题。

出现在这幅历史长轴中的人物，既有广为人知的帝王将相，也有无数无名的底层民众，特别是那些长期被遗忘的人们：在16世纪中叶的巴拉圭，在征服战争中被西班牙人虏获的受尽折磨和凌辱的印第安妇女。她们为西班牙军人做饭、织衣，她们被扒光衣服充当西班牙人牌戏的赌注，她们被迫为他们的性欲提供发泄的渠道。她们也是危险的女人：她们中有人或上吊或吃土自尽，有人拒绝给新生下来的混血孽种喂奶，有人在枕边对征服者痛下杀手……在19世纪的太平洋战争中，智利军队攻入秘鲁都城利马，高唱凯歌的士兵中竟有中国人的身影：原来他们是被奴隶贩子从中国广东沿海一带骗来的穷苦农民，抵达美洲海岸后就如牲口一样被贩卖，沦为秘鲁大庄园里的农奴，受尽艰辛。战争爆发时，他们纷纷加入秘鲁的敌人的队伍，狠狠报复那些曾经压迫自己的人。

三、不是史诗的史诗

尽管加莱亚诺在西语世界拥有颇高的知名度，他的名字却鲜在拉美文学史教科书上被提及，主要原因还在于他的作品难以定性，使得谨慎的文学研究者不敢犯原则性的错误。它们算是文学还是历史？它们是小说，还是诗歌，还是报告文学？事实上，作者创作的初衷，即在于突破体裁的、形式的限制，让文本在后现代式的含混中得到解读，获得相对的、多元的意义。也是在《火的记忆》的自序中，作者坦言："我并不知道，这众声之中的声音该属于哪种文学体裁……我并不相信那些文学的海关检查员设定的用来区分体裁的疆界。"[1]

因此，《火的记忆》并非严格意义上的史诗，它没有齐整的诗节，更没有韵脚。但不可否认的是，这部以叙事形式为主的作品是处处体现着诗的意味的。这种诗的意味，在于言有尽而意无穷，在于以反讽、戏谑的方式描画历史真实。

如讲述1847年美墨战争的尾声，美国侵略军攻入墨西哥城：

---

1 Eduardo Galeano, *Memoria del fuego (I)* (Ciudad de la Habana: Casa de las Américas, 1988), 10.

"征服者们挺进首都。墨西哥城：八个工程师，两千个教士，两千五百个律师，两万个乞丐。"[1]极为简洁的一组数据，不仅概括了墨西哥的贫穷落后，也暗示了墨西哥战败的深层原因：宗教机构和官僚系统的臃肿，以及科技文化的严重滞后。至于更多的深意，读者完全可以掩卷细思，作家点到即止。

再如另一个于1980年发生在作者的故乡蒙得维的亚的故事：乌拉圭独裁政府破例发起一次全民公投，结果无人响应，仿佛乌拉圭民众都已在多年的独裁中养成了沉默的习惯。然而独裁政府还是假惺惺地摆出一副征求民众意见的姿态，"正如一个厨师要让他刀下的母鸡开口说话，告诉他想在进入食客口中时拌上什么酱料"。[2]事件是真实的，当事人也是真实的，而这个比喻则出自作家的妙想，辛辣地揭露了事实的本质。

或许，只有当一个人远离故土的时候，他才获得了能看清故土的最佳时机。这是许许多多流亡作家的共同体验。加莱亚诺是隔着大西洋塑造美洲的历史记忆的。然而，在创作的天地里，他并不有意将自己与他深爱的土地隔开，看似冷静的叙事，蕴含着的却是真挚的感情。"现在，我比以往任何时候都更为自己生在美洲而骄傲，这块狗屎一样的地方，这块充满奇迹的地方……"[3]作者在书的末尾致编辑的信中这样写道。无论美洲是如何的多灾多难、暴力横行，也无论它是如何的美轮美奂、丰饶富足，它已经成为作者生命的一部分，被赋予了超越所有狭隘民族主义的大

1 Eduardo Galeano, *Memoria del fuego (II)* (México D.F.: Siglo XXI, 1984), 196.

2 同上，311。

3 同上，337。

爱。《火的记忆》便是这爱的明证。

综上所述，在对待殖民遗产时，拉美作家表现出各不相同的视角。19世纪的那种将西班牙文化与印第安文化遗产统统视为落后与野蛮、作为文明进步的对立面的思维模式已被抛弃，殖民与融合的历史在新的全球化的语境下被重新审视，既有人坚持将殖民历史描绘为暴力掠夺、民族受难的历史，也有人尝试跳出殖民者-印第安人二元对立的窠臼，以自由想象的方式为自己的祖先保留尊严——无论他们干了什么，犯下如何残暴的罪行，他们仍然是民族血脉的重要源头之一。不管这些作家的创作在何种程度上引起批判和争议，他们再现历史的努力使得本国乃至整个拉丁美洲的读者们更进一步地了解了本国、本大陆的历史，从而不至于在新自由主义全球化的风潮中忘却自我身份。拉丁美洲的思想者们都认识到，只有了解本国本地区的各个组成部分，真正懂得本国本地区的人民需要什么，才能提出符合自己秉性的发展道路，否则，一味照搬发达国家模式，被动地居于全球体系内，只能重复过去的依附性命运。而要建设未来，必先了解过去。欲拥有一个和谐的未来，必先与自己的矛盾重重的历史达成和解。拉丁美洲与中国走过相似的道路。同为第三世界地区，在全球化的今天如何对待历史遗产，拉丁美洲为我们提供了可资参鉴的经验。

参考文献

Ackermann, Irmgard. "Deutsche ver-fremdet gesehen. Die Darstellung des 'Anderen' in der 'Ausländerliteratur'." *Schreiben zwischen den Kulturen*. Ed. Paul Michael Lützeler. Frankfurt a. M.: Fischer, 1996. 211–221.

Adler, Laure. *Marguerite Duras*. Paris: Gallimard, 1998.

Айтматов Ч. Цена жизнь, Литературная газета, 13 августа 1986.

Айтматов Чингиз, Дайсаку Икэда (Дайсаку Икэда), Ода величию духа, Москва: Издательская группа Прогресс, 1994.

Al-Hibri, Azizah. "Islam, Law and Custom: Redefining Muslim Women's Rights." *American University International Law Review* Vol. 12, No. 1 (1997):1–44.

Alaimo, Stacy. *Bodily Natures: Science, Environment and the Material Self*. Bloomington: Indiana University Press, 2010.

Allende, Isabel. *Mi país inventado*. Barcelona: Plaza Janés, 2003.

Anderson, Benedict. *Imagined Communities: Reflections on the Origin and Spread of Nationalism*. London: Bay Press, 1991.

Andrić, Ana. *"Migrationsliteratur" in Österreich. Eine literatursoziologische Betrachtung der "Migrationsliteratur"*. Österreich. Dipl. – Arb. Universität Wien 2012.

Annesley, James. *Fictions of Globalization*. London: Continuum, 2006.

Appadurai, Arjun. *Modernity at Large: Cultural Dimension of Globalization*. London: Minneapolis, 1996.

Arens, Hiltrud. *"Kulturelle Hybridität" in der deutschen Minoritätenliteratur der achtziger Jahre*.Tübingen: Stauffenburg, 2000.

Armel, Aliette. *Marguerite Duras, Les Trois lieux de l'écrit*. Paris: Christian Pirot, 1998.

Arnold, Heinz-Ludwig, ed. *Literatur und Migration. Text+Kritik Sonderband IX/2006*. München: edition text+kritik, 2006.

Ashcroft, Bill. "Against the Tide of Time: Peter Carey's Interpolation into History." *Writing the Nation: Self and Country in the Post-Colonial Imagination*. Ed. John C. Hawley. Amsterdam: Rodopi, 1996. 194–213.

Ashcroft, Bill, Gareth Griffiths and Helen Tiffin. *Key Concepts in Post-Colonial Studies*. London: Routledge, 1998.

—. *The Empire Writes Back: Theory and Practice in Post-Colonial Literatures*. London: Routledge, 2002.

Астафьев В. Человек к концу века стал еще более одиноким, Литературная газета, 2.июля.1997.

Attridge, Derek. *The Singularity of Literature*. London: Routledge, 2004.

—. *The Work of Literature*. London: Oxford University Press, 2015.

Atwood, Margaret. "Canadian Monsters: Some Aspects of the Supernatural in Canadian Fiction." *The Canadian Imagination: Dimensions of a Literary Culture*. Ed. David Staines. Cambridge: Harvard University Press, 1977. 97–122.

Backus, Guy. *Iris Murdoch: The Novelist as Philosopher / The Philosopher as Novelist-The Unicorn as a Philosophical Novel*. New York: Peter Lang, 1986.

Baker, Houston A. "In Dubious Battle." *New Literary History* Vol. 18, No. 2 (Winter 1987): 363–369.

Barry, John. *Environment and Social Theory*. London: Routledge, 1999.

Barthes, Roland. «Alors, la Chine», *Le Monde*. 24 mai 1974.

Bate, Jonathan. "Poetry and Biodiversity." *Writing the Environment:*

Ecocriticism and Literature. Ed. Richard Kerridge and Neil Sammells. London: Zed Books, 1998. 53–70.

Beauchamp, Tom L. and R. G. Frey, eds. *The Oxford Handbook of Animal Ethics*. Oxford: Oxford University Press, 2011.

Beauvoir, Simone de. *La Longue marche: essai sur la Chine*. Paris: Gallimard, 1957.

— .«Voici la Chine telle que je l'ai vue», interviewé par Pierre Descargues, *Tribune de Lausanne*, 17 Mars 1957.

Beeler, Karin. "Re-Creating Cassandra and Anna Karenina: Unheard Voices in *Wolf's Cassandra* and van Herk's *Places Far From Ellesmere*." *Critique* Vol. 36, No. 4 (1995): 227–236.

Bell, S. "Eco-Feminists Run 'Peace Camp' at Clayoquot Sound." *Vancouver Sun* 19 Aug. 1993: B1.

Bemrose, John. "Elephantine Fantasies: Barbara Gowdy Triumphs with a Pachyderm Saga." *Maclean's* 14 Sept. 1998: 56–57.

Bennett, Bruce and Jennifer Strauss. *The Oxford Literary History of Australia*. Melbourne: Oxford University Press, 1998.

Бердяев Н.А. Истоки и смысл русского коммунизма. М.: Наука, 1990.

Большая российская энциклопедия, издательство Рандеву-Ам, 2000.

Bergonzi, Bernard. *The Situation of the Novel*. London: Macmillan, 1970.

Berry, Wendell. *A Place on Earth.* Berkeley: Counterpoint, 2001.

—. *Remembering.* Berkeley: Counterpoint, 2008.

—. *The Long-legged House.* Washington. D.C.: Shoemaker and Hoard, 2004.

—. *The Unsettling of America: Culture and Agriculture.* San Francisco: Sierra Club Books, 1977.

Bhabha, Homi K. "Culture's In-Between." *Questions of Cultural Identity.* Ed. Stuart Hall and Paul Du Gay. London et la.: SAGE, 1996. 53–60.

—. "Dissemination: Time, Narrative, and the Margins of the Modern Nation." *Nation and Narration*. Ed. Homi K. Bhabha. London: Routledge, 1990. 291–322.

—. *The Location of Culture*. London: Routledge, 2004.

Biendarra, Anke S. *Germans Going Global. Contemporary Literature and Cultural Globalization.* Berlin: Walter de Gruyter, 2012.

Biondi, Franco and Rafik Schami. "Literatur der Betroffenheit. Bemerkungen zur Gastarbeiterliteratur." *Zuhause in der Fremde. Ein bundesdeutsches Ausländer-Lesebuch.* Ed. Christian Schaffernicht. Fischerhude: Atelier im Bauernhaus, 1981. S. 94–106.

Blamires, Harry. *Twentieth-Century English Literature*. London: Macmillan Press, 1982.

Bloom, Lisa. *Gender on Ice*. Minneapolis: University of Minnesota Press, 1993.

Blumenberg, Hans. *The Genesis of the Copernican World.* London: The MIT Press, 1987.

Bouhassoune, Farida. "La littérature marocaine féminine de langue française: la quête de nouvelles valeurs." *Letterature di Frontiera* (X 2000): 47–53.

Bove, Cheryl K. *Understanding Iris Murdoch*. Carolina: University of South Carolina Press, 1993.

Bradshaw, G. A. *Elephants on the Edge: What Animals Teach Us about Humanity*. New Haven: Yale University Press, 2009.

—. "Not by Bread Alone: Symbolic Loss, Trauma, and Recovery in Elephant Communities." *Society & Animals* Vol. 12 No. 2 (2004): 143–158.

Bradshaw, G. A., Allan Schore, Janine Brown, Joyce Poole, and Cynthia J. Moss. "Elephant Breakdown." *Nature.* Macmillan: Nature Publishing Group, 2005.

Braidotti, R. "Feminist Epistemology after Postmodernism: Critiquing

Science, Technology and Globalization." *Interdisciplinary Science Reviews* Vol. 32, No. 1 (2007): 65–74.

Bruneau, Michel. "Diasporas, Transnational Spaces and Communities." *Diaspora and Transnationalism: Concepts, Theories and Methods*. Ed. Rainer Bauböck and Thomas Faist. Amsterdam: Amsterdam University Press, 2010. 35–49.

Buell, Laurence. *The Environmental Imagination*. Cambridge, MA: Harvard University Press, 1996.

Byatt, A.S. *Possession: A Romance*. London: Vintage, 1991.

—. *On Histories and Stories: Selected Essays*. London: Chatto & Windus, 2000.

Carison, Licia. *The Faces of Intellectual Disability: Philosophical Reflections*. Bloomington: Indiana University Press, 2010.

Carrière, Jean-Claude. *Dictionnaire amoureux de l'Inde*, Paris: Plon, 2001.

Carter, Angela. *Nights at the Circus*. London: Chatto and Windus, 1984.

—. *The Sadeian Women: An Exercise in Cultural History*. London: Virago Press, 2000.

Caruth, C. *Unclaimed Experience: Trauma, Narrative, and History*. Baltimore: John Hopkins University Press, 1996.

Cater, David. "Critics, Writers, Intellectuals: Australian Literature and Its Criticism." *The Cambridge Companion to Australian Literature*. Ed. Elizabeth Webby. New York: Cambridge University Press, 2000. 258–293.

Chandra, Vikram. *Red Earth and Pouring Rain*. London: Faber and Faber, 1995.

Cheref, Abdelkader. *Gender and Identity in North Africa: Postcolonialism and Feminism in Maghrebi Women's Literature*. London: I. B. Tauris, 2010.

Cheung, King-Kok, ed. *An Interethnic Companion to Asian American Literature*. London: Cambridge University Press, 1997.

Chiellino, Carmine. *Am Ufer der Fremde. Literatur und Arbeitsmigration 1870–1991*. Stuttgart: Metzler, 1995.

Chin, Frank and Jeffrey Paul Chan. "Racist Love." *Seeing Through Shuck.* Ed. Fichard Kostelanetz. New York: Ballantine Books, 1972. 65–79.

Chinkin, Christine, Freya Baetens. *Sovereignty, Statehood and State Responsibility: Essays in Honour of James Crawford*. Cambridge: Cambridge University Press, 2015.

Clarke, George E. *Directions Home: Approaches to African-Canadian Literature.* Toronto: University of Toronto Press, 2012.

—. *Odysseys Home: Mapping African-Canadian Literature*. Toronto: University of Toronto Press, 2002.

Cohen, Robin. *Global Diaspora: An introduction*. London: UCL Press, 1997.

Colpitts, George. "Wildlife Promotions, Western Canada Boosterism, and the Conservation Movement, 1890–1914." *American Review of Canadian Studies* Vol. 28, No. 1–2 (Spring/Summer 1998): 103–130.

Connell, Liam and Nicky Marsh. *Literature and Globalization: A Reader*. London: Routledge, 2011.

Conradi, Peter.J. *Iris Murdoch: The Saint and the Artist*. Hampshire: Macmillan, 1986.

Cronon, William. "The Trouble with Wilderness: Or, Getting Back to the Wrong Nature." *Environmental History* Vol. 1, No. 1 (1996): 7–28.

Damrosch, David. *What Is World Literature*. Princeton: Princeton University Press, 2003.

Davies, Katherine. "What is Ecofeminism?" *Women and Environments* Vol. 10, No. 3 (Spring 1988): 4–6.

Dawson, Carrie. "Skinned: Taxidermy and Pedophilia in Alice Munro's 'Vandals'." *Canadian Literature* 184 (Spring 2005): 69–83.

Day, Aidan. *Angela Carter: The Rational Glass.* Manchester: Manchester University Press, 1998.

Deery, J. "Science for Feminists: Margaret Atwood's Body of Knowledge." *Twentieth Century Literature* Vol. 43, No. 4 (1997): 470–486.

Déjeux, Jean. *La littérature féminine de langue française au Maghreb*. Paris: Karthala, 1994.

Deleuze, Gilles and Félix Guattari. *Kafka. Für eine kleine Literatur.* Frankfurt a. M.: Suhrkamp, 2014.

DeMello, Margo. "Introduction." *Speaking for Animals: Animal Autobiographical Writing*. Ed. Margo DeMello. New York: Routledge, 2012.

Djebar, Assia. *Loin de Médine.* Paris: Albin Michel, 1991.

Donoso, José. *Historia personal del "boom"*. Santiago: Aguilar Chilena de Ediciones, 1998.

Drabble, Margaret. "Doris Lessing: Cassandra in a World under Siege." *Ramparts* Vol. 10. (February 1972): 45–53.

Дунаев М.М. Православие и русская литература VI, Москва: Христианская литература, 2000.

Duras, Marguerite. *Cahiers de la guerre: 1943–1949*. Paris: POL / IMEC, 2006.

—. «Ils n'ont pas trouvé de raisons de me le refuser», propos recueillis par Marianne Alphant, *Libération*, 13 novembre 1984.

—. *India Song*. Paris: Gallimard, 1973.

—. *L'Eden Cinéma*, Paris: Mercure de France, 1977.

—. *Les Parleuses, entretiens avec Xavière Gauthier.* Paris: Minuit, 1974.

During, Simon, ed. *The Cultural Studies Reader.* London: Routledge, 1999.

Eagleton, Terry. *The Event of Literature*. New Haven: Yale University Press, 2012.

Eilittä, Leena. "Schweizer Migrantenliteratur: Die Identität in der Fremde." *Jenseits von Frisch und Dürrenmatt: Raumgestaltung in der gegenwärtigen Deutschschweizer Liteartur.* Ed. Dariusz Komorowski. Würzburg: Köngshausen & Neumann, 2009. 167–174.

Ekman, Kerstin. *The Forest of Hours*. Trans. Anna Paterson. London: Chatto & Windus, 1998.

Engel, Mylan Jr. and Kathie Jenni. "Examined Lives: Teaching Human-Animal Studies in Philosophy." *Teaching the Animal: Human-Animal Studies across the Disciplines*. Ed. Margo DeMello. New York: Lantern Books, 2010.

Esquivel, Laura. *Malinche*. Madrid: Santillana Ediciones Generales, 2005.

Esselborn, Karl "Neue Zugänge zur inter/transkulturellen deutschsprachigen Literatur."*Von der nationalen zur internationalen Literatur.* Ed. Helmut Schmitz. Amsterdam: Rodopi, 2009. 43–58.

Eyquem, Catherine. "La foi et l'écriture."*Jeune Afrique*, n°1157, Mar. 1983.

Fanon, Frantz. *Black Skin, White Masks*. Trans. Charles Lam Markmann. New York: Grove Press, 1967.

—. *The Wretched of the Earth.* New York: Grove Press, 1968.

Figley, Charles. *Encyclopedia of Trauma: An Interdisciplinary Guide*. London: SAGE Publications, Inc., 2012.

Firchow, Peter, ed. *The Writer's Place: Interviews on the Literary Situation in Contemporary Britain.* Minneapolis: University of Minnesota Press, 1974.

Fisher, Dexter and Robert B. Stepto, eds. *Afro-American Literature: The Reconstruction of Instruction*. New York: The Modern Language Association, 1979.

Forsaas-Scott, Helena. "Telling Tales, Testing Boundaries: The Radicalism of Kerstin Ekman's Norrland." *Journal of Northern Studies* Vol. 8, No. 1 (2014): 67–89.

Forest, Philippe. *Histoire de Tel Quel, 1960–1982*. Paris: Seuil, 1995.

Franken, Christien. *A.S. Byatt: Art, Authorship, Creativity.* New York:

Palgrave, 2001.

Friedel, Angelika. *Der Literaturpreis "Schreiben zwischen den Kulturen". Ein Literaturprojekt zur Förderung des Dialogs zwischen und über Kulturen.* Dipl. –Arb. Universität Wien, 2003.

Frye, Northrop and Dolzani Michael. *Words with Power: Being a Second Study of the Bible and Literature*. Toronto: University of Toronto Press, 2008.

Fuentes, Carlos. *Los cinco soles de México*. Barcelona: Editorial Seix Barral, 2000.

—. *Nuevo tiempo mexicano.* México D.F.: Aguilar, 1994.

Fukuyama, Francis. *The End of History and the Last Man.* New York: Free Press, 2006.

Gaard, Greta. "Women, Water, Energy: An Ecofeminist Approach." *Organization and Environment* Vol. 14, No. 2 (June 2001): 157–172.

Gaard, Greta and Patrick D. Murphy, eds. *Ecofeminist Literary Criticism: Theory, Interpretation, Pedagogy*. Chicago: University of Illinois Press, 1998.

Гайденко В.П. Природа в религиозном мировосприятии, Вопросы философия, 1995.

Galeano, Eduardo. *Memoria del fuego (I)*. Ciudad de la Habana: Casa de las Américas, 1988.

—. *Memoria del fuego (II)*. México D.F.: Siglo XXI, 1984.

—. *Memoria del fuego (III)*. México D.F.: Siglo XXI, 1986.

Gates, Henry Louis. ed. "Preface to Blackness: Text and Pretext." *African American Literary Theory: A Reader.* Ed. Winston Napier. New York: New York University Press, 2000. 235–255.

—. *The Classic Slave Narratives*. New York: A Mentor Book, 1987.

—. "'What's Love Got to Do with It?' Critical Theory, Integrity, and the Black Idiom." *New Literary History* Vol. 18, No. 2 (Winter, 1987):

345–362.

Gates, Henry Louis and Abby Wolf, eds. *The Henry Louis Gates, Jr. Reader*. New York: Basic Civitas, 2012.

Gauvin, Lise. “Assia Djebar, territoires des langues: entretien.” *Littérature – L’Ecrivain et ses langues* Vol. 101, No. 1 (1996): 73–87.

Gelder, Ken and Paul Salzman. *The New Diversity: Australian Fiction, 1970–1988*. Melbourne: McPhee Gribble Publishers, 1989.

Жорж Нива (Женева). К вопросу о "новом почвенничестве": моральный и религиозный подтексты "Царя-рыбы" Виктора Астафьева <http://nivat.free.fr/livres/onetwo/12.htm>.

Gibson, Graeme. *Eleven Canadian Novelists*. Toronto: The House of Anansi Press, 1973.

Gilroy, Paul. *Against Race: Imagining Political Culture Beyond the Color Line*. Belknap Press, 2000.

—. *The Black Atlantic: Modernity and Double Consciousness*. Cambridge, Massachusetts: Harvard University Press, 1993.

Gindin, James. “Doris Lessing’s Intense Commitment.” *Doris Lessing*. Ed. Harold Bloom. New York: Chelsea House Publishers, 1986.

Glover, Jayne. “Human/Nature: Ecological Philosophy in Margaret Atwood’s *Oryx and Crake*.” *English Studies in Africa* Vol. 52, No. 2 (2009): 50–62.

Goldman, Marlene. “Earth-quaking the Kingdom of the Male Virgin: A Deleuzian Analysis of Aritha van Herk’s *No Fixed Address* and *Places Far From Ellesmere*.” *Canadian Literature* 137 (Summer 1993): 21–38.

—. “Penning in the Bodies: The Construction of Gendered Subjects in Alice Munro’s *Boys and Girls*.” *Studies in Canadian Literature* Vol. 15, No. 1 (1990): 62–75.

Gracki, Katherine. “Writing Violence and the Violence of Writing in Assia Djebar’s ‘Algerian Quartet’.” *World Literature Today* Vol. 70, No. 4

(1996): 835–843.

Grosz, Elizabeth. *Jaques Lacan: A Feminist Introduction.* London: Routledge, 1990.

Gruen, Lori. *Ethics and Animals: An Introduction.* Cambridge: Cambridge University Press, 2011.

Gupta, Suman. *Globalization and Literature.* Cambridge: Polity Press, 2009.

Gutjahr, Ortrud. "Alterität und Interkulturalität." *Germanistik als Kulturwissenschaft. Eine Einführung in neue Theoriekonzepte.* Ed. Claudia Benthien; Hans Rudolf Velten. Reinbek bei Hamburg: Rowohlt, 2002. 345–369.

Haddou, Halima Ben. "Aïcha c'est l'héroïne, mais la rebelle c'est moi", Interview par Khadidja Zeroual, *Sindbad* n° 4 15–30 Nov. 1982.

Hall, Rodney. *The Yandilli Trilogy*. New York: Noonday Press, 1995.

Hall, Stuart. "Cultural Identity and Diaspora." *Contemporary Post-Colonialism Theory*. Ed. Padmini Mongia. London: Arnold, 1996.

—. "Ethnicity: Identity and Difference." *Radical America* Vol. 23 (1991): 9–20.

—. "Introduction: Who Needs 'Identity'?" *Questions of Cultural Identity.* Ed. Stuart Hall. London et la.: SAGE, 1996. 1–17.

Halliburton, Rachel, "Arts: The Elephant Woman." Independent 1 June 1999. <http://www.independent.co.uk/arts-entertainment/arts-the-elephant-woman1097594.html>.

Hamid, Mohsin. *Moth Smoke*. New York: Riverhead Books, 2000.

Haraway, Donna. *When Species Meet*. Minneapolis: University of Minnesota Press, 2008.

Harcourt, Robert, Helene Marsh, etc. "Marine Mammals, Back from the Brink? Contemporary Conservation Issues." *Austral Ark: The State of Wildlife in Australia and New Zealand*. Ed. Adam Stow, Norman Maclean, and Gregory I. Holwell. Cambridge: Cambridge University

Press, 2015. 322–353.

Hardt, Michael and Antonio Negri. *Empire*. Cambridge, MA: Harvard University Press, 2001.

He, Chengzhou. "The Wolf Myth and Chinese Environmental Sentimentalism in *Wolf Totem*." *ISLE: Interdisciplinary Studies in Literature and Environment* Vol. 21, No. 4 (2014): 782–800.

Heinze, Hartmut. *Migrantenliteratur in der Bundesrepublik Deutschland: Bestandsaufnahme und Entwicklungstendenzen zu einer multikulturellen Literatursynthese.* Berlin: Express, 1986.

Heise, Ursula K. "Science and Ecocriticism?" *The American Book Review* Vol. 18, No. 5 (July 1997): 7–9.

Helms, Gabriele. *Challenging Canada: Dialogism and Narrative Techniques in Canadian Novels*. Montreal: McGill-Queen's University Press, 2003.

Herburger, Günther. "Gastarbeiter." *Stuttgarter Zeitung* vom 31. Dezember 1963, Nr. 303.

Herman, Judith. *Trauma and Recovery: The Aftermath of Violence — From Domestic Abuse to Political Terror*. New York: Basic Books, 2015.

Hessing, Melody, Rebecca Raglon, and Catriona Sandilands. *This Elusive Land: Women and the Canadian Environment.* Vancouver: UBC Press, 2005.

Hiddleston, Jane. *Assia Djebar: Out of Algeria*. Liverpool: Liverpool University Press, 2006.

Hills, Edward. " 'What Country, Friends, Is This?.' Sally Morgan's My Place Revisited." *The Journal of Commonwealth Literature* Vol. 32, No. 2 (1997): 99–112.

Hofmann, Michael; Patrut; Lulia-Karin. *Einführung in die interkulturelle Literatur.* Darmstadt: WBG, 2015.

Hogan, Linda. *Power.* New York: Norton, 1998.

—. *Solar Storms.* New York: Scribner, 1995.

Huggan, Graham and Helen Tiffin. *Postcolonial Ecocriticism: Literature, Animals, Environment.* New York: Routledge, 2010.

Irwin, Beth. "Global Capitalism in *Oryx and Crake.*" *Oshkosh Scholar* 4 (November 2009): 44–51.

Israel, Nico. "Globalization and Contemporary Literature." *Literature Compass* Vol. 1, No. 1 (2004): 1–5.

Jacobson, Dawn. *Chinoiserie.* London: Phaidon, 1993.

Jameson, Fredric. "Postmodernism, Or the Cultural Logic of Late Capitalism." *New Left Review* I/146 (July-August 1984): 53–92.

Jaramillo, Mónica Andrea. "La reivindicación de malinche en la obra de Laura Esquivel."<http://recursosbiblioteca.utp.edu.co/tesisd/ficha2014.html>.

Jay, Paul. "Beyond discipline?: Globalization and the future of English." *PMLA* 116 (2001): 32–47.

—. *Global Matters: The Transnational Turn in Literary Studies.* Ithaca: Cornell UP, 2010.

Jeanne-Marie Jackson. "Going to the Dogs: Enduring Isolation in Marlene van Niekerk's *Triomf*." *Studies in the Novel* Vol. 43, No. 3 (2011): 343–362.

Jin, Ha. *The Bridegroom.* New York: Pantheon Books, 2000.

—. *Under the Red Flag.* Georgia: University of Georgia Press, 1997.

Johnson, Barbara. *A World of Difference.* Baltimore: John Hopkins University Press, 1987.

Johnson, Deborah. *Iris Murdoch.* Brighton: The Harvester Press, 1987.

Joyce, Joyce A. "The Black Canon: Reconstructing Black American Literary Criticism." *New Literary History* Vol. 18, No. 2 (Winter 1987): 335–344.

Jylkka, Katja. " 'Mutations of Nature, Parodies of Mankind' Monsters and

Urban Wildlife in Johanna Sinisalo's *Troll*." *Humanimalia* Vol. 5, No. 2 (2014): 48–67.

Karlsson, Caroline. "Indígena poderosa o mujer subordinada?: Análisis de la protagonista de 'Malinche' de Laura Esquivel." <http://urn.kb.se/resolve?urn=urn:nbn:se:lnu:diva-18570>.

Katona, Steven and Hal Whitehead. "Are Cetacea Ecologically Important?" *Oceanography and Marine Biology: An Annual Review*. Ed. Margaret Barnes. Aberdeen: Aberdeen University Press, 1988. 479–492.

Kelly Oliver. "Elephant Eulogy: The Exorbitant Orb of an Elephant." *The Animal Question in Deconstruction*. Ed. Lynn Turner. Edinburgh: Edinburgh University Press, 2013.

Khoo, Gaik Cheng. "Multivocality, Orientialism and New Age Philosophy in *Turtle Beach*." *Hecate* Vol. 22, No. 2 (October 1996): 31–48.

Kim, Elaine. "Defining Asian American Realities Through Literature." *The Nature and Context of Minority Discourse*. Ed. Abdul R. Jan Mohamed and David Lloyd. New York: Oxford University Press, 1990.

Kingston, Maxine Hong. *The Woman Warrior: Memoirs of a Girlhood among Ghosts*. New York: Alfred A. Knopf, 1984.

Klüh, Ekaterina. *Interkulturelle Identitäten im Spiegel der Migrantenliteratur. Kulturelle Metamorphosen bei Ilija Trojanow und Rumjana Zacharieva*. Würzburg: Königshausen & Neumann, 2013.

Knott, Kim and Seán McLoughlin, eds. *Diasporas: Concepts, Intersections, Identities*. London: Zed Books, 2010.

Konuk, Kader. *Identitäten im Prozeß. Literatur von Autorinnen aus und in der Türkei in deutscher, englischer und türkischer Sprache*. Essen: Die Blaue Eule, 2001.

Kovalove, Karla and Cheryl A. Wall, eds. *Black Feminist Literary Criticism*. Frankfurt: Peter Lang Gmbh, 2016.

Kristeva, Julia. *Les Samouraïs*. Paris: Fayard, 1990.

Kröller, Eva-Marie. "Introduction." *The Cambridge Companion to Canadian Literature.* Ed. Eva-Marie Kröller. New York: Cambridge University Press, 2004.

Курашов В.И. Экология и эсхатология, Вопросы философия, 1995.

Landy, Joshua. *How to Do Things with Fiction*. Oxford: Oxford University Press, 2012.

Lansbury, Coral. *Arcady in Australia: The Evocation of Australia in Nineteenth Century English Literature*. Melbourne: Melbourne University Press, 1970.

Laurens, Kate. "This White Rose: Virginity in The Bloody Chamber." *The Corinthian* Vol. 15, No. 5 (2014): 102–111.

Lechner, Frank J. "Cultural Globalization." *Encyclopedia of Globalization*. Ed. Roland Robertson and Jan Aart Scholte. New York: Routledge, 2006. 258–263.

Лейдерман Н.Л. Липовецкий М.Н. Современная русская литература, Кника 2, Москва: УРСС, 2001.

Литературная газета, 8. Февр. 1995.

Leitch, Vincent B. (General Editor). *The Norton Anthology of Theory and Criticism*. New York: W. W. Norton & Company, 2001.

León Portilla, Miguel. *Visión de los vencidos*. México D.F.: UNAM, 2003.

Lessing, Doris. *A Small Personal Voice: Essays, Reviews, Interviews*. edited and introduced by Paul Schlueter. New York: Alfred A. Knopf, 1974.

—. *The Golden Notebook.* London: Harper Collins Publishers, 1971.

Libin, Mark. "Dog-Angels in Wolf Time: Locating the Place of the Human in Marlene van Niekerk's *Triomf*." *Journal of Postcolonial Writing* Vol. 45, No. 1 (2009): 37–48.

Lim, Shirley, and Amy Ling, eds. *Reading the Literatures of Asian America.* Philadelphia: Temple University Press, 1992.

Li, David Leiwei, ed. *Globalization and Humanities*. Hong Kong: Hong Kong University Press, 2004.

Lindow, John. *Troll: An Unnatural History*. London: Reaction Books, 2014.

Lundblad, Michael. "From Animal to Animality Studies." *PMLA* Vol. 124, No. 2 (2009): 496–502.

Lynn White, Jr.. "Continuing the Conversation." *Western Man and Environmental Ethics*. Ed. Ian G. Barbour. Reading, MA: Addison-Wesley Publishing Co., 1973.

—. "The Historical Roots of Our Ecologic Crisis." *Science* Vol. 155, No. 3767 (1967): 1203–1207.

Ma, Sheng-mei. *Immigrant Subjectivities in Asian American and Asian Diaspora Literatures*. New York: State University of New York Press, 1998.

MacGregor, Sherilyn. *Beyond Mothering Earth*. Vancouver: University of British Columbia Press, 2006.

Malamud, Randy. *Poetic Animals and Animal Souls*. New York: Palgrave, 2003.

Manceaux, Michèle *L'Amie*. Paris: Albin Michel, 1997.

Marangudakis, Manussos. "Ecology as a Pseudo-religion?" *Telos* Vol. 1998, No. 112 (1998): 107–124.

Marco, Joaquín. "Malinche, Laura Esquivel." *El Cultural*. 13 April 2006.

Maria-Sabina Draga, Alexandru. "Performance, Performativity, and Normadism in Vikram Chandra's *Red Earth and Pouring Rain*." *Comparative Literature Studies* Vol. 45, No. 1 (2008): 23– 39.

Massey, Doreen. "A Global Sense of Place in Barnes." *Reading Human Geography*. Ed. T. Barnes and D. Gregory. London: Arnold, 1997.

McCorquodale, John. "The Myth of Mateship: Aborigines and Employment." *The Journal of Industrial Relationship* Vol. 27, No. 1 (March 1985): 3–16.

McDowell, Deborah E. "New Directions for Black Feminist Criticism." *Black American Literature Forum* Vol. 14, No. 4 (Winter 1980): 153–159.

McHale, Brian. *Postmodernist Fiction.* London: Routledge, 2001.

Merchant, Carolyn. "Gender and Environmental History." *Journal of American History* Vol. 76, No. 4 (March 1990): 1117–1121.

Mies, Maria. "White Man's Dilemma: His Search for What He Has Destroyed." *Ecofeminism.* Ed. Maria Mies and Vandana Shiva. London: Zed Books, 1993. 132–163.

Моисеев Н.Н. Мир XXI века и христианская традиция, Вопросы философии, 1993.

Moore, Niamh. "Eco/Feminism, Non-Violence and the Future of Feminism." *International Feminist Journal of Politics* Vol. 10, No. 3 (2008): 282–298.

Moretti, Franco. "Conjectures on world literature." *New Left Review* 1 (2000): 25–64.

Morgan, Sally. *My Place.* Fremantle: Fremantle Arts Centre Press, 1987.

Mortimer-Sandilands, Catriona. "Eco/Feminism on the Edge." *International Feminist Journal of Politics* Vol. 10, No. 3 (2008): 305–313.

Moses, Michael Valdez. *The Novel and the Globalization of Culture.* Oxford: Oxford University Press, 1995.

Mott, Asta. "Aritha Van Herk's *Places Far From Ellesmere*: The Wild and Adventurous North?" *Canadian Literature* 157 (Summer 1998): 99–111.

Munro, Alice. *Friend of My Youth.* New York: Vintage Books, 1991.

—. *The View from Castle Rock.* Toronto: McClelland & Stewart Ltd., 2006.

Murdoch, Iris. "The Sublime and the Good." *Chicago Review* Vol. 13, No. 3 (Autumn 1959): 42–55.

Murphy, Patrick D. *Literature, Nature, and Other: Ecofeminist Critiques*. Albany: State University of New York Press, 1995.

Mylan, Sheryl A. ."The Mother as Other: Orientalism in Maxine Hong Kingston's *The Women Warrior.*" *Women of Color: Mother-Daughter Relationships in 20th-Century Literature.* Ed. Elizaberth Brown-Guillory. Texas: University of Texas Press, 1996. 137–148.

Naess, Arne. "The Basics of Deep Ecology." *The Trumpeter* Vol. 21, No. 1 (2005): 61–71.

Newquist, Roy, ed. *Counterpoint.* Chicago: Rand McNally, 1964.

Niekerk, Marlene van. *Triomf*. London: Abacus, 2000.

Николаев П. А. Редкол.: А. Г. Бочаров, Л. И. Лазарев, А. Н. Михайлови др. *Русские писатели 20 века, Биогрофический словаль*, Москва: Научное издательство «Большая российская энциклопедия», издательство Рандеву-Ам, 2000.

Nurse, Donna Bailey, ed. *Revival: An Anthology of Black Canadian Writing*. Toronto: McClelland & Stewart, 2006.

O'Brien, Susie and Imre Szeman. "Introduction: The Globalization of Fiction/The Fiction of Globalization." special issue of *The South Atlantic Quarterly* Vol. 100, No. 3 (2001): 603–626.

O'Flynn, Siobhan. "Challenging the Cartesian Self: Autobiography as an Intertextual/Interrelational Discourse in the Works of Aritha van Herk and Kristjana Gunnars." *Rethinking History: The Journal of Theory and Practice* Vol. 13, No. 1 (2009): 65–78.

Oliver, Kelly. "Elephant Eulogy: The Exorbitant Orb of an Elephant." *The Animal Question in Deconstruction.* Ed. Lynn Turner. Edinburgh: Edinburgh University Press, 2013.

Olsson, Sara. "La voz recuperada de La Malinche: Un estudio de la novela Malinche de Laura Esquivel." <http://su.diva-portal.org/smash/record.jsf?pid=diva2:199479>.

Özdamar, Emine Sevgi. *Mutterzunge. Erzählungen.* Köln: Kiepenheuer & Witsch, 2002.

Palmer, Joyce. *50 Key Thinkers on the Environment*. New York: Routledge, 2001.

Pandey, Anupam. "Globalization and Ecofeminism in the South: Keeping the 'Third World' Alive." *Journal of Global Ethics* Vol. 9, No. 3 (2013): 345–358.

Paul, Marisol. "Laura Esquivel revisa el personaje de Malinche." Cinco Días. <http://cincodias.com/cincodias/2006/03/15/sentidos/1142393241_850215.html>.

Payne, Katy. "Caring Beasts..." *The Washington Post* 8 April 2000. <http://www.washingtonpost.com/archive/opinions/2000/04/08/caring-beasts/78419658-1a95-4652-955b-e9491f6a0b95/>.

Paz, Octavio. *El laberinto de la soledad*. México D.F.: Fondo de Cultura Económica, 1993.

Pickering, Jean. *Understanding Doris Lessing*. Columbia: University of South Carolina Press, 1990.

Pierce, Peter. "Preying on the Past: Contexts of Some Recent Neo-Historical Fiction." *Australian Literary Studies* Vol. 15, No. 4 (1992): 304–312.

Pleynet, Marcelin. *Le Voyage en Chine*. Paris: Christian Bourgois / Imec, 2009.

Plumwood, Val. *Feminism and the Mastery of Nature*. New York: Routledge, 1993.

Pratt, Anni and L.S. Dembo, eds. *Doris Lessing: Critical Studies*. Madison: University of Wisconsin Press, 1974.

Previšić, Boris. "Poetik der Marginalität: Balkan Turn gefällig?" *Von der nationalen zur internationalen Literatur. Transkulturelle deutschsprachige Literatur und Kultur im Zeitalter globaler Migration*. Ed. Helmut Schmitz. New York: Rodopi, 2009. 189–203.

"Psychologist Says Elephants Suffer Post-Traumatic Stress." *Boston's NPR News Station* 27 March 2012. <http://hereandnow.wbur.

org/2012/03/27/elephants-post-traumatic> .

Real Academia Española. *Diccionario de la lengua española, Tomo II*. Madrid: Editorial Espasa Calpe, 2001,

Redekop, Magdalene. "Canadian Literary Criticism and the Idea of a National Literature." *The Cambridge Companion to Canadian Literature.* Ed. Eva-Marie Kröller. Cambridge: Cambridge University Press, 2004. 263–275.

Relke, Diana. *Greenwor (l) ds*. Calgary: University of Calgary Press, 1999.

Ringrose, Priscilla. *Assia Djebar: In Dialogue with Feminisms*. Amsterdam: Rodopi, 2006.

Robertson, Roland. *Globalization: Social Theory and Global Culture*. London: SAGE, 1996.

Rodd, Rosemary. *Biology, Ethics and Animals*. Oxford: Clarendon Press 1992.

Roman, Joe. *Whale*. London: Reaktion Books, 2006.

Roudometof, Victor. *Glocalization: A Critical Introduction*. New York: Routledge, 2016.

Rowner, Ilai. *The Event: Literature and Theory*. Lincoln: University of Nebraska Press, 2015.

Roy, Arunhati. *The God of Small Things*. New York: Random House, 1997.

Rugg, Linda Haverty. "Revenge of the Rats: the Cartesian Body in Kerstin Ekman's *Rövarna i Skuleskogen.*" Scandinavian Studies Vol. 70, No. 4 (1998): 425–440.

Ryan-Sautour, Michelle. "Affect and Authorial Performance in Angela Carter's 'Feminist' Fiction." *Identity and Form in Contemporary Literature.* Ed. Ana María Sánchez-Arce. New York: Routledge, 2014. 106–121.

Sage, Lorna, ed. *Essays on the Art of Angela Carter: Flesh and the Mirror*. Virago Press: Rev. and Updated Ed, 2009.

Said, Edward. *Orientalism.* New York: Pantheon Books, 1978.

Salzman, Paul. *Elizabeth Jolley's Fictions*. St Lucia: University of Queensland Press, 1993.

Sánchez-Arce, Ana María, ed. *Identity and Form in Contemporary Literature.* New York: Routledge, 2014.

Sandilands, Katriona. *The Good Natured Feminist: Ecofeminism and the Quest for Democracy*. Minneapolis-St. Paul: University of Minnesota Press, 1999.

Schiffman, Howard S. *Green Issues and Debates: An A-to-Z Guide*. London: SAGE Publications Ltd., 2011.

Schiffrin, Andre. *The Business of Books*. London: Verso, 2001.

Schmitz, Helmut. "Einleitung: Von der nationalen zur internationalen Literatur." *Von der nationalen zur internationalen Literatur.* Amsterdam: Rodopi, 2009. 7–15.

Schwarzer, Alice. *Simone de Beauvoir aujourd'hui* ENTRETIENS. Paris: Mercure de France, 1984.

Sharma, Raj Kumar and Asra Sultana Mouda. "Mapping the North as a Female Space in Aritha Van Herk's Geografictione *Places Far From Ellesmere.*" *The Indian Review of World Literature in English* Vol. 6, No. 1 (2010): 1–19.

Shiva, Vandana. "Ecological Balance in an Era of Globalization." *Principled World Politics: The Challenge of Normative International Relation.* Ed. Paul Wapner and Lester Ruiz. Oxford: Rowman & Littlefield, 2000. 130–149.

—. "Economic Globalization, Ecological Feminism and Sustainable Development." *Canadian Woman Studies* Vol. 17, No. 2 (1997): 22–27.

—. "Ecological Balance in an Era of Globalization." *Global Ethics and Environment.* Ed. Nicholas Low. London: Routledge, 1999.

Simon, Bernd. *Identity in Modern Society: A Social Psychological*

Perspective. London: Blackwell Publishing, 2008.

Singer, Peter. *Animal Liberation*. London: Random House, 1975.

—. *Writings on an Ethical Life*. London: Harper Perennial, 2001.

Sinisalo, Johanna. *Troll: A Love Story*. Trans. Herbert Lomas. New York: Grove Press, 2003.

Skiba, Dirk. "Ethnolektale und literarisierte Hybridität in Feridun Zaimoglus Kanak Sprak." *Migrationsliteratur: Schreibweisen einer interkulturellen Moderne.* Ed. Klaus Schenk, Almut Todorow, Milan Tvrdik. Tübingen: Francke, 2004. 183–204.

Smith, Barbara. "Toward a Black Feminist Criticism." *The Radical Teacher* No. 7 (March 1978): 20–27.

Smith, Zadie. *White Teeth*. London: Penguin Books, 2001.

Snyder, Gary. "Energy is Eternal Delight." *Turtle Island*. New York: New Directions, 1974.

—. "Reinhabitation." *A Place in Space: Ethics, Aesthetics, and Watersheds.* Washington, D.C.: Counterpoint, 1995.

—. *The Practice of the Wild.* Berkeley: Counterpoint, 1990.

—. *The Real Work: Interviews and Talks, 1964–1979.* New York: New Directions Publishing Corporation, 1980.

Sollers, Philippe. «Editorial. Nouvelles contradictions, nouvelles luttes», *Tel Quel*, 58.

Soper-Jones, Ella. "When Elephants Weep: Reading *The White Bone* as a Sentimental Animal Story." *Other Selves: Animals in the Canadian Literary Imagination*. Ed. Janice Fiamengo. Ottawa: University of Ottawa Press, 2007. 269–289.

Staley, Thomas F. *Twentieth-Century Women Novelists*. London: Macmillan, 1982.

Sukhenko, I. N. "Ecocriticism within Post-Colonial Studies: Canadian Vision." *ФІЛОЛОГІЧНІ НАУКИ* Vol. 2, No. 4 (2012): 27.

Surgeoner, Joanna C. "A Feminist Literary Cartography of the Canadian North: Women, Writing and Place in Aritha van Herk's *Places Far From Ellesmere*." *Gender, Place & Culture: A Journal of Feminist Geography* Vol. 14, No. 6 (2007): 641–658.

Суванбердиева т., Рахманашев Р., Гречихин А., Жарких Ми др. Чингиз Айтматов в современном мире, Бишкек, «ФРУНЗЕ КЫРГЫЗСТАН», 1989.

Четыре вечера с Чингизом Айтматовым, Комсомольская правда, 6 ноября, 1993.

Szalay, Edina. "The Gothic as Adolescent Fantasy: Alice Munro's *Lives of Girls and Women*." *Central European Journal of Canadian Studies* 1 (2001): 5–17.

Tan, Amy. *The Joy Luck Club*. New York: Ivy Books, 1989.

—. Tan, Amy. *The Chinese Siamese Cat*. New York: Macmillan, 1994.

The Canadian Encyclopedia. Alberta: Hurtig Publishers, 1988.

Thomas, H. Nigel, ed. *Why We Write: Conversations with African Canadian Poets and Novelists*. Toronto: TSAR Publications, 2006.

Tiffin, Chris. "Look to the New-Found Dreaming: Identity and Technique in Australian Aboriginal Writing." *The Journal of the Commonwealth Literature* Vol. 20, No. 1 (1985): 156–170.

Todd, Janet. *Sensibility: An Introduction*. London: Methuen, 1986.

Tomlinson, John. "Globalization and Cultural Analysis." *Globalization Theory: Approaches and Controversies*. Ed. David Held and Anthony McGrew. Oxford: Polity, 2007. 148–168.

Torres, Bob. *Making a Killing: The Political Economy of Animal Rights*. Oakland: AK Press, 2007.

Trepper, Terry and Mary Jo Barrett. *Systemic Treatment of Incest: A Therapeutic Handbook*. New York: Brunner-Routledge, 2013.

Trolljegenren (Troll Hunter), dir. André Øvredal. 2010.

Turner, Darwin T. and Barbara Dodds Stanford. *Theory and Practice in the Teaching of Literature by Afro-Americans*. Urbana: National Council of Teachers of English, 1971.

Ünalan, Saniye Uysal. *Interkulturelle Begegnungsräume. Neue Identitätskonstruktion in der türkisch-deutschen Gegenwartsliteratur.* Würzburg: Königshausen & Neumann, 2013.

Van Herk, Aritha. *Frozen Tongue*. Sidney, NSW: Dangaroo, 1993.

—. "The Map's Temptation or the Search for a Secret Book." *The Journal of Commonwealth Literature* Vol. 31, No. 1 (1996): 129–136.

Vasconcelos, José. *Antología del pensamiento político, social y económico de América Latina.* Madrid: Ediciones de Cultura Hispánica, 1989.

Wahl, François. «La chine sans utopie», *Le Monde*, 15, 16, 18, 19 juin 1974.

Walcott, Rinaldo. *Black Like Who?: Writing Black Canada.* Toronto: Insomniac Press, 2003.

Walker, Alice. "In Search of Our Mother's Gardens." *Within the Circle: An Anthology of African American Literary Criticism from the Harlem Renaissance to the Present*. Ed. Angelyn Mitchell. Durham: Duke University Press, 1994. 401–409.

—. "Looking for Zora." *Between Women: Biographers, Novelists, Critics, Teachers and Artists Write about Their Work on Women*. Ed. Carol Ascher, Louise DeSalvo, and Sara Ruddick. Boston: Beacon Press, 1984. 431–447.

Walter, Klaus-Peter. Literatur osteuropäischer Migrant/innen. In: Interkulturelle Literatur in Deutschland. Ein Handbuch. Hrsg. von Carmine Chiellino. Stuttgart: Metzler, 2000. S. 189–198.

Warren, Karen J. *Ecofeminist Philosophy: A Western Perspective on What It Is and Why It Matters*. Maryland: Rowman & Littlefield Publishers, Inc., 2000.

—, ed. *Ecological Feminist Philosophies*. Bloomington: Indiana University Press, 1996.

Welch, Robert, ed. *Concise Oxford Companion to Irish Literature.* Oxdord: Oxford University Press, 1994.

White, Patrick. "The Prodigal Son." *The Oxford Anthology of Australian Literature*. Ed. Leonie Kramer and Adrian Mitchell. Melbourne: Oxford University Press, 1985.

White, Rob and Diane Heckenberg. *Green Criminology: An Introduction to the Study of Environmental Harm*. New York: Routledge, 2014.

Woodward, Wendy. "Social Subjects." *Canis Africanis: A Dog History of Southern Africa*. Ed. Lance Van Sittert and Sandra Scott Swart. Leiden: Koninklijke Brill NV, 2008. 235–262.

Wright, Rochelle. "Approaches to History in the Works of Kerstin Ekman." *Scandinavian Studies* Vol. 63, No. 3 (1991): 293–304.

Залыгин С. В пределах искусства, Москва, Советский писатель, 1988.

Яхнин.Е.Д. *Размышления о Разуме,* Боге и будущем человечества. М.: АО "ХГС", 1997.

Yano, Hisashi. "Migrationsgeschichte." *Interkulturelle Literatur in Deutschland.* Ein Handbuch. Ed. Carmine Chiellino. Stuttgart: Metzler, 2000. 1–17.

Zaimoglu, Feridun. *Kanak Sprak/Koppstoff. Die gesammelten Mißtöne vom Rande der Gesellschaft.* Köln: Kiepenheuer & Witsch, 2011.

Zeanah, Charles H. *Handbook of Infant Mental Health*. New York: The Guilford Press, 2012.

Zhou, Yupei. "The Conceptions of Freedom in Contemporary Chinese and Chinese American Fiction: Gish Jin, Yan Geling, Ha Jin, Maureen F, Mchugh." Diss. Kent State University, 2003.

Zierau, Cornelia. "'Als ob sie mit Fremdsprache sprechenden Menschen an einem Tisch säße'–Mehrsprachigkeit und Sprachreflexion bei Emine Sevgi Özdamar und Yoko Tawada." *Polyphonie – Mehrsprachigkeit und literarische Kreativität.* Ed. Michaela Bürger-Koftis; Hannes Schweiger; Sandra Vlasta. Wien: praesens, 2010. 412–434.

Zilcosky, John. "Orientierungslosigkeit und Nostalgie in Sebalds 'Austerlitz'." Text+Kritik Sonderband 2006 (Sonderband: 2006): 120–130.

Zimra, Clarisse. "Writing Woman: The Novels of Assia Djebar." *Substance: A Review of Literary Criticism* Vol. 21, No. 3 (1992): 68–84.

—. "Disorienting the Subject in Djebar's *L'Amour, la fantasia.*" *Yale French Studies* No. 87 (1995): 149–170.

Быть или небыть…Человечеству? Москва, 1999.

Память сердца, Литературная газета, 15. ноября.1978.

Судьба цивилизации. Путь разума. Москва: Языки русской культуры, 2000.

長谷川泉編集:『女性作家の新流』、東京：至文堂、1991年。

「台所の歴史」<http://www. kitchen-bath. jp>。

大江健三郎:『大江健三郎の文学——作家前夜から〈取り替え子〉まで』、『すばる』2001年3月号。

「当選作品審査委員選評」、『群像』1968年6月特大号。

「大庭みな子追悼」、『読売新聞』2007年5月24日。

多和田葉子:「自我を翻訳する文学」、『群像』1993年5月号。

多和田葉子:『エクソフォニー——母語の外へ出る旅』、東京：岩波書店、2003年。

多和田葉子:『かたことのうわごと』、東京：青土社、1999年。

多和田葉子:『「成長」の虚構』、『文学界』1993年3月号。

多和田葉子:『踵を失くして』、東京：講談社、1992年。

宮内淳子:「小川洋子」，『国文学』第44巻第3号，1999年3月。

河野多惠子など監修:『女性作家シリーズ22』、東京：角川書店、1998年。

吉本ばなな:『キッチン』、東京：角川文庫、2007年。·

磯田光一等編集:『新潮日本文学辞典』（増補改訂版）、東京：新潮社、2004年。

リビー英雄:『新宿万葉集』、東京：朝日新聞社、1996年。

李銀炯:「吉本ばなな論——感覚を中心に」、『広島大学大学院教育学研究科紀要』（第二部）2002年51号。

林水福:「日本女性作家研究——山田詠美」、『国文学』第45巻第3号、2000年。

林真理子:『青色のタペストリー』、東京：文芸春秋出版社、2001年。

青木保:『異文化理解』、東京：岩波新書、2001年。

三好行雄、浅井清編集:『近代日本文学小辞典』、東京：有斐閣、1981年。

三木卓:「群像新人文学賞選評」、『群像』1991年6月号。

山田詠美:『ソウル・ミュージック・ラバーズ・オンリー』、東京：角川書店、1987年。

山田詠美:『トラッシュ』、東京：文芸春秋、1991年。

山田詠美:『ベッドタイムアイズ』、東京：河出書房新社、1985年。

小学館辞典編集部:『類義語例解辞典』、東京：小学館、1997年。

テリー・イーグルトン:『文学とは何か』、大橋洋一訳、東京：岩波書店、1985年。

沼野充義:『徹夜の塊　亡命文学論』、東京：作品社、2002年。

符·维·阿格诺索夫主编:《20世纪俄罗斯文学》，凌建侯等译，北京：中国人民大学出版社，2001年。

贝尔纳·阿拉泽、克里斯蒂安娜·布洛-拉巴雷尔主编:《解读杜拉斯》，黄荭主译，北京：作家出版社，2007年。

伊莎贝尔·阿连德:《幽灵之家》，刘习良、笋季英译，南京：译林出版社，2007年。

维克托·阿斯塔菲耶夫：《鱼王》，夏仲翼等译，桂林：广西师范大学出版社，2017年。

玛格丽特·阿特伍德：《羚羊与秧鸡》，韦清琦、袁霞译，南京：译林出版社，2004年。

《埃达》，石琴娥、斯文译，南京：译林出版社，2000年。

艾特玛托夫：《断头台》，冯加译，北京：外国文学出版社，1987年。

艾特玛托夫：《对文学与艺术的思考》，陈学迅译，乌鲁木齐：新疆大学出版社，1987年。

安东尼·吉登斯：《现代性的后果》，田禾译，南京：译林出版社，2011年。

安启念：《俄罗斯向何处去——苏联解体后的俄罗斯哲学》，北京：中国人民大学出版社，2003年。

齐格蒙特·鲍曼：《全球化：人类的后果》，郭国良、徐建华译，北京：商务印书馆，2013年。

伯纳德·W.贝尔：《非洲裔美国黑人小说及其传统》，刘捷等译，成都：四川人民出版社，2000年。

罗伯特·贝弗里奇：《哈金敏锐、诱人的故事集：〈新郎〉》，<http://www.cnn.com/2000/books/reviews/11/20/review.bridegroom/>。

泰德·彼得斯、江丕盛、格蒙·本纳德编：《桥：科学与宗教》，北京：中国社会科学出版社，2002年。

别尔嘉耶夫：《末世论形而上学》，张百春译，北京：中国城市出版社，2003年。

别尔嘉耶夫：《自由的哲学》，董友译，上海：学林出版社，1999年。

艾勒克·博埃默：《殖民与后殖民文学》，盛宁等译，沈阳：辽宁教育出版社，1998年。

西蒙娜·德·波伏娃：《第二性》，陶铁柱译，北京：中国书籍出版社，1998年。

西蒙娜·德·波伏瓦：《长征：中国纪行》，胡小跃译，北京：作家出版社，2012年。

西蒙娜·德·波伏瓦：《第二性Ⅰ》《第二性Ⅱ》，郑克鲁译，上海：上海译文出版社，2011年。

萨克文·伯科维奇主编：《剑桥美国文学史·第五卷：诗歌与批评（1910—1950年）》，马睿等译，北京：中央编译出版社，2009年。

夏洛蒂·勃朗特：《简·爱》，黄源深译，南京：译林出版社，1993年。

劳伦斯·布依尔：《环境批评的未来：环境危机与文学想象》，刘蓓译，北京：北京大学出版社，2010年。

程虹：《野情便山水——从自然文学的角度解读加里·斯奈德》，《中国图书评论》2000年第10期。

陈骏：《科研转型升级刻不容缓》，《人民日报》<http://scitech.people.com.cn/n/2015/1018/c1007-27710514.html>。

程倩：《历史的叙述与叙述的历史——拜厄特〈占有〉之历史性的多维研究》，北京：人民文学出版社，2007年。

川村凑：《日本现代女性与"家庭"》，许金龙译，《世界文学》2001年第9期。

玛格丽特·德拉布尔：《红王妃》，杨荣鑫译，昆明：云南教育出版社，2007年。

玛格丽特·德拉布尔：《空床日记》，林之鹤译，海口：南海出版公司，2008年。

玛格丽特·德拉布尔：《我是怎样成为作家的——德拉布尔访谈录》，屈晓丽译，《当代外国文学》2002年第2期。

阿里夫·德里克：《跨国资本主义时代的后殖民批评》，王宁等译，北京：北京大学出版社，2004年。

玛格丽特·杜拉斯：《抵挡太平洋的堤坝》，谭立德译，上海：上海译文出版社，2009年。

玛格丽特·杜拉斯：《副领事》，王东亮译，上海：上海译文出版社，2009年。

玛格丽特·杜拉斯：《副领事》，宋学智、王殿忠译，沈阳：春风文艺出版社，2000年。

玛格丽特·杜拉斯：《劳儿之劫》，王东亮译，上海：上海译文出版社，2005年。

玛格丽特·杜拉斯：《情人》，王道乾译，上海：上海译文出版社，2005年。

玛格丽特·杜拉斯：《情人　乌发碧眼》，王道乾、南山译，上海：上海译文出版社，2002年。

玛格丽特·杜拉斯：《写作》，桂裕芳译，上海：上海译文出版社，2005年。

玛格丽特·杜拉斯：《中国北方的情人》，施康强译，上海：上海译文出版社，2006年。

杜维明：《全球化与多样性》，哈佛燕京学社编《全球化与文明对话》，南京：江苏教育出版社，2004年。

方红：《在地、多地与再地：霍根〈靠鲸生活的人〉研究》，《上海师范大学学报》2016年第5期。

弗罗洛夫：《人的前景》，王思斌、潘信之译，北京：中国社会科学出版社，1989年。

高建平：《全球化与中国艺术》，济南：山东教育出版社，2011年。

迈克尔·格洛登、马丁·克雷斯沃思、伊莫瑞·济曼主编：《霍普金斯文学理论和批评指南》（第2版），王逢振等译，北京：外语教学与研究出版社，2011年。

米歇尔·盖伊：《哲学家波伏娃》，赵靓译，福州：福建教育出版社，2013年。

高歌、王诺：《生态诗人：加里·斯奈德研究》，上海：学林出版社，2011年。

厄休拉·海塞：《处所意识与星球意识》，唐梅花译，《鄱阳湖学刊》2013年第5期。

何成洲：《北欧文学经典：易卜生、斯特林堡与哈姆生》，北京：北京大学出版社，2009年。

何成洲：《全球化与文学：视角、立场与方法》，《当代外国文学》2014年第2期。

何怀宏：《生态伦理——精神资源与哲学基础》，保定：河北大学出版社，2002年。

赫克：《俄国革命前后的宗教》，高骅、杨缤译，上海：学林出版社，1999年。

尤瓦尔·赫拉利：《人类简史：从动物到上帝》，林俊宏译，北京：中信出版社，2012年。

何伟文：《艾丽丝·默多克小说研究》，上海：上海外语教育出版社，2012年。

黄华：《权力，身体与自我——福柯与女性主义文学批评》，北京：北京大学出版社，2005年。

黄怡婷：《当代印度的“微物之神”》，《外国文学动态》2014年第5期。

黄源深：《澳大利亚文学史》，上海：上海外语教育出版社，1997年。

斯图亚特·霍尔、保罗·杜盖伊主编：《文化身份问题研究》，庞璃译，开封：河南大学出版社，2010年。

霍根：《靠鲸生活的人》，刁筱华译，台北：书林出版有限公司，2010年。

巴特·穆尔-吉尔伯特：《后殖民批评》，杨乃乔等译，北京：北京大学出版社，2001年。

阿西娅·杰巴尔：《房间里的阿尔及尔女人》，黄旭颖译，上海：上海文艺出版社，2013年。

托马斯·杰斐逊：《弗吉尼亚笔记》，朱曾汶译，北京：商务印书馆，2014年。

弗雷德里克·杰姆逊主编：《全球化的文化》，马丁译，南京：南京大学出版社，2002年。

贝尔纳尔·迪亚斯·德尔·卡斯蒂略：《征服新西班牙信史》，江禾、林光译，北京：商务印书馆，2009年。

安吉拉·卡特：《染血之室与其他故事》，严韵译，南京：南京大学出版社，2015年。

詹姆斯·克利福德：《流散者》，《文化人类学》第九卷，1994年第3期。

朱丽娅·克里斯蒂娃：《中国妇女》，赵靓译，上海：同济大学出版社，2010年。

米兰·昆德拉：《笑忘录》，王东亮译，上海：上海译文出版社，2004年。

拉斯普京：《告别马焦拉》，《拉斯普京小说选》，王乃倬译，北京：外国文学出版社，1982年。

埃德温·O.赖肖尔、马里厄斯·B.詹森：《当今日本人》，孟胜德等译，上海：上海译文出版社，1998年。

多丽丝·莱辛：《金色笔记》，陈才宇、刘新民译，南京：译林出版社，2000年。

奥尔多·利奥波德：《沙乡年鉴》，侯文蕙译，长春：吉林人民出版社，1997年。

李清安、金德全选编：《西蒙娜·德·波伏瓦研究》，北京：中国社会科学出版社，1992年。

简·里斯：《藻海无边》，陈良廷、刘文澜译，上海：上海译文出版社，1996年。

李维屏、宋建福等：《英国女性小说史》，上海：上海外语教育出版社，2011年。

李小江：《女性的历史记忆与口述方法》，《光明日报》2002年8月16日。

李银河：《女性主义》，济南：山东人民出版社，2005年。

列·列昂诺夫：《俄罗斯森林》，姜长斌译，哈尔滨：黑龙江人民出版社，1984年。

《林真理子接受日本记者采访》，<http://book.sina.com.cn/longbook/1095145220_waltz/1.shtml>。

刘军：《跨文化与异质语言体验——多和田叶子的翻译和语言世界管

窥》，《外语研究》2009年第1期。

刘康：《全球化/民族化》，天津：天津人民出版社，2002年。

刘霓：《西方女性学》，北京：社会科学文献出版社，2001年。

刘文：《神秘、寓言与顿悟：艾丽丝·门罗小说研究》，杭州：浙江大学出版社，2014年。

刘岩：《差异之美：伊里加蕾的女性主义理论研究》，北京：北京大学出版社，2010年。

刘岩、马建军、张欣等编著：《女性书写与书写女性：20世纪英美女性文学研究》，上海：上海外语教育出版社，2012年。

刘意青：《存活斗争的胜利者——加拿大女小说家和作品评介》，《欧美文学论丛》2002年。

陆建德主编：《现代主义之后：写实与实验》，北京：中国社会科学出版社，1997年。

罗兰·罗伯逊、扬·阿特·肖尔特、王宁主编：《全球化百科全书》，南京：译林出版社，2011年。

罗钢、刘象愚主编：《文化研究读本》，北京：中国社会科学出版社，2000年。

阿兰达蒂·罗伊：《微物之神》，吴美真译，上海：上海文艺出版社，2014年。

利奥·马克斯：《花园里的机器：美国的技术与田园理想》，马海良、雷月梅译，北京：北京大学出版社，2011年。

马克思、恩格斯：《共产党宣言》，中共中央马克思恩格斯列宁斯大林著作编译局译，北京：人民出版社，2009年。

米歇尔·芒索：《闺中女友》，胡小跃译，桂林：漓江出版社，1999年。

毛明：《野径与禅道：生态美学视域下美国诗人斯奈德的禅学因缘》，北京：中国社会科学出版社，2014年。

艾丽丝·门罗：《公开的秘密》，邢楠等译，南京：译林出版社，2013年。

艾丽丝·门罗：《快乐影子之舞》，张小意译，南京：译林出版社，2013年。

艾丽丝·门罗：《逃离》，李文俊译，北京：北京十月文艺出版社，2009年。

克罗蒂娜·蒙泰伊：《第二性波伏瓦》，胡小跃译，北京：作家出版社，2006年。

孟悦、戴锦华：《浮出历史地表——现代妇女文学研究》，郑州：河南人民出版社，1989年。

凯特·米利特：《性政治》，宋文伟译，南京：江苏人民出版社，2000年。

闵冬潮：《全球化与理论旅行：跨国女性主义的知识生产》，天津：天津人民出版社，2009年。

艾丽丝·默多克：《黑王子》，萧安溥、李郊译，南京：译林出版社，2008年。

彭青龙：《写回帝国中心，建构文化身份的彼得·凯里》，《当代外国文学》2005年第2期。

彭克巽：《苏联小说史》，北京：北京十月文艺出版社，1988年。

綦亮：《加拿大少数族裔英语文学研究在中国：1980—2010》，《南京邮电大学学报》（社会科学版）2012年第2期。

齐泽克：《事件》，王师译，上海：上海文艺出版社，2016年。

威廉·萨弗朗：《现代社会中的流散者：祖国和回归的神话》，《流散者》1991年第1期。

《萨迦》，石琴娥、斯文译，南京：译林出版社，2003年。

爱德华·W.萨义德：《文化与帝国主义》，李琨译，北京：生活·读书·新知三联书店，2003年。

爱德华·赛义德：《赛义德自选集》，谢少波等译，北京：中国社会科学出版社，1999年。

爱德华·赛义德：《东方学》，王宇根译，北京：生活·读书·新知三联书店，1999年。

爱德华·赛义德：《知识分子论》，单德兴译，北京：生活·读书·新知三联书店，2002年。

生安锋：《后殖民主义“流散诗学”与知识分子》，《思想文综》2005年第9期。

查蒂·史密斯：《白牙》，周丹译，海口：南海出版公司，2008年。

盖瑞·史耐德：《山即是心：史耐德诗文选》，林耀福、梁秉钧选编，台北：联合文学出版社，1990年。

水田宗子主编：《日本现代女性文学集》，陈晖等译，上海：上海译文出版社，2001年。

曼弗雷德·B.斯蒂格：《全球化面面观》，丁兆国译，南京：译林出版社，2013年。

米歇尔·司格特摩尔：《〈新郎〉书评》，<http://salon.com/books/review/2000/10/11/jin/print.htm>。

佳·查·斯皮瓦克：《三个女性的文本与帝国主义批判》，王丽丽译，张京媛主编《后殖民理论与文化批评》，北京：北京大学出版社，1999年。

加亚特里·斯皮瓦克：《一门学科之死》，张旭译，北京：北京大学出版社，2014年。

迈尔威利·斯图沃德编：《当代西方宗教哲学》，周伟驰、胡自信等译，北京：北京大学出版社，2001年。

孙树林：《当代日本女性文学中的反“母性”问题及其他》，《日本学刊》1994年第1期。

В л.索洛维约夫等：《俄罗斯思想》，贾泽林、李树柏译，杭州：浙江人民出版社，2000年。

约翰·汤姆林森：《全球化与文化分析》，尹晓煌、何成洲主编《全球化与跨国民族主义经典文论》，南京：南京大学出版社，2014年。

唐岫敏：《我们都是历史的一部分，随着历史的变化而变化——英国作家玛格丽特·德拉布尔访谈》，《文艺报》2003年第9期。

陶家俊：《同一与差异：从现代到后现代身份认同》，《四川外语学院学报》2004年第2期。

厄苏拉·提德：《导读波伏瓦》，马景超译，重庆：重庆大学出版社，2014年。

卡锡克·托洛彦：《民族国家和它的他者》，《流散者》1991年第1期。

七一初：《试析法国女性主义文学批评》，《湘潮》2009年第1期。

钱林森：《光自东方来——法国作家与中国文化》，银川：宁夏人民出版社，2004年。

钱林森、克里斯蒂昂·莫尔威斯凯主编：《20世纪法国作家与中国》，南京：南京大学出版社，2001年。

屈明珍：《波伏瓦女性主义伦理思想研究》，长沙：湖南人民出版社，2011年。

瞿世镜、任一鸣：《当代英国小说史》，上海：上海译文出版社，2008年。

汪剑钊编选：《别尔嘉耶夫集》，上海：上海远东出版社，1999年。

王丽丽：《多丽丝·莱辛研究》，北京：社会科学文献出版社，2014年。

王宁：《关于南北欧作家与中国文化等若干理论问题的对话》，<http://www.zgyspp.com/Article/ShowArticle.asp?ArticleID=239>。

王宁：《全球化、民族主义及超民族主义》，《西南民族大学学报》（人文社科版）2007年第7期。

王守仁：《20世纪英国文学史》，北京：北京大学出版社，2006年。

汪树东：《生态意识与中国当代文学》，北京：中国社会科学出版社，2008年。

王佐良、周珏良：《英国20世纪文学史》，北京：外语教学与研究出版社，2006年。

蒂姆·温顿：《浅滩》，黄源深译，上海：上海译文出版社，2010年。

弗吉尼亚·吴尔夫：《一间自己的房间》，贾辉丰译，北京：人民文学出版社，2003年。

吴元迈主编：《20世纪外国文学史》（第一卷），南京：译林出版社，2004年。

吴元迈主编：《20世纪外国文学史》（第五卷），南京：译林出版社，2004年。

夏忠宪：《B.拉斯普京访谈录》，《俄罗斯文艺》2001年第3期。

小川洋子：《妊娠日历》，李强译，北京：中国文联出版社，2001年。

伊莱恩·肖瓦尔特：《她们自己的文学》，韩敏中译，杭州：浙江大学出版社，2012年。

许宝强、罗永生：《解殖与民族主义》，北京：中央编译出版社，2004年。

徐凤林：《费奥多洛夫》，台北：东大图书公司，1998年。

许健：《存在·自由·道德——英国当代小说家艾丽丝·默多克思想主脉研究》，《中山大学学报》（社会科学版）2011年第3期。

托马斯·许兰德·埃里克森：《全球化的关键概念》，周云水等译，南京：译林出版社，2012年。

徐敏：《论日本文化对周作人女性思想的影响》，《外国文学研究》2001年第2期。

徐明徽：《余华：哈金写出了中国的切肤之痛》，《东方早报》<http://news.163.com/15/0629/13/AT9G8M7U00014AED.html>。

徐世澄：《拉丁美洲现代思潮》，北京：当代世界出版社，2010年。

阎嘉：《文学研究中的文化身份与文化认同问题》，《江西社会科学》2006年第9期。

阎嘉主编：《文学理论精粹读本》，北京：中国人民大学出版社，2006年。

杨乃乔：《比较诗学和他者视域》，北京：学苑出版社，2002年。

杨义：《“格局观”的全球化与“建设论”的人文学》，严平编《全球化与文学》，济南：山东教育出版社，2007年。

叶琳主编：《现当代日本文学女性作家研究》，南京：南京大学出版社，2013年。

易卜生：《培尔·金特》，《易卜生戏剧集》（第一卷），潘家洵译，北京：人民文学出版社，2006年。

易卜生：《易卜生文集》（第五卷），潘家洵译，北京：人民文学出版社，1999年。

尹晓煌、何成洲主编：《全球化与跨国民族主义经典文论》，南京：南京大学出版社，2014年。

余玉萍：《阿尔及利亚女作家阿西娅·杰巴尔——以他者的语言重建本族女性身份认同》，《外国文学动态》2011年第1期。

袁霞：《生态批评视野中的玛格丽特·阿特伍德》，上海：学林出版社，2010年。

袁祖社：《"人是谁？"抑或"我们是谁？"——全球化与主体自我认同的逻辑》，《马克思主义与现实》2010年第2期。

乐黛云、张辉主编：《文化传递与文学形象》，北京：北京大学出版社，1999年。

张百春：《当代东正教神学思想》，上海：上海三联书店，2000年。

张杰、汪介之：《20世纪俄罗斯文学批评史》，南京：译林出版社，2000年。

张京媛主编：《当代女性主义文学批评》，北京：北京大学出版社，1992年。

张旭东：《全球化时代的文化认同——西方普遍主义话语的历史批判》，北京：北京大学出版社，2006年。

张应杭：《伦理学概论》，杭州：浙江大学出版社，2009年。

周萍萍：《承传与摒弃：论日本女性文学中的道德观衍变》，《外国语文》2012年第4期。

周萍萍：《日本女性文学的发展历程：从哀愁、抗争到反叛》，《国外文学》2014年第2期。

周宪：《文学与认同》，《文学评论》2006年第6期。

周怡：《艾丽丝·门罗：其人·其作·其思》，广州：花城出版社，2014年。

周阅：《吉本芭娜娜的文学世界》，宁夏：宁夏人民出版社，2005年。

邹惠玲：《当代美国印第安小说的归家范式》，《英美文学研究论丛》（第十一辑），上海：上海外语教学出版社，2009年。

左金梅、申富英等：《西方女性主义文学批评》，青岛：中国海洋大学出版社，2007年。

索 引

E

F

K

L

M

N

W

X

Y

Z

本卷主编

何成洲

本卷撰稿人

总　序　王守仁

绪　论　何成洲

第一章　方　红

第二章　姜礼福

第三章　袁　霞

第四章　梁　坤

第五章　何成洲

第六章　黄　荭

第七章　杨莉馨

第八章　叶　琳

第九章　陈爱敏

第十章　王玉括

第十一章　李双志

第十二章　赵建红

第十三章　彭青龙

第十四章　张伟劼